1
2
3
8
9

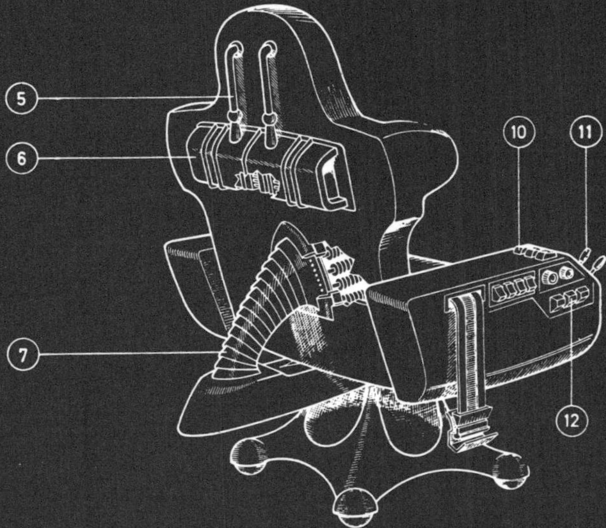
5
6
7
10
11
12

Perry Rhodan

Pakt der Galaxien

Perry Rhodan

Pakt der Galaxien

6. Auflage

Dieses Buch erscheint im
Paul Zsolnay Verlag GmbH, Wien
Redaktion: Horst Hoffmann
Titelillustration: Johnny Bruck
Druck und Bindung: Mohndruck
Graphische Betriebe GmbH, Gütersloh
Printed in Germany 1994
ISBN 3-8118-2046-X

Einleitung

Es geht in den Endspurt des MdI-Zyklus; das vorliegende Buch gibt einen guten Vorgeschmack auf das, was die Leser an Dramatik im nächsten Band der PERRY RHODAN-BIBLIOTHEK erwartet. Schon jetzt ist die Spannung kaum noch zu überbieten, aber wer die Heftserie verfolgt hat, der weiß: Die Autoren werden noch einmal »einen draufsetzen«. Wer die Meister der Insel sind, das weiß man jetzt. Dieses lange gehütete Geheimnis ist schon gelöst. Aber wer ist ihr Faktor I? Welche Machtfülle muß dieses Wesen vereinen, und wie kann es den Terranern und ihren Verbündeten gelingen, diese Macht zu brechen? Ich muß es wieder einmal sagen: Allen Respekt vor dieser Leistung der Autoren, die Spannung bis zum letzten Roman des Zyklus zu halten – und sich dabei schon die Grundzüge des nächsten Zyklus zu überlegen, der in der Buchausgabe mit Band 33 furios beginnt. Aber soweit sind wir noch nicht. Was das vorliegende Buch betrifft, darf ich guten Gewissens behaupten, noch keine spannenderen Romane für ein Hardcover bearbeitet zu haben. Und diese Orginalromane sind: *Die Halle der Unbesiegbaren* von *H.G. Ewers, Das Sonneninferno* von *K.H.Scheer, Das System der blauen Riesen* und *Koordinaten ins Jenseits* von *Clark Darlton, Der Bahnhof im Weltraum* und *Unternehmen Central- Station* von *William Voltz.* Bedanken darf ich mich wie stets bei Franz Dolenc (dem lebenden Rhodan-Computer) und den Lesern, die nicht mit Kritik und wertvollen Anregungen gespart haben.

Rastatt, im Herbst 1987 *Horst Hoffmann*

Zeittafel

1971 Perry Rhodan erreicht mit der STARDUST den Mond und trifft auf die Arkoniden Thora und Crest.

1972 Mit Hilfe arkonidischer Technik Aufbau der Dritten Macht und Einigung der Menschheit.

1976 Das Geisteswesen ES gewährt Perry Rhodan die relative Unsterblichkeit.

1984 Galaktische Großmächte versuchen, die Menschheit zu unterwerfen.

2040 Das Solare Imperium ist entstanden. Der unsterbliche Arkonide Atlan taucht auf.

2102 Entdeckung der Akonen im Blauen System.

2103 Perry Rhodan erhält von ES seinen Zellaktivator.

2114 Bündnis mit den Posbi-Robotern nach Kampf um die Hundertsonnenwelt.

2326 ES verstreut 25 Zellaktivatoren in der Galaxis.

2327 Terraner entdecken das Zweite Imperium der Blues.

2328 Sieg über die Blues und Friedensvertrag zwischen den galaktischen Imperien.

2400 Entdeckung der Transmitterstraße nach Andromeda und Kampf gegen die Maahks. Perry Rhodan hört erstmals von den geheimnisvollen Herren Andromedas, den Meistern der Insel (MdI).

2401 Die Invasion der Milchstraße durch die Maahks aus Andro-Alpha wird vereitelt.

2402 Terranischer Vorstoß in den Andromeda vorgelagerten Betanebel. Anlegung des Stützpunktes Gleam.

2404 Mit dem neuen Flaggschiff CREST III fliegen Terraner und Verbündete unter Perry Rhodan die Andromeda-Galaxis an und entdecken die völlig menschenähnlichen Tefroder, das wichtigste Hilfsvolk der MdI. Die CREST wird um rund 50.000 Jahre in die Vergangenheit verschlagen. Zusammentreffen mit den Lemurern (»Erste Menschheit«), den gemeinsamen Vorfahren von Tefrodern, Terranern und der meisten hominiden galaktischen Völker. Rückkehr in die Realzeit.

2405 Nach erfolgreich abgewehrten Versuchen der MdI, das Solare Imperium von innen heraus zu erschüttern, erster Kontakt mit den Sonneningenieuren aus Andromeda, die die Transmitterstrecke erbauten.

Prolog

Seit der Entdeckung des galaktischen Sonnensechsecks und der uralten Transmitterstraße nach Andromeda im Jahr 2400, sieht sich die Milchstraße von Invasionsversuchen aus Andromeda bedroht. Während Perry Rhodans Odyssee im intergalaktischen Fallensystem Horror kann ein Großangriff der Maahks aus Andro-Alpha nur im letzten Moment zurückgeschlagen werden. Die Wasserstoffatmer, vor 10.000 Jahren aus der Galaxis vertrieben, stellen zu diesem Zeitpunkt das wichtigste bis dahin bekannte Hilfsvolk der »Meister der Insel« (MdI), wie die Beherrscher Andromedas genannt werden. Über die Identität der MdI wissen allerdings selbst höchste Offiziere ihrer Hilfstruppen nichts auszusagen. Um die Sicherheit der galaktischen Völker zu gewährleisten und mehr über die Pläne des Gegners zu erfahren, unternimmt Perry Rhodan im Jahr 2402 einen Vorstoß in die zweite Andromeda-Satellitengalaxis, den Andro-Beta-Nebel. Die ganze Skrupellosigkeit der MdI wird deutlich, als durch einen Hyperbefehl alle Welten der Twonoser vernichtet werden, die in Andro-Beta als Wächtervolk der MdI fungierten und dabei versagten, die Eindringlinge unschädlich zu machen. Der Planet Gleam wird zum terranischen Stützpunkt. Mit der Vernichtung des Andro-Beta-Sonnentransmitters durch die MdI ist diesen der direkte Zugriff auf die Zwerggalaxis abgeschnitten. Im Jahr 2404 erfolgt mit dem neuen Flaggschiff CREST III der erste direkte terranische Vorstoß nach Andromeda, wo inzwischen heftige Kämpfe zwischen den rebellierenden Maahks und Truppen der MdI toben. Ein Schock erwartet die Terraner, als sie den »Sektorenwächtern« begegnen: Die Tefroder als wichtigstes Hilfsvolk der MdI sind auch in ihrer Kultur so absolut menschenähnlich, daß Rhodan nicht an einen Zufall glauben kann. Der zweite Schock ist die Erkenntnis, das viele tefrodische Raumschiffsbesatzungen aus Duplos bestehen, nach Atomschablonen ihrer Originale erschaffenen Kopien, die bei Versagen durch Hypersignale getötet werden können. Die MdI reagieren kompromißlos auf das Eindringen der Terraner in ihren Herrschaftsbereich. In die Zeitfalle Vario gelockt, wird die CREST um (zeitlich) über 50.000 Jahre in die Vergangenheit und (räumlich) in die Heimatgalaxis zurückversetzt, wo zu dieser Zeit ein galaktischer Krieg zwischen Lemurern und Halutern tobt. Die Niederlage der Lemurer ist bereits besiegelt. Um den Vernichtungskommandos der Haluter zu entkommen, fliehen die Überlebenden durch den Sonnentransmitter in die Andromeda-Galaxis. Zum zweitenmal wird Perry Rhodans Weltbild erschüttert, als er erkennen muß, daß die Lemurer ihr Sternenreich von der Erde aus beherrschen, die in dieser Zeit Lemur heißt. Sie sind die Vorfahren aller humanoiden Völker der Galaxis und auch der Tefroder, die aus den nach Andromeda Geflüchteten hervorgingen. Der Kampf um die Rückkehr in die Realzeit wird zu einer weiteren Odyssee. Die Macht der MdI erscheint auch hier grenzenlos, zumal es sich bei den beiden bisherigen Aufeinandertreffen mit einem Meister der Insel gezeigt hat, daß diese über Zellaktivatoren verfügen und dadurch relativ unsterblich sind. Die CREST schafft das Unmögliche und kehrt in ihre eigene Zeit zurück. Während in Andromeda die Auseinandersetzungen zwischen Tefrodern und Maahks immer heftiger werden, verlagert sich der Kampf der MdI gegen die Terraner im Jahr 2405 auf eine andere Ebene. Durch Wirtschaftssabotage soll das Solare Imperium in den Grundfesten erschüttert werden. Kolonien werden gegen Perry Rhodan aufgewiegelt, und im letzten Moment gelingt es, ein Attentat auf die wichtigsten Frauen und Männer des Imperiums zu vereiteln. Für Aufregung sorgt dann eine Teleporterkugel, die sich als Raumschiff der »Sonneningenieure« von Andromeda herausstellt – jener Energiewesen, die einstmals die Sonnentransmitter erbauten. Die Sonnentransmitter – genau gesagt, das Andromeda-Sonnensechseck – stehen auch im Mittelpunkt von Rhodans Planungen, als es darum geht, die erwartete Großinvasion aus Andromeda zu verhindern. Die zweite Maßnahme besteht in der Kontaktaufnahme mit den Maahks, um ein historisches Bündnis herbeizuführen . . .

1.

Die Stille in dem kuppelförmigen Raum wurde nur von dem schwachen Summen der energetischen Feldleiter gestört.

Dafür waren die visuellen Eindrücke desto vielseitiger. Die Wände glichen einem gigantischen Blinkfeuer, und die lautlosen Signale warfen ihren gespenstischen Fackelschein über die beiden Männer, die reglos in bizarren Schalensesseln hockten.

Der Schaltraum des Bordgehirns der CREST III hatte sich gegen die Außenwelt hermetisch abgeschlossen. Er war praktisch zu einer Welt für sich geworden, zu einem Miniatur-Universum, in dem die Gesetze des Universums aufgehoben zu sein schienen.

Die beiden Männer regten sich noch immer nicht. Nichts deutete darauf hin, daß sie lebten und dachten.

Der eine: groß, schlank, hager, dunkelblond, grauäugig, mit schmalem Gesicht und hoher Stirn . . .

Der andere: klein, zierlich, schwarzhaarig, mit geschlitzten schwarzen Augen, breitgesichtig, mit hervorstehenden Wangenknochen und einer vorgewölbten Stirn . . .

Ihr Äußeres wirkte so gegensätzlich, wie die Erscheinung zweier Menschen nur wirken konnte.

Dennoch dachten und fühlten sie fast gleich; ihre Gehirne arbeiteten gleichermaßen präzise und in logischen Bahnen – ihr Denken war durch keine übernommenen Schemata eingeengt, sondern verblüffte ihre Zeitgenossen oft durch seine Kühnheit und Weitsicht.

Ihre Namen waren Perry Rhodan und Dr. Hong Kao.

Die lautlos über die Wände huschenden Signallichter kamen zur Ruhe. Nunmehr erfüllte nur noch grüner Schein die Schaltzentrale.

»Ich bin bereit . . .!«

Die Stimme hallte dumpf durch den kuppelförmigen Raum; es war keine menschliche Stimme und auch nicht die Stimme eines anderen lebenden Wesens. Ein biopositronisches Gehirn hatte seine Gedanken mittels mechanisch-elektronischer Hilfsorgane in modulierte Laute der menschlichen Sprache übertragen.

Perry Rhodan beugte sich etwas vor, als er antwortete: »Du hast sämtliche Fakten verarbeitet und gespeichert. Nunmehr verlange ich eine Antwort auf die Frage, ob es im Interesse der Menschheit unbedingt erforderlich ist, den Sechsecktransmitter im Andromedanebel zu vernichten!«

Erneut begannen die Lichter ihre Farbe zu verändern und mit ihrem rasend schnellen Wechselspiel eine nicht vorhandene Bewegung vorzutäuschen.

»Der Sechsecktransmitter von Andromeda ist genauso einmalig wie der Sonnentransmitter in unserer Galaxis. Diese großartige Konstruktion zu vernichten, wäre einem Verzicht auf die direkte Verbindung zwischen der Milchstraße und Andromeda gleichzusetzen.

Dennoch empfehle ich seine vollständige Vernichtung, weil die Gefahr, die ein funktionierender Sechsecktransmitter in Andromeda bedeutet, alle Vorteile überwiegt.

Nach den letzten Ereignissen, besonders nach dem Auftauchen der Sonneningenieure von Andromeda, müssen wir eine Großoffensive von Duplo-Flotten erwarten. Gegen die unerschöpflichen Duplo-Reserven aber gibt es keine wirksame Gegenwehr. Unsere Galaxis würde überrannt werden.«

Dr. Hong, der Chefmathematiker der CREST III, hob die Hand.

»Ich erbitte eine Analyse über die Gedankenverbindung: Vernichtung des Andro-Sechsecks – Maahks!«

Diese Ausdrucksweise entsprach den streng logisch verlaufenden Gedankenbahnen eines Mannes, dessen Gesprächspartner seit vielen Jahren größtenteils intelligente Maschinen gewesen waren. Er sagte kein Wort zu viel, aber doch genug, um der Bordpositronik eine unbeeinflußte Analyse zu ermöglichen.

Die Antwort kam ohne merkbare Verzögerung.

»Wie bekannt, sind die Maahks zur Großoffensive gegen Andromeda angetreten. Sie überschwemmen mit ihren gigantischen Flotten diese Galaxis und befinden sich praktisch überall zugleich.

Ganz abgesehen davon, daß den Maahks ein Sieg versagt bleiben muß, solange die Gegenseite unerschöpfliche Menschen- und Materialreserven aus ihren Multiduplikatoren gewinnen kann, stellen die Maahks einen Machtfaktor allerersten Ranges dar.

Zerstören wir das Andro-Sechseck, ohne zuvor die Erlaubnis oder die stillschweigende Zustimmung der Maahks gewonnen zu haben, ist ein kriegerischer Zusammenstoß zwischen ihnen und uns unvermeidlich.«

»Warum?« warf Perry Rhodan ein.

»Weil wir, wenn wir das Andro-Sechseck zerstören wollen, einen größeren Flottenverband nach Andromeda einschleusen müssen. Außerdem würde die Vernichtung des Sechsecktransmitters im Zentrum Andromedas eine gefährliche energetische Instabilität hervorrufen. Werden die Maahks nicht vorher gewarnt, könnten sie größere Schiffsverluste erleiden, was sie unweigerlich gegen die Schuldigen aufbringen würde.«

»Besteht berechtigte Hoffnung, zu einem Übereinkommen mit den Maahks zu gelangen?« fragte Hong Kao.

»Zu einem Übereinkommen jederzeit. Aber es ist mehr notwendig, nämlich ein Bündnis. Nur dann würden die Maahks einer terranischen Aktion gegen das Andromeda-Sechseck zustimmen.«

»Und wie bringen wir die Maahks dahin, ein Bündnis mit uns einzugehen?« warf Rhodan ein.

Das Summen des Gehirns wurde stärker. Die Lichter flackerten kurz auf und standen dann wieder still.

»Die Maahks sind Zwecklogiker«, sagte die mechanische Stimme. »Sie können nur mit klaren Argumenten überzeugt werden. Beispielsweise, indem man ihnen nachweist, daß sie ohne terranische Hilfe den Kampf gegen die Duploflotten niemals gewinnen würden!«

»Und woher bekomme ich diese Beweise?« fragte Rhodan heftig.

»Wenden Sie sich an Atlan!« erscholl es zurück.

Mehr verriet das Gehirn nicht.

Perry Rhodan war sehr nachdenklich, als er die Schaltzentrale der Bordpositronik verließ.

Nur Hong Kao lächelte still in sich hinein. Er wußte, warum das Gehirn keine endgültige Antworten erteilte – denn er selbst war es gewesen, der die Programmierung dahingehend geändert hatte, daß die Antworten des Gehirns dem Menschen das Denken niemals völlig abnahmen . . .

Einige Stunden später.

In der Kommandozentrale des Kugelgiganten drückten sich zwei alte Freunde die Hände: Perry Rhodan und Reginald Bull.

Ihre Gesichter waren ernst. In Bulls Augen flackerte die schlecht verborgene Sorge um den Mann, mit dem zusammen er die Menschheit von nationalem Separatismus zum kosmischen Sternenreich geführt hatte.

»Ich wollte, ich dürfte dich begleiten, Perry!« sagte er heftig. »Meine Ahnungen trügen mich selten, und diesmal habe ich die Ahnung unvorstellbaren Unheils.«

Rhodan legte ihm die Hand auf die Schultern.

»Vielleicht hast du recht, Bully. Aber selbst dann, wenn ich wüßte, daß es für mich ein Flug ohne Wiederkehr wird, nähme ich dich nicht mit. Einer von uns muß wenigstens übrigbleiben.« Er lächelte. »Allerdings glaube ich nicht an deine düsteren Prophezeiungen. Ich werde wiederkommen – und die CREST III auch.«

»Deinen Optimismus möchte ich haben!« murrte Bully neidisch. »Du schickst dich an, in einen Hexenkessel einzubrechen und fühlst dich dabei auch noch absolut sicher.«

»Deshalb werde ich auch gesund wiederkommen, Bully. Unsicherheit wäre bereits die halbe Niederlage. Außerdem habe ich dich auch noch nicht unsicher in den Kampf ziehen sehen. Warum also die pessimistischen Betrachtungen, wenn ein anderer aufbricht?«

Reginald Bull seufzte.

»Gegen deine Argumente kommt man ja doch nicht an; ich gebe es auf. Also, Perry: Hals- und Beinbruch! Und wenn du vielleicht den Obermeister der Insel siehst, tritt ihn für mich kräftig in . . .«

Er errötete, als zwischen Rhodan und ihm ein kleines Pelzwesen auftauchte.

»Was wolltest du gerade sagen, Dicker?« fragte Gucky neugierig.

Perry lächelte schadenfroh.

Reginald Bull überwand seine Verlegenheit und blickte mit gespielter Lüsternheit auf die breite Schwanzkelle des Mausbibers.

»Ähem . . ., Kleiner! Ich habe mir sagen lassen, die Meister der Insel äßen am liebsten geschmorte Mausbiberschwänze. Es ist wirklich zuvorkommend von dir, daß du ihnen entgegenfliegen willst . . .!«

Guckys Nackenfell sträubte sich. Wenn zwischen ihm und Bully auch eine feste Freundschaft bestand und es fast schon zum guten Ton gehörte, daß sie sich gegenseitig aufzogen – sein Schwanz war so etwas wie ein Zeichen seiner Würde, und wer ihn schmähte . . .

Bully befand sich bereits in fünf Metern Höhe über dem Boden, da rief Rhodan den Mausbiber zur Ordnung.

Nur widerstrebend verzichtete Gucky darauf, den Freund raketengleich durch die Kommandozentrale fliegen zu lassen. Er rächte sich aber wenigstens dadurch, daß er Bully nicht auf dem Boden absetzte, sondern auf der oberen Lehnenkante eines Kontursessels.

Bull strauchelte, fing sich aber so weit, daß er den Sturz mit Händen und Füßen mildern konnte. Er drohte dem Mausbiber mit dem Finger.

»Vielleicht sollte ich Gucky bei dir zurücklassen . . .?« fragte Perry gedehnt.

Bully wehrte mit erhobenen Händen ab.

»Um Gottes willen, Perry! Das darfst du mir nicht antun. Was soll ein normales Intelligenzwesen wie ich gegen ein telepathisch, telekinetisch und teleportativ begabtes Monstrum ausrichten! Hm, natürlich wäre es ganz nett, den Kleinen hier zu haben. Er käme dann wenigstens nicht in Gefahr.«

Der Mausbiber blickte den Freund verwundert an.

»Er hat das tatsächlich ehrlich gemeint . . .!«

Der Großadministrator blickte ostentativ auf seinen Chronographen.

»Schluß mit dem Theater, ihr zwei!« sagte er streng. »Die Zeit drängt. In einer Viertelstunde startet die CREST.«

Er wandte sich Bully zu.

»Also, es bleibt dabei. Du hast den Oberbefehl über alle Streitkräfte des Imperiums, die sich innerhalb der Galaxis befinden. Dein Hauptquartier ist auf Kahalo, und ich erwarte von dir, daß du alle eventuellen Angriffe der MdI zurückschlägst.«

»Worauf du dich verlassen kannst!« erwiderte Reginald Bull aus tiefstem Herzen. »Wo ich stehe, kommt kein Schwanz durch!«

Gucky zuckte bei dem Wort »Schwanz« heftig zusammen. Aber dann mußte er wohl telepathisch erespert haben, wie Bulls Bemerkung gemeint war, denn er begann wieder zu grinsen.

Perry Rhodan zeigte nicht, wie peinlich ihn die vulgäre Ausdrucksweise des alten Kampfgefährten berührte. Er nahm das Unvermeidliche in Kauf, weil er wußte, daß er sich auf keinen seiner Getreuen mehr verlassen konnte als auf Reginald Bull. Doch das wiederum ließ er sich ebenfalls nicht anmerken.

»Ich will es hoffen! – Hm! Noch etwas, Bully. Wenn es mit Mory soweit ist, . . .ähem . . .«

Bully zwinkerte. Er wußte, was Rhodan meinte. Seine Frau Mory war in guter Hoffnung und würde in etwas mehr als zwei Monaten ein Zwillingspärchen zur Welt bringen, einen Jungen und ein Mädchen.

»Vielen Dank für dein großes Vertrauen, Perry. Ich werde ein guter Freund des Hauses sein. Deine Kinder sind meine Kinder und . . . und . . .« Er merkte, daß er sich unklar ausgedrückt hatte und beeilte sich, den Fehler wiedergutzumachen. »Ich will für Mory und die Kinder sorgen, als wäre ich du. In der Beziehung brauchst du dir wahrhaftig keine grauen Haare wachsen zu lassen!«

Rhodan drückte seine Hand.

»Dann, leb wohl, Bully! Wir sehen uns hoffentlich bald wieder.«

Bull erwiderte den Händedruck. Er versuchte, seine Rührung zu überspielen, indem er tief aus der Kehle heraus lachte.

»Ganz sicher, Perry. Und dann sieht es garantiert anders aus. Ich wette, du bringst die Skalpe der Meister mit zurück.«

Gucky rümpfte die Nase, reichte dem Freund aber trotz dessen geschmackloser Bemerkung die Hand, nicht ohne die Gelegenheit zu nutzen und Bullys Hand telekinetisch zusammenzupressen.

Reginald Bull lief rot an, tat aber völlig unbeteiligt.

Bevor er durch das Panzerschott nach draußen ging, winkte er noch einmal zurück.

Perry Rhodan hob ebenfalls grüßend die Hand.

Er sah dem Freund nach, bis das Schott zuschlug. Dann wandte er sich dem Interkom des Kartentisches zu und drückte die Taste, die die Verbindung zum Schiffskommandanten aktivierte.

»Alles klar, Oberst Rudo?«

»Alles klar, Sir!« schallte die dröhnende Stimme des Epsalers zurück.

»Also dann . . . Start in zehn Minuten!«

2.

Die orangerote Kugelballung des Abstrahlfeldes füllte den Frontschirm aus.

Baar Lun und Omar Hawk saßen zwischen Atlan und Perry Rhodan in ihren Kontursesseln am Kartentisch.

Omar Hawk langte mit der Rechten nach unten und schlug dem Okrill liebkosend auf das breite Maul. Das Tier gab ein dumpfes Grollen von sich; es war erregt und schien zu spüren, was ihnen allen bevorstand.

»Hiih, Sherlock, hiih!« murmelte Hawk beruhigend.

Er warf einen nachdenklichen Blick auf die gigantische Ballung übergeordneter Energie, die es vermochte, einen materiell stabilen Körper zu entmaterialisieren und ihn als übergeordneten Impuls abzustrahlen.

Die Minuten vor der Entstofflichung waren immer wieder eine Nervenprobe. Niemand vermochte sich gänzlich der kreatürlichen Angst vor der »Auflösung« zu entziehen.

Und niemand vermochte diesen Vorgang bei vollem Bewußtsein zu ertragen. Er wurde – bis auf wenige Ausnahmen – entweder verrückt oder er starb.

Aus diesem Grund waren vor etwa fünf Minuten die acht Medoroboter in der Kommandozentrale aufgetaucht. Ununterbrochen zischten die Hochdruckinjektionsdüsen, wenn sie ihren Inhalt in menschliche Blutbahnen drückten. Drei Viertel der Zentralebesatzung befanden sich bereits im Unterkühlungstiefschlaf.

Die schiffseigenen 5-D-Absorber würden für Schutz sorgen.

»Geh', Sherlock!« befahl Omar in scharfem Ton, als sich ein Medorobot mit der auf des Okrills Körpermaße zugeschnittenen Konturtrage näherte.

Der Okrill fauchte noch einmal, dann sprang er mit einem gewaltigen Satz auf die Trage. Der Antigravgenerator heulte schrill auf, als er die übergroße Belastung auszugleichen versuchte. Er schaffte es dennoch nicht, das Gewicht Sherlocks zu halten. Krachend schlug er auf.

Hawk verbiß sich ein Grinsen.

Das Grinsen gefror ihm allerdings auf dem Gesicht, als die übrigen sieben Medorobots auf den Kartentisch zukamen.

Es war soweit!

Noch einen Blick warf der Oxtorner auf die Energieballung. Sie füllte inzwischen sämtliche Bildschirme der Panoramagalerie aus; die CREST III versank in der wabernden Hölle.

Er hatte das Zischen überhört.

Aber der Aufbau des leuchtenden Schirmfeldes war nicht zu übersehen.

Omar Hawk spürte noch, wie sich die Lehne seines Kontursessels nach hinten neigte, dann legte sich ein Schleier über sein Bewußtsein . . .

Vor dem Elektronenteleskop auf Kahalo beobachtete der Staatsmarschall Reginald Bull, wie der winzige Punkt, der das Flaggschiff des Solaren Imperiums darstellte, von der orangeroten Kugelballung über den Pyramiden verschlungen wurde.

Im gleichen Augenblick brach die Funkverbindung mit dem Bordgehirn ab.

Reginald Bull trat vom Teleskop zurück und blickte durch die transparente Panzerplastkuppel des Observatoriums in das Gewimmel der Sterne.

Sie leuchteten nicht anders als vor fünfzigtausend oder hunderttausend Jahren; und wahrscheinlich hatten sie schon vor Millionen Jahren auf diesen Planeten herabgeschienen – lange, bevor ein intelligentes Wesen auf den Gedanken kam, ein Pyramidensechseck zu errichten, von dem aus ein gigantischer Sonnentransmitter gesteuert werden konnte.

Was würden sie in tausend Jahren beleuchten?

Würden dann hier unten noch Menschen stehen und sich Gedanken machen über ihre Bestimmung im Ablauf des Universums . . .?

Der Staatsmarschall wandte sich brüsk ab, schob die Hände in die Hosentaschen und marschierte laut pfeifend auf den Ausgang zu.

Der Chefastronom wunderte sich erst, daß Bull ohne Gruß und Dank gegangen war.

Doch entsann er sich dann des Tages, als er zum erstenmal hier stand und auf die Mauer aus Sonnen und leuchtenden Nebel blickte, eine Mauer, die im galaktischen Zentrum undurchdringlich erschien.

Ein wissendes Lächeln umspielte die schmalen Lippen des Astronomen . . .

In dem gigantischen Gebilde befanden sich keine lebenden Wesen, sondern nur noch klinisch tote Körper.

Sechs blaue Sonnenriesen pulsierten. Sie bildeten die geometrisch exakte Form eines Sechsecks. Ihre Energien – umgeformt und durch einen nur für wenige verständlichen Vorgang gesteuert – trafen sich an dem Punkt, ab dem das Kugelraumschiff halbstabile Form annahm. Noch ehe der riesige Körper zur Gänze rematerialisierte, umhüllten die Energiegewalten den vom Pyramidentransmitter angekommenen halbmateriellen Schemen und verwandelten das Gebilde erneut in einen übergeordneten energetischen Impuls, den sie anschließend verdichteten und zu einem Empfänger abstrahlten, der nicht mehr zu dieser Galaxis gehörte . . .

1.750.000 Lichtjahre entfernt kehrte die CREST III in den materiell stabilen Zustand zurück.

Omar Hawk erwachte aus seiner Starre.

Längst waren die Zeiten vorbei, in denen die Medoroboter seinen Metabolismus noch unterschätzt und die Injektionen zu gering dosiert hatten. Damals vermochten sie ihn nur in einen Dämmerzustand zu versetzen, denn selbst hundert Grad minus ließen seinen Blutkreislauf nicht stocken. Derartige Temperaturen waren für einen Umweltangepaßten der Extremwelt Oxtorne durchaus normal.

Immerhin überwand er die Tiefschlafstarre als erster – wenn man von den anderen Umweltangepaßten absah und auch den Haluter Icho Tolot nicht rechnete, der auf die Injektion verzichten konnte.

Hawk schaltete das Sessel-Schirmfeld aus und richtete sich auf. Als er den Kopf zur Seite wandte, sah er die seltsam dunkel glühenden Augen des Okrill. Das Tier war ebenfalls erwacht, vermochte jedoch das Schirmfeld seiner Konturtrage nicht selbst abzuschalten. Das war nur von außen möglich.

Omar schwang sich aus dem Sessel und befreite seinen Okrill.

Danach schlenderte er zu Icho Tolot hinüber, der vor dem Hauptkontrollpult des Kommandanten stand und die Anzeigen beobachtete.

»Nun, alles in Ordnung?« fragte er den Giganten.

Tolot drehte sich um.

»Wir sind planmäßig im Schrotschußtransmitter angekommen, Hawk.« Er lachte brüllend. »Ihr Terraner seid doch originelle Burschen. Kein Haluter wäre je auf den Gedanken gekommen, diese Ansammlung von Planetentrümmern mit den Kugeln von Schrotpatronen zu vergleichen.«

»Wahrscheinlich, weil kein Haluter außer Ihnen überhaupt weiß, was eine Schrotpatrone ist«, gab Hawk trocken zurück. »Ich weiß es übrigens auch nur aus umständlichen Erklärungen von Erdgeborenen.«

Er blickte auf die zwei blutrot glühenden Riesensonnen, die an Backbord und Steuerbord strahlten. Aus dieser Nähe glichen sie zwei wagenradgroßen Dämonenaugen.

Von den etwa dreißigtausend Bruchstücken des ehemaligen Planeten war mit bloßem Auge nichts zu erkennen. Aber auf dem Schirm der Ortungsübertragung gleißten und flimmerten sie als winzige grüne Pünktchen, ein gewaltiger Ring aus Planetoiden.

Neun der Bruchstücke, so wußte Hawk, reichten in ihrer Größe an den Mond der Erde heran.

Er entsann sich der Berichte der ersten Expedition, bei der er nicht dabeigewesen war.

Die damalige CREST II war mit geringer Fahrt in den Strom der Planetoiden eingedrungen, um nach der Justierungsstation zu suchen, die sich nach Aussage eines gefangenen Maahks auf einem der großen Trümmerstücke befinden sollte.

Plötzlich war das Flaggschiff von Tausenden kleiner schwarzer Raumschiffe angegriffen worden. Es handelte sich dabei, wie man später erfuhr, um die Schiffe der Nachkommen jener Maahks, die vor etwa tausend Jahren die Zerstörung ihres Planeten im Zuge eines Racheaktes der MdI überlebten. Sie glaubten, in dem plötzlich aufgetauchten Kugelraumschiff säßen Verbündete der Meister der Insel. Darum griffen sie mit Todesverachtung an. Obwohl ihre Raumschiffe nur hundert Meter lange, walzenförmige Konstruktionen waren, setzten sie der CREST II stark zu.

Erst als Reginald Bull mit 321 Raumschiffen eintraf und in den Kampf eingriff, konnten die Maahkraumer in die Flucht geschlagen werden. Es gelang, Kontakt mit einem dieser mutierten Nachkommen der einstigen Planetenbewohner aufzunehmen und den Irrtum aufzuklären.

Seitdem herrschte eine distanzierte Freundschaft zwischen Terranern und Maahk-Mutanten.

»Warum so nachdenklich?« fragte eine sonore Stimme hinter dem Oxtorner.

Omar Hawk blickte sich um und blickte in das Gesicht Baar Luns.

Er zuckte mit den Schultern.

»Ich mußte nur daran denken, wieviel Not und wieviel Leid die Meister der Insel im Verlauf ihrer Herrschaft über die verschiedensten Völker gebracht haben. Und im Grunde genommen war ihr Handeln doch sinnlos.«

Über Luns Gesicht flog ein Schatten.

Der Modul war der einzige Überlebende seines Volkes; alle anderen hatten die Meister der Insel ebenfalls auf dem Gewissen.

»Sie verfügen über eine ungeheure Machtfülle. Macht aber war seit jeher für humanoide Intelligenzen eines der erstrebenswertesten Ziele: Macht über Völker und Rassen. Macht über den Glauben. Macht über die Gefühle anderer – daran können sich sehr, sehr viele Menschen noch heute berauschen. Wen wundert es da, daß die Meister der Insel nach Macht streben – nur um der Macht willen . . .?«

»Sie haben recht, Lun«, gab Omar zu. »Leider!«

Die beiden so verschiedenartigen Männer – die letzten Endes doch beide dieselben Ahnen besaßen – konnten ihre Unterhaltung nicht zu Ende führen.

Die Besatzung der CREST III erwachte fast schlagartig aus dem Unterkühlungstiefschlaf. Kommandos gellten, Interkommelder leuchteten in bunter Fülle auf.

Eine halbe Stunde später schwenkte das Ultraschlachtschiff in einen Orbit um den Justierungsplanetoiden »Kalif von Bagdad« ein.

General Fentor Razta, der nunmehrige Kommandeur des Schrotschußtransmitters, ließ sich beim Großadministrator melden. Er hätte, so sagte er am Hyperkom, neue Informationen über die Lage im Andromedanebel.

Perry Rhodan und Atlan empfingen den General in einem kleinen Konferenzraum.

Razta berichtete, die Maahks hätten einige neue Offensiven gestartet und die tefrodischen Flotten in einigen Gebieten zurückgeworfen. In anderen Abschnitten der unzusammenhängenden Front seien wiederum die Maahkflotten abgewiesen worden. Die Verluste auf beiden Seiten seien etwa gleich hoch.

Noch immer aber gingen sämtliche neuen Verstöße der Maahks vom Andro-Alpha-Nebel aus. Obwohl sie in Andro-Beta eine strategisch weit günstigere Ausgangsbasis gehabt hätten, war diese Zwerggalaxis bisher von ihnen gemieden worden.

Das konnte seinen Grund nur in ihrer Absicht haben, kriegerische Verwicklungen mit dem Solaren Imperium zu vermeiden.

Allerdings gab es neuerdings verschiedene Anzeichen dafür, daß die Maahks alle Flottenbewegungen der Terraner vor und in Andromeda beobachteten, was sie bisher strikt vermieden hatten.

Fentor Razta meinte, für ihn stünde es fest, daß die Maahks genau über die Anwesenheit der Terraner nahe der zweiten Galaxis informiert seien, es nun aber für an der Zeit hielten, Klarheit über die Absichten des Solaren Imperiums zu erhalten.

Im großen und ganzen erfuhr Perry Rhodan damit nichts Neues. Seine Berechnungen hatten bereits auf diese Tatbestände hingedeutet; immerhin aber vergrößerte sich der Wahrscheinlichkeitsgrad durch den Bericht des Generals ganz wesentlich.

Nachdem er Fentor Razta einige der neuesten Bücher und Musikspulen aus der Heimat geschenkt hatte, ordnete Rhodan den Start der CREST III in Richtung Andro-Beta an.

Der General verließ das Flaggschiff mit dem Boot, mit dem er gekommen war.

Eine halbe Stunde später setzte die CREST III sich in Bewegung. Sie stieg – relativ zur Planetoidenkreisbahn gesehen – senkrecht empor. Aus dieser Höhe verfügte man über eine ausgezeichnete Sicht auf die beiden Sonnen und den Trümmerring. Viele der Leute, die gerade Freiwache hatten, sahen sich das phantastische Bild vom Observatorium aus an.

Baar Lun und Omar Hawk waren ebenfalls dabei.

Da der Modul den Leiter des Observatoriums gut kannte, erhielten die beiden Männer Gelegenheit, den Schrotschußtransmitter durch ein separates Teleskop zu betrachten.

Sie sahen die Triebwerkfeuer der verzögernden Raumschiffe, die entweder von Kahalo oder von Andro-Beta kamen, und sie sahen die Glutbündel beschleunigter Fahrzeuge, die nach Hause flogen oder Nachschub zum Stützpunkt im Betanebel bringen sollten.

»Aus dieser Perspektive«, sagte Omar Hawk leise, »erkennt man erst, welcher ungeheure Aufwand getrieben werden muß, damit die Menschheit ihre Flottenstützpunkte im Schrotschußtransmitter und in Andro-Beta aufrechterhalten kann. Nun verstehe ich auch die Bemühungen Rhodans besser, diese kostenfressenden Stützpunkte aufzugeben.«

Baar Lun nickte.

»Nur nützt selbst Rhodans guter Wille nichts, solange der Menschheit noch Gefahr von den Meistern der Insel droht. Zuerst müssen jene beseitigt werden; vorher wird es keine Möglichkeit geben, den Haushalt des Imperiums zu entlasten.«

Für einen Moment schwieg er.

»Dennoch«, fuhr er dann fort, »sollte man Andromeda nicht gänzlich aufgeben. Ich hoffe jedenfalls, daß nach dem Sieg über die MdI Explorerschiffe in die Zweite Galaxis geschickt werden, um friedliche Forschungsarbeit zu leisten.«

»Ich bin sicher, daß das geschehen wird«, erwiderte der Oxtorner. »Die Menschheit kann es sich zudem nicht leisten, auf Informationen über die Vorgänge in der Nachbargalaxis zu verzichten. Dazu haben die vergangenen Ereignisse Andromeda viel zu nahe an unsere Galaxis herangebracht.«

Die beiden Männer unterhielten sich noch einige Minuten über dieses Problem. Dann drang die CREST III in den Linearraum ein, um die Strecke von 400.000 Lichtjahren bis zum Andro-Beta-System aus eigener Kraft zu überwinden. Die roten Sonnen des Schrotschußtransmitters verschwanden, und um das Schiff waren nur noch die verwaschenen Schleier und Farbeffekte eines rätselhaften Zwischenkontinuums.

Ohne Zwischenfälle erreichte die CREST III nach mehrtägigem Flug Andro-Beta und landete auf dem Raumhafen Gleams, wo sie von Solarmarshall Julian Tifflor, dem Kommandanten des terranischen Stützpunktes, empfangen wurde.

Die nachfolgenden Stunden waren gekennzeichnet von nicht enden wollenden Konferenzen, danach zogen sich Rhodan und Atlan an Bord der CREST zurück.

Perry Rhodan setzte sein Glas hart auf die Tischplatte zurück. Besorgt musterte er sein Gegenüber.

»Und du willst wirklich allein nach Andro-Alpha, nur mit den hundertfünfzig Mann der VANUTO, ohne Begleitschutz . . .?«

Atlan führte lächelnd sein Glas zum Mund, nippte an dem Whisky und nickte dem Terraner freundlich zu.

»Mit Major Frank Stuyven als Kommandanten und Kasom, Hawk, Lun, Tschubai und Sengu als Begleiter benötige ich keinen besonderen Schutz mehr. Außerdem: Was würden wohl die Maahks denken, wenn ich mit einem Flottenverband aus Ultraschlachtschiffen in ihrem Nebel auftauchte?«

Perry lehnte sich zurück und stellte die Stereoanlage leiser.

»Natürlich hast du recht, Atlan. Die Maahks könnten unsere Absichten mißdeuten. Das hätte für die Menschheit katastrophale Folgen. Aber wenn schon einer dabei sein Leben riskiert, indem er sich völlig in die Hand der Maahks begibt, dann solltest nicht du derjenige sein. Wir haben erfahrene Kosmopsychologen, die die Verhandlungen führen können.«

Der Arkonide schüttelte den Kopf.

Er hielt sein Glas dem Dienstroboter hin, und die Maschine goß dienstbeflissen nach.

»Ohne die Fähigkeiten deiner Kosmopsychologen unterschätzen zu wollen, Perry: Keiner von ihnen kennt die Mentalität der Maahks, ihre Denkweise, ihre Zwecklogik besser als ich. Ich habe schon mit ihnen zu tun gehabt, als die Menschheit noch in Höhlen lebte und bestenfalls den Faustkeil als Waffe kannte. Deshalb ist die Verhandlung mit den Maahks ausschließlich meine Sache!«

»Du könntest deine Erfahrungen einem Unterhändler-Team übermitteln«, beharrte Rhodan auf seinem Standpunkt.

Atlan trank sein Glas aus und starrte eine Weile unbewegten Gesichtes auf den wandfüllenden Bildschirm, der die Umgebung der CREST III zeigte. Er wußte, warum ihn der Freund zurückzuhalten versuchte. Rhodans Bemühungen entsprangen nur der Sorge um ihn. Aber er war gewillt, seinen Willen durchzusetzen. Und er brauchte Rhodans Zustimmung, denn nur dann konnte er mit den Maahks als Bevollmächtigter des Solaren Imperiums verhandeln.

»Also schön«, sagte er schroff, »ich will dich in meine Taktik einweihen, mit der ich die Maahks zu beeindrucken gedenke. Vielleicht erteilst du mir dann deinen Segen!«

»Bitte!« erwiderte Rhodan kühl.

»Du weißt, daß die Maahks vor etwa zehntausendfünfhundert Jahren Erdzeit von der arkonidischen Flotte vernichtend geschlagen wurden. Die Überlebenden konnten aus der Galaxis fliehen. Sie fanden Zuflucht im Andro-Alpha-Nebel, wo sie von den MdI als Kern eines späteren Hilfsvolkes angesiedelt wurden.

Innerhalb dieser relativ kurzen Zeitspanne vollzog sich im Alphanebel eine Bevölkerungsexplosion gigantischen Ausmaßes. Daran war die ungeheure Fruchtbarkeit der Maahks schuld. Eierlegende Wesen vermehren sich eben grundsätzlich schneller als solche, die ihre Jungen im Mutterleib austragen.

Kurz und gut: Aus relativ wenigen Exemplaren wurden im Laufe von gut zehntausend Jahren zahlreiche Billionen.

Bei diesem Stand der Bevölkerungsziffer können die Maahks zu Recht auf einen unerschöpflichen Nachwuchs an Kämpfern rechnen. Und ich bin überzeugt davon, daß sie diesen Nachwuchs in ihren Invasionsplan gegen Andromeda miteinbezogen haben. Sie werden ihn als ihre stärkste Waffe im Kampf gegen die Tefroder betrachten.

Dem gegenüber steht jedoch die Tatsache, daß den MdI mit Hilfe ihrer Multiduplikatoren ebenfalls ein nahezu unbegrenztes Reservoir an Soldaten zur Verfügung steht. Und dieses Reservoir ist noch um einiges größer als jenes der Maahks. Ich gehe davon aus, daß den Maahks Multiduplikatoren unbekannt sind. Es ist richtig, daß der alte maahksche Geheimdienst im Besitz von Multiduplikatoren war, deren Qualität weit unter der jener Geräte lag, die die Tefroder besitzen.

Wie wir jedoch wissen, waren jene Maahks, die im Dienst der MdI standen, unter ihren Völkern verhaßt. Als es zur Revolte der Maahkvölker und zum Feldzug gegen Andromeda kam, wurden alle jene, die mit den MdI paktierten, gnadenlos vernichtet. Und mit ihnen also der gesamte alte Geheimdienst und die obersten Regierungsinstanzen. Wenn man bedenkt, welches Sicherheitsbedürftnis die MdI besitzen, so liegt der Schluß nahe, daß die Existenz der Multiduplikatoren nur wenigen Maahks bekannt war – eben den führenden Mitgliedern des alten Geheimdienstes.

Ich habe verschiedene Berechnungen angestellt, und alle kamen zu dem Ergebnis, daß das Geheimnis der Multiduplikatoren der breiten Öffentlichkeit unzugänglich war. Mit anderen Worten: Nach der Liquidierung der Maahks im Dienst der MdI ging auch deren Wissen verloren. Die MdI waren sicherlich vorsichtig genug, um unmittelbar nach der Maahk-Revolte sämtliche noch in Andro-Alpha existierenden Duplikatoren mittels Fernzündung zu vernichten.

Und darauf baut mein Plan. Wenn die Maahks tatsächlich über die Existenz von Multiduplikatoren Bescheid wüßten, hätten sie den Angriff auf Andromeda nicht so schnell begonnen, sondern wären strategisch vorsichtiger zu Werk gegangen.

Wenn ich sie während meiner Verhandlungen davon überzeugen kann, daß die Multiduplikatoren ihre Niederlage von vornherein besiegeln, falls sie sich nicht mit uns gegen die MdI verbünden, habe ich bereits gewonnen.

Nun . . .?«

Perry Rhodan richtete sich steif in seinem Sessel auf.

»Das ist es, was ich gesucht habe!« rief er. »Manchmal hat man eben ein Brett vor dem Kopf, das einem das Nächstliegende verbirgt.«

Der Lordadmiral sah den Freund verwundert an.

»Wovon sprichst du, Perry?«

Rhodan winkte ab.

»Schon gut, ich bin noch normal. Ich mußte nur an die Besprechung denken, die ich vor unserem Abflug von Kahalo mit der Bordpositronik hatte.«

»Wie? Eine Besprechung mit einer Maschine?«

»Du kannst auch Beratung sagen, Atlan. Ich weiß, daß du für so etwas nicht zu haben bist. Selbst die intelligenteste Maschine ist in deinen Augen eben nur eine Maschine.«

Er lächelte.

»Worin ich dir beipflichten muß. Dennoch sprichst selbst du mit führenden Posbis wie mit deinesgleichen – und auch Posbis sind nur Maschinen, intelligente Roboter aus Stahlplastik, Kraftwerken und ein wenig Nervenplasma. Aber vielleicht sollte ich dir sagen, welche Auskunft mir die Positronik gab.

Sie sagte auf meine Frage, woher ich die Beweise bekäme, mit denen ich den Maahks nachweisen könnte, daß sie ohne terranische Hilfe den Kampf gegen die Duploflotten niemals gewinnen könnten: Wendet euch an Atlan!«

»So, diesen Rat also gab dir die Maschine«, sagte Atlan nachdenklich. »Ich muß gestehen, daß ich beeindruckt bin, Perry. Die Bordpositronik hat recht. Ich glaube, daß ich den Maahks die notwendigen Beweise liefern kann!«

»Und die wären?« fragte der Großadministrator gespannt.

Atlan schüttelte den Kopf.

»Du kennst mich. Folglich weißt du auch, wie peinlich genau ich darauf achte, meine Trümpfe erst im entscheidenden Moment auszuspielen. Frage mich also bitte nicht weiter. Nur entscheide dich: Gib mir die VANUTO und eine Vollmacht, die mich den Maahks gegenüber als Vertreter des Solaren Imperiums ausweist, der zu Verhandlungen mit den Maahks und zu Vertragsabschlüssen berechtigt ist.«

Perry Rhodan zögerte noch einige Sekunden, dann schlug er mit der flachen Hand auf den Tisch.

»Also gut. Alle meine besten Wünsche werden dich begleiten!«

»Ich werde sie gebrauchen können«, gab Atlan ernst zurück.

»Aber vergiß nicht, die Maahks nach den Weltraumbahnhöfen ihrer Vorfahren zu fragen«, fügte Rhodan hinzu.

»Ganz bestimmt nicht«, erwiderte Atlan lächelnd.

3.

Der einhundert Meter große Leichte Kreuzer VANUTO startete am 16. Juni 2405 Erdzeit vom Planeten Gleam im Tri-System und ging eine Stunde später in den Linearraum.

Ziel war der 62 000 Lichtjahre entfernte Andro-Alpha-Nebel, ein der Andromeda-Galaxis vorgelagerter Zwergnebel mit nur 6500 Lichtjahren Durchmesser, rund 5300 Lichtjahren weniger als der kleineren der beiden unserer Milchstraße vorgelagerten Zwergnebel: der Kleinen Magellanschen Wolke.

Immerhin enthielt Andro-Alpha genügend Welten mit einer Wasserstoff- Methan-Atmosphäre, auf denen sich die Maahks in relativ kurzer Zeit umheimlich hatten vermehren können.

Am Abend des 16. Juni, nach insgesamt elf Stunden Fahrt durch den Linearraum, beendete Lordadmiral Atlan die Besprechung, die er mit seinen Begleitern abgehalten hatte.

Er sah sie der Reihe nach an: Melbar Kasom, den riesenhaften Ertruser, Omar Hawk, den Umweltangepaßten mit der Kompaktkonstitution, dessen Muskeln die Festigkeit von Stahlplastik besaßen, Baar Lun, den letzten der Moduls, der die Fähigkeit besaß, jede Form von Energie in jede beliebige Form von Materie umzuwandeln, Ras Tschubai, den großen, schwarzhäutigen und wollhaarigen Teleporter, und Wuriu Sengu, den wuchtig gebauten Späher-Mutanten mit den dunklen Schlitzaugen im breitflächigen Gesicht.

Unwillkürlich mußte der ehemalige Arkonidenadmiral lächeln.

Zu der Zeit, als er noch eine arkonidische Flotte befehligte, hatte er niemals eine so bunt zusammengewürfelte Mannschaft wie diese besessen. Seine Leute von damals waren gewiß intelligent gewesen, aber doch mehr oder weniger in ein Verhaltens- und

Denkschema gepreßt – eine Frucht vieltausendjähriger, einheitlicher Erziehung.

Diese Terraner aber ließen sich in kein Schema pressen. So unterschiedlich wie ihre besonderen Fähigkeiten waren auch ihre Charaktere und ihre Verhaltensweisen.

Er räusperte sich verlegen, als er Baar Luns musternden Blick bemerkte. Dem kahlköpfigen Modul entging nicht die leiseste Gefühlsregung, was nur zum Teil auf seine natürliche Begabung für die Psychoanalytik Methode zurückzuführen war. Lun »spürte« infolge seiner Hypersensibilität genau, wie der andere dachte.

»Wir sind uns also klar darüber«, führte Atlan aus, »daß die Verhandlungen mit den Maahks eine Art Psychofeldzug darstellen werden – von der Verfahrensweise her betrachtet.

Vor allem darf kein Wort über unsere geplante Aktion gegen das Andro-Sechseck fallen – nicht, bevor greifbare Verhandlungsergebnisse mit den Maahks erzielt worden sind. Noch besser wäre es, sie kämen selbst auf den Gedanken, uns die Vernichtung des Sonnentransmitters in Andromeda vorzuschlagen.«

Er lächelte hintergründig.

»Ich persönlich würde es begrüßen, wenn es den Meistern der Insel gelungen sein sollte, einige führende Maahks gegen entsprechende Duplos auszutauschen.«

»Vorausgesetzt, wir können das auch beweisen, Sir«, warf Wuriu Sengu ein.

»Dazu habe ich Sie und Lun mitgenommen«, erwiderte der Lordadmiral ernst. »Sie müssen sich natürlich vorsehen, damit niemand etwas von Ihren Recherchen bemerkt; es könnte sonst sehr unangenehm für uns werden.

Eventuelle Maahk-Duplos würden vor nichts zurückschrecken, um ihre Existenz geheimzuhalten.«

Atlan winkte den bereitstehenden Dienstrobotern und ließ echten brasilianischen Kaffee servieren.

»Damit wir munter bleiben«, bemerkte er dazu.

Baar Lun ließ sich das Getränk schmecken. Er hatte sich an terranischen Kaffee gewöhnt und trank ihn leidenschaftlich gern, obwohl er in seinem früheren Leben niemals so etwas bekommen hatte.

Nur Wuriu Sengu lehnte dankend ab. Er ließ sich von den Robotern eine Kanne Tee bringen.

Hawk goß sich einen Viertelliter Whisky in seine Kaffeekanne. Dem vorwurfsvollen Blick des USO-Chefs begegnete er mit einem ironischen Lächeln.

»Alkohol macht mir nichts aus, Sir«, erklärte er. »Während meiner Spezialausbildung bei der Solaren Abwehr erlaubte ich mir einmal einen Scherz, unmittelbar vor der Untersuchung auf Raumflugtauglichkeit drei große Flaschen Whisky innerhalb einer Stunde zu leeren. Sie werden es kaum glauben, aber weder die Ärzte noch die Testmaschinen merkten etwas davon.«

»Schade um den schönen Whisky!« seufzte Kasom.

Der Ertruser machte natürlich wieder einmal eine Ausnahme. Anstatt sich mit Kaffee zu begnügen, hatte er sich ein knusprig gebratenes Spanferkel kommen lassen. Andere Leute hätten das Tier wahrscheinlich als Läuferschwein eingestuft, doch die entsprechenden Sticheleien der anderen machten einem Mann wie Kasom nicht das geringste aus. Er aß mit großem Behagen.

Anschließend stieß er geräuschvoll auf.

»So!« bemerkte er zufrieden. »Das war die Vorspeise. Es wird Zeit, daß ich etwas Festes in meinen Magen bekomme, Leute. Ich werde einmal sehen, was die Kantine zu bieten hat.«

Er erhob sich und stampfte aus der Tür.

Kopfschüttelnd blickte Sengu ihm nach.

»Hoffentlich geht uns nicht einmal der Proviant aus«, murmelte er ahnungsvoll. »Dieser Ertruser frißt uns sonst glatt auf.«

Atlan lachte schallend.

»Nun, ganz so schlimm ist er nun wieder nicht. Allerdings benötigt sein Körper für unsere Begriffe enorm viel Nahrung. Aber Melbar stellt sich absichtlich noch als ›Vielfraß‹ zur Schau, weil er es amüsant findet, wenn andere Leute vor Entsetzen Mund und Ohren aufsperren.«

Omar Hawk trank seinen Kaffee aus und erhob sich.

»Dieses Thema regt meinen Appetit an. Ich bin zwar kleiner als Kasom, aber immerhin benötigt mein Metabolismus noch etwas mehr an Nahrung als der des Ertrusers. Nur eben eine andere Art Nahrung.«

Er ging auf die Tür zu.

»Außerdem muß ich meine Tiere füttern.«

Der Oxtorner begab sich zu der Abteilung, in der sein Okrill und das Flatteräffchen von Pigell untergebracht waren.

Nachdenklich blieb er vor dem Sichtschirm stehen, der das Innere der Spezialkabine zeigte.

Der Flatteraffe hatte sich von irgendwoher ein Buch besorgt. Er saß auf Sherlocks Kopf und tat so, als würde er interessiert lesen.

Die VANUTO erreichte die Randbezirke des Alpha-Nebels am 17. Juni 2405 Erdzeit.

Atlan befahl dem Kommandanten, den Leichten Kreuzer in den Normalraum zurückzubringen.

Danach begab er sich persönlich in die Funkzentrale und ließ einen Funkspruch aus dem Hyperkom gehen, der in Kraahmak, der Verkehrssprache der Maahks, gehalten war und die Ankunft eines Unterhändler-Schiffes meldete.

Minuten später ging die VANUTO erneut in den Zwischenraum. Sie kehrte aber nach fünf Lichtjahren Fahrt wieder in den Normalraum zurück. Erneut ging der Funkspruch hinaus.

Der Leichte Kreuzer verringerte seine Geschwindigkeit und blieb schließlich relativ bewegungslos im Raum stehen.

Eine Viertelstunde später meldete die Ortung das Auftauchen von zehn kleineren Maahk-Raumschiffen.

Atlan, Kasom, Hawk und Lun standen hinter dem Sitz des Kommandanten und beobachteten gespannt die Annäherung der Maahks. Immerhin hatte es früher einige heftige Zusammenstöße mit diesen fremdartigen Wesen gegeben. Niemand konnte genau vorhersagen, wie die Maahks auf den Einflug eines terranischen Schiffes in ihr Hoheitsgebiet reagieren würden.

»Geben Sie mir eine Direktverbindung über Hyperkom!« befahl der Lordadmiral.

Innerhalb weniger Sekunden war der Kommunikator in Stuyvens Kontrollpult auf den Bordhyperkom geschaltet.

Atlan kannte die bei den Maahks am meisten verwendete Frequenz. Er schaltete entsprechend und arbeitete mit maximaler Leistungsabgabe.

In einwandfreiem Kraahmak sagte er:

»Hier Leichter Kreuzer VANUTO des Solaren Imperiums. Es spricht Lordadmiral Atlan. Ich komme im Auftrage des Großadministrators und ersuche um die Möglichkeit, Verhandlungen mit Ihren ›Neunvätern‹ zu führen!«

Er wiederholte die Botschaft.

Danach wartete er. Die Haut über seinen Wangenmuskeln spannte sich, und die Erregung trieb dem Arkoniden das Wasser in die Augen.

Plötzlich krachte es im Lautsprecher des Kommunikators.

Eine harte Stimme antwortete, ebenfalls in Kraahmak.

»Ihr habt lange gezögert, bevor ihr kamt, Terraner. Seit längerer Zeit schon kreuzt mein Geschwader in diesem Sektor, um euch zu erwarten. Warum seit ihr nicht schon längst gekommen?«

Von einem Augenblick zum anderen schwand die Spannung aus Atlans Gesicht. Er holte tief Luft, dann antwortete er:

»Seien Sie versichert, daß wir seit langem die Absicht hatten, nach Andro-Alpha zu kommen. Andere wichtige Angelegenheiten hielten uns auf. Nun aber steht friedlichen Verhandlungen nichts mehr im Wege.«

Er bekam sofort zu spüren, daß er sich von seiner maßlosen Erleichterung zu einer logisch unzureichenden Antwort hatte hinreißen lassen, denn der Geschwaderchef der Maahks bemerkte kalt:

»Ihr habt gezögert, weil in der Vergangenheit Feindschaft zwischen unseren Völkern herrschte. Die Neunväter werden bereit sein, eure Argumente zu hören. Aber sie müssen besser sein als die soeben gegebenen.«

»Unsere Argumente sind gut«, erwiderte Atlan hastig. »Doch sollen zuerst die Neunväter sie anhören, bevor sie allgemein bekanntgegeben werden.«

Das war eine logisch fundierte Antwort, und der Maahk-Kommandeur vermochte sich logischen Gedankengängen nicht zu entziehen.

»Das sehe ich ein. Bitte, folgt meinem Schiff und stört euch nicht daran, daß die anderen euch eskortieren werden. Wir fliegen zur Zentrumswelt. Die Neunväter erwarten euch dort!«

»Wir sind bereit!« sagte Atlan ruhig.

Er unterbrach die Verbindung und übersetzte den in der Zentrale anwesenden Männern die Antworten der Maahks. Für seine Begleitmannschaft war das nicht nötig; diese Männer hatten sich noch auf Gleam einem Hypnokursus in Kraahmak unterzogen. Die anderen aber brachen in laute Jubelrufe aus, als sie erfuhren, wie positiv ihr Erscheinen in Andro-Alpha aufgenommen worden war.

Lordadmiral Atlan dämpfte ihren Optimismus ein wenig, indem

er sie darauf hinwies, daß die Bereitschaft zu Verhandlungen noch keinen Schluß auf das Verhandlungsergebnis zuließe.

Er kannte die Maahks, und er wußte, es würde eine harte Arbeit sein, die Neunväter von der Stichhaltigkeit seiner Argumente zu überzeugen.

Vor allem dann, wenn das geschehen war, was er erwartete . . .

Die blaue Riesensonne hieß Uhrak, und ihr fünfter Planet sollte nach den Angaben des maahkschen Geschwaderchefs die sogenannte Zentrumswelt aller »Methans« sein.

Atlan klärte über die Rundsprechanlage nochmals alle Besatzungsmitglieder der VANUTO über die speziellen Besonderheiten des anderen Volkes auf.

»Die Maahks«, sagte er, »stellen lediglich die stärkste Volksgruppe der sogenannten Methans dar. Nur, weil die anderen Völker ihnen äußerlich fast völlig gleichen und die Maahks zugleich der bestimmende Teil sind, wird der Pauschalbegriff ›Maahks‹ für alle Methans verwandt. Möglicherweise sind alle Gruppen in den vergangenen rund zehntausend Jahren auch so verschmolzen, daß es keine Unterschiede mehr gibt.

Der Ausdruck ›Methans‹ ist übrigens ebenfalls unrichtig. In Wirklichkeit existiert der Kohlenwasserstoff Methan auf den von Maahks besiedelten Welten nur in Spuren – etwa zu vergleichen den Mengen der Edelgase in der irdischen Atmosphäre.

Dementsprechend falsch ist es auch, die Maahks als ›Methanatmer‹ zu bezeichnen, wie wir Arkoniden es anfangs taten, bevor wir Genaueres über den Metabolismus dieser Lebewesen wußten.

In Wirklichkeit atmen die Maahks gasförmigen Wasserstoff ein – so, wie wir Sauerstoff atmen. Den Oxydanten dazu beziehen sie aus der Nahrung, die sie zu sich nehmen.

Diese Nahrung enthält genügend Nitrat, das als Oxydator wirkt. Nähere Einzelheiten aufzuführen würde sinnlos sein; die Komplexität eines maahkschen Metabolismus kann ohnehin nur ein spezialisierter Kosmobiologe beschreiben.

Nur noch eines will ich Ihnen erklären: Auf der Erde würde sich das ausgeatmete Ammoniak bereits bei minus 33 Grad verflüssigen. Da die Maahks aber grundsätzlich auf Welten mit bedeutend höherer Schwerkraft und dementsprechend auch höheren atmosphärischen

Drücken leben, müssen ihre Planeten auch besonders hohe Temperaturen aufweisen, da sich Ammoniak unter starkem Druck schon bei relativ hohen Temperaturen verflüssigt.

Kurz gesagt: Wir können auf der maahkschen Zentrumswelt Temperaturen zwischen plus siebzig Grad und plus hundert Grad Celsius erwarten – außerdem eine Schwerkraft von über zwei Gravos sowie einen Luftdruck von mehreren irdischen Atmosphären.«

Er schloß seine Erklärung mit den Worten:

»Daß mir also niemand auf den Gedanken kommt, unsere Zielwelt ohne Raumanzug und Schirmfeldprojektor zu betreten!«

Ein vielstimmiges Gelächter aus rauhen Kehlen war die Antwort.

Der Lordadmiral lächelte. Die Art der Terraner, Schwierigkeiten zur Kenntnis zu nehmen, hatte ihm von jeher imponiert. Und er wußte, daß diese Terraner, die für den Flug der VANUTO ausgewählt worden waren, nicht einmal durch die bedrückenden Eindrücke einer Maahkwelt erschüttert werden konnten.

Die Sonne Uhrak wurde von insgesamt achtzehn Planeten umlaufen. Der fünfte Planet war ein Wasserstoff-Methan-Ammoniak-Riese. Sein Äquatordurchmesser betrug 148 211 Kilometer, also rund 6500 Kilometer mehr als der des solaren Jupiter. Die Schwerkraft wurde mit 2,73 Gravos berechnet und die mittlere Temperatur dicht über dem Boden mit plus 92 Grad Celsius.

Mit dem bloßen Auge wirkte Tatrun wie eine milchig-trübe, von Wirbeln und Schlieren durchsetzte gigantische Glaskugel.

Mitten hinein in dieses Inferno stießen die zehn Begleitschiffe der Maahks, und die VANUTO folgte ihnen.

Hawk und Lun betrachteten von ihren Plätzen am Kartentisch aus die Panoramagalerie. Durch den grünen Hochenergie-Überladungsschirm der VANUTO hindurch waren die Gasschleier nur undeutlich zu sehen. Dennoch schüttelte sich der Modul bei diesem Anblick.

»Man kann sich kaum vorstellen, daß sich in einer solchen Gifthölle überhaupt Leben gebildet hat, noch dazu intelligentes.«

Omar Hawk lächelte. Er sah die Dinge aus einer völlig anderen Perspektive: Oft genug hatten Besucher seiner Heimatwelt ihn gefragt, wie sich menschliches Leben auf Oxtorne hatte halten und eine funktionierende Zivilisation aufbauen können. Zwar ließ sich Oxtorne nicht mit Tatrun vergleichen, aber das betraf lediglich die

Zusammensetzung der Atmosphäre; in allem anderen schnitt die Zentralwelt der Maahks bedeutend besser ab.

»Die Chemie einer solchen Welt ist sogar weitaus aktiver als die eines relativ kalten Sauerstoffplaneten wie der Erde, Lun. Hier laufen bedeutend mehr Reaktionen bedeutend schneller ab. Wenn ein Maahk die Erde sähe, würde er sich mit mehr Recht wundern, daß sie überhaupt Leben trägt, als wir es beim Anblick Tatruns tun.«

Er wandte sich wieder den Bildschirmen zu, als die VANUTO mit höchsten Werten verzögerte. Draußen flammten die Schutzschirme unter den atomaren Gewalten der zurückschlagenden Triebwerkströme auf.

Den Oxtorner überlief es abwechselnd heiß und kalt bei dem Gedanken daran, daß es nur einer genügend großen Menge Sauerstoffes bedurfte – und eines zündenden Funkens –, um die Atmosphäre dieser Welt in einer gigantischen Explosion verpuffen zu lassen.

Doch dann belächelte er die Naivität seines Gedankenganges.

Genau das gleiche, könnte man schließlich aus der Sicht eines Maahks von der Erde denken; man brauchte dabei in Gedanken nur statt Sauerstoff Wasserstoff zu meinen . . .

In einem Glutorkan setzte die VANUTO auf.

Es dauerte einige Minuten, bis die Sicht klar wurde. An der Oberfläche des Planeten war die Sicht relativ klar. Zudem reichte sie bedeutend weiter als auf Planeten von Erdgröße.

Rings um das gelandete Raumschiff und die Begleitschiffe der Maahks erstreckte sich ein riesiges Raumlandefeld. Hawk schätzte den Radius auf mindestens hundert Kilometer. Überall waren kleine Gruppen schwarzer Walzenraumschiffe verteilt. Dazwischen erhoben sich die flachen Kuppeln von Abwehrforts.

Der Raumhafen glich einer kosmischen Festung – und Hawk vermutete, daß er nur einer von vielen auf Tatrun war.

Seine Aufmerksamkeit wurde abgelenkt, als auf dem Telekomschirm plötzlich die Gestalt eines alptraumhaften Wesens auftauchte.

Der Maahk war menschenähnlich: Er besaß einen Kopf, zwei Arme und zwei Beine sowie einen Rumpf. Nur glich der Körperteil, der mit dem menschlichen Kopf verglichen werden konnte, einem langgezogenen, halbmondförmigen Wulst, der über die gesamte Schulterbreite reichte. Dort, wo der Kopf aufhörte, begannen die Arme: tentakelähnliche, hochelastische Muskel- und Sehnenbündel, die an den Enden trichterförmig zuliefen und über je sechs Finger verfügten.

Auf dem schmalen Grat des Kopfes saßen vier Augen.

Selbst Omar Hawk, der an vieles gewöhnt war, schauderte, als er sah, wie sich eines der Augen schloß, während bei den anderen drei die Lidklappen halb geöffnet waren.

Er stieß ein heiseres Lachen aus.

Doch dann bemerkte er Baar Lun. Der Modul war blaß geworden. Seine Finger krampften sich um die Seitenlehnen des Kontursessels, und er schüttelte sich wie im Fieber.

Hawk griff nach Luns Arm und drückte ihn leicht zusammen.

Mit einem Schmerzensschrei fuhr der Modul hoch.

Im nächsten Augenblick begriff er, warum ihn der Oxtorner so schmerzhaft angefaßt hatte.

»Entschuldigung!« murmelte er. »Ich bin immer noch etwas empfindlich.«

»Wir alle sind nicht gefeit gegen das Entsetzen, das uns beim Anblick des Vertreters eines völlig andersartigen Volkes ergreift, Lun. Das wollte ich Ihnen nur sagen. Unterschätzen Sie sich bitte nicht selbst.«

Baar Lun lächelte dankbar.

In diesem Augenblick begann der auf dem Telekomschirm sichtbare Maahk zu sprechen.

»Hört die Botschaft der Neunväter, Terraner! Die Regierung der vereinten Maahk-Völker begrüßt die Abgesandten des Solaren Imperiums. Sie lädt den Delegationsleiter, dessen Titel und Namen mit ›Lordadmiral Atlan‹ angegeben wurde, für heute abend in die ›Halle der Unbesiegbaren‹ ein. Dort sollen, nach dem Willen der Neunväter, die ersten Verhandlungen beginnen. Die Halle der Unbesiegbaren wurde durch eine transparente Druckwand in zwei Hälften geteilt, damit wir euch in der einen Hälfte eure Lebensbedingungen bieten können. Das war die Botschaft der Neunväter!«

Atlan war mitten in der Zentrale stehengeblieben, als der Maahk zu sprechen anfing. Nun blickte er ernst von einem zum anderen.

»Mit ›heute abend‹ meinen die Maahks den beginnenden Sonnenuntergang.« Er schaute auf seinen Chronographen. »Das wäre nach Standardzeit kurz vor Null Uhr, also in vier Stunden.« Er zuckte die Schultern. »Mit der Zeitrechnung auf Tatrun bin ich noch nicht vertraut, deshalb bleiben wir am besten bei unserer vertrauten Einteilung.«

Hawk erhob sich.

»Sollen wir Sie alle begleiten, Sir?«

Atlan nickte.

»Sie, Lun, Tschubai und Sengu sowie Melbar Kasom!«

»Und mein Okrill . . .?«

»Selbstverständlich auch, Hawk!« Der Arkonide lächelte. »Er gehört ja sozusagen zu Ihrer Spezialausrüstung, nicht wahr?«

»Jawohl, Sir!«

Omar ging rasch auf das Schott zu, als fürchtete er, der USO-Chef würde es sich noch anders überlegen. Ohne seinen Okrill jedoch wollte Omar auf keinen Fall zu den Verhandlungen gehen.

Man konnte nie wissen, ob man ihn nicht brauchen würde!

Die Sonne Uhrak versank als riesiger, blauweißer Glutball unter dem Horizont.

Omar Hawk trat aus der Mannschleuse. Er trug nur die auf seiner Heimatwelt Oxtorne gebräuchliche Kombination aus hellgrauem Plastikspun und darunter die kurze Hose aus Mamu-Bauchleder. Der Magnetbandverschluß war bis zum Nabel offen, und die dichte Atmosphäre aus Wasserstoff, Ammoniak und Methan umspülte ungehindert die Brust.

Vor dem Gesicht haftete eine durchsichtige Atemmaske. Der Sauerstoffbedarf wurde aus dem kombinierten Vorrats-Regenerator gedeckt, der als flacher Behälter auf dem Rücken hing.

Omar watete einige Schritte durch die Nebelschleier, die sich dicht über dem Plastikbelag wanden und krümmten wie sagenhafte Ungeheuer.

Die beiden Maahks, die neben dem buckelartig gewölbten Gleiter warteten, wichen vorsichtig zurück. Sie schienen entsetzt zu sein darüber, daß eines dieser fremden Wesen es wagte, ohne Raumanzug in eine Atmosphäre zu gehen, die allen bisherigen Informationen nach für Terraner unbedingt tödlich war.

Noch mehr aber mußte sie die Tatsache erschrecken, daß dieses unvorsichtige Individuum sich völlig sicher und aufrecht bewegte.

Oberleutnant Hawk lächelte.

Der erste Schachzug war gelungen.

Er wandte sich um und blickte zur offenen Schleuse zurück.

»Hiih, Sherlock!«

Der Schall wurde von Außenlautsprechern der dichten Atmosphäre mitgeteilt und pflanzte sich darin besser fort als in irdischer Luft.

Mit einem Satz schnellte der Okrill aus der Schleusenkammer. Das Tier landete auf allen acht Beinen und zugleich neben seinem Herrn. Es trug ebenfalls eine Atemmaske und, auf dem breiten Rücken festgeschnallt, den Vorratsregenerator, mehr nicht.

Die beiden Maahk legten die Hände an die Kolben ihrer langläufigen Waffen.

Sie zuckten heftig zusammen, als Sherlock ein dumpfes Grollen hören ließ.

Schade, dachte Omar, daß der Okrill wegen seiner Gesichtsmaske seine Zunge nicht benutzen konnte. Einige elektrische Entladungen hätten die Maahks noch mehr beeindruckt. Er hob die Hand.

»Keine Sorge, Freunde!« rief er in bestem Kraahmak. »Das Tier gehorcht mir und wird niemals etwas tun, das mir mißfällt.«

Die Maahks erholten sich allmählich von ihrem Schreck. Einer der beiden winkte ebenfalls. Es sah aus, als schwänge ein Krake einen seiner Tentakel.

»Sind Sie ein Terraner?«

»Ich bin ein Terraner«, erwiderte Hawk.

Er wandte sich um und wies mit der Hand auf eine leere Stelle des Platzes, während er mit der anderen Hand eine Schaltung unterhalb seiner Atemmaske betätigte und eine kurze Botschaft ins Mikrophon seines Helmkoms flüsterte.

Schreiend wichen die Maahks bis zum Einstieg ihres Gleiters zurück und starrten auf die Erscheinung, die ihnen gespenstisch vorkommen mußte.

Ras Tschubai und Baar Lun waren genau dort materialisiert, wohin Hawks Hand gewiesen hatte!

»Und das sind ebenfalls Terraner«, sagte Omar.

Der Schock mußte für die Maahks zu groß gewesen sein. Sie rührten sich einige Minuten lang nicht von der Stelle. Erst nach und nach fiel die Starre von ihnen ab. Vielleicht trug die Tatsache mit dazu bei, daß die beiden zuletzt erschienenen Fremden Raumanzüge trugen, wie es sich für Sauerstoffatmer auf einer Wasserstoffwelt gehörte.

Unterdessen waren Melbar Kasom, Wuriu Sengu und Atlan durch die Mannschleuse gekommen.

Der Arkonide klopfte Hawk anerkennend auf die Schulter, denn es war der Plan des Oxtorners gewesen, die Maahks bereits durch den ersten Eindruck in ihrer Selbstsicherheit zu erschüttern. Und das schien vollauf gelungen zu sein.

»Wir sind bereit!« sagte er dann in Kraahmak. »Ihr könnt uns zur Halle der Unbesiegbaren bringen!«

Die beiden Maahks warfen noch einen scheuen Blick auf Tschubai und Baar Lun. Dann gingen sie ihren Gästen voraus in den Gleiter.

Das Fahrzeug war groß für terranische Begriffe. Aber auf einer 2,73- Gravo-Welt mit hohem Luftdruck mußten die Maschinen entsprechend stark sein.

Mit dumpfem Brummen hob der Gleiter ab und schoß in etwa zehn Metern Höhe auf den Rand des Raumhafens zu. Der Nebel war inzwischen dichter geworden und bis zu zwei Metern aufgestiegen. Wind kaum auf. Einige Male wurde das Fahrzeug von einer Bö aus dem Kurs geworfen; aber der Pilot fing es immer wieder schnell ab und drückte es in die alte Richtung zurück.

Ungefähr zwanzig Kilometer hinter der Platzbegrenzung tauchte eine Stadt auf. Es war keine Stadt, wie sie von Terranern errichtet werden würde. Die Häuser waren schwarze Kuppeln unterschiedlicher Größe, dazwischen reckten sich wuchtige, konisch zulaufende Türme in den Himmel. Ein Gewirr von blanken, silbrig schimmernden Leitschienen ersetzte die Straße; auf ihnen fuhren Gleiter entlang.

Eine halbe Stunde lang flog der Gleiter mit der terranischen Delegation über die Stadt hinweg. Die Männer seiner Kabine erhielten den Eindruck eines schwarzleibigen, von Buckeln bedeckten Ungeheuers, dessen Millionen ›Augen‹ bläulich die Dunkelheit zerrissen, und dessen Atem gleich Gezeiten eine Flut von Einzelwesen und Fahrzeugen hin- und hertrug.

Ein pulsierendes Monstrum aus Stahl, Energie und organischer Vitalität!

Nichts hätte die ungeheure Fruchtbarkeit der Maahks besser demonstrieren können – und dieser Eindruck war ganz sicher beabsichtigt.

Noch eine Stadt wurde überflogen. Dann tauchte am Horizont eine gigantische Energieblase auf. Der Gleiter verlangsamte seine

Fahrt. Kameras in den Decken und Wänden schalteten sich ein. Offensichtlich wurde der »Inhalt« des Fahrzeuges genauestens kontrolliert.

Etwa hundert Meter vor der Energieblase landete der Gleiter.

Über Lautsprecher wurden die Terraner aufgefordert, auszusteigen und sich einer Gruppe von Offizieren anzuschließen.

Hawk grinste verstohlen.

Jetzt wollen sie uns beeindrucken, nachdem wir ihnen einige kleine Überraschungen bereitet haben, dachte er belustigt.

Er sprang als erster aus der Tür. Zehn Meter weiter landete er auf dem Boden. Sein Okrill folgte ihm auf die gleiche Art und Weise. Unmittelbar hinter ihm materialisierte Tschubai, diesmal mit Atlan. Sengu und Kasom folgten langsamer, und dem Ertruser war die Unzufriedenheit darüber anzumerken, daß er seine Körperkräfte nicht zeigen durfte.

Obwohl die wartenden Offiziere von den Gleiterpiloten über Funk auf die besondere Fähigkeiten der Besucher vorbereitet worden waren, merkte Atlan ihnen ihre Erregung an.

Er salutierte lässig und fragte:

»Sie wollten uns zur Halle der Unbesiegbaren führen . . .?«

Einer der Wartenden trat vor. Er war in eine schwarze Kombination gekleidet, und seine Rangsymbole wiesen ihn als hohen Offizier aus, etwa dem Range eines terranischen Obersten entsprechend.

»Willkommen!« sagte er auf englisch. »Wenn Sie uns bitte begleiten würden . . .!«

Der Lordadmiral dankte. Mit einem wissenden Lächeln schritt er hinter dem Obersten her, durch die Lücke in der Energieblase hindurch.

Die wenigen englischen Worte hatten es bewiesen: Auch die Maahks würden auf psychologischer Ebene arbeiten . . .

Hinter der Mauer aus Energie erhob sich ein gigantischer Turm.

Die Terraner hielten unwillkürlich den Atem an. Das Bauwerk war für ihre Begriffe zu monströs und zu protzig, dennoch konnten sie sich dem Eindruck der technischen Leistung nicht entziehen.

Auf einer Grundfläche von ungefähr einem Kilometer Durchmesser stand das Gebilde aus Stahl. Es verjüngte sich mit zunehmender Höhe sehr stark, so daß es in etwa achthundert Metern nur noch hundert Meter durchmessen mochte. Danach verdickte es sich wieder etwas – und in tausend Metern Höhe wurde der Turm von einem eiförmigen Gebilde gekrönt, das flach auf dem Unterbau auflag und dessen größter Durchmesser kaum weniger als fünfhundert Meter betrug.

Atlan wußte plötzlich, weshalb das Bauwerk »Halle der Unbesiegbaren« genannt wurde.

Das große Volk der Maahks war unbesiegbar durch die unheimlich schnelle Vermehrung, was wiederum bedingt war dadurch, daß die weiblichen Exemplare Eier legten, auch wenn die Jungen nach dem Schlüpfen gesäugt wurden.

Ohne diese hohe Vermehrung wären die Maahks nach dem »Methankrieg« vor zehntausendfünfhundert Jahren nicht wieder zu einem Machtfaktor übergalaktischer Bedeutung geworden, und diesem Phänomen zu Ehren bauten sie den Turm mit dem gigantischen Ei auf der Spitze.

Die gewaltige Energieglocke hielt den Sturm und Nebel fern. Gleichzeitig erleuchtete sie das gesamte Areal, tauchte es in blauweißes Licht.

Eine gleitende Straße aus hellgrün strahlendem Metall führte auf den Haupteingang des Turmes zu. Der leitende Offizier der Maahks hielt einen blitzenden Stab empor. In Abständen von etwa fünfzig Metern glühte der Stab dunkelrot auf und erlosch wieder. Anscheinend stellte er den Reflektor und Kodegeber für unsichtbare Strahlsperren oder Teststrahlen dar.

Etwa hundert Maahk-Soldaten in grünen Uniformen waren vor dem Portal postiert. Sie warteten mit schußbereiten Strahlgewehren, bis die Terraner zehn Schritte von ihnen entfernt waren. Dann stießen sie die Gewehre gegen den Boden, die Mündungen nach unten gerichtet.

Zwischen ihrem Offizier und dem Anführer der Begleitmannschaft wurden einige Worte gewechselt. Atlan verstand nur soviel, daß es sich um eine Meldung und die Antwort darauf handelte.

Als die Terraner die Eingangshalle betraten, erwartete sie eine neue Überraschung. Die Maahks schienen in Superlativen zu denken, nach ihrem Baustil zu urteilen.

Die Eingangshalle durchmaß mindestens fünfhundert Meter – und sie war nichts weiter als der Boden eines überdimensionalen Liftschachtes.

Die Energie schaltete sich auf ein Kommando des führenden Begleitoffiziers ein. Sanft schwebten die Besucher nach oben.

In den nächsten Sekunden erleuchtete ein rötliches Dämmerlicht die entfernte Wandung. Bilder und Symbole hoben sich silberhell von dem düsteren Untergrund ab.

»Die Geschichte der Methanvölker!« flüsterte Atlan in sein Helmmikrophon. »Da! Diese Stellen dort berichten von der Vertreibung aus Andromeda. Und dort! Der furchtbare Krieg zwischen Arkon und den Methans! Die Agonie eines ganzen Volkes. Die Flucht der Überlebenden nach Andro-Alpha – und der erste Kontakt mit den ›Goldenen‹, den Verbindungsleuten der Meister der Insel!«

Er schwieg, erschüttert und beklommen.

Würde dieses Volk, das so viel gelitten hatte, durch humanoide Wesen gelitten hatte, würde dieses Volk jemals Freundschaft empfinden können gegenüber der Menschheit . . .?

Der Arkonide hoffte es inbrünstig.

Denn nicht anders als durch Freundschaft ließ sich eine gute und dauerhafte Zusammenarbeit begründen!

Wenige Minuten später standen sie in der Halle der Unbesiegbaren!

Glatte, transparente Wände wölbten sich über den Eintretenden. Der Blick ging durch einen unbekannten Effekt durch den strahlenden Schutzschirm draußen hindurch, bis zu den Lichtdomen der Riesenstädte hinüber.

Nur die Decke bot ein anderes Bild.

Eine Projektion der Andromeda-Galaxis spannte sich über den Köpfen der Menschen und Maahks.

Atlan senkte erschüttert den Kopf.

Wie groß mußte die Sehnsucht dieses Volkes nach seiner angestammten Heimat sein, wie fest verwurzelt mußte sie sich über lange Jahrtausende hinweg gehalten haben, daß die Maahks ihr Abbild in das heilige Symbol der Fruchtbarkeit projizierten . . .!

Der Arkonide erhielt hier die Bestätigung dafür, daß die Maahks ein ausgeprägtes Gefühlsleben besaßen. In ihrem Unterbewußtsein verborgen lag mindestens ebensoviel Gefühl wie bei den Menschen – nur daß es anders beschaffen war als bei diesen. Möglicherweise war es auch durch die Jahrtausende des Leidens, der Verfolgung und der erbitterten Existenzkämpfe gewaltsam unterdrückt worden, so daß die Logik sich zur beherrschenden Kraft entwickelte.

Er blieb stehen, als die Stimme durch den Raum schallte.

»Seid willkommen, Terraner! Seien Sie willkommen, Lordadmiral Atlan. Die Neunväter entbieten Ihnen ihren Gruß. Wir mußten lange warten, aber nun sind Sie gekommen!«

4.

Als die Stimme verhallt war, richtete Atlan den Blick nach oben.

Unter der Decke hatte sich eine Schleuse aus bläulich leuchtender Energie aufgebaut. Nun senkte sie sich allmählich herab. Eine Lücke bildete sich dort, wo die Terraner standen.

Im nächsten Augenblick fanden sie sich im Innern eines geschlossenen Raumes. Er war kuppelförmig und ohne jede Verzierung oder Symbole an den Wänden.

Und in der anderen Hälfte des Raumes saßen neun Maahks.

Die Neunväter!

Atlan wußte um die Bedeutung dieses Namens.

Die Neun symbolisierte die höchste Eierquote, die von einem weiblichen Maahk nach einer Reifezeit von dreieinhalb irdischen Monaten gelegt werden konnten. Entsprechend ihrem Fruchtbarkeitskult stellte diese Zahl deshalb für die Maahks etwas Heiliges und Verehrungswürdiges dar.

Aus diesem Grunde setzte sich die Regierungsspitze der vereinten Methanvölker aus neun hervorragenden Individuen zusammen, jeder ein As auf seinem Spezialgebiet der Wissenschaft, der Politik und der Strategie und Taktik von Raumkriegen.

»Sie können Ihre Raumanzüge ablegen«, erscholl die Stimme erneut. »In Ihrem Teil des Saales herrschen irdische Bedingungen.«

Omar Hawk riß sich die Atemmaske vom Gesicht.

»In Ordnung, Sir!« meldete er. »Sie können sich unbesorgt freimachen.«

Ras Tschubai fing an zu grinsen, aber ein verweisender Blick Atlans bewog ihn, sich rasch eines Besseren zu besinnen.

Baar Lun hatte inzwischen bereits seinen Druckhelm zurückgeschlagen. Er blickte geistesabwesend zur anderen Seite des Raumes hinüber, wo die Neunväter in schwenkbaren, ovalen Sesseln hockten.

»Eine völlig transparente Wand stabilisierter Schirmfeldenergie«, berichtete er. »Sie läßt den Schall nicht durch, folglich müssen irgendwo Mikrophone und Lautsprecher installiert sein.«

Den Beweis dafür lieferte gleich darauf einer der Neunväter.

»Ihre Leute haben viele nützliche Fähigkeiten«, sagte er. »Die Terraner sind wunderbare Kämpfer und Taktiker. Meine Bewunderung, Lordadmiral Atlan. – Übrigens. Sie sind gebürtiger Arkonide, nicht wahr?«

Atlan lächelte offen. Er hatte seinen Raumanzug abgelegt, wie die Gefährten auch.

»Ja, und ich muß das Kompliment zurückgeben, Grek-1. Auch die Maahks sind Kämpfer und Taktiker größten Formats. Wenn ich mich daran erinnere, wie Ihr Großadmiral Grek-1108 mit nur vierhundertzehn Schiffen meine neunte Flottille im Khorsal-System aufgerieben hat . . .!«

Einer der Maahks beugte sich vor.

»Ich bin Grek-1. Sie wissen viel über mein Volk, Atlan. Sie kennen unsere Rangbezeichnungen und Sitten – und Sie kennen unsere Vergangenheit. Aber Sie können unmöglich dabeigewesen sein, als die Schlacht im Khorsal-System geschlagen wurde!«

Der ehemalige Arkonidenadmiral räusperte sich.

»Ich ließ Grek-1108 nach dem Kampf meine Glückwünsche ausrichten. So war es bei uns damals üblich. Später, auf einem Planeten namens Dolphart, wurden wir von einem halutischen Drangwäsche-Kommando gezwungen, uns zu treffen und eine Absprache über die Schonung der unschuldigen Zivilbevölkerung zu vereinbaren. Ich schenkte Grek-1108 einen Armreif aus Luurs-Metall. Soviel ich weiß, konnte sich der Großadmiral mit einigen seiner Schiffe retten, als Ihre Flotten zerschlagen waren . . .«

Grek-1 schwieg lange.

Dann sagte er gedehnt:

»Ich kenne die Geschichte. Großadmiral Grek-1108 gehörte zu meinen Vorfahren.«

Er hob einen Tentakelarm.

Etwas blitzte im Schein der Beleuchtung grell auf.

»Das ist der Armreif, den Grek-1108 damals geschenkt bekam.

Niemand aus der Gattung der Humanoiden konnte davon wissen – außer demjenigen, der diesen Reif verschenkte.

Sie sind es! Aber das bedeutet, daß Sie unsterblich sind, Lordadmiral Atlan!«

»Es gibt viele Wunder im Universum«, entgegnete der Arkonide schlicht. »Und es gibt viele Unsterbliche . . .!«

An der Bewegung, die durch die Reihe der Neunväter ging, merkte Atlan, daß es ihm gelungen war, auch die zweite Runde des Psychoduells für sich zu entscheiden.

Nun konnte die dritte Runde beginnen.

Die Atmosphäre in dem Kuppelsaal hatte nichts Gespenstisches mehr an sich, nachdem die Verhandlungspartner erst einigermaßen miteinander »warmgeworden« waren.

Atlan und seine Mannschaft waren ohnehin an den Anblick fremdartiger Wesen gewöhnt, und immerhin besaßen die Maahks mehr humanoide Merkmale als viele andere intelligente Wesen der beiden Milchstraßen.

Der Lordadmiral setzte soeben zu seiner Grundsatzerklärung an.

»Die maßgebenden geistigen Kräfte des Solaren Imperiums haben eingesehen, daß ihre Vorfahren und die anderen Abkömmlinge ihrer Vorfahren Ihnen, den vereinten Methanvölkern, in der Vergangenheit großes Leid und grausames Unrecht zufügten. Einige dieser Abkömmlinge, nämlich die Meister der Insel und die Tefroder, fügen Ihnen noch heute Unrecht zu, indem sie Ihnen das Heimatrecht im Andromedanebel verweigern.

Wir wollen dem ein Ende setzen.

Das Solare Imperium bietet Ihrem Volk einen Bündnisvertrag an, in dem wir uns verpflichten werden, das Recht der Maahks und die Rückkehr nach Andromeda voll anzuerkennen und keine Ansprüche in Andromeda geltend zu machen. Wir haben auch nicht die Absicht, militärisch oder machtpolitisch in Ihre Herrschaftssphäre einzudringen. Unser Interesse gilt vielmehr einem dauerhaften Frieden mit Ihrem Volk sowie der Entwicklung guter Handelsbeziehungen.«

Er sah zur Seite, als Wuriu Sengu die Hand hob und drei Finger spreizte. Atlan nickte. Wieder füllten sich seine Augen mit Feuchtigkeit, für den Arkoniden das typische Zeichen von hochgradiger Erregung.

Drei Finger – das bedeutete: Drei der Neunväter waren Duplos!

Wahrscheinlich hatte der Späher-Mutant mit seiner Paragabe die charakteristischen Reizempfänger der Duplos in den Gehirnen der betreffenden Maahks entdeckt.

Damit hatten die Meister der Insel einen entscheidenden Fehler begangen.

»Sie werden jedoch einsehen«, fuhr Atlan fort, »daß ein solcher Machtfaktor wie das Imperium keine Geschenke machen kann. Wenn wir auf jedwede Ansprüche verzichten, dann müssen wir sicher sein, daß uns von dort keine Gefahr droht.

Wir wissen, daß wir Ihnen vertrauen können, denn ein Maahk ist noch nie vertragsbrüchig geworden.

Darum sind wir vollauf zufriedengestellt, wenn Sie uns zusagen, alle militärischen und politischen Aktionen gegen unsere Milchstraße zu unterlassen, beziehungsweise zu unterbinden.

Und noch etwas: Sie kämpfen gegen die Tefroder, wissen aber auch, daß hinter diesen Leuten die Meister der Insel stehen. Die Meister der Insel sind unsere gemeinsamen Feinde. Darum bitten wir darum, uns nichts in den Weg zu legen bei den Aktionen gegen die MdI, und uns dabei nach Möglichkeit zu unterstützen.«

Wieder einmal ging Bewegung durch die Reihe der Neunväter.

Drei Maahks meldeten sich gleichzeitig zu Wort, und Atlan mußte dabei unwillkürlich an Sengus Zeichensprache denken.

Drei Maahks waren Duplos!

Grek-1, der Regierungschef, erteilte schließlich dem Großadmiral Grek-4 das Wort. Zwar stand jedem der neun hier anwesenden Maahks vom Rang her der Name »Grek-1« zu – doch um jede Verwirrung zu vermeiden, stellten sie sich in der Reihenfolge der momentanen Bedeutung als Grek-1 bis Grek-9 vor.

Atlan preßte die Lippen zusammen, als sich Grek-4 erhob. Das war absolut unüblich bei Maahks; der Duplo schien psychisch ebenso labil zu sein wie so viele ehemalige Terraner-Duplos.

»Als Flottenbefehlshaber darf ich behaupten, einen ausgezeichneten Überblick über die militärische Lage um und in Andromeda zu haben. Es ist mir vollkommen verständlich, daß unser Regierungschef den arkonidischen Gehilfen der Terraner ausreden ließ; das gebot allein schon die Höflichkeit.

Ich hätte ihn trotzdem unterbrochen!

Alles, was er gesagt hat, ist nämlich Lüge. Die Terraner sind in keiner Weise besser als die alten Arkoniden oder die gemeinsamen Vorväter der Arkoniden und Terraner: die Lemurer.

Man will uns lediglich in Sicherheit wiegen, um dann, wenn wir irgendwann einmal eine Schwäche zeigen, zuzuschlagen. Terra möchte beide Galaxien unterwerfen.

Ich fordere die Vertreibung aller Terraner aus der Nähe von Andromeda. Wenn sie nicht freiwillig weichen, müssen wir sie vernichten. Das ist die einzige Möglichkeit für unser großes Volk, unsere angestammte Heimat zurückzugewinnen und ein friedliches Leben zu führen!«

Er setzte sich. Sofort schnellte ein anderer Maahk hoch.

Grek-3 erhielt das Wort.

»Ich weise die Vorschläge der Terraner aus einem anderen Grund zurück«, begann Grek-3. »Als Chefwissenschaftler des Forschungszentrums Tatrun habe ich Informationen über den Stand der Wissenschaft und Technik bei den Terranern. Darum sage ich: Es wäre sinnlos, mit ihnen Handel treiben zu wollen. Wir können mit ihren Produkten nichts anfangen und sie nichts mit den unseren.

Der betreffende Vorschlag des arkonidischen Terranerknechtes ist also ein Täuschungsmanöver!«

Atlan lächelte nur verächtlich. Ähnliches hatten seine eigenen Leute auf Arkon ihm einst gesagt, als er noch Herrscher des Großen Imperiums gewesen war. Damals hatten ihn solche Vorwürfe erregt, weil Menschen des eigenen Volkes sie ausstießen. Die Beschimpfungen eines Duplos dagegen ließen ihn kalt.

Der dritte der Neunväter, Grek-8, war ebenfalls Wissenschaftler, und zwar Biologe. Er sagte im Grunde genommen nichts Neues mehr, sondern verschärfte die Spannung lediglich. Außerdem versuchte er zu beweisen, daß die Terraner eingefleischte Individualisten seien, von denen jedes Individuum einen ganzen Planeten für sich allein beanspruche. Aus diesem Grund würde das Solare Imperium seine Expansionspolitik niemals aufgeben können, sondern Galaxis um Galaxis zu unterwerfen trachten.

Melbar Kasom gähnte herzhaft.

Wenn den Neunvätern die Bedeutung terranischer Mimik klar war – und diese hochintelligenten Vertreter hatten sich sicher genauestens über menschliche Gewohnheiten, Schwächen und Ausdrucksarten informiert –, dann würden sie Kasoms Gähnen als das werten, was es war: als Ausdruck von lässiger Verachtung gegenüber offensichtlichem Unsinn.

Aber es reagierte niemand darauf.

Atlan schlug die Beine übereinander und lehnte sich tief in seinen Sessel.

Er provozierte bewußt.

»Lassen wir diese unbewiesenen Einwände erst einmal beiseite! Ich möchte nur einen Vergleich anstellen zwischen dem Machtvolumen der Meister der Insel und dem Machtvolumen Ihres Volkes.«

Er berichtete ausführlich von Riesentransmittern in Andromeda, von Planeten, die zu kosmischen Forts ausgebaut worden waren, von den Produktionszahlen tefrodischer Schiffswerften und der gigantischen Zahl von Kämpfern, die die Tefroder aufbringen konnten.

Aber er erwähnte noch nicht die Hauptwaffe der MdI: die Multiduplikatoren!

Er erntete nur Widerspruch.

Grek-1 faßte zusammen:

»Das Machtvolumen der Meister der Insel und ihrer Helfer ist in unserem Fall bedeutungslos. Unsere Rüstungsindustrie, und darunter vor allem die Raumschiffsfabrikation, läuft seit zehn Jahrtausenden Ihrer Zeitrechnung. Wir verfügen über derartig große Mengen an Kriegsmaterial, daß wir hundert Ihrer Jahre gegen die Meister der Insel kämpfen könnten, ohne ein einziges Raumschiff aus der laufenden Produktion einzusetzen.

Was die Zahl der Kämpfer angeht, so ist unser Vorteil noch größer. Wir mögen nicht zahlreicher sein als die Tefroder, aber bei uns wachsen die neuen Kämpfer hundertmal schneller heran als bei ihnen.

Wir sind jedem anderen Volk grenzenlos überlegen!«

»Eine Weiterführung der Verhandlungen hat nur dann Sinn, wenn Sie gewillt sind, einen unserer Trümpfe auszuspielen!« flüsterte Baar Lun dem Arkoniden zu.

Atlan nickte bedächtig.

Er wußte, er konnte sich auf Luns Meinung verlassen. Der Modul war weder ein Telepath noch ein Hirnwellenorter, aber er spürte ganz einfach die Stimmung heraus, die bei anderen herrschte. Wären die anderen in diesem Fall nicht die Maahks gewesen, aus deren

Physiognomie selbst ein speziell geschulter Analytiker nur schwer etwas herauslesen konnte, so hätte Lun schon längst einen Hinweis geben können.

»Nun gut, legen wir den nächsten Trumpf auf den Tisch!« preßte der Lordadmiral hervor. »Die Worte von Grek-1 bestätigen, daß die Maahks tatsächlich nichts davon wissen, daß ihr alter Geheimdienst mit Multiduplikatoren gearbeitet hat. Sie kennen diese Geräte nicht!«

Er hob die Hand, wartete, bis Grek-1 ihm das Wort erteilte, und sagte:

»Gegenüber den Meistern der Insel nützt Ihnen Ihre Nachwuchsrate überhaupt nichts.

Diese Leute stellen eine kleine Verbrechergruppe aus der Zeit der Ersten Menschheit dar; sie haben die Macht in Andromeda vollständig an sich gerissen und die technischen Errungenschaften vieler Rassen ausgebeutet.

Ihre wertvollste Waffe aber stellt der sogenannte Multiduplikator dar. Er ist offensichtlich in ungezählten Exemplaren vorhanden. Diese Maschine ist in der Lage, jeden nur denkbaren Gegenstand – ob einen Handstrahler, ein Raumschiffsteil oder einen tefrodischen Raumsoldaten – millionen- bis milliardenfach nachzubilden, und das in relativ kurzer Zeit.

Das dürfte Ihnen klarmachen, wie unerschöpflich das Machtpotential der Meister der Insel wirklich ist. Für jeden Maahk können sie in der Zeit seines Heranwachsens Millionen Tefroder erstellen!«

»Einwurf!« schrie Grek-4 erregt. »Diese Behauptung wurde ohne jede Spur eines Beweises vorgebracht. Davon abgesehen, ist es undenkbar, daß die Meister der Insel Maschinen zur Duplizierung von Gegenständen und Lebewesen besitzen sollen. Wäre es so, hätten wir in Andromeda niemals Erfolge erringen können.

Aus meiner Erfahrung sage ich: Der Arkonide lügt!«

»Vielleicht will er uns die Beweise noch vorlegen?« fragte Grek-1 vermittelnd. »Lordadmiral Atlan, möchten Sie Stellung nehmen zu den Vorwürfen meines Kollegen Grek-4?«

»Nein!« erwiderte Atlan kalt.

Er hatte nicht die Absicht, jetzt schon mit Beweisen anzutreten. Zuerst mußte die Atmosphäre so angeheizt werden, daß keiner der Duplos sich später noch damit herausreden konnte, er hätte seine Bemerkungen nicht so gemeint.

»Da sehen Sie es!« rief Grek-8. »Die Terraner bluffen nur. Verehrter Grek-1, das ist keine faire Verhandlungsmethode. Ich werde meinen Einfluß beim Verwaltungsrat geltend machen, um zu verhindern, daß unser guter Wille mißbraucht wird!«

»Die Führung der Flotte wird Ihre Bemühungen unterstützen!« warf Grek-4 ein.

Plötzlich redeten alle Neunväter durcheinander. Es war klar zu erkennen, daß Grek-1 und einige andere seiner Kollegen einen Abbruch der Verhandlungen um jeden Preis verhindern wollten. Das war verständlich; schließlich hatten sie jahrelang auf eine Verständigung mit dem Solaren Imperium gewartet.

Doch die Argumente der drei Maahk-Duplos setzten sich durch. Klare Denker ließen eben Behauptungen ohne Beweise nicht gelten.

Atlan wartete nicht ab, bis die Maahks die Verhandlungen abbrachen. Er wollte in jeder Hinsicht die Initiative behalten.

»Verehrte Neunväter!« rief er.

Doch die Maahks debattierten so laut, daß seine Stimme nicht durchdrang. Er gab Melbar Kasom einen Wink.

Der Ertruser grinste.

Dann hallte seine Stimme wie ein Donnerschlag durch die Halle.

Die Neunväter fuhren auseinander, als hätte jemand eine Bombe zwischen sie geworfen.

Es wurde still.

»Verzeiht!« sagte Atlan. »Aber meine Stimme wurde nicht gehört. Ich bitte darum, an Bord meines Schiffes zurückkehren zu dürfen. Heute sehe ich keinen Sinn in der Fortsetzung der Verhandlungen. Vielleicht ergeben sich bis morgen neue Perspektiven . . .«

»Ich bin einverstanden«, rief Grek-1. Er hatte sich als erster wieder gefaßt. »Kehren Sie mit Ihren Begleitern an Bord zurück, Lordadmiral Atlan. Morgen früh sehen wir uns an dieser Stelle wieder.«

Der Arkonide dankte und erhob sich.

Gemessenen Schrittes verließ die terranische Delegation den Saal, nachdem sich die Männer wieder für die Atmosphäre Tatruns gerüstet hatten.

Nur Sherlock machte eine Ausnahme.

Bevor ihm Omar Hawk die Atemmaske umschnallen konnte, schnellte er seine lange Zunge aus dem Maul. Es sah wie Zufall aus.

Aus dem Sicherungskasten an der Wand zuckte ein greller Blitz. Eine Entladung krachte.

Die Halle der Unbesiegbaren lag plötzlich im Dunkeln.

Atlan wandte sich um und blickte den davonhuschenden Schemen nach.

»Hoffentlich schafft ihr es!« flüsterte er zu sich selbst.

»Still, Sherlock!« flüsterte Omar Hawk.

Der Okrill duckte sich und kroch geschmeidig der Stimme seines Herrn nach. Er hatte die Krallen eingezogen und verursachte kein Geräusch mehr.

Omar spürte die Hand von Wuriu Sengu auf seiner Schulter. Mehr war zu ihrer Verständigung nicht nötig. Sie hatten alle Einzelheiten des Planes abgesprochen, noch bevor sie zur Halle der Unbesiegbaren aufgebrochen waren.

Der Oxtorner wartete, bis Sherlocks Schnauze gegen seine Handfläche stieß. Dann folgte er dem Späher.

Nach wenigen Metern schon ging Wuriu in die Knie. Omar legte sich auf den Bauch und kroch hinterher. Ihm wiederum folgte der Okrill. Zwei Schläge auf Omars Schultern bedeuteten, er solle bis ganz nach vorn kommen.

Kurz darauf fühlte der Oxtorner das Gitter des Lufterneuerungsschachtes in den Händen. Es gab einen knirschenden Laut, als er es herausriß. Rasch kroch Wuriu in die Öffnung. Omar ließ seinen Okrill an sich vorüber, dann verschwand er ebenfalls in der engen Röhre. Er klemmte das Gitter so von innen fest, daß nur eine gründliche Untersuchung verraten würde, was hier geschehen war.

Das Rohr zwängte ihn ein. Seine Schultern waren fast zu breit dafür. Die anderen hatten es leichter; selbst Sherlock war schmaler. Hawk mußte aufpassen, daß er nicht zu tief Luft holte und dabei die Wandung nach außen drückte.

Nach einer Viertelstunde wand sich das Rohr spiralförmig abwärts. Sengu und der Okrill rutschten einfach hinab; Omar mußte sich mühsam abstoßen, damit er überhaupt vorankam.

Der Schweiß brach ihm aus, als er daran dachte, daß ihre Kenntnis von maahkschen Gebäuden und Belüftungsanlagen möglicherweise für die Halle der Unbesiegbaren und den Turm nicht zutrafen. Vielleicht gab es hier keinen Druckausgleicher, in dem er an den anderen vorbei zur Spitze gelangen konnte. In einem solchen Fall bliebe ihnen nur die Umkehr.

Aber sie hatten Glück.

Eine weitere Viertelstunde war vergangen, da stieß Omar auf den ersten Druckausgleicher, eine Kammer von fünf oder sechs Metern Durchmesser. Rasch kroch er an den Gefährten vorüber.

Etwa hundert Meter weiter gabelte sich das Rohr. Hawk nahm die linke Abzweigung, weil er im Kern des Gebäudes bleiben wollte. Nur wenige Minuten später stieß er auf ein Gitter.

Er lauschte eine Weile; aber nichts regte sich auf der anderen Seite. Kurz entschlossen drückte er das stählerne Gitter nach draußen. Dann half er Wuriu Sengu heraus.

Nachdem auch Sherlock die Röhre verlassen hatte, drückte Omar das Gitter flüchtig fest.

»Hiih, Sherlock! Such!« flüsterte er in die Ohröffnung des Okrill.

Das Tier glitt davon.

Omar vermochte ihm mühelos zu folgen, da seine Augen besser waren als die eines terrageborenen Menschen. Und Sengu machte die Dunkelheit ohnehin nichts aus. Der Späher konnte in dunklen Gängen genauso gut sehen wie im ebenfalls dunklen Gehirn eines Maahks.

Trotz seiner guten Augen entdeckte Hawk erst einige Minuten später, daß sie sich in einem sehr hohen Flur befanden. Überall zweigten Gänge ab, und zwar stets nach rechts, also zur Außenseite des Gebäudes hin.

Der Okrill lief an den Seitengängen vorbei, als gingen sie ihn nichts an.

Und sie gingen ihn tatsächlich nichts an.

Mit seinem Super-Infrarot-Spürsinn suchte er lediglich nach Spuren der drei als Duplos identifizierten Maahks. Er würde jede Spur erkennen, ganz gleich, ob sie nun eine Sekunde oder ein Jahr alt war. Und nicht nur das: Alles, was der betreffende Maahk vor Tagen oder Jahren getan hatte, erschien als Handlungsablauf auf Sherlocks Netzhaut und in dem Wahrnehmungszentrum seines Gehirns. Ein Hirnwellenverstärker sandte die Bilder zu dem entsprechenden Empfänger und Umformer in Omars Gehirn. So war der Oberleutnant stets über die Wahrnehmungen seines gezähmten Okrill informiert.

Plötzlich blieb Sherlock ruckartig stehen.

Omar bremste seinen schnellen Lauf, indem er sich an dem Tier festhielt. Gleichzeitig griff er mit der Linken nach Sengu und hielt den Späher fest.

Dann schloß er die Augen und konzentrierte sich auf Sherlocks Wahrnehmungsbilder.

Ein einzelner Maahk erschien. Er kam von der anderen Seite des Flures und bog in den Gang ein, vor dem Sherlock stehengeblieben war. Omar vermochte den Maahk nicht zu erkennen; er konnte sich nur darauf verlassen, daß sich der Okrill die Einzelheiten besser einprägte als ein Mensch.

»Weiter!« befahl er leise.

Sherlock bog in den Seitengang ein. Nach wenigen Metern hielt er wieder an, diesmal vor einem in die Wand eingelassenen Schott.

Die Super-Infra-Wahrnehmung zeigte, daß der einzelne Maahk vor dem Schott stehengeblieben war, die Hand auf eine Stelle in etwa zwei Metern Höhe legte und durch die sich öffnende Tür trat.

»Sengu!« flüsterte Omar.

Der Späher trat wieder in Aktion. Er starrte auf das Schott, als gäbe es dort etwas Besonderes zu sehen. In Wirklichkeit vermochte er die Sehschärfe seiner mutierten Augen so zu regulieren, daß er an den einzelnen Molekülen des Stahlplastiks »vorbeisehen« konnte und erkannte, was sich hinter der Tür befand.

»Nichts!« flüsterte er nach einer Weile. »Der Maahk ist nicht hier. Vielleicht kommt er überhaupt nicht, sondern ist zu seiner Stadtwohnung gefahren. Das hier stellt eine behelfsmäßige Unterkunft dar, die benutzt wird, wenn die Zeit zwischen den Beratungen und anderen Tätigkeiten zu knapp ist, um nach Hause fahren zu können.«

»Wir müssen es trotzdem versuchen«, gab Omar zurück. »Atlan meinte, daß die Neunväter fast ständig hier wohnen, wenn sie nicht gerade auf Reisen sind. Und reisen werden sie kaum, da morgen die nächste Verhandlungsetappe mit uns beginnt. – Wir gehen hinein!«

Er legte die Handfläche auf die Stelle, die er sich gemerkt hatte, als er Sherlocks Wahrnehmungsbilder beobachtete.

Die beiden Hälften des Schotts glitten summend zurück.

Drinnen flammte blauweißes Licht auf.

Im ersten Augenblick erschrak Omar, dann stieß er den Späher unsanft vorwärts, pfiff dem Okrill und folgte selbst hastig.

Das Schott schloß sich automatisch wieder.

»Hoffentlich hat niemand den Lichtschein beobachtet«, flüsterte er.

»Der Gang war leer«, erwiderte Sengu.
Hawk atmete auf.
»Ich hätte daran denken müssen; daß sich die Beleuchtung automatisch einschaltet, sobald das Schott geöffnet wird.«
»Was hätte das geändert?« fragte Wuriu.
Omar zuckte die Schultern.
»Sie haben recht. Nichts! Schön, sehen wir uns ein wenig um – und hoffen wir, daß der Maahk bald kommt. Schließlich müssen wir noch einen anderen durchleuchten. Außerdem bedrückt es mich, daß Baar Lun den dritten Duplo ganz allein unter die Lupe nehmen will. Er hätte lieber mit uns gehen sollen. Wenn man ihn nun entdeckt?«
Wuriu Sengu lachte leise.
»Mit ein oder zwei Maahks wird der Modul schon fertig. Und mehr laufen hier kaum zusammen herum. Sie haben ja selbst gesehen, daß es im Innern des Gebäudes keine Wachen gibt.«
Dagegen gab es kein Argument. Hawk wußte, wie sorglos die Maahks hier in ihrem Heiligtum waren. Sie bewachten es zwar von außen, aber drinnen konnte sich ohnehin kein Unbefugter aufhalten, weil er nicht die Strahlsperre vor dem Eingang zu überwinden vermochte.
Der einzige wunde Punkt in ihrer Planung war die Tatsache, daß Atlan, Tschubai und Kasom allein zur VANUTO zurückgekehrt waren. Das konnte den Maahks nicht entgangen sein. Andererseits hatten sie selbst mit angesehen, wie einige ihrer Gäste teleportierten; daß nur Tschubai Teleporter war, wußten sie nicht. Wahrscheinlich erklärten sie sich das Verschwinden von Sengu, Lun, Sherlock und Hawk selbst auf diese Weise. Omar hoffte es.
Und er hoffte, daß der Maahk bald käme!
Aber es vergingen noch drei Stunden, bevor das Summen des Schotts hörbar wurde.
Omar stand im Wohnraum des Maahks; Sengu und der Okrill hatten sich in den Schlafraum zurückgezogen. Als der Maahk ahnungslos seinen Wohnraum betrat, schmetterte Hawk ihm die Fäuste gegen beide Ausläufer des Kopfes. Ohne einen Laut von sich zu geben, brach das Wesen zusammen. Omar trug es zu der breiten Ruhebank an der Wand und legte es nieder.
Auf einen Pfiff kamen Sengu und Sherlock herein.
Sengu zog sein tragbares Röntgengerät hervor und filmte den bewußtlosen Maahk mehrmals von allen Seiten.

»So, das dürfte genügen«, sagte er dann.

Omar zog die winzige Injektionspistole aus einer Tasche seiner Kombination und preßte sie dem Bewußtlosen gegen einen der Kopfausläufer. Zischend entlud sich der Inhalt. Es handelte sich dabei um ein eigens zu diesem Zweck in einem USO-Labor entwickelten Serum, das je nach Dosierung eine mehr oder minder starke Amnesie hervorrief.

Der Maahk würde sich nach seinem Erwachen nicht mehr an den ungebetenen Besuch erinnern können.

Hawk, Sengu und Sherlock verließen das Appartement und eilten in den Hauptflur zurück. Dort nahm Sherlock seine Suche von neuem auf. Er führte sie innerhalb einer halben Stunde zu dem zweiten Maahk-Duplo.

Auch hier gab es keine Schwierigkeiten.

Aber als die Männer und der Okrill das Appartement verlassen wollten, summte plötzlich der Melder eines Telekoms.

Omar fluchte unterdrückt.

»Hoffentlich schöpft niemand Verdacht, wenn sich der Duplo nicht meldet!«

Er zögerte einige Sekunden. Aber es gab keine Lösung des Problems. Man konnte nichts tun als auf ein wenig Glück vertrauen. Bisher hatte es sie nicht im Stich gelassen.

Sie liefen aus dem Appartement und stürmten den Gang hinab. Der Okrill führte sie zu der Mündung des Luftschachtes zurück, durch die sie in diesen Sektor des Gebäudes gekommen waren.

Doch diesmal hatten sie kein Glück.

Sie waren kaum auf den Hauptflur eingebogen, als Sengu eine Warnung zischte.

Omar warf sich zu Boden, den auf Paralysewirkung geschalteten Kombistrahler schußbereit in der Faust.

Im nächsten Augenblick ging das Licht an.

Omar Hawk feuerte.

Die drei Maahks, die mit angeschlagenen Waffen etwa fünfzig Meter vor ihnen gestanden hatten, polterten zu Boden. Ihre Strahlgewehre schlidderten scheppernd über den Gang und vollführten einen erschreckenden Lärm.

Der Oxtorner wollte sich gerade erheben, um zu den Geschockten zu gehen und ihnen ebenfalls eine Amnesie-Injektion zu geben, da fuhr Sherlock fauchend herum.

Aber es war zu spät.

Die harte Kommandostimme eines Maahks erscholl und befahl ihnen auf Kraahmak, die Waffen fallen zu lassen und sich zu ergeben.

Widerstrebend folgte Omar dem Befehl. Er sah keine andere Möglichkeit.

Vielleicht gelang es später, die sechs Maahks zu überwältigen, die in geschlossener Front auf sie zukamen. Augenblicklich hätte jeder Versuch der Gegenwehr nur sinnlose Opfer gefordert.

Deshalb war der Oxtorner mehr als verblüfft, als die sechs Maahks scheinbar ohne jeden äußeren Anlaß zusammenbrachen.

Im nächsten Augenblick tauchte Baar Lun aus einem Seitengang auf. Der Modul lächelte sanft.

Hawk erschrak.

Er wußte, daß Lun einen Menschen oder ein anderes Lebewesen töten konnte, indem er die relativ geringe Energiemenge, die sein Gehirn durchfloß, in feste oder gasförmige oder auch flüssige Materie umwandelte.

»Haben Sie die Maahks umgebracht?« fragte er atemlos.

Der Modul lächelte noch breiter.

»Das hätte nicht im Sinne unseres Planes gelegen, Hawk. Nein, ich habe sie nur betäubt. Ein wenig mehr Feuchtigkeit im Gehirn wird kaum schaden, jedenfalls nicht bei diesen Wesen. Außerdem handelt es sich nur um wenige Milligramm. Aber ich schlage vor, Sie und ich verteilen jetzt unsere restlichen Amnesiespritzen und . . .«

Das Schrillen von Alarmpfeifen unterbrach ihn.

Die beiden Männer sahen sich an.

»Aus!« kommentierte Omar Hawk.

Wuriu Sengu schüttelte den Kopf.

»Geben Sie den Maahks die Amnesie-Injektionen!« befahl er. Als Angehöriger des Mutantenkorps war er zugleich Sonderoffizier des Solaren Imperiums und damit befugt, in gewissen Situationen das Kommando zu übernehmen.

Lun und Hawk beeilten sich. Innerhalb einer halben Minute waren die bewußtlosen Maahks versorgt.

»Kommen Sie!« rief Sengu.

Er lief voraus, in den Gang hinein, in dem die Appartements lagen. Die meisten waren nicht besetzt, man hatte sie offenbar für die Mitglieder erweiterter Sitzungen vorgesehen.

Vor dem dritten Schott blieb der Späher stehen. Er starrte sekundenlang auf die Tür, dann legte er die Hand auf das Wärmeschloß.

Sie drängten sich in dem Wohnraum zusammen.

Sengu hob die Hand zum Druckhelm und verstellte seinen Minikom. Er sprach einige Sätze in den Speichersektor des Gerätes, dann drückte er die Taste der Rafferautomatik.

Ein winziger Piepser verließ die Antenne.

Mit dem entsprechenden Entzerrer und dem vereinbarten Kode behandelt, sagte er dem Eingeweihten genau, wie die Örtlichkeit aussah, an der sich die Einsatzgruppe aufhielt.

Dann materialisierte Ras Tschubai.

Der Teleporter verzog die wulstigen Lippen zu einem breiten Grinsen.

»Zuerst der Okrill!« befahl Sengu.

Omar Hawk führte Sherlock zu Tschubai und legte die Hand des Teleporters auf den Nacken des Tieres.

»Sei brav, Sherlock!« mahnte er.

Im nächsten Augenblick waren Ras und der Okrill verschwunden.

Danach teleportierte Tschubai mit Hawk und zuletzt nahm er Lun und Sengu mit.

Das war, als draußen auf dem Flur bereits die dröhnenden Schritte herbeieilender Maahkwächter erschollen.

Sie würden in der Halle der Unbesiegbaren nichts mehr vorfinden – außer ihren paralysierten Kameraden und den drei bewußtlosen Neunvätern.

Aber keiner konnte etwas über die Vorgänge verraten . . .

5.

Eine Stunde später materialisierte Ras Tschubai erneut in der Halle der Unbesiegbaren.

Diesmal jedoch hatte er Atlan mitgenommen, und ihr Ziel waren nicht mehr die Duplos, sondern sie suchten Grek-1, den Chef der Neunväter.

Die Suche wäre zum Scheitern verurteilt gewesen, hätte sich Atlan nicht etwas Besonderes ausgedacht. Überall in den Gängen des Gebäudes standen nach den vorangegangenen nächtlichen Zwischenfällen bewaffnete Posten der Maahk-Truppen. Andere Posten patrouillierten und sahen in jeden Winkel.

Atlan und Tschubai warteten in der Nische eines Antigravschachtes. Als zwei Maahk-Offiziere, die wahrscheinlich die Posten kontrollieren wollten, auf gleicher Höhe mit ihnen waren, schaltete der Arkonide seine Psychostrahler ein.

Die unsichtbare Strahlung der speziell auf Maahk-Gehirne abgestimmten Psycho-Waffe erfaßte die Offiziere.

»Halt!« befahl Atlan leise in Kraahmak.

Die Offiziere hielten ruckartig an. Ihre Augen starrten stumpf an die Wandung über dem Antigrav-Einstieg.

»Herkommen!«

Wie zwei Roboter gehorchten die Maahks. Sie kamen mit steifen Schritten näher und blieben dicht vor dem Lordadmiral stehen.

»Wir sind von Grek-1 bestellt worden!« schärfte Atlan ihnen ein. »Der Regierungschef will mit uns über die Zwischenfälle sprechen, die sich hier ereignet haben sollen. Ihr müßt uns zu ihm bringen. Das ist ein Befehl von Grek-1! Haben Sie genau verstanden?«

Die Maahks bestätigten wie aus einem Mund.

Atlan hielt den Psychostrahler weiterhin auf sie gerichtet.

»Ihr seid Grek-1 dafür verantwortlich, daß wir unangefochten zu ihm kommen, und zwar so schnell wie möglich. Befehle, die dem widersprechen, habt ihr zu ignorieren. Notfalls müßt ihr euch mit Gewalt durchsetzen. – Und nun los! Nehmt uns in die Mitte, aber laßt die Waffen in den Halftern!«

Gehorsam traten die Offiziere neben die beiden Besucher.

Atlan und Tschubai benahmen sich so, wie zwei Freunde sich benehmen würden, die von Soldaten zu Grek-1 geführt werden sollten. Hochaufgerichtet und mit leeren Händen gingen sie zwischen ihren Begleitern.

Der Arkonide war sich darüber klar, welches Risiko er einging.

Falls einer der Maahk-Duplos überraschend auftauchte und von den Begleitoffizieren erfuhr, wohin die Besucher gebracht werden sollten, würde er alles versuchen, um die beiden Fremden daran zu hindern. Für einen einflußreichen Neunvater war es leicht, eine Begründung dafür zu finden, warum er die Fremden aufgehalten – und dabei getötet hatte.

Der USO-Chef lächelte grimmig.

So weit würde man es natürlich nicht kommen lassen. Er – und Ras – kannten ganz sicher einige Tricks mehr als sämtliche Neunväter zusammen.

Aber bislang war keiner der drei Duplos aufgetaucht.

Die Posten ließen sie ungehindert passieren, nachdem die Offiziere kurz berichtet hatten, daß sie im Auftrage von Grek-1 handelten. Es wurde nur einmal kritisch, als ein ranghöherer Offizier ihnen den Weg vertrat.

Einer der beiden Begleiter erstattete Meldung.

Der Maahk mit den Rangsymbolen eines Majors – verglichen mit terranischen Maßstäben – sah Atlan und Tschubai durchdringend an.

»Sie sind der Arkonide, nicht wahr?« wandte er sich an Atlan.

»Das stimmt. Bitte, lassen Sie uns durch. Wir haben es eilig!«

Der Major betrachtete seine beiden Offiziere.

»Ihr wißt, daß ihr meine Befehle befolgen müßt.«

»Jawohl, Grek-14!« antworteten die beiden Offiziere.

Er wandte sich dem Lordadmiral zu: eine reine Höflichkeitsgeste, denn ein Maahk verfügte über einen Blickwinkel von 360 Grad. »Ich bin Grek-14, Geheimdienst, und ich habe mich viel mit terranischen und arkonidischen Geheimdienstmethoden beschäftigt.«

Die Augen des maahkschen Geheimdienstoffiziers funkelten, und es war Atlan, als sähe er darin so etwas wie Ironie.

»Gut!« sagte er wieder zu den Offizieren. »Dann nehmt die beiden Terraner und bringt sie zu ihrem Raumschiff zurück!«

Atlans Augen wurden feucht. Er sah aus den Augenwinkeln, wie Ras Tschubais Hand sich auf den Kolben seiner Kombiwaffe senkte. Abwehrend schüttelte er den Kopf.

Die Begleitoffiziere zogen plötzlich ihre Strahlwaffen und richteten sie auf den Geheimdienstoffizier.

»Gehen Sie aus dem Weg. Sonst müssen wie schießen!«

»Wer hat euch das befohlen?« fragte Grek-14.

»Grek-1!«

»Das glaube ich nicht.« Grek-14 trat zur Seite, so daß Tschubai und Atlan in der Schußlinie standen. »Ich glaube vielmehr, der Arkonide hat es euch befohlen, und er hat einen Psychostrahler dazu benutzt . . .! «

Gleichzeitig zogen Tschubai und Atlan ihre Waffen.

»Aber nicht doch!« flüsterte Grek-14. »Ihr dürft nicht glauben, ein maahkscher Geheimdienstoffizier wäre dumm. Ihr wollt zu Grek-1. Was sollte ich dagegen haben?«

»Vielleicht wollen wir ihn töten . . .?« fragte der Lordadmiral lauernd.

»Das hätte wenig Sinn; folglich wäre es logisch falsch. Ihr riskiertet damit gerade den Krieg zwischen unseren Völkern, den ihr selbst nicht wollt.«

»Das stimmt!« gab Atlan zu. »Also wenn Sie nichts dagegen haben, daß wir Grek-1 besuchen, warum halten Sie uns dann auf?«

»Um die Wahrheit herauszubekommen. Nun weiß ich sie. Es befriedigt mich, daß ich auf Ihren ausgezeichneten Trick nicht hereingefallen bin. – Sie können zu Grek-1 gehen. Er ist auf Ihren Besuch vorbereitet.«

»Aber wieso . . .?« begann Tschubai.

»Grek-1 hat alles, was wir miteinander sprachen, über meinen Minikom angehört. Er rechnete von Anfang an mit Ihrem Besuch.«

Nachdenklich folgten Atlan und Ras dem Geheimdienstoffizier. Die beiden anderen Begleiter schritten wie aufgezogene Puppen nebenher.

Der Arkonide gestand sich ein, daß diese Runde an den Chef der Neunväter gegangen war.

Sie saßen dem alten Maahk gegenüber.

Grek-1 betrachtete seine nächtlichen Besucher aufmerksam. Die beiden hypnotisierten Offiziere waren in einen separaten Raum gesperrt worden. Grek-14 allerdings hatte bleiben dürfen.

»Wir haben Sie bisher unterschätzt, glaube ich«, sagte Atlan höflich. »Ich muß Ihnen mein Kompliment machen: Soviel Voraussicht hätte ich nicht erwartet.«

Grek-1 bewegte den Oberkörper in einer Art Verbeugung.

»Sie wissen viel über uns Maahks, aber nicht alles. Das mag daran liegen, daß Ihre Informationen zum größten Teil noch aus der Zeit des großen Krieges zwischen dem arkonidischen Imperium und uns stammen. Inzwischen hat sich einiges geändert.

Ich ahnte bereits etwas, als ich Sie mit nur zwei Begleitern die Halle der Unbesiegbaren verlassen sah. Aber ich sagte niemandem etwas davon außer Grek-14.

Als dann Alarm gegeben wurde, weil ein anderer Offizier Grek-3 nicht über Interkom erreichte, obwohl er wußte, daß er in seinem Appartement sein mußte, griff ich ein.

Ich verzögerte die Verfolgung so lange, bis ich Ihre Leute in Sicherheit wußte. Mit Hilfe eines speziellen Serums ließ ich bei den ›behandelten‹ Soldaten die Amnesie beseitigen. Nun bedurfte es nur noch der Logik, um Ihre weiteren Schritte zu ahnen.

Ich postierte Grek-14 so, daß er auf jeden Fall alle Personen, die sich meinen Räumen näherten, rechtzeitig sehen mußte. Gleichzeitig ließ ich ihn wissen, daß ich an Ihre friedlichen Absichten glaube und daß auf keinen Fall Gewalt angewendet werden durfte.«

Er legte eine Pause ein und blickte dabei gegen die Decke des Raumes, als dächte er scharf nach.

»Nun sind Sie hier!« sagte er etwas härter als zuvor. »Ich möchte Ihre Gründe für das Eindringen in die Appartements von Grek-3, Grek-4 und Grek-8 kennenlernen. Was wollten Sie von ihnen?«

Atlan blickte den Maahk erstaunt an.

»Warum fragen Sie? Haben Sie denn bei den drei Neunvätern die Amnesie noch nicht gelöscht?«

»Noch nicht! Ich wollte Ihnen nicht vorgreifen.«

Atlan holte tief Luft. Er wußte plötzlich, daß er die Klugheit des Regierungschefs trotz aller bisherigen Erkenntnisse noch immer unterschätzt hatte. Dieser alte Maahk verfügte über einen außergewöhnlich scharfen Verstand und eine Weisheit, die auf unzähligen Lebenserfahrungen basieren mußte.

Wortlos zog er den Plastikbeutel hervor, den er unter dem Lufterneuerungsapparat seines Raumanzuges verborgen hatte. Ras Tschubai folgte seinem Beispiel.

Grek-14 kam herbei und nahm ihnen die flachen Beutel ab.

Lange studierte Grek-1 den Inhalt.

Atlan und Ras beobachteten den Regierungschef voller Spannung.

Die Beutel hatten nicht nur 3-D-Fotos und Berichte über die Existenz und die Verwendung von Multiduplikatoren und Tefroder-Duplos enthalten, sondern auch eine Serie entwickelter Röntgenaufnahmen der drei duplizierten Neunväter, die Sengu und Baar Lun während ihres heimlichen Besuches angefertigt hatten, und die Aufnahmen waren so gut gelungen, daß man mit ihrer Hilfe die drei Duplos nicht nur würde identifizieren können, sondern daß außerdem die Reizempfänger in den Sichelköpfen einwandfrei erkannt werden konnten.

Erst nach etwa zehn Minuten hob Grek-1 den Blick. Er reichte das Beweismaterial weiter an Grek-14 und sagte dann:

»Jetzt weiß ich, warum Sie gestern darauf verzichteten, Ihr Beweismaterial vorzulegen. Sie wollten die drei verdächtigen Neunväter in Sicherheit wiegen.

Aber wie wußten Sie überhaupt, daß Grek-3, Grek-4 und Grek-8 diese Geräte in ihren Gehirnen trugen, die Sie Reizwellenempfänger nennen . . .?«

»Einer meiner Leute vermag durch feste Materie zu sehen«, antwortete Atlan bereitwillig.

Wieder schwieg Grek-1 einige Minuten.

»Eine unheimliche, aber sehr nützliche Fähigkeit«, gab er dann zu. »Und diese Reizempfänger dienen dazu, die Reaktionen von Duplos zu steuern beziehungsweise die Träger abzutöten, wenn es sich als notwendig erweist?«

»So ist es«, erwiderte Atlan.

»Unter den Neunvätern befinden sich also drei feindliche Agenten«, faßte der Regierungschef zusammen. »Es ist ungeheuerlich! Das bedeutet . . .«

Der Arkonide beugte sich vor.

»Das bedeutet, daß sich innerhalb des Uhrak-Systems oder in umittelbarer Nachbarschaft davon ein geheimer Stützpunkt der Meister der Insel befindet, ein Stützpunkt mit einem Multiduplikator. Es bedeutet außerdem, daß die drei Neunväter nicht die einzigen Maahk-Duplos sein dürften, denn ohne Duplo-Helfer auf Tatrun selbst wäre es nicht möglich gewesen, drei so wichtige Personen zu entführen und später durch Duplikate zu ersetzen.«

»Was schlagen Sie an Gegenmaßnahmen vor?« fragte Grek-1. Der Maahk hatte offenbar schnell begriffen, daß er die Erfahrungen des USO-Chefs nutzen mußte, wollte er der Bedrohung wirksam genug begegnen.

Atlan atmete auf. Er wußte, daß er gewonnen hatte.

Langsam und eindringlich schilderte er dem Regierungschef der Maahks, welche Maßnahmen seiner Meinung nach am ehesten zu einem greifbaren Erfolg führen mußten.

Die Verhandlungen wurden am nächsten Tag fortgesetzt, als wäre in den vergangenen Nachtstunden nichts geschehen. Grek-1 hatte darauf verzichtet, die fünf unverdächtigen Regierungsmitglieder über die wirkliche Beschaffenheit ihrer Kollegen Grek-3, Grek-4 und Grek-8 zu informieren. Er wollte vermeiden, daß sie die Duplos ungewollt ihr Mißtrauen spüren ließen und sie damit warnten.

Dementsprechend langweilig verliefen die ersten drei Stunden der Verhandlung.

Erst zu Beginn der vierten Stunde legte Atlan, so wie es mit Grek-1 abgesprochen worden war – sein Beweismaterial über die Tefroder-Duplos vor. Deutlich erkannten die Neunväter die Reizempfänger auf den Röntgenaufnahmen gefangener Tefroder. Sie erkannten auch anhand anderen Beweismaterials, wozu die Reizempfänger dienten.

Aber auch die Maahk-Duplos erkannten es!

»Sie werden nervös!« flüsterte Baar Lun dem Lordadmiral zu. »Sie strahlen Unglauben und Furcht aus. Anscheinend hatten sie keine Ahnung, daß man ihnen ihre Henker ins Gehirn gepflanzt hat.«

Nach einer Viertelstunde, als die Maahk-Duplos annehmen mußten, daß niemand über ihre wahre Natur informiert sei, erhob sich plötzlich Grek-4.

»Ich bitte um Entschuldigung«, wandte er sich an Grek-1, »aber mir fällt soeben ein, daß ich für heute eine Flotteninspektion angekündigt habe. Wenn Sie gestatten, verlasse ich jetzt die Halle der Unbesiegbaren und begebe mich zu meinem Flaggschiff.«

Grek-1 tat, als müsse er erst überlegen, obwohl ihm Atlan diese Reaktion bereits in der Nacht vorhergesagt hatte.

»Es mißfällt mir, Grek-4, daß Sie mich erst jetzt davon in Kenntnis setzen. Aber immerhin: Was ein Großadmiral ankündigt, muß er auch einhalten. Also gehen Sie ruhig. Kommen Sie aber bis morgen früh zurück!«

Grek-4 verneigte sich leicht.

»Vielen Dank, Grek-1.«

Als er verschwunden war, stand der Regierungschef auf.

»Ich schlage vor, daß wir jetzt eine Pause von drei Stunden einlegen. Sie können inzwischen Ihre Gedanken sammeln und das vorhandene Beweismaterial labortechnisch prüfen.«

Den beiden anderen Maahk-Duplos war deutlich anzumerken, daß sie über die Unterbrechung der Sitzung nur zu erfreut waren. Sie ahnten nicht, wie nutzlos die Pause sein würde, wenigstens für sie.

Die Terraner wurden am Ausgang der Halle von Grek-14 erwartet. Der Geheimdienstoffizier behandelte die Gäste mit großer Ehrerbietung; ihm mußte klargeworden sein, welchen großen Dienst die Menschen seinem Volk erwiesen hatten.

Er führte sie zu den Räumen des Regierungschefs.

Grek-1 kam kurz nach ihnen an.

»Grek-4 hat soeben die KOOTAAN betreten, sein Flaggschiff. Ich habe Anweisung gegeben, das Schiff zu verfolgen. Außerdem steht für uns die THAAHOK bereit, ein Spezialraumschiff des Geheimdienstes. Wenn Sie mitkommen wollen . . .?«

Atlan sprang aus seinem Sessel.

»Nicht allein, Grek-1. Wenn ich Ihnen helfen soll, dann benötige ich meine Begleiter – und mein eigenes Raumschiff, die VANUTO!«

Der Regierungschef blickte den Arkoniden prüfend an.

»Sie sind mit einem sehr kleinen Raumschiff gekommen. Glauben Sie wirklich, es unter Umständen mit der KOOTAAN aufnehmen zu können?«

»Ich weiß, daß ich es kann!«

»Und das, obwohl Sie die Größe und Bewaffnung der KOOTAAN nicht kennen?« fragte Grek-1. »Nun, ich habe genügend Proben Ihrer Klugheit zu sehen bekommen. Wenn Sie die Größe der KOOTAAN nicht interessiert, dann muß Ihr Schiff tatsächlich weit überlegen sein!«

»Also sind Sie damit einverstanden«, folgerte Atlan. Er schaltete seinen Helmkom ein und rief die VANUTO.

Major Stuyven meldete sich augenblicklich. Er war von Atlan entsprechend vorbereitet worden.

Als der Lordadmiral das Gespräch beendet hatte, wandte er sich wieder dem alten Maahk zu.

»Mein Schiff ist in zwei Minuten hier.«

»Sie wußten also, wie meine Entscheidung ausfallen würde?« fragte Grek-1 verblüfft.

Atlan lachte.

»Warum nicht? Schließlich kannten Sie heute nacht ebenfalls meine Absichten, bevor ich mit Ihnen gesprochen hatte!«

Grek-1 hatte seinen Raumanzug angezogen und war mit seinen Gästen in die VANUTO gestiegen. Er bewunderte die Einrichtung der Kommandozentrale, während der Leichte Kreuzer in den Raum hinausjagte.

Die THAAHOK folgte in zehn Kilometern Entfernung. Sie war ein Fünfhundert-Meter-Kreuzer der neuesten maahkschen Bauserie; dennoch hatte sie Mühe, mit dem kleinen terranischen Schiff Schritt zu halten.

Ununterbrochen gingen Meldungen über die Positionsveränderungen der KOOTAAN von den Wachschiffen ein, die überall im Uhrak-System postiert waren. Grek-4 hatte keine Chance, das Ziel seiner Reise geheimzuhalten.

Er gab sich auch keine Mühe, weil das nur Verdacht erregt hätte. Wie wollte er wissen, daß er längst durchschaut war!

Nach zehn Minuten richtete sich der Navigator der VANUTO von seinem Pult auf.

»Würden Sie bitte einmal herkommen, Sir?« fragte er Atlan.

Der Lordadmiral und Grek-1 gingen gemeinsam zu dem jungen Offizier. Sie beugten sich über die positronisch ausgearbeitete Koordinatenskizze.

»Die KOOTAAN hält einen Kurs, der sie dicht an der Sonne Uhrak vorbeiführen dürfte«, erläuterte der Navigator.

Er verstellte den Leuchtzeiger, so daß die rot glühende Spitze an der Sonne vorbei auf einen gelb markierten Punkt zeigte.

»Bei ihrem Kurs halte ich es für möglich, daß die KOOTAAN diesen Planeten anfliegen will. Er ist der zweite des Uhrak-Systems und befindet sich zur Zeit des Eintreffens der KOOTAAN an dem markierten Punkt.«

»Mhurok!« sagte Grek-1 erstaunt. »Das ist eine Glutwelt ohne Atmosphäre. Was soll Grek-4 dort wollen? Kein Maahk könnte dort ohne großen technischen Aufwand überhaupt existieren. Der Planet ist völlig unbesiedelt.«

»Damit wäre er der ideale Ort für einen tefrodischen Stützpunkt«, kommentierte Atlan.

»Unmöglich!« rief der maahksche Regierungschef aus. »Niemand ist in der Lage, mitten in unserem Zentrums-System einen Stützpunkt zu errichten!«

»Wir wären in der Lage«, erwiderte der USO-Chef lächelnd. »Und die Tefroder sind auch Menschen . . .!«

Eine neue Positionsmeldung ging ein.

»Die KOOTAAN verzögert!« rief der Navigator. »Einen Augenblick bitte!«

Er tippte einige Angaben in die Pultrechenmaschine und pfiff danach leise durch die Zähne.

»Bei diesen Werten kann die Absicht von Grek-4 nur darin bestehen, auf Mhurok zu landen, Sir!«

Atlans Gesicht verschloß sich. Er griff an Major Stuyven vorbei zum Mikrophon.

»Kommandeur an Besatzung! Bitte, legen Sie die Raumanzüge an und schnallen Sie sich vor Ihren Arbeitsplätzen fest. Alle Männer der Freiwache ziehen sofort ihre Kampfanzüge an und finden sich mit voller Kampfausrüstung in Schleuse Eins ein!«

Er fuhr zu Grek-1 herum.

»Würden Sie bitte Ihrem Kreuzer Bescheid geben, er soll sich ebenfalls gefechtsklar machen . . .!«

Der Regierungschef der Maahkvölker sah den Arkoniden sekundenlang starr an. Dann akzeptierte er die Tatsache, daß Atlan faktisch das Kommando auch über sein eigenes Schiff an sich gerissen hatte.

Er schloß seinen Helmkom an die Telekomanlage der VANUTO an und informierte den Kommandanten der THAAHOK. Gleichzeitig befahl er ihm, sich für die Dauer der Aktion gegen den Duplo an die Anweisungen Lordadmiral Atlans zu halten.

Der USO-Chef dankte ihm dafür, aber Grek-1 wehrte ab.

»Sie kennen uns Maahks und wissen, daß wir unser Handeln logischen Schlüssen unterwerfen. Warum sollte ich nicht Ihnen den Oberbefehl abtreten, wenn ich erkenne, daß Sie auf Grund Ihrer größeren Erfahrungen die Aktion besser leiten können als ich?«

Die VANUTO durchflog gerade mit eingeschalteten HÜ-Schirmen den äußeren Rand der Sonnenkorona, als das Schiff des Duplos auf Mhurok zur Landung ansetzte.

Von da an verschwand es aus der Ortung der Wachschiffe.

Atlan befahl den Kommandanten der VANUTO und der THAAHOK, die restliche Entfernung bis zum zweiten Planeten im Linearraum zu überwinden.

Nur zwei Minuten später tauchten die beiden Raumschiffe in den Nahbereich des Planeten Mhurok ein.

Aber die Hoffnung, die KOOTAAN auf Anhieb zu finden, erfüllte sich nicht. Von dem Schiff war keine Spur zu entdecken. Nur Wüsten aus glühendem Sand, zähflüssiges Magma und Seen geschmolzenen Bleis und Zinns zogen unter den langsam fliegenden Schiffen dahin. Aus Felsspalten schossen Quecksilberdampfgeysire empor. Die Oberflächentemperatur lag zwischen 400 und 600 Grad Celsius. Unter vierhundert Grad sank sie auch auf der Nachtseite nicht ab, da Mhurok in nur drei Stunden einmal um seine Achse rotierte.

Es war eine einzige Gluthölle – und doch mußte dort unten ein feindlicher Stützpunkt verborgen sein!

Die beiden Raumschiffe begaben sich nach Atlans Anweisungen in einen Orbit mit gleitenden Kreisbahnen. In nur hundert Kilometern Höhe zogen sie über die glühende Einöde auf gegengerichtetem Kurs, so daß sie sich bei jeder Umkreisung einmal begegneten. Nach und nach aber entfernten sie sich nach beiden Seiten voneinander. Nur die Funkverständigung hielt sie miteinander in Verbindung.

Der USO-Chef ahnte, daß Grek-4 die Verfolger längst geortet hatte. Darum verzichtete er auch auf jeden Versuch, seine Absichten zu verbergen. Es bestand ohnehin keine große Gefahr, daß verborgene Abwehrforts plötzlich ihr Vernichtungsfeuer eröffneten. Dem Maahk-Duplo und seinen Helfern blieb nur die Hoffnung, unentdeckt zu bleiben. Sie mußten sich zumindest so lange still verhalten, wie sie ungeortet blieben.

Aber nachdem die Schiffe praktisch jeden Quadratzentimeter des Planeten untersucht hatten und von einem Geheimstützpunkt immer noch keine Spur zu finden war, stellten sich bei Grek-1 die ersten Zweifel ein.

»Vielleicht hat Grek-4 nur ein Täuschungsmanöver geflogen?« wandte er sich an Atlan. »Wäre es nicht möglich, den Planeten halb zu umkreisen und in seiner Deckung in den Linearraum zu gehen?«

Der Arkonide lächelte kalt.

»Theoretisch bestünde diese Möglichkeit. Aber erstens hätten unsere empfindlichen Ortungsgeräte das angezeigt, und zweitens würde ein solches Manöver bedeuten, daß der feindliche Stützpunkt außerhalb des Uhrak-Systems liegt. Das glaube ich aber nicht; die Meister der Insel besitzen die technischen Möglichkeiten, insgeheim in Ihrem Zentrumssystem einen Stützpunkt zu errichten. Folglich werden sie es auch getan haben, da ihnen ein Stützpunkt innerhalb des Systems mehr nützt als irgendwo außerhalb.«

»Aber dann hätte doch wenigstens eine geringfügige Energieortung erfolgen müssen!« wandte der Regierungschef ein.

Atlan nickte.

»Sie haben recht. Die KOOTAAN ist erst vor kurzem hier gelandet. Ihre Kraftwerke und Triebwerke geben immer noch eine gewisse Reststrahlung ab, selbst wenn sie desaktiviert sind. Das sollten wir orten können. Doch dieser Planet ist energetisch noch so aktiv, daß dadurch die gesuchte Strahlung überlagert werden könnte.«

»Dann müssen wir also die Suche abbrechen?« fragte Grek-1. »In diesem Fall würde ich ein Geschwader schwerer Kampfschiffe herbeordern und Mhurok mit Tausend-Gigatonnen-Bomben beschießen lassen.«

»Das wäre das letzte Mittel!« widersprach der Lordadmiral. »Zuerst wollen wir unsere vorletzten Trümpfe einsetzen.«

Er wandte sich um.

»Sengu, Tschubai, Kasom, Hawk! Sie starten sofort mit einer Space-Jet und überfliegen die Oberfläche Mhuroks in ein Kilometer Höhe. – Können Sie von dort unten die Oberfläche sehen, Sengu?«

Der Späher nickte.

»Ich benötige dazu allerdings Direktsicht, Sir. Verfügt die Space-Jet über eine Klarsichtkuppel an der Unterseite?«

Atlan lachte unterdrückt.

»Selbstverständlich, Sengu. Wenn ich Sie in einen Einsatz mitnehme, dann sorge ich auch dafür, daß Sie in jeder Situation arbeiten können.«

Wenige Minuten später startete der bewaffnete Raumaufklärer.

6.

Die Nachtseite Mhuroks wirkte wie das Tor zur Hölle. Blutrot glühte der Boden, stahlblau und silbern die Seen flüssigen Metalls – und in allen Farben des Spektrums fluoreszierten die geysirhaft emporschießenden Säulen aus Quecksilberdämpfen.

Melbar Kasom steuerte die Space-Jet. Er hockte breit und klobig hinter den Manuellschaltungen. Neben ihm fungierte Omar Hawk als

Navigator und Feuerleitoffizier. Ras Tschubai bediente die Ortungsgeräte. Das Weiß in seinen Augen glomm jedesmal auf, wenn der gelbe Kontrollbalken des scharf gebündelten Hyperwellenstrahls über die Bodenprojektion wischte.

Im Hintergrund lag der Okrill, fest an den Boden gepreßt und die runden Facettenaugen geschlossen. Nur ein fauchender Atem zeigte an, daß er lebte und die Gefahr ahnte, die von dieser Welt drohte.

Die Space-Jet bot sich potentiellen Angreifern so gut wie schutzlos dar. Kasom flog mit desaktivierten Schutzschirmen; anders wäre eine Direktsicht nicht möglich gewesen. Ihr bester Schutz war augenblicklich die Reaktionsschnelligkeit ihres Piloten.

Die Minuten verstrichen. Den Männern in dem diskusförmigen Raumfahrzeug erschienen sie wie Stunden.

Auf der Oberfläche der Glutwelt gab es keine Spur von Leben, nur das Brodeln, Zischen und Leuchten der entfesselten Elemente.

Aber darunter . . .

Der Schrei Sengus gellte noch in den Ohren Kasoms und Tschubais nach, als die Space-Jet bereits wie von einer Titanenfaust durchgeschüttelt wurde.

Der Ertruser reagierte augenblicklich. Ohne auf das Schrillen der Automatenwarnung zu achten, hieb er den Beschleunigungshebel bis zum Anschlag nach vorn.

Auf dem Bildschirm der Panoramagalerie loderte blauweiße Glut.

Die Triebwerke brüllten auf – und verstummten . . .

Ein zweiter Schlag traf das Fahrzeug. Das blauweiße Leuchten in den Bildschirmen verschwand, dafür schien sich die Glut Mhuroks rasend schnell um die Space-Jet zu drehen.

Verzweifelt riß Kasom an den Schalthebeln. Die Triebwerke reagierten nicht mehr.

Die Space-Jet stürzte!

»Anschnallen!« brüllte Kasom.

Es war ein sinnloser Befehl, denn selbstverständlich hatte sich jeder bereits vor dem Start angeschnallt.

»Sengu!« rief Hawk. »Er ist in der Sichtkuppel. Wenn wir aufschlagen . . .!«

Ras Tschubai verstand. Er entmaterialisierte. Eine halbe Minute später kehrte er zurück. In seinen Armen hielt er den Späher-Mutanten.

Omar Hawk riß ihm den reglosen Körper aus den Händen und

barg ihn in seinen starken Armen. Es war keine Zeit mehr, Wuriu in einen anderen Sessel zu transportieren und anzuschnallen. Rasend schnell flog der Boden auf die Space-Jet zu.

Eine gigantische Säule fluoreszierenden Quecksilberdampfes schoß vor dem Bug empor.

Dann löschte ein wildes Kreisen und Bersten alles andere aus.

Bevor Omar Hawk das Bewußtsein verlor, registrierte er noch, daß die ausbrechende Gassäule den steilen Absturzwinkel des Bootes abgeflacht hatte . . .

Er kam bald wieder zu sich. Seine widerstandsfähige Konstitution hatte den Aufprall unbeschadet überstanden. Dennoch benötigte er einige Sekunden, um zu verstehen, daß er trotz allem zum Tode verurteilt war, wenn nicht ein Wunder geschah.

Die Space-Jet war zwar nicht zerbrochen, aber rings um sie herum loderten viele Meter hohe Glutausbrüche. Die Außenzelle knackte und knisterte bereits verdächtig. Ein Blick auf die Kontrollampen der Klimaanlage sagte dem Oxtorner, daß sie ihre Tätigkeit eingestellt hatte. Die Hitze würde von draußen innerhalb kurzer Zeit bis zur Zentrale vordringen und sie in einen schmelzenden, glühenden Hexenkessel verwandeln. Auf die Dauer würden auch die Kampfanzüge mit den eingebauten Schirmfeldprojektoren dem Ansturm entfesselter Naturgewalten nicht standhalten, ganz abgesehen davon, daß die Space- Jet einen Treffer in den Triebwerksreaktor erhalten hatte und vielleicht schon in den nächsten Sekunden explodierte.

Und es gab keinen Weg nach draußen.

Geistesabwesend blickte Omar auf das Gesicht Wuriu Sengus hinab. Der Späher-Mutant hatte eine hühnereigroße Beule an der Schläfe. Sonst schien er unverletzt zu sein. Wenn Tschubai nicht gewesen wäre . . .!

Im nächsten Augenblick hatte sich Omar von den Anschnallgurten befreit, Sengu in seinen Sessel gelegt und war zu dem Teleporter geklettert.

Ras Tschubai erwachte gerade aus seiner Ohnmacht.

»Sind Sie verletzt, Ras?«

Der Teleporter schüttelte den Kopf.

»Prellungen, mehr nicht, Omar. Was ist mit dem Boot. Wir sind wohl noch einigermaßen heil angekommen, wie?« Er grinste matt.

Dann fiel sein Blick auf die Bildschirme.

»Wir müssen hinaus!« keuchte er entsetzt. »Was ist mit den anderen?«

»Denen geht es ausgezeichnet!« dröhnte Kasoms Stimme durch die Zentrale. »Es fragt sich nur, wie lange noch.«

Der Ertruser stemmte sich hoch und rüttelte Wuriu Sengu so lange, bis der Späher-Mutant die Augen aufschlug.

»Ich bringe Sie hinaus!« sagte Tschubai.

Hawk deutete auf die Bildschirme.

»Dorthin, Ras? Ich schlage vor, Sie teleportieren uns nacheinander in eine Höhe von tausend Metern. Dort muß jeder seinen Antigrav einschalten. Was dann kommt, werden wir sehen.«

»Einverstanden!« sagte Kasom.

Er klappte seinen Druckhelm zu, als die Wände der Zentrale plötzlich in dunklem Rot leuchteten.

»Der Triebwerksreaktor geht durch!« schrie er. »Schnell, Ras!«

Tschubai erkannte, daß er nicht mehr als einmal teleportieren konnte. Er würde nach der Rückkehr vom ersten Sprung in einem Explosionsball materialisieren.

»Anfassen!« rief er. »Los, faßt mich alle an! Hawk auch! Nimm deinen Okrill mit, verdammt noch mal!«

Es gab sekundenlang einen Knäuel von Leibern – und dann eine Explosion, deren Gewalt einen Krater von zweihundert Metern Tiefe in die glühende Oberfläche Mhuroks riß . . .

»Peilzeichen setzen aus, Sir!« meldete der Funker der VANUTO.

Mit einem Satz war Atlan am Telekom und schaltete ihn auf Maximalintensität.

»Hier VANUTO!« rief er ins Mikrophon. »SJ-01 bitte melden!«

Als keine Antwort erfolgte, schaltete er den Hyperkom ein und rief nach der Besatzung der Space-Jet.

Vergeblich!

»Kurs auf letzte Position!« befahl Atlan dem Kommandanten. »Höchste Beschleunigung!«

Die VANUTO hatte eben noch scheinbar über einem Punkt der Planetenoberfläche gestanden – im nächsten Augenblick stieß sie bereits in die Nachtzone Mhuroks ein. Der Maahk-Kreuzer folgte ihr etwas langsamer; seine Beschleunigungswerte waren geringer.

Eine halbe Minute später meldete die Energieortung die Reste einer atomaren Explosion. Die Bodenortung gab kurz darauf die Position eines zweihundert Meter tiefen Trichters bekannt.

Atlan wurde blaß.

Hatte er mit seinem Befehl Kasom, Hawk und die beiden Mutanten in den Tod getrieben?

»Heruntergehen!« rief er Major Stuyven zu. »Irgendwo in unmittelbarer Nähe muß der feindliche Stützpunkt liegen!«

Die VANUTO ging bis auf fündhundert Meter hinab und kreiste über einem Gebiet von etwa zwanzig Quadratkilometern Durchmesser. Einen Kilometer höher zog der schwarze Walzenraumer der Maahks seine Kreise, einem beutegierigen Raubvogel gleich.

»Rufen Sie nach der Jet-Besatzung!« befahl der Lordadmiral dem Funker. »Vielleicht haben sie sich aus ihrem Wrack retten können, bevor es explodierte.«

Aber auch diese Hoffnung erfüllte sich nicht.

Fünf Minuten später hatte Atlan die Gewißheit, daß sich in weitem Umkreis kein lebendes Wesen befand.

Eine weitere halbe Stunde lang zögerte der Arkonide, in der Hoffnung, die Vermißten würden sich doch noch melden. Aber dann, als er einsah, daß alle Hoffnung vergebens war und bleiben mußte, wurde er eiskalt.

Seine Stimme klang hart, als er befahl, die VANUTO wieder auf hundert Kilometer Höhe zu bringen und von dort aus je ein Transformgeschoß von 500 Kilotonnen TNT abzufeuern.

Falls sich der feindliche Stützpunkt in dem in Frage kommenden Gebiet befand, würden die Explosionen ihn auf jeden Fall vernichten.

Er erklärte Grek-1, der die Vorbereitungen interessiert verfolgte, das Wirkungsprinzip der Transformkanone. In den Augen des maahkschen Regierungschefs begann es zu leuchten. Atlan wußte plötzlich, daß die Chancen, ein friedliches Abkommen mit den Maahks zu schließen, durch seine Erklärungen gestiegen waren. Aber es stimmte ihn nicht froh. Der Preis, den er dafür bezahlt hatte, war zu hoch.

Als sich die VANUTO und die THAAHOK in der befohlenen Höhe über Grund befanden, meldete die Feuerleitzentrale die Transformkanonen feuerklar und auf das Ziel justiert.

Atlans Augen wurden feucht. Der Arkonide zitterte.

»Wir warten auf den Feuerbefehl, Sir!« erinnerte ihn der Feuerleitoffizier nach einer Minute.

Atlan nickte mechanisch.

»Achtung, TFK eins und zwei . . .«

Er zerrte an dem Halsverschluß seines Raumanzuges, als bekäme er keine Luft mehr.

»Kommando zurück!« befahl er leise.

Dann wandte er sich an Major Stuyven.

»Setzen Sie die VANUTO im Zentrum des in Frage kommenden Gebietes ab. Und richten Sie dem Kommandanten des Maahk-Schiffes aus, er möchte uns von oben Feuerschutz geben!«

Als die VANUTO in zehn Metern Höhe auf einem projizierten Antigravpolster aufsetzte, nahm Atlan das Mikrophon des Interkoms.

»Achtung. Hier spricht Atlan. Wir befinden uns in der Nähe des feindlichen Stützpunktes, kennen aber die genaue Position noch nicht. Aus diesem Grund will ich mit einigen Shifts nach draußen und aus unmittelbarer Nähe und ohne die störenden energetischen Einflüsse unserer Kraftwerke den getarnten Eingang des Stützpunktes suchen. Ich brauche dazu mindestens fünfzehn Freiwillige. Die Meldungen sind bei Kommandant Stuyven abzugeben. Ende.«

Innerhalb einer halben Minute meldete sich die gesamte Besatzung der VANUTO.

Atlan zog erneut das Mikrophon des Interkoms an sich, um die Namen derer bekanntzugeben, die er mitnehmen wollte.

Aber dazu kam er nicht mehr.

Die Ortung meldete plötzlich eine starke Energie-Emission in nur sechs Kilometern Entfernung.

Der Teleportersprung Ras Tschubais war ein Notsprung gewesen: einmal wegen der drohenden Explosionsgefahr und zum zweiten wegen der ungewohnt großen Masse, die er mitzunehmen hatte.

Das Knäuel aus vier Menschen und einem Okrill landete wenige Meter über einem See flüssigen Zinns. Sofort begann es abzustürzen.

Tschubai blieb nichts anderes übrig, als erneut zu teleportieren. Aber da er von der ersten Teleportation nahezu völlig erschöpft war, mißlang die zweite ebenfalls.

Sie materialisierten in einem unbekannten Raum.

Bis auf Ras faßten sich jedoch alle schnell wieder. Sie schalteten ihre

Helmlampen an und leuchteten den Raum aus, in dem sie wider Willen gelandet waren.

An den Wänden zogen sich lange Regale hin. Sie enthielten Gegenstände, die die Männer bisher nur von den Maahks kannten.

»Duplizierte Ausrüstungsteile«, stellte Omar Hawk nüchtern fest. »Offenbar in einem Multiduplikator hergestellt.«

»Hier herrscht eine normale Sauerstoffatmosphäre«, sagte Wuriu Sengu in die entstandene Stille hinein. »Wir können die Helme öffnen.«

Sie klappten die Helme so hastig zurück, als hätten sie darunter keine Luft bekommen. Die letzte Viertelstunde hatte ihre Nerven arg strapaziert, so stark, daß sie förmlich danach gierten, wieder normale vertraute Luft zu genießen, ohne die einengende Wandung eines Druckhelms um sich zu haben.

Baar Lun schaute auf seinen Armbandchronographen.

»Seit unserem Absturz sind etwa fünf Minuten vergangen.« Er ignorierte die ungläubigen Blicke der Gefährten; auch er hatte anfangs daran gezweifelt, daß sein Zeitanzeiger noch arbeitete. Aber Gefühle täuschen oft. Es waren tatsächlich nur fünf Minuten vergangen zwischen dem Zeitpunkt des Aufschlages der Space-Jet und ihrer Ankunft in diesem geschlossenen Raum.

»Bevor Tschubai mit uns hierher teleportierte, haben wir noch den Explosionsblitz sehen können, der unser Raumboot zerriß. Ich bin sicher, daß man ihn auf der VANUTO ebenfalls bemerkt hat. Außerdem muß Atlan Alarm gegeben haben, als unser Peilsender ausfiel.

Was ich sagen will, ist folgendes: Die VANUTO wird ungefähr in einer Minute über der Absturzstelle stehen. Wenn man uns nach einiger Zeit immer noch nicht gefunden hat, muß Atlan annehmen, wir seien in unserem Boot umgekommen.

Was wird er dann tun – vorausgesetzt, er vermag die Position des Stützpunktes nicht auf den Meter genau zu lokalisieren . . .?«

Melbar Kasoms Gesicht nahm eine graue Farbe an.

»Er wird die ungefähre Position des Geheimstützpunktes mit Transformkanonen beschießen lassen!«

»Was zweifellos das Ende des Stützpunktes bedeutet«, folgerte Omar Hawk.

»Aber auch unser Ende!« sagte Ras Tschubai tonlos. »Ich muß hinauf und den Lordadmiral warnen!«

Der Modul schüttelte den Kopf.

»Sie sind durch die vorhergegangene Anstrengung viel zu sehr geschwächt, als daß Sie bis zur Oberfläche teleportieren könnten. Ich schätze nämlich, der Stützpunkt befindet sich in mindestens zweitausend Metern Tiefe. Weiter oben ist die Bodenkruste durch die ungeheure Hitzeeinstrahlung nicht stabil genug dafür, daß man ein kompliziertes Bauwerk errichten könnte.«

»Einen Augenblick!« warf Kasom ein. »Die Geschützstellung, die uns abgeschossen hat, muß eine ziemlich starke Reststrahlung an Speicherenergie aussenden. Das läßt sich doch von Bord der VANUTO aus orten!«

Lun lächelte ironisch.

»Auch dann, wenn in unmittelbarer Nähe eine atomare Explosion stattgefunden hat . . .?«

Er holte tief Luft.

»Nein! Wir müssen aktiv werden! Ich spüre in großer Nähe die Streustrahlung stillgelegter Meiler. Dort müssen wir hin. Wenn wir die Meiler auf Maximalleistung jagen, ist die Position des Stützpunktes genau lokalisiert.«

»Und man wirft uns einige Gigabomben auf den Schädel!« wandte Kasom ein.

Hawk zuckte die breiten Schultern.

»Wir müssen es darauf ankommen lassen. Wie ich Atlan einschätze, kann er aus dem plötzlichen Erscheinen einer starken Energie-Emission durchaus den richtigen Schluß ziehen: den nämlich, daß hier unten jemand am Werk war, der ihn aufmerksam machen wollte . . .!«

»Einen Augenblick!« unterbrach ihn Sengu.

Der Späher-Mutant stand hochaufgerichtet da. Seine Augen waren starr auf die linke Seitenwand gerichtet.

»Etwa zweihundert Meter weiter befindet sich das Kraftwerk des Stützpunktes!«

»Zeigen Sie uns den Weg!« rief Hawk.

Sie fanden die Tür und brachen sie auf, da sie von außen verschlossen war. Dann stürmten sie einen langen schwach erleuchteten Gang entlang.

Sekunden später standen sie vor dem Panzerschott, das den Zugang zum Kraftwerk versperrte.

»Hinlegen!« befahl Hawk.

Die Gefährten verstanden sofort. Sie warfen sich hin und schützten ihre Augen mit den Armen. Der Oxtorner rief seinem Okrill einen Befehl zu.

Sherlock legte sich fünf Meter vor dem Schott nieder. Seine grellrote Zunge wollte ein Stück aus dem Maul, zog sich wieder zurück - und schnellte dann blitzartig vor.

Ein donnerähnliches Krachen betäubte die Ohren der Männer. Eine grelle Entladung tauchte den Gang in blauweißes Licht.

Als die Druckwelle über ihre Köpfe hinweggefaucht war, sahen die Männer, daß in dem starken Schott ein Loch von etwa vier Metern Durchmesser klaffte.

Drei schreckensbleiche Tefroder erwarteten sie in dem riesigen Saal des Kraftwerkes. Sie kamen zu keiner Gegenwehr. Sherlock war wie ein Phantom über ihnen, bevor sie die Waffen nur anheben konnten.

Hinterher pfiff Omar den Okrill zurück. Er postierte sich mit ihm an der zerstörten Tür.

Es würde nicht lange dauern, bis der Gegner merkte, daß er nicht mehr allein war in seinem Stützpunkt. Und es würde ein Kampf auf verlorenem Posten werden.

Dennoch lächelte der Oxtorner zufrieden, als hinter seinem Rükken die Fusionsmeiler der Kraftwerke mit ohrenbetäubendem Tosen anliefen.

Atlan wußte, daß es nur noch eine Frage der Zeit sein würde, bis sie den Eingang zum Stützpunkt gefunden hatten.

Aber der Gegner ersparte ihm die weitere Suche.

Offenbar in der klaren Erkenntnis, daß es durch die starke Energie- Emission sinnlos geworden war, länger Versteck zu spielen, fuhr er die Geschütztürme seiner Abwehrstellungen aus.

Die VANUTO lag plötzlich im Kreuzungspunkt meterstarker Energiestrahlen.

Der USO-Chef blieb ruhig. Noch hielt der HÜ-Schirm seines Schiffes die Wirkung des feindlichen Beschusses spielend ab. Und lange würde er nicht mehr standhalten müssen.

Gelassen drückte er die Taste des Interkoms.

»Kommandeur an Feuerleitzentrale! Feindliche Geschützstellungen niederkämpfen!«

Nun tobte der Energiesturm in umgekehrter Richtung.

Normalerweise hatte ein Raumschiff einer gut ausgebauten Verteidigung nicht viel entgegenzusetzen. Planetenforts besaßen stets die größere Energiereserve und konnten dementsprechend großkalibrige Energiewaffen verwenden.

Aber der Geheimstützpunkt Mhurok existierte noch nicht lange genug, und außerdem erforderte jedes Geschütz eine Kapazitätserweiterung des Kraftwerkes. Das wiederum bedingte eine höhere Streustrahlung – und irgendwo lag die Grenze, oberhalb der diese Streustrahlung von Patrouillenschiffen der Maahks aus dem Raum heraus angemessen werden konnte.

Dies entschied die Schlacht, bevor sie recht begonnen hatte.

Innerhalb weniger Minuten existierte die Abwehrstellung nicht mehr. Nur noch blasenwerfende Glut zeigte ihre ehemalige Position an.

Und ein Zufall hatte die Terraner den Eingang zum Stützpunkt finden lassen!

Eine Salve der Desintegratorgeschütze der VANUTO, die eigentlich einer der Geschützkuppeln gegolten hatte, verfehlte ihr Ziel infolge eines Ausweichmanövers des Schiffskommandanten. Sie vergaste den glühenden Boden auf einer Fläche von ungefähr dreihundert Quadratmetern.

Zurück blieb ein klaffendes Loch, in das sich der Inhalt eines kleineren Bleisees in dünnen Rinnsalen ergoß.

Atlan erkannte die Chance, die sich ihnen bot.

Gleich strahlenden Kugeln sanken die fünfundsiebzig Mann, die von ihren Plätzen abgezogen werden konnten, innerhalb ihrer Körperschutzschirme in die dunkel gähnende Öffnung.

Atlan und Grek-1 setzten sich an die Spitze.

Nach etwa zweitausend Metern stießen sie auf die erste Sohle des Geheimstützpunktes – und auf die ersten Tefroder-Duplos.

Der Kampf wurde mit großer Erbitterung geführt. Fast wären die Terraner von den Tefrodern und einigen hundert herbeieilenden Maahk-Duplos zurückgeschlagen worden. Da kam ihnen das Landekorps der THAAHOK zu Hilfe: vierhundert kompromißlose, unerschrockene Kämpfer aus der Elite der maahkschen Truppen.

Von nun an stand der Ausgang des Kampfes fest. Zwar wehrten sich die Tefroder und Maahk-Duplos verbissen. Keiner gab auf. Aber ihre Zahl verringerte sich zusehends.

Innerhalb von zwei Stunden waren drei Viertel des Stützpunktes erobert.

Nur von Kasom, Hawk und den beiden Mutanten hatte man noch keine Spur gefunden . . .

Omar Hawk und Melbar Kasom kämpften Schulter an Schulter.

Die ultrahellen Energiestrahlen aus den Waffen ihrer Feinde hatten den Boden und die Wände des Kraftwerks mit zerlaufenden Glutflecken übersät. Aber die tefrodischen Duplokämpfer und die duplizierten Maahks in ihren unförmigen Raumanzügen waren noch nicht weiter gekommen als bis zum Eingang der Halle.

Die überschweren Waffen der beiden Umweltangepaßten bauten einen Sperriegel auf, durch den niemand lebend hindurchkam. Und der Teleporter Ras Tschubai sorgte dafür, daß der Gegner immer wieder von hinten angegriffen werden konnte.

Als jedoch die ersten Bombenexplosionen krachten und eine Seitenwand sich auf einer Länge von mindestens hundert Metern zerschmelzend in die Halle neigte, wußten die Terraner, daß das Ende nahe war.

Niemand konnte sich auf die Dauer gegen die Besatzung eines ganzen Stützpunktes halten.

Nacheinander brachte Tschubai seine Gefährten in Sicherheit.

Omar Hawk und sein Okrill hielten die Stellung bis zuletzt.

Als der Teleporter mit ihnen bei den anderen materialisierte, starrte der Oxtorner verblüfft auf die gigantische, fremdartige Maschine, die sich in dem domartigen Saal erhob.

Dann fiel sein Blick auf die verbrannten Überreste von Maahks.

»Ja, es handelt sich um einen Multiduplikator!« bestätigte Melbar Kasom. »Wir konnten die halbfertige Brut gerade noch rechtzeitig zerstören.«

»In geringer Entfernung wird gekämpft!« rief Sengu. »Die Männer der VANUTO und einige hundert Maahks sind in den Stützpunkt eingedrungen.«

»Wir bleiben hier!« sagte Tschubai. »Unsere Aufgabe ist es, den Multiduplikator vor der Zerstörung zu schützen. Sobald die Tefroder merken, daß sie ausgespielt haben, werden sie versuchen, das größte Geheimnis der Meister der Insel nicht in unsere Hände fallen zu lassen.«

»In die Hände der Maahks, meinen Sie wohl!« entgegnete Hawk schroff. »Liegt es wirklich in unserem Interesse, den Maahks eine funktionsfähige Duplizierungsmaschine zu überlassen? Was geschieht, wenn die Maahks sie dazu benutzen, um Milliarden von Kämpfern herzustellen?«

»Es ist fraglich, ob sie mit der Maschine umgehen können«, erwiderte Baar Lun. »Und außerdem besitzen wir das gleiche Recht auf den Besitz des Multiduplikators wie sie. Das erleichtert die Sache. Unsere beiden Völker müssen sich einigen, und damit wäre eine wirksame gemeinsame Kontrolle gegeben. Niemand, weder Terraner noch Maahks, dürfen jemals Individuen duplizieren. Das ist ein Verbrechen gegen die Schöpfung, etwas, das man nicht nachahmen sollte, auch dann nicht, wenn man sich dadurch eines Vorteils begibt, den der Gegner bedenkenlos für sich ausnutzt.«

»Wollen wir hoffen, daß alle Beteiligten das einsehen!« knurrte der Oxtorner, schon halb besänftigt.

Lun lächelte.

»Ich bin sicher, was die Menschheit betrifft; und die Maahks sind viel zu stolz auf ihre hohe natürliche Nachwuchsquote, als daß sie sich dazu herablassen würden, ihre Zahl künstlich zu steigern.«

Sie fuhren herum, als sich das Schott öffnete.

Maahk in graugrünen Raumschutzanzügen drangen ein. Aber sie senkten die Strahlwaffen, als sie die Terraner erblickten.

Es waren die Landetruppen der THAAHOK.

Kurz darauf trafen Atlan und Grek-1 ein.

Der Regierungschef der vereinigten Maahk-Völker blieb nachdenklich vor dem Multiduplikator stehen.

»Das ist der letzte Beweis!« sagte er entschlossen. »Arkonide! Ich habe Ihnen zu danken – das ganze Volk der Maahks hat Ihnen zu danken.«

Doch kaum hatte er zu Ende gesprochen, als der Duplikator plötzlich von innen her zu glühen begann. Atlan konnte gerade noch einen Rückzugsbefehl ausstoßen, als die gesamte Konstruktion unter großer Hitzeentwicklung zu einem unförmigen Klumpen zusammenschmolz.

7.

Als die VANUTO auf einem provisorischen Landeplatz unmittelbar neben der Halle der Unbesiegbaren aufsetzte, wußte Atlan, daß er seine Mission erfolgreich abschließen würde.

Es war für die Maahks wohl das Zeichen des größten Vertrauens, die Terraner unmittelbar neben ihrem Heiligtum landen zu lassen.

Eine halbe Stunde später saß er mit seinen Begleitern den Neunvätern gegenüber. Die drei Duplos waren durch drei andere hervorragende Maahks ersetzt worden.

Der Duplo Grek-4 hatte den Tod im Geheimstützpunkt auf Mhurok gefunden. Grek-3 und Grek-8 waren noch während des Kampfes im Stützpunkt auf Grund eines entsprechenden Befehls von Grek-1 verhaftet und hingerichtet worden.

Grek-1 eröffnete die dritte Sitzung.

»Wir alle hatten, so muß ich heute zugeben, die Gefahr unterschätzt, die uns von den Meistern der Insel droht. Es ist das Verdienst der Terraner, daß der großangelegte Übernahmeplan zerschlagen werden konnte. Unser Geheimdienst erkannte während der letzten achtundvierzig Stunden 231 Duplos, die man für Maahks in führenden Positionen eingesetzt hatte. Die Duplos starben unmittelbar nach ihrer Entdeckung.

Die Jagd nach weiteren Duplos und Geheimstützpunkten der MdI läuft inzwischen im ganzen maahkschen Machtbereich in Andro-Alpha. Kein Feind wird entkommen. Das Wissen um die Reizempfänger macht das Erkennen von Duplos einfach. Die Meister der Insel begingen einen großen Fehler, als sie den Sicherheitsfaktor durch Verpflanzung von Reizempfängern unbedingt maximal halten wollten.

Lordadmiral Atlan, bitte bringen Sie nun Ihre Vorschläge vor. Wir sind bereit, sie anzuhören und positiv zu diskutieren!«

Atlan erhob sich.

Er faßte zusammen, was dem Solaren Imperium über die Meister der Insel und ihr Hilfsvolk, die Tefroder, bekannt war. Vor allem betonte er, daß der eben erst errungene Sieg über die Duplos in Andro-Alpha nicht entscheidend sei für den Ausgang des Kampfes in Andromeda.

»Die eigentliche Macht der Meister der Insel ist noch ungebrochen«, rief er aus. »Relativ zu ihren Möglichkeiten sind Maahks und Terraner die Unterlegenen. Nur eine bessere Strategie und Taktik und vor allem eine enge Zusammenarbeit wird unseren Sieg garantieren können.«

Er zog eine Folie hervor.

»Ich werde Ihnen vorlesen, wie ich mir unseren Friedens- und Beistandsvertrag denke. Anschließend können Sie Ihre Gegenvorschläge unterbreiten!«

Fünf Stunden später war der endgültige Vertrag konzipiert.

Das Solare Imperium garantierte den Maahks den Lebensraum in Andromeda, und die Maahks gaben als Gegenleistung eine Garantie dafür ab, daß sie den Terranern ihren Lebensraum in der Milchstraße niemals streitig machen würden.

Weiter wurden gemeinsame Operationen in Andromeda gegen die Tefroder und die Meister der Insel beschlossen. Getrennte Operationen sollten zuvor abgesprochen werden.

Es wurde vereinbart, daß man mit vereinten Kräften versuchen würde, den Zentrumstransmitter Andromedas zu zerstören. Zu diesem Zweck übergaben die Maahks der terranischen Abordnung verschiedene Unterlagen über das Sonnensechseck. Aus diesen Unterlagen gingen sowohl die schon bekannten Positionsdaten des Transmitters hervor, als auch die Position des einzigen Planeten des Sechsecks: Der Justierungsstation.

Atlan kam auch auf die uralten Bahnhöfe der Maahks zu sprechen und äußerte die Vermutung, daß diese von den MdI inzwischen entdeckt und zur Vorbereitung einer Invasion der Milchstraße ausgebaut wurden. Die Maahks wußten zwar über die Existenz dieser Bahnhöfe Bescheid, waren aber nicht in der Lage, entsprechende Positionsdaten zu liefern. Atlan mußte zur Kenntnis nehmen, daß den heutigen Maahks die Standorte ihrer ehemaligen Bahnhöfe unbekannt waren. Die Neunväter versprachen jedoch alles zu unternehmen, um Hinweise auf die Position dieser Stationen aufzutreiben. Sobald die umfangreichen Nachforschungen – die einige Zeit beanspruchen würden – abgeschlossen sein würden, wollte man die Terraner unterrichten und ihnen entsprechendes Material aushändigen.

Außerdem stellten die Maahks den Terranern frei, ihren bisherigen Stützpunkt im Betanebel auch nach dem Sieg über die Meister der Insel aufrechtzuerhalten, wenn auch mit stark reduzierten Streitkräften.

Zum Schluß wurde der Austausch von Handelsdelegationen beschlossen, die untersuchen sollten, welche Güter für den Handel zwischen beiden Völkern in Frage kamen.

Der Keim zu einem dauerhaften Frieden zwischen Maahks und Menschen war gelegt worden – nach einem mehr als fünfzigtausend Jahre währenden Zustand des heißen und kalten Krieges.

Nur was das zukünftige Schicksal der Tefroder betraf, gelang keine befriedigende Lösung. Atlans Bitte, nach dem Sieg über die MdI die Tefroder, die letztlich nichts anderes als Opfer der Meister waren, zu schonen und nach geeigneten Formen zu suchen, die eine künftige friedliche Koexistenz der beiden Völker sicherte, wurde von den Neunvätern lakonisch und zweideutig beantwortet.

»Überlassen Sie dieses Problem getrost uns«, lautete die Antwort. »Wir werden es so lösen, daß es nie wieder zu einem Vernichtungsfeldzug gegen die Völker der Maahks kommen wird.«

Atlan und Baar Lun saßen in der Beobachtungskuppel der VANUTO. Unter ihnen feierte die Besatzung den Sieg der terranischen Diplomatie.

Fern am Horizont standen die Lichtglocken maahkscher Städte. Nebel aus Wasserstoff, Methan und Ammoniak brauten sich dicht über dem Boden zusammen. Gleich einem Fanal ragte der mächtige Turm mit der Halle der Unbesiegbaren in den Himmel – in den Himmel einer fremdartigen Welt, auf der ein fremdartiges Volk lebte.

Ein Raumschiff tauchte sternschnuppengleich in die dichte Atmosphäre Tatruns ein. Weitere Schiffe folgten.

»Wer hätte das vor zehntausend Jahren gedacht!« sagte Atlan seufzend. »Wer hätte zur Zeit des Methankrieges gedacht, daß ich heute im Beobachtungsraum meines Schiffes sitze und auf die Hauptwelt der Maahks blicke . . .!«

Baar Luns Gesicht wirkte sehr ernst, als er entgegnete:

»Wir sollten uns das eine Lehre sein lassen, Lordadmiral!«

»Eine Lehre wofür . . .?«

Der Modul lächelte versonnen.

»Dafür, daß friedliche Verhandlungen mehr nützen als die gewaltigsten Kriege . . .!«

Kurz darauf hob die VANUTO, begleitet von einer Ehreneskorte der Maahks, vom Raumhafen ab. Als sie den freien Raum erreichte, verabschiedete sie sich von ihren Begleitern und beschleunigte. Kurz darauf verschwand sie im Linearraum.

Nach dreißigstündigem Flug und einigen Etappenpausen erreichte der Leichte Kreuzer wieder das Tri-System und landete auf Gleam. Atlan und seine Mannschaft begaben sich an Bord der CREST und wurden euphorisch empfangen.

8.
Eine Woche später

Gucky und Ras Tschubai traten einige Schritte zurück. Prüfend betrachteten sie das Blumenarrangement auf dem geschwungenen Schalttisch.

»Schön, sehr schön!« sagte Gucky.

Ras nickte. Er ging zu dem Tisch zurück und richtete fast andächtig eine herabhängende Blüte auf.

»Blumen auf einem Ultraschlachtschiff der Galaxis-Klasse!« sagte der dunkelhäutige Terraner vor sich hin. »Blumen . . .! Kleiner, das ist wirklich schön. Wo ist die Karte?«

Gucky trippelte nach vorn und stellte die beschriftete Karte gut sichtbar an den Fuß einer venusischen Vase aus Phasit-Holz.

Noch ein kritischer Rundblick.

Ras Tschubai schaltete die Klimaanlage der geräumigen Kajüte an. Er lächelte versonnen.

»Damit der Duft erhalten bleibt. Er wird ja wohl nicht gleich ersticken. Gehen wir?«

Die Teleporter konzentrierten sich auf die Zentrale des Riesenschiffes und verschwanden.

Die Kajüte war wieder menschenleer. Die beiden Wachroboter

vor der Sicherheitsschleuse hatten sich nicht gerührt. Sie kannten die Individualimpulse der Teleporter.

Zehn Minuten später öffnete sich das Innenschott. Ein hochgewachsener Mann in der Uniform der USO trat ein.

Atlan blieb stehen. Erst argwöhnisch, dann verwundert, sog er den eigentümlichen Duft ein. Er paßte nicht zu dem sterilen Einheitsgeruch der Bordatmosphäre.

Atlan nahm den Funkhelm ab.

»War jemand in meiner Kabine?« erkundigte er sich bei den Robotern.

»Freunde, Erhabener.«

Der zehntausendjährige Arkonide warf einen prüfenden Blick auf die Justierungsschaltungen der beiden Kampfmaschinen. Sie schienen in Ordnung zu sein. An Bord war alles still. Atlan bemerkte es erst, als er zögernd auf die Tür zum Wohnraum zuging. Wieder blieb er stehen. Lauschend den Kopf erhoben, fühlte er plötzlich seinen Herzschlag. Auf einem Giganten vom Range der CREST III konnte es eigentlich niemals völlig still sein. Diesmal aber schien keine Maschine zu laufen.

Atlan ging weiter. Als er an der offenstehenden Tür ankam, erblickte er die Blumen. Es waren zweihundertfünfzig terranische Nelken verschiedener Färbung, die jemand liebevoll auf dem zentralen Schalttisch angeordnet hatte. Die Schalter und Anzeigen wurden von den Blüten bedeckt.

Atlan stand minutenlang und ließ den Eindruck auf sich wirken. Seine Lippen bebten.

Nachdem er den großen Raum durchschritten hatte und mit geschlossenen Augen vor den schönsten Boten Terras stehenblieb, erfüllte ihn ein tiefes Glücksgefühl. Er ahnte, weshalb in der CREST keine Maschine lief und warum ihn der Kommandant unter fadenscheinigen Vorwänden eine Stunde lang in der Zentrale festgehalten hatte.

Da begann der Arkonide zu lächeln. Er überprüfte die abgeschaltete Klimaanlage. Die unbekannten Überbringer hatten an alles gedacht.

Er umfing einige Nelken mit beiden Händen, zog die Kelche zusammen und barg sein Gesicht darin. Erst dann griff er zu der rechteckigen Karte. Sie bestand aus echtem Pergament; eine Kostbarkeit aus der Frühgeschichte der Erde:

Atlan las:

»Nur ein verbrecherisch veranlagter Narr kann der Meinung sein, bedrohlich erscheinende Konflikte allein mit Waffengewalt lösen zu können. Gönne deinem vermeintlichen Gegner das Wort; biete ihm deine Hand zum Gruß; lege sie vertrauensvoll in artfremde Hände – und du verdienst es, Mensch genannt zu werden. Die Waffe wird dem Wort aus verhandlungsbereitem Munde niemals überlegen sein . . .« Muntus Klerikin terranischer Philosoph, 24. Jahrhundert n. Chr.

Freund!

Wir, die Vertreter der Menschheit an den Grenzen des Andromedanebels, entbieten dir diesen Gruß als Zeichen unserer Dankbarkeit. Dein Friedensschluß mit den wasserstoffmethanatmenden Volksgruppen aus dem Geschlecht der Maahks wird als Großtat der kosmischen Außenpolitik in die Geschichte der Menschheit eingehen.

Andro-Betanebel, Power-Center, Gleam, Tri-System, 1. Juli 2405
Perry Rhodan

Atlan legte die Karte behutsam auf den Tisch zurück. Auf der CREST III schien die Zeit stillzustehen. Der Lordadmiral nahm in einem Pneumosessel Platz und versuchte, seine Erregung zu bezwingen.

Einen herbeieilenden Bedienungsroboter schickte er mit einer Handbewegung zurück.

»Die Klimaanlage bleibt abgeschaltet, bis gegenteilige Anweisungen ergehen. Laß mich bitte allein – bitte.«

Der Robot ging. In der Kajüte saß ein Mann, der seit dieser Minute wußte, daß er fortan nicht mehr einsam sein würde.

9.

». . . natürlich keinen Energiesalut schießen. Was denken Sie wohl, wie der Maahkkommandant darauf reagieren würde?«

Julian Tifflor, Solarmarschall und Oberkommandierender im Raum Andro-Beta, schüttelte vorwurfsvoll den Kopf. Der auf dem Bildschirm sichtbare Kommodore des Elften Schlachtkreuzerverbandes erlaubte sich ein Räuspern.

»Wie Sie meinen, Sir. Ich hatte angenommen, die Maahks wären anläßlich des Friedensschlusses mit terranischen Ehrenbezeigungen vertraut gemacht worden.«

Tifflor, noch immer jungenhaft wirkend, lachte unterdrückt.

»Mister Tekenin, ich bewundere Ihre Gedankensprünge. Meinen Sie nicht auch, Atlan hätte bei den schwierigen Verhandlungen im benachbarten Alphanebel bessere Dinge zu tun gehabt, als die regierenden Neunväter über unsere militärischen Ungezogenheiten zu belehren?«

»Ungezogenheit?« staunte der Kommodore. Der wachhabende Offizier der großen Funkzentrale vom Power-Center runzelte die Stirn. Tifflor war für Aussagen ähnlicher Art berühmt.

»Allerdings. Ich halte es beispielsweise für ungezogen, einem an Bord gehenden Kommandierenden mit dem Gedröhne salutschießender Strahlgeschütze die Trommelfelle zu strapazieren und seine Kleidung zu versengen; auch dann, wenn ich mit dieser Auffassung die Gefühle verschiedener Offiziere verletzen sollte. Also, mein Bester – verzichten Sie bitte darauf, dem heimfliegenden Maahkschlachtschiff Strahlschüsse vor den Bug zu setzen. Das könnte falsch verstanden werden. Darf ich sonst noch etwas für Sie tun?«

Der Kommodore schüttelte wortlos den Kopf. Tifflor schaltete die Fernverbindung ab und drehte sich um. Acht Mitglieder der Stationsbesatzung grinsten. Zwei Mann husteten verdächtig, und weitere elf Uniformierte beherrschten sich so mustergültig laut, daß der Marschall unwillkürlich die Luft anhielt und auf eine Regung in den erstarrt wirkenden Gesichtern wartete.

»Tüchtig, tüchtig«, lobte Tifflor. »Die elf Unerschütterlichen werden wohl die ersten sein, die eine neue Anekdote in Umlauf bringen, Tiff und der Salutkommodore, oder so ähnlich.«

Tifflor erhob sich, reckte ungeniert die Arme und überflog die riesigen Bildschirme der angeschlossenen Ortungszentrale mit einem Blick.

Das vor einer Stunde gestartete Superschlachtschiff der Maahks, das erste, das seit der Eroberung des Trisystems auf dem terranischen Stützpunkt Power-Center gelandet war, konnte nur noch als blauer Punkt auf dem Schirm der überlichtschnellen Impulstaster ausgemacht werden.

Die eskortierenden Schlachtkreuzer des elften Verbandes zeichneten sich als fluoreszierende Wellenlinien rechts und links des Echopunktes ab.

Tifflor öffnete den Mund, um etwas zu sagen. Er kam nicht mehr dazu. Die Empfänger der Hyperkomanlage sprachen an. Ein Symbol verriet, daß es sich um eine mechanisch übersetzte Sendung handelte. Die Robotstimme klang unmoduliert.

Auf dem Bildschirm erschien der Sichelkopf eines alten Maahks. Er konnte nicht lächeln; aber seine Worte bewiesen, daß er sich amüsierte.

»Grek-1 spricht. Wir bedanken uns für die Belehrungen, die Sie soeben an Kommodore Tekenin gegeben haben. Dennoch – lassen Sie diesen tüchtigen Vertreter Ihrer Art ruhig seinen Salut schießen. Eine Geste der Freundschaft und Hochachtung sollte nicht bedachtsamer Vorsicht zum Opfer fallen. Wir sind informiert. Eine Energieverschwendung dieser Art entspricht zwar nicht unserem logischen Denken; aber hier und da sind sogar Maahks etwas unlogisch. Leben Sie wohl.«

Grek-1 schaltete ab. Tifflor starrte auf den verblassenden Bildschirm. Unbewegt stellte er die Verbindung zum Flaggschiff des Kommodore her und befahl:

»Ihre spitzohrigen Hyperfunker werden ja wohl mitgehört haben. Also schießen Sie den Salut. Verwenden Sie Ihre schwersten Thermokaliber, Ende.«

Über das unterdrückte Gelächter hörte Tifflor hinweg. Er begann erst zu schmunzeln, als er das Panzerschott durchschritten hatte und auf den Antigravlift zuging.

»Übermütige Halunken«, murmelte Tiff vor sich hin. »Ich frage mich, wie oft ich als junger Mann über Vorgesetzte gelacht habe. Meine . . .!«

»Ziemlich oft, wie man weiß«, wurde er unterbrochen. Tifflor schreckte zusammen und hob den Kopf.

Vor dem Antigravschacht stand Melbar Kasom, Oberst und Spezialist der USO. Der umweltangepaßte Ertruser schaute auf den Oberkommandierenden hinunter. Melbar gab sich keine Mühe, seine Heiterkeit zu verbergen.

»Sie haben mir noch gefehlt«, seufzte der Marschall. »Haben Sie Hunger, oder wollen Sie ausnahmsweise dienstlich mit mir reden?«

Der zweieinhalb Meter große Riese betastete seinen Leib.

»Man hat noch keinen Hunger«, entschied er großzügig. »Ihre Vorräte entsprechen meiner Geschmacksrichtung.«

»Ich möchte sagen, Sie haben in dieser Hinsicht überhaupt keine Richtung«, spöttelte Tiff. »Unsere USO-Verpflegung . . .!«

». . . ist gut, aber ein kluger Mann wird sie nicht antasten, solange er sich auf einem terranischen Flottenstützpunkt mit gigantischen Nachschublagern befindet. Kann man jetzt vernünftig mit Ihnen reden, Sir?«

Tifflor schaute zu dem grinsenden Gesicht hinauf. Kasoms sandfarbener Sichelkamm, die Haartracht eines ertrusischen Wettkampfsiegers, war mit einem goldenen Band geschmückt.

»Ah, bei Ihnen ist Karneval.«

Kasom holte tief Luft.

»Wenn Sie es nicht unterlassen können, harmlose Leute auf den Arm zu nehmen, dann . . .«

»Dieser Begriff sollte aber nicht zum Sprachschatz eines USO-Spezialisten mit vieljähriger Sonderschulung gehören.«

Kasom verstummte. Er trat einen Schritt zurück und musterte Tifflor von oben bis unten.

»Haben Sie Gallenschmerzen, Sir?«

Tifflor winkte ab. Ein launiges Lachen vertiefte die Fältchen an seinen Augen.

»Vergessen Sie es, Kasom. Es macht mir heute Freude, anderen Menschen auf die Nerven zu gehen. Sehen Sie – das ist auch nicht besonders fein in der Ausdrucksweise. Vertragen wir uns, Ertruser. Was macht Ihre Chef?«

Kasom legte dem Marschall die Hand um die Schultern und zog ihn in den Lift hinein.

»Deshalb trage ich das Band im Haar. Für uns ist heute Feiertag, auch wenn draußen auf dem Hafen die RAWANA liegt. Atlan sitzt immer noch in seiner Kabine und schaut auf die Blumen.«

»Sie haben spioniert«, stellte Tifflor vorwurfsvoll fest.

Kasom stieß sich mit dem Fuß ab. Zusammen mit dem Marschall flog er schwerelos nach oben.

»Wir konnten es nicht unterlassen, für einige Sekunden die Bildbeobachter einzuschalten. Ras Tschubai hat die Klimaanlage stillgelegt, Lange kann Atlan den betäubenden Duft nicht einatmen. Tiff – er sitzt wie ein Kind vor dem Schalttisch und starrt in die Blütenpracht. Können Sie sich vorstellen, welchen Erinnerungen er nun nachhängt?«

Kasom zog den Terraner aus dem Schacht. Sie schritten an den Robotwachen vorbei und gingen auf die Oberflächenschleuse der Funk- und Ortungszentrale zu. Die gewaltigen Tore glitten auf. Das Licht der Sonnen blendete ihre Augen.

Julian Tifflor blieb stehen und versuchte, den riesigen südpolaren Talkessel zu überblicken. Das Vorhaben war hoffnungslos.

»Warum haben Sie mich eigentlich in der Funkzentrale aufgesucht?« erkundigte er sich gedankenlos. Er schaute bereits zu dem fünfzehnhundert Meter durchmessenden Kugelraumschiff mit dem Namen RAWANA hinüber. Es war auf der Sonderpiste XXVII-B-9 gelandet und augenblicklich von einem zweifach gestaffelten Roboterkordon abgesichert worden.

Tifflor fror plötzlich. Er rieb die Hände gegeneinander und achtete kaum noch auf Kasoms Erklärungen.

»Ich hielt es nicht für ratsam, Sie über Funk aufzufordern, sofort an Bord des Experimentalschiffes zu kommen. Es laufen schon genug Gerüchte über eine bevorstehende Großaktion um. Wenn wir jetzt gemütlich zur RAWANA hinüberfahren, fällt es nicht so sehr auf. Rhodan legt größten Wert darauf, die Männer nicht vorzeitig in eine hektische Stimmung zu versetzen.«

»Ich verstehe. Man wird annehmen, Sie hätten wieder einmal meine Sondervorräte plündern wollen.«

»Genau.«

Tifflor unterdrückte das Frostgefühl. Nur wenige Kilometer entfernt startete ein Leichter Kreuzer der Städteklasse. Es war das moderne Multischiff VANUTO, mit dem Atlan zum Alphanebel geflogen war, um die Maahks vom Friedenswillen der Menschen zu überzeugen und sie für ein Bündnis zu gewinnen. Die ersten Auswirkungen des wahrscheinlich wichtigsten Vertrages, den Menschen jemals mit nichthumanoiden Intelligenzwesen abgeschlossen hatten, waren bereits offensichtlich geworden.

Der Neunvater Grek-1 war persönlich auf Gleam erschienen, um mit den Terranern das weitere Vorgehen gegen die MdI zu besprechen.

Der Maahk hatte sich sehr kooperativ und vom Fortschritt der terranischen Planung angetan gezeigt. Grek-1 hatte, als ihm die Bedeutung der RAWANA klargemacht worden war, dem Plan zugestimmt und seine volle Unterstützung zugesagt.

Die Maahks würden mehr als 30.000 Schiffe aufbieten, um die terranische Flotte bei ihrem Vorhaben zu unterstützen. Diese Schiffe würden am Rand von Andromeda auf das Eintreffen der terranischen Einheiten warten und sich Rhodans Kommando unterstellen. Da Rhodan sämtliche im Tri-System stationierten Raumschiffe, zur Zeit waren dies 13.000, für den Einsatz in Andromeda benötigte, hatte Grek-1 auch zugesagt, weitere 10.000 Maahkschiffe zur Verfügung zu stellen, die den Schutz Gleams übernehmen würden.

Rhodan hatte das Angebot des Maahk angenommen und ein Kurierschiff nach Andromeda, zum Stützpunkt KA-preiswert, losgeschickt, um die dort stationierten Einheiten über die aktuelle Situation zu unterrichten. Die auf KA-preiswert befindlichen 2000 Schiffe sollten an der Aktion nicht teilnehmen, sondern als Reserve im Hintergrund verbleiben, die nur dann wirksam werden sollte, wenn akute Gefahr drohte.

Zu dem Zeitpunkt, da Rhodan mit der CREST III Andromeda erreichte, würden die 30.000 Maahkschiffe schon zur Stelle sein und nach exakt ausgearbeiteten Plänen eingesetzt werden. Zusammen mit den 13.000 Schiffen der Gleamflotte wollte man das Endziel der Aktion in Angriff nehmen. Die RAWANA, der diese Aufgabe letztlich zukommen würde, mußte im Schutz dieser riesigen Flotte unbemerkt am Zielort ankommen.

Nachdem alle Einzelheiten besprochen waren, startete Grek-1 wieder. Während der Diskussion waren auch Einwände von verschiedenen Seiten gekommen. Vor allem Gucky hatte es bedauert, daß keine Zeit mehr blieb, nach den Sonneningenieuren zu suchen und sie als Verbündete zu gewinnen. Sie waren es gewesen, die die Sonnentransmitter nach den Plänen der Lemurer gebaut hatten. Und die Sonneningenieure waren auch in der Lage, die terranischen Transmittersperren im Schrotschuß-System und auf Kahalo zu umgehen. Die Tatsache, daß die MdI bisher noch nicht auf die Fähigkeiten der Sonneningenieure zurückgegriffen hatten war ein Rätsel. Es konnte aber sein, daß sie derzeit noch zu sehr mit der Offensive der Maahks beschäftigt waren und keine größeren Duploflotten zur Eroberung der Milchstraße entbehren konnten. Aber diese Situation konnte sich sehr schnell ändern. Man mußte den MdI daher zuvorkommen. Zwar bestand die Möglichkeit, daß die MdI mit Hilfe der Sonneningenieure einen neuen Sonnentransmitter bauten, doch war dies eine Angelegenheit, die lange Zeit in Anspruch nahm. Bis dahin, so hoffte man, würde es keine Meister der Insel mehr geben.

Und vielleicht gelang es den Terranern irgendwann, auf die Sonneningenieure zu stoßen, sie von dem verbrecherischen Tun der MdI zu überzeugen und auf ihre Seite zu ziehen, überlegte Tifflor anschließend.

Melbar Kasom ahnte, woran der hochgewachsene Mann dachte. Tifflors Gesicht hatte einen harten Ausdruck angenommen.

Der Ertruser wartete, bis sich der Terraner mit dem Handrücken über die Augen fuhr.

»Entschuldigen Sie. Ich habe geträumt.«

»Produktive Träume, Sir«, dröhnte Kasoms tiefe Stimme. »Man sollte stets daran denken, daß wir im weiteren Universum nicht allein sind. Ich bin immer dafür, den Gegner nicht zu unterschätzen. Rhodan erwartet Sie. Es wird allmählich Zeit. Der militärische und wissenschaftliche Führungsstab ist bereits auf der RAWANA eingetroffen.«

»Das ist für meine Begriffe ein unheimliches Raumschiff, Melbar.«

Der Ertruser lachte stoßartig auf.

»Das ergeht Ihnen nicht allein so, Sir. Professor Kalup ist persönlich gekommen, um ein Wunderwerk der Technik zu vernichten. Können Sie sich vorstellen, wie Kalup sechs gigantische Sonnen zerstören, oder sie wenigstens von ihren festgelegten Positionen abdrängen will?«

Tifflor sah nochmals zu dem Experimentalschiff hinüber. Die RAWANA war auf der Kugelzelle eines Superschlachtschiffes der Imperiumsklasse aufgebaut worden, nur enthielt sie nicht die übliche Ausrüstung, sondern ganz andere Dinge.

»Ich habe darüber nicht die geringsten Vorstellungen. Dagegen weiß ich genau, daß die Sonneningenieure in der Lage sind, unsere so sorgsam gehütete Transmittersperre aufzuheben. Was das bedeutet, brauche ich Ihnen nicht zu sagen.

Kasom, uns bleibt keine andere Wahl mehr, als den Großtransmitter von Andromeda auszuschalten. Damit wäre die Gefahr einer Invasion auf diesem Wege vorerst gebannt.«

»Leider wissen wir nicht, wo der Knopf zum Ausschalten zu finden ist.«

»Sie sollten unseren hyperphysikalischen Hexenmeister fragen. Sein Name ist Arno Kalup.«

Die beiden Männer schritten auf die zwei Kilometer entfernt stehende RAWANA zu. Es sah so aus, als hätten sie sehr viel Zeit.

Zwei Tage später

Die Triebwerke und Kraftmaschinen der CREST III waren wieder zum Leben erwacht. Die Zeit der besinnlichen Ruhe war vorbei. Atlan wollte nicht mehr an die verwelkenden Blumen in seiner Kabine denken. Er mied den Wohnraum und hoffte, man würde die Nelken ohne weitere Rückfragen entfernen.

Der zweieinhalb Kilometer durchmessende Kugelriese stand über dem Planeten Gleam auf einer Wartebahn. Die CREST war das letzte große Schiff der Solaren Flotte, das sich in unmittelbarer Nähe der Stützpunktwelt befand.

Niemand achtete auf den blendenden Schein der drei Riesensonnen, denen das Trisystem seinen Namen verdankte. Auch der flachgedrückt wirkende Planet interessierte nicht. Gleam war zu einem alltäglichen Bild und zu einem gewohnten Erlebnis geworden.

Die automatischen Borduhren zeigten die achte Morgenstunde des 3. Juli 2405 n. Chr. an.

Vor zwölf Stunden hatten sich die dreizehntausend terranischen Einheiten im Gebiet des Andro-Beta-Zwergnebels pulkweise zum Sammelpunkt zurückgezogen. Er lag an den Grenzen des Beta-Sternsystems. Von dort aus waren nochmals 50.000 Lichtjahre zu überwinden, ehe man in Andromeda einfliegen konnte.

Das Sternenmeer dieser Galaxis überflutete den nördlichen Sichtbereich. Viele Milliarden unbekannter Sonnen und Millionen Planeten verbargen sich hinter diesem Gleißen. Überall konnte der Gegner lauern; überall konnten neuerbaute Duploflotten stehen und das Vorhaben der Terraner zunichte machen.

Der Anblick des großen Andromedanebels war es aber nicht, der die fünftausend Männer der CREST III vor die Bildschirme gelockt hatte.

Kurz nach dem befohlenen Abflug der Solaren Streitkräfte zum Sammelpunkt waren die ersten Riesenwalzen auf den Ortungsschirmen erkennbar geworden. Sie tauchten noch immer aus dem linearen Zwischenraum auf.

Das Trisystem wurde bereits von achttausend schweren und schwersten Einheiten der vereinten Methanflotte eingeschlossen. Weitere zweitausend Schiffe sollten innerhalb der kommenden Stunde folgen.

Die bis zu zweieinhalbtausend Meter dicken Walzenraumschiffe der Maahks waren nun so nahe, daß man von ihnen ein einwandfreies Fernbild auf Hyperechobasis erhalten konnte.

Perry Rhodan stand hinter dem Kommandantensessel und schaute zu den riesigen Bildschirmen der Rundumgalerie hinauf. Sein hageres Gesicht zeigte keine Regung.

Oberst Cart Rudo, der epsalgeborene Kommandant des Flottenflaggschiffes, hatte es längst aufgegeben, gegen die Geschehnisse zu opponieren. Sein Daumen lag auf der Sicherungshülle der Notflugautomatik. Rudo war darauf gefaßt, sein Schiff im Falle der Gefahr aus der Feuerzone zu bringen.

Weitere Schlacht- und Superschlachtschiffe der Maahks brachen aus dem Linearraum hervor. Die Manöver waren gut berechnet und daher exakt. Die einzelnen Pulkkommandanten schienen sehr genaue Positionsanweisungen erhalten zu haben. Die noch bestehenden Lücken in dem dreifach gestaffelten Sicherungskordon über Gleam und dem Trisystem schlossen sich allmählich.

Etwa fünfzehnhundert große Schiffe standen als Einsatzreserve und mit deutlich erkennbarer Überhöhung vor den benachbarten Sonnen.

Als das letzte Maahkschiff eingetroffen war, gab Rhodan die entscheidenden Befehle. Die Funkstation der CREST III stellte eine Hyper-Bildfunkverbindung zum Flaggschiff der Maahkflotte her.

Rhodan sprach ein einwandfreies Kraahmak. Die Laute konnten von menschlichen Stimmorganen gut gebildet werden.

Grek-1, der kommandierende Admiral der Abschirmflotte Betanebel, wurde auf dem Bildschirm erkennbar. Nur das Eidottersymbol auf dem Brustteil seiner Uniform zeugte von seinem hohen Rang. Bisher war es noch keinem Menschen möglich gewesen, einen Wasserstoff-Methanatmer vom anderen zu unterscheiden.

Perry erhob winkend die Hand. Er lächelte. Es war bekannt, daß die Maahks diese Geste zu deuten wußten.

»Wir bedanken uns für Ihre schnelle und wohlüberlegte Hilfeleistung. Sie haben Ihre Schiffe tadellos formiert. Bitte, veranlassen Sie alles, um unseren kleinen, aber sehr kostspieligen Stützpunkt vor Angriffen zu bewahren. Wir werden nun zum Sammelpunkt vorstoßen und unverzüglich mit der bereits formierten Terraflotte zu Ihrem Angriffsverband aufschließen. Bitte, entrichten Sie den Neunvätern meine besten Grüße.«

Der Maahk, der als Kommandant einer großen Flotte grundsätzlich mit Grek-1 anzusprechen war, schwieg einen Augenblick. Die vier Augen auf dem Scheitelpunkt seines Kopfes waren starr auf seine Aufnahmeoptik gerichtet. Atlan ahnte, daß der Fremde viel überraschter war, als selbst Rhodan ahnte. Der Anruf war nicht nur ein Vertrauensbeweis, sondern auch identisch mit einer bedingungslosen Übergabe des Trisystems in die Obhut der Maahks. Die hundert kleinen Terraschiffe, die ebenfalls zurückbleiben sollten, wären für die Maahks niemals ein Hindernis gewesen.

Rhodan wartete atemlos auf die Antwort. Als sie schließlich kam, lockerte sich seine Haltung.

»Grek-1 an den Großadministrator des Solaren Imperiums: Friede und Fruchtbarkeit mit euch. Ich werde Ihren Anruf wortgetreu an die Neunväter weiterleiten. Ich bedanke mich für die Höflichkeit, mich in der Sprache meines Volkes anzurufen. Ich habe an Ihnen gezweifelt. Nach Erfüllung meiner Aufgabe werde ich mich einer Gefühlskorrektur unterziehen und versuchen, die Ströme der reinen Wissenschaft, die Sie mit dem Begriff Logik bezeichnen, dadurch zu bereichern. Wir versprechen, alle Angriffe auf Ihren Stützpunkt nach besten Kräften abzuwehren. Wir versprechen es bei dem Ei. Friede mit euch.«

Grek-1 schaltete ab. Rhodan drehte sich um. Atlan blickte lange auf den verblaßten Bildschirm.

». . . gönne deinem vermeintlichen Gegner das Wort; biete ihm deine Hand zum Gruß; lege sie vertrauensvoll in artfremde Hände – und du verdienst es, Mensch genannt zu werden«, deklamierte er die Aussage eines terranischen Philosophen.

»Perry, ich lege meine Hand dafür ins Feuer, daß die Maahks bemüht sind, die Vertragspunkte Wort für Wort zu erfüllen. Ahnst du, mit welchen Überlegungen dieser Admiral in das Trisystem gekommen ist? Kannst du dir vorstellen, daß man da drüben ebenfalls zweifelt?«

Rhodan nickte. Auch bei den Terranern waren in den letzten Tagen Zweifel an der Aufrichtigkeit der Maahks geäußert worden. Doch Rhodan und Atlan hatten alle diese Zweifel und Bedenken zerstreuen können.

Rhodan gab Cart Rudo den Startbefehl.

Die mächtigen Maschinen der CREST ruckten an. Schnell bewegte sich das Flaggschiff von Gleam fort und näherte sich der Eintauchgeschwindigkeit in den Linearraum.

Melbar Kasom näherte sich. Seine Schritte dröhnten wie Glockenschläge. Er griff in seine unergründlichen Taschen und reichte Atlan ein kaltes Bratenstück von der Größenordnung 20 mal 20 mal 50 Zentimeter.

»Echt terranisches Mastschwein«, erklärte der Riese sachverständig. »Ein Halsstück, Sir. Das ist sehr saftig und schmeckt auch noch in kaltem Zustand. Als Zusatzwürze nach dem Erkalten empfehle ich ertrusischen Lubko. Das ist eine paprikaähnliche Substanz, die jedoch den Vorteil hat, festgewordene Säfte zu lösen, das haftende Bratenfett zu binden und . . .!«

»Dieser USO-Spezialist sollte auf ein terranisches Flaggschiff strafversetzt werden«, rief Rhodan aus. »Als Koch! Kasom, Sie wollen doch nicht ernsthaft behaupten, Sie hätten das Fleisch nach Urmenschensitte in Fett gebraten?«

»Ich halte nichts vom Partikelgrill«, erklärte Kasom würdevoll. »Die guten Eßsitten werden dadurch verdorben. Ich – eh, Moment mal, Sir . . .!«

Rhodan riß dem Arkoniden das Fleisch aus der Hand und warf es über die Schulter hinweg einigen lüstern blickenden Männern zu.

»An die Zentralebesatzung verteilen, mir auch ein Stückchen«, sagte er todernst. »Diese USO-Leute werden sich zukünftig hüten, maßhaltenden Terranern die Zunge wäßrig zu machen.«

Kasom war fassungslos, und Atlan hob entsagungsvoll die Schultern an. Weiter hinten wurde der Braten mit wahrhaft artistischer Fertigkeit in fingerlange Bissen zerteilt.

Unter diesen Umständen ging die CREST III in den Linearraum, um kurz darauf am Sammelpunkt in das Einsteinuniversum zurückzukehren.

Dreizehntausend moderne Raumschiffe der Solaren Flotte hatten sich hier versammelt. Sie standen fahrtlos im Leerraum zwischen dem nur siebentausendzweihundert Lichtjahre durchmessenden Betanebel und dem riesigen Andromedanebel.

Bei ihnen befand sich ein Schneller Kreuzer der Neunväter. Es handelte sich um das abgestellte Verbindungsschiff. Perry rief den Kommandanten an. Der Maahk begrüßte Rhodan mit überraschender Herzlichkeit.

Der Kommandant schien einer der Kommandooffiziere des Maahkgeheimdienstes zu sein; denn er sprach ein fließendes Interkosmo. Hier und da verwendete er Begriffe aus dem Englischen, was als besondere Aufmerksamkeit zu bewerten war.

»Ich gebe Ihnen die Koordinaten der Warteposition durch«, beendete er seine Ausführungen. »Es ist uns gelungen, fünfunddreißigtausend Schiffe aufzubieten. Sie wurden überall dort aus der Front gezogen, wo sich eine solche Maßnahme verantworten ließ. Wann rechnen Sie mit einem Start Ihrer Flotte? Ich habe den Befehl erhalten, die Neunväter zu informieren.«

Rhodan handelte sofort. Die Rückfragen bei den einzelnen Geschwaderkommandanten konnte der Maahk mithören.

»In drei Stunden, Standard, Terra«, erklärte Perry schließlich. »Wir können die Zeitspanne notfalls reduzieren.«

»Danke, nicht erforderlich«, gab der Kommandant zurück. »Auf einige Stunden kommt es nicht mehr an. Bereiten Sie in Ruhe und ohne Überhastung Ihre Formierung vor.«

Schon fünf Minuten später strahlte der Kreuzer über eine Relaiskette einen verschlüsselten Funkspruch zum Alphanebel ab. Die Antwort kam kurz darauf. Sie wurde auf der CREST entschlüsselt, und da erkannte man, daß die Neunväter vorbehaltlos zufrieden waren.

Vor einer unscheinbaren roten Sonne ohne Planeten standen fünfunddreißigtausend Raumschiffe der Maahks. Es handelte sich um moderne Einheiten, die bereits die verbesserte Konverterkanone besaßen. Die Defensivbewaffnung bestand aus den grünen Schutzschirmen, aus denen der terranische Hochenergie-Überladungsschirm entwickelt worden war. Die Maahks waren in dieser Hinsicht nicht weitergekommen, jedoch verstanden sie es nun, die tefrodischen Halbraumfelder sicherer aufzuspalten als zu Beginn der Großoffensive auf Andromeda.

Rhodan stand vor der schwierigen Aufgabe, die Verbandchefs der Methans innerhalb von vierundzwanzig Stunden mit der terranischen Gesamtplanung vertraut zu machen. Ohne die positronischen Rechengehirne, die ihre Enddaten sofort an die Automaten der Maahkschiffe weitergaben, wäre es unmöglich gewesen.

Der Oberkommandierende der Methans, wieder ein Admiral mit der Bezeichnung Grek-1, erwies sich als ein kluges, entschlußfreudiges Intelligenzwesen, das nur bei vierzehn Punkten von insgesamt zweitausend Faktoren Einwände zu machen hatte.

Da sie folgerichtig waren, wurden sie vom terranischen Admiralstab sofort beachtet, ausgewertet und in den bestehenden Plan eingebaut.

Grek-1 würde mit seinen fünfunddreißigtausend Schiffen wenigstens ebenso viele Tefroder- oder Duploeinheiten binden, indem er sechs eminent wichtige Industriesysteme des inneren tefrodischen Zonengürtels gleichzeitig angriff.

Terranische Aufklärungsverbände hatten in den letzten Monaten verschiedene wichtige Systeme der Tefroder entdeckt. Darunter auch jene, denen der Angriff nun gelten sollte. Man hatte herausgefunden, daß diese sechs Systeme etwa dreißig Prozent des gesamten Waffen- und Ausrüstungsnachschubs lieferten. Es handelte sich um vollautomatisierte Planeten ohne Zivilbevölkerung. Lediglich Duplo-Stammbesatzungen versahen auf den Industriewelten ihren Dienst.

Der Gegner war unter allen Umständen gezwungen, diese Welten abzusichern.

Naturgemäß mußte es zu schweren Kämpfen kommen, die so lange geführt werden sollten, bis zwei einsame terranische Schiffe mit ihrer eigentlichen Aufgabe beginnen konnten.

Die terranischen Verbände wurden in zwei Flotten aufgespalten.

Zehntausend Einheiten unter Solarmarschall Julian Tifflor sollten einen Direktangriff auf den Justierungsplaneten des Andro-Sechsecks fliegen. Tifflor hatte dafür zu sorgen, daß die durch die Maahks vorher eingeleiteten Angriffe auf die Industriesysteme nicht als Ablenkung erkannt wurden. Er hatte erst dann vorzustoßen, wenn die Schlacht um die sechs Knotenpunkte der Meister der Insel in vollem Gange war. Niemand sollte auf den Gedanken kommen, daß dreitausend weitere terranische Großkampfschiffe nahe dem Großtransmitter auf Warteposten standen, um den allein vordringenden Raumschiffen CREST und RAWANA im Falle einer unverhofften Gegenwehr Entlastung zu bringen.

Die dreitausend Einheiten standen unter dem Befehl des epsalischen USO-Admirals Glost Areshit. Sein Flaggschiff war die IMPERATOR, ein Riese der Imperiumsklasse. Der relugäre Kommandant, Heske Alurin, war dem Admiral für die Dauer des Einsatzes unterstellt.

Tifflor hatte für die Bekämpfung der Duploverbände zu sorgen, die bei seinem Angriff auf den Justierungsplaneten mit hundertprozentiger Sicherheit aus Situationstransmittern auftauchen und die Abwehr übernehmen würden.

Nach der unerläßlichen Zerstörung der Justierungsstation sollte Tifflor mit der Hauptflotte abdrehen, sich mit der Vernichtung dieser Welt *klar erkennbar* zufriedengeben und den fünfunddreißigtausend kämpfenden Maahks zu Hilfe kommen.

Alle Wahrscheinlichkeitsberechnungen wiesen aus, daß die Meister der Insel als steuernde Organe der unverfälschten Tefroder und der Duploflotten einen Rückzug der Terraner als folgerichtig einstufen würden.

Die Zerstörung der Justierungsstation war die im Twin-System praktizierte Methode gewesen, um den Sonnentransmitter als Sendestation unbrauchbar zu machen.

Jetzt jedoch wußte Perry Rhodan, daß es die Sonneningenieure von Andromeda gab. Sie konnten nicht übersehen werden!

Die Hyperphysiker hatten festgestellt, daß es diesen genialen Wesen leicht möglich sein würde, die Transportjustierung der sechs Sonnen wiederherzustellen. Daß dies bei Twin nicht geschehen war, zeigte deutlich, daß Twin für die MdI bedeutungslos geworden war. Hier aber lagen die Dinge anders. Aus diesem Grund war es unerläßlich, das künstlich installierte Sechseck direkt anzugreifen.

Dazu diente die RAWANA. Sie war das einzige Raumschiff des Experimentalkommandos, das die entsprechenden Geräte an Bord hatte. Diese waren im Verlauf eines jahrelangen Testprogramms entwickelt worden, dessen Ziel es war, Hochenergiefelder zu erzeugen, die wesentlich leistungsfähiger sein sollten als alle bisher gekannten.

Die geplante Entwicklung hatte sich zwar als Fehlschlag erwiesen, aber die Testreihe hatte einen unbeabsichtigten Nebeneffekt mit sich gebracht, der nun zum Einsatz kommen sollte.

Die Maahks waren schon nach zwanzig Stunden informiert. Der Start der Methanflotte war für die frühen Morgenstunden des 5. Juli 2405 vorgesehen worden. Die zehntausend terranischen Angriffseinheiten sollten sich wenig später in Marsch setzen, jedoch pulkweise und unter großer Vorsicht das Operationsgebiet im Zentrum des Andromedanebels anfliegen.

Das kostete Zeit. Die Maahks hatten etwa zehn Stunden früher vor den sechs Systemen einzutreffen und anzugreifen.

Die fünfunddreißigtausend Raumschiffe flogen fast gleichzeitig ab. Auf den Beobachtungsgeräten der terranischen Einheiten war das ungeheure Aufgebot deutlich zu erkennen. Es war, als zöge ein unermeßlicher Hornissenschwarm über die Schirme hinweg.

Die Flotte löste sich in sechs Verbände auf, die beim Erreichen der vorgesehenen Fahrtstufe auf direkten Zielkurs gingen und dann plötzlich im Linearraum verschwanden.

Innerhalb von elf Minuten war vom Aufgebot der Wasserstoff-Methanatmer nichts mehr zu sehen.

Rhodan hatte die Vorgänge verfolgt. Er nickte zufrieden.

»Gute Arbeit. Diese Flotte wird den Meistern der Insel zu schaffen machen. Wir sollten dabei nicht übersehen, daß die Maahks schätzungsweise weitere achtzigtausend Raumschiffe an der kosmischen Front stehen haben. Es sind zwar ältere und kleinere Einheiten mit unzureichender Bewaffnung, aber sie sind immerhin vorhanden. Sie werden zum gleichen Zeitpunkt verschiedenartige Ziele bedrohen. Das bedeutet eine weitere Bindung tefrodischer Streitkräfte. Die Frage ist nur, wieviel Duploeinheiten aufgeboten werden können. Die Tefroder mit ihren kordonmäßig angeordneten Sonnensystemen dicht außerhalb der verbotenen Zentrumszone stellen meines Erachtens nicht die Hauptgefahr dar. Es ist bekannt, daß es unter ihnen immer wieder zu Revolten gegen die Meister der Insel kommt.

Entscheidend werden die Duplos sein; Geschöpfe, die nach den Atomschablonen der Originalkörper vielleicht schon hunderttausendmal hergestellt worden sind.«

»Davon werden sie weder physisch noch charakterlich besser, Sir«, warf der Chefarzt der CREST ein.

»Richtig. Das wissen wir mittlerweile ebenfalls. Trotzdem werden sie zu Amokläufern werden, wenn im Gefahrenfalle ihre Reizempfänger ansprechen. Denken Sie daran, meine Herren. Begeben Sie sich nun bitte auf Ihre Flaggschiffe zurück. Es wird Zeit.«

Julian Tifflor und der Epsaler Glost Areshit verabschiedeten sich. Schnelle Space-Jets brachten sie zu ihren Raumern.

Und noch ein Mann reichte Rhodan die Hand. Sein Name war Laan Tukesku, Oberst der Solaren Flotte und Sonderbeauftragter der Abwehr im Bereich des Experimentalkommandos.

Laan Tukesku gehörte zu jenen wissenschaftlich geschulten Kommandanten, denen man ein Experimentschiff vom Range der RAWANA anvertrauen konnte. Er verstand es, militärische Erfordernisse mit den Wünschen der Bordwissenschaftler so zu koordinieren, daß es niemals zu Überschneidungen kam.

»Leben Sie wohl«, sagte Rhodan ernst. »Richten Sie bitte Professor Kalup meine besten Grüße aus. Ich sehe ein, daß er jetzt nicht mehr auf das Flaggschiff kommen sollte. Wir setzen alle Hoffnungen auf Ihre RAWANA. Wenn Sie versagen, ist alles umsonst gewesen.«

»Es ist uns bereits dreimal mit Einzelsternen am Rande der Milchstraße gelungen, Sir. Der Wiezold-Effekt tritt mit größter Sicherheit ein. Wenn Sie uns die Gasballung im freien Raum liefern, garantiere ich für eine überkritische Aufladung. Wichtig ist, daß Ihre Waffenenergie auf einem Zielpunkt frei wird und zu einer geballten Masse aus heißen Gasen und freiwerdenden Kernteilchen verschmilzt. Diese Kunstsonne muß die Bewegungsrichtung des Kanonenschiffes beibehalten und exakt auf den bewußten Eckstern des Transmitter-Sechsecks ausgerichtet werden. Desgleichen muß die Energieballung die Geschwindigkeit der CREST erhalten, besser etwas mehr. Ich würde Ihnen empfehlen, nach dem Abschuß der Normalraketen auf deren Detonation zu warten. Der von ihnen erzeugte Energieball wird in seiner Fahrtstufe konstant bleiben. Verstärken Sie die Kunstsonne erst dann mit weiteren Gigaladungen aus den Transformkanonen, wenn ihre Flugbahn und Geschwindigkeit stabil geworden ist. Ein Einschuß mit materialisierenden Transformladungen, die an und für sich durch ihre hyperphysikalische Beförderungsart die Eigengeschwindigkeit des Schiffes nicht mitbekommen und daher als relativ stillstehende Eigenbezugs-Einheiten einzustufen sind, wird Erfolg haben, wenn die Kunstsonne bereits zu reagieren beginnt. Sie wird die neuen thermonuklearen Energien mit sich nehmen. Wenn das einwandfrei gelingt, Sir, ist der Großtransmitter gewesen.«

»An Optimisten leidet die Menschheit keinen Mangel«, spöttelte Atlan. »Schön, wir verlassen uns ganz auf Sie und Professor Kalup. Überbringen Sie bitte auch meine Grüße. Dieser junge Mann soll sich auf den Hosenboden setzen.«

»Wenn ich ihm das wörtlich ausrichte, wird er tätlich«, schmunzelte Tekesku. »Sie kennen ja sein cholerisches Temperament.«

Der Experimentaloffizier ging. Allan D. Mercant befand sich bereits an Bord der RAWANA.

Die zehntausend terranischen Schiffe unter Julian Tifflor starteten nur eine Viertelstunde nach der Maahkflotte. Als sie ebenfalls im Linearraum verschwunden waren, verließen die dreitausend Einheiten unter Admiral Glost Areshit den Sammelpunkt vor der roten Außensonne. Kein fremdes Fahrzeug war in gefahrdrohender Nähe festgestellt worden.

Der Aufmarsch der beiden Flotten war sehr schnell eingeleitet und auch beendet worden. Eine Entdeckung in diesem strategisch unwichtigen Nebenarm Andromedas wäre ein Zufall gewesen.

Nur die CREST III und die RAWANA umkreisten noch den namenlosen Stern. Letzte Informationen wurden ausgetauscht. Die Mutanten der CREST III lagen in einem biologischen Tiefschlaf. Sie sollten Kräfte schöpfen und Nervenkraft sparen.

Als die Pulks des USO-Admirals nicht mehr erkennbar waren, erteilte Rhodan den Startbefehl. Wieder war seine Stimme in allen Abteilungen zu hören.

»Wir werden uns auf einem als relativ gefahrlos und ortungssicher erkannten Kurs in das Zentrum begeben und in der scharfbewachten Verbotszone das schon oftmals geübte Sonnenspringen anwenden. Wir müssen unbemerkt vor dem Transmitter ankommen.

Dort gehen wir in den Ortungsschutz eines Doppelsterns und warten zusammen mit der RAWANA ab, bis die zehntausend Angriffseinheiten unter Tifflor auftauchen. Zu diesem Zeitpunkt wird am Rande der Zentrumszone schon die Hölle los sein.

Sie erhalten laufend Situationsberichte. Schlafen Sie, so oft und so lange Sie können. Essen Sie regelmäßig, und lassen Sie sich von der Nervenbelastung nicht den Appetit verderben. Mehr kann ich Ihnen vorerst nicht sagen.«

Rhodan schaltete ab. Die CREST III und das Experimentalschiff RAWANA nahmen im gleichen Augenblick Fahrt auf. Als die beiden Kugelriesen ebenfalls im Linearraum verschwanden, war der Raumsektor vor der roten Sonne wieder leer.

10.

9. Juli 2405 n. Chr., Erdzeit-Standard.

Schwache Hyperfunkimpulse, die von der gedrängten Sonnenmasse des Andromedazentrums tausendfältig gestört und gelegentlich unhörbar gemacht wurden, durcheilten den Hyperraum.

Die mit höchster Antennenverstärkung aufgefangenen Nachrichtenfragmente, die nach dem Eingang in das Empfangsteil des Impulswandlers nochmals maximal verstärkt wurden, um überhaupt auswertbar zu sein, zeugten von einem Geschehen, das etwa zehntausend Lichtjahre von der Kernzone Andromedas entfernt vor einigen Stunden begonnen hatte.

Die fünfunddreißigtausend Maahks waren programmgemäß, unter genauer Zeiteinhaltung vor den sechs Zielsystemen angekommen und hatten sofort mit dem Angriff begonnen.

Wenn die mit höchster Sendeenergie abgestrahlten Informationssprüche der Maahks kaum noch registriert und anschließend nur unter größten Mühen entziffert werden konnten, so zeichneten sich andere Phänomene ab, die im Gegensatz zu den Nachrichten sehr deutlich wahrnehmbar waren.

Es handelte sich um die typischen fünfdimensionalen Schockkurven tefrodischer Situationstransmitter, die mit dem Energieaufwand von angezapften Sonnen aufgebaut wurden.

Die durchschnittlich eine Million Kilometer durchmessenden Feuerringe erzeugten beim Durchgang größerer Schiffsverbände flutwellenartige Hyperfronten, die von den Ortungsgeräten der CREST aufgenommen wurden.

Aus der Fülle dieser Strukturechos ging hervor, daß die Maahks seit zirka sechs Stunden einen schweren Stand hatten. Das tefrodische Oberkommando, das natürlich von den Meistern der Insel abhängig war, schien seine Schiffe von allen anderen Brennpunkten abgezogen zu haben, um die sechs wertvollen Industriesysteme abzusichern.

Andere verstümmelt eingehende Funksprüche der Maahks wiesen jedoch aus, daß diese Abwehrreaktion andere Frontabschnitte so schwächte, daß die eigentliche Offensivflotte der Methans plötzlich leichtes Spiel hatte. Es handelte sich um jene Riesengeschwader, die von Rhodan in ihrer Gesamtheit auf achtzigtausend Schiffe geschätzt wurden.

Sie standen überall im Kerngebiet von Andromeda und griffen nunmehr mit verstärkter Kraft jene Ziele an, die den Kommandeuren schon Wochen und Monate zuvor von den Neunvätern zugewiesen worden waren.

Die Tefroder entblößten diese weniger wichtigen Raumgebiete der Not gehorchend. Zahlreiche Funksprüche – einige wurden in nächster Nähe der sorgsam getarnten CREST abgestrahlt – ließen erkennen, daß die echten Tefroder dringend um Hilfe baten.

Wem diese Aufforderung galt, war klar. Es konnte sich nur um die Meister der Insel handeln, die allein über die wahrscheinlich gigantischen Flotten mit Duplobesatzungen geboten.

Bis zum Angriff der terranischen Hauptflotte unter Solarmarschall Julian Tifflor sollten noch vier Stunden vergehen. Die Planung sah vor, die weitentfernten Maahkverbände zehn Stunden lang handeln zu lassen, damit eine ausreichende Bindungsquote erreicht wurde.

Rhodan hoffte, der kommandierende Admiral würde vernünftig genug sein, seine sechs großen Verbände immer dann zurückzuziehen, wenn es besonders gefährlich wurde. Eine kurzfristige Flucht in den Linearraum konnte Wunder wirken und die Verlustquote der eingesetzten Schiffe stark reduzieren.

Die CREST III stand nahe der heißen, turbulenten Gaszone eines tiefroten Riesensternes, dessen blaßgrüner Begleiter nur dreißig Millionen Kilometer entfernt war. Er umkreiste die wesentlich größere Hauptsonne mit hoher Bahngeschwindigkeit und wurde somit astronomisch betrachtet zu einem Planeten, der allerdings mit einer hochaktiven Sonne identisch war.

Die durch diese physikalischen Verhältnisse erzeugten Feldlinien im stetigen Energieausgleich zwischen beiden Gestirnen garantierten einen sicheren Ortungsschutz. Wenn die Schutzschirme des Flaggschiffes unter den auftreffenden Gewalten nicht zusammenbrachen, war die CREST völlig ungefährdet – obwohl sie nur noch sieben Lichtjahre vom Großtransmitter des Andromedanebels entfernt war.

Die RAWANA stand auf einer etwas weiteren Kreisbahn, die aber immer noch so nahe der Sonne lag, daß jeder Ortungsecho-Impuls auf Hyperbasis verzerrt, abgelenkt oder absorbiert wurde.

Die dreitausend Schiffe der Eingreifreserve hatten ihre Standorte ebenfalls erreicht. Ein vor einer Stunde angekommener Kurierkreuzer hatte wichtige Nachrichten von USO-Admiral Glost Areshit überbracht.

Der Epsaler teilte mit, wenigstens hundert Schiffe seines Verbandes seien beim Anflug kurzfristig von tefrodischen Stationen geortet worden.

Julian Tifflor, dessen Kurier noch nicht eingetroffen war, war es wahrscheinlich nicht besser ergangen.

Rhodan hatte mit solchen Zwischenfällen gerechnet. Innerhalb der verbotenen Zentrumszone des Andromedanebels gab es eine starke und ausgeklügelte Fernüberwachung, daß es vor der Ankunft der Terraner in Andromeda kein einheimisches Lebewesen hatte wagen können, mit einem Schiff in diese Zone einzudringen. Die Vernichtung wäre unausbleiblich gewesen.

Zwei schnelle und kaum zu ortende Moskitojäger der CREST waren unterwegs, um das Gebiet nahe dem Sonnensechseck zu erkunden. Chef des kleinen Verbandes war Major Don Redhorse, dem Rhodan den höchsten Erfahrungsschatz unter allen Einsatzoffizieren des Schiffes zubilligte.

Redhorse hatte den Auftrag erhalten, mit seinen beiden Zweimann- Jägern vorsichtig vorzustoßen und festzustellen, wie groß die Flottenkonzentration nahe dem Großtransmitter war.

Rhodan und Atlan waren nicht so vermessen anzunehmen, die Meister der Insel hätten den Transmitter völlig von modernen Schiffen entblößt. Die ständigen Hilferufe der bedrängten Tefroder waren durchschaubar genug. Anscheinend waren die Meister der Insel argwöhnisch geworden. Sie dachten nicht daran, ihren Untergebenen die Hilfe zu geben, die sie nun dringend benötigten.

»Die Situation wird unangenehm«, stellte Rhodan fest.

Er stand im Auswertungssaal der Zentrale und beobachtete die positronischen Eintragungen auf dem riesigen Rundschirm. Immer mehr grüne, rote, gelbe und blaue Punkte erschienen. Das große Zentralgehirn der CREST ermittelte an Hand der entzifferten Nachrichten ein Gefechtsbild im Halbmesser von elftausend Lichtjahren.

Die sechs Industriesysteme wurden von den Maahks ununterbrochen attackiert. Vier Planeten hatten sich bereits in explodierende Glut verwandelt.

Die Ortungsschutzsonnen, hinter denen sich Areshits dreitausend Einheiten in Sicherheit gebracht hatten, umschlossen den Standort der CREST in einem Viertelkreis.

Tifflors Positionen wurden mit rechteckigen Symbolen bezeichnet.

»Wo bleibt Tiffs Kurierschiff?« erkundigte sich Mercant beunruhigt. Er war nach der Ankunft vor dem Doppelstern auf die CREST gekommen. »Er hat noch knapp vier Stunden Zeit, den Angriff einzuleiten. Anschließend muß er zu den Maahks aufschließen, oder sie erleiden Verluste, die wir nicht verantworten können.«

Atlan trat weiter zurück, um den Wandschirm besser überblicken zu können. Er durchmaß vierzig Meter und zeigte während dieser Situation nur einen Ausschnitt von Andromeda. Die Steuerpositronik arbeitete einwandfrei.

»Die Sammelpunkte liegen zentral, aber etwas zu nahe am Sechseck«, behauptete der Lordadmiral. »Tifflor wird Mühe haben, seine zehntausend Einheiten möglichst unbemerkt auf die Angriffspositionen zu bringen. Warten wir noch zwei Stunden. Er dürfte rechtzeitig erscheinen. Die Maahks hatten es in dieser Hinsicht wesentlich einfacher. Sie konnten in gerader Linie auf die sechs Systeme vorstoßen. Eine gelegentliche Ortung war im Interesse unseres Ablenkungsvorhabens sogar erwünscht. Tiff wird nicht das Unternehmen gefährden, nur um schon vier Stunden vor dem Aktionszeitpunkt hier zu sein. Das ist auch nicht erforderlich. Mir genügt es, wenn er auf die Minute pünktlich zum Sechseck vorstößt.«

Mercant machte eine zweifelnde Handbewegung. Rhodan schwieg. Sein Gehirn arbeitete rastlos.

Atlan meldete sich erneut.

»Wesentlich mehr Sorgen mache ich mir um Redhorse. Er fliegt in ein Wespennest hinein. Ehe er nicht mit seinen Aufklärungsergebnissen zurück ist, würde ich Tifflors Angriff auf den Justierungsplaneten ohnehin nicht billigen. Wir müssen vorher wissen, welche Kräfte die Meister der Insel vor dem Sechseck stationiert haben. Sie müßten einfältig sein, wenn sie nicht mit einem Überfall rechnen würden.«

»Damit dürften sie schätzungsweise seit einigen Jahrtausenden und das zu jeder Stunde rechnen«, behauptete Rhodan.

Er lauschte auf das Dröhnen der Stromumformer. Die zwölf riesigen Fusionskraftwerke des Flaggschiffes lieferten seit Stunden achtzig Prozent ihrer Maximalleistung.

Die Energie wurde in erster Linie von dem hochgespannten HÜ-Schirm aufgenommen, der die Aufgabe hatte, die tödlichen Energieausbrüche der nahen Sonne abzuwehren.

Den Rest des Arbeitsstromes beanspruchten die Antischwerkraft-Projektoren. Die zerrende Gravitation der roten Sonne war selbst in dieser Distanz noch so stark, daß sie von den Zentrifugalkräften der relativ hohen Umlaufgeschwindigkeit nicht allein neutralisiert werden konnte.

Auf der RAWANA arbeiteten fünfhundert spezialisierte Wissenschaftler an den letzten Vorbereitungen. Professor Dr. Arno Kalup war entschlossen, sein Vorhaben durchzuführen.

Direkt über der im Achsenschnittpunkt eingebauten Zentrale des Fünfzehnhundert-Meter-Schiffes gab es einen riesigen Raum. Um ihn in der gewünschten Größenordnung herstellen zu können, war es erforderlich gewesen, elf Hauptdecks zu durchbrechen, die Bodenflächen zu entfernen und neue Verstrebungen einzubauen. Die statischen Probleme hatten ein Team von fähigen Ingenieuren zur Verzweiflung gebracht. Die herausgeschnittenen Decksverbände waren als stabilisierende Zellenelemente wichtig gewesen.

Trotzdem war es gelungen, die für ein Superschlachtschiff bestimmte Kugelzelle umzubauen. Über der Zentrale war eine Riesenhalle mit rundem Querschnitt entstanden. Sie durchmaß vierhundert Meter und war dreihundert Meter hoch. In ihr stand als Hauptaggregat ein Mammutgebilde, das diese Halle fast vollkommen ausfüllte.

Bei flüchtigem Hinsehen hätte man das Großgerät mit einem Kalupschen Hochleistungskonverter für den überlichtschnellen Linearflug verwechseln können. Die zylindrische Form der Verkleidungsschale ließ auch keine Schlüsse darauf zu, was sich hinter ihr verbarg.

Nebenaggregate, die zum Betrieb der Riesenmaschine unerläßlich waren, füllten die weite Rundung der Bodenfläche vollkommen aus. Galerien umliefen die hochragenden Wandungen des Saales. Auf ihnen waren Schaltsysteme angeordnet.

Die Energieverbindungen zu den in der unteren Kugelhälfte installierten Großkraftwerken waren ausschließlich kabelgebunden. Auf der RAWANA gab es nur dort drahtlose, feldisolierte Stromleiter, wo sie gefahrlos eingesetzt werden konnten.

Kalups Männer nannten die mächtige Maschine Hyperinmestron.

Als Folge der weitgehenden Umbauarbeiten war die RAWANA zu einem fast hilflosen Raumschiff mit nur minimaler Bewaffnung geworden. Die Triebwerksleistung entsprach der eines regulären Superschlachtschiffes, jedoch fehlten auf dem Experimentalschiff die großen Feuerleitanlagen und alle Ersatzteildepots, die auf einem Imperiumsraumer unerläßlich waren.

Die Stärke des seltsamen Schiffes lag in seinen hervorragenden Laboreinrichtungen und in dem Gerät, das man Hyperinmestron nannte. Es war klar, daß man die RAWANA nur dann allein zu Forschungsaufgaben entlassen konnte, wenn keine ernstzunehmenden Gegner in der Nähe waren. Hier, im Zentrum des Andromedanebels, brauchte sie den Feuerschutz von wenigstens einem Großkampfschiff. Diese Aufgabe hatte die CREST III übernommen.

Atlan und Perry Rhodan hielten sich noch immer im Kartenraum auf. Die Situation hatte sich nicht verändert. Die Maahks kämpften mit dem Mut und der Verbissenheit von Wesen, die von der Rechtmäßigkeit ihrer Taten überzeugt waren.

Die sechs Verbandschefs waren tatsächlich klug genug, ihre bedrängten Einheiten immer wieder kurzfristig in den schützenden Linearraum zurückzuziehen, dort neu zu formieren und anschließend erneut vorzustoßen. Die tefrodischen Befehlshaber hatten dadurch alle Nachteile einer zwangsläufigen Ortsbindung zu tragen: Sie wußten niemals genau, wo die Maahks den nächsten Angriff ansetzen würden. So geschah es, daß die Verluste der Methans erstaunlich gering blieben, die Duplos jedoch ein Schiff nach dem anderen verloren.

Die Funksprüche der Tefroder klangen immer verzweifelter. Sie forderten nun schon unter deutlichen Drohungen die Hilfe durch weitere Duplogeschwader an.

Rhodan nickte sinnend, als ihm ein solcher Funkspruch vorgelegt wurde.

»Ausgezeichnet! Dies ist ein weiteres Zeichen dafür, daß sich die Tefroder nur widerwillig der Willkür beugen. Es sind echte Menschen, direkte Nachkommen der vor fünfzigtausend Jahren in den Andromedanebel gekommenen Lemurer. Es wäre erstaunlich, wenn sie sich vorbehaltlos beugen würden.«

»Sie haben es immerhin jahrtausendelang getan«, gab Mercant zu bedenken.

»Unter Zwang. Wir kennen die technischen Machtmittel der Meister der Insel. Sie werden ferner für eine extreme wirtschaftliche Abhängigkeit der Tefroder gesorgt haben. Wie Sie selbst berichteten, haben Ihre Spezialagenten eine rührige Untergrundtätigkeit in allen Tefrodersystemen festgestellt. Man hat die verschiedenen Regierungen und Völker natürlich gegeneinander ausgespielt. Das ist eine glänzende Methode, um Lebewesen bei der Stange zu halten, die vereint zu einer Gefahr werden könnten. Nun aber scheint sich das Blatt zu wenden. Die Meister der Insel schicken keine Hilfe. Es sollte mich wundern, wenn die verschiedenen Staatsoberhäupter nicht sehr schnell zu einer internen Einigung kämen. Das müssen die Meister der Insel ebenfalls bemerken. Weshalb lassen sie eine solche Entwicklung zu?«

Atlan gab die Antwort. Er kannte genügend Parallelen aus der Vergangenheit des arkonidischen Imperiums.

»Angst, Angst vor uns! Man rechnet mit einem Angriff der terranischen Flotte. Ich möchte behaupten, daß Don Redhorse der Atem stockt. Was er zu diesem Zeitpunkt im Bereich des Sechsecks sieht, dürfte wohl ziemlich einmalig sein. Hoffentlich kommt er wieder zurück.«

»Dieser Kriegspfad wird dornig sein!« hatte Major Don Redhorse, das »Rote Pferd«, vor Beginn des Einsatzes gesagt.

Sein Ortungsnavigator, der kleine, zähe Terraner Noel Angerby, hatte zu dieser Aussage nur mit den Schultern gezuckt. Der Cheyenne war als Draufgänger in der gesamten Solaren Flotte bekannt. Redhorse flog den Moskitojäger CM-412.

Die CM-420 wurde von dem Afroterraner Leutnant Ische Moghu gesteuert. Sein Ortungsnavigator war Sergeant Jussuf el Hamit, ein hochgewachsener Mann mit kohlschwarzen Haaren und dem kühnen Gesichtsschnitt eines alten Seeräubers aus dem historischen Piratenhafen Algier.

Die vier Söhne der Erde waren bereit, wieder einmal Kopf und Kragen zu riskieren, um zehntausend Raumschiffe mit etwa sechs Millionen Besatzungsmitgliedern exakte Unterlagen liefern zu können.

Redhorse und Moghu hatten sich aus den Kraftfeldtuben des Ultraschlachtschiffes schießen lassen. Ihre Jäger waren sechsundzwanzig Meter lang, zweisitzig, überlichtschnell und mit je einer Transformkanone ausgerüstet, die immerhin Ladungen bis zu zwanzig Gigatonnen verfeuern konnte. Zu dieser Hauptbewaffnung zählte noch je eine kleinere Thermokanone. Beide Geschütze waren starr in Flugrichtung eingebaut; es mußte mit der gesamten Maschine gezielt werden.

Das waren Tatsachen, die Männer wie Redhorse, Moghu, el Hamit und Sergeant Angerby längst bekannt waren.

Sie hatten sich ihre Überlebens- und Erfolgschancen ausgerechnet. Moskitos waren ungeheuer schnell. Sie beschleunigten mit 700 km/sec, waren infolge ihrer winzigen Abmessungen nur unter günstigsten Bedingungen einwandfrei zu orten und besaßen überdies eine Bewaffnung, die im Ernstfall schon ein Wort mitreden konnte.

Am wertvollsten war jedoch die sagenhafte Manövrierfähigkeit der neuen Jets. Man durfte nur nicht zu nahe an ein anderes Schiff herangehen. Dies zu verhindern, war Redhorses Plan gewesen – bis er nach einem vierfachen Linearmanöver vor dem Sechseck angekommen war.

Dieses Manöver wurde in der Flotte als »Sonnenspringen« bezeichnet. Im Zentrum Andromedas war es kaum möglich, direkt auf einen Zielstern loszufliegen. Die CREST stand nur sieben Lichtjahre von den sechs blauen Riesen entfernt, und trotzdem konnte man den Stern, der ihr Ortungsschutz bot, nicht sehen. Vierzehn andere Sonnen, darunter Mehrfachkonstellationen, verdeckten den Blick.

Als Redhorse in den Einsteinraum zurückkehrte, schob er mit einer Reflexbewegung die Sicherung der Waffen zurück.

In den Kopfhörern der kabelgebundenen Bordverständigung vernahm er eine Verwünschung. Sie stammte von Noel.

Redhorse sah auf die Echoschirme der Hyperortung. Einige tausend schwere Raumschiffe standen nahe einer dem Sechseck benachbarten Sonne. Am heftigsten sprachen die Fremdenergiepeiler an. Sie unterschieden einwandfrei zwischen den Kräften einer Sonne und solchen Energien, die von Raumschiffstriebwerken und Kraftstationen stammten.

Redhorse konnte das ständige Zirpen und Pfeifen der akustischen Zusatzwarner nicht mehr ertragen.

»Abschalten«, rief er Angerby zu. »Man versteht ja sein eigenes Wort nicht mehr. Sehen Sie etwas von Moghu?«

»Vor drei Sekunden war er noch hinter uns. Er schwenkte – wie besprochen – in den Grünsektor ab. Jetzt kommt von seiner Maschine nichts mehr herein. Die großen Schiffe überlagern alles.«

Redhorse wußte, was er auf sich nahm, als er mit unverminderter Eintauchfahrt auf die nun klar erkennbaren Riesensonnen zuraste. Seine Geschwindigkeit lag mit fünfundsiebzig Prozent Licht bereits in hochrelativistischen Bereichen. Unter Berücksichtigung der verschiedenen Bezugspunkte und den damit verbundenen Zeitdifferenzen durfte er nur kurzfristig im Zielgebiet bleiben, wenn er die Rückkehr nicht unmöglich machen wollte.

»Alle Meßspeicher laufen, IF-Kamera, Vorauswertung läuft«, gab Noel in aller Ruhe bekannt. »Wir werden je nach Einfallwinkel, Häufigkeit und Stärke der Energie- und Massenortungen ziemlich genau feststellen können, wo die Duplos stehen, was sie an Schiffen aufgeboten haben und wie die Formationen ungefähr aussehen. Vorsicht, Sir, wir nähern uns dem Entstofflichungsfeld des Sonnensechsecks.«

Redhorse wußte, daß er sich bei dieser Geschwindigkeit auf sein Zeitgefühl nicht mehr verlassen konnte. Die Dilatationseffekte waren bereits optimal. Er zog die Maschine mit den Bugdüsen in den Rotsektor, schaltete das Haupttriebwerk auf Gegenschub und ging damit auf volle Bremsbeschleunigung.

Die Fahrt sank mit siebenhundert Kilometern pro Sekundenquadrat. Einer der blauen Riesen wanderte auf den Bildschirmen seitlich aus. Nur die blendfreien Scheiben der Vollsichtkanzel erlaubten noch einen ungetrübten Blick.

Redhorse war mit guter Vertikalüberhöhung eingeflogen. Die in der Figur eines Sechsecks angeordneten Sonnen schienen schräg seitlich und etwas nach links geneigt unter der Maschine zu hängen. Es war ein atemberaubendes Bild, das Redhorse immer wieder faszinierte, obwohl er es in der Heimatgalaxis schon oft gesehen hatte.

»Schiffe, Schiffe und nochmals Schiffe«, rief ihm Noel zu. »Der Einheitszähler drehte bereits über vierzigtausend hinweg. Wir nähern uns einem großen Pulk. Harte Hyperstrahlung, Sir – nein, *kein* Pulk! Das ist ein Situationstransmitter. Vorsicht!«

Noel schrie seine Warnung in das Helmmikrophon. Weit vor dem Jäger entstand im freien Raum ein tiefroter Feuerring von etwa einer Million Kilometer Durchmesser. Der Zapfstrahl, durch den von einer benachbarten Sonne die Energie zum Aufbau des Transmitters bezogen wurde, war einwandfrei zu erkennen. Er durchschnitt die Schwärze des Raumes wie ein violetter Glutbalken.

Redhorse konnte seinen immer noch halb lichtschnellen Jäger nicht mehr rasch genug aus der Gefahrenzone bringen. Er zog den Impulssteuerknüppel an den Bauch und betätigte damit die gegengerichteten Heck- und Bugsteuerdüsen. Als die spitze Nase des Moskitos in den Vertikalsektor wies, gab Don volle Schubleistung auf das Haupttriebwerk. Trotzdem wurde der Jäger durch die Beharrungskräfte weiterhin auf den Transmitter zugerissen. Flugmanöver bei solchen Geschwindigkeiten besaßen immer ihre Tücken.

Noel sagte nichts mehr. Obwohl die Maschine mit rasender Fahrt stieg, trieb sie immer näher an das plötzlich entstandene Hindernis heran.

Von der CM-420 unter Ische Moghu war weit und breit nichts auszumachen. Er hatte die Anweisung erhalten, sich nicht um die voraussichtlichen Schiffskonzentrationen zu kümmern, sondern mit fast lichtschneller Fahrt den Justierungsplaneten anzufliegen, der das Sonnensechseck auf einer Kreisbahn umlief.

Ische Moghu hatte einwandfreie Fernaufnahmen nach allen gängigen Verfahren nach Hause zu bringen. Er konnte Redhorse nicht beistehen.

»Jetzt müßten die Duplos aus dem Feuerring kommen!« sagte Sergeant Angerby mit anomaler Ruhe. »Wenn wir in das Geschwader hineintreiben, bekommen wir Musik in Dur und Moll. Die Beharrungsdrift ist zu stark.«

Redhorse schlug nochmals gegen den Schubhebel des Haupttriebwerks. Die Drift würde keine Rolle mehr spielen, wenn es gelang, die obere Grenze des Transmitters vorher zu erreichen.

Redhorse schaffte es! Vorher jedoch geschah etwas, was ihn zu einem wilden, triumphierenden Aufschrei veranlaßte. Es klang wie ein Kriegsruf seiner Vorfahren.

Anschließend rief er erregt:

»Da – sehen Sie doch! Es kommen keine neuen Verbände an, sondern es fliegen welche aus der Aufmarschzone heraus. Noel – halten Sie das fest. Ich will wissen, wieviel Einheiten hier abgezogen werden.«

Die Ortungsschirme konnten die Fülle der unter dem Jäger hinwegrasenden Einheiten nicht mehr erfassen. Nur der Impulszähler, der die verschiedenartigen Triebwerksstrahlungen registrierte, konnte noch ungefähre Zahlen ermitteln.

Zu diesem Zeitpunkt glitt die CM-412 in einer Entfernung von nur zwanzigtausend Kilometern über den gefährlichen Feuerring des Transmitters hinweg und war damit in Sicherheit.

Redhorse hob die hohe Fahrtbeschleunigung auf und ging in den freien Fall über. Die Ortungsaufzeichner liefen immer noch. Ische Moghu meldete sich nicht. Redhorse hielt nach dem Justierungsplaneten Ausschau. Er konnte ihn jedoch nicht entdecken. Die erdähnliche Welt stand auf der anderen Seite des Sonnensechsecks. Durch die Manöver hatte Redhorse die Überhöhung verloren.

Zehn Minuten später waren die Aufmarschsektoren im Bereich des Großtransmitters alle erfaßt worden. Noel meldete sich.

»Mehr bekommen wir nicht in die Speicher hinein, Sir. Haben Sie schon einmal auf die Uhr gesehen? Es wird Zeit, obwohl man den Eindruck hat, als sei kaum eine halbe Stunde verstrichen.«

Redhorse sah sich nochmals um. Von den Duploschiffen war mit bloßen Augen nichts mehr zu erkennen.

Ehe Redhorse erneut Fahrt aufnahm und den vorjustierten Automatpiloten für den Linearflug einschaltete, drehte er den Kopf.

Angerby saß hinter ihm in der engen Kanzel. Sein Gesicht war verkniffen.

»Noel, wieviel Schiffe sind schätzungsweise durch den Situationstransmitter abgezogen worden?«

»Darüber grübelte ich gerade nach, Sir. Das kann erst durch die Feinauswertung mit den großen P-Gehirnen der CREST festgestellt werden.«

»Eine Schätzung, Noel! Sie haben doch dafür einen sechsten Sinn.«

»So sagt man, Major. Wenn Sie mich also auf dieser Ebene fragen, dann möchte ich behaupten, daß man wenigstens fünfzig Prozent aller Einheiten abberufen hat. Wir sind wahrscheinlich nicht ausgemacht worden. Sie konnten es ja nicht unterlassen, mit fast einfacher LG zwischen den Geschwadern hindurchzurasen.«

Redhorse lachte. Das Sonnensechseck wanderte noch weiter aus. Nach einigen Minuten lag es hinter dem Jäger.

In diesem Augenblick registrierte Sergeant Angerby das Auftreffen eines Ortungsstrahls. Eins der vielen Schiffe hatte den Moskitojäger mit einem Hyperimpuls auf Echobasis erfaßt.

Redhorse zögerte keine Sekunde mehr. Er tippte auf den sogenannten »Fluchtschalter« der Maschine und ließ sie damit im Linearraum verschwinden. Die flüchtige Ortung konnte auf dem Duploschiff keinen Verdacht erwecken. Wahrscheinlich bekam man jede Sekunde einige Echos auf die Reliefschirme. Das war der Nachteil für einen Wachkreuzerkommandanten, wenn sich zu viele eigene Einheiten in der Nähe befanden.

Redhorse überließ die Maschine der Automatik. Sie brachte ihn mit vier Linearmanövern zum Ausgangspunkt zurück.

Ische Moghu war bereits ein paar Minuten früher bei der CREST eingetroffen. Die beiden Jägerpiloten begrüßten einander in der Hangarschleuse.

»Erfolg gehabt, Ische?«

Der hühnenhaft gewachsene Terraner fuhr sich mit dem Handrükken über die schweißbedeckte Stirn.

»Das will ich meinen. Sogar ohne jede Ortung durch Fremdschiffe. Ich schloß hinter einem anfliegenden Verband von etwa hundert Schiffen auf, mogelte mich in die harten Triebwerkschwingungen hinein und benutzte meine Maschinen nur dann, wenn ich Manöver fliegen mußte. Ich bekam erstklassige Fernaufnahmen mit allen Kameratypen. Dazu liegen noch sehr gute Ortungsaufzeichnungen vor. Auf dem Justierungsplaneten herrscht Hochbetrieb. Ich schätze die dort gelandeten Raumschiffe auf etwa tausend Einheiten. Der planetenumspannende Energieschirm besteht aus einem roten Halbraumfeld.«

»Das hält einen Punktbeschuß mit Transformgeschützen nicht aus. Haben Sie den plötzlich entstehenden Situationstransmitter sehen können?«

»Und ob. Ich habe mir große Sorgen um Sie gemacht. Nach der Planung mußten Sie ganz in der Nähe stehen.«

»In der Nähe ist gut gesagt«, meldete sich Noel Angerby. »Wir sind beinahe hineingedriftet.«

Die Bildschirme der Bordverbindung leuchteten auf. Rhodans Gesicht wurde erkennbar.

»Privatunterhaltungen bitte später. Ich wäre den Herren verbunden, wenn Sie sofort in den Kartenraum kommen wollten mit allen Unterlagen.«

Perry schaltete ab. Sergeant Jussuf el Hamit grinste versteckt.

»So höflich bin ich selten angesprochen worden. Gehen wir, ehe Rhodan dienstlich wird.«

Die vier Männer sprangen in den nächsten Antigravlift und ließen sich zum Zentraldeck hinunterbringen. Von hier aus gab es eine Direktverbindung in den großen Generalstabsraum.

Atlan empfing sie schon in der Sicherheitsschleuse. Neben ihm stand ein verschwitzt aussehender Kreuzerkommandant.

»Das ist Major Tschin Hao, 5. Kreuzerflotte, 32. Verband. Er kam als Tifflors Kurier vor einer halben Stunde an. Unsere Hauptflotte hat die vorgesehenen Sammelpunkte erreicht. Es gab Schwierigkeiten beim Anflug. Tiff schoß drei Wachkreuzer ab. Unsere Funküberwachung fing jedoch keine Notfunksprüche auf. Das wäre alles bezüglich Julian Tifflor. Was bringen Sie uns?«

Der Arkonide gab den Weg frei und deutete in den Saal hinein. Rhodan kam näher. Don Redhorse berichtete schnell und genau.

»Der Gegner zog etwa fünfzig Prozent der vorhandenen Einheiten durch einen Situationstransmitter ab. Das ist eine Schätzung, Sir. Unter Umständen waren es noch mehr Schiffe.«

Rhodans Gesicht spannte sich. Er wechselte mit Atlan einen Blick.

»Interessant! Zu diesen Zeitpunkt fingen wir tefrodische Hilferufe höchster Dringlichkeit auf. Man drohte mit einem Abfall von den Meistern der Insel und gab bekannt, man würde separate Friedensverhandlungen mit den Maahks einleiten, falls nicht sofort Hilfe käme. Meine Herren, ich bin davon überzeugt, daß die zehnstündige Maahkattacke genau richtig dosiert war. Bei einer nur fünfstündigen Aktion hätten die Tefroder nicht so massiv gedroht. Ich danke Ihnen für Ihren Einsatz. Hatten Sie mit Dilatationserscheinungen zu kämpfen?«

Redhorse räusperte sich.

»Ich habe soeben auf Ihre Borduhren geblickt, Sir. Wir waren fast sieben Stunden unterwegs.«

»Allerdings! Grund genug, um Allan D. Mercant fast verzweifeln zu lassen. Die Auswertung Ihrer Daten muß sofort erfolgen. Anschließend bringt Major Tschin Hao die Ergebnisse und Bilder im Direktflug zu Tifflor. Er dürfte dann gerade noch fünfzehn Minuten Zeit haben, seine Schiffe auf Kurs zu bringen.«

»Es tut mir leid, Sir«, entschuldigte sich Redhorse.

Rhodan winkte ab. Mit derartigen Vorkommnissen mußte immer gerechnet werden.

Die Auswertung der Meßdaten brachte ein überraschendes Ergebnis. Sergeant Noel Angerby hatte sich verschätzt.

Von ursprünglich zweiundfünfzigtausend Raumschiffen im Sechsecksektor waren fast vierzigtausend Einheiten durch den Situationstransmitter abgezogen worden. Die Meister der Insel schienen die tefrodische Drohung sehr ernst genommen zu haben.

»Ich glaube eher«, entgegnete Atlan, »daß sich diese Teufel nicht einmal davon hätten bewegen lassen, den Transmitter von den Streitkräften zu entblößen, wenn sie die Gefahr eines terranischen Angriffs nach wie vor als akut einstufen würden. Sie haben lange gewartet. Als dann doch nichts geschah, haben sie alles auf eine Karte gesetzt.«

»Das sollte man nie tun«, meinte Perry gedehnt. »Tschin, fliegen Sie los; aber fliegen Sie wie der Teufel persönlich. Es kommt auf jede Minute an.«

Tschin Hao ging. Schon fünf Minuten später legte sein magnetisch verankerter Städtekreuzer ab und raste mit Wahnsinnswerten aus der Gravosphäre der roten Sonne heraus.

»Ein toller Bursche«, lachte Atlan. »Dabei sieht er so zerbrechlich aus wie eine chinesische Porzellanpuppe.«

11.

Tifflors Flaggschiff war der neue Ultraraumer ROD NYSSEN.

Das zweieinhalbtausend Meter durchmessende Ungetüm brach an der Spitze der terranischen Hauptflotte aus dem Linearraum hervor, schleuste innerhalb von drei Minuten fünfzig Korvetten, sowie fünfhundert Moskitojäger aus und eröffnete somit den Angriff auf den Justierungsplaneten des Großtransmitters von Andromeda.

Nach der ROD NYSSEN folgten noch sechzehn andere Ultrariesen der Galaxis-Klasse. Es waren die größten, kampfstärksten und modernsten Einheiten, die das Solare Imperium aufbieten konnte. Ihre für jeden Gegner sehr gefährlichen Beiboote schossen rudelweise aus den geöffneten Tubenschleusen hervor und gingen auf ihre genau festgelegten Kurse.

Allein die siebzehn Ultraschlachtschiffe brachten achthundertfünfzig Korvetten und achttausendfünfhundert Jäger in das Einsatzgebiet. Dies war eine Streitmacht, die es auf Grund ihrer Transformbewaffnung mit ebenso vielen Duplo-Kreuzern aufnehmen konnte.

Die schnellen Moskitos rasten geschwaderweise davon. Sie formierten sich in den vorgeschriebenen Vertikalsektoren, um von dort aus jederzeit und blitzschnell Entlastungsangriffe fliegen zu können.

Die nächstgrößeren Schiffsverbände, die Pulks der fünfzehnhundert Meter durchmessenden Imperiumsraumer, tauchten sofort nach den Führungsschiffen auf. Auch sie schleusten augenblicklich ihre großen Beiboote und Moskitos aus.

So geschah es, daß die nur wenige Augenblicke später ankommende Masse der Hauptflotten bereits über einen Jägerschirm verfügte, der alle unangenehmen Überraschungen vereiteln konnte.

Die Kommandanten der zwölftausend Duploschiffe, die noch im Sektor des Großtransmitters standen, wurden vollkommen überrascht. An ihrem Abwehrverhalten konnte Tifflor ermessen, daß man mit einem terranischen Großangriff auf das Sechseck nicht mehr gerechnet hatte.

Es dauerte nur zehn Minuten, bis der letzte kleine Kreuzer der solaren Streitmacht im Zielgebiet erschienen war.

Von den gefährlichen Situationstransmittern war weit und breit nichts zu sehen.

Tifflor stand in der Zentrale seines Flaggschiffes. Bei ihm liefen alle Fäden zusammen. Als sich die zuletzt eingetroffenen Leichten Kreuzer formierten und flottillenweise zu den Jägern aufschlossen, um die Außensicherung zu übernehmen, erteilte Tifflor über Hyperfunk den Angriffsbefehl.

Die nur auf den Ortungsschirmen erkennbaren Duplos schienen völlig verwirrt zu sein. Es wurden etwa tausend offene Funksprüche aufgefangen, die sich im Inhalt alle irgendwie widersprachen. Man hatte die Angriffsabsichten erkannt, aber man wußte noch nicht, *wer* gekommen war und *was* die so plötzlich Aufgetauchten an Streitkräften aufgeboten hatten.

Das änderte sich, als die terranischen Einheiten der Imperiums- und der Stardustklasse angriffen. Weit vor den anfliegenden Verbänden lohten die sechs blauen Überriesen des Großtransmitters. Auf Tifflors Bildschirmen war der Justierungsplanet deutlich zu sehen. Ische Moghus Positionsangaben waren richtig. Aus den Meßdaten hatte man die mittlere Sonnenentfernung und Bahngeschwindigkeit der etwa erdgroßen Sauerstoffwelt errechnen können, auf der sich – nach Angaben der Maahks – nur eine kleine Duplobesatzung aufhielt.

Nach diesen Erkundungsgrundlagen hatte Tifflors Mathematiker den Eintauchpunkt in den Einsteinraum berechnet. Das Manöver war so genau gelungen, daß die siebzehn Ultrariesen mit dem richtigen Vorhaltwinkel und aus dem Vertikalsektor kommend auf den einsamen Planeten niederstießen.

Zu diesem Zeitpunkt gingen in der Schwärze des Raumes die ersten Kunstsonnen auf. Als die Gigasalven terranischer Transformkanonen in den Reihen der Duploverbände explodierten, wußte man dort plötzlich, mit wem man es zu tun hatte.

Die Gegenwehr erfolgte von da an sehr rasch. Obwohl es sich bei den Besatzungen um die Nachahmungen von echten Menschen aus der lemurischen Epoche handelte, waren die Duplos nicht weniger entschlußfreudig und geschult als ihre Originale.

Doch schon zwanzig Minuten nach Gefechtsbeginn hatten die Duplos verloren. Ihre Formationen befanden sich in planloser Auflösung. Es waren aber nur noch wenige Kommandanten, die ihrem Selbsterhaltungstrieb folgten, und die Flucht dem unausbleiblichen Untergang vorzogen.

Zu diesem Zeitpunkt geschahen gleichzeitig zwei Dinge.

Jullian Tifflor erreichte mit seinen siebzehn Ultrariesen die günstige Schußentfernung. Auf den Zielschirmen der Feuerleitoffiziere leuchtete der Justierungsplanet des Andro-Sechsecks.

Die Raumschiffe, die laut Moghus Bildaufklärung dort unten auf den Häfen gelegen hatten, waren mittlerweile gestartet. Die weiten Flächen waren leer.

Das zweite Ereignis war unangenehmer. Im freien Raum zwischen dem alles überstrahlenden Sechseck und einer benachbarten Sonne vom G-Typ entstand unvermittelt ein riesiger Situationstransmitter, in dessen Rundung sich die turbulente Schwärze der von dem Energiering erzeugten Empfangs- und Entmaterialisierungszone abzeichnete.

Der Transmitter war genau an der Stelle entstanden, wo er auch schon von Don Redhorse beobachtet worden war. Die gelbe Sonne schien ein geeigneter Energiespender zu sein.

Julian Tifflor brauchte keine Sonderbefehle zu geben. Damit hatte jeder terranische Kommandant gerechnet; vor allem aber die Jägerpiloten!

Ohne besondere Anweisungen abzuwarten, rissen sie ihre mit geringer Fahrt im Raum stehenden Maschinen herum, richteten ihre spitzen Nasen auf den eine Million Kilometer durchmessenden Feuerring und eröffneten das Transformfeuer.

Eine Minute später griffen die siebzehn Ultrariesen an. Mit flammenden Kanonenmündungen rasten sie in einer breitgefächerten Drittelkreisformation auf den Planeten zu, dessen Forts noch nicht das Feuer eröffnet hatten.

Als sich der dortige Befehlshaber trotz der noch viel zu weiten Schußentfernung dazu entschloß, hatte der Untergang seiner Welt schon begonnen.

Zehn Millionen Kilometer entfernt brachen riesige Duploflotten aus dem weiten Rund des Situationstransmitters hervor. Es handelte sich fraglos um jene vierzigtausend Schiffe, die von den Meistern der Insel erst knapp zwei Stunden zuvor abgezogen worden waren, um die wankenden Fronten der Tefroder zu stützen.

Jetzt kehrten sie zurück, doch schon flogen sie in die künstlichen Sonnen der von den Jägern verfeuerten Gigasalven hinein – und explodierten.

Alle konnten jedoch nicht aufgehalten werden. Als die Moskitos ihre geringen Munitionsvorräte von drei 20-Gigabomben pro Einheit verschossen hatten, gelang es etwa fünfunddreißigtausend Duplos, die schwächer werdende Feuerwand zu durchstoßen. Es wurde ferner klar, daß die Rematerialisierungszone des Transmitters einen großen Teil der freigewordenen Kräfte aufgenommen und zu einem unbekannten Ort abgestrahlt hatte.

Die Moskitos griffen mit ihren Thermokanonen an. Diese Strahlbeschüsse waren jedoch viel zu schwach, um die roten Halbraumfelder des Gegners durchschlagen zu können. Die Gefechtslage wurde kritisch.

Tifflor kümmerte sich nicht darum. Sein Ziel war die Welt mit der Justierungsstation für das Andro-Sechseck.

Der Planet war seit Minuten in ein ultrablaues Feuermeer gehüllt. Es sah aus, als hätte sich über ihm eine große Sonne entfaltet und den Himmelskörper schützend umfangen.

Nach der fünften Vollsalve aus allen Geschützen der Ultraschiffe erfolgte eine verheerende Explosion. Der Feuerball wölbte sich plötzlich zu einem Mehrfachen seines Volumens auf. Riesige Gaszungen schossen in den Raum. Glutflüssige Materieteile wurden aus der Reaktionszone geschleudert, von dem heftig reagierenden Sechsecktransmitter eingefangen und abgestrahlt.

Tifflor brauchte die Meldungen aus der Ortungszentrale nicht abzuwarten, um zu wissen, daß seine Aktion Erfolg gehabt hatte.

Die siebzen Ultraschiffe schwenkten sofort aus dem Anflugkurs aus. Tifflor rannte zur Funkzentrale hinüber und tippte dem diensthabenden Offizier auf die Schulter.

Eine Sekunde später gab das Flaggschiff das sehnlichst erwartete Kodesignal.

Es wurde auf allen Einheiten gehört und augenblicklich beachtet. Ehe die neu eingetroffenen Duploverbände zum gezielten Schuß kamen, schwenkten sämtliche terranische Einheiten aus der Kampflinie, nahmen mit höchsten Beschleunigungswerten Fahrt auf und verschwanden spurlos im Linearraum.

Zurück blieben ein explodierter Planet und die ausglühenden Wracks von ungezählten Raumschiffen.

Zurück blieben ferner zwei tollkühne Männer in einem winzigen Moskitojäger. Pilot war der Ertruser Melbar Kasom, Ortungsnavigator der Terraner Ras Tschubai.

Sie hatten die Aufgabe übernommen, aus dem Ortungsschutz einer nahen Sonne heraus die Ereignisse zu beobachten und die Bewegungen der Duploflotte nach dem planmäßigen Rückzug von Tifflors Einheiten festzustellen.

Sie brauchten nur eine Stunde zu warten. Tifflor erreichte zu diesem Zeitpunkt im direkten Linearflug eins der sechs Sonnensysteme, das von den Maahks schon zehn Stunden lang attackiert wurde.

Als die mit höchster Senderenergie abgestrahlte Meldung über Hyperfunk durchkam, reagierten die Duplos genauso, wie man es erwartet hatte. Sie formierten sich, rasten geschwaderweise in den wahrscheinlich blitzartig justierten Situationstransmitter hinein und verschwanden.

Nochmals eine Stunde später gab es nahe dem Sonnensechseck kein kampfkräftiges Duploschiff mehr. Nur die zerschossenen Wracks trieben durch den Raum.

Melbar Kasom flog den Jäger aus der gefährlichen Nachbarschaft der Deckungssonne. Als das Prasseln und Leuchten in den Energieschirmen nachließ und der Stromreaktor weniger laut arbeitete, drehte sich der Ertruser zu dem Mutanten um.

»Ich wette um meine USO-Verpflegung für zehn Jahre, daß die Meister der Insel den Fall für erledigt ansehen.«

»Hm . . .!«

»Brummen Sie nicht in den Bart«, ereiferte sich der Umweltangepaßte. »Die bisher von uns praktizierte Methode, einen Sonnentransmitter endgültig unschädlich zu machen, bestand in der Zerstörung seiner Justierungsstation. Das ist hier ebenfalls geschehen. Was also würden Sie an Stelle unserer besonderen Freunde jetzt annehmen? Würden Sie noch mit einem Großangriff auf die sechs Sonnen rechnen? Bestimmt nicht.«

»Ich bin kein Meister der Insel. Ich wäre vorsichtig.«

»Unsinn«, lehnte Kasom grob ab. »Sie wären es nicht. Sie wären nur froh, daß die Terraner nach ihrem durchschlagenden Erfolg wieder verschwunden sind. Außerdem – wie sollte man auf der anderen Seite auf die Idee kommen, wir besäßen eine Möglichkeit, die sechs Riesensonnen zu zerstören? Der Transmitter schützt sich selbst durch seine enorme Größe. Da verpufft jeder Gigaangriff wie eine Knallerbse in einem Atomreaktor. Man wird glauben, wir würden uns mit der Vernichtung der Justierungswelt vollauf zufriedengeben. Das wäre auch völlig vernünftig gedacht. Im Grunde genommen ist es nämlich logisch. Außerdem sollten Sie gesehen haben, daß man nach Tifflors Verschwinden und Wiederauftauchen vor dem Industriesystem schleunigst alle noch flugfähigen Schiffe abgezogen hat.«

»Die Meister der Insel, die ich bisher kennenlernte, waren klare Denker. Die noch lebenden vier MdI sollten uns kennen. Sie müssen damit rechnen, daß wir durch den Unfall der drei Sonneningenieure argwöhnisch geworden sind.«

»Diese Meinung ist aber sehr weit hergeholt«, argumentierte Kasom. »Selbst wenn die Beherrscher dieser Galaxis jemals erfahren haben, daß drei Kugelwesen verunglückten und in der Milchstraße materialisierten, steht es noch lange nicht fest, ob sie die tatsächlichen Ereignisse auch enträtseln können. Wir wissen, wie schwer es war, die drei Sonneningenieure zu stellen und aus ihren verworrenen Angaben zu erfahren, daß sie die kosmischen Transmitterbaumeister sind. Verfallen Sie nur nicht in den Fehler, die Meister der Insel für Halbgötter zu halten. Sie haben schon mehr als einen Schnitzer gemacht.«

Ras Tschubai löste die Anschnallgurte, richtete sich in seinem Sitz auf und sah sich um.

Die letzten Gaswolken als Zeichen schwerer Kämpfe verwehten. Nur die sechs Riesensterne leuchteten nach wie vor.

»Denken Sie, was Sie wollen, Kasom«, sagte er schließlich. »Ich bleibe mißtrauisch. Man hat die hiesige Wachflotte vielleicht nur deshalb abgezogen, um uns in Sicherheit zu wiegen. Man erweckt den Anschein, als hätte man aufgegeben. Irgendwo wird es schon noch einen sendebereiten Situationstransmitter mit einer startklaren Einsatzflotte geben. Das werden wir erfahren, wenn die RAWANA vor den sechs Sonnen auftaucht. Kasom, überlegen Sie doch! Perry, Atlan und viele unserer Wissenschaftler sind zu der Ansicht gekommen, es würde den Meistern der Insel gelingen, mit Hilfe der Sonneningenieure eine neue Justierungsstation zu bauen. Das geht sogar ganz bestimmt. Wenn sie uns ähnliche Überlegungen zutrauen, werden sie ihre sechs Sonnen niemals so ungeschützt lassen, wie es augenblicklich aussieht. Wenn sie die nämlich verlieren, ist es vorbei mit der mühelosen Springerei von Galaxis zu Galaxis.«

Der Jäger ging auf Kurs, flog dicht an der gelben Sonne vorbei und verschwand im Linearraum. Sieben Lichtjahre entfernt tauchte er in das Einsteinuniversum zurück und wurde von der CREST III eingeschleust.

Die beiden Beobachter erstatteten Bericht. Ras Tschubai konnte es nicht unterlassen, seine Bedenken zu äußern.

Perry Rhodan ging nicht näher darauf ein. Die Vorbereitungen für die letzte Phase des Unternehmens waren abgeschlossen.

»Darüber haben wir bereits tagelang diskutiert. Fangen Sie nicht wieder von vorne an. Ich bin davon überzeugt, daß noch niemand unter uns auf den richtigen Gedanken gekommen ist. Wir werden auch so lange im dunkeln tappen, bis der Gegner aus seiner Reserve herausgeht. Mir genügt es zu wissen, daß der Transmittersektor frei ist.«

Die RAWANA folgte dem Flaggschiff so dicht, wie es im Sonnenmeer des Zentrums möglich war. Die Linearmanöver wurden gleichzeitig geflogen. Da es sich nur um kurze Distanzen von höchstens einem Lichtjahr handelte, blieben die beiden Schiffe immer in Funkkontakt.

Man verständigte sich mit veralteten Kurzwellen-Sprechfunkgeräten, die bei weitem nicht so störanfällig waren wie die Hyperkomanlagen. Auf eine Bildverbindung hatte man verzichtet.

Nach dem achten Linearmanöver erreichten die beiden einsamen Schiffe die gelbe Sonne, die schon Melbar Kasom als Ortungsschutz gedient hatte.

Jetzt erst, nachdem man die vorgelagerten Sterngruppierungen durchdrungen hatte, konnte das Andro-Sechseck in voller Größe überblickt werden. Leuchtend und gleißend, von unermeßlichen Kräften zeugend, stand es im Zentrum der Zweiten Galaxis.

Die Entfernung zwischen den einzelnen Ecksternen betrug nur fünf Millionen Kilometer.

Der Großtransmitter von Andromeda schien schräg im Raum zu hängen. Die Bildgeräte der CREST erfaßten die Konstellation in voller Ausdehnung. Eckstern Nummer III war von der gelben Sonne nur einen Lichtmonat entfernt.

In den Schutzschirmen der CREST entluden sich gravomagnetische Gewalten von unvorstellbarer Stärke. Hier war der Energieaustausch zwischen den einzelnen Sternen so stark, daß jedes Raumschiff vorsichtig manövrieren mußte, um nicht in Gefahr zu geraten.

Die RAWANA war nur hundert Kilometer hinter dem Flaggschiff aus dem Linearraum gekommen. Die Energieortung stellte fest, daß der Kugelraumer ebenso wie das Kampfschiff mit voller Maschinenleistung stoppte. Das Ziel war erreicht. Nun galt es, mit größter Behutsamkeit den letzten Teil des verwegenen Planes in Angriff zu nehmen.

Zehn Minuten nach der Ankunft kamen die beiden Kugelschiffe zum Stillstand. Die RAWANA schloß so dicht auf, daß ein ungestörter Funksprechkontakt stattfinden konnte. Die Störungen waren so minimal, daß die Verständigung nicht wesentlich behindert wurde.

Die Mutanten der CREST waren aus dem biologischen Gesundheitsschlaf erweckt worden. Frisch und ausgeruht erschienen sie in der Zentrale, wo sie Männern mit stoppelbärtigen Wangen und fiebrig glänzenden Augen begegneten.

Die Mutanten begaben sich in ihre sogenannte Einsatzecke; einem im Hintergrund der Zentrale liegenden Raum, wo sie jederzeit erreicht werden konnten. Nur Kasom und John Marshall entschlossen sich, die Kommandanten aufzusuchen.

Perry Rhodan und Atlan hatten die Zentrale verlassen. Oberst Cart Rudo und der Erste Offizier, Brent Huise, saßen auf den Hauptkontrollsitzen und beobachteten die Bildschirme. Die CREST III war voll gefechtsklar. Überall im Schiff rumorten die Kraftwerke, um die noch stilliegenden Verbraucher jederzeit mit Arbeitsstrom versorgen zu können.

Die Bildschirmautomatik hatte abgeblendet. Das Lohen der nahen Sonne wurde somit erträglich.

Marshall blieb hinter dem Sitz des Kommandanten stehen. Er stand in Funkkontakt mit Oberst Laan Tukesku, dem Kommandanten der RAWANA. Das große Schiff war auf den Steuerbordsektoren der Bildschirmgalerie gut zu sehen.

Die beiden Männer, von denen das Gelingen der Aktion maßgeblich abhängen sollte, sprachen nochmals alle astronautischen Details durch.

»Die Idee mit dem Trägerschiff ist ausgezeichnet«, sagte Laan Tukesku gerade. »Sie erzielen damit keinen konzentrischen Detonationspunkt. Wer übernimmt die Fernlenkung?«

»Ausschließlich die Bordautomatik. Wir kontrollieren sie lediglich. Das Boot wird kurz vor der kritischen Zone gezündet. Wir folgen mit etwa gleichschneller Fahrt und verdichten die Energieballung durch Transformfeuer. Haben Sie den Aufladungsvorgang nochmals durchgerechnet? Bleibt es bei den dreiundzwanzig Minuten?«

»Jawohl, keine Änderung. Wir sind sicher, daß der Hyperinmestronbeschuß bis dahin wirkt. Versuchen Sie auf alle Fälle, den Gasball auf annähernde Lichtgeschwindigkeit zu bringen. Der dritte Eckstern wird augenblicklich zu reagieren beginnen.«

Cart Rudo beugte sich nach vorn, um das Fernbild besser beobachten zu können. »Und wann?«

»Das werden wir erleben. Selbst wenn die fünf anderen Sonnen entgegen unseren Erwartungen nicht in den Prozeß einbezogen werden, dürfte es im Energiehaushalt des Transmitters zu so schweren Störungen kommen, daß er nicht mehr benutzt werden kann. Besser wäre es jedoch, wenn wir eine Kettenreaktion erreichen könnten. Da wir mit Mehrfachkonstellationen noch keine Erfahrungen haben, bleibt nur die Hoffnung übrig.«

Die Kommandanten sprachen noch andere Details durch. Entscheidend war die genaue Einhaltung der Beschleunigungswerte und Endgeschwindigkeiten.

Marshall benutzte eine Pause, um sich zu Rudo hinabzubeugen.

»Haben Sie für meine Leute und mich besondere Anweisungen?«

Der Epsaler schüttelte den Kopf.

»Keine, John. Ich fürchte, Ihre Mutanten können in dieser Situation nicht viel ausrichten. Ich würde Ihnen jedoch empfehlen, auf alle Fälle in Aktionsbereitschaft zu bleiben. Entschuldigen Sie . . .!«

Er wandte sich Tukesku zu. Marshall und der Ertruser zogen sich zurück.

»Es sieht so aus, als wäre die Sache doch nicht so einfach«, überlegte Kasom. »So viel ist noch nie über mögliche Versager geredet worden. Was hat das erwähnte Trägerschiff zu bedeuten?«

Marshall sah sich beunruhigt um.

»Keine Ahnung. Diese Entscheidung muß während unseres Erholungsschlafes gefallen sein. Es gefällt mir nicht, wenn ausgefeilte Planungen in letzter Sekunde umgeworfen werden. Hier scheint es sich aber um eine wesentliche Änderung zu handeln. Kommen Sie mit in den Kartenraum?«

Die beiden Männer verließen die Zentrale durch ein Mannschott.

Kasom und der Mutantenchef kamen in der Vorschleuse zum Kartenraum an. John warf einen Blick um die Ecke.

»Ach du meine Güte«, staunte er. »Da herrscht ein Zustand. Wir sollten uns besser zurückziehen. Da hat niemand Zeit für Erklärungen.«

»Wozu sind Sie eigentlich Telepath?« knurrte Kasom und stapfte an Marshall vorbei.

Er schob sich wie ein lebendiger Panzerwagen zwischen den hastenden Männern hindurch und schritt zielstrebig auf Atlan zu. Dort blieb er stehen und wartete darauf, bemerkt zu werden.

Atlan stand neben Perry vor der großen Bildtafel. Die Positronik zeichnete soeben die letzten Markierungen ein.

»Gut so. Das dürfte genügen«, äußerte sich Rhodan. »Ich – was wollen Sie denn hier, Ertruser?«

»Aufpassen, daß man meinem Chef nicht den letzten Nerv stiehlt. Wir brauchen ihn nämlich noch, Sir.«

Atlan musterte den Riesen mit einem ironischen Seitenblick.

»Benutzen Sie mich nicht als Tarnung für Ihre Neugierde, mein

Lieber. Kommen Sie aus der Zentrale? Wenn ja – wie sieht es dort aus?«

»Ebenso hektisch wie hier. Rudo unterhält sich mit der RAWANA. Ich hörte etwas von einem ›Trägerschiff‹. Was ist das schon wieder?«

Rhodan rief einem Programmierer einige Zahlengruppen zu, die er von der Mattscheibe eines Nebenautomaten ablas.

»Das geht Sie eigentlich nichts an, aber Sie sollen es trotzdem wissen. Es interessiert mich, wie ein bisher Ahnungsloser reagiert, wenn man ihn unvermittelt mit der Idee konfrontiert.«

Kasom holte tief Luft. Die dunkle USO-Kombination spannte sich über seiner Trommelbrust.

»Vorsicht, die Klimaanlage läuft nur auf Halbtouren. Hören Sie zu!«

»Sir – ich muß doch sehr . . .!«

»Sagen Sie nur nicht ›bitten‹«, unterbrach ihn Rhodan. »Materialisierende Transformladungen besitzen keine Eigengeschwindigkeit mehr, selbst wenn sie von einem fast lichtschnellen Schiff abgestrahlt werden. Wir brauchen aber einen großen Gas- und Energieball, der mit sehr hoher Fahrt auf den dritten Eckstern des Transmitters zutreibt. Je schneller er ist, um so früher kommt er in der Gravisphäre der Sonne an. Wir haben deshalb fünfhundert veraltete Raumtorpedos aus der Anfangzeit des Imperiums an Bord genommen. Die Geschosse kommen in zehn Minuten auf annähernde Lichtgeschwindigkeit und können durch Hyperfunk oder Eigensteuerimpuls gezündet werden. Die Mikrotriebwerke sind sehr leistungsfähig, aber sie besitzen den Fehler, nicht besonders genau zu sein. Das heißt, daß starke Abweichungen bei Zielbeschuß durch unkontrollierbare Düsenschwenks und Zellenvibrationen an der Tagesordnung sind. Da die fünfhundert Torpedos an genau der gleichen Stelle und im gleichen Sekundenbruchteil zu explodieren haben, sind uns Zweifel an ihrer Zuverlässigkeit gekommen. Wir können uns keinen kosmischen Schrotschuß erlauben.«

»Verstanden, Sir. Darüber ist ja lange genug diskutiert worden.«

»Eben. Unser arkonidischer Freund hatte wieder einmal eine Idee. Sie ist wie alle seine Ideen kostspielig, dafür aber gut.«

Altan beendete Rhodans Erklärung.

»Wir haben die fünfhundert Torpedosprengköpfe abmontiert und sie in einer Korvette gelagert. Das Schiff geht mit seiner Robotautomatik auf Zielkurs und wird am vorgesehenen Punkt gezündet. So haben wir die Gewähr, daß alle fünfhundert Ladungen an genau der gleichen Stelle und gleichzeitig hochgehen. War das eine Idee?«

Kasom pfiff durch die Zähne.

»Glänzend. Die CREST hat damit zwar ein Beiboot weniger, aber es rentiert sich.«

»Kostenpunkt vierhundert Millionen Solar, trotz Großserienfertigung«, grollte Rhodan. »Na ja, vergessen wir es.«

Letzte Meldungen liefen im Kartenraum ein. Don Redhorse war mit seiner Aufklärungsflottille zurückgekehrt. Er erschien auf einem Bildschirm.

»Ich befinde mich in Hanger zwei, Sir. Das Operationsgebiet ist einwandfrei. Wir haben lediglich ausgebrannte Wracks geortet. Die Trümmerstücke des zerstörten Planeten werden allmählich von den sechs Sonnen eingefangen und vergast. Wenn größere Körper in den Kraftlinienschnittpunkt geraten, werden sie abgestrahlt. Eine Kollision mit Wrackteilen wäre reiner Zufall.«

Zwei Minuten später wurde es still an Bord. Die KC-50, das Schlußboot der fünften Korvettenflottille, wurde ausgeschleust. Das Sechzigmeterschiff hatte fünfhundert Fusionssprengköpfe mit einer Energieentwicklung von eintausend Gigatonnen pro Einheit an Bord. Es mußte zu einer fürchterlichen Explosion kommen.

Das robotgesteuerte Schiff nahm Fahrt auf, schwenkte nach einigen Korrekturen auf seinen endgültigen Zielkurs ein und erhöhte seine Geschwindigkeit.

Das Flaggschiff und die RAWANA folgten in einem Sicherheitsabstand von hundert Kilometern. Diese Distanz sollte später wesentlich vergrößert werden.

Die drei so verschiedenartigen Raumfahrzeuge verließen den Ortungsschutz der gelben Sonne und stießen in den freien Raum zwischen den Sternen vor.

Die Kommandanten der großen Einheiten standen miteinander in Sprechfunkkontakt. Nach menschlichem Ermessen konnte es keine Fehlerquelle geben. Jedes Detail war oftmals durchgesprochen worden.

Die beiden Riesen schwenkten seitlich ab und flankierten nun das mit Dreiviertelschub davonrasende Robotschiff. Die Meßanzeigen seines Robotpiloten wurden ständig in das Rechenzentrum der CREST überspielt. Fernsteuerkorrekturen waren jederzeit möglich.

Die drei Einheiten hatten laut Plan die vorgesehene Eintauchfahrt von fünfzigtausend Kilometer pro Sekunde zu erreichen und gemeinsam das Linearmanöver einzuleiten.

Rhodan nutzte die verbleibende Zeit, um die Besatzung der CREST nochmals über die Aufgabe der RAWANA zu unterrichten.

»Wie Sie wissen«, begann er, »hat die RAWANA ein neuentwikkeltes Großgerät, Hyperinmestron genannt, an Bord. Ich wiederhole das alles nur, um Ihnen die Bedeutung der bevorstehenden Aktion noch einmal vor Augen zu führen.

Hyperinmestron-Schwingungen sind librationsenergetischer Natur und mit der physikalischen Zustandsform des Linearraumes als neutraler Pufferzone zwischen dem Einsteinuniversum und der fünften Dimension gleichzusetzen. Die Hy-Strahlung besitzt die Eigenschaft, normalgeladene Atome in Antiatome und Normalmaterie in Antimaterie umzuwandeln.

Sie wissen, was geschieht, wenn Antiteilchen mit Normalteilchen zusammentreffen. Sie zerstrahlen sich augenblicklich unter hoher Energiefreigabe. Ein Positron-Elektron-Paar zerstrahlt in zwei Photonen. Beim Stoß Antiproton auf Proton entstehen Mesonen, wobei das Protonenpaar verschwindet. Wenn dies in größerem Umfange geschähe, also beispielsweise beim Zusammentreffen einer künstlichen Anti-Sonne mit einer Normalsonne, käme es zu einer Katastrophe ungeahnten Ausmaßes.

Genau das wollen wir tun. Es gibt sonst keine Möglichkeit, die blauen Überriesen des Großtransmitters wirklich unschädlich zu machen. Die mathematisch-physikalische Operation, die Wellenfunktion eines Elementarteilchens in die des ihm zugehörenden Antiteilchens zu überführen, läßt sich durch den Prozeß der hyperinmestronischen Ladungskonjugation beschreiben und auch herbeiführen. Der Prozeß beinhaltet: Beibehaltung von Masse, Spin, isobarem Spin, Parität, Lebensdauer und den Übergang zur entgegengesetzten Ladung, Barionenzahl, Leptonenzahl und zum entgegengesetzten magnetischen Moment.

Der hyperinmestronische Beschuß erzeugt einen Stoß von der vielfachen Ruheenergie eines Teilchens. Die im freien Raum entstehende Ballung aus gasförmiger Materie und den Normalteilchen, die beim thermonuklearen Prozeß freigeworden sind, werden von der RAWANA unter Feuer genommen. Der Bestrahlungsvorgang dauert dreiundzwanzig Minuten. Erst dann wird die Kunstsonne zur

Antisonne und stabil genug geworden sein, als ladungsfremde Einheit in den dritten Eckstern einzudringen und dort sofort mit den Normalteilchen zu reagieren. Vorher wird sich der Kunststern durch interne Zerstrahlungsvorgänge und erneute Inmestronstabilisierung zu einem Giganten aufgewölbt haben, dem wir ganz bestimmt sehr weit ausweichen werden. Was mit ihm in Berührung kommt, wird explodieren.

Der Vorgang ist als *Wiezold-Effekt* in die neue Physik aufgenommen worden.

Wir glauben, daß Professor Kalup den dritten Eckstern zur gewünschten Reaktion zwingen kann. Wir nehmen jedoch weniger hoffnungsvoll an, daß die Reaktion auch auf die fünf anderen Sonnen übergreift. Sollte dies geschehen, hat niemand etwas dagegen, nur ist es dann ratsam, noch schneller die Flucht zu ergreifen.

Nun werden unter Ihnen sicherlich Bedenken laut. Ich darf Ihnen auf Grund der langen Unterredungen, die ich mit Kalup führte, versichern, daß es nicht zu einer universumumspannenden Kettenreaktion kommen wird! Die Antisonne wird verpuffen. Sie zerstrahlt sich, fällt in den Grundzustand zurück und wird somit ungefährlich. Es könnte – wie erwähnt – lediglich möglich sein, daß die anderen Sonnen des Transmitters ebenfalls reagieren. Die Mutmaßung liegt nahe, da diese künstlich zusammengefügten Sterne energetisch so eng und intensiv in Verbindung stehen, daß sich die Wahrscheinlichkeit einer umfassenden Reaktion abzeichnet. Dafür spricht auch der geringe Abstand der Sonnen untereinander.

Das wäre alles, was ich zu sagen hätte. Warten wir den Erfolg ab. Wenn wir nicht gestört werden, wissen wir in einer Stunde, wie positiv oder wie negativ das Hyperinmestron als zukünftige Waffe zu bewerten ist. Ende.«

Rhodan schaltete kurzerhand ab.

Nur eine Minute später gingen die drei Schiffe gemeinsam in den Linearraum. Der Flug über die Distanz eines Lichtmonats hinweg dauerte nur wenige Augenblicke.

Die CREST kehrte zusammen mit den anderen Einheiten in den Einsteinraum zurück. Der dritte Eckstern lohte in voller Größe auf den Frontbildschirmen. Die Robotautomatik zählte. Bei »Null« gab Rhodan den Kontakt.

Die KC-50 nahm mit voller Schubleistung Fahrt auf und raste auf geradem Kurs auf die Sonne zu.

Wieder lief die Zeit. Die beiden großen Schiffe folgten dem Bombenträger in einem Sicherheitsabstand von fünf Millionen Kilometern. Die KC-50 entfernte sich mehr und mehr.

12.

Die Energieentwicklung entsprach der Explosion von fünfhunderttausend Milliarden Tonnen TNT. Fünfhunderttausend Gigatonnen waren von der CREST noch niemals in einem Feuerschlag abgeschossen worden. Diesmal war es geschehen.

Das Bombenschiff hatte sich übergangslos in eine ultrahell strahlende Sonne verwandelt, die unter ihrem inneren Gasdruck sofort gigantische Dimensionen annahm.

Der erste Teil des Planes war gelungen. Die Kunstsonne stand, und sie behielt die Geschwindigkeit bei, die das Trägerschiff im Moment der Zündung besessen hatte.

So raste die glühende Kugel mit annähernder Lichtgeschwindigkeit auf den blauen Eckstern zu. Sie mußte ihn in etwa dreißig Minuten erreichen und in seine glühenden Außenzonen eindringen.

Die CREST hatte ebenfalls Fahrt aufgeholt, jedoch betrug ihre Geschwindigkeit nur fünfzig Prozent der einfachen LG.

Die RAWANA stand mit gleicher Geschwindigkeit eintausend Kilometer Steuerbord querab. Die Funkrufe der wissenschaftlichen Teamchefs überstürzten sich. Sie hatten jetzt die Generalsteuerung übernommen.

Die gewaltige CREST III feuerte aus allen Rohren hinter dem davonfliegenden Gasball her.

Cero Wiffert schoß Einzelfeuer. Wenn die Geschütze nach einer Breitseite wegen thermischer Überlastung Rotlicht zeigten, schwenkte Cart Rudo das Ultraschlachtschiff um die Polachse herum und wandte somit die andere Kugelhälfte dem entfliehenden Ziel zu.

In der künstlichen Sonne explodierte ein 1000-Gigageschoß nach dem anderen. Der Glutball wurde immer mächtiger. Als er einen Durchmesser von achthunderttausend Kilometer erreicht und trotzdem nicht an Dichte verloren hatte, kam die Nachricht von Rhodan.

»Kommandant an Chef. RAWANA eröffnet soeben den Hyperinmestronbeschuß. Professor Kalup bittet um Feuereinstellung.«

Rhodan gab sofort die entsprechenden Anweisungen. Die Geschütze schwiegen plötzlich.

Chefingenieur Hefrich handelte weisungsgemäß. Ohne einen Befehl abzuwarten, baute er die Schutzschirme des Ultraschlachtschiffes auf und gab die Vollzugsmeldung durch.

Cart Rudo riß die CREST mit voller Steuerleistung aus dem gefährlich werdenden Anflugkurs und entfernte sich von der flammenden Riesensonne.

Von da an blickte man nur noch auf die Uhren. Die Erzeugung des Materieballes war eine Angelegenheit von wenigen Minuten gewesen. Nun aber wurden genau dreiundzwanzig Minuten benötigt, um die Verwandlung der Normalteilchen in Antiteilchen sicherzustellen.

Die RAWANA war nur noch auf den Echoschirmen der hyperschnellen Ortung zu sehen. Das Experimentalschiff war auf seinem Zielkurs geblieben, jedoch bremste Laan Tukesku mit voller Schubleistung. Das Schiff wurde immer langsamer, aber sein seltsames Gerät arbeitete ununterbrochen.

Auf den Ortungsschirmen zeichnete sich die Strahlung als dichte, enggebündelte Wellenlinie ab, die schließlich in der Kunstsonne verschwand.

Niemand sprach an Bord der CREST. Der Blick zur Uhr wurde symptomatisch. Rhodan und Atlan waren in die Zentrale zurückgekehrt. Die CREST hob ihre Fahrt mehr und mehr auf und schwenkte dabei auf entgegengesetzten Kurs. Jetzt spielten wieder die Ortungsgeräte.

Kasom stand zusammen mit den Mutanten vor der großen Schaltempore. Auch sie beobachteten die Uhren. Jedermann wußte, daß die Aufgabe der CREST erfüllt war. Nun hatten die Männer der RAWANA ihr Können zu beweisen.

Fünf Minuten vergingen in quälender Ungewißheit. Dann durchlief ein Aufschrei die Abteilung des Ultraschlachtschiffes.

Die Kunstsonne blähte sich unvermittelt auf. Die Energieortung schlug aus. Auf den Orterschirmen zeichnete sich ein mit rasender Schnelligkeit anwachsendes Gebilde ab, das in wenigen Augenblikken die Bildbegrenzung übersprang und nur noch ausschnittweise zu sehen war.

Wenig später kam das natürliche Licht an. Die Männer schlossen stöhnend die Augen. In der künstlich erzeugten Gas- und Energieballung war der Wiezold-Effekt angelaufen. Es sollte auch nicht mehr zum Stillstand kommen.

Die ursprünglich achthunderttausend Kilometer durchmessende Kugel hatte bereits einen Durchmesser von drei Millionen Kilometer erreicht. Der eigentümliche Prozeß nahm jedoch kein Ende. Die Umwandlung der Normalatome und Teilchen zu Antiteilchen geschah unter enormer Energieentwicklung.

Atlan war der erste Mann, der die Sprache wiederfand.

»Wenn sie jetzt nicht aufmerksam werden, können wir dieses Unternehmen im Bordbuch als Erfolg eintragen.«

»Sie« – damit waren die Meister der Insel und ihre Duploverbände gemeint. Nachdem Atlan die inhaltsschwere Bemerkung gemacht hatte, lief eine Kurznachricht auf Hyperbasis ein. Sie war oftmals wiederholt worden. Aus den zahlreichen Fragmenten ließ sich ein Ganzes konstruieren.

Die Funkzentrale der CREST III meldete sich.

»Symbolspruch von Admiral Glost Areshit, Sir. Er hat seine Warteposition verlassen und steht mit seinen dreitausend Schiffen einsatzklar in unmittelbarer Nähe.«

»Danke. Hat er Nachrichten von Tifflor mitgebracht?«

»Jawohl, Sir. Die Front vor den sechs Industriesystemen bricht zusammen. Die Maahks ziehen sich zurück. Lediglich das Weikh-System, vor dem auch unsere Hauptflotte steht, ist völlig vernichtet worden. An den anderen fünf Knotenpunkten sind massierte Duplostreitkräfte aufgetaucht. Admiral Areshit erhielt diese Mitteilung vor eineinhalb Stunden.«

Rhodan suchte Atlans Blick.

»In der Zeit kann viel geschehen sein. Jetzt wird es ernst.«

Siebzehn Minuten nach Beginn des Inmestronbeschusses hatte sich die Kunstsonne zu einem zehn Millionen Kilometer durchmessenden Ball aufgebläht, in dem immer noch heftige Umwandlungsreaktionen stattfanden. Zugleich begann ein Vorgang, der von den Wissenschaftlern der RAWANA erwartet worden war.

Die fast vollendete Antisonne durchflog bereits die Zone der Mikropartikel. Sie wurden sofort heftig angegriffen und in Antiteilchen verwandelt. Je näher das riesige Geschoß dem blauen Eckstern kam, um so dichter wurden die abgestrahlten Teilchen und Gase.

Achtzehn Minuten nach dem Beschußbeginn begann in dem Antiball die zweite Reaktion, die von der RAWANA ständig unterstützt und aufrechterhalten wurde. Die Stabilität wuchs und wuchs. Gleichzeitig nahm die Antisonne auch an Umfang zu.

In dieser achtzehnten Minute kam es zu dem befürchteten Großangriff. Die Meister der Insel mußten durch ihre vorzügliche Fernortung sofort bemerkt haben, was sich dicht vor ihrem wertvollen Großtransmitter abspielte.

Nahe den gelben Außensonnen, einen Lichtmonat vom Sechseck entfernt, entstand unvermittelt ein Situationstransmitter. Wenn man das überdachte, so hatten die Beherrscher des Andromedanebels atemberaubend schnell gehandelt. Keine andere Macht des bekannten Universums hätte so schnell Flottenverschiebungen größten Ausmaßes vornehmen können, wie es nun mit Hilfe des Situationstransmitters geschah.

Rhodan zögerte keine Sekunde. Noch ehe die ersten Duploeinheiten aus dem Rematerialisierungsfeld hervorbrachen, begann die Hyperfunkstation der CREST mit höchster Leistung zu arbeiten.

Admiral Glost Areshit vernahm die Signale sofort. Er stand kaum noch zwei Lichtmonate vom Brennpunkt des Geschehens entfernt.

Seine Flotte war längst zu drei Großverbänden von je tausend Raumschiffen formiert worden. Die Maschinen liefen, und die Schutzschirme waren aufgebaut. Als der Notruf eintraf, brauchte der USO-Kommandeur nur noch auf den Knopf zu drücken.

Dreitausend moderne terranische Einheiten rasten durch den Linearraum. Sie tauchten zwischen dem Sechseck und den Randsternen in den Einsteinraum ein, als soeben die ersten Duploverbände aus dem Situationstransmitter hervorschossen.

Die Kugelschiffe waren unverkennbar. Die zweite Schlacht um den Ferntransmitter von Andromeda begann mit einem Feuerorkan aus terranischen Transformkanonen.

Die Feuerleitoffiziere ließen ihre Gigabomben dicht vor dem Transmitterfeld explodieren und riegelten es somit ab. Sie folgten der Taktik der Jägerpiloten aus dem ersten Gefecht; nur mit dem Unterschied, daß die schweren Einheiten wesentlich stärkere Ladungen einsetzen konnten und ihre Magazine genug Munition für einen stundenlangen Salventakt enthielten.

Die viertausend Duploschiffe, die mittlerweile durchgebrochen waren, wurden vom zweiten und dritten Verband direkt angegriffen.

Rhodan beobachtete die Geschehnisse aus sicherer Entfernung.

Als er sah, daß der Transmitter trotz einer fast vollkommenen Abriegelung durch atomare Feuerwände immer wieder Duploeinheiten ausspie, wurde ihm klar, daß die Meister der Insel aus ihrer Reserve herausgegangen waren.

Atlan kam auf die gleiche Idee. Gucky und die Woolver-Zwillinge rannten in die Ortungszentrale hinüber, um von dort aus die Vorgänge besser beobachten zu können.

Atlan setzte sich in den Sessel neben Rhodan und sagte:

»Man hat erkannt, was wir beabsichtigen. Ich möchte nicht in der Haut des Mannes oder der Männer stecken, die für den Abzug der Duploflotte aus dem Raum des Transmitters verantwortlich waren. Die Meister der Insel setzen offenbar jene Verbände ein, die sie bisher zurückgehalten haben.«

»Also Eliteverbände. Es wird hart. Areshit hat keine Chance, mit seinen dreitausend Schiffen hunderttausend und mehr Duplos zurückzuschlagen. Wieviel Zeit haben wir noch?«

»Viereinhalb Minuten«, teilte der Kommandant mit.

Rhodan schaute beunruhigt auf die Bildschirme. Die terranischen Einheiten, zu denen auch neunzig schwere Schiffe der USO zählten, bemühten sich verzweifelt, die rücksichtslos vorstoßenden Duplos aufzuhalten. Ihr Ziel war anscheinend die RAWANA.

Sie war nun fast zum Stillstand gekommen, aber ihr Hyperinmestron arbeitete immer noch. Die Stabilisierung der Antisonne dauerte dreiundzwanzig Minuten. Daran ließ sich nichts ändern.

»Rudo – nehmen Sie Fahrt auf, und schirmen Sie mit der CREST das Experimentalschiff ab. Riskieren Sie ein Kurzmanöver. Wir sind schon zu weit entfernt.«

Das Ultraschlachtschiff ruckte an. Rudo ging mit einem materialzermürbenden Gewaltmanöver in den Linearraum.

Nach vier Sekunden kam der Kugelriese aus dem Zwischenraum heraus. Vor ihm trieb das Experimentalschiff durch den Raum.

Rhodan stellte die Sprechfunkverbindung zur RAWANA her. Laan Tukesku meldete sich augenblicklich.

»Wieviel Zeit brauchen Sie noch?« fragte Perry nervös an.

»Noch dreieinhalb Minuten, Sir. Die Reststabilität muß eingebaut werden, oder es war alles umsonst. Die Antisonne nimmt ständig neue Mikromaterie auf. Sie durchmißt jetzt schon vierzehn Millionen Kilometer. Wenn wir nicht weiterarbeiten, kommt es zu einem Wandlungs-Abriß.«

»In wenigen Augenblicken werden sich einige Duplokommandanten dazu entschließen, mit einem kurzen Linearmanöver aus der Front auszubrechen und hier zu erscheinen. Sie haben keine Schutzschirme aufgebaut. Geht das nicht?«

»So ist es, Sir. Die Hyperinmestronstrahlung würde unser eigenes Feld angreifen. Fliegen Sie nur nicht durch die Wellenfront.«

Rhodan kam nicht mehr zu einer Antwort. Rechts und links der beiden einsamen Raumschiffe brach der Raum auf. Mehrere Duplogeschwader, unter ihnen achtzehnhundert Meter durchmessende Riesenschiffe, erschienen auf dem Schauplatz.

Die CREST III eröffnete aus allen Geschützen das Feuer. Sie legte Gigasalve auf Gigasalve vor die anfliegenden Duplos.

Die ersten Schüsse schlugen in den HÜ-Schirm ein.

Die CREST wurde von der Automatik unter Einsatz aller Mittel aus der Gefahrenzone gerissen.

Als sich schon der Eindruck aufdrängte, als würde die ungeschützte RAWANA in dem Orkan aus Druckwellen, Strahlung und Hitze untergehen, erschienen Areshits Schlachtkreuzer.

Die Imperiumsschiffe riegelten den Vormarschsektor der Duplos ab und hielten sie kurzfristig auf.

Rhodan rief nach der RAWANA.

Als sich Laan Tukesku meldete, erlosch auch das irrlichternde Flimmern vor dem turmartigen Auswuchs der Bordwand.

»Hy-Beschuß beendet, ich drehe ab. Haben Sie verstanden, CREST?«

Die Mitteilung konnte nur bruchstückhaft vernommen werden. Ehe Rhodan antworten konnte, nahm das Experimentalschiff Fahrt auf.

Es entfernte sich mit höchster Beschleunigung aus der Kampfzone und verschwand plötzlich im Linearraum.

Zurück blieb nur die von ihm erzeugte Antisonne, die nach wie vor mit fast lichtschneller Fahrt auf den dritten Eckstern zuraste. Sie mußte in sieben Minuten mit dem blauen Riesen kollidieren.

Atlan sprang auf und rannte zur Funkzentrale hinüber. Rhodan winkte ihm wortlos nach. Er wußte, daß der Zeitpunkt zur Flucht gekommen war. Die Antisonne konnte niemand mehr aufhalten.

Atlan zog das Mikrophon des starken Hypersenders vor die Lippen.

»Flaggschiff an alle – Gefecht abbrechen. Aktion ist beendet.

Setzen Sie sich ab. Achtung – ziehen Sie sich in den Linearraum zurück und fliegen Sie die vorgesehenen Sammelpunkte an. Bestätigen Sie nicht, drehen Sie einfach ab. Achten Sie darauf, daß jeder Kommandant die Manöver sieht und sich danach richtet. Dieser Funkspruch dürfte nicht überall gehört werden.«

Atlan wiederholte den Ruf fünfmal. Kinser Wholey gab den Wortlaut zusätzlich im Morsetext durch.

Dann war der Erfolg der Benachrichtigung zu sehen. Die Terraner drehten mit waghalsigen Manövern ab, nahmen mit Höchstwerten Fahrt auf und verschwanden aus dem Einsteinuniversum, sobald es die jeweilige Kalupleistung zuließ.

Die CREST ging als letztes Terraschiff in den Linearraum.

Nur noch eine Minute – und das von Kalup prophezeite Unheil mußte über das Andromeda-Sechseck hereinbrechen.

13.

Die CREST und die RAWANA trafen sich fünfundzwanzig Lichtjahre vom Sonnensechseck entfernt an einem vorher ausgemachten Rendezvouspunkt. Die überlichtschnelle Ortung zeigte, was sich im Sektor des Sonnensechsecks abspielte.

Schon wenige Minuten nach der Kollision hatte sich der dritte Eckstern in eine Nova verwandelt. Ehe man die außergewöhnliche Schnelligkeit des Vorgangs begriffen hatte, waren die fünf anderen Sonnen vom ungeheueren Energieausbruch ergriffen und ebenfalls zur Novareaktion gezwungen worden.

Der Großtransmitter Andromedas existierte nicht mehr, aber damit schienen sich die von Kalup und seinem Team gerufenen Geister nicht zufrieden zu geben. In einem Radius von zwanzig Lichtjahren begannen sich die Sonnen aufzublähen und zu explodieren.

Trotz der Sternendichte im Zentrumskern waren die Wissenschaftler der Hoffnung gewesen, daß sich die Explosion des Sonnensechsecks nicht fortpflanzen würde. Doch genau dies war nun eingetreten.

Sämtliche Energieschirme der beiden Terranerschiffe waren auf volle Leistung geschaltet. Die gewaltigen Protuberanzen der sich rasch ausbreitenden heftigen Sonnenaktivitäten und die tobenden Hyperstürme zwangen die CREST und die RAWANA, sich in immer länger werdenden Linearetappen fluchtartig aus dem Zentrumsbereich zurückzuziehen. Dennoch erfolgte der Rückzug so langsam wie nur irgendwie möglich, um die Aktivitäten im Zentrumsbereich so lange wie möglich zu beobachten.

Perry Rhodan hatte dieses Ausmaß der Katastrophe weder geahnt noch gewollt. Immer wieder sagte er sich, daß ihm keine andere Wahl geblieben war – um der Sicherheit der Menschheit und aller anderen galaktischen Völker willen.

Er ahnte allerdings auch nichts von dem, was sich unbemerkt abseits der großen Geschehnisse abzuspielen begann . . .

Das Kugelschiff hatte einen Durchmesser von acht Metern.

Erst einmal hatten Menschen ein solches Schiff erblickt und gejagt. Sie hatten feststellen müssen, daß es keinen eigentlichen Antrieb besaß, sondern von den Teleporterfähigkeiten seiner Insassen vorangebewegt wurde. Es waren immer zehn Millionen Kilometer gewesen, die das Schiff in einem Sprung zurücklegte, mit kleinen Zwischenpausen. So etwas hatte es vorher noch niemals gegeben.

Das kleine Kugelschiff versuchte sich in Sicherheit zu bringen.

Die drei Insassen, Wesen aus dem geheimnisvollen Volk der Sonneningenieure, besaßen in ihren anorganischen Körpern ungeahnte Energiereserven, aber einmal mußten auch sie erschöpft sein. Doch soweit war es noch nicht.

Sie waren glühende Kugeln von etwa einem Meter Durchmesser. Sie hatten keine Gliedmaßen und verrichteten alle körperlichen Arbeiten mit der Macht ihres Geistes. Ihre Energie bezogen sie aus den Sternen, und sie konnten sie speichern und nach Belieben abgeben. Sie waren harmlose Lebewesen und von den Meistern für ihre Zwecke mißbraucht worden.

Harmlos waren sie deswegen, weil sie das nicht wußten.

Hinter dem Kugelschiff tobte die Vernichtungshölle und ließ einen Stern nach dem anderen explodieren und verdampfen. Obwohl selbst fast glühend, wenn auch keine Wärme ausstrahlend, genügte die Hitze einer normalen Sonne, um auch die Sonneningenieure sterben zu lassen. Eine Nova würde sie im Bruchteil einer Sekunde vernichten.

Die verzweifelte Flucht war daher verständlich.

»Wir schaffen es nicht«, signalisierte Schi, der Kommandant.

Die Sonneningenieure verständigten sich mit einer Art drahtloser Telegraphie, die an Telepathie erinnerte, aber keine war.

»Wir müssen es schaffen!« entgegnete Mo, der Navigator.

Rel, der Techniker, verhielt sich zurückhaltend. Er hatte nur den einen Wunsch, seine Heimatwelt wiederzusehen, den wunderbaren Planeten Hoel, zweiter Planet der drei Sonnen Eyhoe.

»Noch sind wir schneller als die Vernichtungswellen der tödlichen Ausstrahlung«, fuhr Mo fort.

»Aber unsere Energien erlahmen«, stellte Schi fest.

»Weiter!« mahnte Rel energisch.

Sie konzentrierten sich auf den nächsten Teleportersprung – und abermals legten sie zehn Millionen Kilometer zurück. Ein kleiner Vorsprung, weiter nichts.

Schi, Mo und Rel hätten auch ohne ihr Schiff im freien Weltraum existieren können, aber sie wollten ihr Schiff nicht im Stich lassen. Es bedeutete bei den Sprüngen eine Belastung, denn ohne die zusätzliche Materie wären ihre Sprünge weiter gewesen. Das Schiff beherbergte wertvolle Geräte und technische Einrichtungen. Sie durften nicht geopfert werden.

Vorerst wenigstens nicht.

»Ich empfange Impulse«, sagte Rel auf einmal, während sie sich von der Anstrengung erholten und den nächsten Sprung vorbereiteten. »Sie sind sehr stark und müssen von organischen Intelligenzen stammen.«

»Ich empfange sie auch«, sagte Schi und aktivierte die Orter. »Jemand muß in der Nähe sein. Vielleicht befindet er sich in Gefahr, und wir sollten ihm helfen.«

»Wir müssen uns selbst helfen«, protestierte Mo, der Navigator.

Schi sah auf den rückwärtigen Schirm und stellte fest, daß die Welle der explodierenden Sonnen zurückgeblieben war. Sie hatten einen guten Vorsprung erarbeitet.

»Wir helfen, wenn wir können«, bestimmte er kurz.

Er ahnte nicht, daß sein Entschluß verhängnisvolle Folgen haben würde.

Schweigend und erschüttert beobachteten Gucky und die Woolver-Zwillinge die Geschehnisse auf den Schirmen der Orterzentrale. Major Enrico Notami hatte alle Hände voll zu tun, um die verschiedenen Ortungsergebnisse zu sortieren.

Die CREST und die RAWANA hatten sich inzwischen mehr als dreitausend Lichtjahre vom Zentrum Andromedas entfernt. Aber auch hier war man vor den Auswirkungen der tobenden Kräfte innerhalb der Zentrumszone nicht sicher. Verheerende Hyperstürme führten immer wieder zu bedrohlichen Situationen und zwangen die Terraner zu abrupten Linearmanövern.

Perry Rhodan und Atlan waren vor wenigen Minuten durch den Bordtransmitter zur RAWANA gegangen, um mit Kalup und seinem Team eine Lagebesprechung abzuhalten. Die beiden Schiffe würden nunmehr unabhängig voneinander zum Sammelpunkt zurückkehren. Erst dort sollten Rhodan und Atlan wieder an Bord der CREST zurückkommen.

»Ortung Sir«, rief plötzlich ein Leutnant und schreckte die drei Mutanten aus ihren Überlegungen.

Notami ging zu ihm und starrte auf den Hauptschirm. Seine Augenbrauen zogen sich zusammen, als er den winzigen Fleck erkannte, der scheinbar bewegungslos zwischen den Sternen stand.

»Was soll das sein?«

»Materie, Sir. Nicht sehr groß. Vielleicht ein Schiff.«

»Ein Schiff? Hier?« Er schüttelte den Kopf. »Jedes Schiff, das sich jetzt hier aufhielte, würde schleunigst versuchen, sich in Sicherheit zu bringen.«

Major Notami starrte auf den Ortungsschirm. Er zuckte zusammen, als das fremde Objekt plötzlich verschwand – um an anderer Stelle wieder aufzutauchen.

»Sprungentfernung zehn Millionen Kilometer«, sagte der Leutnant nach einem Blick auf die Auswerterskala. »Genau zehn Millionen Kilometer vom Zentrum weg.«

Gucky horchte auf.

Die Zahlenangabe weckte eine Erinnerung in ihm. Er kniff Tronar in die Seite und zwinkerte ihm zu.

»Sollten das die kosmischen Sonneningenieure sein?« murmelte er.

»Sind das die Kugeln, die so wunderbar hüpfen können?« erkundigte sich Rakal. »Sollte man sich mal ansehen.«

»Keine Dummheiten«, ermahnte ihn Gucky, obwohl ihm selbst das Fell vor Neugierde juckte. Bei der ersten Begegnung mit den Kugelwesen war nicht viel herausgekommen. »Wir sind auf der Flucht, und die Sonneningenieure wahrscheinlich auch.«

»Der Orterstrahl könnte uns hinbringen«, flüsterte Tronar und sah in Richtung der komplizierten Geräte und Energiezuleitungen. »Und natürlich auch wieder zurück.«

Gucky ahnte, was der Wellensprinter meinte. Die Zwillinge besaßen die einmalige Fähigkeit, sich in einen vorhandenen Energiestrom einzufädeln und auf ihm zu ihrem Ziel zu gelangen. Zwischen dem geheimnisvollen Kugelschiff und der CREST bestand eine gewisse Energieverbindung durch den Orterstrahl.

»Perry versohlt euch das Fell, wenn ihr Dummheiten macht«, warnte er ernst.

»Wir sind gleich wieder zurück«, versprach Rakal. »Dauert nur ein paar Sekunden. Und wir bringen einen der Kugelkerle mit.«

»Da verbrennt ihr euch aber schön die Finger«, meinte Gucky. »Die sind heiß wie Bratkartoffeln.«

Tronar grinste. Rakal grinste ebenfalls und vergewisserte sich, daß Major Notami vollauf damit beschäftigt war, die Schirme zu beobachten. Unauffällig näherten sich die beiden der Energiezuleitung, denn ohne sie war die Entmaterialisation und Fortbewegung unmöglich.

Gucky blieb an seinem Platz stehen. Er wußte, daß er die unternehmungslustigen Zwillinge nicht halten konnte, und verraten wollte er sie auch nicht. Aber er wollte sie, soweit möglich, im Auge behalten. Notfalls konnte er zu ihnen springen und sie holen.

Unauffällig schlossen Rakal und Tronar Woolver die Helme ihrer Raumanzüge, die sie – wie alle anderen Besatzungsmitglieder auch – angelegt hatten und verschwanden lautlos.

Notami hatte ihr Verschwinden nicht bemerkt, und Gucky hüllte sich weiterhin in Schweigen. Er beobachtete den Orterschirm, auf dem die kleine Kugel der Sonneningenieure zu sehen war.

Plötzlich verschwand sie. Sie hatte wieder eine Teleportation vorgenommen und war an einem Ort herausgekommen, der von der Ortung der CREST nicht erfaßt wurde. Der Hypertasterkontakt war abgerissen, und den Woolver-Zwillingen damit vorerst die Möglichkeit der Rückkehr genommen.

Gucky beschloß zu handeln.

»Rakal und Tronar sind in der Kugel!« rief er Notami zu. »Ich muß ihnen nach! Macht euch um uns keine Sorgen!«

Noch während er die letzten Worte sprach, verschloß er seinen Raumanzug. Dann teleportierte er, ehe Notami reagieren konnte.

Schi hatte das gigantische Raumschiff geortet und die Sprungrichtung geringfügig geändert. In diesem Teil der Galaxis kam es oft vor, daß man solchen Kugelraumern begegnete. Sie gehörten den Tefrodern, den Verbündeten der Meister. Man liebte sie nicht besonders, aber man war sich auch nicht spinnefeind.

Trotzdem vermied Schi jeden Kontakt.

»Neuer Sprung«, sagte er zu den anderen.

Mo rollte zu den Ortern und erschrak, als genau vor ihm plötzlich zwei merkwürdig anzuschauende Lebewesen auftauchten. Sie materialisierten einfach aus dem Nichts und wichen – sicherlich selbst erschrocken – ein Stück zurück, als sie ihn sahen.

»Die Tefroder sind verschwunden«, signalisierte Rel, der von dem Vorfall nichts bemerkt hatte. »Wir müssen uns beeilen, sonst sind wir verloren.«

Tronar und Rakal wußten über die Sonneningenieure Bescheid und waren daher nicht sonderlich überrascht, die drei Kugelwesen zu sehen. Sie wußten, wie wichtig deren Funktion für die Meister war, und sie hatten die Absicht, wenigstens einen von ihnen in die CREST zu bringen.

Aber plötzlich teleportierten die drei Sonneningenieure mit ihrem Raumschiff. Der Kontakt zur CREST brach ab. Rakal und Tronar registrierten mit ihren Parasinnen, daß der Orterstrahl das kleine Schiff nicht mehr traf. Damit war ihnen der direkte Rückweg zur CREST vorerst abgeschnitten.

Schi und Rel reagierten ganz ruhig und ohne Panik, als sie die Zwillinge entdeckten. Sie hielten sie zuerst für Tefroder.

»Wie kommen sie in unser Schiff?« wunderte sich Schi.

»Sie müssen teleportiert sein«, vermutete Mo. »Seit wann können Tefroder teleportieren?«

»Und Übersetzergeräte haben sie auch nicht dabei«, beschwerte sich Rel. »Wie sollen wir uns mit ihnen verständigen?«

Schi hatte andere Sorgen:

»Konzentriert euch – wir müssen weiter.«

Abermals legte die Kugel zehn Millionen Kilometer zurück.

Tronar und Rakal betrachteten die Inneneinrichtung des kleinen Raumschiffs. Es gab keinerlei Antriebsaggregate, wie Gucky es vorausgesagt hatte. Allerlei kompliziert wirkende Gegenstände und Apparate verrieten, daß es sich um eine Art fliegende Werkstatt handelte, deren Untersuchung von größtem Interesse sein würde. Aber wie sollte man die Leuchtwesen dazu überreden, der CREST zu folgen und sich einzuschleusen, wenn man nicht einmal wußte, wo die CREST war?

»Ich glaube«, murmelte Tronar, »wir haben einen Fehler gemacht.«

»Dann versuchen wir wenigstens, ihn wiedergutzumachen.«

»Wie stellst du dir das vor? Die Sonneningenieure haben keine bemerkenswerten Energiequellen im Schiff. Ihre Orter fangen nur fremde Impulse auf, senden aber keine aus. Gut, das würde notfalls genügen, aber im Augenblick fangen sie überhaupt nichts auf. Die CREST hat sie aus der Ortung verloren.«

»Gucky weiß Bescheid. Er wird etwas unternehmen.«

Tronar nickte. »Sicher. Aber was?«

Darauf wußte auch Rakal keine Antwort.

Sie blieben ganz ruhig stehen, um die drei Sonneningenieure nicht zu beunruhigen. Es mußte eine unvorstellbare Konzentration dazu gehören, wenn drei Lebewesen zugleich teleportierten und dabei die Masse eines Schiffes mitnahmen.

In diesem Augenblick geschah das Unerwartete.

Gucky materialisierte plötzlich im kleinen Schiff.

»Wo kommst du her?« fragte ihn Tronar über Helmfunk überrascht.

»Ich bin euch per Teleportation und Telepathie gefolgt, als das Schiff der Sonneningenieure aus der Ortung der CREST verschwand«, antwortete der Mausbiber. »Aber fragt lieber nicht, wie viele Orientierungen dazu nötig waren. Ihr habt uns da eine schöne Suppe eingebrockt. Wenn Perry wüßte, daß ihr – und zugegeben auch ich – so eigenmächtig gehandelt haben, bekäme er alle möglichen Zustände.«

»Die bekommt er auch so«, murmelte Rakal.

Gucky hatte nun endlich Gelegenheit, sich die drei merkwürdigen Lebewesen näher anzusehen, die ihm schon einmal einigen Kummer bereitet hatten. Es war nicht aus Böswilligkeit geschehen, wie die

Sonneningenieure überhaupt keiner echten Böswilligkeit fähig waren. Es konnte im ganzen Universum keine harmlosere Rasse als die Sonneningenieure geben. Aber auch kaum eine fähigere. Sie waren es, die im Auftrag der Lemurer den Sechsecktransmitter erbaut hatten.

Die drei Kugeln kümmerten sich kaum um ihren unerwarteten Besuch, aber als Gucky versuchte, Kontakt mit ihnen aufzunehmen, änderte sich ihre passive Haltung. Vielleicht waren die Gedankenimpulse des Mausbibers, der ja ein ausgebildeter Telepath war, viel stärker als die Rakals und Tronars. Jedenfalls empfing Gucky nach einigen Versuchen eine deutliche Antwort.

Nach zwei weiteren Teleportersprüngen des Schiffes kam endlich eine Verständigung zustande. Die Möglichkeit, die CREST wieder zu finden, war inzwischen gleich Null geworden.

»Was wollt ihr von uns?« fragte einer der Sonnentechniker.

Gucky versuchte, es ihm zu erklären, aber er stieß auf wenig Gegenliebe. Und auf noch weniger Verständnis.

»So seid ihr es gewesen, die unseren Müttern den Tod gebracht haben?« fragte Schi, der Kommandant der kleinen Gruppe. »Nun ist der gleiche Tod hinter euch her, und ihr verlangt von uns, daß wir euch retten.«

»Mütter?« fragte Gucky verständnislos.

»Die Sonnen sind unsere Mütter«, erklärte Schi, der sich auf einen neuen Sprung konzentrierte. »Sie sind der Quell allen Lebens. Und nun habt ihr sie zum Quell des Todes gemacht. Warum?«

»Das ist eine lange Geschichte . . .«

»Dann erzähle sie«, forderte Schi ihn auf und gab seinen Gefährten ein Zeichen.

Das Schiff machte einen weiteren Sprung von zehn Millionen Kilometern.

Major Notami tobte.

Ob er wollte oder nicht, er mußte Brent Huise verständigen, der im Augenblick die CREST befehligte. Huise war der Erste Offizier des Flaggschiffs.

Oberst Cart Rudo war zur Zeit nicht erreichbar, und Rhodan und Atlan konnten nicht verständigt werden, da der Funkkontakt zur RAWANA abgebrochen war.

Huise gab Notami den Rat, unter allen Umständen zu versuchen, Orterkontakt mit dem verlorengegangenen Schiff der Sonneningenieure herzustellen.

Kurz darauf ging die CREST in den Linearraum, womit die Aussichten, das kleine Kugelschiff wiederzufinden, abermals geringer wurden.

In seiner Ratlosigkeit ließ Notami sich mit Major Redhorse verbinden und erklärte ihm, was geschehen war. Für Sekunden war der Offizier sprachlos, denn er wußte, was der Verlust der drei wichtigen Mutanten bedeutete.

»Ich werde mich um die Angelegenheit kümmern«, versprach Redhorse schließlich. »Stellen Sie die genaue Position des Verschwindens fest und teilen Sir mir diese mit. Ich will versuchen, die Erlaubnis zu einer Suchaktion zu erhalten.«

»Es ist aussichtslos«, protestierte Notami. »Die Sonnenaktivitäten und die überall plötzlich auftretenden Hyperstürme machen jede Rückkehr zu einem nicht vertretbaren Risiko.«

»Ich will nicht zurückkehren. Ich werde nur mit Hilfe der Position versuchen, den wahrscheinlichen Kurs des Kugelschiffes zu rekonstruieren. Wir wissen ja, daß sie nur immer zehn Millionen Kilometer zurücklegen können, und warum sollten sie die Richtung wechseln? Weg vom Zentrum, das ist ihre Parole ebenso wie die unsere. Ich melde mich gleich wieder.«

Notami konnte Redhorses Optimismus nicht teilen. Obwohl er keine direkte Schuld an den Vorkommnissen trug, fühlte er sich doch schuldig. Aber wie hätte er die Zwillinge oder gar Gucky zurückhalten können?

Der Interkom summte. Es war Redhorse.

»Haben Sie die Position?«

Notami gab sie durch und fragte:

»Sagen Sie nur, Sie haben Starterlaubnis erhalten?«

»Natürlich, was dachten Sie? Ich starte in wenigen Minuten.«

»Ich versuche, Sie im Orter zu behalten . . .«

»Ziemlich zwecklos, Major. Sie können bei dem Risiko nicht auch noch Rücksicht auf eine Korvette nehmen.«

Notami starrte auf den plötzlich dunklen Schirm.

Dann ging er schnell zu den Orterschirmen und gab seine Anweisungen.

Redhorse war sich der Gefahren bewußt, die sein gewagtes Unternehmen mit sich brachte.

Kaum war die KC-1 ausgeschleust, da verschwand die CREST im Linearraum. Redhorse verlor sofort jeglichen Orterkontakt zu dem Riesenschiff und wußte, daß er nun auf sich allein angewiesen war.

Und rings um ihn herum war nichts als das Chaos sterbender Sonnen.

Die Daten Notamis halfen ihm weiter. Nach kurzer Zeit erreichte er die letzte Position des Teleporterschiffs. Mit einigen Berechnungen stellte er die wahrscheinliche Flugrichtung fest und folgte ihr. Er legte immer nur wenige Millionen Kilometer zurück, um das Kugelschiff nicht zu verpassen, und seine Offiziere ließen die Orterschirme nicht aus den Augen.

Schließlich gelang es, daß kleine Schiff zu finden. Eine kurze Linearetappe brachte die KC-1 in die Nähe der Kugel.

»Versuchen Sie, Verbindung zu Gucky oder den Woolver-Zwillingen herzustellen«, sagte Redhorse zum Funker.

Redhorse wagte es nicht, sich weiter dem Kugelschiff zu nähern, um die Sonnentechniker nicht zu erschrecken. Er war froh, sie endlich gefunden zu haben. Er hielt immer den gleichen Abstand, und wenn sie ihren üblichen Zehn-Millionen-Sprung zurücklegten, folgte er ihnen.

»Kontakt!« rief der Funker.

Redhorse setzte sich vor die Funkanlage.

»Bist du es, Gucky?«

»Ihr habt es aber eilig, uns zurückzuholen. Die KC-1 . . .? Ist das nicht mein alter Blutsbruder Redhorse?«

»Richtig. Soll ich dich abholen, oder kommt ihr so? Die Zwillinge können ja auf dem Funkstrahl reiten . . .«

»Du irrst dich, alter Freund«, sagte Gucky fest entschlossen. »Wir bleiben, wo wir sind. So eine Gelegenheit bietet sich so schnell nicht mehr, mit den Sonneningenieuren Freundschaft zu schließen. Du weißt, wie ungeheuer wichtig sie sind. Wir helfen ihnen, und aus Dankbarkeit werden sie uns einige nette Dinge verraten.«

Redhorse bemühte sich, ruhig zu bleiben.

»Bisher haben wir immer Verständnis für deine Extratouren gehabt, Kleiner, aber diesmal ist das etwas anders. Du bringst nicht nur dich, die Zwillinge und mich in Gefahr, sondern auch die CREST. Du kennst doch Rhodan. Wenn er erfährt, daß du in Gefahr bist, wird er alles riskieren, um dich zu retten, auch wenn er selbst in Gefahr gerät.«

»Da siehst du mal, wie beliebt ich bin, Rothaut.«

»Keinen Unsinn jetzt!« sagte Redhorse scharf. »Kommt ihr nun zurück, oder muß ich euch holen?«

»Holen? Wie denn?« Guckys Tonfall veränderte sich. »Sei vernünftig, Redhorse. Wir hatten keine Zeit, erst Rhodan zu fragen, aber sowohl die Zwillinge als auch ich halten unsere Mission für äußerst wichtig. Vielleicht erfahren wir sogar die Position des Heimatsystems der Sonneningenieure. Wäre das nicht das Risiko wert?«

»Die CREST ist verschwunden. Es wird mit jeder Sekunde schwerer, sie wiederzufinden. Wenn wir zu lange warten . . .«

» . . . dann helfen uns unsere neuen Freunde«, unterbrach Gucky. Mach dir keine Sorgen um uns. Wir finden schon einen Weg zurück . . .«

Da wußte Redhorse, daß es zwecklos war. »Also gut, dann machen wir eben mit. Wir werden euch aufnehmen und gemeinsam weiterfliegen. Die Sonneningenieure sollen den Kurs angeben.«

»Du kannst es ja versuchen, aber ich fürchte, die kleinen Energiewesen wollen nicht so recht. Sie lassen sich ungern helfen, obwohl sie schon am Ende ihrer Kräfte angelangt sind. Früher glühten sie weiß, aber jetzt sind sie dunkelrot geworden. Ihnen fehlt neue Energie.«

»Um so besser, wenn wir ihnen helfen.«

»Mit deinem dicken Kopf kannst du Planeten aus ihrer Bahn stoßen«, stellte der Mausbiber fest und seufzte. »Keine Feindschaft deswegen, aber ich bezweifle, daß du Erfolg hast. Jedenfalls bleiben wir hier und warten ab. Ich versuche, es den kleinen Kerlen zu erklären, aber versprechen kann ich dir nichts.«

Redhorse kehrte mit grimmigem Gesicht zu den Kontrollen zurück. Er war fest davon überzeugt, daß es ihm gelingen würde, das kleine Kugelschiff einzufangen, einzuschleusen und mit einem Sperrfeld lahmzulegen. Denn ein Sperrfeld war notwendig, um Teleporter festzuhalten.

Inzwischen mußte Gucky mit den Sonnentechnikern gesprochen haben. Das Kugelschiff machte zwei oder drei wahllose Sprünge, um seinem Verfolger zu entkommen, aber Redhorse war darauf vorbereitet. Mit den Ortern behielt er den Kontakt und holte durch kurze Linearflüge wieder auf. Er blieb dem Flüchtling dicht auf den Fersen. Nach zwei weiteren Sprüngen war festzustellen, daß die Kraft der Kugelwesen zu Ende ging.

Zum erstenmal legten sie bei einem Sprung nur die Hälfte der üblichen Strecke zurück.

Redhorse entschloß sich zu einem gewagten Manöver.

Er ging ganz dicht an das dahintreibende Kugelschiff heran, öffnete die Hangarschleuse und stieß mit der Korvette zu. Aber die Sonneningenieure bemerkten die Absicht rechtzeitig. Mit einem Sprung von knapp fünfhunderttausend Kilometern brachten sie sich noch einmal in Sicherheit.

Redhorse unternahm noch weitere Versuche. Beim vierten klappte es.

»Wir trauen euch nicht«, signalisierte Schi verzweifelt. Sein Körper glühte nur noch schwach, und er wußte, daß er nicht mehr genügend Energie besaß, das Kugelschiff weiter fortzubewegen. »Wie können wir euch trauen? Ihr seid fremd für uns.«

»Ihr habt keine andere Wahl«, erklärte Gucky geduldig. »Die chaotischen Verhältnisse im Zentrumsbereich dieser Galaxis bedrohen eure Existenz – und unsere natürlich auch. Der Kugelraumer dort draußen wird nicht von Tefrodern gesteuert, sondern von Terranern. Wir kommen aus einer anderen Galaxis. Ihr selbst habt die Transmitterbrücke gebaut, die wir zerstört haben, um eine Bedrohung unserer Galaxis auszuschalten. Das war kein Angriffsakt, sondern reine Selbstverteidigung.«

»Du bist aber kein Terraner?«

»Nein, aber ich bin ihr Freund. Und ihr seid auch ihre Freunde, das solltet ihr wissen. Wir wollen euch helfen.«

Tronar und Rakal standen bei den Orterschirmen der Kugel. Sie konnten die KC-1 deutlich erkennen. Es würde ihnen keine Schwierigkeiten bereiten, auf dem Orterstrahl in die Korvette zu gelangen, aber sie blieben. Sie wußten, daß sie eine Mission zu erfüllen hatten.

»Solange wir in der Lage sind«, sagte Mo zu Gucky, »werden wir zu fliehen versuchen. Erst wenn wir nicht mehr können, lassen wir uns einfangen. So zu handeln ist unsere Pflicht.«

»Ich verstehe.« Gucky sah auf dem Bildschirm die KC-1 näherkommen. »Dann dauert es nur ein wenig länger, aber am Ergebnis wird sich kaum etwas ändern.«

Als die drei Sonneningenieure erneut teleportieren wollten, schafften sie es nicht mehr. Die restliche in ihren Körpern verbliebene Energie benötigten sie für die notwendigen Lebensfunktionen.

Die Korvette schleuste das Kugelschiff ein und verankerte es mit einem Sperrfeld im Haupthangar. Dann tauchte sie im Linearraum unter.

Die Sonnentechniker weigerten sich hartnäckig, ihr kleines Schiff zu verlassen.

»Es ist genug, daß wir hilflos gefangen sind, aber niemand soll uns zwingen, euer Schiff zu betreten. Wir bleiben hier. Und wenn wir genügend Energie gesammelt haben, werden wir fliehen.«

»Ihr könnt nicht fliehen. Ein Sperrfeld hält euch fest.« Gucky gab den Zwillingen einen Wink. »Sprecht mit Redhorse. Ich komme nach.«

Tronar und Rakal verließen das Kugelschiff und wurden durch das Sperrfeld gelassen. Gucky blieb zurück, um die Sonnentechniker zu überreden, aber nach einer halben Stunde gab er es auf. Er versicherte ihnen noch einmal, daß sie nichts zu befürchten hätten, dann suchte auch er Redhorse in der Kommandozentrale der KC-1 auf.

Er fand einen sehr besorgten Redhorse vor.

»Was ist denn? Du machst ein Gesicht, als hätte dir jemand die Medizin gestohlen. Bist du böse auf mich?«

Redhorse drückte ihm die Hand.

»Nicht direkt, Kleiner. Aber der Kalupkonverter macht mir Sorgen.«

Gucky starrte auf die Bildschirme, und ihm kam plötzlich zu Bewußtsein, daß er die Sterne alle sehen konnte. Die Effekte des Linearfluges fehlten.

»Wir fliegen mit Unterlichtgeschwindigkeit?«

Redhorse nickte ernst.

»Wir sind ins Einstein-Universum zurückgekehrt, und zwar ohne den Linearflug zu unterbrechen. Verstehst du, was das bedeutet? Die Konverter sind einfach ausgefallen. Und ohne Linearantrieb sind wir so gut wie verloren.«

»Das technische Personal . . .«

»Im Antriebsraum wird gearbeitet, aber ich fürchte, es ist kein gewöhnlicher Schaden.«

»Sondern?«

Redhorse deutete auf den Heckschirm.

»Die anormalen Verhältnisse in diesem Gebiet, die eruptierenden Sonnen, die Hyperstürme haben, fürchte ich, den Ausfall der Überlichttriebwerke verursacht. Das ist ein Phänomen, mit dem wir kaum selbst fertig werden. Ich kann nur hoffen, daß sich die Zone der explodierenden Sonnen tatsächlich nur auf einen Radius von zwanzig Lichtjahren Durchmesser beschränkt!«

Gucky setzte sich. Seine Knie zitterten, aber er ließ sich nichts anmerken. Er wußte nur zu genau, was es bedeutete, in diesem Teil des Andromedanebels gestrandet zu sein. Denn das Licht benötigte von hier aus mehr als sechzigtausend Jahre, um den Rand des Nebels zu erreichen.

»Da sitzen wir aber ganz schön in der Tinte«, murmelte er zaghaft. »Das habe ich nicht ahnen können. Und die Woolvers auch nicht.«

»Niemand hat das ahnen können, aber trotzdem wird man immer sagen können, daß ihr selbst schuld seid. Und ich bin auch schuld, weil ich euch folgte.«

Der Interkom summte.

Einer der Antriebstechniker meldete sich aus dem Konverterraum.

»Wir können nichts finden, Sir. Ein Schaden ist nicht festzustellen.«

»Verlassen Sie den Konverterraum«, befahl Redhorse. »Halten Sie sich für neue Arbeiten bereit.«

Er wartete, bis die Türen hermetisch verschlossen waren, dann schaltete er erneut den Linearantrieb ein. Die Sterne verschwanden von den Schirmen, und Gucky atmete heimlich erleichtert auf.

»Na also«, sagte er gelassen.

»Es kann jeden Augenblick wieder passieren. Meine Techniker haben keinen Fehler gefunden und daher auch keinen Fehler beheben können. Ich nehme an, die hyperenergetischen Ausstrahlungen der Schockwelle erzeugen gewisse Ermüdungserscheinungen bei dem Kalup. Er wird nach einer gewissen Zeit wieder ausfallen, und dann in immer kürzeren Abständen. Vielleicht gelingt es uns aber doch, allmählich zum Sammelort vorzustoßen.«

Nach zehn Minuten fiel der Kalup erneut aus. Die KC-1 hatte ganze siebzig Lichtjahre zurückgelegt.

Gucky kehrte in das Kugelschiff der Sonneningenieure zurück.

Schi, Mo und Rel waren in einer Ecke der kleinen Zentrale zusammengerollt und hielten Zwiesprache. Sie verständigten sich durch Gedankenimpulse, die Gucky unverständlich blieben. Wahrscheinlich war es eine Art Abschirmung, die er nicht durchdringen konnte.

»Unser Antrieb ist gestört«, begann er und setzte sich der Einfachheit halber auf den Metallboden. »Wenn wir verloren sind, dann seid ihr es auch.«

Schi zeigte zum erstenmal Anzeichen von Besorgnis.

»Ihr hättet uns in Ruhe lassen sollen, dann wären wir vielleicht schon in Sicherheit. Wir hätten uns in der Nähe einer Sonne neu aufladen können. Die Energie hätte uns weitergebracht. Hier sind wir verloren.«

»Helft uns, dann seid ihr nicht verloren. Gebt uns die Position eurer Heimat. Wir bringen euch hin.«

Schi schwieg eine Weile. Er schien zu überlegen. Schließlich signalisierte er:

»Die Front der explodierenden Sonnen bleibt auf einen Sektor von etwa zwanzig Lichtjahren Radius beschränkt. Und es sind nur ganz bestimmte Sonnentypen außerhalb dieser Zone, die auf die Explosion des Sonnensechsecks reagieren. Unser Dreimüttersystem gehört nicht dazu.«

»Was gehört nicht dazu?« erkundigte sich Gucky.

»Das Dreimüttersystem – so nennen wir unsere Heimat. Es sind drei Sonnen, um deren Schwerpunkt elf Planeten kreisen. Unsere Welt, Eyhoe II genannt, bewegt sich innerhalb der Bahnen der drei Sonnen. Es ist eine warme Welt, und sie wird ständig von Energie umströmt. Wären wir nur erst dort . . .«

»Die Position«, forderte Gucky energisch. »Wir bringen euch hin.«

»Es ist verboten, die Position jemals Fremden gegenüber zu erwähnen«, mischte sich Navigator Mo ein. »Die Mütter würden uns andernfalls bestrafen. Niemals würden wir zu ihnen gehen dürfen.«

Das verstand Gucky nicht ganz. Aber er verzichtete darauf, eine Frage zu stellen, die etwas mit der Lebensphilosophie der eigenartigen Wesen zu tun hatte. Er blieb sachlich.

»Wenn ihr uns nicht helft, dann können auch wir euch nicht

helfen. Begreift doch endlich: Wir befinden uns alle zusammen in der gleichen Gefahr. Wenn wir sterben, sterbt ihr auch. Leben wir, habt auch ihr eure Chance. Begreift endlich, daß wir Verbündete sind. Und zwar auf Leben und Tod.«

Wieder unterhielten sich Schi, Mo und Rel, ohne daß Gucky einen Impuls auffing. Er unterbrach sie nicht, sondern schloß die Augen, um ungestört nachdenken zu können. Für Sekunden empfing er die Gedanken der Besatzung, blockte sie aber dann ab. Redhorse dachte über den Antrieb nach.

Die Zwillinge hatten sich hingelegt und schliefen. Die hatten die Ruhe weg.

Endlich sagte Schi:

»Wir werden euch die Position des Dreimüttersystems mitteilen – aber wir stellen eine Bedingung.«

»Und welche?«

»Ihr müßt uns in der Nähe mit unserem Schiff freilassen und dann so schnell wie möglich verschwinden.«

»Das geht nicht. Unser Antrieb ist nicht in Ordnung. Er muß repariert werden. Außerdem müssen wir abwarten, bis sich der kosmische Sturm gelegt hat und wir ungefährdet weiterfliegen können. Das bedingt, daß wir auf eurer Welt landen dürfen. Erhalten wir dazu die Genehmigung?«

»Wir würden sie euch geben, aber wir können und dürfen es nicht.«

»Warum nicht?«

Wieder entstand eine Pause, dann war es Rel, der antwortete:

»Wir sind nicht die Herren unserer Heimat.«

Gucky nickte und begriff.

Also auch hier hatten die Meister vorgesorgt! Sie hatten Agenten, wahrscheinlich Tefroder, auf der Welt der Sonneningenieure, die durch geeignete Maßnahmen dafür sorgten, daß die kleinen Energiekugeln nicht aus der Reihe tanzten.

»Tefroder?« fragte er.

»Ja.«

Das änderte zwar die Sachlage, nicht aber den Entschluß von Redhorse oder Gucky.

»Wir haben keine andere Wahl. Wir werden euch absetzen und dann versuchen, uns in Sicherheit zu bringen. Es wird in eurem System Planeten geben, die für einen kürzeren Aufenthalt geeignet sind. Und sehr lange wird es nicht dauern, bis wir wieder starten können.«

»Das ist euer Problem«, sagte Rel.

»Gut. Dann müssen wir jetzt eure Datenangaben mit unserem System koordinieren, damit wir keine Rechenfehler begehen . . .«

Redhorse nahm sich die Sternkarten vor, die bereits vom Andromedanebel existierten.

»Es ist innerhalb der sogenannten verbotenen Zone«, stellte er fest. »Dreitausendsiebenhundertelf Lichtjahre vom Zentrum entfernt.« Er sah auf den Computer. »Von unserem jetzigen Standort aus noch vierhundert Lichtjahre. Hoffentlich schaffen wir das auf Raten.«

»Wir müssen es versuchen. Allerdings habe ich nicht viel Hoffnung, daß wir in diesem verrückten Dreimüttersystem etwas erreichen. Die Tefroder werden uns schön einheizen.«

Redhorse gab keine Antwort. Er sah auf den Bildschirm. Immer noch flammten neue Riesensonnen auf, und die Strukturtaster zeigten unvorstellbare Erschütterungen an. Aber die erste Welle hatte die KC-1 bereits überholt. Die nächsten würden schwächer sein.

Vielleicht erholte sich der Kalupantrieb noch rechtzeitig.

Der Computer hatte seine Berechnungen beendet und gab das Ergebnis bekannt. Kurs und Entfernung standen fest. Inzwischen waren auch die Zwillinge wieder in der Kommandozentrale aufgetaucht. Gucky blinzelte ihnen zu.

»Gut geschlafen? Wird Zeit, daß ich mich auch ein wenig hinlege. Die Sonneningenieure sitzen ja fest.«

»Ein paar Stunden würden auch dir guttun«, meinte Tronar und sah zu, wie Redhorse die Daten in die Automatik fütterte. »Kannst ja unsere Kabine nehmen.«

»Ready«, sagte Gucky und nahm die Hand Redhorses, »du weckst mich, wenn etwas nicht in Ordnung ist?«

»Du wirst es rechtzeitig merken«, prophezeite der Major.

Als alle Berechnungen und Daten in der Automatik verankert waren, schaltete er den Linearantrieb ein. Die KC-1 fiel aus dem Einsteinuniversum und überschritt die Lichtgeschwindigkeit. Diesmal für acht Minuten, dann kehrte sie automatisch zurück; sie hatte fünfundfünfzig Lichtjahre zurückgelegt.

Während die KC-1 mit dem Anflug auf das Dreimüttersystem beschäftigt war, ging an Bord der RAWANA die Lagebesprechung zu Ende.

Die Wissenschaftler waren zu dem Schluß gekommen, daß der Wiezold- Effekt sich bereits mit der Explosion des dritten Ecksterns ausgetobt hatte. Alle anderen Ereignisse hatten nichts mehr mit der Antimaterieballung zu tun. Die energetischen Bindungslinien und die hyperenergetischen Felder zwischen den dichtgedrängten Zentrumssonnen nahmen die Energien der explodierenden dritten Ecksonne auf und leiteten sie an die benachbarten Sterne weiter. So entstand eine Kettenreaktion, die nicht nur die restlichen fünf Sonnen des Transmitters hinwegfegte, sondern ihre unbändige Kraft in einem Radius von zwanzig Lichtjahren wirksam werden ließ.

Es stand jedoch bald fest, daß sich die verheerenden Explosionen nicht noch weiter ausbreiten würden, ebenso würden nicht alle Sonnen des betroffenen Zentrumssektors vernichtet werden. In erster Linie waren nur Sterne betroffen, die ein ähnliches Energiespektrum besaßen wie die sechs Sonnen des Transmitters.

Die im Zentrum wirkenden Kräfte hatten sich dennoch über weite Teile Andromedas ausgebreitet. Unzählige, weit außerhalb des betroffenen Sektors stehende Sterne hatten heftig reagiert. Gigantische Eruptionen tobten durch Andromeda. Hyperenergetische Stürme machten die Raumfahrt in den betreffenden Gebieten zu einer gefährlichen Angelegenheit. Auf unzähligen Planeten würde man die jähen Veränderungen der Muttergestirne beobachten und es würde viele Stunden dauern, bis sich die Energiestürme einigermaßen legten.

Diese Ereignisse hatten sowohl Atlan als auch Rhodan dazu bewogen, auf alle künftigen Experimente dieser Art zu verzichten. Atlan hatte dies auf seine Art zum Ausdruck gebracht.

»Das geschieht, wenn man der Schöpfung ins Handwerk pfuscht und Prozesse auslöst, die der natürlichen Evolution des Universums zuwiderlaufen. Ich werde Experimenten dieser Art niemals mehr meine Zustimmung geben.«

Damit hatte er allen Anwesenden aus der Seele gesprochen.

Die RAWANA, die den Kontakt zur CREST längst verloren hatte, raste mit hoher Lichtgeschwindigkeit dem Sammelort der terranischen Flotte entgegen, die inzwischen dort angekommen sein mußte.

Niemand an Bord ahnte, was inzwischen auf der CREST geschehen war.

Dort hatte Cart Rudo das Kommando wieder übernommen. Als er von den Eskapaden der drei Mutanten erfuhr, hatte er zuerst getobt und sie in die finsterste Hölle verdammt, sich aber dann rasch wieder beruhigt.

Die Beobachtungsaufgabe, die das Flaggschiff zu erfüllen hatte, war abgeschlossen. Rudo gab den Befehl, direkt Kurs auf den Sammelort zu nehmen. Dort sollten Rhodan und Atlan wieder an Bord der CREST zurückkommen und entscheiden, was unternommen werden sollte, um die drei Mutanten und die KC-1 wiederzufinden.

14.

Schi, Mo und Rel hatten nach einer Ruhepause mehrmals versucht, das Sperrfeld im Hangar zu durchbrechen, aber sie konnten das fünfdimensionale Hindernis nicht überwinden. Auch waren sie viel zu schwach, um weitere ergebnislose Versuche zu unternehmen.

Resigniert lagen sie in ihrer Zentrale und harrten der Dinge, die da kommen mochten.

Vorerst aber kam nur Gucky.

Er trug ein kleines Gerät bei sich, mit dem er Strukturlücken im Sperrfeld schaffen konnte.

Da das Sperrfeld so beschaffen war, daß es eine Flucht der Sonneningenieure verhinderte, in seinem Inneren aber Parafähigkeiten nicht beeinträchtigte, war eine telepathische Unterhaltung zwischen Gucky und den Sonneningenieuren möglich.

Er materialisierte im Kugelschiff der Sonnentechniker und schickte beruhigende Gedankenimpulse aus. Dann erst begann er mit der Unterhaltung.

»Ich hoffe, ihr habt nicht zuviel Energie verloren. Sobald wir in die Nähe einer Sonne kommen, könnt ihr Energie tanken. Ihr seid dann frei. Jetzt würde jede Freiheit für euch nichts als Tod bedeuten.«

»Wir sterben lieber in Freiheit, als daß wir in Gefangenschaft leben«, signalisierte Schi würdevoll zurück. »Wir haben ein fürchterliches Verbrechen begangen, als wir euch unüberlegt die Position unserer Heimatwelt gaben. Niemand kann diesen Fehler rückgängig machen, aber wir müssen ihn büßen.«

»Wir sind eure Freunde«, versicherte Gucky zum wiederholten Mal. »Wir wollen nur, daß ihr uns helft. Und wir werden euch helfen, wenn ihr Hilfe benötigt. Versucht das zu begreifen.«

»Wie sollen wir euch helfen?«

»Ihr habt uns die Position eures Systems gegeben, und wir werden versuchen, es zu erreichen. Damit ist *euch* geholfen. Ihr seid Techniker, ihr könnt etwas. Es wird euch gelingen, unseren Antrieb wieder in Ordnung zu bringen – und damit wäre *uns* geholfen.«

»Selbst wenn wir wollten, so werden wir euch nicht helfen dürfen. Ihr habt den Transmitter zerstört, dafür werden euch die Meister und die Tefroder jagen, bis sie euch haben. Und auf Hoel unterhalten die Tefroder eine Kommandostelle.«

»Hoel?«

»So heißt unser Heimatplanet. Nur in den Sternkarten ist er als Eyhoe II bezeichnet.«

»Und die Tefroder unterhalten dort eine Station um euch zu kontrollieren?«

»So ist es. Ihr Kommandant ist ein Mann namens Miharos.«

»Und das laßt ihr euch gefallen?«

»Was sollen wir tun? Wir sind Techniker, Ingenieure, aber keine Soldaten. Wir haben noch niemals einen Krieg geführt, solange wir existieren – und das ist sehr lange.«

»Ich weiß«, sagte Gucky. »Mindestens fünfzigtausend unserer Jahre, wenn nicht mehr.«

»Was ist ein Jahr?«

Gucky erklärte es, so gut er konnte. Es war nicht einfach, aber aus der konstanten Lichtgeschwindigkeit ließen sich alle Entfernungs- und Zeitbegriffe ableiten.

»Ja, mehr als fünfzigtausend Jahre«, bestätigte Schi endlich.

»Da wir nun endgültig eure Welt besuchen werden, wäre es vielleicht von Vorteil«, sagte Gucky, »wenn ich einiges darüber erführe. Erzähl mir, was du erzählen willst und kannst.«

Schi hätte vielleicht genickt, wenn er das gekonnt hätte. So aber glühte nur die dem Navigator Mo zugekehrte Seite ein wenig auf.

Mo begann zu berichten:

»Wir nennen es das Dreimüttersystem, soweit wir zurückdenken können. Es sind drei blaue Riesensterne, die um einen gemeinsamen Mittelpunkt laufen. Vor mehr als sechzigtausend Jahren haben wir diese drei Sonnen in die für uns günstige Position gebracht. Sie bilden ein gleichschenkliges Dreieck. Elf Planeten kreisen auf verschiedenen Bahnen um den Mittelpunkt des Systems. Unsere Welt – sie kommt dem Mittelpunkt am zweitnächsten und verläßt das Sonnendreieck niemals – ist Eyhoe II, auch Hoel genannt. Weil sie die Bahnen der drei Sonnen niemals schneidet, hat sie ein gleichmäßiges Klima, und es herrscht niemals Nacht. Von allen Seiten erhalten wir Wärme und Energie. Das ist unser Lebenselexier, denn ohne Wärme und Energie können wir nicht existieren. Der Durchmesser von Hoel beträgt nahezu vierzehneinhalbtausend Kilometer. Die Schwerkraft ist eins Komma fünfunddreißig. Eine Rotation haben wir kaum, aber das ist auch überflüssig bei der Position innerhalb dreier Sonnenbahnen.«

»Eine interessante Welt«, sagte Gucky, als Mo eine Pause einlegte.

»Und eine wunderschöne Welt«, fuhr Mo fort. Gucky glaubte ein wenig Stolz heraushören zu können. »Ich betonte schon einmal, daß es weder Nacht noch Dämmerung gibt. Die Sonnen scheinen immer, auf jedem Fleck unserer Welt herrscht ewiger Energieeinfall. Die Temperatur ist konstant und beträgt dreihundertundneununddreißig Grad.«

Gucky versuchte, ruhig zu bleiben.

»Der Schmelzpunkt von Blei wird überschritten?«

»Blei?«

Gucky nannte das chemische Zeichen.

»Wir haben viele Bleimeere«, sagte Mo schwärmerisch. »Manchmal baden wir auch darin. Die Temperatur liegt ein wenig unter der Umwelttemperatur, aber viele von uns mögen eine kleine Erfrischung.«

»Na, ich danke«, entfuhr es Gucky unwillkürlich.

»Unsere Welt ist für eure Bergiffe sicher eine einzige Wüste«, fuhr Mo fort, »und unsere Wohnungen liegen tief unter der Oberfläche. Das ist deshalb der Fall, damit Überladungen ausgeschaltet werden. Leider gibt es immer wieder Leute, die nicht genug bekommen können. Sie tanken zuviel Energie – und das ist fatal für sie.«

»Sie überfressen sich also«, kicherte Gucky. »Eine reine Willensangelegenheit.«

»Mag sein. Jedenfalls weiß ich noch nicht, was geschehen wird, wenn das Licht der drei blauen Sonnen mich wieder umflutet. Ich werde Energie tanken . . . und tanken . . . und tanken . . .«

»Und dann platzen!« beendete Gucky trocken die Schwärmerei.

Schi schickte so etwas wie Lachimpulse aus.

Sie hatten es geschafft. Nach unzähligen Linearetappen, begleitet von stundenlangen Wartezeiten, erschien endlich das Eyhoe-System mit seinen drei blauen Riesensonnen auf den Bildschirmen der KC-1.

Das Sperrfeld wurde auf Guckys Bitte hin abgeschaltet.

Mit hoher Eintauchfahrt drang die Korvette in das Dreimüttersystem ein. Alle in der Zentrale Anwesenden beobachteten gespannt die Schirme. Von tefrodischen Wachschiffen war vorerst noch nichts zu sehen.

Der äußerste Planet tauchte auf. Selbst dieser bekam von seinen Sonnen soviel Wärme ab, daß die Atmosphäre nicht zur Gänze gefror.

Die KC-1 zog dicht an der ungastlichen Welt vorbei, und Redhorse wunderte sich, daß sich die Tefroder noch immer nicht blicken ließen. Aber er schloß die Möglichkeit nicht aus, daß sie durch die jüngsten Ereignisse zu sehr mit anderen Dingen beschäftigt waren und die Beobachtungen des Raumes etwas vernachlässigten. Trotzdem mußte man vorsichtig bleiben.

Gucky besuchte inzwischen nochmals die Sonneningenieure in ihrem Kugelschiff.

»Wir sind im Dreimüttersystem«, berichtete er und hockte sich zwischen die drei Kugeln. »Ihr habt uns die Position verraten, dafür brachten wir euch her. Wir halten unser Versprechen. Ihr seid frei.«

Schi leuchtete in einem zarten Rosa.

»Wir haben das Gesetz gebrochen und zum Dank dafür erhalten wir die Freiheit. Wir sind nicht so sicher, ob unsere Aufpasser und Freunde uns nicht bestrafen werden.«

»Sie brauchen euch jetzt notwendiger denn je. Sie werden sich hüten, euch zu bestrafen. Wir nähern uns der Kreisbahn des zehnten Planeten. Ist das nahe genug an den Sonnen für euch, um Energie aufzuladen, oder sollen wir euch näher an Hoel heranbringen?«

»Es bedeutet für euch mehr Gefahr, nicht wahr?«

»Das spielt jetzt keine Rolle.«

»O doch, es spielt eine große Rolle.« Schi wurde dunkler. Er sah nun fast wieder rot aus. »Ich habe mit Mo und Rel beraten. Wir wollen dich zu unserer Welt einladen, damit du dich überzeugen kannst, wie wir leben. Und wir wollen dich auch davon überzeugen, daß wir kein Unrecht tun, wenn wir den Tefrodern gehorchen. Sie meinen es nur gut mit uns.«

Gucky wollte zu einer gegenteiligen Beteuerung ansetzen, aber dann erkannte er rechtzeitig, wie sinnlos es sein würde, die harmlosen Geschöpfe aus anorganischer Materie und Energie überzeugen zu wollen. Er konnte das vielleicht wirklich nur, wenn er mit ihnen nach Hoel flog.

Ein Gedanke reifte in ihm. Er hatte auf eigene Faust gehandelt und sich und andere in große Gefahr gebracht. Wenn er wirklich einmal gerettet wurde und ohne positive Ergebnisse zurückkehrte, so würde man ihn rücksichtslos zur Rechenschaft ziehen. Die Menschen waren da seltsam und hart. Wenn er mit dem Beweis zurückkehrte, daß die Sonneningenieure die Freunde Terras geworden waren, sah die Lage gleich ganz anders aus. Rhodan würde ihm verzeihen. Ja, er würde ihm sogar ein Lob aussprechen müssen. »Und hier seht ihr Gucky, Leute, den Retter des Solaren Imperiums, der uns den Weg in die Zukunft ebnete und die wichtigen Sonneningenieure zu unseren Freunden machte . . .«

Guckys Entschluß stand fest.

»Ich werde mit euch kommen. Die beiden Wellensprinter auch. Wartet noch, ich muß mit dem Kommandanten unseres Schiffes sprechen.«

Redhorse war alles andere als begeistert.

»Du handelst abermals leichtsinnig, Gucky«, gab er zu bedenken. »Jetzt dürften wir uns nicht trennen.«

»Warum nicht? Es hat nur Vorteile. Der Linearantrieb ist hin, und ihr könnt dieses System nicht ohne fremde Hilfe verlassen. Landet auf dem achten Planeten, da seid ihr vorerst sicher. Die Zwillinge und ich können auf Hoel versuchen, etwas für uns alle zu tun. Wenn wir alle auf dem achten Planeten sitzen und warten, ist das eine reine Zeitvergeudung. Wer weiß, wann die Schockwellen so schwach werden, daß der Kalupkonverter wieder funktioniert.«

Redhorse wurde unsicher.

»Deine Argumente klingen vernünftig, aber wer sagt mir, daß *du* auf Hoel sicher bist? Und die Zwillinge. Wir haben keine Verbindung zu euch, ihr nicht zu uns.«

»Unsere Helmkoms überbrücken die Distanz bis zum achten Planeten leicht.«

»Und wenn man uns anpeilt, haben wir die Tefroder auf dem Hals.«

»Wir senden nur im Notfall. Außerdem denke ich, daß wir auf Hoel einigermaßen sicher sind. Wir brauchen die Sonneningenieure, sonst haben wir in ein paar Jahrzehnten einen neuen Transmitter im Andromedanebel.«

»Bis dahin gibt es keine MdI mehr«, erwiderte Redhorse überzeugt.

»Möglich«, sagte Gucky. »Aber auch wenn es so sein sollte, müssen wir eine Verständigung mit den Sonneningenieuren suchen.«

Redhorse blickte zu den Woolver-Zwillingen.

»Was meinen Sie?«

Tronar und Rakal hatten auf die Frage nur gewartet.

»Wir sind für Hoel«, sagte Rakal. »Auf jeden Fall. Wir haben eine Sache begonnen, und wir sollten sie auch zu Ende führen, ganz gleich, welche Risiken sich daraus ergeben.«

Redhorse sah auf den Bildschirm. Der zehnte Planet stand auf der anderen Seite der drei Sonnen, aber der neunte Planet war nicht mehr weit entfernt. Er bot bereits Lebensbedingungen, doch die Atmosphäre erwies sich, wenn man den Analysen glauben wollte, als stark giftig.

»Gut. Ich werde versuchen, auf dem achten Planeten ein gutes Versteck zu finden. Dort warten wir. Wir warten genau zehn Tage. Wenn ihr euch bis dahin nicht meldet, kommen wir nach Hoel.«

»Aber . . .«

»Keine Widerrede. Das ist meine Bedingung.«

Gucky sagte:

»Einverstanden. Du kannst das kleine Kugelschiff in zehn Minuten ausschleusen. Viel Glück, Don. Dir und der Mannschaft.« Er gab Redhorse die Hand und wandte sich an die Zwillinge: »Kommt schon, ihr Wellenreiter. Es gibt Arbeit . . .«

Während die KC-1 mit einigen tausend Kilometern pro Sekunde weiterflog, dem achten Planeten entgegen, fiel das Kugelschiff der Sonneningenieure den drei blauen Sonnen entgegen.

Schi, Mo und Rel teleportierten in den Weltraum und tankten sich voll Energie. Das Baden in den Strahlen der Sonnen schien ihnen ausgesprochenes Vergnügen zu bereiten.

»Hoffentlich lassen sie uns nicht hier sitzen«, murmelte Tronar mißtrauisch. »Von den ethischen Grundsätzen des merkwürdigen Volkes – wenn man sie als ein Volk bezeichnen kann – wissen wir nichts. Vielleicht ist Lügen bei ihnen eine gute Tat.«

»Sie lassen uns nicht im Stich«, versicherte Gucky. Er sah auf dem Bildschirm, wie sich die Farbe der drei Kugeln schnell veränderte. Aus dem satten Rot wurde schließlich ein hellstrahlendes Weiß. »In wenigen Minuten sind wie wieder bei uns.«

Er behielt recht.

»Schi hat noch nicht genug«, berichtete Mo, als er und Rel in das Kugelschiff zurückkamen.

»Viele Menschen handeln so sie Schi«, erklärte Gucky würdevoll, wobei ihm einfiel, daß er für die kommenden zwei Wochen nichts anderes als Energietabletten bei sich hatte. Sein Magen würde knurren, und daß es den Zwillingen ähnlich erging, war ihm kein Trost. »Essen werden wir auf Hoel wohl nicht bekommen.«

»Essen?«

Gucky erklärte es ihm. Mo begann sichtlich zu strahlen.

»Aber ja, Energie in organischer Form ist genügend vorhanden. Die Tefroder brauchen sie zum Leben. Wir halten es für eine barbarische Art der Energiezufuhr . . .« Er hielt plötzlich inne und verfärbte sich vor Verlegenheit. »Oh, es tut mir leid.«

»Macht nichts«, beschwichtigte ihn Gucky. »Hauptsache ist, du kannst uns ein paar Konserven aus dem Vorratslager der Tefroder besorgen.«

Auch Schi war endlich zurückgekehrt.

»Na, endlich satt?« erkundigte sich Gucky.

Schi nickte.

»Und nun auf nach Hoel, unserer Heimat. Es wird euch dort gefallen.«

»Hoffentlich«, meite Gucky und widmete sich von nun an ganz der Beobachtung der Bildschirme.

In Sprüngen von je zehn Millionen Kilometern näherte sich das Kugelschiff rasend schnell den beiden am nächsten stehenden Sonnen und flog zwischen ihnen hindurch. Einmal begegnete ihnen ein tefrodischer Wachkreuzer, aber er nahm von ihnen keinerlei Notiz. Bald war er von den Bildschirmen verschwunden.

»Sie kontrollieren euch nicht?« fragte Gucky verwundert.

Schi antwortete stolz.

»Natürlich gelten sie als unsere Aufpasser, aber wir sind doch Verbündete. Wir alle dienen den Meistern der Insel, und wir tun es freiwillig. Niemals würden wir uns eine Kontrolle gefallen lassen.«

Es wurde Gucky immer unverständlicher, wie er das Verhältnis Tefroder-Sonneningenieure einstufen sollte. Es war doch offensichtlich, daß man die relativ harmlosen Kugelwesen ausnutzte und für fremde Zwecke einspannte. Es war genauso offensichtlich, daß man sie kontrollierte. Und doch ließ man ihre Schiffe ungeschoren.

Immerhin stieg damit die Aussicht, unbemerkt nach Hoel zu gelangen.

»Dort ist Hoel«, sagte Schi plötzlich.

Auf dem Bildschirm erkannte Gucky den ruckhaft näherspringenden Planeten. Er hatte nur eine ausgedörrte Wüstenwelt mit schimmernden Bleimeeren erwartet, aber zu seiner Überraschung erkannte er eine an vielen Stellen mit riesigen Bauwerken bedeckte Oberfläche. Städte, in Formen gigantischer Quadrate, erstreckten sich über Hunderte von Kilometern, durch breite Fahrbahnen verbunden. Die Entfernung war noch zu groß, um Einzelheiten erkennen zu lassen.

Schi legte eine letzte Pause ein.

»Der nächste Sprung bringt uns in den Hangar. Er liegt tief unter der Oberfläche.«

»Warum?« fragte Gucky verblüfft. »Wie ich sehe, liegen die Städte doch oben. Hattest du mir nicht gesagt, ihr lebtet unter der Oberfläche?«

»Das tun wir auch. Die Städte sind leer.«

»Leer?«

»Ja, niemand wohnt in ihnen, abgesehen von einigen Tefrodern, die sich dort einquartiert haben. Die Städte stammen noch aus der Gründerzeit.«

Die drei Sonneningenieure konzentrierten sich auf den letzten Sprung. Die Bildschirme wurden dunkel, als Kugelschiff und Insassen entmaterialisierten. Und als die Schirme wieder hell wurden, zeigten sie eine veränderte Szene. Sie befanden sich in einer riesigen Halle, deren Grenzen nicht sichtbar wurden. Von der hohen Decke herab strahlte ein gleichmäßiges Licht und ließ jede Einzelheit deutlich erkennbar werden. Tausende von kleinen Kugelraumern mußten hier stehen. Dazwischen bewegten sich die Sonneningenieure wie zwergenhafte Kopien ihrer Schiffe. Sie rollten, schwebten oder teleportierten von einem Ort zum anderen, ohne sich um das soeben gelandete Schiff zu kümmern.

»Haben die Tefroder Zutritt in den Hangar?« fragte Gucky. »Ich möchte auf keinen Fall, daß man von unserer Anwesenheit erfährt.«

»Keine Sorge. Tefroder kommen nur selten hierher, und sie müssen vorher um Erlaubnis fragen. Eine Vereinbarung besagt, daß sie nur im Notfall und bei Gefahr ohne vorherige Erlaubnis unsere Städte betreten dürfen.«

»Dann sind wir hier sicher?« fragte Gucky nochmals.

»Ganz sicher«, bestätigte Schi. »Niemand wird wagen, euch zu belästigen. Ihr seid unsere Gäste. Kommt, wir teleportieren nach draußen.«

Gucky nahm die Zwillinge bei den Händen.

»Mir macht nur Redhorse noch Sorge«, gestand er bevor er sich auf den kurzen Sprung konzentrierte.

»Ich mache mir Sorgen um die Zwillinge und Gucky«, sagte Redhorse fast zur gleichen Zeit. Auf den Bildschirmen war der achte Planet zu einer Kugel geworden und schwoll mit jeder Minute mehr an. Erste Einzelheiten wurden erkennbar.

»Wir werden bald Sorgen genug mit uns selbst haben«, meinte Captain Vita ungewöhnlich ernst. »Leutnant Björnsen hat mehrere Ortungen.«

»Tefroder?«

»Wer sonst?«

Redhorse beschleunigte ein wenig und stieß auf den achten Planeten zu. Er war etwa erdgroß und wies ähnliche Bedingungen auf. Unter normalen Umständen hätte Redhorse allen Grund zur Freude gehabt, einen solchen Planeten zu entdecken, aber im Augenblick bereitete ihm die bevorstehende Landung so gut wie kein Vergnügen.

Eyhoe VIII hatte drei große Kontinente, die mit einem grünen Teppich undurchdringlichen Urwaldes bedeckt waren. Die Wälder wurden nur durch hohe und kahle Gebirge unterbrochen, aus denen Flüsse und Ströme zu den Meeren flossen. Sonst gab es auf Eyhoe VIII nur noch einige Savannen und mit Gras bewachsene Hochflächen.

»Eine ideale Welt für Siedler«, philosophierte Captain Vita mit einem träumerischen Ausdruck in den Augen. »Ich habe mir immer gewünscht, mal wieder in einem grünen Wald herumzulaufen oder in der Steppe auf Jagd zu gehen. Ein Bach mit Forellen wäre auch nicht so übel . . .«

»Neue Ortung!« rief Leutnant Björnsen aus dem Funkraum. »Es müssen mindestens zehn Schiffe sein. Ihr Kurs ist schräg zu unserem.«

»Dann haben sie uns wahrscheinlich bald entdeckt«, sagte Redhorse. »In zwei Minuten verschwinden wir auf der anderen Seite von Eyhoe VIII und sind dort hoffentlich vorerst in Sicherheit.«

Die KC-1 wurde langsamer, als der Planet zwischen ihr und den Tefrodern stand. Sie ging tiefer und glitt über ein Meer dahin, das ziemlich flach war. Überall waren Klippen, Riffe und Untiefen zu erkennen. Das Wasser schimmerte blaugrün.

»Wie sind die Temperaturen und sonstigen Bedingungen?« fragte Redhorse bei der analytischen Sektion an, die stark unterbesetzt war.

»Atmosphäre geeignet. Hohe Temperaturschwankungen, durch die drei Sonnen hervorgerufen. Tagsüber bis zu fünfzig Grad Celsius, nachts bis zum Gefrierpunkt absinkend. Keine Jahreszeiten, da keine Ekliptik. Sonstige Bedingungen: erdähnlich.«

»Also landen wir möglichst schnell.«

Es kam darauf an, einen sicheren Landeplatz zu finden, der alle Ortungen, wenn nicht gleich unmöglich, so zumindest doch sehr schwer machte. Geeignet dafür war nur ein Gebirge oder der Grund des Meeres.

Oder beides.

Ein Kontinent kam in Sicht. Seine Küste ragte steil in den blauen Himmel. Einige der Berge mochten dreitausend Meter hoch sein. Ihre Gipfel waren mit Schnee bedeckt. Das Meer selbst war flach, wie überall, aber dicht vor der Küste veränderte sich plötzlich die Farbe des Wassers. Es wurde dunkelblau, und die üblichen Untiefen fehlten.

»Es dürfte tief genug sein«, murmelte Redhorse und ließ seine Finger über die Kontrollen tanzen. »Tief genug für unsere Zwecke.«

»Sie wollen im Ozean niedergehen?« entsetzte sich Captain Vita. »Ist das nicht zu gefährlich, wo wir die Gegebenheiten nicht kennen?«

»Es ist auf jeden Fall gefährlicher, länger im Raum zu bleiben oder einfach irgendwo zu landen. Die Wasserschicht reflektiert die Orterstrahlen. Wir können nicht so schnell entdeckt werden.«

Die Echotaster begannen zu arbeiten und suchten den Meeresgrund ab. Er schien einigermaßen eben zu sein. Das Meer war vor der Küste bis zu zweihundert Meter tief.

Die KC-1 ging langsam tiefer, während Björnsen unablässig die Orterschirme beobachtete. Kein einziger Tefroder war darauf zu sehen.

Redhorse machte sich nichts vor. Die Tefroder wußten nun, daß ein fremdes Schiff in dieses System eingedrungen war. Selbst wenn sie die KC-1 vorübergehend aus der Ortung verloren hatten, würde in absehbarer Zeit eine intensive Suchaktion stattfinden. Redhorse hoffte nur, daß man sie hier auf dem achten Planeten nicht entdeckte.

Die Korvette landete auf der kaum bewegten Wasseroberfläche und sank sofort in die Tiefe. Auf den Bildschirmen wurde das Blaugrün immer dunkler, aber die Kraft der drei Sonnen reichte aus, den Grund in zweihundert Metern Tiefe noch ausreichend zu erhellen, so daß Redhorse darauf verzichten konnte, die Scheinwerfer einzuschalten. Die nähere Umgebung war deutlich bis auf hundert Meter zu erkennen. Redhorse hatte noch niemals so klares Wasser gesehen.

Er schaltete den Antrieb endgültig ab und lehnte sich zurück.

»Da wären wir also. Nun können wir nur noch warten, bis sich die Lage beruhigt hat und die Schockwellen ausbleiben. Möchte wissen, was Gucky und die Zwillinge jetzt machen. Aber es ist noch zu früh, eine Funkverbindung zu versuchen.«

»Mit der Gefahr spielen, heißt sie herausfordern«, stellte Vita besorgt fest. »Ich für meine Person bin damit zufrieden, mich einige Stunden aufs Ohr legen zu können.«

»Einverstanden«, sagte Redhorse. »Und dann werden wir einen Spaziergang machen.«

Vita starrte ihn an.

»Einen Spaziergang? Wohin denn?«

Redhorse deutete auf die dunkelblauen Bildschirme.

»Auf den Meeresgrund, wohin denn sonst . . .?«

Die Sonneningenieure schienen ihren Planeten bis in große Tiefen hinab gänzlich ausgehöhlt zu haben. Sie hatten die Felswände mit einer Glasurschicht überzogen, die sie haltbar und fest machte. Die einzelnen Sektionen waren durch Korridore verbunden, aber fast niemand benutzte die Transportbänder. Jeder teleportierte zu seinem Ziel. Das machte auch verständlich, warum es so gut wie keine regulären Eingänge gab.

Aber es gab sie doch!

Die Meister der Insel hatten darauf bestanden, denn die Tefroder waren keine Teleporter.

Ausnahmsweise verzichtete Schi auf die Teleportation. Mo und Rel waren verschwunden, nachdem sie gemeinsam den Hangar verlassen hatten.

»Sie sind zu ihren Freunden«, sagte Schi etwas neidisch. »In einigen Wochen feiern wir das Fest der großen Mütter, und dazu sind Vorbereitungen notwendig. Aber das alles werde ich euch noch erklären. Jetzt zeige ich euch meine Wohnung. Ich habe veranlaßt, daß dort ein für euch atembares Luftgemisch vorhanden ist.«

»Eine Frage . . .« Gucky zögerte. Er wollte Schi nicht beleidigen, indem er eine taktlose Frage stellte. Er wußte ja auch nicht, was ein Energiewesen als taktlos empfand und was nicht. »Können wir hier so einfach mitkommen? Benötigen wir dazu nicht die Erlaubnis des . . . nun, wie soll ich ihn nennen . . . des Bürgermeisters der Stadt, eures Königs, oder wie immer er auch heißen mag.«

»Bürgermeister? König?« Schi verstand kein Wort. »Wer soll das sein? «

»Ihr müßt doch jemanden haben, der eure Handlungen bestimmt. Jemand muß doch die Befehle geben, die Verantwortung tragen.«

»Wir befehlen und gehorchen alle, und wir alle tragen die Verantwortung. Ich verstehe dich nicht.«

»Du bist also keinem Rechenschaft schuldig, was du tust?«

»Doch – den Müttern und der Gemeinschaft. Ihnen gegenüber muß ich meine Handlung rechtfertigen und verantworten.«

»Die Mütter sind eure drei blauen Sonnen. Ich muß sagen, ihr macht es euch sehr einfach.«

»Das nennst du einfach?« Schi war offensichtlich sehr verwundert. »Ich finde, es ist viel schwerer, eine Handlung sich selbst gegenüber verantworten zu können, als würde man nur nach Befehl handeln und keine eigene Verantwortung tragen.«

»Wenn man es immer ehrlich meint – ja. Tut ihr das?«

»Wir kennen es nicht anders – seit Jahrzehntausenden.«

Gucky fragte nicht mehr. Er begann zu begreifen, wie unendlich weise und reif die Zivilisation der Sonneningenieure war, auch wenn es sich nur um Energiekugeln handelte. Aber sie schienen mehr Seele zu besitzen als die meisten intelligenten organischen Rassen.

Schis Wohnung bestand aus einem kahlen Raum, in dessen Decke drei künstliche blaue Sonnen eingelassen waren. Sie bildeten ein gleichschenkliges Dreieck. Schi verharrte einige Minuten in andächtigem Schweigen unter den Kunstsonnen, ehe er sich seinen Gästen zuwandte.

»Entschuldigt, aber ich bin ihnen nach der glücklichen Heimkehr diesen Gruß schuldig. Hier also wohne ich, wenn ich nicht unterwegs bin, um die Stationen der Meister zu kontrollieren. Gefällt es euch?«

Der Raum hatte keine Einrichtung. Nur den Boden, die vier Wände und die Decke mit den drei blauen Lampen.

»Für uns wäre es ein wenig unbequem«, gab Gucky zu. »Es fehlen Betten zum Schlafen, Tische und Stühle. Aber das sind Dinge, die für euch ohne Bedeutung sind.«

»Wir haben auch solche Gegenstände – oben in den Wohnungen der Tefroder. Sie kommen ohne die profanan Bedürfnisse organischer Lebewesen nicht aus – oh, entschuldige. Ich war unhöflich.«

»Keineswegs. Jede Lebensform hat ihre eigene Art, sich das Dasein würdig zu gestalten. Solange jeder die Lebensart des anderen respektiert, kann er selbst auch mit der Achtung des anderen rechnen. Ich achte dein Volk, Schi. Ich glaube, es kann kein glücklicheres geben. Nur eines stört mich: Warum seid ihr die Sklaven der Meister geworden?«

Schi rollte in eine Ecke und blieb dort liegen. Es dauerte lange, bis er antwortete:

»Wir sind keine Sklaven. Wir dienen den Meistern freiwillig, denn wir verdanken ihnen viel. Bis vor mehr als fünfzigtausend Jahren lagen unsere Fähigkeiten brach. Wir stellten zwar schon damals Werkzeuge und Geräte her, mit Hilfe der Telekinese, aber sie dienten keinem bestimmten Zweck. Unsere Vorfahren hatten Sonnen bewegt und Planeten aus ihrer Bahn gerissen, aber sie taten es nur, um sich günstige Lebensbedingungen zu schaffen. Dann kamen Wesen, die sich Lemurer nannten, und gaben uns neue Aufgaben. Sie lehrten uns zu arbeiten und zu leben. Wir schufen die Sonnentransmitter und bauten eine

Brücke zwischen den Galaxien. Eine technische Aufwärtsentwicklung begann, wie sie sich unser Volk niemals erträumt hatte. Wir erhielten Präzisionswerkzeuge und Raumschiffe. Wir lernten, und bald konnten wir alles selbst herstellen. So wurden wir das, was wir heute sind: die unentbehrlichen Techniker, ohne die es niemals eine Verbindung zur anderen Milchstraße gegeben hätte.«

Gucky nickte.

»Ja, das weiß ich alles, und wir bewundern euch. Aber der Kontakt zwischen den beiden Milchstraßen war für uns kein Segen. Es gab Invasionen und Kriege, Schi. Sie wären vermieden worden, hätte es keine Transmitterbrücke gegeben. Das ist der Grund, warum wir sie zerstörten.«

»Wir werden versuchen, das zu verstehen«, versprach Schi würdevoll. »Nur wenn man fremde Völker versteht, ist ein friedliches Zusammenleben gewährleistet.«

»Aber die Meister und die Tefroder werden *euch* niemals verstehen, weil sie euch einfach nicht verstehen wollen. Sie handeln nur nach ihren eigenen Grundsätzen und Gedanken. Sie werden euch zwingen, eine neue Transmitterbrücke zu errichten.«

»Noch sehe ich keinen Grund, ihre Anordnungen nicht zu befolgen.«

»Und wenn ihr einen Grund seht, was werdet ihr dann tun?«

Schi rollte in dem Raum auf und ab, ein Zeichen dafür, daß die Erregung ihn fast übermannte.

»Es wird keinen Grund geben – aber sollte es doch der Fall sein, werden wir uns weigern.« Er rollte plötzlich nicht mehr, sondern blieb auf der Stelle liegen. Dann glühte er dunkelrot auf. »Die Tefroder haben euer Schiff entdeckt und es wieder aus den Augen verloren. Sie wissen nicht, wer ihr seid, aber sie haben eine Suchflotte starten lassen, die das System durchkämmen soll. Sie fordern uns auf, ihnen bei der Suche zu helfen und jeden Fremden auszuliefern oder zu töten, den wir sehen. Eine Abordnung hat darum gebeten, unsere Stadt betreten zu dürfen. Sie wollen sich davon überzeugen, daß wir keine Fremden verstecken. Ich muß mich nun um eure Sicherheit kümmern. Wartet hier. Ich komme bald zurück.«

Ehe Gucky etwas sagen konnte, war Schi verschwunden.

»Das gefällt mir gar nicht«, murmelte Tronar, als Gucky ihm die lautlose Unterhaltung mit Schi übersetzt hatte. Und Rakal fügte hinzu:

»Wenn das nur keine Falle ist . . .«

»Es *ist* keine Falle!« bekräftigte Gucky seine längst feststehende Meinung. »Wir können uns auf die kleinen Kerle verlassen. Ich glaube, sie haben eine besonders hohe Meinung von Gastfreundschaft.«

Tronar sah sich aufmerksam um.

»Ich kann keinen Eingang entdecken. Damit sind wir sicher. Tefroder können hier ohne Hilfe der Sonnentechniker niemals eindringen.«

Sie warteten fast eine halbe Stunde und wurden schon ungeduldig, da kehrte Schi zurück. Er brachte eine Kiste Konserven mit, die er mitten im Raum auf den Boden sinken ließ. Ehe Gucky etwas sagen konnte, war er wieder verschwunden.

Tronar und Rakal untersuchten die Kiste. Unter den Konserven lagen Flaschen mit einer durchsichtigen Flüssigkeit. Konzentrate und ein brotähnliches Gebäck vervollständigten den Lebensmittelvorrat.

»Von wo mag Schi das geholt haben?« wunderte sich Rakal. »Hätte nicht gedacht, daß er stehlen würde.«

»Ethische Grundsätze haben eben gewisse Grenzen.« Gucky hatte eine der Flaschen geöffnet und getrunken. »Schmeckt ausgezeichnet, Freunde. Scheint auch Alkohol drin zu sein. Auf, feiern wir ein Fest!«

Schi tauchte erneut auf. Diesmal brachte er einen Stapel Decken mit, den er in einer Ecke des Raumes verteilte. So entstand ein weiches Lager, und die beiden Wellensprinter waren froh, sich endlich setzen zu können. Auch Gucky hockte sich nieder.

»Was gibt es Neues?« erkundigte er sich bei Schi.

»Großalarm für die Tefroder. Sie benutzen Übersetzergeräte, wenn sie mit uns sprechen wollen, und wir tun so, als könnten wir sie ohne diese Geräte nicht verstehen. In Wirklichkeit fangen wir jeden ihrer Gedanken auf.«

»Dann müßtet ihr aber wissen, wie sehr man euch an der Nase herumführt.«

»Sie betrachten uns als unentbehrliche Helfer.«

Gucky gab es vorerst auf. Vielleicht waren die Sonnentechniker nur durch echte Beweise zu überzeugen. Wo aber sollte man diese Beweise hernehmen?

»Ihr könnt jetzt essen und schlafen«, signalisierte Schi. »Später kehrte ich zurück, um euch diesen Teil der Stadt zu zeigen. Ich friere.«

Gleichzeitig war er verschwunden.

Während sie aßen und tranken, griff Tronar die letzte Bemerkung von Schi auf.

»Er friert? Dabei ist es ziemlich warm hier drin, mindestens dreißig Grad.«

Gucky blieb fast der Bissen im Hals stecken.

»Lieber Himmel – natürlich muß Schi da frieren. Er hat uns zuliebe seine Wohnung mit einer Sauerstoffatmosphäre ausgestattet und in einen Eiskeller verwandelt. Darum also bleibt er immer nur wenige Minuten bei uns! Der Bursche ist doch ganz andere Temperaturen gewohnt.«

»Zum Glück haben wir unsere Schutzanzüge mit Temperaturregler. Draußen in der unterirdischen Stadt wird es schön warm sein.«

»Warm ist gar kein Ausdruck«, meinte Rakal.

Nachdem sie satt waren, legten sie sich auf die Decken und versuchten zu ruhen.

Bald verrieten gleichmäßige Atemzüge, daß sie alle drei eingeschlafen waren.

15.

Die Luftschleuse füllte sich mit dem klaren Wasser. Automatisch regelte sich die Temperatur der Druckanzüge und paßte sich den Bedürfnissen an. Redhorse nickte Vita zu und stieß sich ab.

Langsam schwebte er nach unten und landete sanft im weißen Sand des Meeresbodens.

Helmut Vita folgte seinem Kommandanten. Schwerelos im Raum zu schweben machte ihm nichts aus, aber der Spaziergang unter Wasser behagte ihm weniger.

Redhorse wartete, bis Vita neben ihm war, dann ging er mit schweren, schleppenden Schritten weiter, auf den Steilhang der Küste zu.

Redhorse verband keinen eigentlichen Zweck mit dem Spaziergang. Er hatte einfach keine Lust, untätig im Schiff zu sitzen und auf irgendein Ereignis zu warten, das unter Umständen gar nicht eintrat. Er versäumte nichts. Wenn Gucky einen Notruf oder sonst eine wichtige Nachricht schickte, würde sie im Schiff aufgefangen werden; der Empfänger war dauernd eingeschaltet. Und von dem Schiff aus konnte man ihn jederzeit erreichen.

Seltsam war das Fehlen jeglicher Fische. Nichts bewegte sich in der grünblauen Flut, nur die Schatten der Oberflächenwellen huschten über den hellen Meeresgrund. An vereinzelten Klippen klebten bunte Blumen – oder waren es Tiere? Captain Vita schien sein erstes Unbehagen überwunden zu haben. Er hielt sich nun dicht neben Redhorse und gab zu verstehen, daß der Ausflug ihm Spaß zu machen begann.

Der Fuß des Küstengebirges lag dreihundert Meter von der KC-1 entfernt. Der Unterwasserhang stieg fast senkrecht in die Höhe und war mit den bunten Pflanzen so übersät, daß nicht mehr viel vom nackten Fels übrigblieb. Redhorse sah nach oben. Die Stelle, an der der Hang die Oberfläche erreichte, war deutlich zu erkennen. Das Wasser täuschte. Man konnte sich nicht vorstellen, daß es bis dorthin gut zweihundert Meter waren.

Sie gingen ein Stück an der Wand entlang. Die Umrisse der KC-1 waren längst im Dämmerlicht verschwunden, aber die empfindlichen Instrumente konnten sie sofort wieder aufspüren, wenn es sein mußte.

Plötzlich blieb Redhorse stehen. In seinem Helmempfänger war ein Knacken gewesen.

Und dann kam Björnsens Stimme, nicht sehr laut, aber unverkennbar aufgeregt und erschrocken.

»Major Redhorse – hören Sie mich?«

»Was ist, Leutnant?«

»Tefroder, Sir! Wir haben sie auf den Orterschirmen. Es sind sechs Schiffe. Sie kreisen in fünfzig Kilometer Höhe, und die Kreise werden enger.«

»Wir kommen zum Schiff zurück. Abschalten!«

Sie marschierten los, aber der Wasserdruck und das Wasser selbst ließen sie nur langsam vorankommen. Es dauerte eine halbe Ewigkeit, bis sie endlich die Umrisse der Korvette vor sich auftauchen sahen. Bis sie sich umgezogen hatten und die Zentrale betraten, war fast eine halbe Stunde seit dem Funkspruch vergangen.

»Sie scheinen uns in den Bergen zu suchen«, sagte Björnsen und deutete auf den Orterschirm in der Mitte.

Redhorse starrte auf die Bildschirme und dachte nach. Dann kam ihm eine Idee. Im Polhangar befand sich ein kleines, vierzehn Meter durchmessendes Diskusschiff. Der Diskus war nur mit einem Normaltriebwerk ausgestattet, bot maximal acht Leuten Platz und war auch zur Fortbewegung unter Wasser geeignet. Vor allem aber war die Jet ungeheuer wendig und schnell.

Redhorse blickte auf. »Wir müssen sie irreführen«, sagte er entschlossen.

»Und wie?«

Redhorse winkte Vita zu.

»Captain, machen Sie das Beiboot startklar. Wir lenken sie auf eine falsche Spur.«

Vita verließ die Zentrale. Eine Minute später meldete er sich aus dem Hangar: »Beiboot fertig, Sir.«

»In Ordnung. Warten Sie dort. Ich bin in wenigen Minuten bei Ihnen.« Er sah Björnsen an. »Kellar soll Sie ablösen, Leutnant. Ich brauche Sie im Beiboot. Leutnant McGear wird das Kommando über die KC-1 übernehmen.«

Er suchte noch weitere vier Mann aus, befahl das Anlegen der schweren Schutzanzüge und setzte sich dann hinter die Kontrollen des kleinen Schiffes.

Die Polschleuse füllte sich mit Wasser, und dann glitt der schlanke Flugkörper hinaus in die Dämmerung der Meereswelt. Aber auch an der Oberfläche mußte es dämmern, denn es war nicht mehr so hell wie vorher. Wahrscheinlich war die erste Sonne bereits untergegangen.

Redhorse warf einen Blick auf den Heckbildschirm. Da lag die KC-1 auf dem weißen Sand, ruhig und abwartend. Ihre Umrisse verschwammen schnell, und schon aus einer Entfernung von fünfzig Metern waren sie nicht mehr zu erkennen.

Redhorse nahm Kurs aufs Meer hinaus und erhöhte die Geschwindigkeit, dabei stieg er höher. Das Echolot zeigte ihm dauernd die Wassertiefe an, und der Meeresboden stieg unaufhörlich schräg nach oben.

Dicht unter der Oberfläche glitt das Beiboot dahin, und Redhorse hoffte, daß man es bald orten würde. Ein sich bewegender Gegenstand war ohnehin viel leichter auszumachen als ein ruhender.

Es wurde schnell dunkel. Die zweite Sonne versank im Meer, und dann die dritte. Die ersten Sterne wurden sichtbar, als das Abendblau verblaßte.

»Mich beschleicht ein unangenehmes Gefühl«, murmelte Captain Vita unsicher. »Auf der KC-1 fühle ich mich wohler.«

»Wenn wir die KC-1 behalten wollen, müssen wir diese kleine Unannehmlichkeit in Kauf nehmen.« Redhorse sah Björnsen an. »Bleiben Sie auf Empfang, Leutnant. McGear hat Anweisung, sich sofort zu melden, wenn die Tefroder ihn angreifen sollten.«

Als sie mehrere Kilometer unter Wasser zurückgelegt hatten, erhöhte Redhorse die Geschwindigkeit und schaltete den Antrieb um. Sofort stieg das Beiboot an die Oberfläche und schoß dann hinauf in den nächtlichen Sternenhimmel.

Redhorse hatte keine Lust, allzuviel zu riskieren. Er wollte die Tefroder nur von der viel wichtigeren Korvette ablenken und auf eine falsche Spur bringen.

Sie holten die untergegangenen Sonnen wieder ein und überflogen die Dämmerungszone. Es wurde wieder Tag. Redhorse ging tiefer und glitt dicht über das Wasser dahin, bis der andere Kontinent in Sicht kam. Seine Küste war flach und mit dichten Wäldern bedeckt. Vereinzelte Berge zwangen zur Vorsicht. Geschickt wich Redhorse den Hindernissen aus und hielt sich an die Flußläufe.

Die Entfernung zur KC-1 betrug zweitausend Kilometer, als es klar wurde, daß die Tefroder das Beiboot geortet hatten. Die offenen Funksprüche der Suchflotte verrieten das eindeutig, und Redhorse konnte die einzelnen Befehle verstehen.

Sie waren keineswegs beruhigend.

Der Kommandant der kleinen Flotte befahl einem Wachkreuzer, das kleine Schiff zu jagen. Die anderen sollten weiter nach dem Mutterschiff suchen, das in der Nähe der Küste auf Grund liegen mußte.

Redhorse, sonst äußerst beherrscht, fluchte ausgiebig.

»Sie lassen sich nicht an der Nase herumführen, diese Tefroder! Wir haben uns umsonst bemüht. Sie haben den Trick durchschaut.«

»Kehren wir um?« fragte Vita. »Wenn es doch keinen Sinn mehr hat . . .«

»Natürlich kehren wir um«, knurrte Redhorse wütend.

Aber noch während er das Beiboot wendete und auf neuen Kurs

ging, kam Leutnant McGears aufgeregte Stimme aus dem Lautsprecher des Telekoms:

»Sir, ein Schiff ist verschwunden. Die anderen fünf sinken schnell ab. Die Kreise sind kleiner geworden – wir liegen genau im Zentrum. Ich fürchte, sie haben uns gefunden.«

»Wir sind in einer halben Stunde dort.«

»Bis dahin ist es zu spät. Geht es nicht schneller?«

»Fünfzehn Minuten, gut. Aufhören mit Senden, nur im Notfall!«

Redhorse beschleunigte, aber er hatte seinen Verfolger vergessen.

Der Tefroder kam, als gerade die drei Sonnen wieder untergingen. Er kam aus dem intensiven Blau des westlichen Himmels und eröffnete sofort das Feuer. Zum Glück traf nur ein einziger Energiestrahl den Schutzschirm des Beibootes und glitt wirkungslos ab. Die Erschütterung brachte das kleine Schiff jedoch vom Kurs ab, und Redhorse ließ sich bis zur Meeresoberfläche hinabsinken.

Der Tefroder folgte.

»Wir tauchen«, rief Redhorse und schaltete den Hauptantrieb ab. Das Boot versank sofort in den Fluten. »Hier ist mit Energiestrahlen nichts mehr zu machen. Allerdings brauchen wir so länger, um zur KC-1 zu gelangen.«

Der Tefroder ließ sich jedoch nicht mehr abschütteln. Er stand genau über dem Beiboot und ließ eine Bombe fallen. Sie detonierte wenige Meter unter der Wasseroberfläche, und die Druckwelle hätte fast die Hülle des kleinen Schiffes bersten lassen. Die zweite Bombe lag noch näher.

»Die dritte wird treffen«, sagte Redhorse, auf einmal ganz ruhig geworden. »Wir tauchen auf und versuchen es mit höchster Beschleunigung. Der Bursche muß sich doch abschütteln lassen . . .!«

Und er ließ sich abschütteln. Allerdings wurde Redhorse gezwungen, in großer Höhe einmal um Eyhoe VIII herumzujagen. Dabei verlor er eine halbe Stunde.

Als er sich der Steilküste näherte, sagte Björnsen erstaunt:

»Die sechs Tefroder sind wieder zusammen. Sie tauschen nur noch Koordinatensprüche aus, keine Informationen mehr. Sie entfernen sich.«

Redhorses Gesicht wurde plötzlich ganz starr und ausdruckslos.

»Sie entfernen sich? Was soll das heißen?«

»Ich weiß es nicht, Sir. Soll ich Leutnant McGear rufen?«

Redhorse nickte stumm. Er wußte plötzlich, daß sich McGear nie mehr melden würde. Aber er wagte noch nicht, es seinen Leuten zu sagen.

Björnsen rief, erhielt aber keine Antwort. Die sechs Tefroder waren inzwischen im Weltraum verschwunden. Das könnte nur bedeuten, daß sie ihr Vorhaben entweder aufgegeben oder mit Erfolg durchgeführt hatten.

Redhorse wußte, daß Tefroder so schnell nicht aufgaben.

Das Meer lag in der Dunkelheit unter dem Beiboot, und Redhorse schaltete die starken Suchlichter ein.

Das Wasser hatte seine Farbe verändert. Dort, wo die KC-1 lag, schien es aufgewühlt zu sein wie nach einem schweren Sturm. Pflanzen schwammen an der Oberfläche – und ein heller Gegenstand. Redhorse ging tiefer, um ihn erkennen zu können.

Der Gegenstand war ein weißes Unterhemd, das sich bereits vollgesogen hatte und langsam wieder versank.

Er tauchte. Als er sich dem Grund näherte, wußte er, was geschehen war. Die Tefroder mußten mindestens hundert Bomben geworfen haben, denn sogar die aufstrebenden Felsen waren geborsten. Riesige Trichter hatten den Sand aufgerissen, und ein besonders großer Trichter verriet die Stelle, an der die KC-1 gestanden hatte.

Hier und da lagen, vom Sand halb begraben, Trümmerstücke – verbogene Hüllenteile, Verstrebungen oder zerfetzte Türen. Eine Leiche war abgetrieben und fast vom Sand zugedeckt worden.

Redhorse hatte die Lippen ganz fest zusammengepreßt und sagte kein Wort. Vita hatte vergessen, daß ihm die KC-1 einmal behaglicher erschienen war als das enge Beiboot. Björnsen starrte stumm auf den Bildschirm; seine Lippen bewegten sich. Die anderen vier Männer der Besatzung waren bleich und entsetzt. Sie alle hatten Freunde in der Korvette gehabt.

»Jetzt sind wir endgültig erledigt«, stieß Björnsen schließlich hervor. »Im Beiboot sind nur die Notrationen. Sie reichen kaum für einen Monat. Der Antrieb . . . er ist nicht einmal lichtschnell.«

Redhorse sah ihn an, gab aber keine Antwort.

Er schaltete die Scheinwerfer ab und stieg nach oben. Wortlos steuerte er das Boot an den Felshängen hoch und landete auf einem mit riesigen Blöcken übersäten Hochplateau. Als der Antrieb verstummte, lehnte er sich zurück. Er sah seine Leute an.

»Wir haben nur eine einzige Alternative«, sagte er hart. »Wir haben kein Schiff mehr. Um ein neues Schiff zu bekommen, müssen wir zu einem Planeten, wo es Schiffe gibt.«

»Hoel?« hauchte Captain Vita erschrocken.

Redhorse nickte.

»Ja, Hoel! Wir haben keine andere Chance. Wir ruhen uns jetzt aus, und dann starten wir. Bei Höchstgeschwindigkeit brauchen wir nicht mehr als zehn Stunden. Wenn uns die Tefroder nicht unterwegs abfangen.«

Vita enthielt sich jeden Kommentars. Björnsen nickte nur. Die anderen vier Männer sahen sich stumm an.

Redhorse streckte sich im Pilotensessel.

»Leider haben wir keine Kabinen und Betten. Legt euch auf den Boden. Die Hauptsache ist, wir brauchen nicht zu frieren.«

Die Hauptsache ist, dachte Captain Vita bei sich, wir leben.

Und dann fügte er in Gedanken hinzu:

Noch!

Schi zeigte Gucky und den beiden Woolvers die Stadt. Mo und Rel begleiteten sie.

Das Erstaunlichste war, daß sich niemand um sie kümmerte. Die Sonneningenieure, die ihnen begegneten, veränderten zwar leicht die Farbe zur Begrüßung, richteten aber niemals irgendwelche Fragen an sie. Alle schienen davon unterrichtet zu sein, daß die beiden Terraner und der Mausbiber Schis Gäste waren, und sie achteten das auf ihre Weise.

Die Stadt selbst war natürlich keine Stadt im irdischen Sinne. Es gab keine Kaufhäuser oder Läden. Es gab nur die unendlich langen, unterirdischen Straßen, Seitenkorridore und glatte Wände. Hinter diesen Wänden lagen die Wohnkammern der Sonneningenieure. Jeder lebte für sich allein, was um so erstaunlicher schien, als sie alle in gewisser Beziehung ein Gemeinschaftslebewesen darstellten. Jede einzelne Kugel war eine Zelle dieser Gemeinschaft, die zwar isoliert lebte, aber ständig mit allen anderen in Funkverbindung stand. Jeder wußte, was der andere tat, aber keiner kümmerte sich darum. In der Stadt konnte nichts geschehen, ohne daß der andere davon erfuhr.

Und so wußte auch jeder, daß zwei Terraner und ein seltsam anzuschauendes Wesen, Gucky genannt, Gäste von Schi, Mo und Rel waren.

Gucky hoffte nur, daß die Tefroder es nicht ebenfalls wußten.

Sie gelangten in eine riesige Halle, deren gewölbte Decke wohl zweihundert Meter hoch war. Genau in der Mitte dieser Decke standen wieder die drei künstlichen Sonnen. Sie strahlten in einem satten Blau und tauchten die Halle in ein diffuses Dämmerlicht.

Schi, Mo und Rel verharrten einen Augenblick bewegungslos und ohne einen Gedanken abzustrahlen. Es sah so aus, als würden sie beten.

Gucky und die Zwillinge würdigten die Andacht der merkwürdigen Energiewesen. Es schien ihnen verständlich, daß sie die drei Sonnen als ihre Götter betrachteten, denn ihr Leben hing von der Energie der Sonnen ab. Ohne die Sonnen würde es sie nicht geben.

»Es ist unser Versammlungsraum«, signalisierte Schi endlich. »Bald feiern wir das Fest der drei Mütter, und vielleicht erhaltet ihr die Genehmigung, daran teilzunehmen. Ihr seid unsere Gäste, und ihr achtet unseren Glauben.«

»Den Glauben des anderen zu achten, ist das oberste Gesetz jedes friedfertigen und toleranten Volkes«, erwiderte Gucky. »Es ist die Voraussetzung dafür, einen eigenen Glauben haben zu dürfen.«

»Ich danke dir«, sagte Schi beeindruckt. »Die Tefroder verhalten sich anders. Sie *dulden* unseren Glauben, aber sie achten ihn nicht. Sie machen sich über uns lustig, indem sie uns immer wieder klarzumachen versuchen, daß eine Sonne nichts anderes ist als ein Energieball. Wir wissen, daß dem so ist, sonst wären wir keine Sonneningenieure. Wir können Sonnen beeinflussen und nach unserem Willen versetzen, aber wir haben die Sonnen nicht erschaffen.«

Mo wurde plötzlich ganz hellrot.

»Die Terraner in dem großen Schiff . . .!«

Gucky erschrak.

»Was ist mit ihnen, Mo? Schnell, antworte!«

»Die Tefroder haben sie gefunden – auf dem achten Planeten. Sie haben das Schiff gefunden und vernichtet. Der Centerkommandant Miharos hat es gerade erfahren.«

Gucky spürte, wie ihm das Herz für Sekunden stehen blieb. Er wagte nicht zu atmen. Tronar und Rakal, die die Gedankenimpulse der Sonnentechniker nicht verstanden und denen der Mausbiber laufend übersetzte, sahen ihn fragend an.

»Was hat er gesagt?« fragte Tronar.

Gucky holte endlich tief Luft.

»Die Tefroder haben die Korvette gefunden und vernichtet. Nun ist alles aus. Und es ist meine Schuld. Meine Schuld allein!«

Tronar brauchte einige Sekunden, um sich von dem Schreck zu erholen. Er legte dem Mausbiber die Hand auf die zuckende Schulter.

»Es ist nicht deine Schuld, Gucky. Redhorse kam freiwillig mit uns. Jeder mußte damit rechnen, daß er nicht lebend zurückkehrte. Nun ist es geschehen. Wir können es nicht ändern.« Er richtete sich auf. »Ich spüre, daß Redhorse lebt. Er kann nicht tot sein.«

»Mo sagte es aber.«

»Er hat nur gesagt, daß man das Schiff vernichtete, mehr nicht.«

Gucky wandte sich an Mo:

»Versuche, mehr zu erfahren. Was denkt Centerkommandant Miharos?«

Mo ließ sich Zeit, bis er antwortete:

»Eine Suchflotte entdeckte auf Eyhoe VIII die Korvette und griff sie an. Sie lag auf dem Grund des Meeres. Sie wurde vernichtet.« Er pausierte abermals, ehe er fortfuhr: »Es gab eine zweite, kleinere Ortung, die von einem Rettungsboot stammen muß. Miharos gab Befehl, sie zu ignorieren. Er ist der Meinung, es gäbe einige Überlebende – und die will er haben. Er denkt logisch, der Tefroder. Denn wenn es Überlebende gibt, so haben sie keine andere Wahl, als nach Hoel zu kommen. Miharos hat Anweisung gegeben, sie ungehindert landen zu lassen. Er will sie gefangennehmen.«

Gucky atmete auf.

»Gott sei Dank! Nun ist wieder alles offen. Vielleicht lebt Redhorse noch und . . .«

»Er lebt!« sagte Tronar überzeugt. »Ein Mann wie Redhorse stirbt nicht so schnell und leicht . . .«

Schi signalisierte:

»Kommt, wir zeigen euch den anderen Teil der Stadt . . .«

16.

Rhodan hatte die Nachricht vom Verschwinden der drei Mutanten ziemlich gefaßt entgegengenommen.

Dennoch fühlte Brent Huise ein beklemmendes Gefühl, als er dem Unsterblichen in dessen Kabine gegenübersaß.

Die CREST hatte als letztes terranisches Schiff den Sammelort erreicht. Unmittelbar darauf waren Rhodan und Atlan von der RAWANA zurückgekehrt und mit den Ereignissen während des Rückzuges konfrontiert worden. Rhodan hatte sich danach in seine Kabine zurückgezogen und den Ersten Offizier zu sich bestellt.

Rhodan saß hinter seinem Schreibtisch und blickte Huise auffordernd an.

»Berichten Sie genau, was geschehen ist«, sagte er ruhig.

Huise faßte sich und sagte:

»Sir, ich möchte zuerst betonen, daß mir keine andere Wahl blieb. Weder Sie noch Atlan befanden sich an Bord.«

Rhodan nickte kommentarlos.

Mit knappen Worten schilderte Huise den Ablauf der Geschehnisse, die mit dem Verschwinden der Woolver-Zwillinge begonnen hatte.

»Wir hatten das Schiff der Sonneningenieure aus der Ortung verloren und es blieb keine Zeit, sie zu suchen. Da bot sich Major Redhorse an, die drei Mutanten zu suchen. Er bat mich um Starterlaubnis für seine KC-1.«

»Und die haben Sie ihm gegeben?«

»Natürlich. Wie schon gesagt, ich hatte keine andere Wahl. Es ging darum, drei Mutanten zu retten, und es kam auf jede Sekunde an, ehe sich die Spur der Sonneningenieure endgültig verlieren konnte.«

Rhodan blickte den Offizier nachdenklich an. Huises Darstellung hatte ihn überzeugt. Ihn traf keine Schuld an den unliebsamen Ereignissen.

»Ich muß Ihnen grundsätzlich recht geben«, sagte er. »Für die

Extratouren der drei Mutanten können Sie nichts. Und was die KC-1 betrifft, so gebe ich zu, daß ich nicht anders gehandelt hätte.«

Huise atmete auf. Die Beklemmung löste sich.

»Sir?« fragte er.

Über Rhodans Gesicht huschte so etwas wie ein flüchtiges Lächeln.

»Sie kennen Gucky, nicht wahr? Trauen Sie ihm zu, daß er sich freiwillig in eine Gefahr begibt, aus der es keinen Ausweg mehr gibt?«

»Ehrlich gestanden – nein, Sir.«

»Sehen Sie – ich nämlich auch nicht. Er muß also gewußt haben, warum er den Sonneningenieuren auf den Pelz rückte. Und er mußte wissen, daß er mit heiler Haut davonkommen würde. Zumindest aber rechnete er damit, daß wir weder ihn noch die Zwillinge im Stich lassen würden. Der kosmische Sturm hat sich inzwischen etwas gelegt. Die Rückkehr zu jener Position, an der die KC-1 ausgeschleust wurde, bedeutet für uns keine unmittelbare Gefahr mehr. Haben Sie alle Ortungen aufzeichnen lassen?«

»Major Notami, Chef der Ortungszentrale, hat alle Daten gespeichert.«

»Gut. Ich möchte die Daten sehen. Warten Sie, wir gehen zusammen. Bevor ich meinen Entschluß fasse, muß ich ganz sicher sein, daß wir keine Fehlentscheidung treffen.«

Wenige Minuten später betraten sie die Ortungszentrale. Major Notami kam ihnen mit einem seltsamen Ausdruck im Gesicht entgegen.

»Keine besonderen Vorkommnisse, Sir – bis auf die bekannten.«

»Die genügen, um mir Kopfschmerzen zu bereiten. Ich möchte die Daten der letzten Ortung haben, die Sie von dem Kugelschiff der Sonneningenieure machten. Ich nehme an, auch Redhorse benutzte diese Daten zur Bestimmung seines Kurses.«

»Sehr richtig, Sir.« Notami gab einem jungen Leutnant einen Wink. »Die Daten stehen zur Verfügung. Sie wurden automatisch gespeichert.«

Der Nachrichtenoffizier brachte die Unterlagen. Rhodan setzte sich mit Huise an einen Tisch und studierte sie. Nach einer Weile sah er auf.

»Major, sind Sie davon überzeugt, daß Redhorse die drei Vermißten gefunden hat?«

»Jawohl, Sir. Die Koordinaten waren eindeutig, ebenso wie der Kurs des Teleporterschiffs. Es wechselte seine Flugrichtung während der einzelnen Sprünge nur geringfügig. Redhorse hat Gucky und die Zwillinge mit Sicherheit finden können.«

»Und warum ist er uns dann nicht gefolgt und hat uns eingeholt?«

Notami machte ein betroffenes Gesicht.

»Darauf, Sir, weiß ich keine Antwort. Es muß etwas geschehen sein, das wir nicht mit einkalkulierten.«

Rhodan nickte.

»Ich nehme das auch an. Es war immer Guckys Bestreben, soviel wie möglich über die merkwürdigen Energiewesen zu erfahren. Er wollte wissen, wo ihr Heimatsystem war. Er wollte sie dazu überreden, keine Sonnentransmitter mehr zu bauen. Er wollte sie zu unseren Verbündeten machen. Ich glaube, er hat sich näher mit dieser Angelegenheit befaßt. Wenn wir Gucky finden wollen, werden wir wissen, wo die Sonneningenieure zu Hause sind. Und das, mein lieber Major, weiß niemand von uns. Wir haben also nur eine Möglichkeit: Wir müssen dort anfangen, wo auch Major Redhorse begann. Und wenn ich jedes Sonnensystem einzeln absuchen müßte, wir müssen Gucky und die Zwillinge finden. Und natürlich auch Redhorse und seine Leute.«

Rhodan erhob sich und verließ gemeinsam mit Huise die Orterzentrale.

In der Kommandozentrale angekommen, gab er seine Anweisungen. Die terranische Flotte würde unter dem Kommando Atlans, der inzwischen zur IMPERATOR zurückgekehrt war, nach Gleam zurückfliegen. Die CREST hingegen würde mit einhundert modernsten Einheiten die Suche nach den drei verschwundenen Mutanten und der KC-1 aufnehmen.

Redhorse gönnte sich und seinen Männern eine Rast von zwei Tagen. Das Schicksal der KC-1 und der restlichen Besatzung hatte sie alle erschüttert und einer großen seelischen Belastung ausgesetzt. Redhorse glaubte, unter der Last der Verantwortung zusammenbrechen zu müssen und gab sich alle Schuld an der Katastrophe. Wenn er das vorher gewußt hätte, wäre er lieber mit seiner Mannschaft freiwillig in Gefangenschaft gegangen.

Er unternahm lange Spaziergänge auf dem einsamen Plateau, um mit sich und seinem Gewissen ins reine zu kommen. Oft saß er stundenlang auf einem Felsblock und sah hinauf in den fremden Himmel. Er dachte an die CREST und die anderen Schiffe. Wo mochten sie jetzt sein?

Quer über das Plateau kam eine Gestalt auf ihn zu. Sie trug den Schutzanzug, aber der Helm war geöffnet. Redhorse erkannte Captain Vita, der sich etwas zögernd näherte. Er winkte ihm zu, und der Offizier setzte sich neben ihn auf einen Stein.

»Morgen starten wir nach Hoel«, sagte Redhorse.

Vita nickte.

»Es wird auch Zeit. Das untätige Warten ist unerträglich. Es beruhigt die Nerven nicht. Im Gegenteil.«

»Vielleicht war es aber taktisch richtig, zu warten.«

»Wegen der Tefroder? Wieso?«

»Überlegen Sir nur, Captain: Die Tefroder haben die Korvette gefunden und vernichtet. Sie haben aber auch unser Beiboot geortet und verfolgt. Sie wissen also, daß es uns gibt – trotzdem haben sie die Suchaktion abgebrochen. Das kann doch nur bedeuten, daß sie unsere Absicht erraten. Wir haben ja auch keine andere Wahl – und die Tefroder wissen das. Sie wollen uns lebendig, und sie brauchen nur zu warten, bis wir auf Hoel landen. Dann haben sie uns.«

Captain Vita nickte langsam.

»So könnte es sein, Sir. Jetzt habe ich endlich die Erklärung für das Verhalten der Tefroder. Natürlich, das ist es! Sie wollen uns eine Falle stellen, und diese Falle steht auf Hoel. Wollen wir Verbindung zu Gucky und den Zwillingen aufnehmen?«

»Vielleicht wissen die Tefroder noch nichts von ihnen, und wir würden sie nur verraten. Aber ein Lebenszeichen sollen sie bekommen, sobald es soweit ist. Vielleicht machen sie sich Sorgen.«

Sie schwiegen eine Weile, und jeder hing seinen Gedanken nach. Die blauen Sonnen sanken dem Horizont entgegen. Um sie herum war Stille. Eyhoe VIII hatte noch kein eigenes Leben entwickelt, bis auf die Vegetation. Eines Tages würde es auch hier Leben geben, und dann war es vorbei mit der Ruhe und dem Frieden.

»Ich habe Angst«, sagte Captain Vita plötzlich mit belegter Stimme. »Ich habe noch nie in meinem Leben solche Angst gehabt wie jetzt.«

»Ich habe auch Angst«, gestand Redhorse. »Es ist bestimmt keine Schande in unserer Lage. In der Sekunde der Entscheidung werden wir alle keine Angst mehr haben, Captain, aber die Zeit vorher, das Warten und das Denken – das alles ist schlimmer als das Handeln. Morgen werden wir alles vergessen haben.«

»Die Toten kann ich nie vergessen, Sir.«

Redhorse sah, wie die erste Sonne ins Meer tauchte.

»Natürlich nicht. Das meinte ich auch nicht. Die Angst werden wir vergessen haben, und den Gedanken, in eine vorbereitete Falle zu fliegen. Aber gerade die Tatsache, daß wir um diese Falle wissen, weil wir genauso logisch denken wie der Gegner, macht sie nur halb so gefährlich. Wir werden den Zwillingen und Gucky eine kurze Information senden, in Klartext, aber nur ihnen verständlich. Vielleicht können sie etwas für uns tun.«

Captain Helmut Vita stand auf und reckte sich.

»Ich weiß nicht«, sagte er, und seine Stimme klang viel zuversichtlicher als noch vor ein paar Minuten. »Aber ich glaube plötzlich daran, daß noch alles gut wird. Machen das Ihre Worte, Sir?«

Redhorse war auch aufgestanden. Er legte seine Hand auf den Arm des Offiziers.

»Nein, es liegt nur daran, daß die Wartezeit vorbei ist. In diesem Augenblick nämlich haben wir zu handeln begonnen . . . Kommen Sie, wir gehen zum Schiff zurück. Einige Stunden Schlaf werden uns guttun . . .«

Noch bevor die Sonnen aufgingen, startete das Beiboot. Es schoß hinauf in den hellblauen Himmel, beschleunigte mit Höchstwerten und nahm Kurs auf den unsichtbaren Schwerpunkt des Systems. Um diesen Punkt kreisten nicht nur die drei Sonnen, sondern auch ihre elf Planeten.

Zwischen den Bahnen des dritten und zweiten Planeten passierten sie zwei Sonnen. Redhorse und Björnsen saßen vor dem Funkgerät, während Vita die Steuerkontrolle übernommen hatte.

Björnsen schaltete auf Senden.

Redhorse sagte:

»Hier spricht Cheyenne und sechs Krieger. Mayday für Hoel. Ich wiederhole: Mayday für Hoel. Zwei Stunden bis Mayday. Ende.«

Björnsen schaltete ab.

»Sie glauben, das genügt?«

»Senden Sie den Spruch in einer Stunde noch einmal und ändern

Sie die Zeitangabe entsprechend. Sicher genügt das. Sie wissen, daß wir in zwei Stunden landen und Hilfe benötigen. Und sie wissen, daß ich lebe und sechs Mann dazu. Wenn sie können, werden sie etwas unternehmen . . .«

»Ortungen, Sir«, sagte der Mann am Ortergerät. »Zwölf Wachkreuzer der Tefroder. Sie schneiden unseren Kurs.«

Redhorse ging zu ihm und sah auf die Schirme. Er studierte einige Minuten die zwölf hellen Punkte, dann huschte ein Lächeln über sein Gesicht.

»Es ist noch nicht die Entscheidung. Sie müßten uns längst gesehen haben, aber sie ignorieren uns. Sie haben also Befehl, uns passieren und vielleicht sogar landen zu lassen. Behalten Sie Kurs und Geschwindigkeit bei, Captain.«

Vita nickte.

Die zwölf Tefroder passierten das Beiboot in einer Entfernung von weniger als zehntausend Kilometern und flogen auf ihrem alten Kurs weiter. Bald verschwanden sie aus dem Ortungsbereich, als sie in den Linearraum gingen.

Der Planet der Sonneningenieure rückte auf den Bildschirm. Als Redhorse die quadratischen Städte sah, zog er die Augenbrauen hoch. Er hatte nur Wüste erwartet. Hatten die Sonnentechniker ihn angelogen?

Vita drosselte die Geschwindigkeit, und bald waren auf den Vergrößerungsschirmen Einzelheiten zu erkennen. Die Städte waren unbewohnt. Auf den Verbindungsstraßen gab es keinen Verkehr. Leben zeigte sich erst dort, wo auch der oberirdische Raumhafen deutlich zu erkennen war. Auf ihm standen nur Schiffe der Tefroder.

Kleinere Wacheinheiten näherten sich dem Beiboot, ohne es anzugreifen. Aber sie bildeten eine Formation, die ihre Aufgabe nur zu deutlich verriet. Sie wollten das Beiboot unbeschädigt zur Landung zwingen.

Redhorse nahm Vitas Platz ein.

»Kümmern Sie sich um die Abwehr, Captain. Wir wollen versuchen, in der Wüste zwischen Raumhafen und Nachbarstadt zu landen. Wenn Gucky überhaupt helfen kann, kann er es dort am besten.«

Vita nahm hinter den Waffenkontrollen Platz und schaltete die sechs Zielbildschirme ein. Mit einem Blick konnte er so die ganze Umgebung des Beibootes überwachen.

Redhorse erwartete das Eingreifen der Bodenkontrollen, aber nichts dergleichen geschah. Hoel mußte ein wichtiger Stützpunkt der Tefroder sein und über entsprechende Sicherungen verfügen. Warum wurden sie nicht eingesetzt? War man sich der eigenen Überlegenheit so bewußt, daß man freiwillig darauf verzichtete? Oder gab es andere Gründe?

Vita schien Redhorses Gedanken erraten zu haben. Er sagte:

»Die Sonneningenieure, das wissen wir, sind friedfertige und relativ harmlose Wesen. Sie würden entsetzt sein, wenn die Tefroder uns angriffen. Sie würden vielleicht in Zukunft Schwierigkeiten bereiten. Das aber will dieser Centerkommandant vermeiden. Darum die Rücksichtnahme.«

»Möglich«, stimmte Redhorse zu. Er ließ das Beiboot dicht über die Stadt gleiten und steuerte das unbewohnte Gebiet an.

Über die Stadt spannte sich eine gewaltige Energiekuppel. Es war offensichtlich, daß die Tefroder vorgesorgt hatten. Innerhalb der Energiekuppel herrschten eine atembare Atmosphäre und erträgliche Temperaturen. Jedesmals wenn ein Schiff starten oder landen wollte, mußte es schleusenähnliche Gebilde passieren, damit die Bedingungen innerhalb der Kuppel nicht beeinträchtigt wurden.

Hoel war eine Wüste, wie es sie auf der Erde nicht gab. Der kahle Felsen war nur an wenigen Stellen mit einer Sandschicht bedeckt. In weiten und flachen Tälern schimmerten Seen, aber ihre Oberfläche war merkwürdig starr und unbeweglich, und sie blinkte wie Silber – oder wie flüssiges Blei. Keine Spur von Vegetation oder Leben. Es war eine Landschaft, öder als auf Luna und schrecklicher als auf Merkur.

»Und da wollen wir landen?« erkundigte sich Vita entsetzt.

»Wir haben Schutzanzüge«, sagte Redhorse. »Auch außerhalb des Schiffes kann uns nichts passieren, wenn wir vorsichtig sind. Das Gelände ist zerklüftet, so daß wir uns gut verstecken können. Mit Raumschiffen können uns die Tefroder da schlecht jagen.«

Auf dem Orterschirm war zu erkennen, daß hoch oben über Hoel ein Wachkreuzer stand. Er würde die Position des terranischen Beibootes ständig an die Tefroderzentrale weiterleiten. Man würde es nicht aus den Augen verlieren. In einer engen Schlucht, zweihundert Kilometer vom Raumhafen entfernt, landete Redhorse. Als der Antrieb verstummte, lehnte er sich zurück und schloß die Augen für einige Sekunden. Vor ihnen lag die Hölle – im wahrsten

Sinne des Wortes. Aber diese Hölle war immer noch besser als der Tod.

Als sie aus dem Boot stiegen, dauerte es einige Augenblicke, bis die Klimaanlage der Anzüge die mörderische Hitze kompensierte und in den Anzügen erträgliche Temperaturen schuf.

Redhorse gab seine Anweisungen in sparsamer Form über die Funkgeräte. Wegen einer Ortung durch die Tefroder machte er sich keine Sorgen; die wußten ohnehin, wo sie waren. Und sie warteten sicher auf die beste Gelegenheit, sie endlich gefangenzunehmen.

Als sie eine Stunde mit Hilfe der Antigravs geflogen waren und in einem Talkessel Rast machten, schien diese Gelegenheit endlich gekommen zu sein. Über den Hügelkämmen tauchten schwere Gleiter auf, näherten sich dem Talkessel und landeten in sicherer Entfernung. Männer in Schutzanzügen stiegen aus, bewaffnet und mit unbekannten Geräten ausgerüstet. Sie verteilten sich und achteten darauf, immer in Deckung zu bleiben. Aber sie kamen unaufhaltsam näher.

Redhorse fühlte die Entscheidung nahen. Es stand außer Zweifel, daß man sie lebend wollte. Aber das war nur ein geringer Trost. Wenn die Tefroder alles wußten, was sie wissen wollten, würden sie keine Minute zögern, die gefährlichen Terraner zu liquidieren.

Redhorse schaltete seinen Sender auf größte Lautstärke.

»Gucky, Tronar, Rakal! Es wird höchste Zeit!«

Diesmal war es ihm egal, ob die Tefroder informiert wurden oder nicht. Vielleicht versuchte Gucky auch sie zu orten, konnte es aber nicht, weil entsprechende Funkzeichen ausblieben.

»Dort ist eine kleine Senke«, sagte Vita. »Sie ließe sich gut verteidigen.«

Mitten in dem Talkessel war eine Art Krater, nicht sehr groß, aber mit hohen, ausgezackten Rändern. Die sieben Männer liefen dorthin und nahmen Deckung. Der erste Tefroder betrat soeben das Tal und deutete in seine Mitte – dorthin, wo der Krater lag.

Der Angriff begann.

Als Gucky und die Zwillinge den Notruf Redhorses auffingen, besichtigten sie gerade das Schwimmbad der Sonneningenieure. Es war eine riesige Halle unmittelbar unter der Oberfläche, und das Becken schien natürlichen Ursprungs zu sein. Alles bestand aus nacktem Felsen und Urgestein, denn nichts hielt der hohen Temperatur besser stand. Der unterirdische See bestand aus flüssigem Blei.

In ihm tummelten sich Hunderte von Sonneningenieuren und schienen sich in den dreihundertsiebenundzwanzig Grad Celsius äußerst wohl zu fühlen. Die Außentemperatur lag um gut zwölf Grad höher, sodaß das Blei nicht erstarren konnte.

Schi hielt sich nicht mit langen Erklärungen auf. Er folgte Mo und Rel, die mitten in den See teleportiert waren.

»Ein sehr zweifelhaftes Vergnügen«, kommentierte Tronar und schauderte zusammen, obwohl in seinem Anzug nur eine Temperatur von zwanzig Grad herrschte. »Nichts für mich.«

»Auch hier kommt es nur auf den Standpunkt an«, dozierte Gucky. »Ein Sonneningenieur würde in einem Wassersee mit dreißig Grad Wärme wahrscheinlich erfrieren. Lassen wir ihnen also den Spaß.«

In diesem Augenblick meldete sich Redhorse.

»Sie kommen nach Hoel!« rief Gucky erschrocken und glücklich zugleich. »Redhorse und sechs seiner Leute leben! Tronar, Rakal! Sie leben!«

»Sie brauchen unsere Hilfe«, erinnerte ihn Rakal sachlich. »Und wir können ihnen nur dann helfen, wenn die Sonnentechniker uns unterstützen.«

Gucky signalisierte den beiden Badenden, und obwohl *alle* Sonneningenieure ihn verstanden, kamen nur Schi, Mo und Rel aus dem See.

»Unsere Freunde, die den Tefrodern entkamen, sind nach Hoel unterwegs. Wir müssen ihnen helfen, Schi. Wie sollen wir das ohne euch? Und wie sollen wir eure Hilfe annehmen, wenn wir euch damit zugleich in große Gefahr bringen?«

»Die Tefroder haben Terraner getötet, die sich in Not befanden, das ist gegen die ethischen Gesetze.« Schi verfärbte sich und deutete damit eine gewisse Erregung an. Ich habe gestern mit vielen Sonneningenieuren gesprochen. Sie sind entsetzt über das, was geschehen ist. Aber noch können sie sich nicht entscheiden. Ich weiß nicht, ob wir helfen können und dürfen.«

»Aber die Tefroder werden sie töten!«

»Warum haben sie es dann noch nicht getan?«

»Weil sie die Terraner gefangennehmen wollen, um sie zu verhören. Wenn sie alles wissen, werden sie unsere Freunde töten. Glaubt mir, wir kennen die Tefroder. Besser als ihr!«

»Beim geringsten Beweis dafür, daß du die Wahrheit sprichst, werden wir euch helfen. Bis dahin geduldet euch.«

Gucky war der Verzweiflung nahe. Wie sollte er Schi begreiflich machen, daß es in einigen Stunden zu spät sein konnte? Oder gab es eine andere Möglichkeit? Eine, die die Sonneningenieure nicht in Gefahr brachte?

»Du kannst doch die Sendungen der Tefroder hören. Übermittle uns, was geschieht und wo sich unsere Freunde aufhalten. Gib uns die genaue Position. Wenn sie landen sollten, ohne abgeschossen zu werden, kann ich sie holen. Du hast doch nichts dagegen, wenn wir sie in der Stadt verstecken, in deiner Wohnung?«

Schi wurde knallrot.

»In dem Augenblick wären sie meine Gäste und stünden unter meinem persönlichen Schutz. Aber ihr müßt sie selbst holen. Dabei darf ich euch nicht helfen. Sind sie erst einmal hier, kann kein Tefroder sie mehr anrühren. Wenn sie das Gesetz der Gastfreundschaft brechen, haben sie uns alle gegen sich.«

Gucky war fest davon überzeugt, daß den Tefrodern die Gesetze der Gastfreundschaft ziemlich egal waren.

»Einverstanden. Und du informierst uns?«

»Daran kann mich niemand hindern. Kommt, in meiner Wohnung haben wir mehr Ruhe.«

Mo und Rel sprangen wieder in ihren Bleisee.

Redhorse ließ die sich von allen Seiten nähernden Tefroder bis auf wenige hundert Meter heran, dann gab er Feuererlaubnis.

Aber die Tefroder trugen Schutzschirme.

Wirkungslos prallten die einzelnen Energiebündel an ihnen ab und verzögerten ihr Vordringen um keine Sekunde. Noch erwiderten sie das Feuer nicht. Wahrscheinlich wollten sie die Terraner nur paralysieren, und dazu war ein geringerer Abstand notwendig.

»Wir müssen sie einzeln aufs Korn nehmen«, befahl Redhorse. »Wenn einer von drei oder vier Bündeln zugleich getroffen wird, bricht sein Schutzschirm zusammen. Los, Vita, Sergeant Bulmer! Wir drei schießen auf den Kerl dort mit dem Silberkasten!«

Redhorses Plan gelang, und diesmal kam der Angriff ins Stocken.

Die Tefroder holten neue Instruktionen ein, obwohl es ihnen leichtgefallen wäre, die Terraner einfach zu überrennen. Allerdings hätten sie dann erhebliche Verluste hinnehmen müssen.

»Lange halten wir nicht durch«, sagte Björnsen wütend. »Möchte wissen, wo die Zwillinge stecken. Und der Mausbiber.«

Redhorse nahm an, daß offener Funkverkehr nun auch nicht mehr schaden konnte. Er rief Gucky und die Zwillinge, und zu seinem Erstaunen bekam er wenige Sekunden später auch Antwort.

»Wird Zeit, daß ihr euch meldet. Wo steckt ihr?«

Redhorse beschrieb die geographische und strategische Lage und schloß:

»Kannst du uns holen? Einzeln, wenn es sein muß. Sind wir bei den Sonneningenieuren in Sicherheit?«

»Sie verhalten sich noch passiv, aber ich habe allen Grund zu der Annahme, daß sie verteufelt wild werden, wenn die Tefroder in ihre Stadt eindringen. Sie haben da komische Grundsätze . . .«

»Dann beeile dich! Lange halten wir nicht mehr durch.«

»Rede munter weiter, damit ich dich anpeilen kann«, riet Gucky jovial. »Es dauert nicht mehr lange.«

Björnsen und zwei andere Männer schalteten einen weiteren Tefroder aus. Der Gegner rückte nun konzentrisch vor und eröffnete das Feuer. Aber die Schutzschirme der Terraner hielten den Paralysestrahlen stand.

»Möchte wissen, was der Mausbiber unter ›nicht mehr lange‹ versteht«, murmelte Björnsen vor sich hin. »Hoffentlich keine halbe Ewigkeit.«

Redhorse blieb ihm die Antwort schuldig. Er wußte, daß Gucky und die Zwillinge alles tun würden, was in ihrer Macht stand.

Plötzlich materialisierte Gucky in einiger Entfernung auf einem Felsen, duckte sich und war sofort wieder verschwunden. Das alles ging so schnell, daß die Tefroder ihn nicht bemerkten. Nur Redhorse, der zufällig in die Richtung geschaut hatte, erkannte ihn.

Zwei Tefroder, die der kleinen Senke bedenklich nahe gekommen waren, verloren abrupt den Boden unter ihren Füßen. Sie strampelten entsetzt mit den Beinen und schossen wie wild um sich. Dann landeten sie ziemlich unsanft auf einer entfernten Geröllhalde. Regelrecht geschockt blieben sie da sitzen, ohne sich weiter für das Kampfgeschehen zu interessieren.

»Das war Gucky«, rief Redhorse und feuerte seine Begleiter an. »Er holt uns hier heraus! Nur noch etwas aushalten!«

Der Angriff der Tefroder stockte. Die so entstehende Pause nutzte Gucky aus. Er materialisierte mitten in der Senke, stellte sich aufrecht hin und streckte die Arme aus.

»Zwei Mann, wenn ich bitten darf.«

Redhorse lief zu ihm.

»Gott sei Dank, Kleiner! Du hast uns ganz schön warten lassen.«

»Ich werde später alles erklären. Los, zwei Mann! Ich kann nicht ewig warten – und die Tefroder werden es auch nicht tun.«

Redhorse gab Björnsen und Bulmer einen Wink.

Gucky stellte den für die Teleportation notwendigen körperlichen Kontakt her und verschwand mit den beiden.

Als die Tefroder fünf Minuten später erneut angriffen, erfolgte keine Gegenwehr mehr. Verblüfft stürmten sie die Senke, und sie fanden das Nest leer.

Die sieben Terraner waren spurlos verschwunden, obwohl es keinen Weg aus der Senke und dem Tal gab, als mitten durch die Reihen der Tefroder hindurch.

Fassungslos berichteten sie an Centerkommandant Miharos.

»Es ist nicht gerade gemütlich hier«, sagte Tronar und drehte sich einmal um seine eigene Achse, den Arm ausgestreckt. »Aber es ist sicher. Für Tefroder Zutritt verboten.«

Er grinste. »Sagen die Sonneningenieure wenigstens.«

»Aber die Temperatur stimmt«, stellte Redhorse fest. Er war froh, wieder frei atmen zu können. »Die Luft auch.«

»Die Kügelchen tun alles, um es uns gemütlich zu machen«, sagte Rakal lachend. »Sie müssen schrecklich frieren, wenn sie in so einen Eiskeller kommen.«

»Wo steckt Schi überhaupt?« erkundigte sich Gucky.

»Er will gleich wiederkommen«, berichtete Tronar. »Hat er mir wenigstens klarzumachen versucht. Ich entnahm seinem Farbenspiel, daß er das etwa meinte.«

Sie machten es sich bequem und nahmen dankbar die von den Tefrodern gestohlenen Lebensmittel an, um sich zu stärken. Redhorse berichtete, wie die KC-1 vernichtet worden war. Er sparte nicht mit Selbstvorwürfen.

»Das ist Unsinn«, protestierte Gucky, als er endete. »Du trägst daran genausowenig Schuld wie ich. Es tut mir um die Leute leid, die gestorben sind, aber wir werden es den Tefrodern schon heimzahlen. Ich frage mich nur, wie wir das anstellen sollen.«

»Wenn es uns gelingt, das Mißtrauen der Sonneningenieure zu wecken, haben wir schon einiges erreicht«, sagte Redhorse. »Sie werden sich dann nicht mehr so widerstandslos den Anordnungen der Meister fügen und etwa eine neue Transmitterbrücke errichten.«

Als sie mit dem Essen fertig waren, erschien Schi. Über Gucky als Dolmetscher berichtete er folgendes:

»Die Tefroder können sich euer Verschwinden nicht erklären, aber sie vermuten, daß wir euch geholfen haben. Da diese Vermutung nicht stimmt, haben wir gegen diesen Verdacht protestiert. Die Tefroder haben verlangt, unsere Stadt hier unter dem Raumhafen durchsuchen zu dürfen. Um ihren Verdacht nicht unnötig zu erregen, haben wir natürlich zugestimmt.«

»Ihr habt was?« rief Gucky empört. »Und wenn sie uns finden?«

»Wie sollten sie denn? Dieser Raum hat keinen Zugang, und die Tefroder können nicht teleportieren. Wir bringen sie nur in die Räume, die wir ihnen zeigen wollen.«

Gucky war beruhigt.

»Gut. Dann können wir also hierbleiben. Ich dachte schon, wir müßten zur anderen Seite von Hoel umziehen.«

»Das wäre zwar kein Problem, wird aber unnötig sein. Die Inspektion hat bereits begonnen. Ihr dürft auf keinen Fall die Funkgeräte einschalten. Man würde euch sofort anpeilen.«

»Wir brauchen sie jetzt nicht.«

Schi war dunkler geworden. Er schien arg zu frieren. Gucky bemerkte es rechtzeitig.

»Wenn du jede Stunde kurz nach uns siehst und uns berichtest, sind wir beruhigt«, sagte er. »Dir ist zu kalt. Geh jetzt, bitte.«

Wieder waren sie allein.

Da es nicht schaden konnte, schaltete Redhorse wenigstens seinen Empfänger im Helm ein, um die Tefroder beim Funkverkehr belauschen zu können. Viel war den kurzen Informationssprüchen nicht zu entnehmen. Einzelne Trupps durchkämmten die Korridore der unterirdischen Stadt und drangen in die zugänglichen Räume ein, trotz der Proteste der Ingenieure. Sie schienen besondere

Anweisungen erhalten zu haben, denn sie kümmerten sich nur wenig um die aufgeregten Sonneningenieure.

Aus den Funksprüchen ging hervor, daß die Tefroder nicht nur die Stadt unter dem Raumhafen durchsuchten. Sie waren in alle Städte eingedrungen, die es unter der Oberfläche gab, und besondere Spezialtruppen durchkämmten sogar die seit Menschengedenken leerstehenden Städte an der Oberfläche.

Als Schi wieder einmal erschien, glühte er wie eine kleine Sonne.

»Das ist erniedrigend«, signalisierte er Gucky zu. »Das ist noch niemals so gewesen. Die Tefroder müssen großen Wert darauf legen, euch zu fangen. Sie haben bereits begonnen, Isolierkammern aufzubrechen. Sie scheuen nicht davor zurück, unsere heiligsten Gefühle zu verletzen.«

»Sie lassen endlich die Maske fallen«, sagte Gucky. »Hoffentlich glaubst du mir nun, was ich dir über sie erzählte. Was denken die anderen Sonneningenieure?«

»Sie bleiben neutral, weil sie nicht wissen, was die Tefroder von euch wollen. Sie wissen, daß ihr die großen Transmitter zerstört habt, und dafür sind sie euch nicht gerade dankbar. Ihr müßt das verstehen . . .«

»Sie werden es begreifen, wenn sie die ganze Wahrheit erfahren.«

»Vielleicht.«

»Sprich du zu ihnen, Schi.«

»Vielleicht.«

Und abermals war Schi verschwunden.

Redhorse seufzte.

»Es ist wirklich schwer, sie zu überzeugen. Wenn es uns nicht gelingt, gebe ich für unser Leben keinen Solar mehr.«

17.

In der Zentral-Kommandostelle saß Miharos hinter einer Reihe von Bildschirmen und leitete das Unternehmen. Er war wütend darüber, daß ihm die Terraner abermals entwischt waren, und er gab allein den aufsässigen Sonneningenieuren die Schuld daran. Er beschloß, die bisherige Rücksicht fallen zu lassen und energischer vorzugehen.

»Ich weiß nicht, wie sie es gemacht haben«, sagte er zu den anwesenden Offizieren, »aber wir wissen ja, daß sie Teleporter sind. Sie haben die Terraner aus der Wüste in ihre Stadt geholt. Was wissen wir schon von ihren verschlossenen Wohnkammern? Nichts, gar nichts! Und sie lassen uns nicht hinein.«

»Dann dringen wir eben mit Gewalt ein«, schlug ein Offizier vor.

Miharos nickte ihm zu.

»Das tun unsere Spezialkommandos bereits, aber Sie wissen so gut wie ich, daß wir damit gegen die ausdrücklichen Befehle der Meister handeln. Sie sollten es niemals erfahren.«

»Uns bleibt keine andere Wahl, wenn wir die Terraner erwischen wollen.«

Miharos betrachtete wieder die Bildschirme. Sie zeigten, was die in den Städten der Sonneningenieure heimlich angebrachten Kameras einfingen. Schwer bewaffnete Tefroder in Schutzanzügen zerschmolzen die Trennwände zu den Wohnkammern. Herbeieilende Sonneningenieure wurden von Energiebündeln zurückgetrieben, denn trotz ihrer Vorliebe für extreme Temperaturen hatte ihre Widerstandskraft eine kritische Grenze. Den direkten Beschuß durch Energiestrahlen hielten sie nicht aus.

»Und wenn man sie zur anderen Seite bringt?« fragte der Offizier. »Es gibt dort genügend unbewohnte Höhlen und Städte.«

»Sie werden alle durchsucht«, gab Miharos knapp Auskunft.

Zwei Stunden später erreichten Tefroder eines Sonderkommandos die Außenwand von Schis Wohnkammer. Sie überlegten einen Augenblick, welcher Seite des Ganges sie sich zuwenden sollten, und sie entschieden sich rein zufällig für die richtige.

Schi materialisierte in dem Raum.

»Gefahr! Sie brechen meine Wohnung auf, ohne auf meine Proteste zu achten. Bald hätten sie mich zerstrahlt. Ihr müßt fort von hier. Leider hat nur dieser Raum die euch angenehme Temperatur . . .«

»Kannst du mir bei der Teleportation helfen?« fragte Gucky.

»Ich bringe euch alle zusammen«, sagte Schi, was Gucky nicht sehr in Erstaunen versetzte. Die Sonneningenieure waren viel bessere Teleporter als er. »Schließt eure Anzüge, wir haben nicht mehr viel Zeit. Ich bringe euch in den bereits durchsuchten Teil der Stadt.«

Als die Tefroder endlich die Mauer durchbrochen hatten und

eindrangen, war der Raum leer. Aber in einer Ecke lagen Decken, und die Kiste mit den restlichen Konserven verriet nur allzu deutlich, daß ihnen die Terraner abermals entwischt waren.

Als Miharos das erfuhr, tobte er vor Wut.

»Es wird nun keine Rücksicht mehr genommen«, befahl er den Leitern der Einsatzkommandos. »Nun haben wir den Beweis, daß die Sonneningenieure den Terranern helfen. Beginnt die Suche erneut und schießt alles zusammen, was euch daran hindern will.«

Zwei Minuten später kam eine interessante Meldung. Sie stammte von einem Suchtrupp, der mit empfindlichen Orter- und Peilgeräten ausgerüstet war.

»Wir messen starke Ausstrahlungen, Centerkommandant. Es kann sich nur um die schon einmal angepeilten Emissionen der Schutzanzüge der Terraner handeln.«

»Es werden unsere eigenen Leute sein.«

»Nein, das ist nicht möglich. In dem bewußten Sektor ist kein Kommando von uns, und außerdem bestehen zwischen den Ausstrahlungen gewisse Unterschiede. Sollen wir uns darum kümmern?«

»Wenn Sie sicher sind – ja. Nehmen Sie eine Abteilung und versuchen Sie, überraschend zuzuschlagen. Sie dürfen uns nicht noch einmal entkommen.«

Miharos warf den in der Zentrale anwesenden Offizieren einen triumphierenden Blick zu, sagte aber nichts.

Die entscheidende Aktion lief ab.

Es war reiner Zufall, daß Redhorse gerade diesen Funkspruch nicht aufgefangen hatte. Er überprüfte den Funkverkehr der Tefroder nur gelegentlich und machte Stichproben. Hier in dem bereits durchsuchten Teil der Stadt fühlten er und seine Leute sich sicher.

Der Raum, in dem sie sich nun befanden, sah genauso aus wie die Wohnkammer von Schi, nur herrschten fast dreihundertvierzig Grad Celsius darin. Und es gab natürlich keine Atmosphäre.

Die Männer ließen die Klimaanlage der Anzüge auf vollen Touren laufen, ohne daran zu denken, daß Spuren der Strahlung auch nach außen drangen.

Gucky saß in einer Ecke und versuchte vergeblich, die verwirrende Fülle tefrodischer Gedankenimpulse sinngemäß zu ordnen. Aber es gelang ihm nicht, weil es zu viele waren.

Schi hielt sich nun länger bei ihnen auf. Ab und zu verschwand er, um schnell wieder zurückzukommen.

Redhorse ging zu Gucky und setzte sich neben ihn.

»Wie lange werden wir hier herumsitzen?« fragte er über Helmkom.

Gucky sah auf.

»Keine Ahnung. Aber die Tefroder haben, soweit ich das feststellen kann, ihre Taktik geändert. Sie nehmen nun keine Rücksicht mehr. Sie haben Dutzende von Sonneningenieuren zusammengeschossen. Das ist gemein!«

»Aber sie leben doch von Energie? Wie können ihnen da Energiestrahlen etwas ausmachen?«

»Die Hitze ist zu groß und konzentrisch. Die Ingenieure leben zwar von der Sonne, aber die Sonne selbst kann sie auch töten. Mit anderen Worten: Bei direktem Beschuß durch einen Energiestrahler überladen sie sich selbst – und werden selbst zu Energie. Für uns sind sie dann gestorben.«

»Für uns?«

»Wie es für sie ist, weiß ich nicht. Jedenfalls existieren sie dann nicht mehr. Man kann ruhig sagen, daß sie tot sind.«

Ganz so einfach war dieses Problem allerdings nicht, aber woher sollte Gucky das schon wissen. Er würde es noch früh genug erfahren – oder vielmehr: Er erfuhr es viel zu spät.

Das Gespräch hatte Gucky abgelenkt, und Schi war gerade wieder unterwegs. Als die Tefroder von zwei Seiten zugleich die Wände durchbrachen und eindrangen, blieb keine Zeit mehr, sich in Sicherheit zu bringen.

Das Sonderkommando stürmte in den relativ kleinen Raum, brachte die Waffen in Anschlag und achtete auf die geringste Bewegung.

Niemand wagte, sich auch nur zu rühren, dazu war die Bedrohung viel zu eindeutig. Nur Gucky brachte es noch fertig, seine kleine Hand auf Redhorses Arm zu legen.

Der Offizier sagte:

»Es geschieht euch nichts. Centerkommandant Miharos will mit euch sprechen. Wer sich unseren Anordnungen widersetzt, wird erschossen. Und nun einzeln herkommen. Vorher sind die Waffen abzulegen . . .«

Mitten im Raum materialisierten zwei Sonneningenieure. Noch

ehe sie sich verständlich machen konnten, wurden sie von einigen übereifrigen Soldaten des Kommandos zerstrahlt. Redhorse spürte, daß der Mausbiber jede Sekunde teleportieren konnte und ihn mitnehmen würde.

Tronar und Rakal legten ihre Waffen auf den Boden und gingen zu den Tefrodern. Man legte ihnen Metallbänder um die Armgelenke, um sie zu fesseln. Aber Redhorse sah das spöttische Lächeln auf den Lippen der Wellensprinter. Sie würden nicht lange Gefangene sein.

Gucky sagte plötzlich ganz ruhig:

»Wir holen euch schon heraus . . .«

. . .und gleichzeitig teleportierte er.

Er und Redhorse verschwanden vor den verblüfften Tefrodern, die nicht so schnell begriffen, was geschah. Aber sie hielten sich nicht lange mit unerklärlichen Phänomenen auf, sondern fesselten die restlichen Terraner und trieben sie auf den Gang hinaus.

Gleichzeitig erklärte Centerkommandant Miharos die Aktion für beendet.

Redhorse und Gucky materialisierten nur einige Kilometer entfernt in einer größeren Halle, die ohne jede Einrichtung war. Auch hier leuchteten von der Decke herab drei blaue Kunstsonnen. Von den Sonneningenieuren war nichts zu sehen.

Redhorse ließ Guckys Hand los.

»War es Schi, den man tötete?«

»Es war weder Schi, noch Mo, noch Rel«, sagte Gucky, und es klang erleichtert. »Es waren zwei Techniker, die den offiziellen Protest der Versammlung überbringen wollten. Sie waren Parlamentäre, und man hat sie erschossen, ohne sie auch nur anzuhören. Ich glaube, damit haben die Tefroder ihren ersten schweren Fehler begangen. Die Sonneningenieure mußten endlich erfahren, daß wir ihnen die Wahrheit erzählten. Sie werden nun anders über ihr Verhältnis zu Tefrodern und Meistern der Insel denken müssen.«

»Vielleicht nicht. Zuviel dürfen wir nicht erwarten.«

»Du glaubst nicht, daß sie offen gegen die Tefroder vorgehen werden?«

Redhorse und Gucky hatten die Sendeleistung ihrer Helmkoms so sehr herabgesetzt, daß sie sich nur über wenige Meter hinweg verständigen konnten. Eine Gefahr des Anpeilens bestand so nicht, abgesehen von den Ausstrahlungen des Reaktors im Anzug.

»Wir müssen meine Leute befreien«, sagte Redhorse entschlossen. »Die Wellensprinter werden schon für sich selbst eine Möglichkeit finden. Ein Funkstrahl genügt . . .«

»Sie sind freiwillig in Gefangenschaft gegangen«, vermutete Gucky. »In der Aufregung habe ich vergessen, ihre Gedanken zu lesen, aber ich habe ihre Gesichter gesehen. Bei der erstbesten Gelegenheit sind sie verschwunden.«

»Ich habe schon wieder ein schlechtes Gewissen«, stellte Redhorse fest. »Meine Leute sind gefangen, ich bin frei.«

Als Gucky darauf antworten wollte, erschienen Schi und Mo.

»Die Tefroder sind in unsere Stadt eingedrungen, sie haben Wohnkammern aufgebrochen, sie haben unsere Gäste gefangengenommen – und sie haben mehr als hundert Sonneningenieure zur großen Mutter geschickt!«

Schi signalisierte es, wobei er dauernd die Farbe änderte, womit er seine Empörung und seinen Schmerz ausdrücken wollte. Mo leuchtete noch farbenprächtiger, verhielt sich aber schweigsam.

Gucky übersetzte schnell, damit Redhorse unterrichtet war, dann sagte er zu Schi:

»Gibt es eine Möglichkeit, die Gefangenen zu befreien? Werdet ihr uns nun helfen?«

»Wir können euch nicht mehr helfen als bisher. Unsere Gesetze verbieten es. Niemals dürfen wir die Anlagen der Tefroder betreten, wenn wir nicht darum von ihnen gebeten werden.«

»Aber sie haben euch doch angegriffen und viele von euch getötet. Dürft ihr euch nicht verteidigen?«

»Wir werden nicht mehr für sie arbeiten, das ist alles.«

Bei jeder anderen Gelegenheit hätte Gucky jetzt allen Grund gehabt, froh und glücklich zu sein. Wenn die Sonneningenieure sich weigerten, weiterhin für die Meister zu arbeiten, würde es nie mehr einen Transmitter im Andromedanebel geben. Die kleinen Energiewesen waren die einzigen, die einen solchen Transmitter bauen konnten. Wenn die Meister und Tefroder sie als Verbündete verloren, war der hohe Einsatz nicht ganz umsonst gewesen.

»Die Tefroder werden die Gefangenen töten«, sagte Gucky.

Schi war anderer Meinung.

»Nein, sie haben sich alle Mühe gegeben, sie lebendig zu fassen.

Also wollen sie auch nicht ihren Tod. Und wir können nicht unsere eigenen Gesetze brechen, die seit Jahrzehntausenden bestehen. Wir haben euch Schutz und Gastfreundschaft gewährt – mehr können wir nicht tun.«

Gucky wußte, wie sinnlos jeder weitere Versuch war. Er mußte mit dem bisher Erreichten zufrieden sein. Und er mußte froh sein, wenn er und Redhorse sich hier unten verstecken konnten.

»Gibt es eine Funkstation, von der aus man eine Bildverbindung zu den Tefrodern erhalten kann?« fragte er.

»Wir brauchen eine solche Verbindung nicht, aber es gibt einige verlassene. Sie werden nicht mehr benutzt, auch von den Tefrodern nicht. Warum?«

»Weil wir mit den Tefrodern sprechen wollen, um ihnen ein Ultimatum zu stellen.«

»Ihr wollt ein Ultimatum stellen?« Schi signalisierte höchstes Erstaunen. »Können da nicht die Tefroder viel eher eins stellen?«

»Das Risiko müssen wir auf uns nehmen, Schi. Außerdem wollen wir mit einer Verbindung noch einen anderen Zweck erreichen, aber das erkläre ich dir später. Es ist zu kompliziert.«

»Ich werde euch die geeignete Station zeigen«, versprach Schi.

Der Centerkommandant betrachtete seine Gefangenen voller Genugtuung.

Miharos war sich seiner Sache so sicher, daß er darauf verzichtete, ihnen die Anzüge abzunehmen.

»Nur ein Terraner und ein anderes Fremdwesen sind entkommen«, sagte er, »aber unsere Suchkommandos werden auch ihn noch finden. Wenn ihr alle meine Fragen beantwortet, geschieht euch nichts. Antwortet ihr nicht, werde ich euch exekutieren lassen. Einen nach dem anderen.«

Captain Vita sah sich vor die schwierige Aufgabe gestellt, Major Redhorse zu vertreten und damit die Verantwortung für das zu übernehmen, was noch geschah – oder nicht geschah.

»Soweit wir damit die Sicherheit unseres Volkes nicht gefährden, werden wir antworten«, sagte er. »Aber ihr solltet uns eine Ruhepause gönnen. Wir sind erschöpft und hungrig. Mit sattem Magen plaudert es sich besser.«

Miharos lächelte kalt.

»Ihr werdet dann zu essen bekommen, wenn ich es für richtig halte. Wir haben das kleine Schiff auf dem achten Planeten vernichtet. Wo ist das Mutterschiff? Oder wollt ihr mir weismachen, es gäbe kein Mutterschiff?«

»Wir wissen selbst nicht, wo es ist«, gab Vita Auskunft. »Wir erhielten einen Sonderauftrag und verloren jede Verbindung mit dem Mutterschiff. Es brachte sich vor den kosmischen Schockwellen in Sicherheit. Vielleicht hat es die verbotene Zone bereits verlassen.«

»Die Schockwellen und die Entstehung neuer Novasterne habt ihr euch selbst zuzuschreiben. Ihr habt den Sonnentransmitter zerstört. Das ist ein todeswürdiges Verbrechen. Ihr könnt aber euer Leben retten, wenn ihr uns alles sagt. Und ich will wissen, was ihr für die Zukunft plant. Die Meister der Insel wollen es wissen.«

»Wir sind die Besatzung eines kleinen Schiffes und hatten den Auftrag, die Verbindung zu den Sonneningenieuren herzustellen. Was für die Zukunft geplant wird, wissen wir auch nicht.«

»Ihr werdet euch erinnern«, drohte Miharos. »Ihr werdet euch erinnern, wenn ihr weiterleben wollt.«

In dem Raum gab es Nachrichtengeräte aller Art. Bildschirme bedeckten die Wände, und Kontrollpulte dienten der Koordination aller eintreffenden Funkimpulse. Vier bewaffnete Tefroder hielten Wache in der Nähe des einzigen Zugangs zu dem Raum. Miharos hatte sich hinter einen schmalen Tisch gesetzt und betrachtete seine Gefangenen. Er schien zu überlegen, wie er seine nächsten Fragen stellen sollte.

In diesem Augenblick leuchtete einer der Schirme auf.

Miharos warf einen erstaunten Blick darauf, ehe er zu einem Pult ging und auf verschiedene Knöpfe drückte.

»Eine der längst stillgelegten Stationen«, murmelte er. »Leider läßt sich die Verbindung nicht bis zum Ausgangsort zurückverfolgen, da sie von fremden Energieimpulsen überlagert wird. Vermutlich sind die Sonneningenieure dafür verantwortlich.«

Wieder drückte er einige Knöpfe, und dann erschien auf dem Schirm ein Bild. Es zeigte einen mäßig erleuchteten Raum mit Kontrollgeräten und einem Tisch.

An dem Tisch saß Gucky, neben ihm stand Major Redhorse.

Miharos brauchte fast zehn Sekunden, um sich von seiner Überraschung zu erholen. Dann sagte er:

»Ihr könnt mich sehen?«

»Wir haben das zweifelhafte Vergnügen«, erwiderte Gucky und sah an ihm vorbei. Sein Blick suchte Tronar und Rakal. »Geht es euch gut, Brüder des Stroms und der Energie? Worauf wartet ihr noch?«

Miharos verstand natürlich nicht, worauf Gucky hinauswollte. Verständnislos versuchte er, einen Sinn in die Frage zu bringen, aber es gelang ihm nicht.

»Was wollt ihr?«

Redhorse trat näher an die Kamera.

»Ich bin der Kommandant des vernichteten Schiffes. Ich verlange die Freilassung meiner Leute. Gebt uns ein Schiff, und wir werden diese Welt verlassen.«

Miharos starrte Redhorse einige Sekunden an, dann brach er in schallendes Gelächter aus.

»Der Kommandant . . . sieh mal einer an! Und er stellt mir Bedingungen, *mir*, dem Centerkommandanten von Hoel! Du bist verrückt geworden, Terraner! Wenn hier jemand Bedingungen stellt, dann ich. Und ich fange sofort damit an: Wenn du dich nicht innerhalb einer halben Stunde freiwillig meinen Kommandos stellst, lasse ich einen deiner Leute erschießen. Hier, in diesem Raum. Hast du verstanden?«

»Das werden Sie nicht wagen, Miharos!«

»Und ob ich das wage! Du stellst dich, sonst siehst du deine Leute nicht mehr lebendig wieder.« Er sah Gucky an. »Und was diesen komischen Wurzelzwerg angeht, so verzichten wir auf ihn. Er kann sich von mir aus in einem Erdloch vergraben und warten, bis ihm der Luftvorrat ausgeht.«

Der »Wurzelzwerg« schnappte nach Luft, und seine Nackenhaare sträubten sich vor Wut. Aber er sah wohl ein, daß er im Augenblick hilflos war und beherrschte sich. Er gab den Blick des Tefroders zornig zurück und nahm sich vor, ihn bei Gelegenheit die Vorzüge der Telekinese spüren zu lassen.

Inzwischen hatten sich Tronar und Rakal auf ihr Verschwinden vorbereitet. Zwischen ihnen und Gucky sowie Redhorse bestand nun eine günstige Energieimpulsverbindung, die völlig ausreichte, sie in entmaterialisiertem Zustand zu transportieren. Es kam nur darauf an, möglichst schnell an den Sender heranzugelangen.

Sie warfen sich einen Blick zu, dann sprangen sie auf und rannten, so schnell sie konnten, auf Miharos zu. Die Wachen bei der Tür erhoben zwar die Waffen, aber sie wagten nicht zu schießen, denn damit hätten sie ihren Vorgesetzten in Gefahr gebracht.

So kam es, daß Tronar und Rakal in Sekundenschnelle entmaterialisieren und verschwinden konnten, obwohl sie immer noch an den Händen gefesselt waren. Mit fassungslosem Entsetzen hatte Miharos den unerklärlichen Vorgang mit angesehen. Er kannte die Teleportation, aber das hier war etwas anderes. Und als er wieder auf den Bildschirm blickte, sah er die beiden Wellensprinter gesund und munter auf Redhorse zugehen, der ihnen auf die Schulter klopfte und sich an den Fesseln zu schaffen machte.

»Da staunst du, was?« fragte Gucky voller Hohn. »Noch nie gesehen?« Du wirst noch mehr Überraschungen erleben, wenn du so stur bleibst – und vor allen Dingen dann, wenn du mich weiterhin als Wurzelzwerg bezeichnest!«

Miharos gab seinen Leuten einen Wink. Die Tefroder traten hinter die Gefangenen und richteten die Mündungen der Waffen auf ihre Rücken.

»Hört genau zu«, sagte er dann zu Redhorse, der zu der Kamera zurückgegangen war. »Ich habe keine Zeit zu verlieren. Ich brauche den Kommandanten, die anderen sind mir gleichgültig. Ich werde sie freilassen, wenn ich den Kommandanten habe.«

»Und wer garantiert uns, daß Sie Ihr Wort halten?« fragte Redhorse.

»Niemand«, sagte Miharos und lächelte kalt.

Sie saßen in der verlassenen Nachrichtenzentrale, die ihnen von den Sonneningenieuren als Wohnraum überlassen worden war. Schi hatte sogar dafür gesorgt, daß die Klimaanlage eine gleichmäßige Temperatur von fünfundzwanzig Grad hielt und Frischluft heranbrachte.

Gucky watschelte aufgeregt hin und her. Er gestikulierte, als gelte es, einen ganzen Planeten von seiner Ansicht zu überzeugen, und nicht nur seinen Freund Redhorse.

»Es ist völliger Blödsinn, wenn du dich freiwillig stellst. Du änderst damit nichts. Miharos wird euch so oder so hinterher töten, weil ihr viel zu gefährlich für ihn seid. Und überflüssig. Ich glaube auch nicht, daß er jetzt die anderen sechs Leute erschießen läßt. Dann hätte er ja kein Erpressungsmittel mehr gegen dich in der Hand.«

»Es genügt, wenn er einen einzigen Mann erschießen läßt. Das kann ihm nicht schaden, wohl aber seine Drohung unterstreichen. Nein, Kleiner, ich sehe keinen anderen Ausweg: Ich werde mich freiwillig in Gefangenschaft begeben. Ihr seid dann immer noch frei und könnt etwas unternehmen.

Gucky blieb stehen.

»So, und was sollen wir deiner Meinung nach unternehmen? Uns ein Schiff stehlen und abhauen? Kommt nicht in Frage, solange ihr lebt. Seien wir doch ehrlich: Vielleicht wird Miharos einen von ihnen vor der Kamera töten lassen, um dir zu beweisen, daß er es ernst meint. Damit müssen wir rechnen. Aber wenn du erst in seiner Hand bist, kann er sie alle umbringen lassen. Er hat ja dich!«

Redhorse schwieg und dachte nach. Guckys Argumente leuchteten ihm zwar ein, aber er war gewillt, auch nicht mehr das geringste Risiko einzugehen. Vierzehn seiner Leute hatte er schon verloren. Sollten es fünfzehn oder gar zwanzig werden?

»Ich habe keine andere Wahl und muß es versuchen«, sagte er.

Gucky seufzte und schlug die Hände über dem Kopf zusammen.

In diesem Augenblick erschien Schi im Raum. Er war hellrot. Wahrscheinlich wollte er versuchen, mit innerer Hitze die für ihn unwahrscheinliche Kälte zu kompensieren. Er signalisierte Gucky an, der sofort übersetzte.

»Meine Gefährten sind in großer Aufregung. Sie glauben, daß die Tefroder in vielen Dingen im Unrecht sind und haben endgültig beschlossen, künftig alle ihre Anweisungen zu ignorieren. Euch allerdings vermögen wir nicht zu helfen, und das liegt nicht nur daran, daß unsere Gesetze es verbieten, sondern es hat sehr reale Hintergründe.«

Noch erkannten weder Gucky noch Redhorse die Möglichkeit, die ihnen Schis Nachricht in die Hände gab. Sie fiel ihnen erst viel später ein – fast zu spät. Aber sie erkannten, daß die Sonneningenieure auf ihrer Seite standen.

»Welche Hintergründe?« fragte Gucky.

»Die Tefroder wissen, daß wir Teleporter und Telekineten sind. Sie wissen nun auch, daß einige von euch ebenfalls Parafähigkeiten besitzen. Sie haben daher nach der Flucht deiner beiden Freunde überall Parafallen errichtet. Wir können ohne die Zustimmung der Tefroder nicht mehr in die Stadt eindringen.«

Redhorse sah Gucky an, als er Schis Worte übersetzt hatte.

»Parafallen! Na, da fürchte ich, wirst auch du nicht mehr viel machen können.«

Gucky entsann sich der Parafallen auf Tefa und nickte.

»Fürchte ich auch. Wenn sie euch in Zellen sperren würden, könnte ich euch einzeln herausholen. Aber wenn sie Parafallen haben . . . So ein Pech!«

Redhorse sagte:

»Unterrichte Schi, daß ich mich freiwillig stellen werde. Die Frist läuft bald ab. Ich will seine Meinung hören.«

Gucky sagte es Schi. Er mußte es ihm ausführlich erklären, denn das harmlose Wesen konnte nicht verstehen, warum sich jemand freiwillig in die Gewalt seines Gegners begeben wollte. Als er von der Absicht des Centerkommandanten hörte, einen Gefangenen erschießen zu lassen, wurde er um eine Nuance röter.

»Meine Trauer ist nicht zu beschreiben, Freunde. Es ist doch unmöglich, daß wir Jahrtausende derart getäuscht wurden! So schlecht können die Tefroder doch nicht sein! Wir haben sie immer als unsere Verbündeten und Helfer betrachtet.«

»*Ihr* wart *ihre* Helfer!« sagte Gucky schärfer, als er beabsichtigte.

»Vielleicht können wir etwas tun«, versprach Schi schließlich, aber er ließ sich nicht weiter darüber aus. »Ich werde eine große Versammlung aller Sonneningenieure beantragen, aber das dauert natürlich seine Zeit.«

»Wie lange dauert es?«

»Länger jedenfalls, als die Frist des Centerkommandanten dauert. Ihr müßt euch gedulden. Wir sind ein Gemeinschaftsstaat. Vielleicht sind wir sogar ein einziges Wesen, von euch aus betrachtet.«

»Gut, dann wollen wir versuchen, solange allein mit den Tefrodern fertigzuwerden. Vielleicht hat Redhorse recht mit dem, was er tun will.«

Gucky stellte die Verbindung zu Miharos wieder her. Als der Bildschirm aufleuchtete, sagte der Centerkommandant: »Ah, der Wurzelzwerg! Was gibt es denn? Hat sich der Terraner die Sache überlegt?«

Gucky verschluckte sich fast vor Wut. Trotzdem blieb er verblüffend sachlich und ruhig.

»Major Redhorse steht zu Ihrer Verfügung, Centerkommandant«, sagte er feierlich. »Er wird von den Sonneningenieuren zur Oberfläche emporgebracht, wo er abgeholt werden kann.« Als er weitersprach, wurde seine Stimme etwas schärfer. »Aber ich warne Sie, Centerkommandant! Wir haben unser Wort gehalten! Halten Sie auch das Ihre. Wenn Sie auch nur einen einzigen Terraner töten, werde ich Sie suchen und finden. Und ich werde Sie hier mit meinen eigenen Händen umbringen, darauf können Sie sich verlassen.«

Miharos schien amüsiert.

»Ich bin selbst Herr über meine Entschlüsse, und das letzte Wort sprechen die Meister der Insel. Zumindest hat dein Kommandant für den Augenblick das Leben eines oder mehrerer Männer gerettet. Wir holen ihn ab.«

Der Schirm erlosch, als Miharos von sich aus die Verbindung unterbrach.

Schi signalisierte:

»Ich werde deinen Freund Redhorse an die Oberfläche bringen, in die Nähe des Raumhafens. Euch wird man hier nicht finden, denn es gibt mehrere verlassene Funkstationen auf Hoel. Außerdem verhindern wir, daß die Tefroder die Funkverbindung zurückverfolgen können. Zudem liegt diese Station tief unter der Oberfläche. Die Tefroder werden es nicht wagen . . .«

»Ich würde mich nicht darauf verlassen«, unterbrach Gucky, ging zu Redhorse und gab ihm die Hand. »Bis bald, Don. Wenn sich die Gelegenheit ergibt, holen wir euch 'raus. Versuche, Miharos hinzuhalten, bis sich die Sonneningenieure entschlossen haben.«

Auch die beiden Wellensprinter verabschiedeten sich und wünschten Redhorse viel Glück.

»Ich kann's gebrauchen«, sagte Redhorse und schaltete vorsorglich die Klimaanlage seines Anzuges ein. Dann verschloß er den Helm. Zwar herrschten oben in dem bewohnten Teil der Stadt erträgliche Lebensbedingungen – dafür sorgte der Energieschirm über der Stadt – aber Redhorse war da lieber etwas vorsichtiger.

Schi schwebte ganz in seiner Nähe – und dann waren beide verschwunden.

Eigentlich merkte Redhorse nichts. Es dauerte nur eine Sekunde oder weniger, aber es wurde plötzlich hell. Er stand auf dem Dach eines flachen Gebäudes mitten in der Oberstadt. Zwei Sonnen strahlten vom Himmel herab. Schi umkreiste Redhorse zweimal, ehe er langsam davonschwebte und plötzlich verschwunden war.

Redhorse stand allein auf dem Dach. In geringer Entfernung sah er den Raumhafen der Tefroder. Einige Wachkreuzer sanken gerade auf riesigen Lifts in die unterirdischen Hangars hinab. Weiter rechts starteten zwei Kugelraumer und schossen hinauf in den blauen Himmel. Gleiter und kleine Beiboote standen in Reih und Glied am Rand des Landefeldes.

Zwei der Gleiter starteten, nachdem einige Tefroder eingestiegen waren.

Das werden sie sein, dachte Redhorse beunruhigt. Er war sich auf einmal nicht so sicher, ob er richtig handelte oder einen Fehler beging. Aber nun gab es kein Zurück mehr. Selbst wenn Miharos die feste Absicht hegte, ihn und seine Leute zu töten, so würde er das nicht eher tun können, bis er alles erfahren hatte, was er wissen wollte. Und bis das geschehen war, konnte viel Zeit vergehen. Es kam nur darauf an, den Centerkommandanten von Hoel lange genug hinzuhalten.

Die Gleiter näherten sich und landeten auf dem flachen Dach. Bewaffnete Tefroder sprangen heraus und gingen auf Redhorse zu. Als sie sahen, daß er keine Waffen bei sich hatte, senkten sie ihre Strahler. Ein Offizier trat auf ihn zu und forderte ihn fast höflich auf, ihn zu Miharos zu begleiten.

Da wußte Redhorse, daß er vorerst sicher war. Er nickte und ging zu dem ersten Gleiter.

Minuten später war er unterwegs zum Centerkommandanten.

Dort angekommen, wurde ihm seine gesamte Ausrüstung abgenommen – wie schon zuvor den anderen Gefangenen. Miharos ließ ihn in eine Einzelzelle bringen.

Schi kam zurück in die verlassene Funkzentrale.

»Sie haben ihn abgeholt«, berichtete er.

Gucky nickte.

»Ich weiß, und er hat sich nicht sehr wohl gefühlt dabei. Aber sie behandeln ihn sehr vorsichtig, damit er leichter spricht. Miharos will es wahrscheinlich zuerst mit falscher Freundlichkeit versuchen. Und für eine gewisse Zeit mag das so gut gehen. Aber dann, wenn Miharos merkt, daß Redhorse ihn nur hinhalten will, wird sich die Methode ändern. Bis dahin, Schi, müßt ihr euch endlich entschieden haben. Wir brauchen eure Hilfe, und zwar möglichst bald.«

»Ihr müßt Geduld haben«, bat Schi. »Wenn die Versammlung stattfindet, fällt die letzte Entscheidung.«

Damit verabschiedete er sich, versprach aber, bald wiederzukommen und ihnen Lebensmittel und Wasser mitzubringen, die er irgendwo zu beschaffen hoffte.

Die drei Mutanten blieben allein zurück und machten es sich leidlich bequem. Miharos hatte sein Versprechen, die Terraner freizulassen nicht eingehalten. Aber das hatte auch niemand ernsthaft erwartet.

Gucky hatte in den vergangenen Stunden viele Gespräche mit Schi geführt. Dabei kam er auch auf die von den Tefrodern aktivierte Transmittersperre auf Kahalo zu sprechen, die für die Sonneningenieure kein Hindernis darstellte. Schi hatte geantwortet, das Transmittersperren für Mitglieder seines Volkes tatsächlich kein Hindernis wären. Jedoch war kein Sonneningenieur in der Lage, derartige Sperren zu beseitigen, da sie von den Meistern der Insel in einer Weise angelegt wurden, die auch den Sonneningenieuren unzugängig war. Mit anderen Worten: Die Sonneningenieure wußten wohl über die Existenz von Transmittersperren Bescheid, doch war es ihnen nicht möglich, in jene Bereiche vorzudringen, in denen die Sperren installiert waren.

Damit fand das Rätsel, warum die MdI die Sonneningenieure nicht längst beauftragt hatten, die Kahalosperren zu beseitigen, eine Lösung.

Gucky und die Woolver-Zwillinge machten sich auf eine längere Wartezeit gefaßt. Vorerst konnten sie nichts anderes tun als abzuwarten, bis die Versammlung der Sonneningenieure stattfand und diese zu einem Entschluß kommen würden.

18.
Zwei Tage später

Die Versammlung der Sonneningenieure hatte begonnen. Gucky hatte bereits vorher zu verstehen gegeben, daß er an dieser Versammlung teilnehmen wollte. Schi versuchte ihn vergeblich davon abzuhalten. Die Versammlung der Sonneningenieure, es gab ihrer zwanzig Millionen, war auch eine Art religiöser Akt, bei dem keine Fremden geduldet wurden. Doch Gucky hatte nicht locker gelassen, bis Schi schließlich doch zustimmte, ihn mitzunehmen und entsprechend zu verstecken.

Gemeinsam teleportierten sie in die riesige Halle, und Schi wies Gucky einen Platz in einer Mauernische zu. Er warnte ihn, nicht an seinen augenblicklichen Aufenthaltsort zu denken, da man ihn sonst unweigerlich entdeckte.

Gucky schob den Filter vor die Sichtscheibe seines Helms, denn die zwanzig Millionen Kugeln verbreiteten ein unerträgliches Licht. Es war ein Anblick, wie ihn Gucky noch nie in seinem Leben genossen hatte.

Die riesige Halle schien sich in das Innere einer Sonne verwandelt zu haben.

Die einzelnen Abstände zwischen den Energiekugeln waren nicht mehr zu erkennen, denn jede Lücke wurde durch das Licht dahinterschwebender Ingenieure ausgefüllt. Es gab keine Schatten mehr, sondern nur noch Licht . . . Licht . . . Licht.

Und Wärme!

Gucky sah, daß sein Temperaturanzeiger in die Höhe kletterte. Die Klimaanlage in seinem Anzug arbeitete auf Hochtouren. Wenn sie ausfiel, war er verloren.

Im ersten Augenblick erschrak der Mausbiber vor den intensiven Gedankenströmen, die sich über ihn ergossen. Der akustische Eindruck einer Massenversammlung hatte sich in ein mentales Chaos verwandelt. Es war selbst Gucky unmöglich, da noch einzelne Impulse herauszufinden oder sie gar alle zu ordnen. Einige Minuten absorbierte er die Gedankenkaskade, dann schirmte er sich ab. Er hielt es einfach nicht mehr aus.

Drei der Kugeln kamen in seine Nähe. Es mußten Schi, Mo und Rel sein. Er öffnete den mentalen Abwehrschirm ein wenig und konnte ihre Gedanken empfangen.

»Niemand bemerkt dich hier«, signalisierte Rel, ohne an Guckys Versteck zu denken. »Gleich wird Chron sprechen. Wir nennen ihn auch ›den Alten‹. Er war schon damals dabei, als die Fremden aus der anderen Galaxis kamen und Verbindung mit uns aufnahmen.«

Der Gedankenwirrwarr hörte plötzlich auf. Die vielen Millionen Sonneningenieure hörten auf zu senden und gingen auf Empfang, um die Signale des »Alten« aufnehmen zu können. Er mußte ihnen etwas

Wichtiges zu sagen haben, denn eine solche Gesamtversammlung hatte seit Jahrtausenden nicht mehr stattgefunden.

Gucky konnte Chron nicht lokalisieren. Er verschwand in der Masse der anderen Energiekugeln. Aber er empfing sofort seine starken Gedanken, die selbst das vorherige Chaos leicht durchschlagen hätten.

Chron signalisierte:

»Ich habe euch zusammenkommen lassen, um euch einen Vorschlag zu machen. Es ist ein Vorschlag, der schon lange auf seine Verwirklichung wartet, aber die Zeit ist niemals dazu reif gewesen. Es ist die endgültige Erfüllung, die seit unserer Entstehung auf uns wartet. Die großen Mütter rufen uns nun, Freunde, und wir müssen ihrem Ruf folgen.«

Gucky erschrak, denn ein lautloser, mentaler Jubelschrei raste durch das gigantische Gewölbe und drohte, sein Gehirn zu paralysieren. Er schirmte sich ab, so gut er das konnte, ohne den Kontakt völlig zu verlieren. Die Freude der Sonneningenieure schien keine Grenzen mehr zu kennen, und Chron mußte etwas angekündigt haben, das seit Jahrtausenden als größter Wunsch in ihrem Unterbewußtsein geschlummert hatte.

Allmählich ebbte der Jubel ab. »Stille« trat wieder ein.

Und Chron fuhr fort:

»Vor langer Zeit, noch bevor die Fremden aus der anderen Galaxis kamen, lebten wir friedlich in diesem Universum. Wir eilten von Stern zu Stern, und wo wir Leben fanden, war es organisches Leben. Die große Mutter hat uns geboren, und sie ist es auch, zu der wir eines Tages zurückkehren müssen, um die allerletzte und höchste Form des Lebens zu erhalten. Dieser Tag, Freunde, ist nahegerückt.«

Wieder brauste der unbeschreibliche Jubel auf. In einzelnen Gedankenfetzen fing Gucky Bruchstücke dessen auf, was Chron mit seiner Botschaft gemeint hatte. Er erschrak fast zu Tode, aber dann sagte er sich, daß er sich geirrt haben mußte. Er wartete, daß es wieder ruhiger wurde. Endlich konnte Chron sich wieder verständlich machen.

»Die Fremden kamen damals zu uns, und sie waren freundlich und halfen uns. Sie lehrten uns, wie wir unsere Technik vervollkommnen konnten, wenn wir auch keine Gliedmaßen wie sie besaßen. Sie erkannten aber auch unsere Fähigkeiten, die Großen Mütter versetzen zu können. Sie waren klug, die Fremden. Sie hatten herausgefunden, daß sich bestimmte Sonnentypen, in eine bestimmte Position zueinander gebracht, zu Transportzwecken einsetzen ließen. Sie erklärten uns ihre Pläne und baten uns, eine Transmitterverbindung zwischen den beiden Galaxien zu bauen. Und wir taten es.

Später, viel später, kamen wieder Wesen vom Aussehen der Lemurer. Sie nannten sich Tefroder und behaupteten, Nachkommen der Lemurer zu sein. Sie sagten, daß sie im Auftrag der Meister der Insel – die nach ihren Aussagen die oberste Regierungsinstanz ihres Volkes war – kamen und ersuchten uns um den Bau weiterer Sonnentransmitter. Auch diesmal willigten wir ein. Es entstanden die Zwischenstationen im Leerraum zwischen den beiden Galaxien. Wir waren es, die die Sonnen dorthin brachten und nach den Wünschen der Tefroder zueinander ausrichteten.

Seit dieser Zeit standen wir in den Diensten der Tefroder und ihrer obersten Instanz, den Meistern der Insel, von denen wir nie einen zu Gesicht bekamen. Wir haben immer willig geholfen und geglaubt, einer guten Sache zu dienen.«

Diesmal war es kein Jubel, der durch die Halle brandete, sondern Impulse der Enttäuschung.

Gucky verharrte reglos in seinem Versteck. Was er bisher vernommen hatte, war der endgültige Beweis dessen, was man seit dem ersten Kontakt mit Sonneningenieuren in der Milchstraße bereits vermutet hatte.

Ursprünglich waren es Lemurer gewesen, die anläßlich einer Expedition nach Andromeda das Volk der Sonneningenieure entdeckt hatte. Dies mußte bereits lange vor dem Krieg mit den Halutern geschehen sein.

Eine unbekannte Zeitspanne später – der Krieg in der Milchstraße zwischen Lemurern und Halutern war längst beendet – kamen in Andromeda die MdI an die Macht. Diese erinnerten sich an das Volk der Sonneningenieure und nahmen deren Dienste in Anspruch, indem sie Zwischenstationen wie den Twin-, den Horror- oder den Schrotschuß-Transmitter, aber auch die Sonnentransmitter in Andro-Beta und Andro- Alpha errichten ließen. Die Tefroder, wie sich die ursprünglichen lemurischen Auswanderer nannten, übernahmen die Vermittlerrolle zwischen den Sonneningenieuren und den Meistern.

Gucky löste sich von seinen Gedanken und konzentrierte sich wieder auf Chron.

»Es wird nun Zeit«, signalisierte Chron, »daß wir uns auf *den Tag* vorbereiten. Niemals mehr wieder werden wir organischen Intelligenzen unsere technische Hilfe angedeihen lassen. Wir haben viele Jahrtausende in Knechtschaft gelebt, ohne es zu wissen. Man hat unsere Fähigkeiten ausgenutzt. Wir wurden die Werkzeuge gewissenloser Eroberer, und es ist allein unsere Schuld, wenn andere Lebewesen heute versklavt sind. Jene sieben Terraner, die von den Tefrodern gefangengehalten werden, sprachen die Wahrheit. Unser kleiner Freund mit dem Pelz sprach die Wahrheit. Schi, Mo und Rel sprachen die Wahrheit. Heute wissen wir es. Und heute ist der Tag, an dem wir unseren letzten Entschluß fassen werden . . .«

Und abermals jubelten die Sonneningenieure.

Gucky schirmte sich ab. Er war tief beeindruckt von dem Geschehen, wenn er auch noch nicht so ganz begriff, was es bedeutete. Etwas Großes und Einmaliges bereitete sich vor, das konnte er sich denken. Es hatte etwas mit dem Glauben der Sonneningenieure zu tun. Vielleicht ein Ritus, ein religiöses Fest, das zugleich das Ende der Zusammenarbeit mit den Tefrodern und den Meistern bedeutete.

Das bedeutete gleichzeitig, daß den Meistern und ihren Hilfsvölkern niemals mehr gelingen würde, eine Transmitterbrücke zur Milchstraße herzustellen.

Gucky spürte eine nie geahnte Erleichterung. Sein extravaganter Ausflug hatte sich gelohnt, und das Donnerwetter, das über ihn hereinbrechen würde, konnte nicht so schlimm sein. Sicher, das Unternehmen hatte schon vierzehn Menschenleben gekostet, aber die Männer der KC-1 waren nicht umsonst gestorben. Ihr Opfer verhinderte eine künftige Invasion der Milchstraße aus dem Andromedanebel.

Der Jubel ließ nach. Chron meldete sich wieder zu Wort:

»Die Feierlichkeiten beginnen mit dem heutigen Tag. Jede Art von Materie verliert ab sofort ihre Bedeutung. Nur noch die Energie darf für uns vorhanden sein, denn bald werden auch wir nur noch aus Energie bestehen und die Kugelform aufgegeben haben. Die Großen Mütter rufen uns. Wir werden in ihnen aufgehen, und sie werden abermals Millionen von Jahren leben – mit uns, mit unserer Hilfe, die nichts als ein geringer Dank für das ist, was sie uns einst gaben: das Leben!«

Diesmal wollten die Freude und der Jubel nicht enden, obwohl die Sonneningenieure zu Tausenden und Millionen wegteleportierten. Die Lücken zwischen den strahlenden Komplexen wurden immer größer, und es war Gucky wieder möglich, einzelne Kugeln zu unterscheiden. Immer mehr verschwanden, aber Schi, Mo und Rel blieben. Zehn Minuten dauerte es, dann war der Saal leer. Die letzten freudigen Gedankenimpulse waren mit den Sonneningenieuren verschwunden.

»Wir kommen mit euch«, signalisierte Schi, als Gucky etwas fragen wollte. »Wir sind euch eine Erklärung schuldig.«

Sie teleportierten gemeinsam in die verlassene Funkzentrale zurück, wo sie von Tronar und Rakal bereits ungeduldig erwartet wurden.

Als Gucky seinen Bericht beendete, war es eine Zeitlang in der Zentrale still. Die drei Sonneningenieure schwebten ruhelos unter der Decke, als wollten sie sich durch Bewegung warm halten.

Endlich sagte Tronar schwer:

»Du weißt hoffentlich, Gucky, was das alles bedeutet?«

Der Mausbiber machte eine nichtssagende Handbewegung.

»Ein religiöser Ritus, meine ich. Ich wundere mich nur darüber, daß Energiewesen eine Religion haben. Die Großen Mütter, das sind die Sonnen. Nun, warum auch nicht. Sie wollen zu ihren Müttern . . .« Gucky hörte plötzlich auf zu sprechen. Er starrte Tronar an, und in seinem Blick war blankes Entsetzen. »Aber Tronar, du willst doch nicht damit andeuten . . .?«

»Wie soll ich das ›Heimgehen zu den Großen Müttern‹ sonst auslegen?«

Gucky sah hinauf zur Decke.

»Schi, sage aus, daß Tronar sich irrt. Ihr könnt doch nicht den wahnsinnigen Plan gefaßt haben, euch in eure Sonnen zu stürzen? Ihr seid alle verrückt geworden, wenn ihr auch nur im Traum daran denkt!«

Schi kam etwas tiefer. Mo und Rel blieben, wo sie waren.

Schi signalisierte:

»Wir glaubten, du hättest alles verstanden. Schon als wir entstanden, war entschieden, daß wir eines Tages zurückkehren müßten – zurück zu unseren Müttern. Es muß einmal geschehen, nur sollte es zum richtigen Zeitpunkt geschehen. Er ist jetzt richtig.«

Gucky dachte mit Grauen daran, was sein eigenwilliger Ausflug in das Dreimüttersystem für Folgen hatte. Er war gekommen, um die genialen Sonnentechniker davon abzuhalten, einen neuen Transmitter zu konstruieren. Und was hatte er erreicht? Vierzehn Menschen waren gestorben, Redhorse und sechs Leute in Gefangenschaft – und ein ganzes Volk wollte Selbstmord verüben, indem es sich in die Sonnen stürzte. Er mußte das verhindern.

»Schi, ich verstehe nichts, überhaupt nichts mehr. Auch wir organischen Lebewesen sind einmal geboren worden, von *unseren* Müttern, und eines Tages werden wir zu ihnen zurückkehren, ihnen folgen. Aber das bedeutet doch noch lange nicht, daß wir freiwillig unserem Leben ein Ende setzen. Wenn unsere Zeit kommt, sterben wir. Aber wir warten, bis es soweit ist.«

»Wir haben auch gewartet, Zehntausende von Jahren. Ist das ein Unterschied?«

»Ihr habt auf eine besondere Gelegenheit gewartet. Wir warten einfach, bis unsere Zeit um ist. Ist das vielleicht kein Unterschied?«

»Auch unsere Zeit ist um. Du selbst bist es gewesen, der uns das gezeigt hat. Wir haben immer geglaubt, Gutes zu tun. Aber nun müssen wir erkennen, daß wir Böses angerichtet haben. Wir haben anderen geholfen, ihre Macht zu vergrößern – eine Macht, die sie nicht den Lebewesen des Universums zur Verfügung stellten. Wir wollen nicht gezwungen werden, weiterhin Böses zu tun.«

»Niemand kann euch zwingen, Schi.«

»Doch, man kann. Es gibt Mittel. Es gibt Tausende von Sonneningenieuren, die als Gefangene gehalten werden können, wenn sich die Meister der Insel dazu entschließen würden. Man kann ihnen jegliche Energiezufuhr entziehen, indem man sie isoliert. Aber sie sind in dem Augenblick frei und ungebunden, in dem wir zu den Müttern heimkehren. Du kannst das nicht verstehen. Du wirst es niemals verstehen können.«

»Ihr wollt sterben? Ein ganzes Volk? Ein Volk, das so großartige technische Leistungen vollbringen konnte, will einfach Selbstmord verüben? Ich kann und will es nicht glauben, Schi. Sage mir, was ich tun kann, um es zu verhindern . . .«

»Du wirst es nicht verhindern. Und wirst es auch nicht verhindern wollen, wenn ich dich bitte, uns zu verstehen. Wir sterben nicht. Unsere Wandlung ist nicht das Ende unseres Volkes, wenn wir auch aufhören, als solches zu existieren. Ein Stück Metall ist gebundene Energie. Wenn man dieses Stück Metall in freie Energie umwandelt, so sieht man es zwar nicht mehr, aber die Energie verrichtet Arbeit, ist nützlich und besteht weiter. Aus dem Metall wurde Energie, das ist alles. Würdest du das den Selbstmord des Metalls nennen?«

»Ja«, sagte Gucky ernst, »das würde ich. Denn das Metall wird nach der Umwandlung nicht mehr vorhanden sein. Ich kann es nicht mehr sehen oder anfassen. Es ist nicht mehr da.«

»Es *ist* noch da, nur in anderer Form – wie oft soll ich das noch wiederholen. Auch wir werden noch da sein, wenn wir zu den Müttern gegangen sind. Erst die Mütter sind dazu in der Lage, uns die endgültige Form des ewigen Lebens zu geben. Es ist kein Tod. Es ist etwas Endgültiges – aber nicht das Letzte.«

Gucky stand hilflos in dem großen Raum und versuchte, etwas zu sagen. Aber er wußte nicht mehr, was er sagen sollte. In den Blicken Rakals und Tronars las er die gleiche Hilflosigkeit, die er selbst spürte und die ihn wie eine Lawine überkam. Der Entschluß der Sonnentechniker hatte nur wenig mit religiösen Überlieferungen zu tun. Er war rein technisch bedingt und nichts als ein physikalisch bedingter Vorgang, der zum Kreislauf der Natur gehörte.

Tronar sagte, nachdem Gucky alles übersetzt hatte:

»Wir werden den Entschluß eines Volkes niemals ändern können. Sie entstanden aus Energie, sie leben von Energie – und sie werden ihre Erfüllung darin sehen, selbst zu Energie zu werden. Noch haben sie einen Körper, die Kugel. Sie werden ihn eintauschen, gegen etwas, das wir nicht verstehen und begreifen können. Vielleicht werden sie zu Licht, das dann Jahrtausende und Jahrmillionen durch den Raum eilt, ehe es einem bewohnten Planeten nachts einen winzigen Schimmer spendet. Wir wissen es nicht, Gucky. Und wir werden es niemals wissen.«

Gucky ballte die kleinen Fäuste.

»Ich versuche nicht, ihnen die ethischen Grundsätze ihres Volkes auszureden, Tronar. Die gehen mich nichts an, und ich verstehe sie auch nicht. Ich will nur, daß sie nicht sterben – oder sich meinetwegen umwandeln. Ich möchte, daß sie weiterleben, hier im Dreimüttersystem. Schi, ich habe nicht geahnt, was alles geschehen könnte . . .«

»Die Tefroder werden von unserem Entschluß überrascht sein«, signalisierte Schi, und Gucky vermeinte, eine gewisse Schadenfreude sei auch in der Botschaft enthalten. »Wir werden es ihnen sagen.«

Trotz seiner allgemeinen Verwirrung schaltete Gucky noch verhältnismäßig schnell. Wenn er schon am Entschluß der Sonneningenieure nichts mehr ändern konnte, so war es doch sein Bestreben, zumindest für die Terraner und sich einen Vorteil aus den Ereignissen zu schlagen. Auch vergaß er niemals seine vornehmste Aufgabe, Redhorse und seine sechs Leute aus der Gefangenschaft zu befreien. Und dazu war ihm gerade eine Idee gekommen.

»Bitte, Schi, sagt es ihnen noch nicht. Gib mir die Möglichkeit, sie vorher zu . . . nun, sagen wir: zu warnen. Sie sollen glauben, wir hätten Einfluß auf das Geschehen und auf das, was ihr plant. Vielleicht gelingt es uns, die Gefangenen freizubekommen.«

»Und wie?«

»Die Meister sind auf eure Hilfe angewiesen, und Miharos hat den Befehl, euch entsprechend zu behandeln. Wenn ihr die weitere Mitarbeit verweigert, werden die Meister ihren Centerkommandanten auf Hoel bestrafen, und ich glaube nicht, daß Miharos sehr auf die Ungnade seiner Herren erpicht ist.«

»Ich verstehe, war du planst«, gab Schi zurück, und in seiner Botschaft war weder Ärger noch Vorwurf. »Der große Tag ist noch nicht gekommen. Noch ist Zeit. Wir werden genügend Energie in die verlassene Funkzentrale hier leiten, damit ihr Verbindung zu Miharos aufnehmen könnt. Aber seid vorsichtig. Die Tefroder, das wissen wir nun, halten ihr Wort nur selten.«

»Wem sagst du das?« fragte Gucky verwundert. »Es hat lange gedauert, bis ihr uns das endlich glaubt. Wann kann ich mit Miharos sprechen und ihm das Ultimatum stellen?«

»Noch heute. Ich muß mit Mo und Rel zurück zu meinen Freunden. Es sind noch viele Versammlungen abzuhalten, um das große Fest vorzubereiten. Es ist der größte Augenblick unseres Volkes.«

»Ich verstehe euch nicht«, begann Gucky abermals, aber dann sah er wohl, wie sinnlos jedes Wort zu dieser Angelegenheit sein mochte. »Ihr vergeßt uns nicht?«

»Ihr werdet Zeuge des großen Abschieds werden. In jenem Augenblick existieren wir zum letzten Mal in der Form materieller Körper. Dann – endlich nach unvorstellbarer langer Wartezeit – werden wir die Erfüllung finden. Wir haben sie nur euch zu verdanken, sonst hätten wir noch weitere Jahrtausende warten müssen.«

Ehe Gucky noch etwas antworten konnte, verschwanden die drei leuchtenden Kugeln. Im Raum wurde es sofort merklich kühler.

Gucky setzte sich wortlos auf den Stapel Decken. Er starrte vor sich hin, und Tronar mochte ahnen, was in dem kleinen Kerl vorging. Er ging zu ihm und legte ihm die Hand auf die Schulter.

»Du trägst keine Schuld, wenn man überhaupt von einer Schuld sprechen kann. Was wissen wir schon von diesen seltsamen Wesen, deren endgültige Bestimmung ein Sturz in die Sonne zu sein scheint? Nichts wissen wir von ihnen, und wir dürfen niemals in den Fehler verfallen, sie nach unseren Maßstäben beurteilen zu wollen. Für uns ist der Tod etwas Endgültiges, obwohl auch er nichts anderes als eine Umwandlung ist, ein physikalischer Prozeß, dem jede Materie unterworfen ist. Was wissen wir denn schon von der Seele, von der geistigen Substanz, die in jeder Intelligenz vorhanden ist? Sie kann nicht einfach verschwinden, so wie der Körper während der Umwandlung verschwindet. Sie wird frei. Sie wird frei wie die Energie der Sonneningenieure. Verstehst du, wie ich es meine, Gucky?«

Der Mausbiber sah auf.

»Ob ich es verstehe oder nicht – was macht das für einen Unterschied? Es ist meine Schuld, wenn es keine Sonnentechniker mehr gibt.«

Zum wiederholten Male war Redhorse zum Verhör abgeholt worden. Die Gefangenenzellen befanden sich in einem gut gesicherten Trakt unter der Planetenoberfläche. Obwohl Redhorse keinen direkten Kontakt zu den anderen sechs Terranern hatte, wußte er doch recht gut über ihre Verfassung Bescheid. Die Zellen lagen unmittelbar nebeneinander. Die relativ dünnen Wände ließen es zu, daß man sich durch Klopfzeichen miteinander verständigen konnte. Auf diese Art hatte Redhorse erfahren, daß einige der Gefangenen an der Grenze ihrer psychischen und physischen Belastbarkeit angekommen waren.

Die endlos scheinenden Verhöre zehrten an der Substanz der Terraner, zumal Miharos dabei nicht zimperlich war und auch vor der Anwendung brutaler Elektroschocks nicht zurückschreckte. Nur eines hatte er bisher noch nicht versucht: die Terraner mittels hypnomechanischer Maschinen suggestiv zu beeinflußen. Redhorse vermutete, daß es auf Hoel keine derartigen Maschinen gab. Dies konnte ihm nur recht sein, denn dadurch wurde verhindert, daß die Gefangenen Informationen preisgeben konnten, die die Tefroder und die MdI nicht unbedingt zu erfahren brauchten. Es war Redhorse und seinen Leuten klar, daß sie beispielsweise nichts über das Bündnis zwischen Terranern und Maahks verraten durften. Obwohl er sich nicht sicher war, ob die MdI inzwischen nicht schon den Verdacht hegten, daß Terraner und Maahks gemeinsam gegen sie vorgingen.

Wenige Minuten, nachdem Redhorse abgeholt worden war, stand er Miharos in der Kontrollzentrale des tefrodischen Stützpunktes gegenüber. Hier liefen alle Nachrichtenfäden der in diesem Sektor stationierten Tefroder zusammen.

Miharos lächelte Redhorse entgegen und deutete auf einen Sessel.

»Nehmen Sie Platz, Major. Ich hoffe, wir unterhalten uns heute ein wenig besser als sonst. Sie werden doch einsehen müssen, daß Sie sich selbst und Ihren Leuten mehr helfen, wenn Sie auf meine Wünsche eingehen. Wäre ich ihr Gefangener, würden Sie dann nicht auch versuchen, alles von mir zu erfahren? Mit allen zur Verfügung stehenden Mitteln?«

»Vielleicht.« Redhorse nahm den Platz an und setzte sich. »Aber sicher nicht mit allen Mitteln.«

»Darüber wollen wir nicht streiten. Sie wissen, was ich von Ihnen will. Warum kamen Sie hierher, und was hat Perry Rhodan vor? Ich muß den Meistern Bericht erstatten. Sie werden schon ungeduldig. Und wenn sie ungeduldig werden, könnte es gut sein, daß Sie mir neue Verhaltensmaßregeln geben. Unangenehmere, Major Redhorse.«

Die Drohung war unmißverständlich.

»Ich habe Ihnen alles gesagt, was ich weiß, Centerkommandant.«

Miharos seufzte, als fiele ihm der Entschluß schwer. Er nickte den beiden Tefrodern an der Tür zu.

»Versuchen wir es noch einmal mit den Schocks, Major. Ihr Gehirn kann der Belastung auch nicht ewig standhalten. Einmal werden Sie zusammenbrechen, und dann werde ich die ganze Wahrheit erfahren. Sie sind Offizier, und als solcher sind Sie zweifellos in die Pläne Ihrer obersten Führung eingeweiht.«

Major Redhorse hielt es für unnötig, weiter mit Miharos zu diskutieren. Er stand auf und ließ sich von den Wärtern hinausführen. Der Raum für persönliche Verhöre lag nebenan. Als Miharos ebenfalls aufstand, um ihnen zu folgen, summte ein Gerät auf. Der Centerkommandant verharrte einen Augenblick in seiner Stellung, dann setzte er sich wieder, um besser an die Kontrollen zu kommen.

Die Wärter waren stehengeblieben. Redhorse konnte auf Miharos'

Rücken sehen. Darüber und daneben waren die Bildschirme. Einer von ihnen wurde hell. Redhorse hielt für einen Augenblick die Luft an, als er auf ihm Gucky erkannte.

Miharos starrte einen Moment in das Gesicht des Mausbibers, dann fragte er unwirsch:

»Was willst du, Wurzelzwerg?«

Er nahm Gucky offenbar noch immer nicht ernst. Das ging auch schon daraus hervor, daß er auf jede Verfolgung des Mausbibers verzichtet hatte, obwohl er wissen mußte, daß er es mit einem Teleporter zu tun hatte. Aber Teleporter waren auf der Welt der Sonneningenieure keine Ausnahme, und die Tefroder hatten sich gegen sie abgesichert.

»Der ›Wurzelzwerg‹ wird dir noch vergehen, Großmaul«, gab Gucky wütend zurück. Nichts konnte ihn so ärgern wie die Tatsache, daß ihn jemand nicht für voll nahm. »Wie geht es den Gefangenen?«

Miharos war großzügig gelaunt. Er drehte sich um und winkte Redhorse zu, der noch immer auf dem Gang stand.

»Kommen Sie, Major. Erzählen Sie Ihrem komischen Freund, wie es Ihnen geht. Er soll sich davon überzeugen, daß Sie gesund und munter sind. Das sind Sie doch, Major?«

Redhorse ahnte, daß Gucky nicht nur deshalb Verbindung mit Miharos aufnahm, um sich nach dem Befinden der Gefangenen zu erkundigen. Mit dem Anruf verband sich ein ganz bestimmter Zweck. Er beschloß, vorsichtig zu sein.

»Es geht uns gut, Gucky. Wir werden verhört, aber wir können auch nicht mehr sagen, als wir wissen. Bulmer hat einen Nervenzusammenbruch erlitten. Die Verhöranlage . . .«

»Keine Einzelheiten«, warnte Miharos scharf.

»Es ist sehr anstrengend«, sagte Redhorse und sah Gucky fest an.

Der Mausbiber nickte zurück. Dann wandte er sich an den Tefroder.

»Also, dann hör gut zu, Centerkommandant. Du hältst mich für einen Wurzelzwerg, was immer du auch darunter verstehen magst. Aber du hast dich geirrt. Ich bin in Wirklichkeit ein Riese, ein Held. Du wirst es schwer zu büßen haben, daß du mich unterschätztest. Um es kurz zu machen: Laß sofort die Gefangenen frei, wenn du dir eine Menge Ärger ersparen willst.«

Miharos lachte schallend.

»Ich soll . . . was? Du willst mir drohen?«

»Nein. Ich stelle dir lediglich ein Ultimatum.«
»Ein Ultimatum? Das ist ja lächerlich und . . .«
»Hör mal gut zu! Die Meister haben dir den Auftrag gegeben, in erster Linie dafür zu sorgen, daß die Sonneningenieure eure Freunde bleiben. Ohne Sonneningenieure gibt es keine neuen Transmitter, und gerade die braucht ihr jetzt sehr dringend. Stimmt das?«
Miharos zögerte unmerklich.
»Es stimmt, aber was geht dich das an?«
»Eine ganze Menge. Wenn du die Gefangenen nicht innerhalb von fünf Stunden freiläßt, wird kein einziger Sonneningenieur mehr einen Transmitter für euch bauen oder einen beschädigten reparieren. Das kannst du den Meistern mitteilen. Was meinst du, was die mit dir machen?«
Miharos lehnte sich etwas zurück. Er war blaß geworden.
»Mich kannst du nicht bluffen, Wurzelzwerg. Ich habe alle Vollmachten, was die Gefangenen angeht . . .«
»Gut! Dann kannst du sie ja auch freilassen.«
»Fällt mir nicht ein.«
Gucky holte tief Luft.
»Also auch gut. Dann werde ich dir sagen, was geschieht, wenn du dich weigerst: Die Sonneningenieure werden sich in ihre drei blauen Sonnen stürzen. Sie werden sich in reine Energie verwandeln und ihre Kugelform aufgeben. Sie werden, auch wenn sie das wollten, keinen Transmitter mehr bauen können. Es wird im ganzen Andromedanebel dann keine Sonneningenieure mehr geben und ihr könnt euch mit euren Transmitterplänen einsalzen lassen. Hast du das nun verstanden oder nicht?«
Redhorse stand zwischen seinen beiden Wärtern und bewegte sich nicht. Er wußte nicht, ob Gucky nur bluffte, oder ob er die Wahrheit sprach. Spielte er nur ein gewagtes Spiel, um den Centerkommandanten in die Enge zu treiben, oder war etwas Wahres an der phantastischen Geschichte dran? Der Tefroder, das erkannte er, war tief beeindruckt.
Das war Miharos allerdings. Er wußte, was ihm bevorstand, wenn er die Sonneningenieure als Verbündete der Meister verlor. Sie waren unersetzlich. Er würde alles tun müssen, um ihren Abfall zu verhindern.
Aber noch glaubte er an einen Bluff.
Er lachte gezwungen.

»Wurzelzwerg! Du kannst gute Märchen erzählen, und für eine Sekunde hast du mich sogar damit erschreckt. Warum sollte ein ganzes Volk Selbstmord begehen, nur weil ich ein paar Terraner gefangenhalte? Du hättest mir einen triftigeren Grund angeben sollen, dann wäre ich vielleicht auf deine Geschichte hereingefallen.«

Gucky blieb ernst.

»Es ist kein Bluff, das schwöre ich dir! Du hast fünf Stunden. Sind die Gefangenen bis dahin nicht frei, beginnt die Katastrophe. Du hast Zeit genug, dich mit deinem zuständigen Meister zu unterhalten. Fünf Stunden und keine Minute mehr. Du kannst mir jederzeit über die Sonneningenieure eine Nachricht geben. Oder die Bildsprechverbindung benutzen, ganz wie du willst.«

Miharos wartete, bis der Bildschirm dunkel wurde. Langsam drehte er sich um und sah Redhorse an.

»Was meinen Sie dazu, Major?«

Redhorse blieb stehen. In seinem Gesicht zuckte kein Muskel.

»Sie haben von Anfang an einen Fehler gemacht, Centerkommandant, sie haben Gucky unterschätzt – das ist sein Name. Er ist alles andere als ein Wurzelzwerg. Er ist der wichtigste Verbündete Rhodans. Wenn er eine solche Drohung ausspricht, dann stehen die Sonneningenieure hinter ihm. Sie werden ihre Absicht verwirklichen.«

»Unsinn! Ein Volk begeht keinen Selbstmord, wenn kein zwingender Grund vorliegt. Kehren Sie in Ihre Zelle zurück. Ich muß überlegen.«

»Sprechen Sie mit den Meistern«, riet Redhorse, ehe er sich umdrehte und seinen Wärtern folgte. Er war froh, für heute dem Verhör entgangen zu sein. In seiner Zelle angekommen und eingeschlossen, verständigte er seine Mitgefangenen: »Gucky hat Miharos ein Ultimatum gestellt. In fünf Stunden sind wir frei, oder es wird etwas passieren. Ich glaube, die Wartezeit hat endlich ein Ende.«

Es waren etwa fünftausend Sonneningenieure, die in der großen Versammlungshalle ihr entscheidendes Treffen abhielten. Schi versuchte, es Gucky zu erklären.

»Natürlich handelt niemand von uns so, wie er es *allein* für richtig hält. Die Beschlüsse der Gemeinschaft sind richtungsweisend. Aber nicht alle halten sie für richtig und weise. Ich möchte die hier versammelten Freunde nicht gerade als Rebellen bezeichnen, aber sie wollen versuchen, den Heimgang zu den Großen Müttern zu beschleunigen. Sie halten es für falsch, zu lange damit zu warten, außerdem sind sie aus rein physikalischen Erwägungen heraus dagegen, den Heimgang allgemein und auf einmal zu vollziehen.«

Gucky, der wieder in seiner Schattennische hockte und von Schi verdeckt wurde, versuchte krampfhaft, die verwirrende Gedankenfülle der auf- und abwogenden Sonneningenieure zu ordnen. Es gelang ihm noch nicht, außerdem mußte er sich auf Schis Signalimpulse konzentrieren.

»Warum können Sie denn nicht warten? Ich habe den Tefrodern ein Ultimatum gestellt. Es läuft in vier Stunden ab. Wenn einige von euch übereilt handeln, kann mein ganzer Plan mißlingen. Der Centerkommandant sieht dann zwar, daß meine Ankündigung ernst gemeint war, aber er sieht es zu früh!«

»Wenn diese fünftausend Techniker ihren Entschluß einmal gefaßt haben, werden sie ihn Chron mitteilen und handeln. Niemand kann sie mehr daran hindern, denn der Heimgang ist eine beschlossene Sache. Nur der Termin war noch ungewiß.«

Gucky entsann sich einer anderen Bemerkung Schis.

»Was ist das mit den physikalischen Erwägungen?«

Schi signalisierte nun erregter.

»Niemand im Kosmos kennt die Mütter besser als wir. Wir sind die einzigen, die ihre Energie zu bändigen verstehen. Nur wir können sie in die richtigen Bahnen lenken. Nur wir wissen, wie empfindlich die Mütter sein können – jene Mütter, die ihr ›Sterne‹ nennt. Ihre Umwandlung geht relativ langsam und ganz nach bestimmten physikalischen Gesetzen vor sich. Wenn dieser Prozeß durch unvorhergesehene Ereignisse durcheinandergerät, besteht die Gefahr, daß die Mütter ungehalten werden. Es kann passieren, daß sie nicht in Jahrmillionen zu Energie werden, sondern in wenigen Tagen oder gar Stunden. Du verstehst, wie ich das meine . . .?«

Gucky blieb lange stumm. Er schirmte sich gegen alle Impulse ab und versuchte, Schis Andeutungen in die nüchterne Sprache der Wissenschaft zu übersetzen. Demnach meinte Schi also, daß der Energiehaushalt der drei blauen Riesensonnen aus dem Gleichgewicht geraten könnte, wenn die Sonneningenieure ihren wahnsinnigen Plan verwirklichten.

Somit war eine Katastrophe nicht ausgeschlossen, wenn sie sich alle zugleich in ihre Sonnen stürzten. So betrachtet, waren die fünftausend hier in der Halle versammelten Sonnentechniker wesentlich vernünftiger als Chron und die anderen, die einen Simultanselbstmord vorzogen.

Er signalisierte zu Schi:

»Ich glaube, ich weiß jetzt, was du meinst. Du wirst sogar recht haben. Trotzdem wäre es besser, sie würden warten, bis Miharos geantwortet hat. Wenn er sich weigert, die Gefangenen freizugeben, kann eine Warnung nicht schaden, wenn mir auch noch immer nicht wohl bei dem Gedanken ist, daß sie sich in die Sonne stürzen wollen.«

»Es wäre gut, wenn du endlich anders darüber denken würdest. Das In-die-Sonne-Stürzen ist kein Tod! Es ist eine Erfüllung! Es ist die Erfüllung eines Traumes, den wir seit Anbeginn aller Zeiten geträumt haben. Zugleich ist es unsere Bestimmung. Nenne es eine Metamorphose, wenn du meinst. Und du mußt doch zugeben, daß eine Metamorphose niemals das Ende bedeutet. Wir nehmen eine andere Existenzform an, das ist alles.«

Gucky wußte das alles. Er hatte versucht, es zu verstehen, aber das konnte nichts an der Tatsache ändern, daß er die beabsichtigte Umwandlung der Sonneningenieure mit nüchternen Augen betrachtete. Sie würden aufhören zu existieren, und auch sie selbst würden nicht wissen, ob sie als Lichtstrahlen oder Energieimpulse noch ein Bewußtsein besaßen und in der Lage waren, zu denken.

»Ich verstehe alles«, sagte Gucky schließlich und wußte, daß er nicht die Wahrheit sprach. »Ich weiß auch, daß euer Entschluß feststeht und unbeeinflußbar ist. Wofür haben sich nun deine Freunde hier entschieden?«

Schi antwortete nicht sofort. Er kapselte sich ab und hatte keine Verbindung mehr mit Gucky. Er schwebte ein wenig höher und gesellte sich zu der wogenden Masse der Leuchtkugeln, wurde eins mit ihnen. Er tanzte ihren Tanz mit, dessen Sinn der Mausbiber niemals begreifen konnte, den er aber zu erahnen versuchte.

Zehn Minuten später kehrte Schi zurück.

»Sie werden Chron mitteilen, daß sie in zehn Stunden zu den Großen Müttern heimgehen. Sie werden nicht die einzigen sein. Überall auf Hoel finden ähnliche Versammlungen statt. Fast hunderttausend Sonneningenieure haben diesen Entschluß gefaßt. Auch Chron wird sie nicht daran hindern können.«

Gucky atmete auf.

Aber dann erschrak er. Wenn nun Redhorse wirklich freigelassen wurde, was dann? Miharos hatte dann sein Wort gehalten, und er, Gucky, würde dann in den Augen des Tefroder ein Lügner und Verräter sein.

Für eine Sekunde wünschte sich Gucky, Miharos würde nicht auf das Ultimatum eingehen.

Er teilte Schi seine Bedenken mit.

»Du machst dir unnötige Hoffnungen und zugleich unnötige Sorgen. Der Centerkommandant wird seine Gefangenen niemals freiwillig freilassen. Ich glaube zu wissen, daß der Heimgang der ersten Hunderttausend in deinen Plan paßt. In vier Stunden weißt du mehr. Und in zehn wirst du noch mehr wissen.«

Gerade in diesem Augenblick geschah etwas, das Gucky von seinen Sorgen ablenkte. In der Halle materialisierten Tausende von Sonneningenieuren, und die Leuchtkraft der einzelnen Zusammenballungen verstärkte sich derart, daß Gucky den Filter seines Helms verstärken mußte. Schis Gedankenimpulse verrieten Verwirrung und Bestürzung. Er näherte sich dem Mausbiber, um ihn vor der Entdekkung zu schützen. Dann signalisierte er:

»Centerkommandant Miharos hat uns mitteilen lassen, daß die Meister der Insel einen neuen Auftrag für uns haben. Wir sollen einen neuen Transmitter bauen, um den von euch vernichteten zu ersetzen. Zum ersten Mal, soweit wir zurückdenken können, ist der Auftrag mit einer Drohung verbunden. Die Meister haben Paragitter um unsere fernen Stützpunkte errichtet und viele unserer Freunde daran gehindert, nach Hoel zurückzukehren. Sie drohen an, auch die Zufuhr jeder Energie zu sperren. Das würde das Ende der gefangenen Sonneningenieure bedeuten. Wir haben keine andere Wahl. Wir müssen den Auftrag erledigen.«

»Und was ist mit Chrons Entscheidung, mit eurem großen Entschluß? Ist er hinfällig geworden? Wißt ihr denn, was geschehen wird, wenn die Meister einen neuen Transmitter bekommen? Ihr sorgt dafür, daß Millionen intelligenter Lebewesen erneut unterjocht und versklavt werden. Ihr macht Kriege zwischen den Welten möglich, die es ohne den neuen Transmitter niemals geben würde. Wie könnt ihr das zulassen?«

»Wir können auch nicht zulassen, daß unsere Gefährten an Energiemangel zugrunde gehen.«

»Wie viele dieser Stützpunkte gibt es? Wie viele von euch werden sterben, wenn ihr euch weigert, den Befehl des Centerkommandanten zu befolgen?«

Schi war unsicher.

»Ich weiß es nicht. Vielleicht hat der große kosmische Sturm schon viele unserer Spezialisten getötet – und dieser Sturm war ein Werk der Terraner. Es gibt Sonneningenieure, die das nicht vergessen haben. Wir wissen nicht, wer tot und wer gefangen ist.«

Gucky sah auf seine Uhr.

»In drei Stunden läuft die Frist ab. Haltet Miharos hin, bis ich Redhorse befreit habe. Vielleicht gelingt es uns auch, ein Schiff zu stehlen und zu fliehen. Wenn wir in Sicherheit sind, wünschen wir keinen Einfluß mehr auf eure Entschlüße zu haben. Allerdings begeht ihr einen Fehler, wenn ihr einen neuen Transmitter baut, aber wir können euch nicht daran hindern, weiterhin die Sklaven der Meister zu bleiben. Ihr lernt es nie!«

»Du irrst, kleiner Freund. Wir haben gelernt. Durch die Drohung mehr, als du ahnen kannst. Wir wissen, daß wir die Werkzeuge Größerer waren und es noch immer sind. Eines Tages werden wir es nicht mehr sein. Aber im Augenblick sehe ich keinen anderen Weg, als zum Schein auf die Forderung Miharos' einzugehen.«

Gucky wußte, daß er zu heftig geworden war.

»Verzeih mir, Schi. Ich meinte es nicht so. Seid also klug und handelt weise. Versucht eure Gefangenen zu befreien, ohne dafür Verrat am eigenen Volk üben zu müssen.«

»Chron ist der weiseste von uns. Er wird den richtigen Weg finden«, versprach Schi. »Kehre in dein Versteck zurück. Ich werde dich aufsuchen, sobald wir uns entschlossen haben.«

Gucky zögerte keine Sekunde, in die verlassene Station zu teleportieren, wo er schon von Tronar und Rakal mit Spannung erwartet wurde. Er berichtete den Zwillingen, die von der neuen Entwicklung alles andere als begeistert waren.

»Was nun?« fragte Tronar und starrte auf die dunklen Schirme an den Wänden, die aus einem unbekannten und hitzebeständigen Material bestanden. »Sollen wir einfach warten, und nichts unternehmen? Was ist nun mit deinem großartigen Ultimatum?«

»In knapp drei Stunden werden wir es wissen«, knurrte Gucky ungnädig, um seine Unsicherheit zu verbergen. »Uns wird schon etwas einfallen, wenn es soweit ist. Nicht verzagen, Gucky fragen!«

»Wir haben dich ja gefragt«, sagte Rakal.
Gucky sah ihn wütend an.
»Ja, und die Antwort bekommst du dann in drei Stunden!«

Sie kam früher.

Die Zwillinge und Gucky hatten gerade gefrühstückt. Sie nannten es so, weil es nach der Bordzeit der CREST Frühstückszeit war. Ein neuer Tag begann. Auf der Erde, in allen Raumschiffen der Terraner, und damit auch in der CREST.

»Wie mag es unseren Freunden gehen?« fragte Gucky und schob die leere Dose in die Ecke. »Bin gespannt, ob wir das jemals noch erfahren. Wenn uns bloß die hübschen Feuerbällchen nicht im Stich lassen. Ob sie nun in einer Parafalle verhungern oder in einer Sonne verdampfen – wo liegt da der Unterschied?«

Ehe Tronar eine heftige Antwort geben konnte, ertönte ein Summen. Der schon mehrmals benutzte Bildschirm leuchtete auf, und Miharos blickte in die verlassene Funkstation. Er mußte wissen, daß man ihn sehen und hören konnte.

»Ich möchte mit einem Terraner sprechen«, sagte er hochnäsig.

Gucky, der sich halb erhoben hatte, sank wieder in seine alte Hockstellung zurück. Er blinzelte Tronar zu. Der Wellensprinter nickte und verstand. Gucky wollte den Tefroder nicht unnötig durch dialektische Kunststückchen verärgern.

»Haben Sie sich unser Angebot überlegt?« fragte Tronar und trat vor den Schirm und die darunter befindliche Kamera, die sein Bild nun in die Station des Centerkommandanten weiterleitete. »Die Frist ist noch nicht ganz verstrichen.«

Miharos verzog das Gesicht.

»Das ist auch völlig unnötig. Ich habe den Rat Ihres Zwergfreundes befolgt und die Meister unterrichtet. Tut mir leid, aber ich kann die sieben Gefangenen nicht freilassen. Und was die Sonneningenieure angeht, so haben sie bereits eingewilligt, einen neuen Transmitter zu bauen. Vom Selbstmord ihres Volkes war keine Rede.«

Tronar wartete einige Sekunden, ehe er antwortete:

»Vielleicht sieht es im Augenblick so aus, als sei Ihre Position stärker als die unsere. Aber das täuscht. Ich gebe Ihnen den guten Rat, die Gefangenen freizulassen. Sie vertun die letzte Chance, den Transmitter wirklich zu bekommen. Nicht nur Sie können bluffen.«

»Sie auch nicht«, konterte Miharos. »Warten wir doch ab, wie und was geschieht. Ihr Major Redhorse ist nicht in Gefahr. Kann sein, daß einer seiner Leute gesundheitlich nicht ganz auf der Höhe ist und ein wenig unter dem Verhör leidet, aber das ist auch alles. Ihnen geht es auch gut – was also wollen Sie mehr? Wer weiß, was alles geschehen wäre, wenn Sie nicht auf Hoel gelandet wären. Vielleicht lebten Sie schon lange nicht mehr.«

»Ihnen wird das Spotten vergehen«, sagte Tronar ruhig. »In ein paar Stunden werden Sie uns anflehen, abermals unser Ultimatum zu stellen. Kann sein, daß wir dann keine Lust mehr dazu haben.«

»Bluff!« höhnte Miharos. »Die Situation ist doch vielmehr so, daß Sie auf Hoel festsitzen, wenn wir oder die Sonneningenieure Ihnen nicht helfen. Mir fällt es gar nicht ein, und die Energiekugeln haben jetzt ganz andere Sorgen. Wenn die Ihnen helfen, sterben dafür unsere Geiseln. Sie sehen, wer von uns mehr Chancen hat, den Zweikampf zu gewinnen.«

»Wir werden ja sehen«, antwortete Tronar und schaltete die Verbindung ab.

Nachdenklich beobachtete er die Funkkontrollen. Er bedauerte es, daß es ihm und Rakal nicht möglich war, die Parafallen zu beseitigen. Rakal hatte es einmal versucht, indem er sich in den Energiefluß einer Falle eingefädelt hatte. Er hatte gehofft, so bis zum Energieaggregat zu gelangen und es zu zerstören. Doch dabei hätte er beinahe sein Leben verloren. Er war im Parafeld hängengeblieben und hatte es nur mit Mühe geschafft, es wieder zu verlasssen und zum Versteck zurückzukehren.

Tronar schüttelte sich unwillkürlich, als er daran erinnert wurde. Durch die Gefühlsverbindung hatte er die körperliche und seelische Pein seines Bruders in voller Stärke mitempfunden.

19.

Die »Rebellen« hatten ihren Entschluß gefaßt und waren nicht gewillt, ihn jemals wieder rückgängig zu machen. Sie ließen die festgesetzte Frist verstreichen und versammelten sich dann hoch über der Oberfläche von Hoel, um ihr Vorhaben durchzuführen.

Gucky war rechtzeitig von Schi abgeholt worden, um Zeuge des einmaligen Schauspiels zu werden. Etwa fünfzig Kilometer vom Raumhafen entfernt stand der Mausbiber auf einem kahlen Sandhügel. In der Ferne war die Silhouette der Oberflächenstadt zu erkennen. Eine der Sonnen stand dicht über dem Horizont, die zweite hatte ihren Tageshöhepunkt bereits überschritten.

Schi fing Guckys Gedanken auf.

»Ja, sie ist es«, signalisierte er. »Zu ihr werden sie heimgehen, Hunderttausend Sonneningenieure finden die letzte Erfüllung. Sie sind zu beneiden, die Glücklichen. Wir müssen noch warten. Aber nicht mehr lange . . .«

Gucky hatte es längst aufgegeben, die merkwürdigen Wesen von ihrem Vorhaben abzubringen. Vielleicht begann er auch zu begreifen, was es mit der »Umwandlung« auf sich hatte.

Er hatte sogar einmal Menschen kennengelernt, die sich nicht gegen ihren Tod wehrten, obwohl doch der Tod etwas Endgültiges war, wenigstens ihrer Meinung nach.

Die wogenden Massen der hochschwebenden Sonneningenieure ließen den Schein der beiden blauen Sonnen verblassen. Dazwischen wurden immer wieder die kleinen Raumschiffe der Energiewesen sichtbar, die das Licht der Sonnen und der Ingenieure reflektierten. Einige der Kugeln zogen es also vor, sich mit ihren Schiffen in Engerie zu verwandeln.

Die strahlende Leuchtwolke wurde merklich kleiner und entfernte sich von Hoel.

»Sie haben ihren Flug begonnen«, sagte Schi, und Gucky meinte, einige Neid-Impulse herauszuspüren. »Wir werden sie bald aus den Augen verlieren.«

Immer mehr entfernten sich die hunderttausend Sonneningenieure, bis sie nicht größer als eine flammende, weiße Sonne waren, die dicht neben der hochstehenden blauen Sonne schwebte.

Die beiden Leuchtflecke näherten sich immer mehr.

»Erfahren die Tefroder, was vor sich geht?« fragte Gucky.

»Sie wissen es bereits«, versicherte Schi. »Chron hat es ihnen mitgeteilt. Aber die Tefroder haben nichts verstanden. Sie wollten den Heimgang zu den Müttern verbieten.«

»Und was ist mit den gefangenen Sonneningenieuren? Werden die Tefroder nun ihre Drohung wahrmachen?«

»Nein, niemals. Wir sind inzwischen zu der Auffassung gelangt, daß unseren Freunden nichts geschieht. Sie sind viel zu wertvoll, um geopfert werden zu dürfen. Die Meister lassen das niemals zu. Sie müssen damit rechnen, daß wir alle zu den Müttern gehen und keiner mehr übrigbleibt. Wenn es dann auch keine Gefangenen mehr gibt . . .«

»Ich verstehe«, unterbrach Gucky keineswegs beruhigt. »Aber dann besteht auch die Möglichkeit, daß doch ein Transmitter gebaut wird.«

Schi signalisierte Verneinung.

»Unsere Gefährten wissen, was geschehen ist. Wir erhielten inzwischen Verbindung zu einigen von ihnen. Sie wollen am Heimgang teilnehmen, können aber nicht. Also werden sie sich bereiterklären, einen Transmitter zu bauen – und dann werden sie uns folgen. Niemand kann sie daran hindern.«

»Du meinst, sie werden sich in die nächstbeste Sonne stürzen?«

»Jede Sonne ist eine Mutter«, sagte Schi würdevoll.

Gucky schwieg. Er sah wieder hinauf in den klaren Himmel.

Der weiße und der blaue Lichtpunkt hatten sich inzwischen soweit genähert, daß sie zu einem einzigen Punkt verschmolzen. Das intensive Blau der Sonne wurde heller, strahlender. Es schien, als wolle sie wie eine Nova aufflammen, aber dann, Sekunden später, strahlte sie wieder im gewohnten Licht.

Schi ließ sich auf den Boden nieder.

»Sie sind heimgegangen. Mit einem einzigen Jubelimpuls sind sie heimgegangen – und bald werden wir ihnen folgen. Die lange Epoche der teilweisen Verstofflichung ist damit zu Ende. Wir haben viel geleistet, aber wir haben es auch für Unwürdige geleistet. Es war nicht zum Nutzen der galaktischen Völker. Und doch . . .«

»Und doch könnt ihr stolz sein«, beendete Gucky den begonnenen Gedanken. »Ihr habt etwas geleistet, das niemand vor euch leisten konnte. Eure Tat wird sich nie mehr wiederholen.«

»Danke«, signalisierte Schi. »Aber es ist besser, wenn du nun in das Versteck zurückkehrst. Die Tefroder werden sich bald entscheiden müssen, was mit deinen Freunden geschieht. Wenn du recht hast.«

»Ich bin nicht mehr so sicher«, gab Gucky zu. »Kommst du mit?«

»Später komme ich zu euch«, versprach Schi – und war eine Sekunde später verschwunden.

Gucky teleportierte in die alte Funkstation zurück.

Er kam gerade zur rechten Zeit. Tronar verhandelte mit Miharos.

» . . .nicht an die Abmachungen gehalten«, sagte der Centerkommandant gerade. »Wenn euer Wurzelzwerg sich mit den Sonneningenieuren verständigen kann, hätte er ihnen gut zureden können. Aber er hat sie noch aufgehetzt. Ich fürchte, ich werde Redhorse um einen seiner Männer berauben müssen, um mich etwas klarer auszudrücken.«

»Machen Sie keinen Fehler, Miharos«, warnte Tronar ernst. »Ich rate Ihnen, die Meister über das zu informieren, was geschehen ist.«

»Sie interessieren sich nicht für das Schicksal terranischer Gefangener«, sagte Miharos verächtlich. »Die Sonneningenieure sind interessanter und wichtiger.«

»Laß mich mal mit ihm reden«, mischte Gucky sich ein und trat vor den Bildschirm. »Hör mal gut zu, Miharos. Ich glaube, du hast noch nicht richtig begriffen. Wenn du Redhorse oder einem seiner Leute auch nur ein Haar krümmst, stürzen sich alle Sonneningenieure in die blauen Riesen. Überlege dir das, bevor du eine Dummheit begehst. Und nun sprich mit den Meistern. Wenn du dann einen guten Rat brauchst oder Hilfe, wende dich vertrauensvoll an uns. Ende!«

Tronar sah Miharos an und zuckte die Schultern.

»Es ist ein guter Rat, Miharos.«

Der Centerkommandant sah wütend aus, als er seine Hand vorstreckte, um die Bildfunkverbindung abzuschalten.

Rakal sagte: »Ich bin gespannt, was er nun tun wird.«

»Ich auch«, gab Tronar zu, und es tat ihnen leid, daß sie jetzt Miharos nicht heimlich beobachten konnten.

Miharos saß noch eine ganze Weile in seinem Kontrollraum, ehe er aufstand und in den Nebenraum ging, wo das Hyperfunkgerät installiert war. Er ließ sich in dem bequemen Sessel nieder und bediente die Kontrollen.

Nach einer Weile leuchtete der große Schirm an der Wand auf. Die einzelnen Relais-Stationen meldeten sich und sendeten ihr Erkennungsbild.

Dann endlich erschien das Symbol, auf das er gewartet hatte, auf dem Bildschirm. Miharos kannte das Symbol der Meister der Insel, aber er hatte noch nie einen von ihnen gesehen.

»Was wollen Sie schon wieder, Centerkommandant?« fragte eine mechanische, kaum modulierte Stimme.

Miharos duckte sich unwillkürlich, aber seine Stimme klang nicht unsicher, als er in kurzen Worten schilderte, was geschehen war. Er bat um neue Anweisungen und empfahl ganz schlicht und einfach die Tötung der Geiseln.

Die Antwort des Meisters riß ihn fast vom Sessel.

»Centerkommandant Miharos! Ihre Fähigkeiten lassen nach. Sie haben kläglich versagt. Ihre diplomatischen Fähigkeiten sind gleich Null. Warum konnten Sie die Techniker nicht an ihrem Vorhaben hindern?«

»Wie sollte ich das? Selbst wenn ich ein paar tausend von ihnen mit Paragittern finge, so würde das ihren verrückten Entschluß nicht beeinflussen.«

»Dann versuchen Sie es eben anders. Lassen Sie die Terraner frei.«

Miharos brauchte einige Sekunden, um sich von seiner Überraschung zu erholen.

»Ich soll die Terraner freilassen? Aber ich brauche doch ihre Informationen . . .«

»Was wir brauchen, sind die Sonneningenieure! Lassen Sie die Terraner frei, wenn Sie damit den Entschluß der Energiekugeln ändern können. Sie haben keine andere Wahl.«

»Die Terraner kennen die Position des Dreimüttersystems.«

»Na, und wenn schon! Sie werden kaum noch Gelegenheit haben, diese Position auszuwerten. Wie sollen sie denn Hoel verlassen, wenn sie kein Schiff haben? Und wenn sie eins haben, so werden Ihre Wachkreuzer dafür sorgen, daß sie nicht weit kommen.«

Miharos sah plötzlich wieder zuversichtlich aus.

»Ja, das wäre ein Gedanke«, murmelte er.

»Was ist?« fragte die Stimme.

»Die Terraner können mir nicht entkommen, auch wenn ich sie freilasse«, sagte Miharos laut und deutlich. »Sie werden sogar Gelegenheit erhalten, ein Schiff zu stehlen. Allerdings genau das Schiff, das ich stehlen lassen will.«

»Manchmal haben Sie auch gute Ideen«, lobte die Stimme. »Ich erwarte Vollzugsmeldung in Kürze, und ich hoffe, Sie können mir dann auch mitteilen, daß die Sonneningenieure bereit sein werden, den Transmitterbau möglichst bald in Angriff zu nehmen.«

Das Bild erlosch, und der Schirm wurde dunkel.

Miharos lehnte sich zurück und blieb noch eine Weile sitzen.

Dann kehrte er in seinen Kommandoraum zurück und gab über Funk einige Befehle durch.

Zehn Minuten später wurden Major Redhorse und seine sechs Männer von den Wachposten herbeigeschafft. Redhorses Gesicht zeigte Verbitterung.

»Was für eine Teufelei haben Sie nun wieder vor«, fragte er.

Miharos lächelte eisig. Er winkte einen der Tefroder zu sich heran und befahl: »Sorgen Sie dafür, daß man die Schutzanzüge der Gefangenen bringt. Vergessen Sie die Waffen nicht. Legen Sie das ganze Zeug in Paraschleuse sieben ab. Und beeilen Sie sich.« Er wandte sich sofort wieder an Redhorse. »Sie sind ab sofort frei. Sie dürfen gehen, wohin Sie wollen. Ihre Freunde werden noch verständigt. Ich hoffe, Sie haben keinen Grund, sich über Ihre Behandlung in der Gefangenschaft zu beschweren. Das wäre sehr bedauerlich.«

Redhorse überhörte den Spott.

»Sie lassen uns frei? Was steckt dahinter? Oder wollen Sie mir erzählen, daß Sie zuerst vierzehn meiner Leute umbringen, um uns dann so einfach laufenzulassen?«

»Das ist meine Sache. Sie können jetzt gehen.« Miharos stand auf und blieb vor Redhorse stehen. »Ja, noch etwas: Sorgen Sie dafür, daß die Sonneningenieure bald mit dem Bau des neuen Transmitters beginnen. Das kann Ihre Lage nur verbessern. Vielleicht sehen wir uns bald wieder.«

»Ich verzichte«, sagte Redhorse. Er nickte seinen Männern zu. »Gehen wir.«

Und sie gingen.

Miharos wartete, bis sich die Tür hinter ihnen schloß, dann drückte er einige Kontrollen ein.

Er wollte mit den beiden Terranern in der verlassenen Station sprechen und ihnen die große Neuigkeit mitteilen.

Mit Hilfe der Sonneningenieure war es Gucky möglich gewesen, die Freigelassenen in der Oberstadt der Tefroder abzuholen und ins Versteck zu bringen.

Redhorse ging unruhig auf und ab. Er hatte lange nachgedacht, war aber zu keinem Ergebnis gekommen.

»Miharos muß Anweisung von den Meistern erhalten haben, anders kann ich es mir nicht erklären«, murmelte er schließlich.

Gucky marschierte auf ihn zu und blieb vor ihm stehen.

»Natürlich hat er Anweisungen von den Meistern erhalten. Ich habe ihm ein Ultimatum gestellt. Er mußte darauf eingehen, denn er ist ja in dem Glauben, damit den Selbstmord der Sonneningenieure verhindern zu können.«

Redhorse nickte.

»Du bist ein kluges Kind, Gucky. Du hast ihn mit seinen eigenen Mitteln geschlagen. Mit Erpressung!«

»Richtig!« sagte Gucky ungerührt. »Hast du was dagegen?«

»Keineswegs«, beeilte sich Redhorse zu versichern. »Bloß frage ich mich, was er nun tun wird, wenn sich die Ingenieure tatsächlich in ihre Sonnen stürzen werden. Er wird uns erneut einzufangen versuchen, und dann geht die Sache nicht so glimpflich ab.«

Gucky spazierte auf und ab. Plötzlich blieb er stehen.

»Glaube nur nicht, daß ich in der Zwischenzeit untätig geblieben bin, Don. Natürlich weiß ich, daß wir den Entschluß der Sonneningenieure nicht ändern können. Sie haben die Umwandlung beschlossen, und ich denke, sie müssen wissen, was sie tun. Aber bevor das geschieht, müssen wir dieses Sonnensystem verlassen haben und ein gutes Stück davon entfernt sein. Was brauchen wir aber, um das anzustellen?« Er sah Redhorse pfiffig an. »Richtig! Ein Schiff! Und wo halten sich solche Schiffe für gewöhnlich auf, wenn sie nicht gebraucht werden? Aha, ich sehe an deiner intelligenten Mimik, daß du die Antwort schon kennst! Richtig, im Hangar eines Raumhafens! Na also, damit weißt du doch schon, was ich meine: Wir klauen uns ein Schiff! «

»Klauen? Was für ein Ausdruck! Wir leihen uns ein Schiff. Das hört sich besser an.«

»Der Unterschied ist lediglich dialektischer Natur«, erklärte Gucky verächtlich. »Jedenfalls schnappen wir uns ein Schiff und verschwinden, ehe die Tefroder einen Piepser von sich geben können.«

»Und du denkst es dir sehr einfach, ein Schiff zu stehlen? Kennst du den Hangar? Gibt es da Parafallen? Ist er bewacht?«

Gucky verzog das Gesicht.

»Es ist der Fehler fast aller Terraner, einen Mausbiber zu unterschätzen. Es ist doch wohl klar, daß ich bereits alle Möglichkeiten erkundet habe. Und wenn ich behaupte, wir werden ein Schiff kapern, dann ist das so, als hätten wir es schon.«

»Ich kann deinen Optimismus nicht ganz teilen, aber leider war ich ja Gefangener der Tefroder, Gucky. Ich muß also annehmen, du bist dir deiner Sache ziemlich sicher. Und wann soll das Unternehmen gestartet werden?«

»Morgen. Die Sonneningenieure warten nicht mehr lange. Und du hast ja selbst gesagt, daß dann die Hölle los ist.«

»Morgen?« Redhorse sah in Richtung der Proviantkiste. »Den Rest der Konserven nehmen wir natürlich mit – ebenfalls leihweise.«

Gucky sah sich um.

»Tronar wird mich begleiten. Und Captain Vita.«

Vita sah fast erschrocken aus.

»Ich? Warum ausgerechnet ich? Nimm doch Rakal mit.«

»Rakal kennt die Verhältnisse hier. Er bleibt deswegen«, entschied Gucky. »Sie kommen mit, Captain. Ich brauche einen tatkräftigen Mann – und vor allen Dingen brauche ich einen Mann, der mit der Raumjacht umgehen kann. Mit einer kleinen und sicherlich besonders schnellen Raumjacht.«

Vita unterdrückte seinen Protest.

»Eine Raumjacht? Was für ein Schiff ist das?«

»Ich nehme an, das Schiff des Centerkommandanten. Ich habe es mit eigenen Augen gesehen, als ich dem Hangar einen Besuch abstattete. Er ist nicht durch Paragitter abgesichert. Es wird also relativ leicht sein, die Jacht zu finden, in sie einzudringen und damit zu fliehen. Wie die Lifts funktionieren, weiß ich. Ich teleportiere dann hierher zurück und hole die restlichen Leute an Bord – und dann nichts wie ab durch die Mitte.«

Vita sagte überhaupt nichts. Er nickte nur.

Redhorse nickte auch. Aber er sagte etwas.

»Hört sich gut an, aber das tun die meisten Märchen.«

Gucky starrte ihn wütend an.

»Ich kenne dich überhaupt nicht mehr wieder, Rothaut. Du bist doch der tapferste Krieger, den es jemals gab. Warum deine ewigen Bedenken, dein Pessimismus? Kann doch nichts schiefgehen, und außerdem haben wir keine andere Möglichkeit. Entweder bleiben wir hier sitzen und warten, bis die Tefroder uns die Hölle heiß machen, oder wir verschwinden rechtzeitig. Ich ziehe die zweite Möglichkeit vor.«

Redhorse wartete einige Sekunden, ehe er zustimmte:

»Also gut, Kleiner. Dann wünsche ich dir viel Glück morgen. Hoffentlich warten die Sonneningenieure . . .«

»Sie versammeln sich erst in zwei Tagen. Chron hat seine Einwilligung dazu gegeben. Das bedeutet, daß keiner zurückstehen will. Der Heimgang zu den großen Müttern beginnt übermorgen. Bis dahin müssen wir das Schiff haben und gestartet sein. Darum habe ich es ja so eilig.«

»Wer langsam eilt – eilt sicher«, deklamierte Captain Vita.

Gucky nickte ihm zu.

»Und er stolpert dann auch langsamer und hat mehr davon«, sagte er spöttisch.

Im Hangar herrschte rege Betriebsamkeit.

Gucky war mit seinen beiden Begleitern einfach blind teleportiert und hatte Glück gehabt. Er materialisierte zwischen zwei riesigen Kistenstapeln, die wahrscheinlich Ersatzteile und Maschinen enthielten. Er sah sich um und riß Tronar und Vita zu Boden.

Dazu hatte er auch allen Grund.

Zwei Offiziere in der Uniform der Wachflotte der Tefroder kamen, in angeregte Unterhaltung vertieft, um den einen Stapel herum und marschierten genau auf Gucky und seine Begleiter zu. Sie hatten soviel mit sich und ihren Problemen zu tun, daß sie die Eindringlinge nicht bemerkten. Tronar zog Vita mit sich und verschwand mit ihm unter einem Metallgestell. Gucky folgte ihnen blitzschnell.

Die beiden Offiziere gingen vorbei und verschwanden in Richtung der eigentlichen Hangars, wo das technische Personal mit der Wartung der Schiffe beschäftigt war.

Gucky atmete auf.

»Sie haben sich ausgerechnet über uns unterhalten«, flüsterte er, als die Luft wieder rein war. »Sieht ganz so aus, als wären wir noch ihre Gefangenen.«

»Sind wir ja auch. Ohne Schiff kommen wir niemals von diesem verrückten Planeten weg«, sagte Tronar.

»Schiffe sind genug da«, erwiderte Gucky und blickte in Richtung des Hangars. »Aber im Augenblick sieht es nicht so aus, als käme man an sie heran. Vielleicht schlafen die Brüder auch mal.«

»Wo keine Nacht ist«, säuselte Vita, »ist auch kein Schlaf.«

»Hier unten ist es immer duster, wenn sie die Lampen auspusten«, belehrte ihn Gucky hochmütig. »Natürlich legen die Tefroder auch Ruhepausen ein. Wenn ich die Gedanken der arbeitenden Masse dort bei den Schiffen richtig lese, ist in einer halben Stunde Feierabend. Die meisten denken an nichts anderes.«

»Warten wir hier?« erkundigte sich Tronar. »Wo steht übrigens das feine Schiffchen, von dem du uns vorgeschwärmt hast?«

»Kann man von hier aus nicht sehen. Aber wir wechseln die Stellung, sobald Arbeitsschluß ist. Es werden Wachen zurückbleiben, aber die umgehen wir, indem ich mit euch teleportiere.«

»Warten ist der Weisheit Eile«, sagte Vita dramatisch und hob beschwörend die Hände, wobei er fast den Halt verloren hätte und von den Kisten gerutscht wäre.

Sie warteten.

Fast genau zu der von Gucky vorausgesagten Zeit ertönte ein helles Signal. Die Tefroder schienen schon darauf gewartet zu haben. Techniker in Arbeitskleidung, Offiziere und Mannschaften der Wachflotte strömten den Ausgängen entgegen.

Kaum hatten die letzten Tefroder die unübersichtliche Halle verlassen, da erschienen die Streifen. Sie patrouillierten in kleinen Gruppen durch die Gänge und zwischen den Schiffen hindurch. Gucky kontrollierte flüchtig die Gedanken einiger Posten, aber er konnte nichts Verdächtiges feststellen.

Sie lagen noch immer in ihrem Versteck und beobachteten die Tefroder. Bald wußten sie, welche Runden sie gingen und wieviel Zeit sie dazu benötigten. Gucky packte Tronar am Ärmel.

»Jetzt können wir uns umsehen. Ich teleportiere mit euch in die

Nähe des Schiffes. Dort gibt es Verstecke genug, in denen wir untertauchen können, falls uns Tefroder über den Weg laufen.«

Er stellte auch den körperlichen Kontakt zu Vita her, dann entmaterialisierten sie.

Als sie wieder materialisierten, befanden sie sich am Ende eines Ganges, der aus verschiedenen Kistenstapeln gebildet wurde.

»Dort vorn steht die Jacht. Nun, Vita, was sagen Sie jetzt?« triumphierte Gucky.

Captain Vita hatte den Mund halb geöffnet, brachte aber keinen Ton hervor. Mit Verwunderung in seinem Blick starrte er auf das schlanke, torpedoförmige Schiff, das keine fünfzig Meter von ihm entfernt auf einer fahrbaren Startrampe lag. Es war im Winkel von fünfundvierzig Grad aufgerichtet und etwa fünfzig Meter lang. In der Mitte hatte es einen Durchmesser von nicht ganz zehn Metern. Sichtluken im Bugteil verrieten, wo Zentrale und Kabine waren. Die Antriebsdüsen im Heck sahen neu aus und ließen auf hohe Beschleunigungswerte schließen.

Tronar ließ sich weniger beeindrucken.

»Schöner Pott«, sagte er und nickte beifällig. »Sieht so aus, als könne man damit ziemlich schnell vom Fleck kommen.«

»Sieht nicht nur so aus«, sagte Vita begeistert. »Das ist ein richtiger Flitzer! In zehn Minuten im Linearraum, wenn Not am Mann ist. Damit können wir es allerdings schaffen.«

»Und wie kriegen wir das Ding an die Oberfläche?«

Gucky marschierte auf die Jacht zu. Die beiden Männer folgten ihm. In zehn Minuten würden die Wachposten wieder hier vorbeikommen.

»Die Lifts sind dort drüben«, sagte der Mausbiber. »Es geht alles automatisch. Man braucht nur auf den Knopf zu drücken.«

»Aber auf den richtigen«, warnte Tronar.

»Den finden wir«, versicherte Vita, der allen Pessimismus plötzlich verloren hatte. »Und ob wir den finden!«

Sie befanden sich unter der Einstiegluke. Gucky bedeutete seinen Begleitern, sich ruhig zu verhalten, dann verschwand er plötzlich. Im selben Augenblick materialisierte er vor den Kontrollen der Startrampe. Eindringlich studierte er die einzelnen Anzeigen, dann teleportierte er zu seinen Freunden zurück.

»Ich habe ihn schon gefunden«, verkündete er. »Nun wird es aber Zeit, daß wir ins Schiff kommen.«

Er nahm Tronar Woolver und Captain Vita bei den Händen und teleportierte in die Zentrale der kleinen Jacht.

»Ich hole die anderen«, sagte er, nachdem sie sich umgesehen hatten. »Dann warten wir, bis die Wachen diesen Punkt wieder passiert haben. Uns bleiben danach zwanzig Minuten, um zu starten und Hoel zu verlassen.«

»Sobald die Rampe zu rollen beginnt, sind sie ohnedies gewarnt«, meinte Tronar.

»Dann ist es aber bereits zu spät«, erwiderte der Mausbiber. »Bis sie merken, was gespielt wird, und richtig reagieren können, sind wir schon längst unterwegs.«

Die automatische Startrampe wurde von einem Schaltpult aus gesteuert, das zwanzig Meter neben der eigentlichen Rollrampe lag. Die Ziffern unter den Schaltungen waren identisch mit den einzelnen Liegeplätzen der Schiffe. Gucky hatte sich die Kontrollen genau eingeprägt und herausgefunden, welche Schaltung für ihr Schiff zuständig war. Es würde ihm keine Schwierigkeiten bereiten, sie zu betätigen und danach sofort wieder an Bord der Jacht zurückzuteleportieren. Ein bereits aktivierter Startvorgang ließ sich nicht mehr stoppen, so daß sie die subplanetarische Anlage verlassen konnten, auch wenn die tefrodischen Wächter auf sie aufmerksam wurden.

Während sich Vita mit den Instrumenten des Schiffes vertraut machte, brachte Gucky in drei Etappen die restlichen Terraner und den Rest des Proviants.

»So, da wären wir nun«, sagte er, als er mit den letzten drei Männern materialisierte. Er sah, wie sich Redhorse mit Vita unterhielt.

»Alles in Ordnung«, sagte Redhorse. »Wir werden dieses Schiff schon sicher zu steuern wissen, zumal sich die Funktionsweise tefrodischer Schiffe kaum von der unserer eigenen unterscheidet. Vita wird einen guten Piloten abgeben.«

»Ich hoffe nur, das alles gutgeht«, sagte Tronar.

»Achtung, sie kommen!« rief in diesem Augenblick Captain Vita.

Er meinte die beiden Wachposten, die gemütlich die Halle entlangschlenderten und sich dem Schiff näherten. Sie beachteten es mit keinem Blick, sondern unterhielten sich. Ihre Waffen hingen vor der Brust. Als sie vorüber und verschwunden waren, nickte Redhorse dem Mausbiber zu.

»Es ist soweit«, sagte er.

Gucky sah aus der Luke, hinüber zum Startpult für die Lifts.

Dann teleportierte er.

Zehn Sekunden später war er wieder im Schiff.

»Die Geschichte läuft an«, meldete er. »Wahrscheinlich ist eine gewisse Zeit notwendig, die Apparatur in Gang zu bringen. Aber – na klar, wir bewegen uns doch schon . . .«

Die Jacht glitt auf der Startbahn langsam den Lifts zu.

Gucky stand neben der linken Sichtluke. Er bemerkte an den Veränderungen draußen, daß sich die Jacht aufrichtete und dann senkrecht stand. So glitt sie auf die Liftplatte, die sich sofort zu heben begann. Obwohl sie es im Schiff nicht hörten, so mußte ein weithin hörbares Geräusch mit dem Vorgang verbunden sein, denn Gucky stieß einen schrillen Schrei aus.

»Sie haben uns bemerkt.« Es war klar, daß er damit die Tefroder meinte. »Sie kommen zurück, und zwar im Laufschritt. Wenn sie bloß nicht die Wache oben alarmieren. Dann fangen die uns ab, ehe wir den Himmel sehen.«

»Wie wollen sie uns aufhalten?« fragte Vita. »Unser Schiffchen geht ihnen durch die Lappen, ehe sie überhaupt begreifen, was passiert ist.«

Tronar war weniger zuversichtlich.

»Wir müssen uns auf einen harten Kampf gefaßt machen, ehe wir im Linearraum verschwinden können.«

»Warten wir's ab«, rief Redhorse.

Gucky bückte sich und blickte durch die Luke nach oben.

»In der Decke hat sich eine quadratische Öffnung gebildet. Die Sache klappt vorzüglich. Und die beiden Wachposten stehen da unten in der Halle, als wären sie mit den Füßen in Pudding geraten. Richtig angeleimt. Ob sie schon Alarm gegeben haben?«

Es schien nicht so.

Captain Vita saß hinter den Kontrollen im Pilotensitz. Redhorse nahm die Funktion eines Navigators ein.

Die Jacht stieg nahezu majestätisch an die Oberfläche. Dann glitt sie mit dem Startgerüst vom Lift und blieb schließlich stehen.

Vita drückte den Startknopf.

Es dauerte natürlich eine Weile, ehe die Automatik anzulaufen begann. Auf dem Raumfeld standen die startbereiten Kreuzer. Technisches Personal war damit beschäftigt, Vorräte zu verladen und kleine Reparaturen durchzuführen. Die Tefroder hielten es nicht für notwendig, dafür die Schiffe extra in den Hangar einfahren zu lassen. Außerdem war Ruheperiode, und nur die wichtigsten Arbeiten wurden durchgeführt.

So kam es, daß das Feld fast menschenleer war.

»Das kann doch nicht wahr sein!« stöhnte Vita und starrte fasziniert auf seine Kontrollen. »Sieht fast so aus, als hätten sie überhaupt nichts dagegen, daß wir abhauen.« Er räusperte sich. »Ich möchte wissen, wann der Kahn endlich anspringt.«

Er »sprang an«.

Mit einem sanften Ruck löste sich die Jacht aus dem Startgerüst und schoß senkrecht in den Himmel empor. Das alles ging so schnell, daß Gucky die auf dem Feld befindlichen Tefroder in zwei Sekunden nur noch als winzige Pünktchen erkennen konnte, und dann waren sie auch schon verschwunden. Nur die großen Wachkreuzer blieben noch weitere drei Sekunden sichtbar, dann verschmolzen sie mit den Oberflächenanlagen und wurden eins mit der Stadt der Tefroder.

Das kleine Schiff stieß mit hoher Geschwindigkeit in den Weltraum vor. Bald war Hoel nur noch als runder Ball durch die Sichtluke erkennbar.

Vita hinter den Kontrollen schüttelte den Kopf.

»Ich verstehe überhaupt nichts mehr. Keine Verfolgung, keine Hindernisse, nichts. Sie haben uns einfach fliehen lassen.«

Redhorse, der neben ihm saß, verbarg seine Zweifel nicht.

»Irgend etwas an der Sache stimmt nicht.«

Gucky watschelte von einer Seite der Kontrollkabine zur anderen, als wolle er sich Bewegung verschaffen.

»Miharos hat aufgegeben«, vermutete er ohne Überzeugung. »Was will er noch von uns? Nichts mehr. Er weiß genau, daß er Ärger mit den Meistern haben wird, also läßt er uns entkommen. Das ist für ihn die beste Lösung.«

»So einfach kann das nicht sein«, sagte Tronar, der neben der Tür stand. Sie führte in den schmalen Gang, zu den Kabinen und zum hinteren Teil des kleinen Schiffs. »Ich wette, das dicke Ende kommt noch nach.«

Ehe jemand darauf eingehen konnte, materialisierten drei leuchtende Kugeln in der Zentrale.

Es waren Schi, Mo und Rel.

»Schi«, entfuhr es Gucky. »Ich hatte schon geglaubt, euch nie mehr zu sehen.«

»Keine Sorge, kleiner Freund«, signalisierte Schi. »Wir kamen, um euch von der neuesten Entwicklung in Kenntnis zu setzen. Außerdem haben wir beschlossen, euch zu euerem Volk zu begleiten.«

Die Terraner waren überrascht.

»Uns begleiten?« fragte Gucky ungläubig. »Ich dachte, ihr wolltet euch mit eurem Volk in die Großen Mütter stürzen.«

»Der Heimgang wurde aufgeschoben. Miharos hat vor wenigen Minuten große Zugeständnisse gemacht. Er hat uns die Freiheit und Unabhängigkeit zugesagt. Wir werden nicht mehr gezwungen einen neuen Sonnentransmitter zu bauen. Es ist uns freigestellt, ob und wann wir bauen.«

»Das ist doch eine Falle«, rief Gucky erregt.

Schi gab ihm recht. »Natürlich ist es das. Aber wir tun so, als glaubten wir Miharos. Bis ihr in Sicherheit seid, dann führen wir unser Vorhaben trotzdem durch.«

»Und . . . ihr kommt mit uns?«

»Wir werden mit euch kommen«, signalisierte Schi zurück.

Obwohl er in einem sanften Rosa glühte, strahlte er kaum Wärme aus. Bei Mo und Rel war es ähnlich.

Gucky sagte laut.

»Ihr seid alt, Schi, sehr alt. Die Zeit spielt bei euch keine Rolle. Wenn ihr den Heimgang zu den Müttern aufschiebt, so kann es sich da um ein paar Tage oder auch Jahrhunderte handeln. Wir möchten, daß es Jahrhunderte sind. Wichtig ist nur, daß ihr den Tefrodern nicht mehr helft.«

»Vielleicht ist es so«, sagte Schi und ließ alles offen.

»Ich muß es glauben, Schi. Wenn ich es nicht glauben kann, werde ich mir Vorwürfe machen, solange ich lebe. Du kannst das nicht verstehen. Euer Heimgang ist und bleibt für mich das Ende eures Volkes.«

»Wir kommen mit euch, um die Terraner kennenzulernen. Vielleicht begreifen wir dann auch einige Zusammenhänge besser. Aber nun solltet ihr zusehen, dieses System so rasch wie möglich zu verlassen.«

Redhorse stand auf, nachdem Gucky das Gespräch übersetzt hatte.

»In wenigen Augenblicken haben wir die Eintauchgeschwindigkeit erreicht, danach verschwinden wir im Linearraum. Ein kurzer

Linearsprung dürfte genügen, damit wir in Ruhe den weiteren Kurs ausarbeiten können.«

Gucky nickte. Sie hatten zwei Möglichkeiten. Zuerst mußten sie versuchen, den Sammelort der terranischen Flotte zu erreichen. Sollten dort wider Erwarten keine Schiffe mehr auf sie warten, würden sie Kurs auf die Paddlerplattform KA-preiswert nehmen. Von dort aus würde es ein leichtes sein, mit einem Kurierschiff nach Gleam zurückzukehren.

»Linearraumeintritt in zehn Sekunden«, sagte in diesem Augenblick Captain Vita mit ruhiger Stimme.

Redhorse eilte auf seinen Platz.

Die Orterschirme blieben nach wie vor leer.

Dann war es soweit.

Die Sterne verschwanden von den Schirmen und machten der absoluten Schwärze Platz, die aber nur wenige Sekunden anhielt. Die Positronik hatte die Zeit berechnet und schaltete automatisch den Antrieb wieder ab. Als die Schirme wieder hell wurden, waren einige Veränderungen eingetreten.

Die drei blauen Riesensonnen waren zu großen Sternen zusammengeschrumpft. Die Abstände waren noch deutlich zu erkennen. Von den Planeten waren nur die äußeren zu sehen.

Vita lehnte sich zurück.

»Damit wären wir wohl in Sicherheit« sagte er. »Wo stecken die drei Sonneningenieure überhaupt?«

»Sie sind bei Bulmer im Maschinenraum. Wahrscheinlich wollen sie sich vergewissern, daß sie im Notfall die Atomspeicher anzapfen können.« Redhorse lachte. »Wenn sie Hunger bekommen.«

Vitas Gesicht verzog sich.

»Hunger? Bei ihnen sind alle Begriffe verkehrt. Haben sie Hunger, nehmen Sie Energie auf – reine Energie. Und wenn sie ewig weiterleben wollen, stürzen sie sich in eine Sonne und begehen Selbstmord. Ich werde das nie begreifen.«

Redhorse wollte gerade etwas antworten, als es im Interkomlautsprecher deutlich knackte, als habe er sich eingeschaltet.

Dann ertönte eine Stimme in der Zentrale, die sofort unangenehme Erinnerungen weckte.

Es war die Stimme des Centerkommandanten.

Sie war im ganzen Schiff zu hören.

Miharos sagte:

»Dies ist eine Bandaufnahme. Es spricht Centerkommandant Miharos von Hoel. Ihre Flucht wurde von mir in allen Einzelheiten vorbereitet und genehmigt. Ich mußte es zulassen, um die Sonneningenieure nicht als Bundesgenossen zu verlieren. Nun sind Sie offiziell geflohen und in Sicherheit. Die Sonneningenieure sind beruhigt und werden ihr wahnsinniges Vorhaben, sich in die Sonnen stürzen zu wollen, nicht durchführen. – Nun zu Ihnen, Terraner. Als Sie den Linearantrieb einschalteten, schalteten Sie auch gleichzeitig eine kleine Vorrichtung ein, die ich vorsorglich einbauen ließ, bevor Sie das Schiff stahlen. Die Automatik läuft und kann nicht mehr aufgehalten werden. Sie bewirkt zuerst das Abspielen dieser Aufnahme, die in wenigen Sekunden beendet sein wird. Dann schaltet sich die Selbstzerstörungsanlage ein. Von nun an gerechnet haben Sie genau fünf Minuten Zeit, sich auf den Tod vorzubereiten. Ihr Mutant, der Wurzelzwerg hat einen Fehler begangen. Er hat mich unterschätzt. Und das sollte man niemals tun. Gute Fahrt, Terraner!«

Die Stimme schwieg. Es knackte abermals im Lautsprecher, und dann war absolute Stille.

Niemand sagte ein Wort, aber alle sahen sich an, blaß und verstört.

Zehn Sekunden verstrichen, dann sagte Gucky:

»So ein verfluchter Bursche! Ich hätte es wissen müssen! Ich bin Telepath, ich hätte es wissen müssen! Er hat uns hereingelegt!«

Tronar stand unschlüssig in der Zentrale.

»Wir haben noch fünf Minuten . . .«

»Was sind schon fünf Minuten?« fragte Gucky, ohne sich zu rühren. »Viel zu wenig Zeit, um nach Eyhoe zurückzufliegen. Allein die Programmierung nähme zwei Minuten in Anspruch. Nein, das schaffen wir nicht. Miharos hat das ganz raffiniert angefangen. Er hat die Automatik mit dem Linearantrieb verbunden. Da ist es dann immer zu spät für eine Rückkehr. Und die Sonneningenieure hat er auch hereingelegt. Die denken, wir sind in Sicherheit.«

»Gucky!« sagte Tronar erregt. »Du mußt die drei Kugeln holen, sofort!«

Gucky hatte schon Verbindung aufgenommen. Sekunden später waren die drei Energiekugeln in der Zentrale. Diesmal wurde es merklich wärmer, aber die Klimaautomatik begann sofort zu arbeiten und hielt die gewünschte Temperatur.

»Wir haben verstanden«, sagte Schi. »Durch eure Gespräche wissen wir, was geschehen ist. Wir haben Miharos unterschätzt. Hätten wir unser Schiff dabei, könnten wir euch in Sicherheit bringen. Wir können euch nicht helfen.«

Tronar rief: »Rakal, wir müssen den Mechanismus finden und unschädlich machen. Nur wir können das. Die elektrische Anlage, die Stromversorgung, die Leitungen . . .

Ehe Gucky noch ein Wort sagen konnte, waren die beiden Wellensprinter verschwunden.

Noch vier Minuten bis zur Explosion.

Vita saß hinter den Kontrollen, unschlüssig und vor Schreck halb gelähmt. Er sah keinen Ausweg mehr aus der Situation und schien sich mit dem unvermeidlichen Ende abgefunden zu haben.

Redhorse aber gab nicht so schnell auf.

»Raumanzüge schließen. Wir steigen aus. Vielleicht können uns die Ingenieure ins System der drei Mütter zurückbringen. Wir haben Luftvorrat genug, es lange auszuhalten.«

»Es wäre sinnlos«, gab Vita zu bedenken, und Björnsen stimmte ihm zu. »Die Tefroder würden uns finden.«

»Sie haben Wachkreuzer in unsere Richtung geschickt«, sagte Björnsen. »Mit einem Aussteigen rechnet Miharos natürlich. Er hat vorgesorgt. Sie sind hinter uns her. Sie wissen, daß wir den Linearantrieb nicht mehr einschalten können und holen uns leicht ein. Wenn wir dann hilflos im Raum treiben, ohne Schiff, können sie uns einzeln erledigen.«

»Noch ist nicht alles verloren«, sagte Gucky. »Rakal und Tronar werden die Sprengautomatik finden. Wenn sie alle vorhandenen Stromkreise durchforschen, müssen sie den Mechanismus finden. Und unschädlich machen! Wir haben noch drei Minuten!«

Drei Minuten bis zur Ewigkeit!

Drei Minuten, die selbst Ewigkeit waren . . .

»Wir können nicht helfen«, signalisierte Schi noch einmal. »Wir werden euch nicht weiter begleiten, sondern nach Hoel zurückkehren. Chron muß von dem Verrat des Centerkommandanten erfahren, damit er entsprechend handelt. Er wird empört sein, so wie unser ganzes Volk empört sein wird. Der Heimgang zu den Großen Müttern ist nun nicht mehr aufzuhalten. Lebt wohl, Terraner. Wir wären vielleicht Freunde geworden – aber wir werden ja nicht sterben. Ihr werdet uns begegnen, in dieser oder jener Form. Ihr werdet uns nicht immer gleich erkennen, aber wenn das Licht fremder Sterne auf fremde Welten fällt, so denkt daran, daß wir es sein können, die euch Licht und Wärme geben. Wir wissen nicht, ob wir uns euch dann mitteilen können, aber nehmt Licht und Wärme als Gruß. Lebt wohl, Terraner. Und lebe wohl, kleiner Freund der Terraner . . .«

Ehe Gucky auch nur eine Bewegung machen konnte, waren sie verschwunden.

Es blieben noch zwei Minuten.

»Nun wird es passieren«, sagte Redhorse. »Alle Sonneningenieure werden sich auf einmal in die blauen Riesen stürzen, und die Sonnen werden explodieren. Die Tefroder sind verloren. Niemand kann sie retten.«

Gucky starrte auf die Funkgeräte, aber er blieb stumm. Seinem Gesicht war nicht anzusehen, was er dachte.

Captain Vita stand wortlos auf und ging zu Björnsen.

»Leutnant, nehmen Sie sofort Funkverbindung zu den Tefrodern auf. Warnen Sie die Kolonie auf Hoel. Der Stützpunkt soll sofort geräumt werden. Vielleicht hören sie uns.«

Er kehrte an seinen Platz zurück und setzte sich.

Noch eine Minute.

Redhorse ging zu Gucky.

»Warum versuchen wir es nicht? Warum teleportierst du dich nicht in Sicherheit? Du kannst Eyhoe VIII erreichen, oder auch Hoel. Aber richtig, das hilft dir auch nicht weiter. Die Planeten werden von den aufflammenden Sonnen verbrannt werden. Aber vielleicht gelänge es dir, noch ein Schiff der Tefroder zu erreichen. Du könntest die Mannschaft zwingen . . .«

Noch dreißig Sekunden.

Vor den Funkgeräten rematerialisierte Tronar. Er sah müde und erschöpft aus. Aber in seinen Augen war ein Funkeln, dessen Bedeutung den Männern in der Zentrale sofort klar war.

»Sie haben es gefunden?« fragte Redhorse und lief auf ihn zu.

Tronar sank in einen Sessel.

»Es war schwer, aber wir haben es geschafft. Ein komplizierter Mechanismus, aber einfach zu entdecken. Das Abstellen war schwer. Aber es ist gelungen. Die Jacht wird nicht explodieren. Wir können den Flug fortsetzen.«

Redhorse klopfte ihm auf die Schulter.

»Gott sei Dank!« sagte er. Mehr nicht.

Captain Vita bewegte sich nicht. Nur seine Hände spielten mechanisch mit den Kontrollknöpfen, ohne sie wirklich zu berühren.

Die letzte Minute war vorbei.

»Ich habe es gewußt«, sagte Gucky und ließ für eine Sekunde seinen Nagezahn sehen. »Ich habe es gewußt. Sonst wäre ich bestimmt abgehauen. Und wenn ich nur zu den Tefrodern gegangen wäre, um diesem Miharos den Hals umzudrehen. Aber um den brauchen wir uns nicht mehr zu kümmern. Der wird braten.« Er sah auf die Orterschirme. »Es wird bald soweit sein. Schi und seine beiden Freunde werden jetzt auf Hoel ankommen und über den Verrat Bericht erstatten. Wenn wir Verbindung zu ihnen herstellen könnten . . .«

Redhorse ging zu Gucky und drückte ihn in den nächsten Sessel.

»Deine Mission ist beendet, Kleiner. Ich erlaube keine Eigenmächtigkeiten mehr. Und was deinen Gedanken betrifft, du könntest die Sonneningenieure von ihrem Vorhaben abbringen, so lasse dir von mir ein für allemal gesagt sein, daß jeder Versuch dazu sinnlos ist.«

Björnsen drehte sich auf seinem Sitz um.

»Verbindung zu einem Wachkreuzer, Sir.«

Redhorse ging zu ihm.

»Sagen Sie ihnen, was los ist. Lassen Sie Miharos mitteilen, daß wir die Zündvorrichtung gefunden und entschärft haben. Er soll aber auch wissen, daß gerade sein Verrat es war, der die Sonneningenieure nun dazu veranlaßt, sich in die Sonnen zu stürzen.«

Björnsen kehrte an seinen Platz zurück.

Vita sah auf die Bildschirme.

»Ihre Befehle, Sir?« fragte er Redhorse.

Redhorse sah Gucky an.

»Nun, oberster Chef? Wir warten auf deine Befehle.«

Gucky schien zuerst beleidigt zu sein, aber dann wurde er einige Zentimeter größer.

»Befehle? Habe ich wirklich noch etwas zu sagen, nachdem es meine Schuld ist, wenn vierzehn Männer starben und ein ganzes Volk Selbstmord begeht? Ich war es doch, der dich noch dazu ermunterte, zum Dreimüttersystem zu fliegen. Ich bin doch schuld an allem, was passiert ist.«

Redhorse nickte.

»Richtig, Kleiner. Und du bist auch schuld daran, daß die Meister der Insel niemals mehr einen neuen Transmitter haben werden.«

Gucky sah Redhorse prüfend an.

»Du meinst es ernst?«

»Sicher.«

Gucky nickte.

»Gut. Dann möchte ich, daß wir warten. Wir wollen warten, bis wir genau wissen, was mit den Sonneningenieuren geschieht. Es kann nicht mehr lange dauern.«

»Wir werden genau vierundzwanzig Stunden warten«, stimmte Redhorse zu. »Und wenn dieser eine Tag verstrichen ist, gehen wir in den Linearraum.«

20.

Erste aufgefangene Funksprüche verrieten, daß Miharos die Warnung der Terraner für einen Bluff hielt. Aber dann mußte er wohl eingesehen haben, daß der Zeitfaktor gegen ihn war. Die gestohlene Jacht existierte noch immer, obwohl sie schon vor Stunden den Linearraum verlassen hatte.

Er befahl die Räumung der Oberstadt, nachdem er vergeblich versucht hatte, eine Unterredung mit den Sonneningenieuren in die Wege zu leiten. Seine Sonderkommandos fanden überhaupt keine Sonneningenieure mehr vor, und selbst die unterirdischen Städte waren verlassen.

Die Energiewesen waren bereits unterwegs zu ihren Müttern.

In diesem Augenblick erfuhr Miharos, was Angst und Panik war. Er entsann sich der Warnungen, die er erhalten hatte. Er verstand nicht viel von Energieausgleich und dergleichen, aber er wußte, daß irgend etwas passieren würde. Er ließ die Flotte startbereit machen und nahm Verbindung zu den Meistern der Insel auf.

Auch diesmal erschien nur das Symbol.

»Was haben Sie mir mitzuteilen, Miharos?«

»Mein Plan ist mißlungen, Erhabener. Die Terraner sind zwar programmgemäß mit meiner Jacht geflohen, aber sie konnten die

Sprengvorrichtung abschalten. Die Sonneningenieure weigern sich weiter, mit uns zusammenzuarbeiten, und sie werden ihren wahnwitzigen Selbstmordgedanken in die Tat umsetzen. Ich habe es nicht verhindern können.«

»Ihr Fehler, Miharos«, sagte die Stimme unversöhnlich.

»Ich lasse den Stützpunkt räumen, denn wir müssen mit einer Katastrophe rechnen.«

»Sie bleiben auf Ihrem Posten!« befahl die Stimme scharf. »Ich werde Spezialkommandos ausschicken, und wenn sie eines Ihrer Schiffe außerhalb des Dreimüttersystems antreffen, werden sie es vernichten.«

»Aber . . .«

»Kein Aber, Miharos. Sie haben versagt, also haben Sie auch die Konsequenzen zu tragen. Wären Sie von Anfang an diplomatischer gewesen und hätten Terraner wie Sonneningenieure anders behandelt, säßen Sie heute nicht in so einer verzwickten Lage. Ich kann Ihnen nicht helfen, selbst wenn ich das wollte. Sie bleiben auf Hoel, selbst wenn das Ihr Ende bedeuten sollte. Ende.«

Miharos hieb den Abschaltknopf tief in den Sockel zurück und sprang auf. Er rannte auf den Gang hinaus und nahm den Lift zu den Hangars, wo die Schiffe warteten. Er würde flüchten, auch wenn er seine schnelle Jacht nicht mehr besaß. Ein Wachkreuzer würde sich seinem Kommando unterstellen müssen. Und er wußte auch schon, welchen Kurs er angeben würde.

Die Hangars waren leer. Alle Schiffe standen bereits startbereit an der Oberfläche und warteten auf seine Befehle. Miharos nahm den nächsten Lift. Als er zum ersten Mal seit Tagen den Himmel von Hoel wiedersah, fiel ihm sofort die Veränderung auf. Aber es war nicht nur der Himmel, der sich verändert hatte.

Es waren die beiden sichtbaren Sonnen. Sie erstrahlten noch immer intensiv blau, vielleicht ein wenig stärker als vorher. Und sie wurden zusehends größer, blähten sich regelrecht auf und verwandelten sich in wahre Riesen, die wie drohende Götter den um sie herum befindlichen Raum verschlangen.

Miharos starrte auf das Phänomen. Wenn er es auch halb erwartet hatte, so lähmte ihn der Schock doch derart, daß er sekundenlang keiner Bewegung fähig war.

Einer der wartenden Offiziere kam zu ihm. »Wir müssen starten, ehe es zu spät ist, Centerkommandant.«

»Ist die Oberstadt geräumt?«

»Wir haben nicht genügend Schiffe, Centerkommandant. Viele Einheiten sind unterwegs, um die geflohene Jacht zu verfolgen. Sie geben auf unsere Anfragen keine Antwort. Andere Wachkreuzer können nicht erreicht werden, weil ihr Standort unbekannt ist. Wieder andere sind unterwegs hierher, aber wenn sie sehen, was geschieht, werden sie keine Landung mehr wagen . . .«

»Soll das heißen, daß wir Männer und Frauen in dieser Hölle zurücklassen müssen?«

»Wir haben keine andere Wahl, Centerkommandant. Oder wollen Sie anordnen, daß unsere Schiffe mit Frauen beladen werden? Dann müßten erfahrene Männer dafür zurückbleiben. Wie sollten wir jemals unsere Ziele erreichen?«

Miharos sah an ihm vorbei.

»Unsere Ziele . . .? Wir haben keine Ziele mehr, nur noch die Flucht. Die Flucht vor dem da . . .«, er deutete hinauf in den Himmel zu den flammenden Sonnen, » . . . und vor den Meistern der Insel. Sie werden uns verfolgen, bis wir einen Ort gefunden haben, der ihnen unbekannt ist. Wir sind Verfemte, Verbannte. Fast ist es egal, ob wir hier auf Hoel warten, bis uns die Hitzewelle erreicht, oder ob wir einfach in das All hinausfliegen. Ich fürchte, die Entscheidung wird uns abgenommen.«

Miharos hatte alle Zuversicht verloren.

»Übernehmen Sie das Kommando«, sagte er zu dem wartenden Offizier. »Versuchen Sie, wenigstens die Schiffe und die Besatzung zu retten. Weichen Sie den Schiffen der Meister aus. Suchen Sie eine unbewohnte Welt oder vielleicht sogar die Terraner. Tun Sie, was Sie für richtig halten . . .«

»Und Sie, Centerkommandant?«

Miharos sah hinüber zu der Oberstadt.

»Ich werde hier bleiben, bis alles vorbei ist. Ich kann die Männer und Frauen der Station nicht ihrem Schicksal überlassen. Vielleicht haben wir auch Glück, und die Explosion der Sonnen findet nicht statt.«

Der Offizier sah hinauf zum Himmel.

»Die Sonnen werden immer größer. Es ist auch schon heißer geworden, fast vierhundert Grad. Nicht mehr lange, und die Kühlanlagen werden ausfallen. Haben Sie sonst noch Befehle, Centerkommandant?«

»Ich habe keine weiteren Befehle mehr. Viel Glück!«

Der Offizier salutierte, drehte sich um und ging schwerfällig zu den Schiffen. Nun trug er die Verantwortung, und man sah es ihm an.

Miharos sah ihm lange nach, dann wandte er sich mit einem Ruck um und kehrte zum Lift zurück, der ihn in den Hangar hinabbrachte. Von hier aus führte ein Transportband zur eigentlichen Kolonie.

Miharos wußte, daß er mit der Übertragung seiner Befehlsgewalt sein eigenes Todesurteil gesprochen hatte.

Es machte ihm nichts mehr aus.

Schi, Mo und Rel erreichten nach vielen Teleportersprüngen die Heimat Hoel. Chron hatte gerade eine Versammlung einberufen, an der alle Sonneningenieure teilnahmen. Es wurde über die Länge der Frist beraten, die man den Tefrodern noch geben sollte.

Die Neuigkeit vom Verrat an den geflohenen Terranern schlug wie eine Bombe ein, aber in die Wut und Verzweiflung mischte sich die Freude darüber, daß die Entscheidung gefallen war.

Nun gab es nichts mehr, das den Heimgang zu den Müttern verzögern konnte.

Chron sprach es für alle aus:

»Das war der letzte Verrat, der an uns verübt wurde. Die Terraner standen unter unserem Schutz. Sie wurden getötet, und es ist die Schuld der Tefroder, wenn sie jetzt nicht mehr leben. Man hat uns abermals getäuscht. Zum letzten Mal!«

Der Jubel unterbrach Chron. Es war ein lautloser, telepathischer Jubel, der alle Sonneningenieure erfüllte und sie nicht mehr losließ. Die glühenden Kugelmassen wogten auf und ab, verschmolzen miteinander und bildeten eine wilde Symphonie aus Energie und Weißglut.

Endlich drangen Chrons Gedankensignale wieder durch.

»Der große Heimgang, die endgültige Umwandlung . . . wir beginnen sofort! Die Mütter erwarten uns! Sie werden uns aufnehmen und uns die letzte Daseinsform geben. Wir werden ewig leben und das Universum durchstreifen. Wir werden nie mehr für die Meister arbeiten müssen. Auf, Freunde . . .«

Schi hatte Mo und Rel in der wogenden Masse verloren. Er spürte, daß von nun an der einzelne Sonneningenieur nichts mehr war. Sie alle zusammen bildeten die Gemeinschaft, und alle zusammen würden sie den letzten Flug in der Form glühender Kugeln zu den Sonnen antreten.

Bald würden sie keine Kugeln mehr sein.

Schi dachte noch einmal an seine terranischen Freunde und besonders an den kleinen Telepathen. Sie würden bald gerächt sein, und es war ihr Tod, der die Sonneningenieure von dem jahrtausendelangen alten Joch befreite.

Schi teleportierte an die Oberfläche von Hoel. In der Ferne erkannte er die Schiffe der Tefroder. Noch ahnte niemand, was geschehen war. Aber bald würde Miharos wissen, daß es keine Sonneningenieure mehr gab, die er dazu zwingen konnte, Transmitterbrücken zu anderen Galaxien zu bauen.

Die glühenden Wolken stiegen hinauf in den klaren Himmel, dann lösten sie sich auf. Jeder Sonneningenieur teleportierte in die von ihm gewählte Richtung zu der von ihm erkorenen Sonne.

Schi entschied sich für die Sonne, die gerade die andere Seite von Hoel beschien.

Er nahm sich Zeit. Seine letzten Gedanken galten der Umwandlung und der damit zusammenhängenden Zukunft. Er sah die blaue Sonne näher kommen und schnell größer werden. Hunderttausende seiner Gefährten hatten sich schon hineingestürzt und verwandelten sich in Energie.

Die Sonne blähte sich auf, wurde riesengroß – aber nicht nur deshalb, weil Schi sich ihr näherte. Sie wurde zur Nova, weil sie die Energiemengen nicht mehr fassen konnte. Und den anderen beiden Sonnen ging es genauso.

Schi konnte sich ausrechnen, daß der Radius der Sonne so schnell und derartig anwuchs, daß sich die Chromosphären der drei Sterne bald berühren würden. Das war das Ende von Hoel.

Schi sprang zum letzten Mal, und er sprang genau hinein in die blaue Gluthölle der Sonne.

Die Große Mutter hatte ihn aufgenommen . . .

In der Jacht verfolgten die Terraner gebannt das grausige Schauspiel, das sich ihren Augen bot. Sie waren näher an das Dreimüttersystem herangegangen, um nicht auf die überlichtschnellen Orterstrahlen angewiesen zu sein. Vita hielt einen Sicherheitsabstand, die Sonnen waren nur wenige Lichtminuten vom Schiff entfernt.

Sie begannen größer zu werden.

Um die Vorgänge genau beobachten zu können, hatte Redhorse vorgeschlagen, einen Standort »über« dem System einzunehmen. Die drei Sonnen bildeten nun ein gleichschenkliges Dreieck, in dem zwei Planeten zu erkennen waren. Einer davon war Hoel.

Er glich einer Motte, die zwischen zwei Fackeln geraten war und nicht mehr wußte, welchen Fluchtweg sie nehmen sollte. Die Fackeln wurden immer größer und flammender. Gewaltige Energieexplosionen schossen aus den Sonnenrändern und verloren sich im Raum. Einige der Protuberanzen erreichten Hoel und entflammten den Planeten. Der erste Planet in Schwerpunktnähe war bereits verbrannt.

Vita reagierte schnell genug, als die endgültige Katastrophe begann. Er schaltete auf Beschleunigung und ließ die Jacht ins All hinausschießen.

Die drei Sonnen schienen zu platzen. Sie dehnten sich plötzlich mit einer Geschwindigkeit aus, die unvorstellbar schien. Die aufflammenden Gase verschlangen Hoel innerhalb weniger Sekunden, und die drei Sonnen verschmolzen zu einer einzigen Riesensonne, die sich immer weiter ausdehnte.

»Sähe ich es nicht mit meinen eigenen Augen, ich würde es nicht glauben«, flüsterte Tronar erschüttert.

»Ein würdiges Grab für unsere vierzehn Männer«, sagte Redhorse.

»Davon werden sie auch nicht wieder lebendig«, knurrte Gucky vorwurfsvoll. »Außerdem ist es auch Miharos' Grab.«

Der dritte Planet starb, dann der vierte.

Die Riesensonne hatte bereits einen Durchmesser von mehr als zweihundert Millionen Kilometer – und sie wuchs weiter.

Redhorse ging zu Vita, der mit weit aufgerissenen Augen aus der vorderen Sichtluke sah.

»Nehmen Sie Fahrt auf, Captain. Wir haben hier nichts mehr zu suchen. Die Tefroder sind verloren, vielleicht entkommen einige der Hölle. Den Sonneningenieuren ist nicht mehr zu helfen – vielleicht gibt es überhaupt keine Sonneningenieure mehr. Sie haben die Kursdaten.«

Vita nickte stumm.

Seine Hände glitten über die Kontrollen, mechanisch und unbewußt. Die Daten waren gespeichert. Er brauchte nur auf einen Knopf zu drücken, und das kleine Schiff wußte, was es zu tun hatte.

Er tat es endlich.

Die Jacht wurde schneller und verschwand kurz darauf im Linearraum.

Als das Schiff wieder in das normale Einstein-Universum zurückkehrte, hatte es nur knapp zwei Lichtjahre zurückgelegt. Zum ersten Mal zeigte Captain Vita eine gewisse Erregung.

»Das ist seltsam«, sagte er verwundert. »Ich habe den Navigationscomputer auf hundert Lichtjahre programmiert. Und nun sind es nur zwei. Da stimmt doch etwas nicht!«

Redhorse, der neben ihm saß, überprüfte die Auswertungsergebnisse.

»Vielleicht hat Miharos außer der Sprengladung noch andere Überraschungen eingebaut«, vermutete er. »Er mußte ja damit rechnen, daß nicht alles klappt. Und wenn der Linearantrieb aussetzt, sind wir genauso erledigt, als wäre das Schiff detoniert.«

»Feine Aussichten«, erklärte Kar Björnsen, der keine Sekunde von den Funkgeräten wich. »Die nächste Sonne ist anderthalb Lichtjahre entfernt.«

»Und sie hat keine Planeten«, fügte Sergeant Ripotka hinzu, der sich mit den Ortergeräten beschäftigte. »Nichts mit Frischgemüse.«

»Lassen Sie das Gucky nicht hören«, warnte Redhorse ohne Humor. Er ging zu Björnsen. »Was ist? Nichts im Empfänger?«

Der Funkoffizier zuckte die Schultern.

»Von wem denn? Ein paar kurze Nachrichten der Tefroder, aber sie haben nichts zu bedeuten. Beziehen sich auf die Räumung von Hoel. Scheint übrigens einiges schiefgegangen zu sein. Auch Miharos ist zurückgeblieben und umgekommen.«

»Wir haben alles getan, was wir tun konnten«, sagte Redhorse. »Es ist ihre eigene Schuld, wenn sie nicht schnell genug reagierten. Hätten sie rechtzeitig auf uns gehört, wären alle gerettet worden.«

Björnsen wollte etwas erwidern, aber im gleichen Augenblick leuchtete eine rote Lampe auf. Der Leutnant drückte einen Knopf ein, und dann war im Hauptlautsprecher das bekannte Geräusch einer terranischen Kodesendung.

Mit einem Ruck richtete sich Björnsen auf.

»Das ist es!« rief er, und in seiner Stimme war eine unbeschreibliche Erleichterung. »Ein Schiff vor uns! Warten Sie . . .«

Er schaltete den Entzerrer ein, indem er einen Hebel umlegte. Sofort kam der Klartext aus dem Lautsprecher.

Eine Stimme sagte:

». . . sofort melden! Ende. – Hier Terraschiff CREST, Position XB-68-NG, Sternkarte Andromeda. Wir rufen KC-1, Kommandant Redhorse. Bitte sofort melden! Ende. – Hier Terraschiff . . .«

Die Meldung wiederholte sich. Sie war auf Band gespeichert und wurde laufend gesendet. Ebenso sicher war, daß die Empfänger auf der CREST auf permanenten Empfang geschaltet waren.

Redhorse hatte inzwischen auf der Karte nachgesehen und einige Daten in den Computer gefüttert.

»Entfernung beträgt knapp vierhundert Lichtjahre. Hoffentlich ist die Reichweite unseres Senders groß genug, die CREST zu erreichen.«

Björnsen wartete nicht lange. Er hatte den Sender bereits eingeschaltet. »Hier Redhorse mit tefrodischer Privatjacht. Position laut Andromedakarte BN-10-AZ. Vierhundert Lichtjahre. Benötigen dringend Hilfe. Kein Linearantrieb. Ende.«

Redhorse kehrte zu Captain Vita zurück.

»Versuchen wir es noch einmal?« fragte er.

Vita nickte.

»Von mir aus schon, aber wäre es nicht besser, die Antwort der CREST abzuwarten? Wenn man einmal unsere Position hat, wäre es voreilig, die angegebene Position zu verändern.«

»Stimmt auch wieder«, gab Redhorse zu und setzte sich. »Fragt sich nur, wann die CREST antwortet.«

Die CREST antwortete nach fünf Minuten.

Sie bestätigte den Empfang der Positionsmeldung und bat, an der angegebenen Stelle zu warten und laufend Standortmeldungen abzugeben.

Fünf Stunden später wurde die Jacht in den riesigen Hangar des Superschiffes eingeschleust . . .

21.

Als Rhodan den Bericht der Rückkehr gehört hatte, starrte er eine Weile vor sich auf die Tischplatte, als wüßte er nicht, was er dazu sagen sollte. Redhorse machte einen bedrückten Eindruck. Captain Vita bemühte sich, ein unbeteiligtes Gesicht zur Schau zu tragen. Gucky betrachtete seine Pfoten, als gäbe es nichts Wichtigeres auf der Welt. Tronar und Rakal Woolver machten möglichst unbeteiligte Gesichter.

Endlich sah Rhodan auf. Sein Gesicht blieb ausdruckslos.

»Die Aktion hat vierzehn Menschen das Leben gekostet. Ein Leben ist unschätzbar und in Werten nicht anzugeben. Trotzdem muß ich fragen: Hat es sich gelohnt? Ich muß das *immer* fragen, und ich werde es immer fragen. Was also bekamen wir für das Leben von vierzehn meiner besten Leute? Ein Volk wurde vernichtet, und viele Tefroder starben. Ist das ein gutes Ergebnis?«

Schweigen antwortete ihm. Lediglich Gucky räusperte sich und wurde ein Stück größer, als er sich aufrichtete.

»Du siehst das falsch«, sagte er für die anderen. »Das Volk der Sonneningenieure wurde nicht vernichtet. Ich glaubte das auch zuerst. Sie haben sich nur umgewandelt. Sie nahmen eine Form an, die wir nicht kennen, aber sie werden niemals mehr in der Lage sein, Transmitter zu bauen. Niemand wird sie mehr zwingen können. Und was die Tefroder angeht, so haben wir sie rechtzeitig gewarnt. Es ist nicht unsere Schuld, wenn sie sich nicht danach gerichtet haben. Überhaupt ist niemand an etwas schuld. Und wenn du schon jemand verantwortlich machen willst, dann setze auch die zweifellos erreichten Vorteile auf die Rechnung.«

Rhodan warf ihm einen Blick zu.

»Vielleicht hast du recht, Kleiner. Du hast sogar sicher recht. Aber es ist meine Pflicht, auch die negativen Posten aufzuzählen. Es ist wahrscheinlich, daß die positiven überwiegen. Dein Glück übrigens.«

Rhodan stellte die Interkomverbindung zu Oberst Rudo her und sagte:

»Wir gehen auf den ursprünglichen Kurs, Richtung Andro-Beta. Geben Sie den anderen Schiffen Bescheid. Simultan-Linearflug in zehn Minuten.«

Der Epsaler bestätigte und schaltete ab.

Rhodan blickte nachdenklich auf den kleinen Bildschirm in der Messe, der einen Ausschnitt des Weltraumes zeigte. Die Sterne Andromedas funkelten vom Bildschirm herab. Doch Rhodan dachte in diesem Augenblick nicht an ihre lebenspendende Funktion und an ihr Licht.

Er dachte daran, daß ihre Energie vielleicht doch mehr als nur bloße Energie war. Er dachte daran, daß es vielleicht Leben war. Leben, wie kein Mensch es sich jemals vorstellen konnte.

22.

Vom obersten Punkt der Gangway aus, dort, wo der Landesteg an die Schleuse gekuppelt war, konnte Major Zimmer einen Teil des Raumhafens von Gleam überblicken. Er fragte sich, wie lange das Bild des Friedens, den der Stützpunkt bot, noch erhalten bleiben würde.

Zimmer war vor wenigen Augenblicken mit der einhundert Meter durchmessenden FRANKFURT auf Gleam gelandet. Das Schiff war aus dem Schrotschuß-System gekommen, wo es im Auftrag Rhodans den Exodus der terranischen Flotte beobachtet hatte. Die Transmitterverbindung Schrotschuß – Kahalo hatte begonnen, instabil zu werden. Rhodan hatte sofort reagiert und befohlen, daß die zweitausend auf KA – preiswert stationierten terranischen Schiffe unverzüglich den Schrotschuß-Transmitter anliegen und passieren sollten, solange dieser noch finktionierte. Das gleiche galt für 12.000 Einheiten Gleam-Flotte. Nun war es zurückgekehrt, um Bericht zu erstatten.

Am Ende der Gangway wartete ein kleiner Personentransporter. Ein junger Leutnant löste sich vom Steuer und salutierte. Die Blicke des Offiziers waren neugierig auf die beiden gerade gelandeten Raumfahrer gerichtet.

Zimmer unterdrückte ein müdes Lächeln.

»Leutnant Coover, Sir!« stieß der junge Mann hervor. »Ich hoffe, Sie hatten einen guten Flug?«

Zimmer und Matrynow, der Erste Offizier der FRANKFURT, tauschten einen schnellen Blick.

»Einen guten Flug?« wiederholte Zimmer nachdenklich. »Ich schätze, wir kommen geradewegs aus der Hölle.«

»Der Großadministrator wartet schon auf Sie«, sagte Coover eifrig.

Zimmer und Matrynow ließen sich auf den beiden hinteren Plätzen nieder, Coover übernahm den Fahrersitz. Zimmer warf einen letzten Blick zu seinem Schiff zurück. Die Montagefahrzeuge der Techniker kamen bereits über das Landefeld gerollt. Man würde die FRANKFURT einer gründlichen Überholung unterziehen. Das Schiff hatte immerhin 400.000 Lichtjahre zurückgelegt. Die Besatzung würde noch eine Stunde an Bord bleiben und dann in ihre Quartiere überwechseln.

Matrynow unterdrückte ein Gähnen.

Major Zimmer warf dem bulligen Mann an seiner Seite einen Blick voller Verständnis zu. Sie hatten in den letzten Tagen fast überhaupt nicht geschlafen.

»Ich wünschte, wir hätten bessere Nachrichten«, bemerkte Matrynow, als Coover das Fahrzeug auf eines der Kontrollgebäude zusteuerte.

Zimmer zuckte mit den Schultern. Er hatte schon immer daran gezweifelt, daß sich die Terraner im Andromedanebel halten konnten. Die Ereignisse der letzten Wochen schienen seine Ansichten zu bestätigen, aber Zimmer empfand deshalb keine Befriedigung.

Major Zimmer war ein großer Mann von 64 Jahren. Er war ein erfahrener Offizier, bedächtig zwar in seinen Entscheidungen, aber von ruhiger Zuverlässigkeit.

»Wir sind angelangt, Sir!« sagte Coover und stoppte den Wagen vor dem Haupteingang des Kontrollgebäudes.

Zimmer und Matrynow stiegen aus und verabschiedeten sich von Coover. Man konnte dem jungen Leutnant ansehen, daß er gern mehr über die Nachrichten erfahren hätte, die Zimmer dem Großadministrator überbringen wollte.

Zimmer sah, wie sein Erster Offizier unentschlossen an der Fassade des Kontrollgebäudes emporblickte. Vielleicht hätte es Matrynow vorgezogen, sich ins Quartier zu begeben und Zimmer die Übermittlung der Nachrichten allein zu überlassen. Seit zwölf Jahren arbeitete Zimmer mit Matrynow zusammen. Er kannte den Captain als zurückhaltenden Mann.

»Gehen wir!« sagte Zimmer.

Sie wurden von einem Beamten empfangen und in ein kleines Konferenzzimmer geführt. Dort warteten Rhodan und Atlan auf sie. Der Arkonide stand vor einer dreidimensionalen Sternenkarte, während Rhodan sich von seinem Platz hinter seinem Schreibtisch erhob und auf Zimmer und Matrynow zuging.

»Ich bin gespannt, was Sie zu berichten haben«, begrüßte Rhodan die beiden Raumfahrer.

Zimmer blieb in der Mitte des Raumes stehen.

»Es gibt keinen Schrotschußtransmitter mehr«, sagte er tonlos. Er sah, wie Atlan sich mit einem Ruck umwandte. »Was ist mit unseren Schiffen? Konnten sie sich noch in Sicherheit bringen?«

Major Zimmer nickte.

»Sowohl die zwölftausend aus Andro-Beta abgezogenen Schiffe, als auch jene zweitausend, die aus Andromeda gekommen waren, konnten sich in Richtung Milchstraße absetzen. Es war keine einfache Angelegenheit, denn die hyperenergetischen Reaktionen der beiden Transmittersonnen ließen sich nur schwer kalkulieren. Zwar hatte man auf Kahalo die dort installierte Transmittersperre längst aufgehoben, dennoch war ein gefahrloses Passieren des Transmitters von der Laune der beiden Sonnen und des Sonnensechsecks in der Milchstraße abhängig. Mitunter waren die Instabilitätsschwankungen derart heftig, daß der Transmitter stundenlang nicht benutzt werden konnte. Dennoch gelang es, alle Schiffe nach Hause zurückzuschicken. Vor sechs Tagen, am 3. August, verließ das letzte Schiff das Schrotschuß-System. Nur wenige Stunden später kam es zu einer ungewöhnlich heftigen hyperphysikalischen Eruption. Die beiden Sonnen blähten sich schlagartig auf, verschmolzen miteinander und bildeten schließlich eine gigantische Nova. Wir mußten fliehen, um von den energetischen Ausbrüchen der Nova nicht erfaßt zu werden, und kamen auf dem schnellsten Weg hierher zurück.«

Für einen kurzen Augenblick herrschte Schweigen im Raum. Dann sagte Atlan:

»Die Transmitterstrecke ist also zusammengebrochen. Unsere

Hoffnung hat sich nicht erfüllt. Das Inferno hat sich nicht auf Andromeda beschränkt.«

»Aber zumindest konnten wir vierzehntausend Schiffe in Sicherheit bringen«, warf Rhodan ein. »Ich hoffe nur, daß Bull umsichtig gehandelt und die Flotte im Kahalo-Sektor und beim Sonnensechseck rechtzeitig zurückgezogen hat. Wir müssen nun befürchten, daß auch das galaktische Sonnensechseck und Kahalo der Katastrophe zum Opfer gefallen sind.«

Atlan blickte Rhodan an.

»Ich bin davon überzeugt, daß Bully das Richtige getan hat. Mach dir deshalb jetzt keine Sorgen.«

»Wir sollten ein Superschlachtschiff mit den neuen dreistufigen Zusatztriebwerken ausrüsten und in die Galaxis schicken, um ihn zu informieren«, überlegte Rhodan.

»Dazu ist immer noch Zeit«, erwiderte Atlan. »Vorerst sollten wir uns um unsere vordringlichsten Aufgaben kümmern.«

Rhodan nickte. Er wandte sich wieder an Major Zimmer und Captain Matrynow.

»Ich danke Ihnen«, sagte er. »Es scheint, als ob wir, mit wenigen Ausnahmen, von der Heimat abgeschnitten seien. Aber ich kann Ihnen versichern, daß dies nur vorübergehend der Fall ist. Auf Gleam ist vor wenigen Stunden eine wissenschaftliche Kommission der Maahks eingetroffen, die uns hoffentlich konkrete Unterlagen über die alten Weltraumbahnhöfe überbringen wird. Dann sehen wir weiter.«

Zimmer versuchte sich die unermeßlichen Tiefen des Leerraums zwischen den Galaxien vorzustellen. Unbewußt schüttelte er den Kopf.

Wir werden die Bahnhöfe niemals finden, dachte er.

Die Maahks, die in ihren ungefügen Schutzanzügen wie Fabelwesen aussahen, hatten ihre Plätze im Konferenzsaal bereits eingenommen. Rhodan wußte, daß diese abschließende Konferenz nur noch eine Formsache war. Die sonst so nüchternen Maahks legten offenbar großen Wert darauf, die in stundenlangen Gesprächen gefaßten Entschlüsse noch einmal vor einem größeren Gremium bestätigt zu hören.

Rhodan hatte deshalb alle hohen Offiziere und Mutanten, die sich auf Gleam aufhielten, zu der abschließenden Sitzung gebeten. Die Methans saßen schweigend auf ihren Plätzen. Sie gehörten keinem sehr redegewandten Volk an, aber was sie sagten, besaß dafür um so mehr Gewicht.

Rhodan wartete geduldig, bis auch der letzte Mann seinen Platz eingenommen hatte. Die allgemeine Unruhe schien die Maahks nicht zu stören. Endlich konnte Rhodan zum Mikrophon gehen. Kurz wandte er sich an die terranischen Offiziere.

»Ich werde meine kurze Ansprache in Kraahmak halten«, sagte er. »Das erspart uns Zeit. Sie alle haben Hypnoschulungen in dieser Sprache erhalten und werden mich verstehen können.« Rhodan wechselte zur Sprache der Maahks über. »Wir haben von Major Zimmer erfahren, daß der Schrotschußtransmitter explodiert ist«, berichtete Rhodan. »Es wäre übertriebener Optimismus, anzunehmen, daß die anderen Transmitter von dieser Entwicklung verschont blieben. Im Gegenteil, wir müssen davon ausgehen, daß die gesamte Transmitterstrecke nicht mehr existiert. Durch den Exodus der Sonneningenieure dürfte es ein für allemal unmöglich geworden sein, jemals wieder eine solche Fernverbindung zu installieren. Die Gefahr einer Invasion auf diesem Wege ist für die Milchstraße damit gebannt.

Für uns bedeutet dies aber, daß wir von unserer Heimat abgeschnitten sind. Es stehen nur wenige Zusatztriebwerke zur Verfügung. Unsere einzige Hoffnung sind daher die uralten Weltraumbahnhöfe, über die allerdings auch die Maahks keine genauen Unterlagen mehr besitzen. Die maahksche Delegation hat allerdings Unterlagen mitgebracht, aus denen hervorgeht, daß in hunderttausend Lichtjahren Entfernung vom Betanebel und 150.000 Lichtjahren Entfernung von Andromeda, Richtung Milchstraße eine sogenannte Umgehungsstation liegen muß. Dieser Bahnhof wurde von den Maahks für jene Völker angelegt, die während der Invasion der Lemurer keine Gelegenheit hatten, die tatsächliche Bahnhofsstrecke zu erreichen. Die Neunväter haben uns ausrichten lassen, daß die Station nur einmal benutzt wurde. In fast allen Fällen gelang es den Flüchtlingen, die Bahnhofsstrecke zu erreichen. Die Daten, die wir von den Maahks erhalten haben, sind die Positionsdaten, die vor fünfzigtausend Jahren Gültigkeit besaßen.« Rhodan glaubte förmlich zu hören, wie einige der Offiziere seufzten. Auch er bezweifelte, daß man den Notbahnhof noch finden konnte. Im Laufe von fünfzigtausend Jahren mußte er erhebliche Positionsverschiebungen durchgemacht haben.

»Alles, was wir mit Sicherheit wissen, ist, daß wir in diesem Nebenbahnhof alle brauchbaren Unterlagen über die Hauptbahnhöfe finden können«, sagte Rhodan. »Die Gefahr, daß wir dort auf Tefroder oder Duplos stoßen, ist minimal. Diese Station ist damals als Geheimstation angelegt worden, so daß die den Meistern der Insel unbekannt sein dürfte.«

Rhodan machte eine kurze Pause, dann fuhr er fort. »Wir vermuten schon seit einiger Zeit, daß die MdI über die uralte Bahnhofstrecke der Maahks ihre Agenten in die Milchstraße eingeschleust haben. Das bedeutet, daß uns von dieser Seite noch immer Gefahr droht. Als Atlan bei den Maahks war und es zum Friedensvertrag mit ihnen kam, sagten die Neunväter zu, sich um die Positionsdaten ihrer Bahnhöfe zu kümmern. Leider war es unseren neuen Verbündeten nicht möglich, konkrete Unterlagen über die Standorte der verschiedenen Bahnhöfe zu finden. Doch in einer Hinsicht hatte das Nachforschen Erfolg.

Deshalb werden wir mit der Suche beginnen, auch . . .«, er unterbrach sich und nickte einem Offizier zu, der sich zu Wort meldete.

»Ja, bitte, Major Redhorse!« rief er dem Mann zu.

Der Cheyenne bedankte sich. »Wäre es nicht möglich, daß der Bahnhof, der gesucht werden soll, noch genau an der gleichen Stelle liegt wie vor fünfzigtausend Jahren?« fragte er.

Einige Raumfahrer lachten, andere schüttelten den Kopf.

»Sicher stellen Sie Ihre Frage nicht unbegründet, Major?« vermutete Rhodan.

»Die Maahks waren schon vor fünfzigtausend Jahren ein technisch hochentwickeltes Volk«, sagte Redhorse gelassen. »Wäre es nicht möglich, daß die Station auch über eine so lange Zeit hinweg durch automatisch gesteuerte Triebwerke Kurskorrekturen vornimmt, um ihre Position zu halten?«

»Das widerspricht den Aussagen der Wissenschaftler, die uns die Nachricht von der Nebenstation brachten«, erwiderte Rhodan.

»Danke«, sagte Redhorse und nahm wieder Platz.

Rhodan setzte den Anwesenden seine Pläne auseinander, wie die Suche nach dem Nebenbahnhof durchgeführt werden sollte.

»Das Suchgebiet umfaßt ein Planquadrat von tausend mal tausend Lichtjahren«, sagte Rhodan. »Die Vertikalstaffelung beträgt hundert

Lichtjahre. Mittelpunkt des Suchgebietes ist die ursprüngliche Position der Station. Wir vermuten, daß der Bahnhof zwar relativ stillsteht, aber zumindest der Gesamtbewegung des Andromedanebels gefolgt ist. Berechnungen haben ergeben, daß die Positionsverschiebung nicht größer sein kann als tausend mal tausend Lichtjahre.« Er vollführte eine fast hilflos wirkende Geste. »Natürlich ist dies immer noch ein gewaltiges Gebiet, zumal wir für diese Aufgabe nur dreihundert Suchkreuzer verwenden können, deren Chance auf einen Erfolg minimal ist. Wir werden dreißig Verbände bilden. Die Maahks haben sich bereit erklärt, für jeden Verband einen Wissenschaftler zur Verfügung zu stellen, der bei der Suche helfen soll.«

Rhodan zog eine Liste aus seinen Unterlagen hervor und verlas die Namen der Offiziere, die die dreißig Suchverbände übernehmen würden. Das erste Geschwader stand unter dem Kommando von Major Don Redhorse. Das Flaggschiff seines Verbandes war der Städtekreuzer BARCELONA.

»Auf der Erde«, verkündete Sergeant Brazos Surfat seinem verblüfften Zuhörer, »warten zwanzig Frauen auf mich, deren größter Wunsch es ist, den alten Surfat zu heiraten. Jede von ihnen ist so reich, daß ich sieben Leben leben müßte, um all das Geld zu verbrauchen, das sie mit in die Ehe bringen würde. Bevor die Transmitterstrecke ausfiel, haben meine Verehrerinnen jeden Tag einundfünfzig rote Rosen zum Schrotschußtransmitter geschickt.«

Er tätschelte seinen ansehnlichen Bauch und blickte selbtzufrieden an sich herab.

»Sie sind der größte Lügner zweier Milchstraßen, Brazos«, sagte Offiziersanwärter Lastafandemenreaos Papageorgiu grinsend. »Vor ein paar Tagen haben Sie mir noch erzählt, daß Sie braver Ehemann und Vater von sechs Kindern wären.«

»Es gibt eben nichts Verwirrenderes als die Raumfahrt«, entgegnete Surfat entschuldigend. »Wenn wir eines Tages zur Erde zurückkommen, werde ich in den Akten nachschlagen müssen, um nachzusehen, wohin ich überhaupt gehöre.«

»Werden Sie übermäßig erstaunt sein, wenn Ihre Adresse mit einem Asyl für heimatlose Hunde identisch ist?« fragte Papageorgiu.

Er bückte sich, um dem Stiefel zu entgehen, den Surfat nach ihm warf.

»Wenn ich eines Tages Offizier bin, werde ich mich rächen!« rief Papageorgiu aus seinem Versteck unter dem Tisch hervor.

»Ich habe schon Generäle zum Schwitzen gebracht«, knurrte Surfat und stopfte sein Hemd in die Hose. »Beeilen Sie sich, mein Junge. In ein paar Minuten beginnt unser Dienst in der Zentrale.«

Papageorgiu kroch unter dem Tisch hervor. Als er sich zu seiner ganzen Größe aufrichtete, überragte er den Sergeanten um zwei Köpfe. Er überreichte Surfat den Stiefel.

»Warum erfahren wir nicht mehr über unseren Einsatzbefehl?« beklagte sich Surfat, als er ächzend in die Stiefel schlüpfte. »Wir sind in den Leerraum gestartet, um irgend etwas zu suchen. Niemand außer dem Major scheint jedoch zu wissen, *was* wir suchen.«

»Ich hörte, daß dort draußen einige hundert rote Rosen herumfliegen«, sagte der Offiziersanwärter ernsthaft. »Vielleicht suchen wir danach.«

Surfat verschloß seine Jacke und warf Papageorgiu einen mißbilligenden Blick zu.

»Der Kragen, Sergeant«, mahnte der junge Grieche.

Surfat richtete umständlich seinen Jackenkragen.

»Fertig?« erkundigte sich Papageorgiu.

Surfat musterte den jungen Raumfahrer mit neidischen Blicken. Was immer der Junge trug, er sah untadelig aus. Surfat dagegen brauchte nur einen Blick in die Spiegelwand zu werfen, um zu sehen, daß er wie ein unförmiger Mehlsack wirkte. Aber letzten Endes kam es auf die inneren Qualitäten an, und davon glaubte Brazos Surfat eine ganze Menge zu besitzen.

Als sie die Zentrale betraten, wurden sie vom Ersten Offizier der BARCELONA, Captain Chard Bradon, begrüßt. Vor wenigen Jahren noch, erinnerte sich Surfat, war Bradon ein Offiziersanwärter wie Papageorgiu gewesen. Surfat hatte Bradon bei jenem Einsatz kennengelernt, in dessen Verlauf Gleam entdeckt worden war.

»Der Major wird jeden Augenblick eintreffen und das Kommando wieder übernehmen«, sagte Bradon. »Er wünscht, daß auch die Besatzungsmitglieder, die jetzt abgelöst werden, in der Zentrale bleiben.«

Surfat nickte verständnisvoll. Offenbar sollten sie jetzt mehr über die Suchaktion erfahren. Als Redhorse eintrat, wurde es still in der Zentrale.

»In genau einer Stunde werden wir uns von den übrigen Schiffen unseres Verbandes trennen«, begann der Cheyenne ohne Umschweife. »Jedes der anderen neun Schiffe wird das ihm zugewiesene Gebiet absuchen. Wir dagegen«, Redhorses dunkelbraunes Gesicht blieb ausdruckslos, »suchen nicht in der Gegend herum, sondern fliegen jene Stelle an, wo sich der Notbahnhof der Maahks vor fünfzigtausend Jahren befand.«

»Das ist gegen die Abmachungen!« sagte eine blechern klingende Stimme, die aus einem Lautsprecher auf der anderen Seite der Zentrale kam.

Surfat wußte, daß dies die Stimme von Grek-1 war, der von seiner Spezialkabine aus alle Vorgänge in der Zentrale verfolgen konnte. Innerhalb der kleinen Kabine herrschten Verhältnisse, die den Maahks gestatteten, ohne Schutzanzug auszukommen.

»Es gibt keine festen Abmachungen«, widersprach Redhorse. »Unsere Aufgabe ist es, den Notbahnhof zu finden. Als Kommandant dieses Schiffes bin ich für die Ausführung der Suchaktion verantwortlich. Alle anderen Schiffe des von mir befehligten Verbandes werden in einer Stunde die errechneten Plangebiete absuchen. Ich bin überzeugt davon, daß die anderen Kommandanten in ähnlicher Weise verfahren. Da jedoch niemand im Mittelpunkt des Suchgebietes Ausschau halten wird, übernehmen wir diese Aufgabe.«

»Das widerspricht der Logik«, antwortete der Wissenschaftler.

»Ihre Logik basiert jetzt noch auf den wenigen Unterlagen, die Ihrem Volk zur Verfügung stehen«, sagte Redhorse freundlich. »Es ist Ihr Fehler, daß Sie Ihre Gedankengänge nicht auf einige Hypothesen aufbauen. Dann würden Sie meinen Vermutungen schon eher zustimmen.«

»Es gibt nur eine Logik«, sagte der Maahk verächtlich. »Das ist die Logik der Realitäten.«

»Entschuldigen Sie, Major«, mischte sich Chard Bradon ein. »Wenn wir uns dem Mittelpunkt des Suchgebietes nähern, bleibt das uns ursprünglich zugedachte Gebiet unberücksichtigt.«

Redhorse sah ihn nachdenklich an. »Sie haben vollkommen recht, Captain«, stimmte er zu. »Das ist das Risiko, das ich gern auf mich nehme.«

Der Major erläuterte in wenigen Worten, welche Befehle die Kommandanten der Suchverbände erhalten hatten. Er erwähnte, daß Grek-1 die Rolle eines Beraters übernommen hatte. Jeder Kommandant hatte einen Grek-1 an Bord. Um Verwechslungen zu vermeiden, hatten die Maahks zusätzlich noch den Namen des Kommandanten erhalten, mit dem sie zusammenarbeiteten. Der Maahk, der an Bord der BARCELONA gegangen war, hieß Grek-1-Redhorse.

»Ich habe mir mehr von der ganzen Sache versprochen«, sagte Surfat zu Papageorgiu, als sie ihre Plätze eingenommen hatten. Die Gruppe der Raumfahrer, die abgelöst wurde, hatte bereits die Zentrale verlassen. Redhorse saß jetzt im Kommandosessel.

Papageorgiu, der einen Teil der Ortungsanlagen zu überprüfen hatte, ließ seine Blicke über die Geräte gleiten. Außer den Impulsen, die von den neun anderen Schiffen des Verbandes kamen, war nichts festzustellen. Der Verband hatte bereits den Leerraum erreicht. Andro-Beta lag 40.000 Lichtjahre zurück.

»Ich halte es für verrückt, nach Weltraumbahnhöfen zu suchen, die seit fünfzigtausend Jahren verschollen sind«, sagte Surfat verdrossen. »Stellen Sie sich einmal vor, wie so eine Station aussieht, wenn wir sie wirklich finden sollten.«

»Der Gedanke daran ist mir unheimlich«, gestand Papageorgiu. »Fünfzigtausend Jahre sind eine lange Zeit, auch für kosmische Verhältnisse. Was, glauben Sie, kann sich inzwischen an Bord eines solchen Bahnhofs alles zugetragen haben?«

Surfats Phantasie war nicht so ausgeprägt wie die seines jungen Freundes. Für ihn war es bedeutungslos, ob die Suchaktion einem zehn- oder fünfzigtausend Jahre alten Objekt galt.

Die nächsten Minuten verliefen schweigend. Ab und zu ließ Redhorse die Position vergleichen. Der Kontakt zu den neunundzwanzig anderen Verbänden war längst abgebrochen.

Redhorses Verband ging wieder in den Linearraum.

Bradon Surfat saß in seinem Sitz und döste. Solange das Schiff mit gleichbleibender Geschwindigkeit durch den Linearraum jagte, hatte der Sergeant nur wenig zu tun. Später jedoch, wenn die Verzögerungsphase eintrat und die BARCELONA in den Normalraum zurückfallen würde, dann mußte Surfat die Reaktionen der Normaltriebwerke überwachen. Diese Aufgabe teilte er sich mit der Kontrollpositronik. Der einzige Unterschied zwischen dem Steuergerät und Surfat bestand darin, daß die Positronik tausendmal so schnell reagierte wie der Mensch, aber im Gegensatz zu ihm nichts tun konnte, wenn es zu einem Zwischenfall kam.

Ein alter Spruch fiel Surfat ein, ein Spruch, den er irgendwann einmal gelernt hatte: *Der Mensch, der das Problem seiner Verantwortung blindlings auf die Maschine abwälzt, sei sie nun lernfähig oder nicht, streut seine Verantwortung in alle Winde und wird sie auf den Schwingen des Sturmwindes zurückkommen sehen.*

Papageorgiu würde staunen, wenn er wüßte, welche komplizierten Gedanken ein altes Sergeantengehirn beunruhigen, überlegte Surfat mit schläfriger Heiterkeit.

Irgendwann kehrte der Verband wieder in den Normalraum zurück.

»Olivier!« drang Redhorses Stimme an sein Gehör.

Doutreval streckte seinen schwarzbehaarten Kopf aus der Funkkabine.

»Geben Sie an alle Kommandanten unseres Verbandes durch, daß wir uns zum vereinbarten Zeitpunkt trennen. Das ist in einer Minute.«

Surfat beugte sich zu Papageorgiu hinüber, um die Kontrollgeräte zu beobachten. Es verstrich noch kurze Zeit, dann huschten die neun Leuchtpunkte, die neun Schiffe waren, in verschiedene Richtungen davon und verschwanden im Linearraum.

»Da fliegen sie hin«, sagte Surfat gedämpft. »Ich will nicht die alte Geschichte von der Suche nach der Nadel im Heuhaufen erzählen, aber unsere Situation ist nicht viel anders.«

Redhorse wußte, daß die Suche nach dem Notbahnhof auch dann fehlschlagen konnte, wenn seine Vermutung, daß die Station sich noch am ursprünglichen Platz befand, richtig war. Die Positionsangaben, die den Maahks zur Verfügung standen, waren alles andere als genau. Es konnte durchaus passieren, daß die BARCELONA tagelang im Mittelpunkt des Suchgebietes herumflog, ohne überhaupt dort zu sein, wo sich der Bahnhof vor fünfzigtausend Jahren befunden hatte.

Es waren zwei Tage terranischer Zeitrechnung vergangen, seit sich die BARCELONA von den anderen Schiffen des Verbandes getrennt hatte. Die einzige Arbeit der Besatzung bestand darin, ununterbrochen die Ortungsgeräte zu beobachten. Redhorse wußte genau, daß es eine ermüdende Aufgabe war, nicht dazu angetan, die Moral der Raumfahrer zu heben. Hinzu kam noch das Bewußtsein, in einem hundert Meter durchmessenden Schiff verlassen durch den

Leerraum zu fliegen. Andro-Beta war ein winziger Leuchtpunkt auf den Bildschirmen, und auch der Andromedanebel sah auf diese Entfernung nicht besonders eindrucksvoll aus.

Redhorse ließ die Mannschaft Schachturniere austragen und führte endlose Gespräche mit Grek-1. Der Maahk hatte seine anfängliche Ablehnung aufgegeben und schien nun überzeugter zu sein als Redhorse. Für Redhorse waren die Diskussionen mit dem Wissenschaftler immer wieder interessant. Manchmal erschienen ihm die Ansichten des Methanatmers abstrakt, aber nach längerem Nachdenken fand er stets heraus, daß Grek-1 sich streng an die Logik hielt.

Am dritten Tag der Suche mußte Major Redhorse Bradon Surfat ermahnen, der sich der Spezialkabine des Maahks genähert hatte, um dem Wesen einige pointierte Witze zu erzählen. Da Surfat stets als erster Spieler aus dem Schachturnier ausschied, begann Redhorse mit einer zusätzlichen Kartenspielrunde. Im Verlauf von zwei Stunden verlor er 52 Solar an Surfat, der das Geld mit einem befriedigten Lächeln einsteckte. Im Endspiel des Schachturnieres unterlag Chard Bradon dem Zweiten Ingenieur der BARCELONA. Trotz der Bemühungen Redhorses fanden sich für ein zweites Turnier keine Teilnehmer, dagegen wurde in Surfats Kabine um höchste Einsätze gepokert. Bei Beginn des vierten Tages der Suche hatte Surfat über vierhundert Solar gewonnen, und fast jedes Besatzungsmitglied zählte zu den Verlierern. Der Name Surfat wurde wie eine Verwünschung ausgesprochen. Surfat wurde argwöhnisch und riegelte die Kabine, die er mit Papageorgiu teilte, von innen ab. Der Offiziersanwärter mußte ein Losungswort flüstern, bevor Surfat ihn einließ.

Drei Techniker aus dem Oberdeck bekamen von der Sache Wind, bauten eine Abhöranlage über die Kabinentür und hörten das Losungswort mit. Kaum war Surfat allein in seiner Kabine, maskierten sich die drei Männer und drangen mit Hilfe des Losungswortes in den kleinen Raum ein. Der Sergeant wurde gefesselt. Die Suche nach dem verlorenen Geld verlief jedoch ohne Erfolg.

Als Papageorgiu zurückkam, fand er Surfat gefesselt, aber triumphierend im Bett.

»Sie haben das Geld nicht gefunden«, sagte Surfat, während der Grieche ihn losband. »Sie haben alles durchwühlt, ohne es zu finden.«

»Ich wünschte, Sie würden aus diesem Raum keine Spielhölle machen«, sagte Papageorgiu.

»Das sollten Sie nicht sagen«, meinte Surfat. »Immerhin sind Sie mit zehn Prozent am Gewinn beteiligt.«

Drei Stunden später empfingen die Masseorter der BARCELONA auf überlichtschneller Hyperbasis ungewöhnliche Impulse. Papageorgiu, der zusammen mit Surfat Dienst hatte, drehte hastig an den Stellknöpfen der verschiedenen Geräte.

»Impulse, Sir!« rief er Redhorse zu.

»Entfernung?« erkundigte sich Redhorse.

»Vierundzwanzig Lichtjahre«, erwiderte Papageorgiu.

»Wahrscheinlich ist es eines unserer Schiffe«, vermutete Leutnant McGowan, der Redhorse bei der Pilotenarbeit assistierte.

»Ich werde die Materietaster einkoppeln«, sagte Papageorgiu.

Ein Blick überzeugte Surfat, daß die Beobachtungsbildschirme noch leer blieben. Was immer das für ein Ding war, das die Impulse auslöste, es war noch zu weit entfernt, als daß man es seinen Umrissen nach hätte erkennen können.

»Eine große Metallmasse, Sir!« stellte der Offiziersanwärter endlich fest. »Auswertung für Positronik läuft.«

»Bewegung?« fragte Redhorse knapp.

»Ohne!« gab Papageorgiu zurück.

»Was heißt das?« stieß Redhorse hervor.

»Das Ding steht fahrtlos im Raum.«

»Bei allen Planeten!« rief Redhorse. »Wir haben sie. Es kann nur die Station sein.«

Die Befehle des Majors kamen jetzt ununterbrochen. »Sorgen Sie dafür, daß Grek-1 sofort alle Auswertungen der Bordpositronik übersetzt erhält«, sagte er zu Bowman, dem Ersten Ingenieur. »Ich möchte, daß er genauestens über die Entwicklung unterrichtet wird.«

Doutreval kam aus der Funkkabine. »Es wird Zeit, daß wir die anderen Schiffe über Hyperfunk von unserer Entdeckung benachrichtigen, Sir«, sagte er zu Redhorse.

»Das hat noch Zeit«, entschied Redhorse. »Wir sind noch nicht sicher, was wir da vor uns haben.«

Doutreval zögerte einen Augenblick, kehrte aber dann in die Kabine zurück. Surfat ließ sich in seinem Sitz nach hinten kippen und starrte auf Papageorgius breiten Rücken. Es sah ganz so aus, als wollte der Cheyenne das Fremdobjekt ohne Unterstützung der anderen Städtekreuzer anfliegen. Das war typisch für Redhorse. Aus Freude über die Bewahrheitung seiner Theorie betreffs der Position des Nebenbahnhofs dachte er nicht daran, die anderen Kommandanten zu unterrichten. Er wollte die wichtigen Daten allein berechnen, sie vor Rhodan auf den Tisch legen und mit gelassener Stimme verkünden: »Anscheinend stimmte meine Vermutung doch, Sir.«

»Hören Sie sich das an«, forderte Surfat Papageorgiu auf, der sich pausenlos an seinen Geräten zu schaffen machte.

»Was ist los?« murmelte der Grieche, der auf seine Arbeit konzentriert war.

»Der Häuptling befindet sich wieder einmal auf dem Kriegspfad«, verkündete Surfat düster. »Können Sie den Trommelschlag nicht hören, junger Freund? Ich zittere bereits jetzt um meinen Skalp – und um das gewonnene Geld.«

Endlich wandte sich Papageorgiu von seinen Geräten ab. »Was soll dieses Gerede?« fauchte er.

»Ich will es Ihnen sagen«, Surfat kniff die Augen zusammen und kratzte seinen kahlen Schädel. »Redhorse wird die anderen Schiffe nicht benachrichtigen, auch dann nicht, wenn wir dreihundert Meilen vor der Station liegen und ein Beiboot aussetzen.«

»Das glaube ich nicht«, sagte Papageorgiu.

»Sie kennen ihn noch nicht solange wie ich«, erwiderte Surfat. »Ich weiß genau, was er vorhat. Manchmal ist er ein richtiger Teufel.«

»Ich dachte, Redhorse und Sie seien befreundet?« staunte Papageorgiu.

»Er ist ein Indianer, außerdem ist er Major. Ich bin nur ein alter Sergeant, der sein Gnadenbrot bei der Flotte verdient.«

»Gestern behaupteten Sie noch, Sie würden es mit jedem Offizier aufnehmen und seien das Rückgrat des Imperiums.«

»Ein alter Mann muß mit vielen Zungen sprechen, wenn er nicht untergehen will«, sagte Surfat milde.

Don Redhorse war von seinem Platz aufgestanden und hatte McGowan die Steuerkontrolle überlassen. Die BARCELONA war jetzt noch tausend Meilen von der fremden Weltraumstation entfernt. Redhorse hatte Grek-1 gebeten, seine Spezialkabine zu verlassen. Der Maahk stand im Schutzanzug neben dem Raumschiffkommandanten.

»Kein Zweifel«, sagte der Maahk. »Es ist der Notbahnhof.«

Redhorse wußte, daß er spätestens jetzt eine Hyperfunknachricht abstrahlen lassen mußte, wenn er später nicht Schwierigkeiten haben wollte. Er hoffte, daß man seinen kleinen Fehler entschuldigen würde, wenn er wertvolle Unterlagen über die Bahnhofstrecke mit nach Gleam brachte. Im Augenblick befand sich kein anderes Schiff des Suchkommandos in unmittelbarer Nähe. Es war ausgeschlossen, daß ein anderer Kommandant die Station finden würde.

Redhorse erinnerte sich, daß man ihn auf Gleam seiner Ansicht wegen zwar nicht direkt ausgelacht hatte, aber auch wenig Neigung gezeigt hatte, über seine Gedanken zu diskutieren.

»Echotaster einschalten!« rief er Papageorgiu zu.

Das Reliefbild eines unförmigen Gebildes erschien, das bewegungslos im Leerraum stand.

»Eigenartig!« stieß Grek-1 hervor. »Die äußeren Umrisse erinnern mich nicht an die Bauweise meiner Vorväter.«

»Befürchten Sie, daß es nicht die Station sein könnte?« fragte Redhorse in der Sprache des Wasserstoff-Methanatmers.

»Es bestehen keine Zweifel, daß es der Notbahnhof ist, den wir gefunden haben«, erwiderte der Maahk.

»Infrarotspürer laufen an, Sir!« teilte Papageorgiu dem Major mit.

»Auswertung läuft!« rief der Erste Ingenieur. »Wärmestrahlung vorhanden, aber nirgends die Spur einer Energieausstrahlung.«

»Wo es keine Energie gibt, existiert auch kein Leben«, sagte Chard Bradon erleichtert.

Redhorse maß ihn mit einem nachdenklichen Blick. Leben? Wer hatte daran gedacht, daß sich auf einer Station, die seit fünfzigtausend Jahren verlassen im Leerraum stand, Leben gab? Eine verrückte Idee.

»Ursprünglich muß die Form der Station geometrisch gewesen sein«, sagte Grek-1 bedrückt. »Es sieht so aus, als seien irgendwelche Änderungen vorgenommen worden.«

Redhorse hielt eine Zeichnung in den Händen, die in groben Umrissen die Form des Notbahnhofs zeigte. Das Bild war nach Angaben maahkscher Wissenschaftler angefertigt worden.

»Energieausstrahlung immer noch Null!« gab Bowman bekannt.

Die Zeichnung zeigte eine runde Plattform von ungefähr elf Kilometer Durchmesser und drei Kilometer Dicke. Genau im Zentrum befand sich eine Kuppel.

»Nun gut, McGowan«, hörte sich Redhorse sagen. »Gehen Sie näher heran.«

Redhorse spürte, wie jemand neben ihn trat. Er blickte auf und sah in Bradons verstörtes Gesicht.

»Sorgen, Captain?« fragte er.

Bradon nickte in Richtung der Funkkabine. »Der Funkspruch, Sir«, erinnerte er. »Halten Sie es nicht für besser, wenn wir ihn jetzt abstrahlen, um die anderen Kommandanten von unserer Entdeckung zu benachrichtigen?«

Redhorses Blick wandte sich den Bildschirmen zu.

»Lastafandemenreaos, was ist das für ein wackliges Bild? Können Sie die Echoimpulse nicht stabilisieren?«

»Ich bemühe mich, Sir«, gab Papageorgiu zurück. »Wenn sich die BARCELONA jedoch bewegt, wird das Bild nicht sauber.«

»Gehen Sie bis auf dreihundert 'ran, McGowan«, befahl Redhorse, dann wandte er sich wieder Bradon zu.

»Wollen Sie wirklich, daß wir die anderen Schiffe informieren?« fragte er leise.

»Hm«, machte Bradon. »Ich weiß, daß Sie viel riskieren können, Sir. Vielleicht mehr als jeder andere Kommandant in der Flotte. Bisher hatten Sie immer Glück. Der Erfolg gibt Ihnen recht.«

»Aber Sie denken, daß es einmal vorbei sein wird mit Glück und Erfolg«, erriet Redhorse.

»Ich denke, daß es besser wäre, sich in diesem Fall an die Befehle zu halten, die wir auf Gleam bekommen haben, Major«, sagte Bradon steif.

Redhorse legte ihm eine Hand auf die Schulter. »Wenn es schiefgeht, verspreche ich Ihnen, daß ich dafür sorgen werde, daß Ihre Worte bekanntwerden.«

Bradon errötete. »Wenn sie denken, ich wollte mich absichern . . .«

»Immer mit der Ruhe«, unterbrach ihn Redhorse. »Sie glauben doch nicht im Ernst, daß Sie Erster Offizier an Bord meines Schiffes wären, wenn ich Sie nicht genau kennen würde.«

»Sehen Sie sich das an, Sir!« rief Papageorgiu von den Ortunganlagen herüber.

Redhorse ließ Bradon stehen und begab sich zu Papageorgiu. Auf dem Reliefbildschirm waren die Umrisse der Station jetzt deutlicher zu erkennen. McGowan hatte die Fahrt der BARCELONA verlangsamt, die Entferung zum Bahnhof betrug nicht mehr als dreihundert Meilen.

»Raumschiffe!« brachte Redhorse hervor, nachdem er sekundenlang verblüfft auf den Bildschirm gestarrt hatte. »Aber so sehen keine gelandeten Raumschiffe aus.«

»Es sind Raumschiffe, wie sie mein Volk vor langer Zeit verwendet hat«, erklärte Grek-1. »Ich kenne diese Form von sehr alten Bildern.«

Es waren Schiffe unterschiedlicher Größenordnung, die in ihrer äußeren Form jedoch identisch waren. Sie besaßen die Form eines der Länge nach durchgeschnittenen Zylinders und hatten an der Oberfläche verschiedene Aufbauten, die am Heck ihre größte Höhe erreichten. Allerdings waren an vielen Schiffen die Aufbauten entfernt worden.

Die Maahks hatten derartige Schiffe bereits vor mehr als 50.000 Jahren benutzt, als sie aus Andromeda in die Milchstraße flüchteten. Dieselben Schiffstypen waren auch Jahrzehntausende später in Verwendung, als sich die Methanatmer im Krieg mit den Arkoniden befanden und neuerlich flüchten mußten, um von den MdI in Andro-Alpha angesiedelt zu werden.

Hier mußten sie ihre Schiffsbauweise geändert haben – vermutlich unter dem Einfluß der MdI. Seit diesem Zeitpunkt bauten sie ihre Schiffe walzenförmig. Diese Walzenraumer hatten keine Ähnlichkeit mehr mit der ursprünglichen Bauweise der Maahks.

»Sie liegen durcheinander wie auf einem Schrottplatz«, sagte Redhorse. »Irgend jemand scheint sie willkürlich auf der Plattform verteilt und verankert zu haben. Welchen Zweck sollte das wohl haben?«

Redhorse sah, daß mindestens dreitausend alte Schiffe der Maahks willkürlich mit der riesigen Bahnhofsplattform verschweißt waren. Einige standen senkrecht, andere klebten am Rande der Station. Alles sah so irrsinnig zwecklos aus, daß Redhorse sich zu fragen begann, ob die Maahks für dieses Gebilde verantwortlich waren.

Der Major hörte Bowman, den Ersten Ingenieur, leise auflachen.

»Wer das getan hat, muß Sinn für Humor besitzen«, sagte er. »Oder die Betreffenden waren in so großer Eile, daß sie keine Zeit hatten, die Schiffe geordnet zu verankern.«

»Wir werden uns die Sache aus der Nähe ansehen«, verkündete Redhorse. »Captain Bradon, Papageorgiu, Sergeant Surfat, Leutnant Doutreval. Machen Sie sich fertig für einen kurzen Ausflug mit einer Mini-Space-Jet. Grek-1 wird uns begleiten, da er sich an Bord des Bahnhofs wahrscheinlich besser auskennt als wir. McGowan, Sie und Bowman übernehmen das Kommando über die BARCELONA, bis wir zurück sind.«

Redhorse trat an den Kommandostand und stellte über Interkom Verbindung zum Hangar im Oberdeck her.

»Wir starten in wenigen Minuten mit einer Space-Jet«, gab er dem Leitenden Techniker bekannt. »Treffen Sie alle Vorbereitungen.«

Seine Blicke fielen auf Grek-1, der bewegungslos dastand.

»Wie gefällt Ihnen der Gedanke, in kurzer Zeit eine Station ihrer Ahnen betreten zu können?« fragte er.

»Ich kann mir gut vorstellen, was uns erwartet«, entgegnete der Maahk nüchtern.

Als Redhorse und seine Begleiter die Zentrale der BARCELONA verlassen hatten, wandte sich Bowman an McGowan.

»Ich schlage vor, daß wir den HÜ-Schirm einschalten, sobald die Jet das Schiff verlassen hat«, sagte der Erste Ingenieur.

McGowan schüttelte den Kopf. »Der Major hat nichts davon gesagt«, antwortete er.

»Trotzdem«, beharrte Bowman auf seinem Standpunkt. »Man kann nie vorsichtig genug sein.«

McGowan nickte widerstrebend. Im stillen beschloß er, den HÜ-Schirm nicht einzuschalten. Er wollte Redhorses Entdeckerfreude nicht verderben. Der Schutzschirm konnte auch über größere Entfernung leicht geortet werden.

McGowans Entschluß, den HÜ-Schirm nicht einzuschalten, war der größte Fehler, den er jemals begangen hatte.

Und gleichzeitig sein letzter.

23.

Brazos Surfat verschloß den Helm seines Schutzanzuges und kletterte hinter Olivier Doutreval in die Space-Jet. Er wäre lieber an Bord der BARCELONA geblieben und hätte das Manöver des Beiboots über die Bildschirme verfolgt.

Ächzend sank Surfat in den seiner Ansicht nach viel zu kleinen

Sitz. Redhorse fungierte als Pilot. Bradon saß vor den Bordwaffen, und Papageorgiu hatte die Ortungsanlage übernommen. Surfat und Doutreval taten nichts. Grek-1 stand ganz hinten, die Interesselosigkeit, die er bekundete, war Surfat unheimlich.

»Ich schließe die Schleuse!« gab Redhorse bekannt.

Surfat setzte sich auf seinem Platz zurecht und starrte über Doutrevals Kopf hinweg auf den kleinen Bildschirm, auf dem der Notbahnhof deutlich zu erkennen war.

»Hangarschleuse geöffnet, Sir!« drang die Stimme des Hangartechnikers aus dem Lautsprecher des Normalfunks.

»Wir starten«, sagte der Cheyenne.

Über Helmfunk klang seine Stimme dumpf. Surfat hätte gern mit Papageorgiu einige private Worte gewechselt, doch das war nicht möglich, weil alle anderen mithören konnten. Surfat tastete über das Waffenfutteral an seinem Gürtel, wo er das beim Kartenspiel gewonnene Geld versteckt hatte. Wahrscheinlich würden diese schamlosen Burschen aus dem Oberdeck seine Abwesenheit ausnutzen, um seine Kabine auf den Kopf zu stellen.

»Wir werden uns eine Stelle suchen, wo wir zwischen den Maahkschiffen ungefährdet landen können«, teilte Redhorse den Besatzungsmitgliedern mit. »Grek-1 findet dann sicher einen Weg, der uns ins Innere der Station führt.«

Die nächsten Minuten verliefen schweigend, obwohl Surfats Wunsch, sich mit jemandem zu unterhalten, ständig stärker wurde. Zehn Minuten nach dem Aufbruch aus der BARCELONA schwebte die kleine, nur vierzehn Meter durchmessende Space-Jet über der Plattform.

»Sehen Sie sich das an!« forderte Redhorse seine Begleiter auf.

Die Oberfläche des Bahnhofs glich einem Irrgarten. Die uralten Maahkschiffe erinnerten Surfat an monströse Riesengewächse. Einige waren förmlich zwischen Stationsaufbauten eingekeilt, andere mußten abgestürzt werden. Das tollste Gebilde, das Surfat entdekken konnte, war ein Schiff, das ungefähr eine Meile von der Station entfernt im Raum hing, festgeschweißt an einige Röhren.

»Haben Sie irgendeine Erklärung dafür?« erkundigte sich Redhorse bei Grek-1.

»Nein«, sagte der Wasserstoff-Methanatmer knapp.

»Zweifellos waren es keine Maahks, die das taten«, stellte Bradon fest.

»Können Sie sich vorstellen, daß noch andere Völker vom Vorhandensein dieses Bahnhofes wußten?« fragte Redhorse den Maahk.

»Jeder Bahnhof war mit den Angehörigen eines Hilfsvolkes besetzt«, berichtete Grek-1. »Ich kann mir jedoch nicht vorstellen, daß diese Wesen unsere alten Schiffe in so unlogischer Weise benutzt haben.«

»Vom Standpunkt der mysteriösen Bauherren aus kann diese Anordnung alter Schiffskörper durchaus logisch gewesen sein«, mischte sich Papageorgiu ein. »Vielleicht sollte man das unserem wissenschaftlichen Berater einmal vor Augen halten, Major.«

Redhorse wiederholte die Worte des Offizieranwärters in Kraahmak. Der Maahk reagierte darauf mit keiner Silbe. Er schien es für überflüssig zu halten, seine Ansichten zu verteidigen.

»Ich glaube, ich habe einen guten Landeplatz entdeckt«, sagte Redhorse plötzlich. »Unmittelbar unter uns befindet sich ein freier Platz.«

Er steuerte die Space-Jet auf die Plattform hinab. Auf dem Bildschirm erschienen Surfat die fremden Schiffe zum Greifen nah. Der Sergeant fragte sich, ob diese alten Flugkörper ebenfalls schon seit fünfzigtausend Jahren verlassen waren.

Bevor er seine Gedanken in Worte fassen konnte, wurden die Bildschirme hell, und die Alarmanlage begann zu schrillen. Die Space-Jet wurde von einem heftigen Schlag erschüttert und schlug schwer auf der Plattform auf. Surfat klammerte sich mit beiden Händen am Sitz fest.

»Aussteigen!« schrie Redhorse. »Das Ding kann jede Sekunde explodieren.«

Unbewußt erfaßte Surfat, daß etwas Schreckliches geschehen war. Er sprang auf und taumelte auf die Schleuse zu. Vor ihm bewegte sich Grek-1, schweigend und ohne jede Panik. Irgend etwas war schiefgegangen.

»Wir haben einen Treffer am Heck erhalten!« klang Redhorses Stimme erneut auf. »Offenbar gibt es hier noch automatische Geschützstellungen. Wir werden . . .«, seine Stimme erstarb. Surfat hörte ihn stöhnen. Bestürzt schob sich der Sergeant hinter dem Maahk aus der Schleuse.

Redhorse, Papageorgiu und Bradon standen unter ihm auf der Plattform und starrten mit erhobenen Köpfen in den Leerraum. Redhorses Gesicht wirkte im Licht der großen Seitenscheinwerfer der Jet beinahe geisterhaft. Doutreval stand auf der kleinen Gangway und bewegte sich nicht.

Surfat hob langsam den Kopf. Über ihm, im interkosmischen Leerraum, hing eine leuchtende Wolke. Surfat begriff sofort, daß dort ein größerer Körper verglühte.

Der einzige Körper, der sich in unmittelbarer Nähe des Weltraumbahnhofes befunden hatte, war die BARCELONA.

In diesem Augenblick, als Surfat das Gefühl hatte, den Boden unter den Füßen zu verlieren, wurde die Plattform plötzlich in strahlende Helligkeit gebadet. An sämtlichen maahkschen Raumerwracks waren Außenscheinwerfer aufgeflammt.

»Es sieht so aus«, sagte Grek-1, und seine Stimme klang so nüchtern wie immer, »als sei der Bahnhof bewohnt.«

Als Don Redhorse die Explosionswolke erblickte, ahnte er, daß entweder Bowman oder McGowan verhindert hatte, daß der HÜ-Schirm eingeschaltet wurde. Redhorse glaubte zu wissen, warum diese Sicherheitsmaßnahme unterblieben war. Einer der beiden Männer, wahrscheinlich McGowan, hatte seinem Kommandanten einen Gefallen erweisen wollen.

Es war ein tragischer Freundschaftsdienst geworden. Die BARCELONA existierte nicht mehr.

Redhorse hatte das Gefühl, daß ihn seine Begleiter anklagend anstarrten, aber als er den Kopf senkte, sah er, daß sie alle in den Leerraum hinausblickten.

Da flammten die unzähligen Lichter auf. Redhorse fuhr herum. Die Scheinwerfer der alten Maahkschiffe erhellten die Plattform.

»Es sieht so aus, als sei der Bahnhof bewohnt«, wiederholte Grek-1 trocken.

Diese Worte halfen Redhorse, seine Starre zu überwinden. Hastig blickte er sich um. Seine Augen fanden eine kleine Kuppel, die zu den Aufbauten der Plattform gehörte.

Niemand hatte Spezial-Kampfanzüge an, so daß sie weder in der Lage waren, Schutzschirme aufzubauen, noch sich mit Hilfe von Antigravs fortbewegen zu können. Es handelte sich lediglich um einfache Raumanzüge, deren wichtigste Funktion es war, die Träger vor der lebensfeindlichen Umwelt abzuschirmen und sie mit Sauerstoff zu versorgen.

»Schnell in Deckung!« rief er seinen Begleitern zu. »Dort hinüber!«

Er rannte los. Ununterbrochen suchte er die Umgebung ab. Nirgends konnte er eine Bewegung erkennen. Er begann zu hoffen, daß die Scheinwerfer zu einem automatischen Kontrollsystem gehörten. Grek-1 hatte sich wahrscheinlich getäuscht.

Die Kuppel, auf die die Männer zurannten, durchmaß etwa dreißig Meter und war zehn Meter hoch. An einer Stelle war sie eingedrückt. Der Eingang war zusammengestürzt, Redhorse sah, daß er früher als Schleuse gedient hatte.

Nacheinander langten die Schiffbrüchigen vor der Kuppel an. Redhorse schaltete seinen Helmscheinwerfer ein und betrat das Innere. Überall lagen umgestürzte Maschinen. Seit Jahrtausenden war dieser Raum nicht mehr betreten worden. Redhorse gab seinen Begleitern ein Zeichen, daß sie ihm folgen sollten.

Mit ihren Helmscheinwerfern leuchteten die Männer den Raum ab. Er bot ein Bild der Zerstörung und des Zerfalls.

»Brazos, Sie bleiben am Eingang und passen auf, ob uns jemand folgt«, befahl Redhorse. »Hier sind wir vorerst einigermaßen sicher. Noch steht nicht fest, ob der Bahnhof tatsächlich bewohnt ist. Auf jeden Fall können wir erst dann wieder auf die Plattform hinaus, wenn wir sicher sein können, daß wir von den automatischen Geschützen nicht unter Feuer genommen werden.«

»Wir müssen versuchen, mit den anderen Schiffen Kontakt aufzunehmen, Sir«, sagte Bradon.

Redhorse hörte keinen Vorwurf aus der Stimme des Ersten Offiziers der BARCELONA heraus.

»Und wie soll das geschehen?« fragte er Bradon. »Unsere Helm- und Armbandfunkgeräte besitzen keine genügende Reichweite.«

»Wir haben immer noch die Space-Jet«, erinnerte Papageorgiu.

»Wir *hatten* sie«, sagte Surfat bedeutsam. »Sehen Sie sich das an, Major.«

Redhorse stürmte zum Kuppeleingang. Surfats ausgestreckter Arm wies in Richtung des Kleinstraumschiffes. Es war nur noch ein glühender Metallhaufen.

»Ich befürchtete, daß dies geschehen würde«, sagte Redhorse tonlos. »Da wir nicht hoffen können, daß ein anderes Suchschiff in diesen Sektor eindringt, bleibt uns die Einrichtung des Bahnhofs als letzte Chance.«

»Wenn alle Geräte in einem derartigen Zustand sind wie diese hier, weiß ich nicht, was wir damit anfangen sollen, Sir«, sagte Olivier Doutreval.

»Im Innern des Bahnhofs sieht es bestimmt besser aus«, sagte Grek-1 zuversichtlich. »Ich hoffe sogar, daß es dort Räumlichkeiten gibt, die es mir gestatten, meinen Schutzanzug abzulegen. Mein augenblicklicher Vorrat an atembarem Gemisch reicht noch für knapp acht Stunden.«

Redhorse wußte, daß die Sauerstoffversorgung auch ihn und die vier anderen Männer vor Probleme stellen würde. Was sollten sie tun, wenn die nächsten zehn Stunden verstrichen und die Aggregate leer waren?

Redhorse ließ das Kuppelinnere gründlich untersuchen. Sie entdeckten jedoch keinen Zugang zu der Station. Damit stand fest, daß diese Kuppel nur von der Plattform aus betreten werden konnte.

»Hier können wir nicht bleiben, wenn wir überleben wollen«, entschied der Major.

»Ich bin dagegen, daß wir alle hinausgehen, Sir«, sagte Bradon. »Ich melde mich freiwillig für einen Erkundungsgang.«

»Nein«, lehnte Redhorse ab. »Surfat und ich werden gehen. Sie bleiben hier bei den anderen, Chard. Folgen Sie uns erst, wenn Sie sicher sein können, daß draußen alles in Ordnung ist.«

»Major, ich habe mich nicht freiwillig gemeldet!« protestierte Surfat. »Halten Sie es für richtig, wenn Sie für dieses Unternehmen einen Vater von sechs Kindern auswählen?«

»Ihre Kinder werden mir dankbar sein«, sagte Redhorse. »Papageorgiu, übernehmen Sie die Wache am Eingang.«

Entschlossen trat Redhorse auf die in grelles Licht getauchte Plattform hinaus. Zögernd, die Hand an der Waffe, folgte ihm Surfat. Nach wir vor machte der Bahnhof einen verlassenen Eindruck. Im hellen Licht konnte Redhorse zerstörte Aufbauten, verbogene Ortungsantennen und verschüttete Eingänge erkennen. Nur die Raumschiffe machten einen besseren Eindruck. Redhorses Blick wanderte über die verschiedenen Flugkörper hinweg.

»Sergeant«, sagte er leise. »Was fällt Ihnen an diesen Schiffen auf?«

»Sie sehen gefährlich aus«, knurrte Surfat. »Ich habe das Gefühl, von tausend Augen beobachtet zu werden.«

»Sie sind alle miteinander verbunden«, sagte Redhorse. »Betrachten sie die Kanäle und Röhren, die von einem Schiff zum nächsten führen. Andere Schiffe wieder sind so dicht beieinander, daß ihre Schleusen einander unmittelbar berühren.«

»Das stimmt, Sir«, sagte Surfat. »Aber es hilft uns nicht weiter.«

»Man könnte fast glauben, es sei eine Art Stadt. Eine Stadt aus alten Raumschiffen, Brazos«, murmelte Redhorse nachdenklich. »Die Bewohner dieser Stadt können jedes Schiff erreichen, ohne jemals auf die Plattform heraus zu müssen. Auch das Innere des Bahnhofs brauchen sie nicht zu betreten. So gesehen, erscheint die willkürliche Verankerung der Schiffe plötzlich logisch. Die Schiffe wurden so auf der Plattform befestigt, daß sich ihre Besatzungen leicht erreichen konnten.«

»Warum sollte jemand an Bord dieser alten Schiffe bleiben, wenn ihm eine so großartige Station zur Verfügung steht?« erkundigte sich Surfat.

»Ich weiß nicht«, Redhorse dachte angestrengt nach. »Wahrscheinlich werden wir nie erfahren, wer diese Raumschiffe bewohnt hat.«

Surfat wurde unruhig. Er warf einen sehnsüchtigen Blick zur Kuppel zurück, wo die anderen in relativer Sicherheit waren.

»Wollen wir hier stehenbleiben, Sir?« fragte er. »Ich bin dafür, daß wir uns ein bißchen umsehen.«

Redhorse nickte. Sie gingen auf ein Schiff zu, das halb schräg auf der Plattform verankert war. Das Oberteil war mit einem ehemaligen Kontrollgebäude des Bahnhofs verschweißt. Der Bug eines anderen Schiffes lag ebenfalls auf dem Gebäude. Beide Schiffe waren mit schweren Metallverstrebungen verbunden. Die Schleusen lagen so dicht nebeneinander, daß ein Kanal von drei Metern Länge genügt hätte, um von einem Schiff zum anderen eine Verbindung zu schaffen.

»Ich glaube, daß man von verschiedenen Schiffen aus auch ins Innere des Bahnhofs gelangen kann«, vermutete Redhorse.

»Ich habe wenig Lust dazu, eines von ihnen zu betreten«, bemerkte Surfat. »Wer weiß, was uns an Bord erwartet.«

»Die Schiffe stehen seit fünfzigtausend Jahren an ihrem Platz und sind wahrscheinlich genausolange verlassen«, sagte Redhorse.

»Ich komme mir vor wie auf einem Friedhof«, sagte Surfat niedergeschlagen. »Jeden Augenblick kann irgendeine verrückte Automatik zum Leben erwachen und uns unter Beschuß nehmen.«

Sie standen jetzt unterhalb des Schiffes, das wie ein Gebirge aus Stahl über ihnen in den Leerraum ragte. Die Außenfläche, soweit sie im Licht der Scheinwerfer sichtbar war, glänzte im matten Schwarz.

»Wir können an den Metallverstrebungen bis zur nächste Luke hochklettern«, schlug Redhorse vor. »Vielleicht gelingt es uns, von dort aus ins Schiff einzudringen.«

Surfat blickte sich mißtrauisch um. Die gespenstische Stille ringsum regte seine Phantasie an und ließ ihn überall drohende Schattengestalten vermuten. Redhorse kletterte an den Metallträgern in die Höhe. Der flexible Schutzanzug hinderte ihn dabei kaum.

Nach wenigen Minuten hatte der Major die erste Luke erreicht. Er blickte zu Surfat hinab, der abwartend auf der Plattform stand.

»Die Luke ist fest verschweißt«, stellte der Cheyenne fest. »Ich wette, daß die Schleusen und die Kanäle die einzigen Verbindungsmöglichkeiten zwischen den Schiffen darstellen. Wer immer hier gelebt hat, legte keinen Wert darauf, die Plattform zu betreten.«

»Darin unterscheiden sich die Bewohner der Schiffe nicht von mir«, gab Surfat kläglich zurück. »Sir, wir sollten möglichst schnell einen Eingang ins Bahnhofsinnere suchen.«

Noch während er sprach, fühlte er, wie sich etwas in seinen Rükken preßte. Surfat erstarrte und wagte nicht sich umzuwenden. Redhorse, der sich noch immer an der Luke zu schaffen machte, unterbrach endlich seine Arbeit. Er blickte wieder in die Tiefe.

»Brazos!« stieß er hervor. »Hinter Ihnen steht jemand!«

Brazos Surfat wandte vorsichtig den Kopf. Er sah drei Gestalten in fremdartig wirkenden Raumanzügen. Eines der Wesen hielt einen stabähnlichen Gegenstand, den es in Surfats Rücken preßte. Die beiden anderen zielten mit ähnlichen Gebilden auf Redhorse.

»Ich glaube, es ist besser, wenn Sie herunterkommen, Sir«, stieß der Sergeant hervor.

»Was ist passiert?« klang Bradons aufgeregte Stille dazwischen.

»Bleiben Sie, wo Sie sind, Chard!« rief Redhorse. »Man hat uns hier aufgelauert. Sagen Sie Grek-1, daß die Station tatsächlich bewohnt ist.«

»Wo sind Sie jetzt Major?« wollte Bradon wissen.

»Chard!« schrie Redhorse. »Ich befehle Ihnen, die Kuppel nicht zu verlassen. Verbarrikadieren Sie den Eingang.«

»Sind Sie in Lebensgefahr?« fragte Bradon.

»Ich glaube nicht«, erwiderte Redhorse. »Hören Sie jetzt auf zu sprechen, bis ich mich wieder mit Ihnen in Verbindung setze. Ich komme jetzt, Brazos.«

Surfat beobachtete, wie Redhorse mit dem Abstieg begann. Als der Major unten angelangt war, nahmen ihn zwei der Fremden in die Mitte. Die ungefügen Schutzanzüge der Wesen verhinderten, daß Surfat viel von ihnen zu sehen bekam. Der Sergeant erblickte nur flüchtig ein behaartes Gesicht, ein Gesicht mit stumpfer Schnauze und kleinen, weit auseinander stehenden Augen. Die Fremden waren also keine Maahks. Sie schienen vier Beine zu haben, wenn die Ausstattung ihrer Schutzanzüge nicht täuschte. Ihre beiden Arme reichten fast bis auf den Boden.

Die Kreatur, die hinter Surfat stand, stülpte ihm ein netzartiges Gebilde über, das den Sergeanten sofort bewegungsunfähig machte. Mit Redhorse verfuhren die Angreifer ebenso. Das Netz schien aus einer klebrigen Masse von großer Zähigkeit zu bestehen. Surfats Versuche, seine Beine zu bewegen, scheiterten.

Er konnte sehen, wie einer der Unbekannten ein flaches Fahrzeug heranschob. Die beiden anderen packten den wehrlosen Major und legten ihn auf die Ladepritsche. Surfat wollte eingreifen, aber er wäre bei dem Versuch fast gestürzt. Man legte ihn neben Redhorse auf das Fahrzeug.

»Chard!« rief Redhorse. »Hören Sie mich?«

»Wir hören Sie, Sir!« meldete sich der Captain. »Wir kennen jetzt Ihre Position. Was geschieht«

»Wir werden weggebracht. Wohin, wissen wir noch nicht.«

Das Fahrzeug setzte sich in Bewegung. Plötzlich erloschen die Außenscheinwerfer der alten Maahkschiffe, und die Plattform lag wieder in völliger Dunkelheit. Surfat wußte, daß sie jetzt keine Möglichkeit hatten, den Weg zu verfolgen, den der Transporter nahm. Er ahnte, daß ihre drei Bezwinger noch in der Nähe waren. Es waren ungefähr zehn Minuten verstrichen, als das Fahrzeug anhielt. Es gab einen heftigen Ruck, dann setzte eine Aufwärtsbewegung ein.

»Ein Lift!« klang Redhorses Stimme auf. »Wir werden irgendwo in die Höhe gefahren.«

»Die Lichter sind erloschen«, meldete sich Bradon wieder. Da sie sich über Normalfunk unterhielten, klang seine Stimme nicht mehr so laut. Surfat vermutete, daß sie mindestens drei oder vier Meilen von der Kuppel entfernt waren, in der sich die anderen Besatzungsmitglieder der Space-Jet aufhielten.

Wieder gab es einen Ruck. Es wurde hell. Surfat blinzelte verwirrt. Er hörte Redhorse einen Pfiff ausstoßen.

»Sehen Sie, wo wir uns jetzt befinden, Brazos?« fragte er.

Surfat verneinte. Der Raum, zu dessen Decke er hinaufblickte, erschien ihm trostlos und bedrückend. Die Wände waren von einem gleichmäßigen Grau, in dem einzelne Schaltanlagen wie häßliche Warzen wirkten.

»Das ist die Schleuse eines Maahkraumschiffs«, verkündete Redhorse.

»Sir, Sie *müssen* uns gestatten, die Kuppel zu verlassen«, sagte Bradon.

»Bleiben Sie gefälligst, wo Sie sind«, sagte Redhorse barsch. »Sie würden den Burschen genauso in die Falle gehen wie wir. Ich gebe Ihnen Bescheid, wann Sie eine Chance haben.«

Surfat fühlte, wie sich jemand an seinem Helm zu schaffen machte. Ich werde ersticken, dachte er bestürzt. Entweder herrschte außerhalb des Helms Vakuum oder eine giftige Atmosphäre, wie sie die Maahks gewohnt waren.

Er stieß einen Entsetzensschrei aus, als man ihm den Helm vom Kopf riß. Fast im gleichen Augenblick spürte er, daß er atmen konnte.

Ganzvater Kraterhak Kan Deprok, Sippenältester und zweimaliger Verlierer im Endkampf um die Wazala-Ehre, war denkbar schlechter Laune. Nicht nur, daß seine Häutung kurz bevorstand, nicht nur, daß seine Sippe zu den ärmsten des Großen Waza gehörte – Kraterhak Kan Deprok hatte auch noch andere Sorgen. Seit zwei Stunden waren drei seiner Soldaten überfällig. Sie hatten den Befehl, die Zugänge zu den anderen Schiffen auszukundschaften.

Kraterhak Kan Deprok warf einen wütenden Blick zu Halbvater Vank Errak hinüber, der faul auf seiner Liege kauerte und döste. Deprok hätte den Kerl umbringen können, wenn . . . hm, kein echter Wazala-Kämpfer dachte intensiv an solch delikate Dinge.

Deproks Lieblingssohn, dessen gelbes Fell jetzt schon den späteren Ganzvater zeigte, stand an der Tür und hielt Wache. Eine Mutter war damit beschäftigt, drei Pelze der wenigen Soldaten zu kochen, die noch unter Deprok dienten.

Es hatte Zeiten gegeben, da war es eine Ehre für einen Forril gewesen, für Deprok zu dienen. Doch das war lange her. Deproks Sippe war völlig verarmt, seit die Hauptenergieanlage des Schiffes ausgefallen war und die Notaggregate immer wieder repariert werden mußten. Außerdem hatte eine feindliche Sippe die hydroponischen Gärten Deproks überfallen und den Temperaturregler gestohlen. Seither mußten sich ständig einige Soldaten bei den Gärten aufhalten, um die Temperatur zu prüfen. Sobald sie ohnmächtig wurden, gab Deprok Alarm für das Schiff. Während der Alarmzeit mußte die Sippe tagelang in den Schleusen leben – ein wahrhaft entwürdigender Zustand, vor allem dann, wenn er mit dem Zeitpunkt der Häutung zusammenfiel.

Vank Errak erwachte und winkte Deprok müde zu. Der Ganzvater wandte angewidert den Kopf ab.

»Ich verspüre Hunger!« rief der Halbvater der Mutter zu, deren roter Pelz vom Kochdampf feucht war.

»Es dauert noch kurze Zeit«, sagte die Mutter entschuldigend.

Deprok spuckte auf den Boden, um seine Verachtung zu zeigen.

»Rank!« rief er seinem Sohn zu. »Noch immer keine Nachricht von den drei Kundschaftern?«

Der junge Forril verbeugte sich respektvoll, bevor er sprach. »Nein, Ganzvater. Es ist alles still.«

Das Licht innerhalb der Zentrale flackerte. Deprok stieß einen Fluch aus. Hoffentlich hielten die Notaggregate noch solange durch, bis es der Sippe gelungen war, die notwendigen Ersatzteile zur Reparatur der Energiestation in einem anderen Schiff zu stehlen.

Deprok erhob sich von seinem Platz. In diesem Augenblick erlosch das Licht endgültig. Deprok maunzte erbittert, hastete zur Liege des Halbvaters hinüber und versetzte Vank Errak einen heftigen Hieb.

»Wer schlägt mich?« schrie Vank Errak ängstlich.

Deprok rieb sich befriedigt seine riesigen Hände und schlängelte sich aus der Zentrale.

»Seine Manieren werden immer unangenehmer«, beklagte sich Halbvater Vank Errak bei der Mutter.

»Du solltest nicht so abfällig von ihm sprechen«, klang Ranks Stimme von der Tür her. »Er stand immerhin zweimal im Endkampf um die Wazala-Ehre.«

»Und er hat zweimal verloren«, erinnerte Vank Errak höhnisch. »Die Luft in unserem Schiff wird immer schlechter, die Nahrung knapper. Wenn die anderen Sippen von unserer Verfassung erfahren, haben wir die längste Zeit ein eigenes Schiff besessen. Dann können wir unser Schiff mit anderen Sippen teilen. Ich wage nicht daran zu denken, wie man unsere Sippenwürde durch den Schmutz ziehen wird.«

Inzwischen war Kraterhak Kan Deprok auf den Gang hinausgetreten. Die Notbeleuchtung erhellte die Umgebung nur unvollständig. Deprok hielt einen vorbeihastenden Soldaten an.

»Was ist passiert?« erkundigte er sich gereizt.

Der Soldat erkannte, wen er vor sich hatte, und rülpste ehrerbietig.

»Die Kundschafter kommen zurück, Sippenältester«, informierte er Deprok.

Der Soldat war eine Mutter mit schönem Fell, wie Deprok trotz des schlechten Lichtes feststellte. Wenn ein Halbvater zugegen gewesen wäre, hätte Deprok ihr vielleicht den Hof gemacht, so aber wandten sich seine Gedanken sofort den wichtigeren Dingen zu.

»Was hat der Energieausfall mit den Kundschaftern zu tun?« erkundigte sich Deprok.

»Sie kommen über den äußeren Lift«, berichtete der Soldat.

Deprok zuckte zusammen, als hätte er einen elektrischen Schlag erhalten.

»Über den Lift?« heulte er wütend. »Was hat das zu bedeuten? Der Lift verschlingt soviel Energie, daß das halbe Schiff in Dunkelheit liegt.«

»Die Kundschafter haben zwei Gefangene gemacht«, sagte der Soldat.

»Mütter?« fragte Deprok interessiert.

»Nein, es sind Fremde.«

»Fremde?« schnauzte Deprok enttäuscht. »Was sollen diese zusätzlichen Fresser auf meinem Schiff?«

»Sie kommen aus dem Weltraum. Der Große Waza hat ihre beiden Raumschiffe bereits vernichtet.«

Der Soldat und Deprok rülpsten ehrfurchtsvoll, als der Name des Großen Waza fiel.

»Ich werde mir die Kerle ansehen«, entschied der Ganzvater. Als der Soldat davongehen wollte, hielt Deprok ihn am Arm fest.

»Wir können uns einmal im Bordobservatorium treffen«, schlug er vor.

Die Mutter kicherte verlegen und schlängelte davon. Deprok sah ihr noch einen Augenblick nach, dann hastete er weiter. Als er in der Schleuse ankam, sah er drei Kundschafter, zwei Ganzväter und eine kleingewachsene Mutter. Sie waren gerade dabei, einem der Fremden den Helm abzunehmen. Deprok stieß die Kundschafter zur Seite und starrte dem Fremden ins Gesicht. Der Unbekannte, der einen ängstlichen Schrei ausgestoßen hatte, blinzelte verwirrt zu Deprok empor.

»Er ist häßlich und nackt«, stellte der Sippenälteste fest.

»Bei allen Planeten, Don!« stieß der Fremde hervor. »Die Kerle sprechen Kraahmak.«

»Nehmt dem zweiten Gefangenen auch den Helm ab!« befahl Deprok.

Er löste das Netz von Surfats Körper. Der Sergeant erhob sich mühevoll.

»Sie sind unsere Gefangenen«, sagte Deprok knapp. »Wenn Sie sich einem Befehl widersetzen, werden Sie getötet.«

Der dicke Fremde nickte verstört.

»Warum ist der Lift noch nicht abgeschaltet?« schrie Deprok. Einer der Kundschafter beeilte sich, den Befehl des Sippenältesten auszuführen.

Der Ganzvater wandte sich wieder an die Gefangenen.

»Woher kommt ihr und was wollt ihr hier bei den Sippen der Forrils?« erkundigte er sich.

Inzwischen war auch der zweite Fremde von Helm und Netz befreit worden. Er hatte Deproks Worte verstanden. Deprok erkannte, daß er der Anführer war.

»Wir kommen aus dem Weltraum«, sagte der Fremde. »Wir haben keine feindlichen Absichten. Warum habt ihr unser Schiff beschossen?«

»Der Große Waza hat eure Schiffe vernichtet«, erklärte Deprok und rülpste demütig. Gleich darauf versetzte er Redhorse und Surfat einen Tritt.

»Rülpst gefälligst, wenn der Name des Großen Waza fällt«, befahl er aufgebracht.

»Was?« stotterte Surfat verwirrt.

Ein weiterer Schlag ließ ihn aufstöhnen.

»Das klingt schon ganz gut«, stellte Deprok zufrieden fest. »Ihr werdet bald wissen, wie ihr euch zu benehmen habt.« Er nickte den Kundschaftern zu. »Bringt sie in den hydroponischen Garten. Sie können in Zukunft die Temperatur überwachen. Sagt ihnen, was sie zu tun haben. Auf diese Weise gewinnen wir wieder zwei Soldaten für wichtige Überfälle zurück.«

»Wir hätten uns gern mit Ihnen unterhalten«, sagte der große Fremde vorsichtig.

Deprok spuckte verächtlich auf den Boden. »Ihr seid bestimmt Halbväter«, konstatierte er. »Was sollte ich mit einem Halbvater besprechen?«

Mit einem Grunzen entließ er die Kundschafter, die die beiden Gefangenen mitschleppten. Er löschte das Licht in der Schleuse. Erleichtert sah er, daß die Notaggregate wieder einwandfrei arbeiteten.

Er fragte sich, ob er sich trotz seines Alters noch einmal für die Wazala-Kämpfe melden sollte. Vielleicht war das die einzige Chance für seine Sippe, den drohenden Niedergang abzuwenden. In diesem Augenblick spürte er, wie sein Fell sich spannte. Er hastete in die nächste Nische und verkroch sich darin. Zwei Tage würde er hier nackt, elend und hungrig liegen, bis er mit einem neuen Pelz in die Sippengemeinschaft zurückkehren konnte. Er hoffte, daß Rank ihn in der Zwischenzeit würdig vertreten würde.

Brazos Surfat hatte den Kopf in beide Hände gestützt und kämpfte gegen die Übelkeit an. Die Luft innerhalb dieses Raumes drohte ihn zu ersticken. Längst hatte er seinen Schutzanzug abgelegt und die Jacke geöffnet.

»Wieviel Uhr ist es, Sir?« stieß er mühevoll hervor.

»Kurz nach drei, wenn Ihnen das etwas bedeutet«, entgegnete Redhorse.

»Wir sind also seit zwei Stunden in dieser Hexenküche, ohne daß sich jemand um uns gekümmert hat«, stellte Surfat erbittert fest. »Bin ich verrückt, oder hat man uns wirklich hierhergebracht, damit wir die Temperatur prüfen sollen?«

»Sie sind nicht verrückt, Sarge«, antwortete Redhorse. »Sobald wir ohnmächtig werden, wissen die Forrils, daß die hydroponischen Tanks nicht einwandfrei arbeiten. Das ist eine primitive, aber durchaus wirksame Methode.«

Surfat würgte und lehnte sich mit dem Rücken gegen die Wand.

»Was nun?« murmelte er.

»Nichts«, sagte der Major. »Wir warten eine gewisse Zeit ab. Wenn bis dahin nichts geschieht, sabotieren wir die hydroponischen Anlagen. Vielleicht kümmert man sich dann um uns.«

»Diese verdammten Walrösser!« knurrte Surfat grimmig.

Redhorse konnte ein Lächeln nicht unterdrücken. Die Forrils besaßen tatsächlich eine gewisse Ähnlichkeit mit diesen terranischen Tieren. Ihre kolbigen Körper waren mit dichtem Pelz bedeckt. Wenn sie sich auf ihren vier kurzen Beinen aufrichteten, spreizten sie diese in vier Richtungen, so daß es aussah, als hätten sie einen kleinen Hocker mit vier Beinchen ausgefahren. Die Forrils waren zweiarmig. Wenn sie sich schnell bewegten, benutzten sie alle sechs Glieder. Dabei kam es zu Schlängelbewegungen des gesamten Hinterteils, das durch die Laufbewegungen der vier kurzen Beine in eigenartige Zuckungen versetzt wurde.

»Sie sind sehr schweigsam, Major«, stellte Surfat fest. »Haben Sie Captain Bradon bereits über alles unterrichtet?«

Während Surfat erschöpft auf dem Boden gesessen hatte, war Redhorse einer anderen Beschäftigung nachgegangen. Der Major hatte die gesamte hydroponische Anlage untersucht. Deshalb wußte Surfat nicht, ob der Cheyenne bereits mit den anderen Schiffbrüchigen über die letzten Ereignisse gesprochen hatte.

»Bradon weiß Bescheid«, antwortete Redhorse. »Grek-1 vermutet, daß die Forrils die Nachkommen der ehemaligen Bahnhofswärter sind. Der Große Waza ist wahrscheinlich nichts anderes als die Zentrale der Station. Davor scheinen die Forrils eine ehrfürchtige Scheu zu haben. Das erklärt auch, warum sie sich ausschließlich in den Schiffen aufhalten und das Innere des Bahnhofs meiden.«

Surfat rollte mit den Augen. »Woher wissen Sie das alles?«

»Ich habe gut zugehört, als man uns in diesen Raum brachte. Die drei Wesen, die uns gefangennahmen, erzählten so ziemlich alles, was ich wissen wollte.«

»Haben Sie sie auch gefragt, wie wir wieder hier herauskommen?« erkundigte sich der Sergeant spöttisch.

»Natürlich«, bestätigte Redhorse. »Sie versprachen mir, daß man uns hier herausholt, sobald es Deproks Sippe wieder besser geht.«

»Wann wird das sein?«

»Vermutlich nie«, meinte Redhorse. »Der kapitale Bursche, den wir bei unserer Ankunft kennenlernten, ist offenbar der Sippenälteste. Seine Macht neigt sich dem Ende zu. Solange kein junger und starker Mann das Regierungsgeschäft übernimmt, ist es schlecht um uns bestellt. Denn nur ein Junger kann bei einem Wazala-Kampf bestehen.«

»Ich verstehe zwar kein Wort von dem, was Sie sagen, Sir, aber ich glaube Ihnen alles«, sagte Surfat müde. »Ich weiß nur, daß ich es hier nicht mehr lange aushalte.«

Redhorse ließ sich auf den Boden nieder und lehnte sich mit dem Rücken gegen die Wand. Auch bei völliger Bewegungslosigkeit schwitzte er am gesamten Körper.

»Vor allem müssen wir es fertigbringen, daß Bradon und die anderen an Bord dieses Schiffes kommen«, sagte er nach einer Weile.

»Was?« entfuhr es Surfat. »Sie wollen Bradons Gruppe diesen Barbaren ausliefern?«

»Erstens glaube ich nicht, daß die Forrils Barbaren sind«, sagte Redhorse. »Zweitens reicht der Sauerstoff in den Aggregaten der Männer dort draußen in der Kuppel nicht mehr lange.«

»Ist es nicht gleichgültig, wo sie ersticken?« fragte Surfat.

Redhorse stand auf und schnippte mit den Fingern. »Es gibt noch eine Möglichkeit, hier herauszukommen, Brazos.«

»Glauben Sie, Major? Die Burschen haben uns unsere Waffen und die Helme abgenommen. Ich wundere mich, daß man uns alle anderen Ausrüstungsgegenstände überlassen hat.«

»Ich nehme an, die Forrils wissen genau, was sie tun. Wahrscheinlich haben sie uns mit einem bestimmten Hintergedanken in diesen Raum gebracht.« Redhorse ging auf den nächsten Tank zu und klopfte gegen seine Außenfläche.

»Die Forrils hoffen, daß wir die Anlage reparieren«, sagte er.

»Wirklich?« Surfat hüstelte. »Als ich zwanzig Jahre alt war, hat man mir etwas von hydroponischen Anlagen erzählt. Das habe ich längst wieder vergessen. Ich wette, Ihnen ergeht es nicht anders.«

»Trotzdem sollten wir uns hier umsehen«, beharrte Redhorse. »Sie übernehmen die vordere Tankreihe, Brazos. Ich kümmere mich um die anderen Behälter.«

»Und wonach soll ich suchen?«

»Nach defekten Stellen. Einige Tanks bekommen zweifellos zuviel Warmluft zugeführt. Dadurch beginnen die Pflanzen zu faulen. Gäbe es keine Filtrieranlage, hätte sich der Gestank bereits im gesamten Schiff ausgebreitet.«

Surfat sah den Major zwischen zwei Tanks verschwinden. Der Sergeant erhob sich mühsam und stützte sich an der Wand. Der Gedanke, daß er sich den Tanks nähern sollte, war alles andere als erfreulich. Trotzdem machte sich Surfat auf den Weg. Er klappte die Abdeckungen des ersten Behälters auf. Vorsichtshalber hörte er auf zu atmen. Doch seine Befürchtungen erwiesen sich als unangebracht. Der Tank war in Ordnung. Surfat untersuchte alle Behälter der vorderen Reihe. Aus dem letzten, dem er sich zuwandte, kam ihm eine Wolke üblen Gestanks entgegen. Er überwand seinen Widerwillen und untersuchte die Zufuhrleitungen und Kabelstränge. Als er mit den Händen einige Planzen zur Seite schob, erkannte er, daß sich am Boden des Tanks eine Verschlußklappe von einem Meter Durchmesser befand.

Surfat kletterte in den Behälter. Es kostete ihn Kraft, auf dem schlammigen Untergrund das Gleichgewicht zu halten. Nach mehrfachen Anstrengungen gelang es ihm, die Klappe zu öffnen. Er schob sie zur Seite. Das brackige Wasser floß durch die entstandene Öffnung ab. Im spärlichen Licht, das von draußen hereinfiel, erkannte Surfat, das sich in einem halben Meter Tiefe ein Einsatzsieb befand. Er hob es heraus. Surfat war davon überzeugt, daß der Schacht in einen anderen Raum führen mußte. Er bezweifelte jedoch, daß er hindurchkriechen konnte.

Er stieg wieder aus dem Tank und suchte Redhorse. Er fand den Major in einem Tank der hinteren Reihe.

Hier war der Gestank noch schlimmer als weiter vorn.

Redhorse beugte sich über den Behälter und winkte dem Sergeanten mit schlammigen Händen zu.

»Es liegt zweifellos an der Energiezufuhr«, sagte er. »Sämtliche Thermostate zeigen verschiedene Werte an.«

Surfat nickte schwach. »Ich habe etwas gefunden, Sir«, sagte er. »Das müssen Sie sich ansehen.«

Redhorse verließ den Tank und stand gleich darauf neben Surfat. Gemeinsam gingen sie zu dem Behälter, in dem Surfat den Abflußschacht entdeckt hatte.

Surfat bedauerte, daß die Forrils ihnen die Helme abgenommen hatten, an denen die Scheinwerfer befestigt waren. Ohne Licht konnten sie vom Schachtinnern kaum etwas sehen.

»Ob er senkrecht in die Tiefe führt?« fragte Redhorse nachdenklich, als sie nebeneinander vor der Öffnung standen.

»Ich hätte schon versucht, das herauszufinden, wenn . . .« Surfat warf einen Blick auf seinen Bauch.

Redhorse bückte sich und schob sich mit den Füßen voraus in den Schacht. Er klammerte sich mit den Händen fest und ließ sich langsam in die Tiefe sinken.

In diesem Augenblick erhob sich am Eingang der hydroponischen Anlage ein derartiger Lärm, daß Surfat erschrocken zusammenfuhr. Er beugte sich über den Behälterrand und sah einige Forrils hereinstürmen. Die meisten hatten gelbe Pelze, es waren auch einige rotbepelzte Wesen dabei. Alle Eindringlinge waren bewaffnet.

»Wir bekommen Besuch«, sagte Surfat.

Redhorse schwang sich hastig aus dem Schacht. Er sah, wie die Forrils ausschwärmten und den Raum durchsuchten.

»Wonach suchen sie?« wollte Surfat wissen.

Redhorse wischte seine verschmierten Hände an der Hose ab.

»Nach uns«, sagte er trocken.

Gleich darauf stieß ein gelbbepelzter Forril einen Triumphschrei aus. Er hatte die beiden Männer entdeckt. Die anderen gaben ihre Suche auf und umringten den Behälter, in dem Redhorse und Surfat standen.

»Fremde!« stieß einer der Forrils hervor. »Kraterhak Kan Deprok beschäftigt Fremde in seinen hydroponischen Anlagen.«

Redhorse fragte sich, was der Aufmarsch der bewaffneten Forrils zu bedeuten hatte.

»Ist es nicht gleichgültig, Orrak?« fragte ein rotbepelzter Forril den ersten Sprecher. »Sie gehören zu Deproks Sippe, allein das ist entscheidend.«

»Immer mit der Ruhe!« protestierte Redhorse nachdrücklich und kletterte aus dem Tank. »Wir gehören keiner Sippe an. Wir sind freie Mitarbeiter dieses Deprok.«

Der Forril, der Orrak hieß, grunzte begeistert und versetzte Redhorse einen gutmütigen Schlag mit der Stabwaffe, der den Cheyenne fast zu Boden warf.

»Ihr seid bereit, auch für mich zu arbeiten?« erkundigte er sich.

Redhorse versuchte zu verstehen, was hier vorging.

»Wir arbeiten für jeden!« versicherte Surfat in diesem Augenblick.

»Großartig!« schrie Orrak. Er gab seinen Begleitern einen Wink, dann stürmte die Horde wieder aus dem Raum. Redhorse hörte das Schott zuschlagen.

»Habe ich einen Fehler gemacht, Sir?« fragte Surfat verwirrt.

Redhorse zuckte mit den Schultern. Er befreite seine Uhr vom Schlamm und warf einen Blick darauf. Der Sauerstoffvorrat der Männer, die in der Kuppel warteten, reichte noch für drei Stunden. Es wurde Zeit, daß er etwas unternahm.

»Ich glaube, jedes Schiff auf dieser Plattform wird von einer Sippe bewohnt«, sagte Redhorse. »Die einzelnen Sippen scheinen sich nicht sehr freundlich gesinnt zu sein. Es waren Deproks Soldaten, die uns gefangennahmen. Aber jetzt scheint Deprok sein Schiff an Orrak verloren zu haben.«

Bevor Surfat antworten konnte, wurde das Schott abermals aufgerissen, und ein kleiner Forril taumelte herein. Das gelbbepelzte Wesen schloß hinter sich ab und brach dann kraftlos zusammen. Redhorse und Surfat tauschten einen Blick.

»Was bedeutet das schon wieder?« fragte der Sergeant verwirrt.

Redhorse ging zu dem Zusammengebrochenen. Surfat beeilte sich, den Tank zu verlassen und den Major einzuholen. Der Forril stöhnte leise. Redhorse beugte sich zu ihm hinab.

»Sind Sie verletzt?« fragte er in Kraahmak.

»Verletzt?« fauchte das Wesen erstaunt aggressiv. »Die Würde unserer Sippe wurde in den Schmutz gezogen. Und alles ist meine Schuld.«

»Ihre Schuld?« fragte Redhorse.

»Ich bin Kraterhak Kan Deproks Sohn«, sagte der Forril und hob den Kopf. »Ich muß meinen Vater finden, bevor Orrak alle Räume des Schiffes erobert hat.«

»Hat er sich versteckt, als Orrak in das Schiff eindrang?« wollte Surfat wissen.

Der Forril warf ihm einen wütenden Blick zu. »Seine Häutung stand kurz bevor. Kein Forril zeigt sich ohne Pelz der Sippe. Trotzdem muß ich mit ihm reden.«

»Sie sind vollkommen erschöpft«, stellte Redhorse fest. »In diesem Zustand laufen Sie Orraks Soldaten in die Hände. Aber ich weiß, wie wir Ihnen helfen können.«

»Ich verzichte auf die Hilfe von fremden Halbvätern«, knurrte der Forril. »Ich bin Rank, Deproks Sohn. Seht ihr nicht, daß ich später ein Ganzvater sein werde?«

»Sie werden weder Großvater noch sonst etwas sein, wenn Sie uns jetzt nicht zuhören«, sagte Surfat beschwörend.

Redhorse half dem Forril auf die Beine. Rank schüttelte sich. Er hatte einen Schlag auf den Kopf erhalten und war noch sichtlich benommen.

»Wir haben Freunde außerhalb des Raumschiffes«, sagte Redhorse. »Sie sind gut bewaffnet. Beschaffen Sie uns unsere Helme und Waffen und einen Transportwagen, dann bringen wir diese Kämpfer in das Schiff.«

»Hat einer Ihrer Freunde jemals um die Wazala-Ehre gekämpft?« wollte Rank wissen.

»Nein«, gab Redhorse zu.

Rank spie verächtlich auf den Boden. »Wie können es gute Kämpf . . .«

»Still!« befahl Redhorse. Vom Gang klang das Trampeln von Schritten zu ihnen herein. Wütende Schreie ertönten. Rank begann vor Wut und Enttäuschung zu zittern.

»Ihre Sippe ist auf dem Rückzug«, stellte Redhorse fest. »Sie müssen sich entscheiden, Rank.«

»Wir müssen Deprok suchen«, forderte Rank. »Er soll entscheiden.«

Redhorse blickte auf die Uhr. Hoffentlich dauerte die Suche nach dem Sippenältesten nicht zu lange. Notfalls würde er Rank dazu zwingen, ihnen Helme, Waffen und einen Transporter zur Verfügung zu stellen.

»Also gut«, sagte er widerstrebend. »Warten Sie, bis wir unsere Anzüge angelegt haben, dann helfen wir Ihnen bei der Suche nach Ihrem Vater.«

Rank schloß das Schott auf und spähte in den Gang hinaus.

»Jetzt ist alles still«, sagte er erleichtert. »Der Kampf konzentriert sich auf die Zentrale.«

Die beiden Terraner legten ihre Anzüge an. Redhorse war froh, als sie auf den kühlen Gang hinauskamen.

»Es gibt unzählige Nischen, in denen Deprok sich verkrochen haben kann«, erklärte Rank. »Wir müssen alles absuchen.«

»Major, soviel Zeit haben wir nicht«, sagte Surfat verzweifelt.

»Wir helfen ihm eine Stunde«, entschied Redhorse. »Wenn wir den Alten bis dahin nicht gefunden haben, handeln wir auf eigene Faust.«

In ohnmächtiger Wut mußte Kraterhak Kan Deprok zuhören, wie Orraks Horden durch das Schiff zogen. Zusammengekrümmt lag der Sippenälteste am Boden, sich des würdelosen Bildes wohl bewußt, daß er in seiner Nacktheit bot. Der Pelz, den er verloren hatte, benutzte er als Unterlage für seinen Kopf.

Einmal hatte einer von Orraks Soldaten in die Nische geleuchtet, eine kurze Entschuldigung hervorgestoßen und war weitergerannt. Er nackter Forril war auch für angreifende Sippen tabu.

Kraterhak Kan Deprok rechnete schon seit langem mit Orraks Angriff. Orraks Sippe bewohnte das Schiff unmittelbar neben ihnen; der schlaue Orrak mußte also schon lange von den Schwierigkeiten wissen, mit denen Deproks Sippe zu kämpfen hatte. Orrak hatte abgewartet, bis für Deprok der Zeitpunkt der Häutung gekommen war. Erst dann hatte er zugeschlagen. Deprok war davon überzeugt, daß ihn einer der Halbväter an Orrak verraten hatte.

Kraterhak Kan Deprok gab sich keinen Illusionen hin. Sobald die Häutung abgeschlossen war und er die Nische verlassen konnte, würde er Orraks Gefangener sein. Es hing von der Großmut des Gegners ab, ob Deprok wieder zu seiner Sippe durfte, die bald irgendwo in den unteren Räumen des Schiffes ein unwürdiges Leben fristen würde.

Der Ganzvater zitterte vor Wut. Es gab nur noch einen Weg, Ruhm und Ehre zurückzuerlangen: Den Wazala-Kampf. Sobald er seinen neuen Pelz trug, würde Deprok sich erneut an den Ausscheidungen beteiligen. Ein Sieg würde seiner Sippe zu neuem Reichtum verhelfen.

Auf dem Gang erklangen Schritte. Deprok spannte sich und lauschte angestrengt. Hatte Orrak bereits Patrouillen aufgestellt?

Der grelle Lichtstrahl eines Handscheinwerfers traf Deprok so unerwartet, daß er vor Empörung und Schmerz aufschrie. Sofort erlosch das Licht, und eine unsichere Stimme murmelte: »Verzeih, Ganzvater!«

»Rank!« stöhnte Deprok fassungslos. »Wie kannst du es wagen, mich anzusehen?«

Rank rülpste viermal lautstark, um seine Ehrerbietung und Reue zu zeigen.

»Die beiden Fremden sind bei mir«, erklärte er. »Sie kennen eine Möglichkeit, wie wir Orrak aus unserem Schiff hinauswerfen können.«

»Sie dürfen mich auf keinen Fall sehen, Rank«, wimmerte Deprok. »Du mußt verhindern, daß sie mich so sehen.«

»Sie müssen mich töten, wenn sie in die Nische wollen«, bellte Rank.

»Was wollen sie?« erkundigte sich Deprok. »Warum sind sie nicht bei den hypdroponischen Tanks?«

»Warten Sie, Rank«, sagte Redhorse. »Deprok, die hydroponischen Tanks sind nicht mehr im Besitz ihrer Sippe. Um die Zentrale wird in diesem Augenblick erbittert gekämpft. Es ist nur noch eine Frage der Zeit, bis Orrak das Schiff übernommen hat. Ich schlage Ihnen deshalb ein Geschäft vor.«

»Schlag ihn tot, Rank!« schrie Deprok außer sich. »Er wagt es, mir ein Geschäft vorzuschlagen.«

Rank rülpste bedauernd. »Ich schlage ihn nicht tot, Ganzvater. Er hat bewaffnete Freunde draußen auf der Plattform, die uns helfen können. Im Augenblick größter Not scheint uns der Große Waza Hilfe geschickt zu haben.« Ein gewaltiger Rülpser begleitete die letzten Worte.

Deprok überlegte angestrengt.

Im Grunde genommen hatte seine Sippe nichts mehr zu verlieren. Vielleicht gab es tatsächlich eine Möglichkeit, Orrak wieder zu vertreiben.

»Was schlagen die Fremden vor?« fragte er.

»Wir helfen Ihnen das Schiff zurückzugewinnen«, sagte Redhorse. »Dafür verlangen wir, daß Sie uns den Weg ins Innere der Station zeigen.«

Deprok glaubte, er hätte sich verhört. Der Fremde wagte es, ganz offen vom Großen Waza zu sprechen. Nur mit Mühe gewann Deprok seine Beherrschung zurück.

»Es gibt nur einen Weg zum Großen Waza«, sagte er feierlich. »Man muß die Wazala-Kämpfe als Sieger überstehen. Der Wazala darf drei Tage in der Station verbringen. Als Belohnung erhält seine Sippe eines der drei größten und schönsten Schiffe.«

»Ich bin einverstanden«, sagte Redhorse. »Sobald dieses Schiff sich wieder im Besitz Ihrer Sippe befindet, helfen Sie mir, eine Teilnahmeberechtigung für die Wazala-Kämpfe zu bekommen.«

Kraterhak Kan Deprok vergaß seine mißliche Lage und begann zu lachen. Sein Bellen dröhnte in Redhorses Ohren.

»Was soll ich tun, Ganzvater?« erkundigte sich Rank.

»Gib ihnen, was sie wollen«, entschied Deprok.

Redhorse nickte befriedigt und schaltete sein Armbandfunkgerät ein.

»Machen Sie sich reisefertig, Chard«, sagte er. »Wir kommen.«

24.

Chard Bradon hatte viele Männer sterben sehen und war oft genug dem Tod nur knapp entronnen. Er hatte sich für einen Mann gehalten, den die Todesgefahr nicht mehr schrecken konnte, doch hier draußen in der Einsamkeit des Leerraums hatte er erkennen müssen, daß er Angst hatte.

Bradon, der in der zerfallenen Schleuse stand und in die Dunkelheit hinausstarrte, die vom Licht seines Helmscheinwerfers nur ein paar Meter durchdrungen wurde, konnte das Ende der BARCELONA nicht vergessen. Wahrscheinlich wäre die Besatzung vom gleichen Schicksal ereilt worden, wenn Redhorse die anderen Schiffe über Hyperfunk von der Entdeckung des Bahnhofs unterrichtet hätte. Aber dann hätten die Schiffbrüchigen mit baldiger Hilfe rechnen können.

Bradon dachte an die vielen Männer von der BARCELONA, die er persönlich gut gekannt hatte. McGowan würde im Mannschaftsquartier von Gleam nie wieder seine provozierenden Lieder singen, sein Name würde ebenso vergessen werden wie die Namen unzähliger guter Männer vor ihm.

In solchen Augenblicken fragte sich Matrynow, ob es gut war, daß die Menschheit immer tiefer in den Weltraum vorstieß, ob dieser gewaltige Expansionsdrang nicht irgendwann einmal ein Ende für alle Menschen bedeuten konnte . . .

Der Captain warf einen Blick auf das Leuchtzifferblatt seiner Uhr. Der Sauerstoffvorrat in ihren Anzügen reichte noch für anderthalb Stunden. Grek-1 war in einer etwas glücklicheren Lage: Er würde eine Stunde länger leben. Aber was war schon eine Stunde, dachte Bradon.

Redhorse hatte sich vor wenigen Minuten über Funk gemeldet.

Bradon wußte, daß der Major vielleicht schon in diesem Augenblick unterwegs war. Der Captain hatte sein Armbandfunkgerät so eingestellt, daß es in Abständen von fünf Minuten ein Impulszeichen abstrahlte. Das würde Redhorse helfen, den Weg zur Kuppel zu finden.

Neben dem Licht von Bradons Helmscheinwerfer leuchtete ein zweites auf. Der Offizier wandte den Kopf und sah Papageorgius große Gestalt in der Schleuse auftauchen.

Seit Redhorse und Surfat die Kuppel verlassen hatten, waren die drei Männer und Grek-1 sehr schweigsam gewesen.

Papageorgiu ließ sich auf einem Metallsockel nieder und lehnte sich gegen die verborgene Schleusenwand. Er wußte nichts von Bradons Gedanken, er hielt den Captain für einen Mann, der auch in Augenblicken höchster Gefahr niemals die Nerven verlor. Bradon war fünfzehn Jahre älter als er. In einer solchen Situation erschien das Papageorgiu wie ein ganzes Menschenalter.

»Glauben Sie, daß er kommen wird, Captain?« fragte er.

»Natürlich«, sagte Bradon ruhig.

»Vierzig Meter von uns entfernt liegt das erste Maahkschiff«, sagte Papageorgiu. »Es ist bewohnt. Atembare Luft ist vorhanden.«

Bradon verstand, worauf der Offiziersanwärter hinauswollte. Wenn Redhorse nicht durchkam, sollten sie nach Papageorgius Meinung versuchen, in eines der nächstgelegenen Schiffe einzudringen.

»Unser junger Freund wird nervös«, klang Doutrevals Stimme in Bradons Helmlautsprecher auf. »Dabei ist der Zeitpunkt für Verzweiflungstaten noch nicht gekommen.«

»Ich bitte Sie, sich in Kraahmak zu unterhalten«, mischte sich Grek-1 ein. »Es ist verwirrend für mich, wenn Sie sich in ihrer Sprache verständigen.«

»Wir sprachen gerade davon, ob wir nicht in eines der nächstgelegenen Schiffe eindringen sollen, wenn unser Sauerstoffvorrat zu Ende geht und noch keine Hilfe eingetroffen ist«, informierte ihn Bradon. »Allerdings wird *Ihr* Problem damit nicht gelöst, selbst wenn wir Erfolg haben sollten.«

»Richtig«, sagte der Maahk. »Ich muß versuchen, ins Bahnhofsinnere zu gelangen. Dort gibt es vielleicht noch Räume, die mit einer Wasserstoff-Methan-Mischung gefüllt sind.«

Bradon hätte gern gewußt, ob die Worte des Maahks einer Ankündigung für selbstständiges Handeln gleichkamen. Der Captain hätte sich nicht gewundert, wenn ihr schweigsamer Berater plötzlich die Kuppel verlassen und mit der Suche nach einem Eingang ins Bahnhofsinnere begonnen hätte.

»Captain Bradon!« das war Redhorses Stimme im Armbandfunkgerät.

»Ja! Ich kann Sie hören, Major.«

»Wir werden uns in wenigen Augenblicken wieder über Helmfunk unterhalten können«, sagte Redhorse. »Wir verlassen das alte Maahkschiff. Ein Transporter steht bereit.«

»Ich dachte, Sie wären bereits unterwegs«, sagte Bradon enttäuscht.

»Wir mußten zunächst Orraks Wache ausschalten«, berichtete Redhorse. »Wer Orrak ist, erfahren Sie später.«

Die Verbindung brach ab.

»Eigenartig«, murmelte Bradon. »Zum erstenmal, seit die Space-Jet vernichtet wurde, denke ich jetzt wieder an unsere Aufgabe, die uns hierhergeführt hat.«

»Ich bin schon zufrieden, wenn wir irgendwo atembare Luft finden«, sagte Doutreval. »Die Unterlagen über die Bahnhofsstrecke hatte ich schon vergessen.«

»Ich denke an alles«, versicherte Grek-1 lakonisch.

Bradon war erleichtert, als er Redhorses Stimme erneut aufklingen hörte. Diesmal kam sie aus dem Lautsprecher von Bradons Helmfunk. Der Major sprach Kraahmak, er wollte offenbar, daß auch Grek-1 ihn verstehen konnte.

»Wir haben das Schiff verlassen, Captain«, berichtete Redhorse. »Rank, das ist der Sohn des Schiffsbesitzers, hat uns einen Transporter beschafft.«

»Finden Sie sich im Dunkeln zurecht, Sir?« fragte Papageorgiu besorgt.

»Leidlich«, entgegnete Redhorse. »Rank hat einen großen Scheinwerfer an unserem Fahrzeug befestigt. Außerdem haben Surfat und ich unsere Helmscheinwerfer.«

»Warum haben Sie die Außenscheinwerfer der Maahkschiffe nicht einschalten lassen?« wollte Bradon wissen.

»Die Forrils haben keinen Einfluß darauf«, erklärte Redhorse. »Die Scheinwerfer werden ebenso wie die Geschützstellungen von einer Positronik im Inneren des Bahnhofs kontrolliert. Die Forrils nennen das Zentrum der Station den Großen Waza.«

Bradon runzelte die Stirn, als er Redhorse lautstark rülpsen hörte.

»Wundern Sie sich über nichts, Captain«, sagte Redhorse gleichmütig. »Das letzte Geräusch war nur eine Höflichkeitsgeste für unseren Begleiter. Er wird wild, wenn man dem Großen Waza keine Achtung zollt.«

»Ich verstehe«, behauptete Bradon, obwohl er überhaupt nichts verstand. Er war froh, daß die anderen sein Gesicht nicht sehen konnten.

»Zweifellos handelte es sich bei den Forrils um das von den Maahks vor fünfzigtausend Jahren eingesetzte Wächtervolk«, fuhr Redhorse fort. »Die Forrils haben sich dieser Aufgabe allerdings völlig entfremdet und leben nur noch in den ungefähr dreitausend Raumschiffen, die sie überall auf der Plattform verankert haben. Nur der Wazala, der Sieger eines Wettkampfes, darf für eine gewisse Zeit das Innere des Bahnhofs betreten.«

»Die Forrils werden mich also nicht anerkennen«, schloß Grek-1 aus Redhorses Worten.

»Kaum«, bedauerte Redhorse. »Sie wissen längst nicht mehr, wer den Bahnhof erbaut hat. Hier im Leerraum mußten sie zwangsläufig früher oder später eine Art Religion gründen, deren Mittelpunkt die Energiestation des Bahnhofs ist.«

»Der Große Waza«, murmelte Bradon versonnen. »Was für ein Name für eine Zentrale.«

»Captain . . .!« sagte Redhorse gedehnt.

»Sir?« Bradon richtete sich etwas auf.

»Sie haben etwas vergessen«, sagte Redhorse.

»Ach so«, knurrte Bradon.

Und dann rülpste er.

Rank lag flach auf dem Transporter und hielt das Steuer umklammert. Redhorse schloß aus der Lautlosigkeit, mit der sich das Fahrzeug bewegte, daß es von Batterien angetrieben wurde. Der junge Forril trug einen Schutzanzug. Eine Verständigung war nicht mehr möglich, weil Rank keinen Helmfunk besaß oder nicht in der Lage war, seine Anlage auf die gleiche Frequenz einzustellen, auf der sich die Terraner unterhielten.

Bevor sie Deproks Schiff verlassen hatten, hatte Rank von den beiden Terranern alles erfahren, was sie über die Kuppel wußten, in der die anderen Schiffbrüchigen warteten. Rank hatte genickt, ohne zu verstehen zu geben, ob er die Kuppel finden würde.

Jetzt rollte der Transporter über die Plattform, der große Scheinwerfer an seiner Vorderseite erhellte die Strecke auf mindestens sechzig Meter.

Surfat hockte mit übereinandergeschlagenen Beinen hinten auf der Metallpritsche. Redhorse kauerte neben Rank und versuchte die Umgebung zu erkennen. Der Forril steuerte das Fahrzeug geschickt zwischen den Raumschiffen hindurch, obwohl es stellenweise nur enge Durchfahrten gab. Redhorse ahnte, daß der Forril oft große Umwege machte, da die alten Raumschiffe an verschiedenen Stellen ein Weiterkommen unmöglich machten.

»Ich werde das Gefühl nicht los, daß der Kerl uns nur ein bißchen spazierenfährt«, sagte Surfat ungehaglich.

Redhorse schluckte. Es blieb ihnen nichts anderes übrig, als sich auf Rank zu verlassen. Der Forril hatte seinen Ganzvater im Schiff zurückgelassen und war sicher daran interessiert, mit einer bewaffneten Streitmacht zurückzukommen.

Plötzlich hielt Rank den Transporter an. Das Licht des Scheinwerfers fiel auf die Außenfläche eines alten Maahkschiffes, das genau zwischen zwei anderen Schiffen lag. Die drei Schiffe bildeten einen U-förmigen Wall. Redhorse klopfte dem Forril auf den Rükken und bedeutete ihm, daß er versuchen sollte, das Hindernis zu umfahren.

Rank schüttelte energisch den Kopf und winkte ab. Er deutete in die Dunkelheit und schüttelte abermals den Kopf. Offenbar gab es nur einen Weg, und dieser führte über die Schiffe hinweg.

Redhorse blickte auf die Uhr. Der Luftvorrat von Bradons Gruppe reichte noch für ungefähr eine Stunde.

Surfat hatte sich erhoben und starrte an dem Raumschiff hinauf, das ihnen ein Weiterkommen unmöglich machte.

»Ich kann mich nicht erinnern, daß wir auf der Fahrt zu Deproks Schiff einen Aufenthalt hatten«, sagte er.

Redhorse antwortete nicht, weil er die Männer in der Kuppel, die mit Sicherheit jedes Wort mitverfolgten, nicht nervös machen wollte.

Rank gab den beiden Terraner durch Gesten zu verstehen, daß er sich für wenige Augenblicke vom Transporter entfernen wollte. Redhorse gab widerstrebend seine Zustimmung. Der Forril verschwand. Redhorse untersuchte die Steuerung des Fahrzeuges. Er glaubte zwar nicht, daß er die Kuppel finden konnte, aber wenn Rank nicht zurückkam, konnten sie den Transporter vielleicht noch brauchen.

Doch die Befürchtungen des Majors erwiesen sich als grundlos. Der Forril kam zurück und nahm seinen Platz am Steuer ein. Er wies Redhorse und Surfat an, sich flach auf die Pritsche zu legen. Besonders mit dem Sergeanten gab er sich große Mühe.

Endlich war Rank zufrieden. Das Fahrzeug nahm seine Fahrt wieder auf. Redhorse hob den Kopf und stellte erstaunt fest, daß Rank genau auf die Stelle zuhielt, wo sich zwei der Schiffe berührten. Gleich darauf beleuchtete der Scheinwerfer einen Durchschlupf von einem knappen Meter Höhe.

Rank hielt genau darauf zu. Redhorse wußte nicht genau, wie hoch der Wagen war, aber er konnte Ranks Befürchtungen wegen Surfats körperlichem Umfangs jetzt verstehen.

»Major«, sagte in diesem Augenblick die gleichmütige Stimme von Grek-1.

»Was ist los?« fragte Redhorse.

»Ich verlasse jetzt die Kuppel«, erklärte der Maahk. »Ich finde mich hier besser zurecht als Ihre Männer, das wissen Sie.«

»Wir sind jeden Augenblick bei Ihnen«, sagte Redhorse. »Bleiben Sie bei den Männern.«

Grek-1 schien nicht gewillt zu sein, seinen einmal gefaßten Entschluß aufzugeben. »Ich kann nicht länger warten. Ich suche jetzt nach einer Möglichkeit, mich mit frischem Wasserstoff zu versorgen. Sie hören dann wieder von mir.«

»Hoffentlich«, sagte Redhorse skeptisch.

»Ich kann ihn nicht aufhalten, Sir«, meldete sich Bradon.

Redhorse preßte die Lippen zusammen. »Ich weiß, Captain«, sagte er.

Das Fahrzeug hatte den Engpaß erreicht. Redhorse hielt den Atem an und zog den Kopf zwischen die Schultern. Er spürte, wie etwas über seinen Anzug glitt, dann waren sie hindurch.

»Brazos!« rief Redhorse. Er wandte sich um und sah, wie Surfat gerade wieder auf die Pritsche kletterte.

»Ich habe es vorgezogen, mich einige Meter mitschleifen zu lassen«, sagte der Sergeant. »Dort unten fühlte ich mich sicherer als auf der Ladefläche.«

Redhorse atmete erleichtert auf. In diesem Augenblick versetzte ihm Rank einen derben Stoß. Der Cheyenne fuhr herum und starrte nach vorn. Im Licht der Scheinwerfer lag die Kuppel. Eine winzig aussehende Gestalt hüpfte davor herum und winkte.

Die Gestalt war Bradon.

»Ist Grek-1 da?« fragte Redhorse.

»Nein«, sagte Bradon. »Er hat uns vor drei Minuten verlassen.«

Redhorse blickte in die Runde, doch er vermochte den Maahk nicht zu entdecken. Er hoffte, daß Grek-1 zurückkam, wenn er das Licht sah und von ihrer Ankunft hörte.

Bradon, Doutreval und Papageorgiu kamen aus der Kuppel gerannt. Rank teilte ihnen ihre Plätze auf der Ladefläche zu.

»Ihr neuer Freund macht nicht gerade einen zimperlichen Eindruck«, sagte Doutreval, als Rank ihn mit einem heftigen Stoß auf seinen vorgesehenen Platz beförderte.

»Im Vergleich zu den älteren Mitgliedern seines Volkes ist er zart und rücksichtsvoll«, sagte Redhorse.

Sie warteten volle fünf Minuten auf Grek-1, doch der Maahk blieb verschwunden. Dann gab Don Redhorse dem ungeduldigen Forril das Zeichen zum Aufbruch.

Orrak hatte dem Ausbruch dreier Gegner aus dem Schiff keine besondere Bedeutung beigemessen. Er hatte die Wachen, kaum daß sie aus ihrer Bewußtlosigkeit erwacht waren, verprügelt und zur Schleuse zurückgeschickt. Orrak nahm an, daß es drei Halbväter waren, die Deproks Schiff verlassen hatten. Wie alle Ganzväter hatte auch Orrak eine geringschätzige Meinung von den Forrils mit violettem Fell.

Orrak hatte nie daran gedacht, daß die drei Flüchtlinge zusammen mit drei bewaffneten Fremden zurückkommen könnten. Deshalb war die Schleuse des alten Maahkschiffes nur von zwei Soldaten aus Orraks Sippe bewacht, als Rank und seine Begleiter eintrafen. Redhorse setzte die Forrils mit dem auf Narkose eingestellten Kombistrahler außer Gefeht.

Rank starrte zufrieden auf die beiden kampfunfähigen Mütter hinab, die von seinen neuen Verbündeten überwältigt worden waren. Er hatte den Helm seines Schutzanzuges nach hinten geklappt. Auch die Fremden hatten ihre Helme abgenommen.

Major Redhorse deutete auf die beiden rotbepeltzen Forrils hinab. »Was soll mit ihnen geschehen?« fragte er Rank. »Sie werden zu sich kommen, sobald die Lähmung nachläßt.«

Der junge Ganzvater blieb unschlüssig. Die beiden Mütter waren wehrlos und trugen keine Schutzanzüge. Es wäre unwürdig gewesen, sie aus dem Schiff zu werfen.

»Wir lassen sie hier liegen«, entschied er.

»Sie werden Orrak warnen«, prophezeite Redhorse.

»Dann müssen wir schneller bei Orrak sein und ihn überwältigen«, erklärte Rank. »Außerdem werden sie Angst haben, ihre Fehler zuzugeben.«

Der junge Forril schien den Kampf schon als gewonnen zu betrachten. Er machte sich offenbar keine Gedanken über die fast aussichtslose Lage, in der sie sich befanden.

»Wieviel Mitglieder hat Orraks Sippe?« erkundigte sich Redhorse.

Rank dachte einen Augenblick nach. »Etwa einhundertdreißig«, schätzte er. »Davon sind dreißig Ganzväter, fünfzig Mütter und fünfzig Halbväter. Um die Halbväter brauchen wir uns nicht zu kümmern. Die ergreifen die Flucht und verkriechen sich, sobald wir auftauchen. Außerdem können wir damit rechnen, daß mindestens zehn von Orraks Soldaten sich im Häutungsprozeß befinden und außer Gefecht sind.«

»Trotzdem bleibt noch eine respektable Übermacht«, stellte der Cheyenne fest. »Ich möchte mit Ihrem Vater sprechen, bevor wir angreifen.«

»Er hat es nicht gern, wenn man ihn während der Häutung stört«, wandte Rank verlegen ein.

»Das weiß ich inzwischen. Aber es geht schließlich um das Schiff des alten Herrn. Führen Sie uns zu ihm.«

Jeder der fünf Männer besaß einen Kombistrahler. Aber nur zwei dieser Waffen ließen sich auf Paralysemodus schalten. Die drei anderen waren beim Absturz der Space Jet beschädigt worden und konnten nur mehr als Desintegratoren verwendet werden. Redhorse hatte befohlen, daß nur die beiden Strahler zum Einsatz kommen dürfen, bei denen der Paralysemodus funktionierte. Er selbst trug eine davon. Die zweite befand sich im Besitz von Bradon. Redhorse wollte auf jeden Fall vermeiden, daß es Tote gab. Inzwischen hatte er begriffen, daß die Kämpfe der einzelnen Sippen untereinander nur wenige Todesopfer forderten. Es wurde zwar mit großer Härte gekämpft, doch im allgemeinen schonten die Sieger das Leben der Unterlegenen.

Für einen Forril war das unwürdige Leben im unteren Teil eines Schiffes viel schlimmer als der Tod.

Auf dem Weg zur Nische, in der sich Kraterhak Kan Deprok verbarg, traf die Gruppe auf ein Mitglied von Orraks Sippe. Es war ein Halbvater, der um Gnade winselnd zusammensank. Redhorse zog es vor, ihn für ein paar Stunden ins Reich der Träume zu versetzen.

Rank schenkte dem violettbepelzten Wesen keinen Blick.

Endlich standen sie vor der Nische, in der Deprok lag.

»Hier ist Rank, Ganzvater«, meldete sich der junge Forril. »Ich bin zurück und habe die Fremden mitgebracht. Sie haben gute Waffen.«

Ein unwilliges Knurren kam aus der Dunkelheit.

»Verschwinde!« schrie Deprok. »Zieh dich mit den Kerlen in die unteren Räume des Schiffes zurück und bleibe bei der Sippe, bis ich meinen neuen Pelz habe.«

»Solange können wir nicht warten«, mischte sich Redhorse ein. »Hören Sie zu, Ganzvater. Wenn Sie wollen, daß wir Ihnen helfen, müssen Sie unsere Vorschläge akzeptieren.«

Er sprang zur Seite, weil Deprok ihn anzuspucken versuchte. Ein paar Minuten lang hörten sie den Alten toben. Redhorse ließ sich nicht beeindrucken.

»Rank«, sagte Deprok schließlich. »Sind die Unwürdigen verschwunden?«

»Nein, Ganzvater«, sagte Rank. »Sie warten noch.«

»Nun gut. Einer von ihnen soll in die Nische kommen.«

»Ganzvater!« stieß Rank entsetzt hervor. »Er wird dich *sehen.*«

»Unsinn! Er darf keinen Scheinwerfer einschalten. Ihr anderen verschwindet vom Eingang der Nische. Auch du, Rank.«

»Ich werde zu ihm gehen«, sagte Redhorse bereitwillig.

Rank stieß ihm seine Stabwaffe in den Rücken und knurrte bösartig: »Wenn ich erfahre, daß Sie ihn angesehen und seine Würde angetastet haben, lasse ich Sie aus dem Schiff werfen.«

Der Major sah den jungen Forril ausdruckslos an und zuckte mit den Schultern. Dann trat er ins Innere der Nische. Es roch eigenartig, wie nach abgekochtem Fleisch. Irgendwo in der Dunkelheit bewegte sich etwas.

»Sind die anderen weg?« fragte Deprok mürrisch.

Redhorse blickte auf den Gang hinaus. Rank wartete mit den Männern in einem kleinen Seitengang.

»Wenn Sie die Zentrale zurückerobern wollen, müssen Sie warten«, sagte Deprok. Er nannte die maahksche Zeiteinheit für zwölf Stunden. »Sobald Orrak überall Posten aufgestellt und die wichtigen Maschinen zu kontrollieren gelernt hat, wird er in der Zentrale ein Siegesfest veranstalten. Die Wachsamkeit seiner Soldaten wird nachlassen. Ich bin davon überzeugt, daß Orrak einige junge Mütter geraubt und in die Zentrale gebracht hat. Rechnen Sie nicht mit ihrer Hilfe, wenn Sie angreifen. Mütter sind gute Soldaten und treue Verbündete, wenn ihr Ganzvater in der Nähe ist. Orraks idiotische Halbväter werden ihnen jedoch die Köpfe verdreht haben, und Orrak ist auch nicht besser.« Redhorse hörte den alten Forril verächtlich ausspucken.

Der Cheyenne dachte an Grek-1. Wenn sie mit dem Angriff auf die Zentrale noch zwölf Stunden warteten, war es für den Maahk zu spät, wenn er sich inzwischen nicht selbst geholfen hatte. Redhorse gestand sich ein, daß auch ein sofortiger Angriff auf die Zentrale die Lage des Methanatmers nicht ändern konnte, denn der Gewinn des Schiffes bedeutete noch lange nicht den Zugang ins Bahnhofsinnere, wo es nach Ansicht von Grek-1 Räume gab, deren Atmosphäre für Maahks geeignet war.

»Warum sprechen Sie nicht?« brummte Deprok ungeduldig.

»Ich habe nachgedacht«, sagte Redhorse hastig. »Wir werden zwölf Stunden warten.«

»Rank wird Sie in den unteren Teil des Schiffes führen«, sagte der Sippenälteste. »Warten Sie, bis ich meine Häutung abgeschlossen habe. Ich werde den Angriff gegen Orrak leiten.«

Redhorse, der dem Alten keine große strategische Übersicht zutraute, verzog das Gesicht. Doch er konnte den Vorschlag des Forrils nicht ablehnen. Nur ein freundlich gesinnter Deprok konnte ihm zur Teilnahme an den Wazala-Kämpfen verhelfen.

»Glauben sie nicht, daß Orrak mit einem Angriff rechnet?« fragte Redhorse.

»Das ist durchaus möglich«, gab Deprok zu. »Er wird überall Wachen aufstellen. Doch sobald das Fest im Gang ist, wird die Wachsamkeit der Soldaten nachlassen. Außerdem werde ich einen Spion zu Orrak schicken.«

»Einen Spion!« wiederholte der Terraner erstaunt.

»Ja, Halbvater Vank Errak. Er hat bisher noch jeder Mutter den Kopf verdreht, wenn ein so wilder Bursche wie Orrak in der Nähe war.«

Redhorse verstand zwar nicht genau, was Deprok meinte, aber er ahnte, daß die Moralbegriffe der Forrils nicht besonders ausgeprägt waren.

25.

Fünfzehn Stunden nach seinem Gespräch mit Don Redhorse kehrte Ganzvater Kraterhak Kan Deprok zur Sippe zurück. Sein neuer Pelz leuchtete in kräftigem Gelb, und Deprok verstand es, das Zeichen seiner Würde ins richtige Licht zu setzen.

Redhorse, der mit seinen Männern bereits ungeduldig auf die Rückkehr des Ganzvaters gewartet hatte, erkannte enttäuscht, daß Deproks Rachegefühle gegenüber Orrak erheblich nachgelassen hatten.

Die Terraner hatten einige Stunden geschlafen und etwas von den Nahrungsmitteln der Forrils zu sich genommen. Deproks Sippe hatte sich in einem großen Laderaum versammelt. Die fünf Terraner saßen abseits von den Schiffsbewohnern am Boden und ließen die angeberischen Reden Deproks über sich ergehen.

Nachdem Deprok einige Halbväter verprügelt, vier Müttern seine Liebe beteuert und mit sieben Söhnen die Erbnachfolge lautstark besprochen hatte, kam er endlich zu den Terranern.

Früher mußte der Sippenälteste ein muskulöser Forril gewesen sein, doch seine Muskeln waren erschlafft und überall an seinem Körper hatten sich Fettwulste gebildet. Deproks massiger Rücken vermittelte jedoch noch immer das Bild ungestümer Kraft. Die breite Schnauze mit den grauen Barthaaren verriet Arroganz und Rücksichtslosigkeit. Die hervorstehenden Zähne des Ganzvaters waren gelb. Deproks kleine Augen verschwanden fast hinter Speckfalten.

»Sobald wir die Vorbereitungen für das Siegesfest getroffen haben, greifen wir Orrak an«, sagte Deprok.

»Siegesfest?« Redhorse glaubte nicht richtig verstanden zu haben. »Ich bin dafür, daß wir uns diese Vorbereitungen sparen, Ganzvater. Wenn wir Orrak aus dem Schiff vertrieben haben, können wir immer noch feiern.«

Deprok holte aus und versetzte Redhorse einen Hieb. »Ich lasse mich nicht kritisieren!« schrie er aufgebracht. »Der größte Wazala-Kämpfer, der jemals gelebt hat, nimmt von Fremden keine Ratschläge entgegen.«

Einige von Deproks Söhnen johlten Beifall, aber aus den Reihen der Halbväter kam höhnisches Gelächter. Deprok fuhr herum, aber die Forrils in den violetten Pelzen machten einen so harmlosen Eindruck, daß er nicht feststellen konnte, wer ihn verspottet hatte.

»Sie sehen, daß ich die Zustimmung meiner Sippe finde«, erklärte Deprok selbstbewußt.

Redhorse stand wieder auf und rieb seinen Oberarm. Er schob Bradon zurück, der die Hand an der Waffe liegen hatte.

»Nur langsam, Captain«, sagte Redhorse gepreßt. »Wir sind auf diese rüden Burschen angewiesen und müssen ihre Manieren akzeptieren.«

»Ich sehe nicht ein, daß wir uns von ihnen tyrannisieren lassen«, sagte Bradon erbittert.

Deprok wandte sich von seinen Verbündeten ab. Zu Redhorses Erleichterung nahmen die Vorbereitungen für die Feierlichkeiten nur eine knappe Stunde in Anspruch. Sie erschöpften sich zum großen Teil in Vorschlägen Deproks, wie er sich seine Ehrung als Retter der Sippe vorstellte.

Endlich war Deprok geneigt, mit den Terranern über die Eroberung der Raumschiffzentrale zu sprechen. Er zeigte ihnen eine Zeichnung, in der alle Zugänge zur Zentrale eingetragen waren.

»Die Antigravschächte funktionieren nicht mehr«, sagte Deprok. »Die beiden Haupteingänge werden mit Sicherheit scharf bewacht. Bevor Vank Errak nicht zurück ist, wissen wir nicht, was mit den kleineren Eingängen los ist. Es wird am besten sein, wenn wir an diesem Haupteingang einen Scheinangriff durchführen und durch einen Nebeneingang in die Zentrale eindringen.«

Er rollte die Zeichnung wieder zusammen. Bevor er weitersprechen konnte, kam ein Halbvater in den Laderaum geschwankt.

»Er scheint verletzt zu sein«, sagte Papageorgiu bestürzt.

»Verletzt?« Deprok brüllte vor Lachen.

»Wahrscheinlich hat er den Befehl, sich um Orraks Mütter zu kümmern, ein bißchen zu wörtlich genommen.« Deprok richtete sich auf und rief den Halbvater zu sich.

Vank Errak blinzelte und schien den Sippenältesten kaum wahrzunehmen. Da sprang eine Mutter auf, packte Vank Errak im Nacken und zog ihn zu Deprok.

Vank Errak strich glättend über seinen gepflegten Pelz, bevor er sich niederließ. Deprok versetzte ihm einen wütenden Tritt.

»Wieviel Wachen?« schrie er den Halbvater an.

»Zweiunddreißig«, entgegnete Vank Errak. »Zwanzig davon an den Haupteingängen.«

»Wir werden sie ohne Schwierigkeiten ausschalten«, sagte Deprok.

»Das glaube ich auch. Es sind ausschließlich Ganzväter«, sagte Vank Errak.

Deprok wollte sich auf ihn stürzen, doch der Forril mit dem violetten Pelz hatte sich mit einem gewaltigen Sprung in Sicherheit gebracht.

»Wir wissen jetzt, wie wir vorzugehen haben«, wandte sich der Sippenälteste an die Terraner. »Ich schicke alle verfügbaren Halbväter an die beiden Haupteingänge. Dort werden sie soviel Spektakel machen, daß Orrak seine Wächter zusammentrommeln wird. Meine Soldaten werden daraufhin einen Nebeneingang angreifen.« Deprok kratzte sich im Nacken. »Ich werde Sie zu einem anderen Eingang führen.«

Er verabreichte Redhorse einen freundschaftlichen Schlag, der dem Major fast das Schulterblatt brach. Redhorse zog seinen Strahler aus dem Gürtel und überprüfte ihn kurz. Er tauschte einen Blick mit Bradon.

»Wir sind bereit, Ganzvater«, sagte er entschlossen. »Vergessen Sie jedoch nicht Ihr Versprechen.«

Deprok spuckte verächtlich aus. »Ich frage mich, warum Sie an den Wazala-Kämpfen teilnehmen wollen. Sie werden schon nach dem ersten Kampf ausscheiden.« Er rückte näher an Redhorse heran und streckte ihm eine Hand entgegen. »Greifen Sie zu«, forderte er den Raumfahrer auf.

Redhorse ergriff die große Hand des Forrils. Mit einem kurzen Ruck hob Deprok ihn hoch und ließ ihn zu Boden fallen. Es war so schnell gegangen, daß Redhorse keine Zeit zur Gegenwehr hatte.

Die Ganzväter und Mütter, die zugesehen hatten, brüllten begeistert.

Redhorse kam ächzend wieder auf die Beine.

»Wollen Sie immer noch um die Wazala-Ehre kämpfen?« fragte Kraterhak Kan Deprok höhnisch.

»Ihre Hand, Ganzvater«, verlangte Redhorse gelassen und streckte seinen Arm aus.

Deprok gab sie ihm. Gleich darauf lag er vor Redhorse am Boden und schrie vor Schmerzen. Die Halbväter tobten und riefen Redhorse anerkennende Bemerkungen zu.

»Beim Großen Waza!« rief Deprok und rülpste bewundernd. »Sie sind ein Teufel, Fremder.«

Er stand auf, strich sich über den Pelz, und nickte den Terranern zu, als sei nichts geschehen. Würdevoll schlängelte er sich davon.

Redhorse lächelte. »Ist er nicht ein großartiger Bursche?« fragte er.

Kraterhak Kan Deprok, Ganzvater, Sippenältester und zweimaliger Verlierer im Endkampf um die Wazala-Ehre, führte seine kleine Streitmacht durch Seitengänge und verlassene Räume in die Nähe der Zentrale. Zweimal traten die Strahler von Redhorse und Bradon in Aktion und schalteten Wächter Orraks aus, die sich auf Patrouillengang befanden.

»Glauben Sie wirklich, daß wir mit der Methode des Alten Erfolg haben?« wandte sich Bradon ab Redhorse.

»Er kennt die gegnerische Sippe besser als wir«, antwortete Redhorse.

»Es ist offensichtlich, daß er vor allem der Wirkung unserer Waffen vertraut«, sagte Leutnant Doutreval.

»Still!« zischte Deprok, der an der Spitze der kleinen Gruppe ging.

Die Terraner verstummten. Deprok wartete, bis sie ihn eingeholt hatten, dann deutete er in den Hauptgang hinaus.

»Hört ihr das?« fragte der Ganzvater.

Von irgendwoher aus dem Schiff kam Geschrei und unmelodischer Singsang.

»Die Halbväter?« fragte Surfat.

Deprok verneinte. »Das ist Orraks Sippe. Sie feiern noch immer. Wir haben uns einen günstigen Zeitpunkt ausgesucht.«

Der Sippenälteste spähte in den Hauptgang hinaus. Er winkte seinen Begleitern zu. Sie überquerten den Gang und drangen auf der anderen Seite in einen kleinen Maschinenraum ein.

»Wir befinden uns jetzt unmittelbar neben der Zentrale«, erklärte Deprok, der mit dem bisherigen Verlauf der Aktion offenbar sehr zufrieden war.

Unter den Anleitungen des Forrils mußten die Terraner zwei große Maschinen aus der Verankerung lösen und von ihrem Platz an der Wand in die Mitte des Raumes schieben. Dann machte sich Deprok an die Arbeit. Er löste eine quadratmetergroße Platte von der Wandverkleidung und schob sie ein Stück zur Seite. Durch den entstandenen Spalt konnte man in die Zentrale des alten Maahkschiffes blicken.

Redhorse ließ sich auf die Knie nieder und drückte seinen Kopf gegen die Öffnung. Was er sah, war nicht dazu angetan, seinen Optimismus zu steigern. In der Zentrale wimmelte es von Forills.

»Orrak hat nicht verhindern können, daß der größte Teil der Wächter an den Feierlichkeiten teilnimmt«, raunte Deprok in Redhorses Ohr.

Redhorse fuhr sich mit einer Hand über das Gesicht. Er drehte sich herum und blickte zu Bradon empor.

»Es sind mindestens achtzig Forrils in der Zentrale«, sagte er.

Deprok grunzte verächtlich. »Wir überrumpeln sie«, sagte er zuversichtlich.

»Wir dürfen uns nicht auf eine so hoffnungslose Sache einlassen, Major«, sagte Surfat.

»Ich fürchte, wir sind schon mittendrin«, antwortete Redhorse.

Wie um seine Worte zu bestätigen, begannen die Halbväter aus Deproks Sippe in diesem Augenblick mit ihrem Scheinangriff. Der Lärm, den sie veranstalteten, übertraf noch den der feiernden Sieger.

Ein großer, gelbbepelzter Forril, den Redhorse von der kurzen Begegnung bei den hydroponischen Anlagen kannte, war aufgesprungen und gab mit brüllender Stimme Befehle. Orraks Sippe rannte durcheinander. Die Soldaten griffen nach den Stabwaffen. Redhorse wußte inzwischen, daß man mit diesen Waffen elektrische Schocks auslösen konnte. Die Stärke der Schockwirkung hing von der Einstellung der Waffe ab.

»Das ist Orrak!« knirschte Deprok haßerfüllt und zeigte in Richtung des großen Forrils. »Jetzt versucht er die Eingänge zu besetzen.«

Orraks Soldaten, Ganzväter und Mütter, stürmten zu den verschiedenen Eingängen. Orrak verfiel nicht in den Fehler, seine Streitmacht dort zu konzentrieren, wo der Lärm am stärksten war. Die Halbväter aus Orraks Sippe standen tatenlos herum und warteten offenbar gleichgültig darauf, was geschehen würde.

»Jetzt muß Rank mit seinen Soldaten angreifen«, sagte Deprok erwartungsvoll. Er stieß Redhorse heftig in die Rippen. »Sehen Sie die kleine Mutter dort drüben?« Als der Major nickte, schnalzte Deprok mit der Zunge. »Ich werde sie entführen«, kündigte er an.

Redhorse wandte sich an Surfat. »Sobald wir die Zentrale angreifen, müssen Sie sich um unseren Freund kümmern, Brazos. Er scheint verliebt zu sein, und Liebe macht bekanntlich blind.«

»Was soll ich machen?« erkundigte sich Surfat säuerlich. »Ihn ständig mit kaltem Wasser begießen?«

Redhorse grinste. »Achten Sie darauf, daß er in keine Falle gerät«, sagte er. »Deprok muß diesen Kampf gewinnen, sonst kommen wir nie in den Bahnhof.«

Der Cheyenne wandte seine Aufmerksamkeit wieder den Geschehnissen in der Zentrale zu. Wenn er sich nicht täuschte, wurde an einem der kleineren Eingänge gekämpft. Wahrscheinlich versuchten Ranks Soldaten von dort aus in die Zentrale vorzustoßen. Redhorse wußte, daß dieses Unternehmen zum Scheitern verurteilt war, denn Orraks zahlenmäßige Übermacht würde trotz des Überraschungsmoments, das die Angreifer auf ihrer Seite hatten, ausschlaggebend sein.

»Jetzt!« stieß Deprok hervor und wollte die Verschlußplatte vollständig von der Wand reißen.

Redhorse fiel ihm in die Arme. »Noch nicht, Ganzvater«, sagte er. »Orrak ist noch in der Zentrale.«

Der Anführer der gegnerischen Sippe war offenbar unschlüssig, was er tun sollte. Wahrscheinlich wußte er nicht, ob es sich um einen verzweifelten Angriff von Deproks Soldaten handelte, oder ob eine dritte Sippe den Kampf um das alte Schiff aufgenommen hatte.

»Orrak kann sich nicht entschließen«, stellte Redhorse fest. »Er wittert eine Falle.«

Deprok schüttelte den Major von sich ab und schleuderte die

Verschlußplatte davon. Brüllend richtete er sich zu seiner ganzen Größe auf.

»Der Große Waza wird uns siegen helfen!« schrie er und gab einen markerschütternden Rülpser von sich.

»Dieser Narr!« stieß Redhorse ärgerlich hervor. Er winkte den Männern zu. Die fünf Terraner drangen durch die gewaltsam geschaffene Öffnung in die Zentrale ein und rannten Deprok nach, der mit schwingenden Armen auf den wie gelähmt dastehenden Orrak zustürmte.

Redhorse und Bradon narkotisierten die wenigen Soldaten von Orraks Sippe, die sich noch in der Zentrale aufhielten. Surfat, Doutreval und Papageorgiu trugen neben ihren beschädigten Kombistrahlern zusätzlich forrilsche Schockwaffen, die sie gegen ihre Gegner einsetzten.

Aus den Augenwinkeln beobachtete der Cheyenne, wie Orrak sich duckte, um Deproks Angriff zu begegnen. Der Boden schien zu beben, als die beiden Sippenältesten aufeinanderprallten. Sowohl Orrak als aus Deprok wogen gut zwei Zentner.

»Die Eingänge!« schrie Redhorse den Männern zu. »Wir müssen versuchen, die Eingänge abzuriegeln, bevor Orraks Soldaten zurückkommen.«

Er wurde von hinten angesprungen und zu Boden geworfen. Ein wütender Ganzvater aus Orraks Sippe beugte sich über ihn und holte zum Schlag mit der Schockwaffe aus. Redhorse riß den Kopf zur Seite und drückte den Strahler ab. Der Forril sank über ihm zusammen. Als der Major sich erhob, sah er, daß Bradon und Papageorgiu bereits ein Schott geschlossen hatten.

Surfat versuchte Deprok bei seinem Kampf gegen Orrak zu helfen, doch die Forrils waren so ineinander verbissen, daß er nicht riskieren konnte, einen Schuß abzugeben.

Redhorse rannte zu Doutreval hinüber, der einen Nebeneingang gegen vier von Orraks Soldaten verteidigte. Die Halbväter aus Orraks Sippe schauten dem Geschehen teilnahmslos zu.

Redhorse nahm Doutrevals Widersacher unter Beschuß. Dann drückte er zusammen mit dem Leutnant das Schott zu und verriegelte es.

»Jetzt noch die Nebenausgänge!« rief der Major.

Es gelang ihnen, sämtliche Eingänge zu schließen. Bradon bewachte die Öffnung, durch die sie in die Zentrale gekommen waren. Deprok und Orrak kämpften immer noch, aber sie waren bereits so erschöpft, daß ihre Bewegungen und Hiebe kraftlos wirkten.

»Schießen Sie, Sarge!« befahl Redhorse Surfat.

Surfat zögerte. »Ich treffe sie vielleicht beide«, sagte er.

»Das sollen Sie auch«, knurrte Redhorse. »Was wir jetzt brauchen, ist Ruhe. Die beiden Sippenältesten würden uns nur stören.«

Chard Bradon schob seine Waffe mit einem zufriedenen Lächeln in den Gürtel, nachdem Surfat Orrak und Deprok kampfunfähig gemacht hatte.

»Wir haben die Zentrale für Deproks Sippe zurückerobert«, sagte der Captain. »Niemand von Orraks Sippe kann jetzt noch eindringen.«

Redhorse blickte nachdenklich auf die bewußtlosen Körper von Orrak und Deprok. Bradon hatte durchaus recht: im Augenblick konnte niemand von draußen in die Zentrale gelangen.

Das Schlimme war nur, daß auch niemand aus der Zentrale nach draußen konnte.

Als Kraterhak Kan Deprok zu sich kam, hatte Don Redhorse bereits einen festumrissenen Plan. Er wußte, daß die Forrils trotz ihrer relativen Harmlosigkeit hartnäckige Kämpfer waren, die den Terranern den Zugang ins Bahnhofsinnere versperren konnten. Redhorse verspürte wenig Lust, den Rest seines Lebens als Mitglied einer Forril-Sippe zu verbringen.

Redhorse wandte seine Aufmerksamkeit Deprok zu, der widerwillig seinen massigen Kopf schüttelte.

Der Ganzvater blickte auf den bewegungslosen Orrak und grunzte triumphierend.

»Ich habe Orraks Sippe besiegt!« bellte er. »Ich bin der beste Kämpfer aller Sippen.«

Redhorse verkniff sich die Bemerkung, daß Deprok am wenigsten zum Gelingen des Überfalls beigetragen hatte, aber er erinnerte den Sippenältesten daran, daß Orraks Soldaten draußen in den Gängen warteten.

»Wir können hier nicht heraus, wenn es uns nicht gelingt, mit Orrak Frieden zu schließen«, sagte Redhorse. »Wir verlangen von Orrak, daß er das Schiff räumt.«

»Orrak ist der größte Feigling, den ich kenne«, sagte Deprok. »Er würde jedoch nie einen unwürdigen Frieden mit uns schließen.«

»Ich glaube, Deprok hat recht«, sagte Bradon. »Wenn Orrak nur halb so stur ist wie unser alter Freund, wird er sich lieber den Kopf abschlagen lassen, bevor er seinen Soldaten den Rückzug aus dem Schiff befiehlt.«

Redhorse bedeutete Deprok, daß er aufstehen und ihm zu einem der Haupteingänge folgen sollte. Der Forril kam seinem Wunsch nach. Redhorse preßte ein Ohr gegen die Metalltür.

»Hören Sie sich das an!« forderte der Deprok auf. »Orraks Soldaten werden immer wütender. Hoffentlich entdecken sie nicht den Zugang, durch den wir in die Zentrale gekommen sind.«

»Rank und die Soldaten werden Orraks Sippe bald vertrieben haben«, prophezeite Deprok siegessicher.

Redhorse lächelte mitleidig. »Glauben Sie das wirklich, Ganzvater? Rank hockt mit Sicherheit im unteren Teil des Schiffes und wagt sich nicht mehr heraus. Orraks Soldaten haben die kleine Streitmacht Ihres Sohnes entwaffnet und zurückgeschickt.«

»Sie beleidigen den Sohn eines Würdigen!« schrie Deprok.

»Tatsachen sind keine Beleidigungen«, entgegnete Redhorse sachlich. »Sie müssen Orrak zu Friedensverhandlungen bewegen.«

Deproks kleine Augen verschwanden vollständig hinter den Speckfalten, als er Redhorse ablehnend antwortete: »Ich verzichte eher auf die Würde des Sippenältesten, bevor ich mit Orrak spreche.«

Es war unschwer zu erkennen, daß der Ganzvater mit Überzeugung sprach. Redhorse war sich darüber im klaren, daß er die Mentalität dieses Wesens nicht in kurzer Zeit ändern konnte. Die Forrils lebten seit Jahrtausenden auf diese Weise, der Kampf der Sippen untereinander war ihr Lebensinhalt.«

»Was nun, Major?« fragte Bradon, als Redhorse an seinen Platz inmitten der Zentrale zurückkehrte.

Redhorse befeuchtete seine ausgetrockneten Lippen. Die Luft innerhalb des Schiffes war nicht besonders gut. Es wurde Zeit, daß Deprok Ersatzteile für die Energiestation bekam, sonst würden die hydroponischen Anlagen früher oder später vollkommen versagen.

»Die Mentalität der Forrils läßt sich nicht ändern«, sagte Redhorse nachdenklich. »Vielleicht können wir sie aber für unsere Zwecke ausnutzen.«

»Wollen Sie immer noch an den Wazala-Kämpfen teilnehmen?« fragte Surfat.

»Später. Zunächst müssen wir Orrak dazu bringen, daß seine Sippe das Schiff verläßt.«

»Ich kann mir nicht vorstellen, wie Sie ihn dazu bewegen wollen«, sagte Bradon skeptisch. »Wenn er den gleichen Charakter wie Deprok besitzt, und so scheint es zu sein, wird er niemals den Befehl zum Rückzug geben.«

»Vielleicht will der Major mit Orrak kämpfen«, vermutete Doutreval.

Redhorse schüttelte den Kopf. »Ich werde mit ihm *reden.*«

Sergeant Surfat warf den anderen ungläubige Blicke zu. Er hielt Redhorses Vorhaben für reine Zeitverschwendung.

Als Orrak zu sich kam, wollte Kraterhak Kan Deprok sich sofort auf ihn stürzen, doch Redhorse hielt ihn zurück. »Sie können mit ihm kämpfen, wenn ich ihn nicht zu einem Rückzug seiner Soldaten bewegen kann«, sagte der Cheyenne. »Ich warne Sie, Ganzvater. Ich bin entschlossen, Orrak gegen Ihre sinnlosen Angriffe zu verteidigen, wenn Sie mir keine Gelegenheit geben, mich mit ihm zu unterhalten.«

Deprok wandte sich knurrend ab.

»Ich höre meine Soldaten draußen auf den Gängen«, sagte Orrak befriedigt und verschränkte seine langen Arme. »Was nützt euch die Zentrale, wenn ihr sie nicht verlassen könnt? Meine Sippe beherrscht das Schiff.«

»Wann beginnt Ihre nächste Häutung, Orrak?« fragte Redhorse.

Der Forril nannte eine Zeitspanne, die ungefähr fünf Tage terranischer Zeitrechnung entsprach. Redhorse nickte zufrieden.

»Solange halten wir es hier aus«, sagte er. »Sobald die Häutung beginnt, werde ich Sie mit meiner Waffe lähmen, Orrak. Sie werden nackt und hilflos inmitten der Zentrale liegen, und alle, auch Deprok, werden Sie sehen.«

»Nein!« schrien Deprok und Orrak gleichzeitig.

Redhorse machte eine entschiedene Geste. »Ich spaße nicht«, sagte er mit Nachdruck. »Vergessen Sie auch nicht die Halbväter Ihrer Sippe, die sich noch in der Zentrale aufhalten und Ihren unwürdigen Anblick werden ertragen müssen. Meine Freunde und ich werden vor Verachtung ausspucken und über Ihre jämmerliche Nacktheit lachen. Ohne Pelz sind Sie noch geringer als ein Halbvater.«

Orrak stöhnte wie unter körperlichen Schmerzen. Er wand sich am Boden. Redhorse fühlte, wie Bradon eine Hand auf seinen Arm legte. Der Captain warf ihm einen warnenden Blick zu. Er befürchtete, Redhorse könnte zu viel riskieren.

»Geben Sie Ihren Soldaten den Befehl, das Schiff zu verlassen«, sagte Redhorse.

Orrak schlängelte sich wortlos auf den Haupteingang zu. Er schien vollkommen gebrochen zu sein. Redhorse folgte ihm.

»Werden Sie tun, was ich verlange?« fragte er den Forril.

»Ja«, krächzte Orrak.

Fünfzehn Minuten später war das Schiff wieder in der Gewalt von Deproks Sippe. Der alte Ganzvater schien sich des Sieges jedoch nicht richtig freuen zu können.

»Sie haben ein Tabu gebrochen«, sagte er zu Redhorse. »Orrak kann die Schande nur auslöschen, wenn er Sie tötet.«

»Seit wann bringen die Forrils jemanden um?« erkundigte sich Redhorse.

»Was wissen Sie von den Forrils, Fremder?« fragte Deprok bitter.

Für Redhorse kam die Einsicht, daß er einen Fehler begangen hatte, zu spät. Andererseits durfte er auf die Sitten der Forrils keine allzu große Rücksicht nehmen. Nur mit Entschlossenheit konnten seine Männer und er ins Bahnhofsinnere gelangen. Denn nur im Reich des Großen Waza, wie die Forrils die Zentrale nannten, gab es einen maahkschen Hypersender und Unterlagen über die Weltraumbahnhöfe der Methanatmer, doch davon konnte Redhorse den Forrils nichts sagen.

Zwei Tage verstrichen, ohne daß sich irgend etwas ereignete. Die fünf Terraner konnten sich frei im Schiff bewegen, aber man hielt die Helme ihrer Schutzanzüge versteckt, so daß sie das Schiff nicht verlassen konnten. Redhorse sprach Deprok wiederholt wegen der Wazala-Kämpfe an, doch der Sippenälteste gab nur ausweichende Antworten. Als Redhorse immer ungeduldiger wurde, erneuerte Deprok sein Versprechen, für den Major eine Teilnahmeerlaubnis zu erwirken.

Redhorse hatte erfahren, daß die Kämpfe in einem besonderen Schiff stattfanden. Nicht alle Sippen durften zu jeder Veranstaltung Kämpfer schicken. Die Terraner erfuhren nie, nach welchem Verfahren die Teilnehmer ausgewählt wurden, aber Redhorse war überzeugt, daß die Methode gerecht war.

Zwei Tage, nachdem Orraks Sippe das Schiff verlassen hatte, erkrankten Doutreval, Surfat und Bradon an einer Nahrungsmittelvergiftung. Die drei Männer bekamen hohes Fieber und übergaben sich ständig. Die Forrils konnten ihnen nicht helfen. Redhorse erfand eine mühselige Methode, um das brackige Wasser aus den hydroponischen Anlagen zu filtern. Er kochte es ab und kühlte es in der Klimaanlage. So konnten Papageorgiu und er den Kranken eine gewisse Linderung verschaffen.

Die Schiffbrüchigen lebten in einem kleinen Raum, zusammen mit drei arroganten Halbvätern, deren einzige Beschäftigung die Pflege ihres violetten Pelzes zu sein schien. Die Halbväter führten eine Art Drohnendasein, sie arbeiteten weder, noch kämpften sie für ihre Sippe. Da die Forrils sich jedoch nur fortpflanzen konnten, wenn eine Dreiergruppe aus Ganzvater, Mutter und Halbvater zusammenkamen, duldeten die stolzen Ganzväter die Anwesenheit der geckenhaften Violettpelze.

Die Stellung der Mütter in diesem eigenartigen System war schwer zu verstehen. Mütter redeten selten und schienen die Abneigung der Ganzväter gegenüber den Halbvätern nicht zu teilen. Ganzväter sprachen gern und oft von Mut und Tapferkeit, die rotpelzigen Mütter *besaßen* beides.

Redhorse, der keine Gelegenheit verstreichen ließ, um sich mit den Forrils zu unterhalten, erfuhr zu seinem Erstaunen, daß in alten Legenden noch verschwommene Vorstellungen von den Maahks existierten. Irgendwann vor 50.000 Jahren war eine große Anzahl von maahkschen Robotschiffen auf der Plattform angekommen. Diese Robotschiffe sollten als Fluchtreserve für nachkommende Maahks eingesetzt werden. Die Forrils warteten lange Zeit, doch es kamen keine Maahks mehr. Daraufhin beschlagnahmten sie kurzerhand die herrenlosen Schiffe und verschweißten diese auf der Plattform. Im Laufe von Generationen hatten sich die Pelzwesen dann aus dem Bahnhof zurückgezogen und ausschließlich an Bord der Schiffe gelebt. Allmählich war die wahre Bedeutung des Bahnhofs in Vergessenheit geraten. Der Waza-Kult entstand. Redhorse wußte mit Sicherheit, daß der Große Waza nichts anderes war als der Hauptschalter in der Zentrale des Bahnhofs.

Vor Jahrtausenden hatten die Forrils ab und zu einige Ganzväter in den Bahnhof geschickt, um die üblichen Kontrollen vorzunehmen. Aus dieser Gepflogenheit waren allmählich die Wazala-Kämpfe entstanden. Nur ein gekrönter Wazala durfte in das Heiligtum des Bahnhofs eindringen, dort Luft schnappen, Geräte beschnüffeln und einen winzigen Gegenstand als Beweis seiner Anwesenheit mitnehmen.

Redhorse war entschlossen, an diesen Kämpfen teilzunehmen, um auf diesem Weg in den Bahnhof zu gelangen.

Seine Befürchtungen, daß auch Papageorgiu und er erkranken würden, erwiesen sich bald als grundlos. Das Fieber der Kranken ging zurück, und ein paar Stunden später konnte Surfat bereits wieder von der scharfen Suppe essen, die sie von den Forrils erhielten. Redhorse hatte einmal gesehen, wie diese Suppe hergestellt wurde, aber er verschwieg es den anderen. Warum sollten die Männer erfahren, daß sie die Brühe eines abgekochten Forril-Pelzes zu sich nahmen? Wichtig war nur, daß sie am Leben blieben.

Zweiundfünfzig Stunden nach der Zurückeroberung des Schiffes kam Kraterhak Kan Deprok in Begleitung seines Lieblingssohnes Rank in den Aufenthaltsraum der Terraner. Redhorse hatte sich schon an die schlechte Laune des Sippenältesten gewöhnt, und so war er erstaunt, das Deprok ihn diesmal fast freundlich begrüßte.

»Die Wazala-Kämpfe stehen kurz bevor«, verkündete der Ganzvater. »Unsere Sippe hat zwei Kampfgenehmigungen erhalten, weil wir schon längere Zeit auf die Teilnahme verzichteten.«

»Sehr gut!« rief Redhorse und sprang auf. »Einer dieser Kämpfer werde ich sein.« Er nickte Deprok zu. »Und Sie sind vermutlich der andere?«

»Nein«, sagte Deprok. »Obwohl ich die größten Siegesaussichten hätte, werde ich Rank kämpfen lassen.«

Redhorse warf einen Blick auf die fast schlanke Gestalt des jungen Forrils. Er bezweifelte, daß Rank eine Chance hatte, die Ausscheidungen zu überstehen, aber das war schließlich eine Angelegenheit der Sippe.

»Ich werde bis in den Endkampf vorstoßen«, prophezeite Rank kaltblütig. »Dann hoffe ich, daß Sie mein Gegner sein werden.«

»Ganz der Papa!« rief Surfat von seinem Lager aus.

»Haben Sie inzwischen etwas von einem Fremden erfahren, der sich auf der Plattform aufhält?« fragte Redhorse den Sippenältesten. Er hatte noch immer keine Nachricht von Grek-1. Das Armbandfunkgerät blieb still. Allmählich fand sich Redhorse damit ab, daß er den Methanatmer nicht wiederfinden würde. Wahrscheinlich war Grek-1 irgendwo erstickt.

»Meine Kundschafter haben nichts erfahren«, sagte Deprok. »Doch es gibt viele Schiffe und viele Sippen. Es kann lange Zeit dauern, bis Nachrichten zu uns dringen.«

»Schon gut«, sagte Redhorse. »Ich werde mich jetzt auf die Kämpfe vorbereiten. Benachrichtigen Sie mich, wenn der Zeitpunkt gekommen ist.«

»Vielleicht interessiert es Sie, daß auch Orrak für die Kämpfe angenommen wurde«, berichtete Rank. »Der Große Waza soll Sie davor beschützen, ihn als Gegner zu bekommen. Wenn er gegen Sie antreten muß, wird er kämpfen, um Sie zu töten.«

»Das ist mir nicht neu«, antwortete Redhorse gleichmütig. Er bezweifelte, daß er bei insgesamt 128 Kämpfen ausgerechnet gegen Orrak werde antreten müßen.

Deprok und sein Sohn verließen den Raum, nicht ohne vor dem Lager der drei Halbväter ausgespien zu haben.

»Und jetzt wird unser großer Wazala-Favorit vermutlich trainieren wollen?« vermutete Bradon spöttisch.

»Es bleibt mir keine andere Wahl«, stimmte Redhorse zu. »Lastafandemenreaos, kennen Sie noch einige von den Judo-Kniffen, die man Ihnen beigebracht hat?«

»So ziemlich alle, Sir«, sagte der junge Grieche grinsend.

»Das Riesenbaby bricht Ihnen alle Knochen, Major«, warnte Surfat. »Trainieren Sie lieber mit mir.«

»Ihr Gewicht entspricht zwar dem eines Forrils«, sagte Redhorse. »Aber Ihre Schnelligkeit läßt zu wünschen übrig. Außerdem sind Sie noch krank.«

Surfat schlug das Fell zurück, mit dem er zugedeckt war. Seine Knie zitterten noch ein bißchen, als er langsam auf Redhorse zuging.

»Der Junge und ich werden gegen Sie antreten, Sir«, schlug er vor. »Dann haben Sie ungefähr einen Begriff, was Sie erwartet, wenn Sie gegen einen Forril kämpfen.«

26.

Am Tag der Wazala-Kämpfe vergaßen die Forrils ihre Sippenstreitigkeiten. Aus allen Schiffen kamen Kämpfer und Zuschauer in das Arenaschiff. Das Arenaschiff war einer der größten Flugkörper auf der Plattform. In jahrzehntelanger Arbeit hatten die Forrils es umgebaut, bis es einer riesigen Halle glich. Zu beiden Seiten der Kampfplätze reichten die Zuschauerränge fast bis an die Decke. Zweitausend Forrils konnten den Wazala-Kämpfen als Zuschauer beiwohnen.

Insgesamt gab es fünf Kampfplätze, die in einer Reihe angeordnet waren. Die Ausscheidungskämpfe fanden auf allen Plätzen gleichzeitig statt, während der Endkampf auf dem mittleren Platz ausgetragen wurde, so daß er von allen Zuschauern verfolgt werden konnte.

Die Ausscheidungskämpfe nahmen etwa einen Tag terranischer Zeitrechnung in Anspruch. Die Kampfregel sah vor, daß sich die beiden Endkämpfer zehn Stunden nach den Ausscheidungen ausruhen konnten, bis sie zur entscheidenden Auseinandersetzung antraten.

Major Don Redhorse konnte sich leicht ausrechnen, daß er sechs Ausscheidungskämpfe überstehen mußte, wenn er sich für den Endkampf qualifizieren wollte. Die Gegner wurden ausgelost, es hing also vom Zufall ab, gegen wen er kämpfen würde.

Deproks Sippe schickte nur eine kleine Abordnung zum Arenaschiff. Ihr gehörten außer dem Sippenältesten sein Sohn Rank, Redhorse und Brazos Surfat an.

Rank war so aufgeregt, daß Redhorse bezweifelte, daß der junge Forril den ersten Ausscheidungskampf überstehen würde. Der alte Deprok schien davon jedoch nichts zu bemerken. Er hielt ununterbrochen Lobreden auf seine Tapferkeit, die sich auch auf seinen Sohn übertragen hatte. Außerdem versorgte er seinen Lieblingssohn mit Ratschlägen für die Kämpfe. Redhorse gab sich Mühe, möglichst viel zu behalten, denn Deprok schien ein erfahrener Kämpfer zu sein.

Chard Bradon hatte vergeblich versucht, den Major von seinem Vorhaben abzubringen. Im Augenblick gab es keine andere Möglichkeit, in das Bahnhofsinnere zu gelangen als ein Sieg in den Wazala-Kämpfen. Redhorse glaubte, daß er gut gerüstet wäre. Fehlende körperliche Kraft hoffte er mit Schnelligkeit und erprobten Judogriffen auszugleichen.

Kraterhak Kan Deprok und seine Begleiter mußten durch über hundert andere Schiffe, bevor sie im Arenaschiff ankamen. Während sie unterwegs waren, wurden sie nicht belästigt, obwohl Deprok jedem Sippenältesten, den sie trafen, seine grenzenlose Verachtung übermittelte, indem er vor ihm auf den Boden spuckte. Aber das gehörte offenbar zu den Sitten der Forrils.

Die Forrils nahmen wenig Anstoß an den beiden Fremden. Sowohl Redhorse als auch Surfat trugen ein gelbes Forrilfell über der Schulter, das sie symbolisch zu Ganzvätern machte. Halbväter durften an den Kämpfen nicht teilnehmen, nicht einmal als Zuschauer.

In der vergrößerten Schleuse des Arenaschiffes wurden Deprok und sein Gefolge von drei uralten Ganzvätern begrüßt. Die drei Forrils waren fast blind, und ihre Pelze besaßen keinen Glanz. Trotzdem begrüßte Deprok sie mit einem höflichen Rülpser.

»Das sind ehemalige Wazalas«, erklärte der Sippenälteste den beiden Terranern. »Sie teilen den Kämpfern die Quartiere zu.«

Einige junge Forrils fungierten als Helfer der drei Patriarchen. Redhorse und Surfat mußten sich der Führung eines jungen Ganzvaters anvertrauen. Die Quartiere lagen nach Deproks Aussage unter den Kampfplätzen.

Rank erhielt einen Raum zugewiesen, der auf der anderen Seite des Schiffes lag. Er durfte einen Begleiter auswählen und entschied sich für Deprok. Redhorse wurde von Surfat begleitet.

Als sich die beiden Terraner von Deprok und seinem Sohn trennten, kam der Sippenälteste noch einmal auf die Kämpfe zu sprechen.

»Ich wünsche, daß Sie gegen Rank ausgelost werden«, sagte der alte Ganzvater. »Er würde Sie besiegen.«

Offenbar hielt Deprok den Fremden für einen leichten Gegner. Wenn Rank bereits in der ersten Runde gegen Redhorse antreten mußte, hatte er nach Deproks Meinung Aussichten, eine Runde weiterzukommen. Das bewies Redhorse, daß der Alte die Chancen seines Lieblingssohnes nicht sehr hoch einschätzte.

»Wir werden sehen«, sagte Redhorse gleichgültig und verabschiedete sich.

Im Arenaschiff gab es funktionierende Antigravschächte. Durch sie gelangten Redhorse und Surfat in die Quartiere. Ihr Begleiter zeigte ihnen den kleinen Raum, in dem Redhorse warten mußte und verschwand wieder. Im Schiff war es still, da die Zuschauer noch keinen Einlaß bekamen.

Surfat ließ sich auf einigen Fellen, die am Boden lagen, nieder und kratzte nachdenklich seinen kahlen Kopf.

»Nun sind Sie vorläufig am Ziel Ihrer Wünsche, Major«, sagte er. »Ich wünschte, wir wären hier schon wieder heraus.«

»Nach Ihren hervorragenden Leistungen als Trainer sollten Sie sich nicht solche Sorgen machen«, meinte der Cheyenne lächelnd.

Surfat strich behutsam über seine angeschwollene Hüfte. »Sie haben den Jungen und mich nicht gerade geschont, Sir«, beklagte er sich.

Redhorse schlug den gelben Pelz, den er trug, zurück und zeigte dem Sergeanten einige blaue Flecken.

»Sie waren auch nicht gerade zärtlich«, sagte er.

Surfat grinste. »Wann erhält ein armer Sergeant schon einmal die Gelegenheit, sich mit einem Major zu prügeln, Sir?«

Redhorse sah sich im Zimmer um. Früher war es wahrscheinlich Teil eines Laderaumes gewesen. Die Forrils hatten Zwischenwände eingezogen und so Platz für viele Kämpfer geschaffen.

Don Redhorse wußte, daß die Kämpfer bei der Auslosung nicht zugegen sein durften. Wenn er in einigen Stunden zum erstenmal einen Kampfplatz betrat, wußte er nicht, gegen wen er kämpfen mußte.

Jeder Kampf, mit Ausnahme des Endkampfes, dauerte ungefähr eine halbe Stunde. Während dieser Zeit mußten die Kämpfer versuchen, möglichst viele Pluspunkte zu sammeln. Zehn alte Wazalas fungierten als Punktrichter.

Der Endkampf dagegen unterlag keiner zeitlichen Beschränkung. Er wurde erst abgebrochen, wenn einer der beiden Teilnehmer zu erschöpft war, um weiterzukämpfen. Deproks Berichten hatte Redhorse entnommen, daß schon viele Endkampfteilnehmer ihren Triumph nicht überlebt hatten.

»Sie dürfen auf keinen Fall angreifen«, drang Surfats Stimme in Redhorses Überlegungen. »Nur aus der Defensive können Sie einen Forril besiegen.«

Redhorse hob abwehrend beide Arme. »Sie sind ja noch schlimmer als der alte Deprok«, sagte er.

»Wenn das Fieber mich nicht so geschwächt hätte, würde ich mich auch um eine Teilnahmeberechtigung für die Kämpfe bemühen«, sagte Surfat. »Bestimmt fallen noch einige Kämpfer aus, deren Häutungsperiode beginnt. Ich wäre ein ausgezeichneter Ersatzmann.«

Die Tür zu dem kleinen Raum öffnete sich, und das Erscheinen eines Forrils enthob Redhorse einer Antwort. Der Forril, der hereinkam, hatte einen weißen Pelz. Ein Albino, dachte Redhorse erstaunt.

»Ich bin Bourk«, sagte der Forril. Seine Stimme klang erstaunlich sanft. Auch in der Art, wie er sich bewegte, unterschied er sich erheblich von den anderen Forrils.

»Ich bin der Priester des Großen Waza«, fuhr Bourk fort. Redhorse wartete auf das übliche Rülpsen, doch es blieb aus. »Ich hörte davon, daß ein Fremder an den Kämpfen teilnehmen wird, und ich bin gekommen, um Sie zu sehen.«

Eine wilde Hoffnung stieg in Redhorse auf. Sollte dieses Wesen noch die *wahre* Bedeutung des Bahnhofs kennen? War es nicht oft so, daß sich die Priester irgendwelcher Pseudo-Religionen zu den Verwaltern technischer Macht aufschwangen, um ungehindert ihren Plänen nachgehen zu können?

Doch Bourks nächste Worte zeigten, daß auch er nichts von der Vergangenheit seines Volkes wußte.

»Ich weiß nicht, ob ich Sie zu den Kämpfen zulassen soll«, sagte der Albino unschlüssig. »Wir könnten den Zorn des Großen Waza herausfordern, wenn sie die Arena betreten.«

»Wenn mir der Große Waza tatsächlich zürnt, wird er mich im ersten Kampf vernichten lassen«, sagte Redhorse. »Wollen *Sie* über mich entscheiden, Priester? Oder wollen Sie dem Großen Waza das Urteil überlassen?«

»Sie sind ein kluger Ganzvater, Fremder«, sagte der weißbepelzte Forril nachdenklich. »Seit langer Zeit wurden keine Auserwählten für die Priesterschaft mehr geboren. Vielleicht kann ich *Sie* für das würdige Amt gewinnen.«

Redhorse schüttelte stumm den Kopf. Er dachte angestrengt nach. Dieser Priester war ein hochintelligenter Forril. Es konnte gefährlich sein, ihn zum Gegner zu haben.

»Warum wollen Sie Wazala werden?« wollte Bourk wissen.

»Ich will die Lebensbedingungen für meine Begleiter und mich verbessern«, log Redhorse.

Das schien dem Forril einzuleuchten.

»Ich werde mir Ihren ersten Kampf ansehen«, sagte er. »Der Große Waza soll entscheiden.« Dann ging er hinaus.

Surfat schlug sich auf seine fetten Oberschenkel, daß es klatschte.

»Ich kann mir vorstellen, daß Sie einen ausgezeichneten Priester abgeben würden, Major«, sagte er vergnügt.

»Ich freue mich, daß Sie ihren Humor noch nicht verloren haben, Sarge«, sagte Redhorse grimmig. »Aber vielleicht denken Sie einmal daran, daß wir unter den Forrils solange leben müssen, bis wir in den Bahnhof eingedrungen sind. Es kann sich also durchaus als notwendig erweisen, einflußreiche Freunde zu suchen.«

Surfat erhob sich und rieb sich die Hände. »Soll ich Sie jetzt massieren, Sir?«

Etwa zwei Stunden später wurde Don Redhorse von einem jungen Forril abgeholt.

»Es geht los, Brazos«, sagte der Major. »Wollen Sie sich nicht auf die Zuschauerränge begeben?«

Surfat lehnte ab. »Ich habe schwache Nerven«, sagte er. »Ich warte hier im Quartier auf Ihre Rückkehr.«

Redhorse zuckte die Schultern und schloß sich dem Forril an. Auf dem Weg in die Arena traf Redhorse andere Kämpfer. Es waren fast ausnahmslos große Ganzväter, deren pralle Muskeln ihre fettigen Pelze anschwellen ließen. Redhorse bekam einen kleinen Vorgeschmack davon, was ihn auf dem Kampfplatz erwartete, als einer der Kämpfer einen jungen Forril, der ihn abholte, mühelos hochstemmte und kräftig schüttelte. Offenbar hatte sich der jugendliche Ganzvater nicht ehrerbietig genug verhalten.

Der Lärm der Zuschauer drang an Redhorses Ohren, noch bevor er die Arena betreten hatte. Er wurde in einen Korridor geführt. Der Forril, der ihn begleitete, deutete auf eine mit Fellen zugedeckte Öffnung in der Decke.

»Sobald das Zeichen ertönt, klettern Sie hinaus«, sagte er.

»Was für ein Zeichen?« fragte Redhorse.

Der Forril musterte ihn verächtlich. »Ist es Ihr erster Wazala-Kampf?«

»Ja«, sagte Redhorse.

»Der Priester läßt die Alarmanlagen des Arenaschiffes aufheulen«, sagte der junge Ganzvater. »Das ist das Zeichen für den Beginn. Sie brauchen dann nur noch hinauszugehen und zu kämpfen. Das ist alles.«

»Danke«, sagte Redhorse trocken.

Der Forril spuckte auf den Boden und zog sich zurück. Redhorse streckte sich und lüftete die Felle, so daß er den Kampfplatz sehen konnte. Der Boden bestand aus weichem Kunststoff. Wenigstens würde er nicht hart fallen, überlegte Redhorse ironisch. Die Zuschauerränge konnte er nicht sehen, weil ihm die Umrandung der Arena die Sicht versperrte.

Auf der anderen Seite des Kampfplatzes wartete jetzt sein Gegner. Redhorse hoffte, daß er nicht gleich zu Anfang gegen einen Favoriten antreten mußte. Er bedauerte, daß Bradon, Doutreval und Papageorgiu nicht anwesend sein konnten.

Er lehnte sich gegen die Wand und wartete. Zum erstenmal seit Tagen dachte er wieder an die anderen Suchschiffe. Der größte Teil würde inzwischen nach Gleam zurückgekehrt sein. Vielleicht war es Grek-1 gelungen, in den Bahnhof vorzudringen und über Funk Hilfe herbeizurufen. Doch darauf konnte sich Redhorse nicht verlassen.

Durchdringendes Sirenengeheul riß ihn aus seinen Gedanken. Er schlug die Felle über der Öffnung zurück und schwang sich in die Arena hinaus. Sofort nahm ihn die hektische Atmosphäre gefangen. Die Zuschauer tobten vor Begeisterung, als die Kämpfer erschienen. Riesige Scheinwerfer hingen von der Decke herab. Redhorse blickte sich um. Hinter ihm, in der vordersten Reihe, saßen Kraterhak Kan Deprok und Rank. Entweder hatte Rank bereits einen Kampf verloren, oder er war noch nicht eingeteilt worden. Schräg vor Redhorse saßen die Punktrichter. Der Albino stand bei ihnen. Er nickte Redhorse zu.

Da betrat Redhorses Gegner den Kampfplatz. Er war ein alter Ganzvater mit mächtigen Schultern. Er beachtete Redhorse nicht, sondern winkte den Zuschauern. Das Geheul und die anfeuernden Rufe dröhnten in Redhorses Ohren.

Er ließ seinen Gegner nicht aus den Augen. Der Ganzvater ging zu Redhorses Erstaunen zu den Punktrichtern hinüber und begann gestenreich zu diskutieren. Der Priester winkte Redhorse.

»Er will nicht gegen Sie kämpfen«, sagte Bourk, als Redhorse vor den Punktrichtern stand. »Ihr Aussehen beleidigt ihn.«

Der alte Kämpfer grunzte zustimmend. Noch immer beachtete er Redhorse mit keinem Blick.

»Er hält mich für zu schwach?« fragte Redhorse.

Der Priester nickte. Die Punktrichter debattierten miteinander. Die Zuschauer begannen ihrer Empörung Luft zu machen und spuckten in die Arena. Auf den anderen Kampfplätzen wurde bereits gekämpft.

»Was nun?« fragte Redhorse.

Bourk blinzelte ihm zu. »Vielleicht müssen Sie ihm beweisen, daß Sie kräftig genug für ihn sind.«

»Natürlich«, sagte Redhorse bereitwillig. Er holte aus und warf den Ganzvater von den Füßen. Brüllend brach der schwere Forril zusammen. Mit einem Satz brachte sich Redhorse aus der Reichweite der starken Arme seines Gegners.

Der Ganzvater sprang auf und verfolgte ihn. Die Halle schien sich vor Redhorses Augen zu drehen. Breitbeinig erwartete er den Angriff seines ersten Gegners.

Am Rande des Kampfplatzes sagte Bourk zu den Punktrichtern: »Der Fremde hat ein gutes Auge. Er wird gewinnen.«

Die alten Wazala-Kämpfer wußten, daß man den Priester nicht verspotten durfte. Deshalb schwiegen sie. Aber die Blicke, die sie einander zuwarfen, sagten Bourk mehr als alles andere.

Das Geschrei der Zuschauer drang bis in den kleinen Raum hinab, wo Brazos Surfat auf den Major wartete. Surfat wünschte, er hätte sich dazu entschließen können, einen Platz auf den Rängen einzunehmen, um Redhorse kämpfen zu sehen. Er war sich jedoch nicht sicher, ob er ruhig auf seinem Platz bleiben konnte, wenn Redhorse eine Niederlage drohte.

Hier unten blieben die Kämpfer für Surfat anonym, er konnte sich die Geschehnisse nach eigenem Ermessen ausmalen. Alles, was seine Phantasie beeinflußte, war der Lärm der Zuschauer. Surfat rollte ein Fell zusammen und legte es unter seinen Kopf. Im Grunde genommen war das Leben bei den Forrils nicht so schlecht, dachte er. Vielleicht würde er sich mit der Zeit daran gewöhnen. Anders war die Situation bei den vier jüngeren Männern. Sie würden sich niemals ruhig mit ihrem Schicksal abfinden.

Surfat hätte gern gewußt, ob Redhorse tatsächlich daran glaubte, daß er die Wazala-Kämpfe gewinnen konnte. Schon der Ausgang des ersten Kampfes war ungewiß, an die späteren Kämpfe, die Redhorse erschöpft und kraftlos durchstehen mußte, wollte Surfat nicht denken.

Surfat begann sich auszumalen, wie er sein Leben bei den Forrils gestalten würden. Bestimmt konnte man die knurrigen Ganzväter dazu bewegen, einige bewährte Eigenarten terranischer Lebensweise zu übernehmen. Surfat dachte in diesem Zusammenhang vor allem an den Bau einer Destillationsanlage. Irgend etwas würde er schon finden, woraus sich ein schmackhafter Tropfen herstellen ließ. Später konnte er einen schwunghaften Handel mit den Forrils treiben. In ein paar Jahren konnten sie vielleicht ein eigenes Schiff bewohnen und einen Weg finden, ins Bahnhofsinnere zu gelangen. Diese Methode war zwar langwierig, aber bestimmt erfolgreicher als Redhorses Vorhaben.

Dieser Gedanke und das Auf- und Abschwellen des Zuschauerlärms machten Surfat so müde, daß er schließlich einschlief. Als Don Redhorse den Raum betrat, fand er den Sergeant friedlich schnarchend am Boden liegen.

»Brazos!« rief er scharf.

Surfat schreckte zusammen und richtete sich auf. Verwirrt starrte er zu Redhorse hinauf.

»Hallo Sir!« krächzte er benommen. »Sind Sie verwundet?«

»Nein«, sagte Redhorse. »Ich bin in Ordnung. Interessiert es Sie nicht, wie mein erster Kampf verlief?«

»Vermutlich haben Sie verloren«, sagte Surfat traurig.

»Keineswegs«, sagte Redhorse. »Mein Gegner mußte nach zwanzig Minuten aus dem Kampf gezogen werden, weil er nicht mehr in der Lage war, sich auf den Beinen zu halten. Allerdings verdanke ich meinen Erfolg nicht zuletzt der Überheblichkeit des alten Burschen. Er stürzte sich auf mich, ohne sich um seine Deckung zu kümmern.«

»Gratuliere!« brummte Surfat und räumte den Platz auf den Fellen für Redhorse.

»Besonders erfreut scheinen Sie nicht zu sein«, sagte Redhorse verwundert.

»Ich habe davon getäumt, die Forrils mit Alkohol zu beglücken«, berichtete Surfat. »Ich führte ein Leben wie im Paradies. Alle Arbeiten wurden mir von meinen Dienern abgenommen. Die erlesensten Speisen wurden mir aufgetischt und jeden . . .«

»Hören Sie auf damit!« unterbrach ihn Redhorse.

Trotz Surfats mangelnder Begeisterung gewann Redhorse auch die drei nächsten Kämpfe. Die Zuschauer wurden auf ihn aufmerksam und versammelten sich vor dem Kampfplatz, den er zugeteilt bekam. Der fünfte Kampf allerdings ging über die volle Distanz. Redhorses Gegner, gewarnt durch die bisherigen Erfolge der Fremden, riskierte nichts. Zwanzig Minuten lang gab Redhorse Punkte ab, bevor es ihm gelang, seinen Widersacher schwer zu treffen. Aber auch danach verlangte ihm der Kampf alles ab. Der Cheyenne ahnte, daß ihm seine neuerrungene Popularität mehr Punkte eingebracht hatte als seine Kämpferqualitäten. Er war nicht in der Lage, allein in sein Quartier zurückzukehren. Zwei Forrils mußten ihn stützen.

»Nun ist es passiert«, sagte Surfat, als er den Major sah.

Redhorse versuchte zu lächeln, aber es wurde nur eine Grimasse daraus.

»Ich habe gewonnen, Brazos«, sagte er. »Noch ein Kampf, und ich habe den Endkampf erreicht.«

»Der nächste Kampf ist in einer Stunde«, sagte Surfat sachlich. »Sie werden überhaupt nicht in der Lage sein, an ihm teilzunehmen.«

Redhorse sank auf dem Fellager zusammen.

»Ich muß es versuchen, Brazos. Die Gelegenheit ist günstig. Ich hätte nie geglaubt, daß ich so weit kommen würde.«

Die Forrils, die Redhorse gebracht hatten, ließen die beiden Männer allein. Surfat untersuchte den stöhnenden Offizier.

»Der Kerl hat Sie fast umgebracht«, sagte er wütend. »Zumindest drei Rippen sind gebrochen, von den Quetschungen nicht zu reden.«

»Legen Sie mir einen Verband an«, verlangte Redhorse.

Surfat zerriß sein Hemd und band es straff um Redhorses Brust. Er bezweifelte, ob er dem Offizier damit große Linderung verschaffte. Redhorse hatte Mühe, die Augen aufzuhalten.

»Sie müssen darauf achten, daß ich nicht einschlafe, Sarge«, sagte er.

Surfat starrte auf ihn herab. Er konnte seinen Ärger nur schwer verbergen. Was Redhorse tat, erschien ihm vollkommen sinnlos. Der Major hatte keine Chance, den Endkampf zu erreichen.

Bourk kam zu ihnen herein. Der Albino warf einen mitleidigen Blick auf Redhorse.

»Der Große Waza hat Ihnen geholfen«, sagte er. »Aber jetzt ist Ihre Lage aussichtslos. Ich habe mir den Ganzvater betrachtet, gegen den Sie kämpfen müssen, um den Endkampf zu erreichen. Er ist fast unverletzt und strotzt vor Kraft.«

Redhorse stieß eine Verwünschung aus.

»Er hätte sowieso nicht kämpfen dürfen«, sagte Surfat schnell.

»Brazos!« protestierte Redhorse. »Mischen Sie sich nicht ein.«

Der Albino wandte sich an den Sergeanten. »Was ist passiert?« fragte er. »Hat er schwere Verletzungen davongetragen?«

»Nein«, sagte Surfat. »Er häutet sich in wenigen Augenblicken.«

Der Albino blickte unsicher von Surfat zu Redhorse.

»Er lügt!« rief der Cheyenne. »Sergeant, ich befehle Ihnen, sich nicht um diese Sache zu kümmern!«

Brazos Surfat deutete ungerührt auf einen Hautlappen, der von Redhorses Oberarm abhing.

»Sehen Sie das, Priester?« Er schüttelte angeekelt den Kopf. »In seinem Stolz ist er so verblendet, daß er *nackt* in die Arena ginge. Alle würden ihn *sehen.*«

»Beim Großen Waza!« hauchte der Forril bestürzt.

»Die Häutung dauert nur ein paar Stunden«, sagte Surfat. »Für den Endkampf wird er gerüstet sein.«

»Aber er kann den Endkampf nur erreichen, wenn er den bevorstehenden Kampf gewinnt«, wandte Bourk ein.

»Für die Zeit der Häutung darf ein Stellvertreter ernannt werden«, erinnerte der Sergeant.

Bourk schüttelte den Kopf. »Er muß gegen Roukala antreten. Wer würde ihn bei diesem schweren Kampf vertreten?«

Surfat klopfte sich gegen die Brust.

»Ich werde für ihn kämpfen«, sagte er salbungsvoll.

»Surfat!« schrie Redhorse aufgebracht. »Sie fetter Halunke wissen genau, daß Sie nicht die Spur einer Chance haben. Wenn ich halb bewußtlos bin, kämpfe ich noch besser als Sie.«

»Aber Sie *dürfen* nicht kämpfen«, erklärte Surfat. »Stimmt das, Bourk?«

Der Albino nickte. Er packte Surfat an der Schulter und zog ihn mit zum Ausgang.

»Surfat, dafür stelle ich Sie vor ein Bordgericht!« versprach Redhorse.

Surfat wandte sich noch einmal um, bevor er mit Bourk hinausging.

»Ich fürchte, ich muß Sie aus meiner Kundenliste streichen, Sir«, sagte er. »Dabei hatte ich Sie als Vertriebschef für den von mir produzierten Alkohol vorgesehen.«

Redhorse sank stöhnend zurück. Die Tür schlug zu, aber der Major konnte den Sergeanten noch draußen im Gang lachen hören. Er versuchte sich vorzustellen, wie der fette Surfat in der Arena herumtappte und schlug beide Hände vor das Gesicht. Der Kampf würde nur kurz sein, aber die Zuschauer würden ihren Spaß daran haben.

Redhorse wußte nicht, wieviel Zeit verstrichen war, als ihn ein lautes Poltern vor der Tür erwachen ließ. Sofort kehrten seine Schmerzen zurück, und er gab den Versuch auf, sich zu erheben.

Die Tür wurde aufgestoßen, und zwei junge Forrils rollten Sergeant Brazos Surfat auf einem Transporter herein. Der Anblick des Sergeanten brachte Redhorse auf die Beine, Surfat schien bewußtlos zu sein, er hatte eine klaffende Kopfwunde. Sein rechter Arm war mehrfach gebrochen. Redhorse fühlte Zorn in sich aufsteigen.

»Er konnte nicht gehen«, sagte einer der Forrils. »Da haben wir ihn gefahren.«

Sie wollten Surfat von der Ladefläche stoßen, doch Redhorse hielt sie zurück.

»Legt ihn vorsichtig auf die Felle!« ordnete er an. »Seht ihr nicht, daß er schwer verletzt ist?«

Er half den Forrils, den schweren Körper des Sergeanten auf das Lager zu betten. Surfat kam zu sich und verzog das Gesicht.

»Das hätten Sie sich ersparen können, Brazos!« sagte Redhorse rauh. »Ich wußte, daß es so ausgehen würde.«

Surfat tastete mit einer Hand vorsichtig über seine geschwollenen Lippen. Als er die Hand zurückzog, sah er das Blut, das von der Kopfwunde kam.

»Ich habe Sie belogen, Major«, sagte er mühsam.

»Was?« stieß Redhorse verständnislos hervor.

»Ihre Rippen sind nicht gebrochen, Sir. Es handelt sich lediglich um eine Prellung. Wenn Sie sich zusammenreißen, können Sie morgen zum Endkampf antreten. Ich . . .« Seine Stimme versagte, sein Gesicht verzerrte sich vor Schmerzen.

Redhorse starrte den dicken Raumfahrer ungläubig an.

»Soll das heißen, daß Sie den Kampf gewonnen haben?«

Surfat nickte kaum merklich. »Der Forril muß über mich gestolpert sein. Plötzlich lag er vor mir.«

»Ich rufe den Priester«, sagte Redhorse. »Er muß Ihre Kopfwunde nähen und den Arm schienen.«

»Das ist sinnlos«, sagte Surfat. Seine Augen verdrehten sich. Redhorse beugte sich bestürzt zu ihm hinab.

»Brazos!« rief er. »Machen Sie keinen Unsinn, Sie alter Halunke.«

Surfat brachte ein Grinsen zustande. »Wenn ich daran denke, was den Forrils an erstklassigem Schnaps verlorengeht«, flüsterte er. Er erschauerte. Redhorse hatte das Gefühl, daß Surfat ihn nicht mehr erkannte.

Plötzlich jedoch riß der Sergeant die Augen auf und starrte den Major an.

»Häuptling!« knurrte er. »Du mußt gegen Orrak kämpfen. Er hat den Endkampf erreicht.«

Redhorse schluckte trocken. »Ich werde ihn besiegen.«

»Wo ist meine Uniform, mein Hemd?« fragte Surfat verwirrt und befühlte seine blutverschmierte Brust.

»Zerrissen«, erinnerte ihn Redhorse.

Surfat richtete sich auf.

»Ich war immer ein verdammter Zivilist«, sagte er zufrieden. Dann sank er in sich zusammen.

Redhorse schleppte sich an die Tür und riß sie auf.

»Bourk!« brüllte er. »Bourk!«

Es dauerte zehn Minuten, bis der Albino den kleinen Raum betrat. Mit einem Blick sah er, was geschehen war.

»Wohin bringt ihr eure Toten?« fragte Redhorse tonlos.

Der Priester starrte den toten Sergeanten ehrfurchtsvoll an. »Wir werden ihn neben die berühmten Wazalas legen.«

»Nein«, widersprach Redhorse. »Bringt ihn dorthin, wo die Halbväter liegen. Legt ihn nicht zu den Soldaten.«

»Die Kämpfe haben Ihren Geist verwirrt«, sagte Bourk mitleidig.

Redhorses Blick ließ ihn zurückweichen. Er rief einige Forrils. Stumm sah Redhorse zu, wie der Sergeant auf den Transporter gelegt und davongefahren wurde.

»Ich habe den Kampf gesehen«, sagte Bourk nach einer Weile. »Roukala war viel stärker als Ihr Vertreter. Er schlug ihn vielleicht zehnmal zu Boden, doch der dicke Ganzvater erhob sich immer wieder. Ich glaube, Roukala dachte zuletzt, er würde gegen einen Besessenen kämpfen. Das hat ihn verrückt gemacht, und er verlor.«

»Stimmt es, daß ich gegen Orrak kämpfen muß?« fragte Redhorse.

Bourk nickte zustimmend. »Er hat bereits nach Ihnen gefragt. Er ist froh, daß Sie sein Gegner sind.«

Auf dem Gang wurden Stimmen laut. Bourk sah hinaus und sagte Redhorse: »Deprok und sein Sohn kommen, um Ihnen zu gratulieren.«

»Lassen Sie sie nicht herein«, sagte Redhorse. »Wecken Sie mich, wenn der Endkampf beginnt.«

»Sie sprechen wie ein Ganzvater, der alles verloren hat«, stellte der Albino fest.

Redhorse antwortete nicht. Er schob den Priester auf den Gang hinaus und verschloß die Tür.

Orrak bot immer noch einen imponierenden Anblick, trotz der Wunden, die er in den vorausgegangenen Kämpfen erlitten hatte. Redhorse stand noch im Korridor des Arenaplatzes und rang nach Atem, als sein Gegner bereits den Kampfplatz betrat. Jeder Atemzug löste stechende Schmerzen in Redhorses Brust aus. Kalter Schweiß stand auf seiner Stirn.

Bourk, der neben ihm stand, beobachtete ihn aufmerksam.

»Hören Sie die Zuschauer?« fragte der Priester.

Redhorse nickte nur.

»Sie feiern ihren Favoriten«, erklärte der Albino. »Sie sind zwar die Sensation der Kämpfe, aber die Forrils gönnen einem Fremden nicht den Sieg im Endkampf. Sie werden nicht nur gegen Orrak bestehen müssen, sondern auch gegen die Zuschauer.«

Redhorse starrte aus der Öffnung des Korridors auf den Kampfplatz hinaus. Inmitten der Arena stand Orrak und ließ seine Muskeln spielen. Ab und zu stieß er einen heiseren Schrei aus.

»Lassen Sie sich nicht einschüchtern«, warnte Bourk. »Er ist genauso zerschunden und von Schmerzen gepeinigt wie Sie. Aber er besitzt einen fanatischen Willen.«

»Auf wessen Seite stehen Sie?« erkundigte sich Redhorse.

»Für mich sind Sie ein Fremder«, sagte Bourk gelassen. »Trotzdem hoffe ich, daß Sie Wazala werden.«

»Warum?« fragte Redhorse erstaunt.

»Irgendwann werden die Energiereserven der Schiffe erschöpft sein«, sagte der Priester nachdenklich. »Schon jetzt sind manche Sippen auf die Erfolge ihrer Raubzüge angewiesen, wenn sie existieren wollen. Bald wird es jedoch in *allen* Schiffen keine Energie mehr geben.«

»Die Lösung Ihres Problems ist sehr einfach: im Inneren der Station gibt es mehr Energie, als Ihr Volk jemals verbrauchen kann«, antwortete Redhorse.

Bourk schüttelte erschrocken den Kopf. »Niemand darf das Reich des Großen Waza betreten.«

»So? Und was ist mit den Wazalas?«

»Die Wazalas sind Auserwählte. Sie dürfen den Großen Waza nicht berauben«, sagte Bourk. »Sie *würden* es auch nicht tun, selbst wenn ich sie dazu auffordern sollte.«

Ein Herausforderungsschrei Orraks drang zu ihnen herein.

»Ich verstehe«, sagte Redhorse zu dem Albino. »Sie hoffen, daß ich Wazala werde, weil Sie glauben, daß *ich* keine Skrupel habe und sogar den Großen Waza bestehlen würde.«

Bourk gab keine Antwort, aber seine Haltung sagte Redhorse genug.

»Es ist eine schlechte Religion, die ihre Anhänger im Elend leben läßt, obwohl der Überfluß vorhanden ist«, sagte Redhorse. »Sie sind der Priester, Bourk. Sie haben die Macht, das Tabu zu brechen. Das darf nicht schnell geschehen, aber wenn Sie jetzt mit dem Abbau der alten Vorstellungen beginnen, werden Sie den Forrils helfen.«

»Der Große Waza möge Ihnen diese Worte verzeihen«, murmelte Bourk ausdruckslos. Dann wandte er sich mit einem Ruck ab und ging davon. Inzwischen hatte sich Orrak dem Publikum vorgestellt und war wieder in seinem Korridor verschwunden. Einer der Punktrichter näherte sich Redhorses Platz und forderte ihn auf, die Arena zu betreten.

»Die Regel erfordert, daß Sie sich den Zuschauern vor dem entscheidenden Kampf zeigen müssen«, sagte der alte Wazala-Kämpfer. »Damit soll verhindert werden, daß vollkommen erschöpfte Ganzväter in die Arena kommen.«

Redhorse begriff, daß die Zuschauer den Kampf entscheiden konnten, bevor er noch begonnen hatte. Wenn er den Forrils zu schwach erschien, würden sie ihren Unwillen bekunden. Orrak würde in einem solchen Fall zum Sieger erklärt werden.

Der Cheyenne verließ den Korridor und trat auf den Kampfplatz hinaus. Auf den Zuschauerrängen wurde es still. Orrak war von der Menge mit Begeisterung empfangen worden, doch dem Fremden begegneten die Forrils mit feindlichem Schweigen. Dabei hatten sie ihn in seinem letzten Kampf noch angefeuert, erinnerte sich Redhorse.

Langsam schritt er durch die Arena. Er glaubte Orraks stechende Blicke auf sich zu fühlen, als er einen Arm hob, um die Zuschauer zu begrüßen. Redhorse rechnete nicht mit einer Erwiderung des Grußes, doch in den unteren Reihen erhob sich ein alter Ganzvater und bellte eine Begrüßung über den Platz. Redhorse erkannte Kraterhak Kan Deprok.

Er ging zum Platz des Sippenältesten. Deprok hatte sich noch nicht wieder gesetzt. Stolz blickte er sich um.

»Sie kämpfen für unsere Sippe!« rief er dem Terraner zu.

Rank saß neben seinem Ganzvater und rührte sich nicht. Fraglos war er bereits in der ersten Runde ausgeschieden und beneidete den Cheyenne um dessen Erfolg.

Redhorse nickte dem Alten zu. Ein Priester und ein alter Wazala-Kämpfer waren seine einzigen Anhänger.

Einer der Kampfrichter näherte sich Redhorse.

»Gehen Sie an Ihren Platz zurück und warten Sie, bis der Kampf beginnt«, ordnete er an.

Redhorse zog sich in den Korridor zurück. Zu seiner Überraschung traf er dort Chard Bradon, Doutreval und Papageorgiu.

»Deprok hat das organisiert, Sir«, sagte Captain Bradon schnell. »Er will, daß wir Ihren Kampf sehen.«

»Es ist Surfats Kampf«, sagte Redhorse. »Ich gehe nur für ihn dort hinaus.«

Bradon senkte den Kopf. »Wir bedauern den Tod des Sergeanten, Sir«, sagte er. »Ich glaube jedoch nicht, daß Surfat mit Ihrer Bitterkeit einverstanden wäre.«

Redhorse zuckte unmerklich mit den Schultern und starrte auf den Kampfplatz. Er spürte, daß den drei Männern unbehaglich zumute war. Sie wußten nicht, wie sie sich ihm gegenüber verhalten sollten. Für sie war er ein geheimnisvoller Indianer, der sein Inneres niemals offenbarte.

Die Alarmsirenen begannen zu schrillen.

»Das ist das Zeichen«, sagte Redhorse. »Ich muß jetzt hinaus.«

Bradon zog seinen Strahler. »Wir können Ihren Gegner von hier aus unauffällig erledigen, wenn die Lage für Sie kritisch wird.«

Redhorse legte eine Hand auf den Arm des Captains. »Tun Sie das nicht, Chard«, sagte er ruhig.

»Bei allen Planeten, Sir!« stieß Papageorgiu in diesem Augenblick hervor und deutete auf den Kampfplatz hinaus. »Ist das Ihr Gegner?«

»Sie kennen ihn bereits«, erwiderte Redhorse. »Es ist Orrak.«

»Sie dürfen nicht gegen ihn kämpfen, Sir«, sagte Bradon verzweifelt. »Er wird Sie töten.«

»Das ist zweifellos seine Absicht«, bestätigte Redhorse lakonisch.

Bradon trat dem Major in den Weg. »Es gibt Augenblicke, in denen der Erste Offizier seinem Kommandanten die Befehlsgewalt entziehen darf«, sagte er mit schriller Stimme. Sein unrasiertes Gesicht war eingefallen, seine Augen glänzten fiebrig. Er hatte die Krankheit nicht so schnell überstanden wie Doutreval und Surfat.

Redhorse lächelte verächtlich. »Sie müßten mich für unzurechnungsfähig erklären, Chard. Können Sie *das* vor Ihrem Gewissen verantworten?«

»Sir, ich glaube, daß Sie nur hinauswollen, um sich von dem Forril töten zu lassen«, sagte Bradon tonlos.

Einen Augenblick starrten sich die beiden Männer an. Plötzlich begann Redhorse leise zu lachen. Er schob Bradon ohne sichtbare Anstrengung zur Seite und schwang sich in die Arena hinaus. Orrak begann triumphierend zu brüllen, als er seinen Gegner sah.

»Zieht die Felle zu!« befahl Bradon seinen Begleitern. »Ich will diesen Kampf nicht sehen. Ich *kann* ihn nicht sehen.«

Redhorse hörte die Worte des Captain noch, aber er hatte sich schon auf seinen Gegner konzentriert. Langsam wandte sich der Forril von den Zuschauern ab und starrte dem Terraner entgegen. An vielen Stellen war sein gelber Pelz mit Blut verkrustet. Das rechte Auge Orraks war zugeschwollen, was den Eindruck wilder Entschlossenheit noch verstärkte.

Der Sippenälteste spie auf den Boden und knurrte verächtlich. Mit eindeutigen Gesten gab er den johlenden Zuschauern zu verstehen, wie er mit Redhorse umspringen würde.

»Ich habe Sie aus dem Schiff Deproks gejagt, Orrak«, sagte Redhorse leise. »Erinnern Sie sich noch daran?«

Orrak brüllte wütend und schwang seine muskelbepackten Arme.

»Ich werde Sie auch aus der Arena verjagen, Orrak«, fuhr Redhorse fort. »Allerdings werden Sie nicht mehr in der Lage sein, auf eigenen Beinen zu verschwinden. Man wird Sie abtransportieren wie einen . . .«

Mit einem unartikulierten Aufschrei stürzte sich Orrak auf den Spötter. Augenblicklich wurde es still im Arenaschiff. Redhorse glaubte den Boden unter Orraks Ansturm dröhnen zu hören, aber das war nur das Blut, das in seinen Ohren rauschte.

Redhorse wich blitzschnell zur Seite aus, aber Orrak reagierte sofort. Der Cheyenne lief in einen fürchterlichen Schlag des Sippenältesten und stürzte. Das Schreien der Zuschauer kam wie aus weiter Ferne.

Redhorse kam benommen auf die Knie. Orrak grunzte triumphierend und warf sich über seinen Gegner. Verzweifelt zog Redhorse die Beine an und fing den Aufprall des über zwei Zentner schweren Körpers ab. Wieder traf ihn ein Schlag von Orraks bepelzten Fäusten. Wäre der Forril noch im Besitz seiner vollen Körperkraft gewesen, hätte einer dieser Schläge ausgereicht, um Redhorse kampfunfähig zu machen. Doch auch an Orrak waren die Vorkämpfe nicht spurlos vorübergegangen.

Redhorse zog den Kopf zwischen die Schultern und fuhr mit einem Ruck hoch. Er traf mit der Stirn Orraks empfindliche Schnauze. Der Ganzvater heulte auf. Das auf Redhorse lastende Gewicht verringerte sich. Hastig rollte sich der Major zur Seite. Halb blind suchte Orrak nach seinem Widersacher. Taumelnd kam der Cheyenne wieder auf die Beine.

Er hörte Orrak heranstürmen, bevor er ihn sah. Instinktiv winkelte er die Arme an. Der Ansturm des Forrils warf ihn abermals von den Beinen. Minutenlang wälzten sich beide auf dem Boden, während Orrak versuchte, Redhorses Kopf zu treffen. Plötzlich war Redhorse wieder frei. Er richtete sich auf den Knien auf. Der Schmerz in seiner Brust hatte alle anderen Empfindungen in ihm ausgelöscht. Er spürte nur noch dieses Stechen, das ihn am Atmen zu hindern drohte. Orrak kroch auf ihn zu. Der Atem des Forrils ging stoßweise und röchelnd.

Redhorse war sicher, daß er den nächsten Schlag nicht überstehen würde, aber zu seinem Erstaunen nahm er drei Schläge hin, ohne das Bewußtsein zu verlieren. Orrak schien überall zu sein. Er schlängelte sich um Redhorse herum und wich den kraftlosen Schlägen des Terraners mühelos aus.

Redhorse spürte, daß er sich nicht länger aufrecht halten konnte. Er versuchte den Gegner zu treffen, doch Orrak war zu schnell. Der Cheyenne verlor jeden Begriff für die Zeit. Er hätte nicht zu sagen vermocht, wie lange der Kampf schon dauerte. Flüchtig dachte er an die drei Männer im Korridor, an den ernsten und besorgten Bradon, an den charmanten Leutnant Doutreval, der die Sauberkeit eines terranischen Schiffes so sehr vermißte und an Papageorgiu, der seine hoffnungsvolle Laufbahn wahrscheinlich frühzeitig beenden mußte.

Ein Aufschrei der Zuschauer drang in Redhorses Bewußtsein. Der Major glaubte, daß nun Orraks entscheidender Angriff kommen würde. Doch seine verschwommenen Blicke suchten den Forril vergebens. Redhorse kniete noch immer und stützte sich mit den Händen auf den Boden. Benommen schüttelte er den Kopf. Der Lärm der Forrils auf den Rängen steigerte sich noch.

»Stehen Sie auf«, sagte eine Stimme. »Die Forrils wollen ihren neuen Wazala begrüßen.«

»Bourk!« ächzte Redhorse. »Lassen Sie mich wegschaffen. Ich will nicht an Orraks Siegesfeier teilnehmen.«

Plötzlich konnte er den Priester sehen, der weiße Pelz des Albinos schimmerte im Licht der großen Scheinwerfer wie Schnee. Bourk beugte sich zu ihm herab, eine schlanke Gestalt mit dunklen Augen.

»Stehen Sie auf«, sagte Bourk abermals. »*Sie* sind der neue Wazala.«

Ein Gefühl übermächtiger Freude drohte Redhorse den Atem zu nehmen. Er griff nach Bourks Arm und ließ sich in die Höhe ziehen. Dann sah er Orrak. Der Sippenälteste lag verkrümmt ein paar Meter von ihm entfernt.

Er war *nackt*!

»Er hat das Tabu gebrochen«, sagte Bourk angewidert. »Sein Haß war stärker als seine Vernunft.«

Zwei Forrils näherten sich mit Felldecken und warfen sie über den wimmernden Ganzvater. Redhorse begriff, daß er seinen Sieg nicht seiner Körperkraft, sondern einem glücklichen Zufall verdankte. Ausgerechnet im Augenblick des entscheidenden Angriffs hatte Orraks Häutung begonnen.

»Jetzt können Sie das Reich des Großen Waza betreten«, sagte Bourk.

Er schien auf eine Antwort zu warten, doch Redhorses Knie gaben nach. Er wollte sich an Bourk festhalten, doch da umschlangen ihn von hinten zwei starke Arme und stützten ihn.

»Das ist der schönste Augenblick, den meine Sippe je erlebt hat«, dröhte Kraterhak Kan Deprok und rülpste gerührt. »Das gibt die größte Feier, die auf unserem Schiff jemals stattfand.«

Mit diesen Worten legte er Redhorse über seine Schulter und trug ihn dem Ausgang entgegen.

27.

Don Redhorse trug seinen rechten Arm in einer selbstgefertigten Schiene. Um seine Brust spannte sich ein notdürftiger Verband. Trotzdem fühlte er sich kräftig und entschlossen, als Bourk ungefähr zwei Tage nach dem Endkampf um die Wazala-Ehre Deproks Schiff betrat, um den Sieger aufzusuchen.

Kraterhak Kan Deprok wartete bereits ungeduldig auf den Augenblick, da Redhorse mit der Sippe in ein besseres Schiff übersiedeln würde. Er behandelte Redhorse mit großer Freundlichkeit.

Als Bourk den Raum betrat, in dem sich die vier Terraner aufhielten, wies er Deprok mit einer entschiedenen Geste zurück.

»Ich muß allein mit dem Wazala und seinen Freunden sprechen«, sagte der Priester. »Sie können später wieder zu ihm, Ganzvater.«

Deprok ging wütend davon, während der Priester die Tür hinter sich zuzog und die Terraner begrüßte.

»Wie fühlen Sie sich?« erkundigte er sich bei Redhorse.

»Ausgezeichnet«, erwiderte der Major. »Ich warte nur darauf, daß Sie mich in den Bahnhof führen.«

»Ich kann Sie nur an die Schwelle von Wazas Reich führen«, sagte der Albino. »Alles andere bleibt Ihnen überlassen.«

»Worauf warten wir noch?« fragte Redhorse. »Ich bin bereit, Sie zu begleiten. Allerdings möchte ich meine Freunde mitnehmen.«

Bourk lehnte dieses Ansinnen entschieden ab. »Nur der Wazala darf dem Großen Waza gegenübertreten«, sagte er.

Redhorse wußte, daß man den Priester nicht umstimmen konnte. Ein Forril ging selten von einem einmal gefaßten Entschluß ab.

»Dann gehe ich allein«, sagte der Cheyenne. »Zeigen Sie mir den Eingang zur Station.«

Er spürte, daß der Albino zögerte. Als sie draußen auf dem Gang waren, sagte der Priester: »Wollen Sie unserem Volk wirklich nicht helfen?«

»Davon kann keine Rede sein«, entgegnete Redhorse. »Sie müssen jedoch daran denken, daß mir die Maschinen innerhalb der Station fremd sind. Ich würde lange Zeit brauchen, um sie alle bedienen zu können. Aber auch dann wäre ich außerstande, irgend etwas für die Forrils zu tun. Ein Mann allein kann es nicht schaffen, Energieleitungen von der Station auf die Schiffe zu legen.«

Bourk gab sich keine Mühe, seine Enttäuschung zu verbergen. Offenbar glaubte er, daß Redhorse nur eine Art Stein der Weisen mit in die Schiffe bringen müßte, um die Lage der Forrils schlagartig zu verändern. Daran erkannte der Terraner, daß auch Bourk nichts über das Bahnhofsinnere wußte. Zwar besaß der Albino vage Vorstellungen von den Möglichkeiten der Station, aber sein Wissen war so allgemein, daß es vollkommen nutzlos war.

»Trotzdem werde ich versuchen, den Forrils zu helfen«, sagte Redhorse, dem der Priester leid tat. »Ich will von der Zentrale aus mit meinen Freunden im Weltraum sprechen. Wenn mir das gelingt, werden sie kommen, um uns abzuholen. Sie verfügen über technische Mittel, um den Forrils zu helfen.«

Bourk zupfte nachdenklich an seinen Barthaaren. »Ich weiß nicht, wie die Sippenältesten auf die Ankunft Ihrer Freunde reagieren würden«, gab er zu bedenken. »Besteht nicht die Gefahr, daß unsere Schiffe beschlagnahmt werden?« Bourk sah Redhorse von der Seite her an. »Ich möchte nicht, daß es zu einem Krieg zwischen Ihrem und meinem Volk kommt.«

»Ihre Befürchtungen sind grundlos«, versicherte Redhorse. »Wir sind an Ihren Raumschiffen nicht interessiert. Sollten einige Sippenälteste einen Krieg beginnen, wird er nur sehr kurz sein, und es wird keine Toten geben. Das verspreche ich Ihnen.«

Bourk schien beruhigt zu sein. Sie verließen Deproks Schiff. Da Redhorse in Begleitung des Priesters war und überall als Wazala anerkannt wurde, durfte er jedes Schiff betreten. Es schien ihm, als hätten viele Forrils nur darauf gewartet, daß er in ihr Schiff käme.

Jeder Sippenälteste hatte irgendwelche Wünsche, die er Redhorse vortragen wollte, in der Hoffnung, daß der Fremde sie an den Großen Waza weitergeben würde.

Es kam zu stundenlangen Aufenthalten, und Redhorse atmete erleichtert auf, als Bourk und er endlich das Arenaschiff erreichten.

»Ich fühle mich wie nach einem Wazala-Kampf«, erklärte er Bourk.

Der Priester lachte dröhnend. »Warten Sie nur ab, bis Sie zurückkommen. Sie werden Mühe haben, Deproks Schiff wieder zu erreichen.«

»Wo befindet sich der Zugang zur Station?« fragte Redhorse.

»Hier in diesem Schiff«, sagte Bourk. »Natürlich gibt es außerhalb der Schiffe weitere Zugänge, doch sie dürfen nicht benutzt werden. In diesem Schiff befindet sich der Gang, den die Wazalas benutzen. Ich bin erstaunt, daß Sie es so eilig haben. Viele Wazalas weigerten sich zunächst, das Reich des Großen Waza zu betreten. Sie fürchteten sich, und ich mußte oft genug meine ganze Überredungskunst aufbieten, um sie zum Weitergehen zu bewegen.«

Bourk führte Redhorse in die Mannschaftsquartiere unterhalb der Arena. Sie durchquerten den langen Gang bis sie einen Antigravschacht erreichten.

»Sie können hineinspringen«, sagte Bourk. »Er funktioniert.«

»Und was ist mit Ihnen?

»Ich bleibe hier zurück«, erwiderte der Priester. »Sie können den Weg nicht verfehlen.«

»Vielen Dank für alles, Ganzvater«, sagte Redhorse.

»Ich bin kein Ganzvater«, sagte Bourk. Der Major glaubte eine gewisse Resignation aus der Stimme des Forrils herauszuhören. »Ich bin eine Mutter, aber das weiß niemand. Für die Forrils bin ich der Priester, weil ich einen weißen Pelz habe. In geschlechtlicher Hinsicht stehe ich auf einer noch niedrigeren Stufe als ein Halbvater.«

Es schien Redhorse, als sei der Albino froh, daß er darüber sprechen konnte. Doch bevor er ihm antworten konnte, zeigte Bourk auf die Schachtöffnung.

»Gehen Sie jetzt«, befahl er. »Man läßt den Großen Waza nicht warten.«

Redhorse sprang in den beleuchteten Schacht und schwebte nach unten. Kurz darauf stand er vor einem Schott, das sich leicht öffnen ließ. Er gelangte in einen schmalen Gang, der in eine Schleusenkammer mündete. Redhorse vermutete, daß die Forrils die Schleuse des Arenaschiffes mit einer Schleuse des Bahnhofs verbunden hatten.

Redhorse verließ die Kammer und trat in eine große Halle. Hier befanden sich weder eine Maschine noch irgendwelche Kontrolleinrichtungen. Entweder hatten die Forrils sämtliche Gegenstände geraubt, oder es handelte sich um einen Lagerraum.

Die Luft war stickig. Redhorse vermutete, daß in den Räumen, die von den Forrils nicht betreten wurden, Verhältnisse herrschten, die den Bedürfnissen der Maahks entsprachen. Zum erstenmal hatte er wieder Hoffnung, daß Grek-1 noch am Leben war. Warum aber hatte der Maahk nicht versucht, Verbindung mit den Terranern aufzunehmen, wenn es ihm gelungen sein sollte, in die Station einzudringen?

Redhorse durchquerte den großen Raum, in dem er einige Maschinen maahkscher Bauweise entdeckte. Sie waren an den Wänden befestigt und schienen noch intakt zu sein. Redhorse atmete auf. Er konnte hoffen, einen Hypersender zu finden, der noch funktionierte. Die Frage war nur, ob er ihn ohne die Hilfe von Grek-1 bedienen konnte.

Redhorse hätte sich gern in den anderen Räumen umgeschaut, doch sämtliche Eingänge, an denen er vorbeikam, waren fest verschlossen. Der Weg zum Großen Waza war genau vorgezeichnet.

Endlich mündete der Gang in einen halbdunklen Raum. Redhorse erkannte die Umrisse verschiedener Maschinen und Geräte. Sein Pulsschlag beschleunigte sich. Was er sah, konnte nur ein Maschinen- oder Kontrollraum sein. Er näherte sich also der Zentrale des Bahnhofs! Seine Blicke suchten nach einem Ausgang.

Da wurde es plötzlich vollkommen hell. Redhorse kniff die Augen zusammen. Als er sie wieder öffnete, sah er vor sich in einem abstrakt aussehenden Sessel eine Gestalt sitzen. Das Wesen trug einen maahkschen Schutzanzug und hatte eine Waffe auf Redhorse gerichtet.

»Ich habe mich schon gefragt, wie lange Sie brauchen würden, um hierherzukommen«, sagte Grek-1. Seine Stimme kam aus dem Lautsprecher eines kleinen Gerätes, das er vor sich liegen hatte. Es schien mit seinem Helmfunk gekoppelt zu sein.

»Grek!« rief Redhorse erleichtert. »Wir fürchteten schon, Sie hätten die Station nicht erreicht.«

Er wollte auf den Maahk zugehen, doch Grek-1 winkte mit der Waffe.

»Bleiben Sie stehen, Redhorse!« befahl er.

Der Major runzelte erstaunt die Stirn. »Was soll der Unsinn? Führen Sie mich in die Zentrale, damit wir eine Nachricht senden können.«

Grek-1 blieb bewegungslos sitzen. »Sie wollen terranische Schiffe hierherrufen, nicht wahr?«

»Natürlich«, bestätigte Redhorse. »Man wird uns hier abholen. Außerdem können unsere Spezialisten dann nach den sicher vorhandenen Unterlagen suchen. Sie werden . . . Sie werden mich doch nicht daran hindern wollen?«

»Ich habe die terranische Flotte bereits benachrichtigt«, sagte der Maahk. »Es sind mehrere Schiffe unterwegs, darunter die CREST mit Perry Rhodan an Bord.«

Redhorse stieß einen Pfiff auss. »Einen Moment dachte ich, Sie würden verrückt spielen. Können Sie die Waffe jetzt wegnehmen, oder droht uns hier irgendeine Gefahr?«

Unverwandt zeigte die Mündung des Strahlers auf Redhorses Körper.

»Sie mißverstehen mich«, sagte der Maahk. »Ich habe die Schiffe nicht informiert, damit man uns hier abholt. Ich will sie *vernichten.*«

Redhorse spürte, wie sich seine Nackenhaare aufrichteten. Das Wesen, daß vor ihm auf dem Sessel eines längst verstorbenen Maahk-Offiziers saß, hatte offenbar die Absicht, eine Art Privatkrieg gegen Rhodan zu führen.

Der Cheyenne fragte sich nach dem Grund. War Grek-1 irgendwie beeinflußt worden? Oder hatte er diesen Plan schon während der Suche nach dem Notbahnhof gefaßt?

»Sie wissen nicht, was Sie reden«, sagte der Major langsam. »Die Feuerkraft unserer Schiffe ist der der Station überlegen. Sie vernichten sich selbst, wenn Sie die CREST und ihre Begleitschiffe angreifen.«

»Die terranischen Schiffe sind auf keinen Angriff vorbereitet. Ich habe in Ihrem Namen eine Funknachricht abgesetzt und berichtet, daß hier alles in Ordnung sei. Inzwischen sind alle Waffen des Bahnhofs von mir vorbereitet worden. Dem Feuerüberfall werden die Schiffe nicht entkommen.«

Redhorse dachte an das Schicksal der BARCELONA und gestand

sich ein, daß die Siegeshoffnungen des Maahks keineswegs so unbegründet waren. Aber was hatte den plötzlichen Gesinnungswandel des Maahk-Wissenschaftlers bewirkt?

»Ich konnte im letzten Augenblick noch einen Zugang in den Bahnhof finden«, berichtete Grek-1. »Fast wäre ich erstickt. Inzwischen konnte ich mein Wasserstoffaggregat wieder auffüllen, so daß ich mich auch in diesen Räumen aufhalten kann.«

»So ist das also«, murmelte Redhorse. Er verstand jetzt, was geschehen war. Halb betäubt hatte sich Grek-1 über die Plattform geschleppt. Wahrscheinlich war es ihm nur mit einer unglaublichen Willensanstrengung gelungen, die Schleuse zu öffnen, durch die er eingedrungen war. Ebenso wie das menschliche Gehirn, konnte auch das Gehirn eines Maahks von Luftmangel angegriffen werden.

Grek-1 war verrückt geworden. Sein Gehirn arbeitete zwar wieder in vollem Umfang, doch es war zu irgendwelchen Störungen gekommen.

Grek-1 war krank, und er mußte wie ein Kranker behandelt werden.

»Vielleicht beteilige ich mich an dem Überfall auf die terranischen Schiffe«, sagte Redhorse. »Zeigen Sie mir die Zentrale, damit ich Ihnen einige wertvolle Hinweise geben kann.«

Grek-1 erhob sich und ging zur nächstgelegenen Wand, ohne die Waffe von Redhorse abzuwenden. Er schaltete einen Bildschirm ein. Redhorse konnte einen riesigen Raum sehen, der mit Geräten aller Art ausgefüllt war.

»Das ist die Zentrale«, sagte der Maahk. »Die Automatik ist von mir programmiert worden. Ich brauche nur darauf zu warten, daß die terranischen Schiffe explodieren.«

»Trotzdem könnten Sie irgend etwas übersehen haben«, drängte Redhorse. »Führen Sie mich in die Zentrale.«

»Nein«, lehnte der Maahk ab. »Ich durchschaue Ihre Absichten. Außerdem können Sie nicht mehr ohne Schutzanzug in die Zentrale gehen. Ich habe mir erlaubt, die ursprünglichen Bedingungen dort wieder herzustellen.«

Redhorse starrte ihn erschrocken an. Selbst wenn es ihm gelang, den Maahk zu überwältigen, konnte er nicht in die Zentrale, um die Schaltungen rückgängig zu machen. Grek-1 hatte die atembare Luft abgelassen.

»Wissen Sie, daß die alten Raumschiffe auf der Plattform bewohnt sind?« fragte Redhorse. »Wollen Sie durch Ihr Vorgehen den Tod von über dreitausend Forril-Sippen verschulden?«

»Das ist mir gleichgültig«, erwiderte Grek-1. »Es ist mir auch gleichgültig, ob ich den Tod finde. Mein Volk soll nicht länger von dem Ihren versklavt werden.«

»Versklavt?« wiederholte Redhorse fassunglos. »Wir sind Verbündete! Versuchen Sie sich doch daran zu erinnern, was vor unserer Landung auf diesem Bahnhof geschah.«

»Das weiß ich genau«, antwortete Grek-1. »Sie haben mich gezwungen, an Bord Ihres Schiffes zu gehen, damit ich den alten Bahnhof der Maahks an Sie übergebe.«

Das kranke Gehirn des Maahks hatte sich eine Geschichte ausgedacht, die in allen Einzelheiten logisch war. Das war das Gefährliche daran.

»Wenn ich Sie nicht umstimmen kann, muß ich gehen«, sagte Redhorse und wollte sich abwenden.

»Halt!« rief Grek-1. »Sie werden diesen Raum nicht mehr verlassen. Ich lasse Sie nicht gehen. Das ist zu gefährlich für meine Pläne.«

»Warten Sie noch«, sagte Redhorse verzweifelt. »Man wird mich suchen, wenn ich nicht zurückkomme.«

»Das glaube ich nicht«, sagte der Maahk. »Die ganze Zeit über hielt sich kein Fremder in der Station auf. Warum sollten sie kommen?«

Er hob die Waffe und zielte auf Redhorse. Ein Desintegratorschuß fiel, und der Major sah mit aufgerissenen Augen, wie der Schutzanzug des Maahks sich auf dem Brustteil auflöste. Grek-1 stieß einen Schrei aus, ließ die Waffe fallen und sackte zusammen.

Da begriff Redhorse, daß der Methanatmer nicht geschossen hatte. Redhorse wandte sich langsam um und sah Bourk mit einem Kombistrahler in der Hand im Eingang stehen.

»Bourk!« rief der Major. »Wie kommen Sie hierher? Wessen Waffe ist das?«

»Ihre«, entgegnete der Priester. »Deprok hat sie Ihnen vor Beginn der Wazala-Kämpfe abgenommen und an mich übergeben.«

Redhorse schüttelte verwundert den Kopf. »Woher wußten Sie, in welcher Lage ich mich befinde? Sie mußten es wissen, sonst wären Sie mir nicht gefolgt.«

Bourk nickte langsam. Das Bewußtsein, daß er sich in der Nähe des Großen Waza befand, machte ihn unruhig.

»Es gibt eine Abhöranlage und versteckte Kameras, von denen nur der Priester weiß. Ich beobachtete dieses Wesen schon längere Zeit, aber ich wußte nicht, ob es einer Ihrer Freunde war.«

»Warum haben Sie mich nicht gefragt?« wollte Redhorse wissen, der allmählich verstand, warum Bourk ihn während der Kämpfe unterstützt hatte.

»Hätten Sie an meiner Stelle gefragt?« Bourk winkte müde ab. »Es blieb mir keine andere Wahl, als eine Gegenüberstellung herbeizuführen. Nun weiß ich, daß der Fremde Ihr Gegner war und ein Feind der Forrils.«

Redhorse blickte zu dem toten Maahk hinüber.

»Im Grund genommen war er nicht unser Gegner«, sagte er. »Er war krank, weil er lange Zeit um sein Leben kämpfen mußte. Aber es ist ihm gelungen, in der Zentrale alle Waffen der Station einzuschalten. Sie müssen mir meinen Schutzanzug mit Helm und Sauerstoffaggregat beschaffen, Bourk. Nur dann kann ich in die Zentrale eindringen.«

Bourk schleuderte ihm den Strahler vor die Füße. Wortlos wandte er sich ab und ging davon. Redhorse rannte ihm nach.

»Bourk!« rief er eindringlich. »Werden Sie mir helfen, Bourk?«

Der Priester ging weiter, ohne sich umzublicken. »Niemand darf Manipulationen im Reich des Großen Waza vornehmen«, sagte er.

Redhorse hielt den Albino mit dem gesunden Arm fest.

»Ich nehme keine Manipulationen vor, verstehen Sie doch. Ich bringe nur alles wieder in Ordnung, was der Maahk verändert hat.«

Bourk blieb so abrupt stehen, als sei er gegen eine Mauer gerannt. Seine Augen traten hervor, und er begann konvulsivisch zu zittern.

»Was ist los?« stieß Redhorse bestürzt hervor.

»Ich habe den Oberpriester des Großen Waza erschossen!« stöhnte Bourk. »Er ist ein *Maahk*. Sie haben mir gesagt, daß er ein *Maahk* ist.«

Redhorse dachte an die Legende der Forrils und verwünschte seine Unvorsichtigkeit. Er schüttelte den vor Angst halb wahnsinnigen Priester.

»Sie haben ihn erschossen, das stimmt«, sagte er wütend. »Aber er war schlecht, verstehen Sie? Wenn der Große Waza den Tod seines Oberpriesters bedauerte, hätte er Sie auf der Stelle bestraft. Aber was ist geschehen? Nichts! Sie haben vollkommen richtig gehandelt.«

»Die Strafe wird kommen«, jammerte Bourk. »Die Schiffe Ihrer

Freunde sind die Strafe. Die Schiffe der Forrils werden explodieren. So ist es in der Legende beschrieben.«

Redhorse ließ ihn stehen und rannte in den Maschinenraum zurück. Der Bildschirm war noch eingeschaltet. Redhorse fragte sich, wann Grek-1 den Funkspruch abgestrahlt hatte. Waren die Schiffe schon in der Nähe? Redhorse hatte sein Armbandfunkgerät in Deproks Schiff zurückgelassen, weil es ihm beim Tragen Schmerzen an seinen Armverwundungen bereitete. Außerdem hatte er nicht geglaubt, daß er es brauchen könnte. Dieses Gerät wäre eine Möglichkeit gewesen, die Schiffe im letzten Augenblick zu warnen. Die einzige Hoffnung waren jetzt Bradon, Doutreval und Papageorgiu. Sie konnten zwar nicht wissen, daß terranische Schiffe bereits im Anflug waren, aber vielleicht würde Rhodan versuchen, die Station über Normalfunk zu erreichen, wenn die CREST III in diesen Raumsektor einflog.

Redhorse ballte die Hände zu Fäusten. Er war vollkommen hilflos.

Da fiel ihm Surfat ein. Surfat trug noch ein Armbandfunkgerät. Er mußte irgendwo im Arenaschiff bei den toten Halbvätern liegen. Redhorse hoffte jedenfalls, daß es so war. Er stürmte in den Gang zurück. Bourk war zusammengebrochen und schluchzte. Er wartete offenbar auf sein Ende. Der Major beugte sich zu ihm hinab und rüttelte ihn an der Schulter.

»Bourk, Sie müssen mir zeigen, wo mein toter Freund liegt. Stehen Sie auf.« Vergeblich versuchte er, den Priester mit einer Hand hochzuzerren.

Endlich gelang es ihm, den widerstrebenden Albino aufzurichten.

»Hinter dem Eingang zum Antigravschacht finden Sie ein Schott«, sagte Bourk tonlos. »Öffnen Sie es. Wir haben dort eine große Halle gebaut. Dort liegen alle Toten. Sie sind mumifiziert. Ihr Freund liegt bei den Halbvätern in den oberen Schichten. Sie werden ihn finden.«

Redhorse ließ den Forril stehen und rannte davon. Offenbar hatte ihm Bourk nur geholfen, weil er annahm, Redhorse wollte in der Todesstunde bei seinem Freund sein.

Der Terraner wußte nicht, wieviel Zeit ihm noch blieb. Er wartete jeden Augenblick darauf, die Erschütterungen zu spüren, die ein Feuerüberfall auslösen würde.

Als Redhorse den Antigravschacht erreichte, fand er ohne Schwierigkeiten das von Bourk beschriebene Schott. Er stieß es auf. Die Halle, von der Bourk gesprochen hatte, besaß riesige Ausmaße. Sie war hell beleuchtet. Redhorse hatte sich auf dem Weg hierher gefragt, ob den Forrils eine Halle ausreichte, um alle Toten unterzubringen. Jetzt, als er von Grauen gepackt am Eingang stand, verstand er.

Die Forrils mumifizierten nur die *Köpfe* ihrer Toten.

Bourk saß mit dem Rücken gegen die Wand gelehnt und starrte ins Leere.

»Als ich in der Halle der Toten war, sprach der Große Waza zu mir«, sagte Redhorse und ließ sich neben dem Priester nieder. Er wußte, daß dies seine letzte Chance war, Bourk dazu zu bewegen, ihm zu helfen.

Doch Bourk antwortete nicht.

»Der Große Waza sagte, daß es nicht gut sei, wenn auch die Halle der Toten vernichtet würde«, fuhr Redhorse fort. Er gab sich Mühe, seine Stimme gleichmütig klingen zu lassen. Bourk hob langsam den Kopf.

»Die Toten müssen geschützt werden«, sagte er.

»Der Große Waza ist enttäuscht von seinem Priester«, sagte Redhorse. »Der Priester hat einen Oberpriester erschossen und will die Strafe, die nur er verdient hat, auf das Volk der Forrils abwälzen.«

Bourk stand auf und strich über seinen Pelz.

»Der Große Waza will nicht, daß alle Forrils für meine Tat büßen«, sagte er glücklich. »Es genügt ihm, wenn ich bestraft werde.«

»So ist es«, bestätigte der Cheyenne. »Deshalb werden Sie mir jetzt einen Schutzanzug und einen Helm beschaffen, damit ich in die Zentrale eindringen kann.«

Bourk nickte und rannte davon. Wertvolle Minuten waren verstrichen. Redhorse hoffte, daß der Priester nicht zu spät kam.

28.

Als das Beiboot der CREST III auf der Plattform landete, war Redhorse nicht überrascht, als Perry Rhodan bei den drei Männern war, die ausstiegen. Bradon, Papageorgiu, Doutreval und Redhorse standen in der Schleusenkammer von Kraterhak Kan Deproks Schiff und warteten.

Einige Meilen entfernt standen sieben terranische Schiffe im Raum, darunter die CREST III. Nachdem Redhorse die Automatik in der Bahnhofszentrale abgeschaltet hatte, bestand keine Gefahr mehr für den kleinen Verband. Bourk lag jetzt gefesselt in einem Raum von Deproks Schiff. Nur so hatte man ihn vom Selbstmord abbringen können. Redhorse hoffte, daß der Priester von seinem Vorhaben abließ, wenn ein paar Tage verstrichen waren.

Zehn Minuten später befanden sich Perry Rhodan und seine beiden Begleiter an Bord des Forrilschiffes. Kraterhak Kan Deprok begrüßte seine Gäste mit der üblichen Unfreundlichkeit.

Redhorse erstattete dem Großadministrator einen ausführlichen Bericht.

»In der Zentrale gibt es genügend Unterlagen, Sir«, sagte er abschließend. »Ich bin sicher, daß wir jetzt die anderen Bahnhöfe finden können. Natürlich konnte ich mir die Lichtpläne der Maahks nur flüchtig betrachten, aber ich bin sicher, daß die Wissenschaftler genügend Hinweise erhalten werden.«

»Sie sind ohne Erlaubnis in dieses Gebiet geflogen«, sagte Rhodan zu dem Major. »Sie haben zwar den Notbahnhof gefunden, aber der Preis, den Sie gezahlt haben, war zu hoch.«

»Ich weiß es«, sagte Redhorse. »Ich will mich nicht verteidigen, aber unser Hauptbefehl lautete, den Notbahnhof unter allen Umständen zu finden. Wenn wir die Bahnhofstrecke der Maahks nicht entdecken, werden viele tausend Raumfahrer den Tod finden. Ich hoffe, daß meine Begleiter und ich das wenigstens verhindern konnten.« Redhorse deutete auf Kraterhak Kan Deprok. »Bevor Sie mich verhaften lassen, Sir, habe ich noch eine Bitte.«

»Ich werde Sie nicht verhaften lassen, Major«, entgegnete Rhodan ruhig. »Ich glaube zu wissen, daß Sie Ihre Strafe, sofern Sie sie verdienen, bereits erhalten haben.«

Redhorse nickte langsam, dann berichtete er von den Schwierigkeiten der Forrils.

»Könnten wir ihnen nicht einige unserer Roboter zur Verfügung stellen?« fragte er abschließend. »Diese Roboter könnten den Forrils helfen, neue Energiequellen zu erschließen. Die Energiestationen der einzelnen Schiffe fallen nach und nach aus. Die Forrils können nur weiterleben, wenn sie vom Bahnhof aus versorgt werden.«

Rhodan nickte. »Wir werden ihnen helfen«, sagte er. »Die Roboter werden entsprechend programmiert.«

»Warum unterhaltet ihr euch nicht in unserer Sprache?« erkundigte sich Kraterhak Kan Deprok aufgebracht und spuckte Rhodan wütend vor die Füße.

»Wir haben dem Wazala nur gesagt, wie sehr wir uns freuen, Ihre Sippe kennenzulernen«, sagte Rhodan geistesgegenwärtig. »Dort, wo wir herkommen, ist Ihr Name wohlbekannt, Deprok. An den Schulen berichtet man über Ihre Wazala-Kämpfe.«

»Wirklich?« dröhnte Kraterhak Kan Deprok und schlug Rhodan begeistert auf die Schulter. »Dann müssen wir Freunde werden.«

Er streckte die Hand aus und rülpste so heftig, daß sein Körper durchgeschüttelt wurde.

Perry Rhodan ergriff die gelbbepelzte Hand des Ganzvaters und schüttelte sie.

»Rülpsen Sie, Sir«, flüsterte Bradon flehend. »Um Himmels willen rülpsen Sie, bevor der alte Bursche seine Meinung ändert.«

29.
6. September 2405

Obwohl wir von unserer heimatlichen Galaxis abgeschnitten sind, ist die Stimmung der Männer auf dem Stützpunkt von Gleam großartig. Die Unterlagen, die Perry Rhodan und Don Redhorse von Forril-

Station, dem Notbahnhof der Maahks, mitgebracht haben, wurden inzwischen ausgewertet. Es steht nun fest, daß es vor 50.000 Jahren drei Hauptstationen gegeben hat, die zwischen Andromeda und unserer Galaxis lagen.

Alle Anzeichen sprechen dafür, daß diese drei Stationen auch heute noch existieren und inzwischen von den MdI und den Tefrodern ausgebaut und reaktiviert werden, um eine Invasion der Milchstraße einzuleiten.

400.000 Lichtjahre von Andromeda und 350.000 Lichtjahre von Andro-Beta entfernt liegt Central-Station. Der zweite Weltraumbahnhof, Midway genannt, liegt 1,1 Millionen Lichtjahre von Andromeda – oder 700.000 Lichtjahre von Central-Station – entfernt in der Mitte der Strecke. Diese Station war es, die die CREST während ihres Aufenthalts in der Vergangenheit entdeckte, als sie aus der Milchstraße kommend nach Andromeda flog. Damals befand sich Midway jedoch an einer anderen Position, nämlich 900.000 Lichtjahre von der Milchstraße und 1,3 Millionen Lichtjahre von Andromeda entfernt.

Aus den Unterlagen geht aber hervor, daß Midway bald danach einen Ortswechsel durchführte, 200.000 Lichtjahre näher zum Andromedanebel hin.

Die dritte Station, Lookout, ist 700.000 Lichtjahre von Midway und 400.000 Lichtjahre von der Milchstraße entfernt.

Dies alles sind Entfernungen, die bereits vor 50.000 Jahren von den damaligen Schiffen der Maahks überbrückt werden konnten – was für den hohen technischen Standard dieses Volkes sprach. Nach jeder dieser Etappen wurden die Antriebskonverter ausgetauscht und dadurch der Weiterflug zum nächsten Ziel ermöglicht. Und das sind auch Entfernungen, die von den großen Tefroderschiffen zurückgelegt werden könnten, indem sie in derselben Weise wie damals die Maahks vorgehen.

Vor wenigen Stunden hat eine Offiziersbesprechung stattgefunden, in der die Auswertung der auf Forril-Station gefundenen Daten bekanntgegeben wurde. Und ich werde das Gefühl nicht los, daß entscheidende Dinge bevorstehen. Die tausend Schiffe, die uns zur Verfügung stehen, werden seit Tagen gründlich überholt. Gerüchte besagen, daß Perry Rhodan Central-Station anfliegen und erobern will.

Niemand weiß, wie die MdI diesen Bahnhof abgesichert haben, aber sicher rechnen sie nicht damit, daß die verloren im Leerraum stehende Station jemals von uns entdeckt werden könnte.

(Aus den Tagebucheintragungen von Major Alwin Zimmer).

7. September 2405

Gleam steht Kopf! Heute haben wir Besuch bekommen. So unglaublich es klingt, aber der Besucher kam aus unserer Heimatgalaxis. Die Wachstationen orteten vor sieben Stunden ein seltsam aussehendes Schiff, das sich mit dem gültigen Kodezeichen meldete.

Kurz danach erfuhren wir, daß es die GARIBALDI war, ein neues Superschlachtschiff von 1500 Meter Durchmesser. Die Wissenschaftler des sogenannten Androtest-Kommandos haben nicht geschlafen. Es ist ihnen gelungen, die neuen Superschlachtschiffe mit der gleichen Reichweite auszustatten, die auch die wesentlich größeren Ultraschlachtschiffe der Galaxisklasse besitzen. Mit drei Kalups besitzt die GARIBALDI eine Reichweite von 1,2 Millionen Lichtjahren. Dazu kommt ein inzwischen verbrauchtes und abgestoßenes Zusatztriebwerk in Multibauweise, das wie ein riesiger Schweif an der unteren Polkuppel der GARIBALDI befestigt war. Jede der drei Stufen ist walzenförmig, vierhundert Meter lang und durchmißt vierhundert Meter. In jeder einzelnen Stufe sind zwei Kalups in Kompaktbauweise untergebracht. Da jeder Kalup 300.000 Lichtjahre leistet, kann die GARIBALDI allein mit ihren Zusatztriebwerken 1,8 Millionen Lichtjahre zurücklegen. Die größte Strecke, die das Schiff fliegen kann, sind also 3 Millionen Lichtjahre. Dies ist völlig ausreichend, um ohne jede Inspektion und ohne jedes Austauschverfahren die Strecke Galaxis-Andromeda zu überwinden.

Der Kommandant dieses phantastischen Schiffes ist Oberst Paron Taminew, ein untersetzter, kahlköpfiger Mann von 52 Jahren. Ich lernte Taminew bei seinem Vortrag im Kontrollgebäude des Stützpunktes kennen. Er machte auf mich den Eindruck eines harten Mannes, und er tat die Leistung, die seine Mannschaft und er vollbracht hatten, mit einer Handbewegung ab.

Die GARIBALDI war am 6. August 2405 von der Milchstraße

aufgebrochen und hatte 32 Tage benötigt, um Andro-Beta zu erreichen.

Ich erinnere mich noch an die Berichte der CREST, als sie, um mehr als 50.000 Jahre in der Vergangenheit verschollen, den Flug über den Abgrund antrat. Damals hatte das Flaggschiff 62 Tage bis nach Andromeda benötigt. Allerdings hatte die CREST, gemeinsam mit dem Flottentender DINO-3, nur je 30.000 Lichtjahre pro Etappe zurückgelegt und nach jeder Linearetappe eine fünfzehnstündige Pause gemacht. Damals kam es nicht darauf an, einen Geschwindigkeitsrekord aufzustellen, sondern sicher nach Andromeda zu gelangen.

Daß die Entfernung von 2,2 Millionen Lichtjahren in gut der Hälfte der damaligen Zeit zu bewältigen war, hat die GARIBALDI nun eindrucksvoll bewiesen. Die Kalups wurden dabei bis an die Grenze ihrer Leistungsfähigkeit beansprucht und nur kurze Zwischenstops durchgeführt. Dennoch war der Flug störungsfrei verlaufen.

Taminew brachte aus der Heimatgalaxis Nachrichten, die unsere Vermutungen bestätigten. Am 3. August waren die beiden Sonnen des Schrotschuß-Transmitters zu Novae geworden. Fast zur gleichen Zeit, nur wenige Stunden nach der Ankunft der letzten terranischen Schiffe über Kahalo, war mit dem galaktischen Sonnensechseck dasselbe passiert. Allerdings waren die Auswirkungen bei weitem nicht so schwerwiegend wie in Andromeda. Gemeinsam mit dem galaktischen Sonnensechseck war auch der Planet Kahalo explodiert. Reginald Bull hatte jedoch rechtzeitig die gesamte Flotte über Kahalo und im Bereich des Sonnensechsecks zurückgezogen.

Taminew erhielt kurze Zeit später von Bull den Auftrag, Perry Rhodan über alle Ereignisse zu unterrichten und, nachdem er Informationen und Anweisungen von Rhodan erhalten hatte, in die Heimatgalaxis zurückzukehren.

(Aus den Tagebucheintragungen von Major Alwin Zimmer).

9. September 2405

Heute ist die GARIBALDI zum Rückflug gestartet. Zuvor wurden die schiffseigenen Kalupkonverter überholt und der zur Gänze verbrauchte Kalup I ausgetauscht. Aus den Beständen auf Gleam wurden dem Schiff drei neue Zusatzstufen verpaßt, so daß die GARIBALDI wieder ihre Reichweite von insgesamt drei Millionen Lichtjahren besitzt.

Früher mußten wir uns mit Triebwerksstufen begnügen, die nur einen Kalup besaßen und eine Reichweite von 400.000 Lichtjahren hatten. In den letzten Monaten wurden diese veralteten Stufen durch die neuen Kompakttriebwerke ersetzt.

Oberst Taminew hat auch alle Unterlagen über die Bahnhofstrecke der Maahks ausgehändigt bekommen und wird Reginald Bull genaue Anweisungen überbringen, nach denen dieser handeln wird.

Die Raumfahrer, die auf Gleam leben, sind jetzt sicher, daß sie ihre Heimat wiedersehen werden. Auch wenn es Rhodan und Bull nicht gelingen sollte, die Bahnhöfe zu erobern, können die Männer vom Gleam-Stützpunkt mit den neuen Superschlachtschiffen abgeholt werden.

Zwar sind insgesamt 34 Schiffe der Beta-Flotte – alles Einheiten von 1500 und 2500 Metern Durchmesser – in der Lage, mit Hilfe der vorhandenen Zusatztriebwerke auch ohne Hilfe aus der Galaxis nach Hause zurückzukehren, aber die restlichen 966 kleineren Schiffe besitzen diese Möglichkeit nicht. Sie haben mit ihrer Reichweite von 900.000 Lichtjahren keine Chance, die Heimat zu erreichen und müßten daher zurückgelassen werden.

Rhodan denkt jedoch nicht daran, seine Flotte in Andro-Beta zurückzulassen. Er will sie über die Bahnhofstrecke nach Hause bringen und gleichzeitig die Invasionspläne der MdI durchkreuzen.

Unmittelbar nach dem Start der GARIBALDI begannen die Vorbereitungen für das Unternehmen Central-Station.

Die vierunddreißig Großschiffe, davon sechs Ultraschiffe und 28 Superschlachtschiffe, haben dreistufige Zusatztriebwerke montiert und warten bereits im Orbit Gleams. Insgesamt werden 950 Schiffe an diesem Unternehmen teilnehmen, das in wenigen Stunden beginnt. Mit Ausnahme der vierunddreißig Großschiffe, werden alle anderen Einheiten nach der Eroberung von Central-Station nach Gleam zurückkehren, deshalb benötigen sie auch keine Zusatztriebwerke. Die Großschiffe werden nach Ende der Aktion Central-Station zur Midway-Station weiterfliegen und versuchen, auch diese zu erobern. Wie die Aktionen im einzelnen ablaufen werden, und welche exakten Anweisungen Bull von Rhodan erhalten wird, ist nur wenigen Eingeweihten bekannt – ich zähle leider nicht dazu.

Die auf Gleam zurückbleibenden fünfzig Schiffe werden, zusammen mit den Maahks, unter dem Kommando von Julian Tifflor den Schutz des Stützpunktes übernehmen.

Ein Blick auf meine Uhr zeigt mir, daß es Zeit geworden ist, an Bord der FRANKFURT zu gehen. Das Schiff, das ich kommandiere, gehört zu den 950 Einheiten, die Central-Station erobern sollen. Wenn wir von diesem Unternehmen nicht zurückkehren sollten, wird dies die letzte Eintragung sein, die ich vornehme.

(Aus den Tagebucheintragungen von Major Alwin Zimmer)

An Bord der IMPERATOR war Major Don Redhorse derzeit der einzige echte Terraner. Die Besatzung bestand aus Kolonialterranern, Umweltangepaßten und dem arkonidischen Lordadmiral Atlan. Redhorse hatte seine Nominierung zum Sonderoffizier an Bord der IMPERATOR zwei Tatsachen zu verdanken.

Erstens hatte Redhorse auf der Forril-Station Erfahrungen gesammelt und war deshalb der einzige Mann an Bord des Superschlachtschiffes, der sich bereits innerhalb eines Maahkschen Weltraumbahnhofs aufgehalten hatte. Zweitens flog die IMPERATOR Rhodans 950 Schiffe starken Verband voraus und würde lange vor den anderen Schiffen in der Nähe von Central-Station ankommen.

Die IMPERATOR hatte bereits acht Linearsprünge hinter sich. Der laufende neunte Sprung mußte sie ins Zielgebiet führen.

Als Kommandant des USO-Schiffes fungierte der Epsaler Oberst Heske Alurin. Erster Offizier war Trimar Noser.

Da Redhorse Sonderoffizier war, hatte er innerhalb der Zentrale keine Arbeit zu verrichten. Trotzdem hielt er sich ständig im Kommandoraum auf. Auch Atlan war die meiste Zeit zugegen. Die

IMPERATOR wurde von Alurin nach den genauen Unterlagen gesteuert, die Redhorse von der Forril-Station mitgebracht hatte. Es galt als sicher, daß Central-Station ebenfalls noch an ihrem alten Platz stand.

Der zweite Berater an Bord der IMPERATOR war ein Maahk. Der Methanatmer war Einsatzleiter eines maahkschen Geheimdienstkommandos und hieß deshalb Grek-1. Redhorse, der nicht vergessen konnte, in welche Schwierigkeiten ihn sein maahkscher Begleiter innerhalb der Forril-Station gebracht hatte, verhielt sich gegenüber dem Wasserstoff-Methanatmer zurückhaltend. Rhodan hatte dafür gesorgt, daß die Maahks nicht die Wahrheit über den Tod von Grek-1 von Redhorse erfahren hatten. Er wollte unnötige Komplikationen vermeiden.

Der Grek-1, der sich an Bord der mit dreistufigen Zusatztriebwerken ausgerüsteten IMPERATOR befand, hielt sich in seiner Spezialkabine auf, die er nur ab und zu in einem Schutzanzug verließ.

Als die IMPERATOR den neunten Linearsprung beendete, befand sie sich mitten im Zielgebiet. Starke Hyperfunksprüche aus dem Leerraum wurden geortet. Damit stand fest, daß man Central-Station gefunden hatte.

Als die IMPERATOR noch fünfhundert Lichtjahre von Central-Station entfernt war, ließ Oberst Alurin die Fahrt stoppen. Über die Raumortung wurden starke Energieschocks festgestellt. Die Hyperfunksprüche, die über Relaisstationen zwischen dem Bahnhof und dem Andromedanebel hin und her gingen, wurden an Bord der IMPERATOR zur späteren Auswertung aufgezeichnet.

Die ersten Direktortungen ergaben, daß die Energieschocks von großen Transportraumschiffen der Tefroder herrührten, die in kurzen Abständen aus dem Linearraum kamen und vor der Station materialisierten. Diese starken Energieausbrüche kamen der Besatzung der IMPERATOR gelegen, da sie eine zufällige Ortung des eigenen Schiffes fast unmöglich machten.

Alurin hatte sämtliche nichtbenötigte Energieaggregate abschalten lassen. Durch diese zusätzliche Sicherheitsmaßnahme war die IMPERATOR ausreichend geschützt.

Die hyperenergetische Ausstrahlungsfront der Station war so stark, daß selbst über die Entfernung von fünfhundert Lichtjahren noch ausgezeichnete Reliefbilder auf den Spezialschirmen des USO-Schiffes erschienen. Dagegen war eine Infrarotstrahlung nicht auszumachen. Diese Wellen hatten die fünfhundert Lichjahre noch nicht zurückgelegt, was der Beweis dafür war, daß sich die Tefroder noch nicht sehr lange auf dem Bahnhof der Maahks aufhielten.

Die MdI hatten die Bahnhöfe der Maahks jahrtausendelang ignoriert. Erst als die Terraner auf Kahalo die Transmittersperre aktivierten und den MdI damit die Benützung der Transmitterstrecke unmöglich machten, mußten sie auf die Bahnhöfe zurückgegriffen haben, um auf diesem Weg in die Galaxis zu gelangen.

Auf den Bildschirmen ließ sich deutlich erkennen, daß Central-Station kein künstliches Gebilde war, sondern ein 90 Kilometer durchmessender, ungefähr kugelförmiger Planetoid, den die alten Maahks wahrscheinlich eingefangen hatten, als er durch den Leerraum getrieben war.

Dieser relativ große Himmelskörper schien nun zu einer einzigen Energie-Nachrichten- und Versorgungsstation geworden zu sein.

Atlan ließ die Wellensprinter Tronar und Rakal Woolver in die Zentrale rufen. Die beiden Mutanten hatten sich auf Wunsch Atlans ebenfalls der Vorhut des terranischen Flottenverbandes angeschlossen.

Der Arkonide deutete auf die Bildschirme und erklärte den Woolvers in einigen Worten, was man bisher herausgefunden hatte.

»Bevor sich Rhodans Flotte diesem Bahnhof nähern kann, müssen wir wissen, was sich dort abspielt«, sagte Atlan abschließend. »Deshalb werden Sie jetzt mit einer Moskito-Jet die IMPERATOR verlassen. Senden Sie einen Peilstrahl aus. Ungefähr für die Dauer von zwei Sekunden. Einer von Ihnen wird sich in diesen Strahl einfädeln und den Bahnhof zu erreichen versuchen.«

»Lordadmiral, wenn Sie . . .«, setzte Redhorse an, doch Atlans Blick ließ ihn verstummen.

»Ich kenne die Einwände, die Sie vorbringen wollen, Major«, sagte er. »Trotzdem werden wir es erst auf diese Art versuchen.«

Redhorse preßte die Lippen aufeinander und schwieg. Er begann sich allmählich zu fragen, warum Atlan ihn angefordert hatte, wenn er ihn nicht in den Einsatz schicken und noch nicht einmal anhören wollte.

»Besteht nicht die Gefahr, daß der Peilstrahl geortet wird?« fragte einer der diensttuenden Offiziere.

»Die Station wird ständig von Impulsen aller Art getroffen. Hinzu kommen die Ortungsstrahlen des Bahnhofs und die Funknachrichten, die zwischen Andromeda und Central-Station hin und her gehen. Ein schwacher Peilstrahl von zwei Sekunden Dauer wird darin untergehen.«

Die Woolvers verschwanden. Atlan blickte auf seine Uhr und lächelte.

»Wenn mich meine Vermutung nicht täuscht, kommen sie in spätestens zwanzig Minuten wieder zurück«, sagte er.

»Und was vermuten Sie?« fragte Grek-1, der jetzt im Schutzanzug vor den Kontrollen der Raumortung stand.

»Daß Central-Station trotz aller Unvorsichtigkeit der MdI mit einem Abwehrschirm gegen parapsychische Kräfte versehen ist«, erwiderte Atlan. »Solche Maßnahmen sind bei unseren Gegnern üblich geworden, seit Mutanten bei ihnen aufgetaucht sind.«

Atlan behielt recht. Die Woolvers kamen bereits nach fünfzehn Minuten zurück. Tronar Woolver hatte einen schweren Schock erlitten, weil ihn der Abwehrschirm des Bahnhofs eine Minute gefangengehalten hatte. Der Mutant wurde sofort in die Bordklinik gebracht.

Rakal Woolvers Bericht war nur kurz. »Wir können nicht auf dem Planetoiden landen, Sir«, sagte er zu Atlan. »Sie müssen sich etwas anderes ausdenken.«

Atlan nickte und wandte sich an Major Don Redhorse.

»Jetzt sind *Sie* an der Reihe, Major«, sagte er.

30.

Redhorse stand in der kleinen Schleuse der Space-Jet und warf einen zufriedenen Blick auf seine Begleiter. Grek-1, Mitglied des maahkschen Geheimdienstes und fähiger Wissenschaftler, hatte bereits in der Space-Jet seinen Platz eingenommen. Rakal Woolver, der Wellensprinter, stand neben Redhorse in der Schleuse. Unterhalb der Gangway beaufsichtigten die beiden letzten Passagiere die Verladung der Ausrüstungsgegenstände. Beide waren Kolonialterraner. Captain Arl Tratlo, der auch Dreitöter genannt wurde, war Redhorse kein Unbekannter mehr. Der fast zwei Meter große USO-Offizier von der Dschungelwelt Meredi IV im Plejadenhaufen hatte selbst schon verschiedene Einsätze geleitet. Der andere Mann war ein USO-Spezialist von Rumal. Er hieß Egan Lathar, war groß, hager und schweigsam.

»Das wäre alles, Sir«, sagte Tratlo, als die Roboter sich aus der Space-Jet zurückzogen. »Die Liste unserer Ausrüstungsgegenstände ist jetzt vollständig.«

»Haben Sie darauf geachtet, daß es sich nur um geprüfte Geräte handelt?« fragte Redhorse.

Tratlo nickte. Seine kupferrote Haut schimmerte im Licht der Hangarbeleuchtung. Tratlo hatte sein schulterlanges, oxydgrünes Haar im Nacken zusammengesteckt, damit es ihm nicht ins Gesicht fiel.

»Sie können jetzt einsteigen«, sagte Redhorse zu Tratlo und Lathar.

Redhorse nahm innerhalb der Space-Jet den Pilotensitz ein. Trotz ihrer guten Ausrüstung mußten sie viel Glück haben, wenn sie ihr Ziel, Central-Station, erreichen wollten.

»Wir werden in wenigen Minuten starten«, sagte Redhorse, als auch die drei anderen Männer ihre Plätze eingenommen hatten. »Ich erinnere Sie nochmals daran, daß Sie freiwillig an diesem Unternehmen teilnehmen. Sie können noch zurücktreten. Außerdem bitte ich Sie, sich des Kraahmak zu bedienen, wenn Sie sich miteinander unterhalten. Grek-1 soll über alles informiert sein. Das wäre vorläufig alles. Haben Sie irgendwelche Fragen?«

»Wenn Woolver an Bord der Jet ist, besteht die Gefahr, daß wir nicht durch den Abwehrschirm kommen, der seinen Bruder bereits aufgehalten hat«, sagte Tratlo. »Der Paraschirm ist möglicherweise so angelegt, daß er die charakteristischen Gehirnimpulse psibegabter Personen registriert, auch wenn diese sich gerade in einem parainaktiven Zustand befinden.«

»Rakal Woolver wird bei der Landung nicht mehr an Bord sein«, sagte Redhorse. »Sobald wir Filmaufnahmen gemacht haben, schikken wir den Wellensprinter mit einem Peilimpuls zur IMPERATOR zurück.« Er lächelte dem Mutanten zu. »In erster Linie haben wir die Aufgabe, die militärische Stärke der Station festzustellen. Danach werden wir einen Landungsversuch unternehmen, um Ara-Gasbomben in die Klimaanlagen einzuschmuggeln.«

Redhorse schaltete das Normalfunkgerät ein und stellte eine Visiphonverbindung zur Zentrale der IMPERATOR her.

»Wir sind startbereit«, sagte er, als Alurins Gesicht auf dem Bildschirm auftauchte.

»Atlan will sie sprechen«, sagte der Epsaler. Sein Gesicht verschwand, und der Arkonide wurde sichtbar.

»Ich weiß, daß Sie ein Mann sind, der die Befehle seiner Vorgesetzten gern auf eigene Weise auslegt«, sagte der Lordadmiral. »In diesem Fall müssen Sie sich jedoch genau an meine Anweisungen halten, Major. Vergessen Sie nicht, daß der IMPERATOR eine Flotte von neunhundertfünfzig Schiffen folgt. Perry Rhodan muß über die Verhältnisse auf Central-Station informiert werden, bevor er in das Zielgebiet einfliegt.«

»Ich werde das beherzigen, Sir«, versicherte Redhorse.

»Captain Arl Tratlo zählt zu Ihren Begleitern«, fuhr Atlan fort. »Er wird das Kommando übernehmen, wenn Ihnen etwas zustößt. Ab und zu zeigt er einen ähnlichen Individualismus wie Sie, wenn es darum geht, irgendwelche Anordnungen zu umgehen.«

Redhorse dachte, Atlan würde sich jetzt verabschieden, doch der Arkonide war offenbar noch nicht fertig.

»Auch Egan Lathar ist kein Anfänger, was die eigenwillige Interpretation von Befehlen betrifft«, sagte Atlan. »Ich bin darüber informiert, daß er bei einem seiner privaten Einsätze einen Arm verloren hat und nun eine Vollprothese trägt. Auch auf ihn müssen Sie also Ihr Augenmerk richten, Major.«

»Vielleicht sollten wir gegenseitig aufeinander aufpassen, Sir«, schlug Redhorse vor. »Ist es nicht ein Wagnis, uns alle *zusammen* zu dem Bahnhof zu schicken?«

»Es ist ein gewisses Risiko«, sagte Atlan. »Andererseits ist es wichtig, daß jeder von Ihnen im Augenblick ernster Gefahr instinktiv das Richtige tut und nicht erst lange darüber nachdenkt, ob seine Handlungsweise mit den Befehlen in Übereinstimmung steht, die er erhalten hat.«

»Wir dürfen unseren Auftrag also als eine Art Belobigung auffassen, Lordadmiral?« fragte Arl Tratlo grinsend.

»Oder als Strafexpedition – ganz wie Sie wollen«, sagte Atlan spöttisch. »Sie können jetzt starten.«

Atlans Bild verschwand vom Bildschirm, und Redhorse schaltete das Gerät ab.

»Wir sind wirklich ein exklusiver Klub«, bemerkte Lathar und streckte seine langen Beine aus. »Wenn Sie gestatten, Major, möchte ich meiner Zufriedenheit Ausdruck verleihen, daß ich ihm angehören kann.«

»Vielleicht werden Sie das später dann bereuen, wenn wir auf Central-Station gelandet sind«, meinte Tratlo.

Egan Lathar lächelte nur.

Der leitende Hangartechniker gab Redhorse Starterlaubnis. Gleich darauf befand sich die Space-Jet im Leerraum. Redhorse hoffte, daß sie sich unentdeckt dem Bahnhof würden nähern können. Die ständig eintreffenden Transportschiffe der Tefroder waren die beste Tarnung, die sich die kleine Besatzung wünschen konnte. Trotzdem war die Space-Jet zusätzlich mit einem neuentwickelten Gerät ausgerüstet worden, das fast alle bekannten Ortungs- und Peilstrahlen unwirksam machte, indem es sie in den Hyperraum ableitete. Dieses Gerät konnte vorerst nur bei kleinen Schiffen eingesetzt werden und hatte seine Bewährungsprobe noch nicht bestanden.

Ein Lichtjahr vom Weltraumbahnhof der Maahks entfernt, ließ Don Redhorse die Space-Jet aus dem Linearraum auftauchen. Die Energieausbrüche der ständig eintreffenden Tefroderschiffe überlagerten jetzt alle anderen Impulse. Damit hatte Redhorse gerechnet. Die relativ kleine Jet würde unentdeckt bleiben.

Die Besatzung des Kleinstraumschiffes begann mit Ortungen und Messungen. Der Planetoid besaß zehn röhrenartige Schleusen, die in Höhe der Äquatorlinie in den Leerraum ragten. Es sah aus, als sei der Bahnhof ringsum mit Stacheln gespickt. Die Oberfläche von Central-Station glich einem Raumhafen mit ausgedehnten Depots und Industrieanlagen. Es gab keine künstliche Atmosphäre.

Die ersten Ortungsergebnisse besagten, daß die herausragenden Schleusen zwei Kilometer durchmaßen und 2500 Meter lang waren. Die Besatzung der Space-Jet konnte beobachten, wie selbst die größten Kugelraumer der Tefroder in diesen Tunnel hineingezogen wurden.

»Es muß sich um verlängerte Röhrenschleusen handeln, in denen die Schiffe aufgenommen und entladen werden«, stellte Grek-1 fest. »Dadurch ersparen sich die Tefroder das umständliche Manöver, die ankommenden Schiffe ins Innere des Bahnhofs zu bringen.«

»Wir gehen noch näher heran«, entschied Redhorse.

Niemand antwortete, aber der Major wußte, daß die anderen Besatzungsmitglieder mit seinem Entschluß einverstanden waren. Die Vorgänge im Leerraum erschienen dem Cheyenne gespenstisch.

»Die MdI lassen Waffen und Versorgungsgüter in den Bahnhof bringen, weil sie nicht glauben, daß er jemals entdeckt werden könnte«, sagte Tratlo wütend. »Auf diese Weise wollen sie sich ein unangreifbares Nachschubdepot für die geplante Invasion der Galaxis einrichten.«

»Es wird nicht zu einer Invasion kommen«, sagte Redhorse. »Die MdI haben bereits mehrere entscheidende Niederlagen hinnehmen müssen. Es kommt jetzt nur darauf an, daß wir schneller sind als die Gegner.«

Es war erstaunlich, daß bei Geschehnissen von derartigen Ausmaßen einzelne Männer noch eine entscheidende Rolle spielten. Doch das traf tatsächlich zu. Vom Erfolg der Space-Jet-Besatzung konnte es abhängen, wie der Krieg gegen die MdI endete.

»Ich denke, daß wir jetzt nahe genug heran sind, um einige Aufnahmen zu machen«, wurden Redhorses Gedanken von Rakal Woolvers Stimme unterbrochen.

Redhorse wandte seine Aufmerksamkeit den Bildschirmen zu. In der Vergrößerung war die Planetoidenoberfläche deutlich zu erkennen. Ungefähr sechshundert tefrodische Raumschiffe waren dort gelandet. Wahrscheinlich handelte es sich um kampfkräftige Wachschiffe, die als zusätzliche Streitmacht auf dem Bahnhof stationiert waren.

Die Besatzung der Space-Jet begann mit der Anfertigung von Infrarotfilmaufnahmen. Redhorse besprach außerdem eine kleine Tonkassette, die Woolver mit an Bord der IMPERATOR nehmen würde. Die Kassette enthielt alle Meßergebnisse, die bereits ausgewertet waren. Außerdem beschrieb Redhorse eingehend alle Entdeckungen, die sie gemacht hatten, als die Space-Jet den Bahnhof in großem Abstand einmal umkreist hatte.

»Das Material dürfte jetzt ausreichen«, sagte er zu Rakal Woolver. »Wir werden Sie mit einem gebündelten Hyperwellenfunkstrahl zur IMPERATOR zurückschicken.«

Der Wellensprinter verschloß den Helm seines Schutzanzuges und schob Filme und Tonkassetten in seinen Gürtel. Er verabschiedete sich und wünschte den Männern und Grek-1 viel Glück.

»Auf jeden Fall wird Perry Rhodan wissen, was seine Flotte hier erwartet«, sagte er. »Wenn es Ihnen jetzt noch gelingt, die Besatzung des Bahnhofs auszuschalten, wird es eine unblutige Eroberung geben.«

Redhorse betätigte für zwei Sekunden den Hypersender.

Nachdem Woolver verschwunden war, gönnten sich die drei Männer und der Maahk eine kurze Pause. Redhorse bezweifelte jedoch nicht, daß jeder darüber nachdachte, wie sie auf der Station landen könnten. Es mußte schnell gehen, und sie durften nach Möglichkeit nicht entdeckt werden. Obwohl das ein nahezu unlösbares Problem war, hoffte Redhorse, daß sie Erfolg haben würden. Keiner der Tefroder-Duplos auf Central-Station ahnte, daß die Terraner die Position der maahkschen Weltraumbahnhöfe kannten. Noch weniger würden sie daran denken, daß der Planetoid von vier Gegnern beobachtet wurde.

Wie immer in solchen Fällen wußten *beide* Seiten nicht alles voneinander.

So ahnte niemand von Redhorses Gruppe, daß sich auf Central-Station Miras-Etrin, ein Meister der Insel befand.

Miras-Etrin hatte den Monitor ausgeschaltet, mit dessen Hilfe er alle wichtigen Räume des Bahnhofs beobachten konnte. Er wartete ungeduldig auf den Augenblick, in dem alle Waffen- und Nachschubgüter eingetroffen sein würden.

Nach seiner Ansicht lebte er auf dem sichersten Stützpunkt der Meister. Hier im Leerraum würde nie ein gegnerisches Schiff auftauchen. Der MdI hätte zwar einen unruhigen Aufenthaltsort vorgezogen, doch er mußte sich nach den Befehlen von Faktor I richten. Der Anführer der MdI wollte nach dem mißlungenen Attentatsversuch, den Miras-Etrin während der galaktischen Gipfelkonferenz gegen die Erde geplant hatte, nicht das Risiko eines erneuten Fehlschlages eingehen. Deshalb war Miras-Etrin nach Central-Station geschickt worden, um die Arbeiten voranzutreiben.

Offenbar hatte Faktor I jetzt begriffen, daß die Terraner keine Gegner waren, die mit den üblichen Mitteln geschlagen werden konnten.

Miras-Etrin war überzeugt davon, daß das Solare Imperium bereits nicht mehr existieren würde, wenn *er* von Anfang an alle Angriffe geleitet hätte. Doch er war Faktor IV und mußte sich den Befehlen von Faktor I unterordnen.

Jedenfalls jetzt noch, dachte Miras-Etrin und lächelte schwach. Er erhob sich von seinem bequemen Sessel und blickte unschlüssig zu den drei Wachrobotern hinüber, die den Eingang besetzt hielten. Miras-Etrin wollte nicht unnötig von einem Duplo-Tefroder gestört werden.

Die Interkomanlage begann zu summen. Miras-Etrin verzog unwillig das Gesicht und schaltete auf Empfang. Auf dem Bildschirm erschien das ängstliche Gesicht eines Duplos. Der Mann war Offizier, wie der MdI an den Metallbeschlägen am Uniformkragen des Anrufers feststellen konnte.

»Verzeihen Sie, Maghan«, sagte er. »Der Transportraumer in Schleuse drei kann nicht zum vorgesehenen Zeitpunkt starten.«

»Und warum nicht?« erkundigte sich Miras-Etrin scharf. Er sah, wie der Mann zusammenzuckte.

»Der Katapultsatz ist ausgefallen«, berichtete der Duplo aufgeregt.

»Warum versucht es der Kommandant nicht mit den Antigravtriebwerken? Sie wissen doch, daß wir unseren Zeitplan auf jeden Fall einhalten müssen.«

»Bedauerlicherweise sind die Antigravtriebwerke ebenfalls ausgefallen, Maghan«, sagte der Anrufer. »Inzwischen warten bereits zwei andere Transportschiffe vor der Schleuse.«

Miras-Etrin hieb mit einer Faust auf die Verkleidung der Funkanlage. »Das bedeuet, daß die Schleuse schon längere Zeit von dem gleichen Schiff besetzt ist. Warum hat man mich nicht früher informiert?« Bevor der Offizier antworten konnte, fuhr Miras-Etrin fort: »Wer ist der Sektionschef für Schleuse drei?«

»Farnish, Maghan«, antwortete der Mann hastig.

»Warum hat Farnish mich nicht persönlich angerufen? Fürchtete er sich, mir die Wahrheit zu sagen?«

»Der Sektionschef bemüht sich darum, den Schaden am Katapultsatz zu beheben, Maghan. Er will mit Ihnen sprechen, sobald wieder alles in Ordnung ist.« Der Duplo lächelte verschlagen. »Farnish glaubt, daß es nur zu dem Zwischenfall gekommen ist, weil die Transporter in zu kurzen Zeitabständen in die Schleusen eingelassen werden. Es bleibt nach jeder Entladung kaum noch Zeit für eine Inspektion.«

Miras-Etrin verstand sofort, daß der Duplo den Zorn des MdI auf den Sektionschef abwälzen wollte. Verächtlich schaltete er die Interkomanlage ab. Er überlegte, ob er die Reparaturarbeiten über den Monitor verfolgen sollte, doch dann entschied er sich dafür, persönlich in die Schleuse zu gehen, wo der Transporter festsaß.

Begleitet von den drei Wachrobotern trat er auf den Gang hinaus. Durch einen Antigravschacht gelangte er in Höhe der Äquatorlinie. Ein Gleitband brachte ihn und die Roboter in die Röhrenschleuse. Einige hundert Duplos drängten sich um den Katapultsatz. Sie erkannten Miras-Etrin und verbeugten sich unterwürfig.

Der MdI stieß einen Duplo an, der an ihm vorbeigehen wollte.

»Wo ist Farnish?« fragte er schroff.

Der Raumfahrer befann zu zittern, als er das Symbol der Meister der Insel auf dem Brustteil von Miras-Etrins Jacke erkannte.

»Dort drüben, Maghan. Bei den Schweißautomaten.«

Faktor IV ging weiter. Er entdeckte Farnish, der zusammen mit einigen Duplos die Schweißautomaten über das zerbrochene Gestänge des Katapultsatzes steuerte.

»Farnish?« rief er.

Der Sektionschef sah nicht auf. Er glaubte wahrscheinlich, daß er von irgendeinem Duplo gerufen wurde und wollte seine Arbeit nicht unterbrechen.

»Farnish!« rief Miras-Etrin abermals.

Diesmal veranlaßte der Klang von Miras-Etrins Stimme den Sektionschef, die Steuerung loszulassen und aufzublicken.

»Maghan!« stieß er hervor und richtete sich auf. Sein Anzug war ölverschmiert. Schweiß stand auf seiner Stirn. Miras-Etrin erkannte, daß dieser Mann schwer arbeitete, doch das interessierte ihn nur wenig. Er deutete auf die zerbrochenen Katapultstangen.

»Wie konnte das passieren?« erkundigte er sich.

»Der Kommandant des Transportschiffes behauptet, daß er während des Einschleusmanövers einen falschen Steuerimpuls erhalten hätte«, sprudelte Farnish hervor. »Ich halte das für unmöglich, Maghan. Die Besatzung des Schiffes hat einen Fehler begangen. Die Landestütze setzte neben der Führung auf und zerbrach den größten Teil des Gestänges.«

»Wie lange wird es dauern, bis die Reparaturarbeiten abgeschlossen sind, Farnish?«

Der Sektionschef reinigte seine verschmierten Hände an einem Lappen und zuckte mit den Schultern.

»Wir sind bald fertig«, sagte er. »Allerdings kann ich nicht dafür garantieren, daß diese Schleuse noch weiter benutzt werden kann.«

Miras-Etrin ließ seine Blicke über die beschädigte Stelle gleiten.

»Welche Bedenken haben Sie?« fragte er ruhig.

»Das Gestänge besteht aus einer Speziallegierung, Maghan. Wir haben dafür nicht die richtigen Schweißstoffe. Es ist möglich, daß sich das Material verzieht, sobald es erkaltet.«

»Das bedeutet, daß der Katapult nicht genau arbeiten kann«, vermutete Faktor IV.

Farnish deutete zur vorderen Schleusenwand. »Wenn wir Glück haben, ist die Abweichung nur gering. Aber wir dürfen auf keinen Fall das Risiko eingehen, den Katapultsatz zu betätigen, wenn die Abweichung mehr als ein Grad beträgt, da wir sonst damit rechnen müssen, daß die Schiffe bei Verlassen der Schleuse gegen die Seitenwand prallen.«

Miras-Etrin starrte auf den riesigen Teller der abgerutschten Ladestütze. Er lag neben dem Gestänge. Farnisch, der den Blick des MdI richtig deutete, sagte: »Wir werden diese Landestütze anheben und auf das geschweißte Gestänge setzen, Maghan.« Er zeigte zu einigen Duplos hinüber, die quadratmetergroße Platten an der Landestütze anbrachten.

»Da die Antigravanlage des Transporters nicht funktioniert, müssen wir versuchen, das Schiff ein paar Zentimeter anzuheben. Nur dann können wir den Teller in das Gestänge setzen.«

»Meiner Ansicht nach vergeuden Sie zuviel Zeit, Farnish«, sagte Miras-Etrin mit gerunzelter Stirn. »Es wird noch Stunden dauern, bis Sie das Schiff in den Weltraum gebracht haben.«

»Ich kann mir nicht vorstellen, daß es eine bessere Methode gibt«, meinte der Sektionschef.

»Aber es gibt eine *schnellere* Methode«, versetzte Faktor IV ungeduldig. »Der Kommandant soll sein Schiff mit dem Normaltriebwerk starten.«

Farnish starrte den MdI ungläubig an. »Das können Sie nicht befehlen, Maghan. Die Folgen können unabsehbar sein. Wenn der Schub nicht genau stimmt, explodiert die gesamte Schleuse.«

»Na, und? Sie sagten doch selbst, daß diese Schleuse wahrscheinlich ausfallen wird.«

»Nicht nur die Schleuse, auch das Schiff ist gefährdet. Die Besatzung muß mit dem Tod . . .«

Miras-Etrin winkte ungeduldig ab. »Die Besatzung interessiert mich nicht«, sagte er. »Ich habe einen Zeitplan einzuhalten. Soll ich ihn wegen einiger Duplos aufgeben?«

Farnish preßte die Lippen aufeinander. »Maghan, ich will . . .« begann er erneut, doch Miras-Etrin unterbrach ihn mit einer heftigen Handbewegung.

»Sie sind Sektionschef, Farnish. Als solcher haben Sie dafür zu sorgen, daß die Entladung der Schiffe reibungslos funktioniert. Was aber tun Sie? Sie entwickeln unsachliche Gefühle, wenn es um das Leben einiger hundert Duplos geht. Ich befehle Ihnen, die Schleuse innerhalb von fünfzehn Minuten zu räumen. Um das Gestänge brauchen Sie sich nicht mehr zu kümmern. Nachfolgende Schiffe können mit Hilfe ihres Antigravantriebes hereinkommen. Er wird bestimmt nicht bei *allen* Schiffen ausgefallen sein.«

»Ich werde Ihre Befehle ausführen, Maghan«, sagte Farnish tonlos.

Miras-Etrin musterte ihn nachdenklich. »Noch etwas«, sagte er schließlich. »Lassen Sie den Kommandanten dieses Schiffes erschießen. Seine Geschichte mit dem falschen Steuerimpuls gefällt mir nicht. Die Duplos sollen nicht anfangen, sich für klüger zu halten als ihre Vorgesetzten.«

»Jawohl«, sagte Farnish niedergeschlagen.

»Ich werde die Hinrichtung über den Monitor von der Zentrale aus beobachten, Sektionschef«, sagte Miras-Etrin. »Nur für den Fall, daß sich Ihr Mitgefühl für die Duplos inzwischen nicht gelegt haben sollte.«

»Jawohl, Maghan«, murmelte Farnish.

»Hat jemand einen Vorschlag, wie wir unentdeckt in eine der Röhrenschleusen eindringen können?« fragte Don Redhorse und deutete auf den Bildschirm.

»Vielleicht sollten wir versuchen, unmittelbar hinter einem tefrodischen Transportschiff einzufliegen«, meinte Arl Tratlo. »Die Energie, die unser Jet dabei verbraucht, kann von den Tefrodern nicht geortet werden, weil sie mit denen des ankommenden Großschiffes gleichzeitig abgestrahlt wird.«

»Vielleicht kommen wir auf diese Weise bis in die Schleuse, aber was dann?« fragte Grek-1. »Wir können nicht einfach im Schleuseninneren landen und uns darauf verlassen, daß wir nur Roboter antreffen. Wenn die tefrodischen Schiffe automatisch entladen werden, was wir annehmen können, müssen wir trotzdem damit rechnen, daß die Schleusen von irgendeiner Zentrale aus gesteuert und beobachtet werden.«

Tratlo nickte bedächtig und lehnte sich weit in seinem Sitz zurück.

»Ich ging bei meinem Plan von der Annahme aus, daß neben jeder Hauptschleuse einige kleinere existieren. Bei der Stärke, die die Schleusenwände haben müssen, können wir damit rechnen, daß einige Nebenschleusen existieren.«

»Ich möchte auf Lathars Vorschlag zurückkommen«, sagte Redhorse.

Der Rumaler hatte vorgeschlagen, eine Schleuse anzufliegen, die seit einigen Stunden nicht benutzt wurde. Zwar warteten in unmittelbarer Nähe dieser Röhrenschleuse drei Raumschiffe, aber von ihnen drohte der Jet keine Gefahr.

»Wir wissen nicht, was in dieser Schleuse vorgeht«, sagte Tratlo.

»Da!« rief Lathar plötzlich, der die Bildschirme beobachtete.

Die beiden anderen Männer und Grek-1 starrten auf die Geräte. Vor der Schleuse, die seit längerer Zeit nicht angeflogen wurde, dehnte sich eine Explosionswolke aus.

»Irgend etwas ist passiert«, sagte Redhorse nachdenklich. »Wahrscheinlich ist ein Transporter bei dem Versuch, die Schleuse zu verlassen, explodiert.«

Er steuerte die Space-Jet näher an die Explosionsstelle heran. Auf dem Bildschirm war deutlich zu sehen, daß die Röhrenschleuse schwere Beschädigungen davongetragen hatte. Die Wände waren zum Teil aufgerissen. Der Schleuseneingang war durch die Explosion so zerfetzt worden, daß er wie ein überdimensionaler Blütenkelch aussah. Redhorse sah einige Trümmer durch den Leerraum treiben. Die drei tefrodischen Schiffe, die vor der Schleuse gewartet hatten, zogen sich jetzt mit großer Beschleunigung in den Weltraum zurück. Auch bei den anderen Raumschiffkommandanten schien die Verwirrung groß zu sein. Fast alle Schiffe zogen sich von der Station zurück, andere wollten schnell in eine der leeren Schleusen eindringen.

»Das ist unsere Chance!« sagte Redhorse. »Wir fliegen in die zerstörte Röhre ein.«

»Wir wissen nicht, was uns dort erwartet«, protestierte der Maahk. »Ich nehme an, daß wir Schwierigkeiten mit Aufräumungskommandos bekommen werden.«

»Wir müssen früher dort sein als sie«, entgegnete der Major. Er hatte seine Entscheidung getroffen. Er beschleunigte die Jet und steuerte sie auf den Planetoiden zu. Tratlo verließ seinen Platz und kam nach vorn. Redhorse spürte, wie sich der Kolonialterraner über ihn beugte.

»Fliegen Sie möglichst dicht an der Explosionswolke vorbei, Major«, sagte er. »Man wird uns für ein Wrackstück halten, wenn man uns tatsächlich orten sollte.«

Die Alarmanlage des Kleinstraumschiffes begann zu schrillen, als die empfindlichen Ortungsgeräte die harte Strahlung registrierten, die durch die Explosion freigeworden war. Redhorse schluckte trokken und umklammerte fest die Steuerung.

»Sie fliegen uns ins Verderben«, prophezeite der Maahk.

Die Jet tauchte in die Peripherie der Wolke ein. Einige kleine Trümmerstücke wurden vom starken Abwehrschirm des Schiffes aufgefangen. Die zerstörte Schleusenöffnung ragte wie der Schlund eines gefräßigen Ungeheuers vor ihnen in den Leerraum. Die Infrarotortung machte sie sichtbar. Die Space-Jet wurde von einer Druckwelle erfaßt und einige Meilen aus ihrer Bahn geschleudert.

»Im Zentrum finden noch immer Explosionen statt!« Tratlo hatte seine Stimme unwillkürlich erhoben. »Lathar, wollen Sie sich das nicht ansehen?«

»Wozu?« fragte der Rumaler, der mit übereinandergeschlagenen Beinen in seinem Sessel kauerte. »Ich kann es *spüren.*«

Redhorse lächelte verzerrt. Er bekam die Jet wieder unter seine Gewalt. Ursprünglich hatte er sich der Röhre von vorn nähern wollen, doch die Druckwelle hatte diesen Plan vereitelt. Nun raste das kleine Schiff von der Seite auf die Schleuse zu. Der zerstörte Eingang war von Wolken pulverisierter Materie wie von einem Vorhang bedeckt.

»Fliegen Sie um Himmels willen langsamer!« seufzte Arl Tratlo. »Ich wette, daß überall ausgeglühte Abstützungen in den Weltraum ragen, die wir nicht sehen können.«

»Wir müssen möglichst schnell in der Röhre verschwinden«, gab Redhorse zurück. »Wahrscheinlich sind im Augenblick alle Beobachtungsgeräte der Tefroder auf dieses Gebiet gerichtet.«

Er ließ die Jet absacken und schaltete den Abwehrschirm aus. Der Eingang war schon so nahe, daß die dahinterliegende Station nicht mehr auf dem Bildschirm zu sehen war. Ein knirschendes Geräusch ließ Redhorse erschauern. Irgend etwas schrammte über die Oberfläche der Space-Jet hinweg. Tratlo mußte sich an der Lehne von Redhorses Sitz festhalten, um nicht das Gleichgewicht zu verlieren. Sein Gesicht hatte sich verfärbt.

»Ich ahnte es!« stieß er hervor.

Redhorse schaltete die Alarmanlage ab. Das Schrillen der Sirenen verstummte. Einen Augenblick hörte der Major nur den raschen Atem von Captain Tratlo, dann begannen Grek-1 und Lathar gleichzeitig zu sprechen.

Redhorse kümmerte sich nicht darum, sondern bremste den Flug des Beibootes ab, als er glaubte, weit genug in die Röhre eingeflogen zu sein. Sekunden später schlug die Jet hart auf. Redhorses Sitz fing die Erschütterung ab.

»Wir sind gelandet«, sagte der Major trocken. »Schutzanzüge anlegen. Individualschirme und Mikrodeflektoren einschalten, Lathar, worauf warten Sie noch? Legen Sie einen Deflektorschirm um die Space-Jet.«

»Wollen Sie, daß ich ersticke, Major?« beklagte sich der Rumaler. »Geben Sie mir wenigstens Zeit, meinen Helm zu schließen.«

Redhorse drückte die letzten Verschlüsse seines flugfähigen Kampfanzuges zu.

»Fertig?« fragte er. Als Tratlo und Lathar bestätigten, öffnete der Cheyenne die Schleuse. Lathar schwang sich zuerst hinaus.

»Finster wie in einem Mauseloch«, hörten sie seine Stimme im Helmfunk ausklingen.

»Wahrscheinlich sind alle Versorgungsleitungen unterbrochen«, sagte Tratlo. »Die Explosion muß die gesamte Station erschüttert haben.«

Redhorse ließ seinen Helmscheinwerfer aufflammen und folgte dem USO-Spezialisten. Lathar kam aus Wolken grauen Staubes hervor und winkte.

»Ein großartiger Landeplatz, Major!« rief er mit offensichtlichem Vergnügen. Er drehte sich zur Seite, so daß das Licht seines Helmscheinwerfers auf die Landestützen der Jet fiel. Redhorse sah den Teil einer zusammengebrochenen Bandstraße.

»Hoffentlich funktioniert das Ding nicht mehr«, sagte Tratlo und trat an Redhorses Seite: »Sonst kann es passieren, daß unsere schöne Space-Jet davongetragen wird. Die Tefroder würden Augen machen, wenn anstelle der erwarteten Waffen und Triebwerke plötzlich ein terranisches Kleinstraumschiff ankäme.«

»Zügeln Sie Ihre Phantasie«, sagte Grek-1 gelassen. »Wir sind hier, um die Besatzung des Bahnhofs kampfunfähig zu machen.«

»Die Stimme unseres Gewissens«, sagte Tratlo spöttisch. »Sehen wir also nach, ob wir nichts vergessen haben. Ara-Gasbomben, Deflektoren, Mini-Bomben und Kombiwaffen.«

»Sie werden bei der Jet zurückbleiben, Lathar«, entschied Redhorse.

»Warum, Major? Das Beiboot liegt sicher unter dem Deflektorschirm. Außerdem können wir sicher sein, daß niemand hier auftaucht.«

»Sie bleiben hier«, wiederholte Redhorse entschieden. »Und kommen Sie nicht auf den Gedanken, uns mit irgendeiner fadenscheinigen Ausrede zu folgen. Sollten wir in drei Stunden nicht zurück sein, starten Sie die Space-Jet und fliegen zur IMPERATOR zurück.«

Der hagere Rumaler ergab sich widerwillig in sein Schicksal.

»Wir werden versuchen, ins Stationsinnere einzudringen«, sagte Redhorse zu Tratlo und Grek-1. »Allerdings nicht weiter als bis zur nächsten Klimaanlage. Die Ara-Gasbomben wirken auch noch in billionenfacher Verdünnung. Es kommt also nur darauf an, sie dort loszuwerden, von wo aus die Gase in alle Räume der Station getragen werden. Am besten wäre die Hauptluftversorgung.«

»Ich bin sicher, daß die Tefroder die Schleuse hermetisch abgeriegelt haben«, sagte der Maahk. »Wie wollen wir ins Innere der Station gelangen?«

»Wir folgen zunächst der Bandstraße«, sagte Redhorse. »Wir werden sehen, wie weit wir auf diese Weise kommen.«

Die Männer schalteten ihre Mikrodeflektoren ein. Durch die Antiflex-Brillen in ihren Helmen konnten sie jedoch einander sehen.

Sie marschierten los.

Don Redhorse nahm an, daß sie mit der Jet ungefähr einen Kilometer in die Röhre eingeflogen waren. Das bedeutete, daß sie noch anderthalb Kilometer zurücklegen mußten, bis sie die eigentliche Station erreichten. Mit Hilfe ihrer Flugaggregate wären sie schnell vorangekommen, doch Redhorse wollte kein unnötiges Risiko eingehen.

Die Bandstraße war mit schweren Waffen und Ersatzteilen überfüllt. Die plötzliche Unterbrechung hatte dazu geführt, daß ein Teil der Kisten vom Band gerutscht und aufgebrochen war. Redhorse und seine beiden Begleiter nahmen sich die Zeit und untersuchten die verschiedenen Einzelteile in den Kisten.

»Das alles gehört zu Austauschaggregaten für Lineartriebwerke«, stellte Grek-1 fest. »Wahrscheinlich werden die Triebwerke innerhalb des Bahnhofs zusammengebaut. Wenn später die Schiffe der Tefroder von Andromeda hier ankommen, werden die verbrauchten Aggregate gegen neue ersetzt.«

»Die Invasion der Galaxis steht also offenbar tatsächlich kurz bevor«, sagte Redhorse dumpf. Er hatte bisher noch immer daran gezweifelt, daß die MdI ein solches gigantisches Unternehmen starten würden. Jetzt sah er den Beweis. Central-Station war zu einem Nachschubdepot für Kriegsgüter geworden. Von hier aus würde die Invasion in ihre zweite Phase treten.

»Diese Bandstraße ist ungefähr hundert Meter breit«, sagte Tratlo. »Wir können sicher sein, daß sich in jeder Schleuse ungefähr vier solcher Bänder befinden. Insgesamt sind also vierzig Bänder pausenlos damit beschäftigt, die Transportraumer zu entladen. Wir können uns leicht ausrechnen, was bereits in Central-Station gelagert wird. Ich glaube, es wird nicht mehr lange dauern, bis anstelle der Transporter die ersten Kriegsschiffe aus dem Linearraum kommen.«

Die beiden Männer und Grek-1 setzten ihren Weg fort.

»Wir werden jetzt möglichst wenig sprechen«, sagte Redhorse. »Die Ausstrahlung des Helmfunks ist zwar nur schwach, aber trotzdem besteht die Gefahr, daß wir angepeilt werden. Wer etwas Wichtiges entdeckt, gibt Zeichen.«

Die Röhre war in mehrere Etagen unterteilt. Redhorse schätzte, daß sie sich in einer der oberen befanden, da die Bandstraße sonst erheblich breiter gewesen wäre. Der Cheyenne hätte gern gewußt, ob die eigentliche Schleuse ein Produkt der Maahks war oder ob sie die Tefroder nachträglich angebaut hatten. Wenn sie zurückflogen, würde er sich mit Grek-1 darüber unterhalten, beschloß Redhorse.

Wenn sie zurückflogen . . .

Sie kamen an einer Stelle vorbei, wo das Band der mehrfachen Belastung nachgegeben hatte und zusammengebrochen war. Durch den plötzlichen Stillstand hatten sich ganze Kistenberge aufgestapelt. Die drei Eindringlinge kletterten darüber hinweg.

Endlich erreichten sie das Ende der Schleusenröhre. Obwohl Redhorse damit gerechnet hatte, daß ein weiteres Eindringen in den Bahnhof nicht ohne Schwierigkeiten möglich sein würde, hatte er gehofft, daß sie irgendeinen Weg finden würden. Als sie jedoch vor der glatten Metallwand standen, vor der die Bandstraße endete, schätzte der Major ihre Chancen weitaus geringer ein. Unmittelbar nach der Explosion hatten die Tefroder diese Schleusenwand geschlossen.

»Wir sind in einer Sackgasse!« klang Tratlos Stimme auf.

»Nicht sprechen!« befahl Redhorse.

Der USO-Spezialist gab ein Brummen von sich. Offensichtlich hielt er Redhorses Vorsichtsmaßnahmen für überflüssig.

Der Cheyenne deutete nach unten. Sie mußten versuchen, von einer anderen Etage aus durchzukommen. Bestimmt gab es kleinere Schleusen, die auch von dieser Seite geöffnet werden konnten.

Tratlo und Grek-1 wußten, was Redhorse beabsichtigte.

Redhorse führte die beiden anderen zum Rand der Bandstraße und leuchtete auf den Boden der Etage. Er befand sich etwa drei Meter unter ihnen. Überall lagen aufgeplatzte Kisten herum, so daß es schwer war, einen freien Platz zu finden. Endlich entdeckte der Terraner eine geeignete Stelle. Ohne zu zögern, sprang er hinab. Er landete sicher auf den Beinen und machte Platz für Grek-1 und Tratlo.

Wie Redhorse erwartet hatte, führte der Boden der Etage so dicht an die Schleusenwand heran, daß ein Durchkommen unmöglich war. Ein paar Meter weiter fand der Cheyenne jedoch ein halbrundes Loch, durch das man in die tiefer gelegene Etage eindringen konnte. Redhorse gab Tratlo zu verstehen, daß er an dieser Stelle warten sollte. Der Major suchte zusammen mit Grek-1 die gesamte Schleusenwand ab, ohne einen kleinen Durchgang zu finden. Sie kehrten zu Tratlo zurück.

Nach unten! signalisierte Redhorse.

Tratlo zwängte sich durch die halbrunde Öffnung und war gleich darauf verschwunden. In die Schleusenwand waren Metallbolzen eingelassen, die den gleichen Zweck wie eine Leiter erfüllten.

Als Redhorse durch die Öffnung stieg, suchte er das Licht von Tratlos Helmscheinwerfer. Unter ihm blieb jedoch alles dunkel. Unschlüssig unterbrach der Cheyenne seinen Abstieg. Warum hatte der Kolonialterraner sein Licht ausgeschaltet?

»Captain?« raunte Redhorse in sein Helmmikrophon.

Es kam keine Antwort. Hastig schaltete er seinen Scheinwerfer aus, kehrte in die obere Etage zurück und bedeutete Grek-1, daß Gefahr drohte. Der Maahk löschte sein Licht. Redhorse dachte fieberhaft nach. Er glaubte nicht, daß dort unten Tefroder oder Wachroboter waren. Wahrscheinlich hatte Tratlo einen Unfall erlitten. Andererseits war der Dreitöter ein gewandter und starker Mann.

Der Maahk ließ kurz seinen Scheinwerfer aufflammen. Redhorse verstand. Der Methanatmer wollte nicht länger warten. Der Cheyenne wurde das Gefühl nicht los, daß er von unzähligen Augen beobachtet wurde. Vielleicht lauerten in der Dunkelheit bereits ihre Gegner und amüsierten sich über die Verwirrung der beiden Eindringlinge.

In diesem Augenblick blitzte in der Bodenöffnung ein Licht auf. Redhorse atmete erleichtert auf. Tratlo war wieder nach oben geklettert, um nach ihnen zu sehen. Aber warum hatte Redhorse weder ihn noch sein Licht sehen können, und warum hatte er nicht auf den Anruf des Majors geantwortet? Irgend etwas stimmte nicht.

Redhorse griff nach seinem Kombistrahler. Der Abwehrschirm seines flugfähigen Kampfanzuges war eingeschaltet.

In diesem Augenblick flammten über ihnen große Scheinwerfer auf. Redhorse zuckte zusammen. Zu seinem Entsetzen zeigten ihm die Kontrollen seines Anzuges, daß sein Deflektorschirm ausgefallen war.

Er war für jedermann sichtbar! Wahrscheinlich erging es Grek-1 nicht anders.

Redhorse starrte zur Bodenöffnung hinüber. Ein ovaler, metallisch glänzender Schädel erschien.

Ein Kampfroboter, durchzuckte es Redhorses Gedanken.

»Wir haben Ihren Freund gefangengenommen«, dröhnte eine Stimme in Redhorses Helmlautsprecher. »Wir sprechen über seine Helmfunkanlage. Ergeben Sie sich, bevor wir auf Sie schießen müssen. Unsere Abwehrmaßnahmen haben bereits begonnen.«

Redhorse begriff, daß die Tefroder glaubten, sie stünden einer Vielzahl von Gegnern gegenüber.

»Lathar!« schrie er verzweifelt. »Lathar, hören Sie mich?«

»Ja, Sir«, erwiderte der Rumaler. »Ich bin noch bei der Space-Jet. Was ist passiert?«

»Fliehen Sie auf der Stelle!« schrie Redhorse. »Warten Sie nicht.«

»Ich will verdammt sein, wenn ich Sie hier zurücklasse«, erwiderte der USO-Spezialist und unterbrach die Verbindung.

Redhorse stieß eine Verwünschung aus und feuerte auf den Roboter, der jetzt vollständig aus der Öffnung geklettert war. Er wünschte, er hätte gewußt, was mit Arl Tratlo geschehen war. Ob der Captain noch lebte?

Der Roboter besaß einen Schutzschirm, aber als auch Grek-1 zu schießen begann, brach er zusammen.

»Wir müssen versuchen, die Jet zu erreichen, solange noch Zeit ist!« rief Redhorse dem Maahk zu.

Der Cheyenne wollte unter keinen Umständen in die Gefangenschaft der Tefroder geraten. Sie würden ihn mit allen Mitteln verhören und herausfinden, daß Rhodan mit 950 Schiffen im Anflug war.

Redhorse wollte sein Flugaggregat einschalten, doch es versagte den Dienst.

»Sie können nicht entkommen!« klang die fremde Stimme wieder auf, deren Besitzer Tratlos Helmfunk benutzte. »Ihr Raumschiff ist bereits von Robotern besetzt. So, wie wir Ihre Deflektorschirme und Flugaggregate ausgeschaltet haben, werden wir auch Ihre Schutzschirme vernichten, wenn Sie sich nicht ergeben.«

Mit aufgerissenen Augen sah Redhorse, wie von allen Seiten Roboter näherkamen. Er sah ein, daß es sinnlos war, gegen die Übermacht zu kämpfen. Ein Seitenblick zu Grek-1 zeigte ihm, daß der Maahk seine Waffe fallenließ. Hinter den Robotern wurden jetzt Tefroder in Schutzanzügen sichtbar. Auch sie trugen Waffen.

31.

Als der letzte Sektionschef eingetroffen war, erhob sich Miras-Etrin von seinem Platz und deutete auf einen Bildschirm des Monitors. Darauf war zu beobachten, wie zwei Terraner und ein Maahk von Wachrobotern abgeführt wurden.

»Ich verlange keine Erklärung dafür, wie so etwas geschehen konnte«, sagte der MdI. »Ich verlange nur, daß es nicht *wieder* passieren wird.«

»Zweifellos haben die Eindringlinge die Explosion des Transportraumschiffes ausgenutzt, Maghan«, sagte Farnish, der Sektionschef von Schleuse drei. »Sie selbst haben vorgeschlagen, das Schiff mit den Normaltriebwerken zu starten, obwohl ich Sie auf die möglichen Folgen aufmerksam gemacht habe.«

Die Lippen des MdI wurden schmal. »Jeder weiß, daß ich ein offenes Wort schätze«, sagte er. »Dieser Mann jedoch«, er deutete auf Farnish, »will von seinem eigenen Fehler ablenken. Die Schleuse hätte früher geräumt werden müssen, doch Farnish war zu phantasielos. Er gab sich große Mühe und arbeitete schwer, aber das genügt schließlich nicht. Fleißige Arbeiter gibt es mehr als genug.«

»Wollen Sie mich beschuldigen, Maghan?« fragte Farnish betroffen.

»Ich versuche nur, den anderen Männern Ihre Unfähigkeit begreiflich zu machen, damit sich ein solcher Zwischenfall nicht wiederholen kann.«

»Unter diesen Umständen ist es sicher besser, wenn Sie meinen Stellvertreter als Sektionschef einsetzen«, sagte Farnish trotzig.

Miras-Etrin lächelte freundlich und legte Farnish die Hand auf die Schulter.

»Durch *Ihre* Schleuse sind unsere Gegner eingedrungen«, sagte er. »Hätte ich nicht dafür gesorgt, daß sich in den Röhrenschleusen ein ausgeklügeltes Ortungssystem befindet, wäre dieser Bahnhof jetzt vielleicht nicht mehr in unseren Händen. Sie haben durch Ihr Versagen nicht nur die Zerstörung eines unersetzlichen Transportraumers herbeigeführt, sondern die *Invasion* gefährdet.«

Farnish starrte den MdI ungläubig an. Faktor IV nahm seine Hand von den Schultern des Sektionschefs und winkte den Robotern.

»Abführen!« befahl er. »Wenn ich mich mit unseren Gefangenen befaßt habe, werde ich mich um Farnish kümmern.«

Mit gesenktem Kopf ging der Tefroder davon. Er wußte, daß er der Willkür des MdI ausgeliefert war. Jeder Protest hätte seine Situation nur verschlimmert.

Miras-Etrin wandte sich an die Sektionschefs.

»Ich bedaure, daß ich so gegen Farnish vorgehen mußte, zumal ich ihn sehr schätzte«, sagte er ironisch. »Ich hoffe jedoch, daß seine

Verhaftung ein Ansporn für Sie alle sein wird. Vergessen Sie nicht, daß wir die gleiche Zahl von Transportschiffen, für die uns bisher zehn Schleusen zur Verfügung standen, nun in neun Schleusen entladen müssen. Ohne Zeitverlust natürlich.«

»Maghan«, sagte einer der Männer. »Unsere Kapazität ist . . .«

»Schalten Sie die Bandstraßen schneller«, unterbrach ihn Miras-Etrin ungeduldig. »Sie sehen doch, daß die Terraner diesen Bahnhof entdeckt haben. Sollen wir warten, bis wir angegriffen werden?«

Die Sektionschefs verließen die Zentrale der Station. Miras-Etrin konnte sich vorstellen, daß sie ihn im stillen verwünschten. Das war ihm jedoch vollkommen gleichgültig. Weniger gleichgültig war dem MdI das unverhoffte Auftauchen von drei Terranern und einem Maahk. Miras-Etrin ahnte, daß die vier Eindringlinge nur Kundschafter waren, denen in absehbarer Zeit eine Flotte folgen würde.

Wahrscheinlich stand irgendwo im Leerraum ein terranisches Schiff und wartete auf die Rückkehr der vier Kundschafter. Trotzdem bestand kein Grund zur Panik. Miras-Etrin war überzeugt davon, daß der Gegner nicht handeln würde, bevor die vier Spione nicht zurückgekommen waren oder irgendeine Nachricht übermittelt hatten.

Es lag nun an ihm, die Gefangenen für seine Zwecke zu nützen.

In einem riesigen Raum, der früher den Maahks als Hangar gedient hatte, sah Don Redhorse Arl Tratlo wieder. Man hatte dem Dreitöter bereits den Schutzanzug und die gesamte Ausrüstung abgenommen. Er wurde von vier Duplos und einer Gruppe Roboter bewacht. Das Lächeln, mit dem er den Major und Grek-1 begrüßte, war nicht gerade überzeugend.

»Es ging alles so schnell, daß ich Sie nicht warnen konnte«, bedauerte er. »Ich geriet in irgendein Kraftfeld, das den Abwehrschirm meines Schutzanzuges neutralisierte. Auch der Deflektor und die Sprechfunkanlage funktionierten nicht mehr.«

Redhorse überblickte den Raum, aber Egan Lathar war nirgends zu sehen. War dem Rumaler im letzten Augenblick die Flucht gelungen? Redhorse hoffte es.

Der Major mußte seinen Schutzanzug und seine Ausrüstung ablegen. Nur Grek-1 durfte seinen Schutzanzug behalten, da die Luftverhältnisse innerhalb des Bahnhofs feindlich für ihn waren. Die Tefroder vergaßen jedoch nicht, auch dem Maahk die gesamte Ausrüstung abzunehmen.

»Dort drüben steht ein altes Maahkschiff«, sagte Arl Tratlo und deutete auf ein großes Schiff. »Die Tefroder haben sein Äußeres verändert.«

Das Schiff lag auf der anderen Seite des Eingangs und bildete mit der Wand den Abschluß des ehemaligen Hangars. Die Tefroder hatten große Teile der Außenfläche herausgetrennt und benutzten jetzt einen Teil der Schiffsräume als Mannschaftsunterkunft. Redhorse fragte sich, was Grek-1 bei dem Anblick des Schiffskörpers empfand. Vor fünfzigtausend Jahren hatten die Vorfahren der Maahks mit ihm den Leerraum überwunden. Das war eine Leistung, auf die der Wasserstoff-Methan-Atmer stolz sein konnte.

Die tefrodischen Wachen sprachen nur wenig. Sie schienen die Fähigkeiten der Terraner weit zu überschätzen, denn sie ließen jeden Eindringling von zehn Robotern bewachen. Die Gefangenen wurden zu einem Gleitband geführt, das sie zu einem großen Antigravschacht brachte. Redhorse prägte sich die Umgebung genau ein. Wenn es eine Möglichkeit zur Flucht gab, war es gut, wenn sie sich einigermaßen auskannten. Der größte Teil der Räume war bereits mit den von den Schiffen herangebrachten Waffen und Triebwerken gefüllt.

Tratlo, der einige Meter vor Redhorse ging, drehte den Kopf und sagte: »Sehen Sie sich das an, Major. Der gesamte Planetoid ist mit Nachschubgütern vollgestopft.«

»Nicht sprechen!« befahl einer der Tefroder und hob drohend die Waffe.

Tratlo zuckte mit den Schultern. Die Tefroder achteten darauf, daß ihre Gefangenen nicht zusammen in den Antigravschacht traten. Tratlo machte den Anfang, gefolgt von zehn Robotern und drei Tefrodern. Als nächster kam Grek-1 an die Reihe. Der Maahk ergab sich gleichmütig in sein Schicksal. Sein logisches Denkvermögen sagte ihm, daß jede Auflehnung sinnlos war. An einen Fluchtversuch schien der Methanatmer nicht zu denken.

Als Grek-1 nicht mehr zu sehen war, erhielt Redhorse die unmißverständliche Aufforderung, den beiden anderen Gefangenen zu folgen. Er trat in den Schacht und schwebte nach unten. Dicht über ihm sanken die Roboter in die Tiefe. Ihre Waffenarme waren auf ihn gerichtet. Redhorse dachte spöttisch daran, daß dieses Aufgebot genügt hätte, eine kleine Armee zu bewachen.

Als Redhorse aus dem Antigravschacht trat, befand er sich in einem Gang mit gewölbter Decke. Er wurde angewiesen, an der Wand stehenzubleiben. Von Tratlo und Grek-1 war nichts zu sehen. Entweder waren sie bereits vorausgegangen oder man hatte sie in einen anderen Gang geführt.

»Wohin bringen Sie uns?« erkundigte sich Redhorse bei einem Tefroder.

Der Mann zeigte durch nichts, daß er überrascht war, in seiner eigenen Sprache angesprochen zu werden.

»Still!« zischte er.

Etwa zehn Meter von Redhorse entfernt öffnete sich eine Tür. Greller Lichtschein fiel auf den Gang heraus. Die zehn Roboter, die Redhorse bewachten, formierten sich. Einer der Tefroder gab Redhorse einen Wink.

Der Cheyenne setzte sich in Bewegung.

Zwei Tefroder schoben ihn durch die geöffnete Tür in eine ausgedehnte Halle. Inmitten des Raumes befand sich ein kuppelförmiges Gebilde, von dem das helle Licht ausging. Die Außenfläche der Kuppel war durchsichtig. Im Innern schien sich eine helle Masse zu bewegen. Rings um die Kuppel war ein Geländer mit Laufsteg angebracht. Von der Decke hingen spiralförmige Metallkörper herab, die ein intensives Summen von sich gaben. Die Wände waren mit Hunderten von Bildschirmen ausgestattet.

Hinter der Kuppel entstand eine Bewegung. Ein energisch aussehender jüngerer Mann kam auf Redhorse zu. Auf dem Brustteil seiner Jacke leuchtete das Symbol der MdI. Mit einer Handbewegung entließ der Mann die Roboter und die Tefroder, die den Terraner bewachten.

Redhorse sah den Wächtern spöttisch nach. »Fürchten Sie nicht, daß ich Ihnen gefährlich werden könnte, wenn Sie mir schutzlos entgegentreten?« fragte er den MdI.

»Sie sprechen ausgezeichnetes Tefroda«, entgegnete Miras-Etrin, ohne auf die Frage einzugehen. »Mein Name ist Miras-Etrin. Ich bin der Mann, der versucht hat, die galaktische Gipfelkonferenz auf Ihrem Heimatplaneten zu sabotieren.«

»Es wäre Ihnen fast gelungen«, sagte Redhorse. »Verspürten Sie keine Skrupel, als Sie darangingen, das gesamte Leben auf der Erde auszulöschen?«

Miras-Etrin lachte. »Ich bin ein Meister der Insel«, entgegnete er.

»Wissen Sie überhaupt, was es bedeutet, Macht zu haben? Ich meine jetzt nicht diese lächerliche Macht, Entscheidungen eines Volkes in die Tat umzusetzen.«

Redhorse begriff, daß der MdI auf Perry Rhodan anspielte.

»Nein«, sagte Faktor IV. »Skrupel kenne ich nicht. Doch ich möchte gern erfahren, wer Sie sind, Terraner.«

»Mein Name ist Don Redhorse«, antwortete der Cheyenne bereitwillig. »Ich bin Major der Solaren Flotte.«

Miras-Etrin verschränkte die Arme über der Brust. Er musterte Redhorse schweigend. Redhorse hielt den Blicken des anderen stand.

»Wahrscheinlich sind Sie ein ungewöhnlich fähiger Offizier«, vermutete Miras-Etrin. »Sonst hätte man Sie nicht auf diesen alten Maahk-Bahnhof geschickt. Vermutlich wollen Sie mir nicht sagen, warum Sie gekommen sind?«

»Das können Sie sich wahrscheinlich denken«, erwiderte Redhorse. »Wir sind gekommen, um uns hier umzusehen.«

Miras-Etrin schüttelte mit gespieltem Ärger den Kopf. »Aber, aber, Major«, sagte er unwillig. Er griff in seine Jackentasche und zog eine Ara-Gasbombe hervor. »Wissen Sie, was das ist?«

Redhorse schüttelte den Kopf. Es kam vor allem darauf an, daß er Zeit gewann. Er mußte die Absichten des MdI herausfinden.

»Sie wissen es nicht?« fragte Miras-Etrin erstaunt. »Dabei haben Ihre Freunde und Sie diese Dinger mit in die Station gebracht.«

»Das stimmt«, sagte Redhorse. »Es sind Batterien, die zur Standardausrüstung unserer Kampfanzüge gehören.«

Miras-Etrin warf die Bombe und fing sie im letzten Augenblick wieder auf. Er lachte schallend.

»Hofften Sie eben, ich würde sie fallenlassen, Major?« Er schob die Gasbombe wieder in seine Tasche. »Natürlich ist es keine Batterie. Einige dieser Dinger werden soeben im Labor untersucht. Ich erwarte jeden Augenblick das Ergebnis.«

Redhorse bezweifelte nicht, daß der MdI die Wahrheit sprach. Wenn sich auf dieser Station ein Untersuchungslabor befand, würden die Tefroder schnell die wahre Bedeutung der Bomben herausfinden. Trotzdem beabsichtigte Redhorse nicht, den MdI frühzeitig aufzuklären. Er beschloß, die Initiative zu ergreifen.

»Wo sind meine Freunde?« erkundigte er sich.

Miras-Etrin hob abwehrend die Arme. »Nur nicht drängeln,

Major«, sagte er vorwurfsvoll. »Sie kommen alle an die Reihe. Da ich ein friedfertiger Mensch bin, der nicht sehen kann, wie andere leiden, will ich zunächst versuchen, ohne Gewaltmaßnahmen von Ihnen zu erfahren, warum Sie hier sind.«

»Wir sind hier, um uns den Bahnhof anzusehen«, erklärte Redhorse. »Ich sagte es bereits.«

»Warum haben Sie ein solches Interesse an dieser Station? Wie haben Sie sie überhaupt gefunden?«

»Wir haben sie angepeilt«, log Redhorse kaltblütig. »Dann flogen wir her, um nachzusehen, was hier vorgeht.«

Unverhofft machte Miras-Etrin einen Schritt nach vorn und schlug Redhorse mit der flachen Hand ins Gesicht. Als der Cheyenne sich auf den MdI stürzen wollte, prallte er an einem Abwehrschirm ab, den sein Gegenüber blitzschnell eingeschaltet hatte.

»Natürlich dürfen Sie versuchen, mich zu belügen«, sagte Miras-Etrin leidenschaftslos. »Aber ich wünsche, daß Sie mir ein bißchen Intelligenz zugestehen und weniger plump vorgehen. Was immer Sie erzählen, wird in einem besonderen Verhör überprüft werden. Von ihrem Willen zur Wahrheit hängt es ab, wie Sie und Ihre Freunde dieses Verhör überstehen. Also, wie haben Sie den Bahnhof gefunden?«

»Wir haben Unterlagen von den Maahks erhalten«, sagte Redhorse.

Miras-Etrin nickte zufrieden. »Sind alle Bahnhöfe in diesen Unterlagen eingetragen?«

»Nur einer«, erwiderte Redhorse.

»So kommen wir nicht weiter«, sagte der MdI bedauernd. »Ich habe Sie ausreichend über die Folgen ihrer Hartnäckigkeit informiert. Nun werden wir anders verfahren.« Er trat an einen Schaltpult und drehte an einigen Knöpfen. Auf der anderen Seite des Raumes öffnete sich eine Tür. Ein bettähnliches Gestell rollte in die Halle. Drei Roboter folgten. Unmittelbar vor Miras-Etrin hielt die eigenartige Konstruktion an. Erst jetzt sah Redhorse, daß ein Mann darauf lag. Die Haare des Mannes waren abgeschoren worden. Metallbänder und Elektroden waren an seinem Kopf befestigt. Arme und Beine wurden von Metallklammern festgehalten.

»Lathar!« entfuhr es Redhorse.

»Sie erkennen ihn?« staunte Miras-Etrin gekünstelt.

»Er wurde für ein intensives Verhör vorbereitet. Sie dachten doch nicht, daß er uns entkommen sei? Das kleine Schiff, mit dem Sie in Schleuse drei gelandet sind, wurde übrigens in einen alten Hangar der Station gebracht. Wir werden es eingehend untersuchen.«

Egan Lathar schlug die Augen auf. Sein eingefallenes Gesicht war bleich. Er konnte den Kopf nicht bewegen, wenn er die Augen weit zur Seite drehte, vermochte er Redhorse zu erkennen.

Die drei Roboter, die Lathar gebracht hatten, umringten Redhorse und richteten ihre Waffenarme auf ihn.

Der MdI lächelte entschuldigend. »Das ist nur eine Vorsichtsmaßnahme. Ich möchte nicht, daß Sie auf dumme Gedanken kommen, wenn ich Ihren Freund verhöre.« Er deutete auf das Gestell. »Das ist übrigens noch eine harmlose Methode. Sollte ich herausfinden, daß im Gehirn dieses Mannes irgendwelche Schutzblocks existieren, werde ich selbstverständlich zu anderen Mitteln greifen.«

»Ich habe einige seiner Roboter erledigt, bevor sie mich geschnappt haben, Major«, sagte Lathar zufrieden. Seine Stimme klang verändert. Redhorse begriff, daß Lathar Angst hatte. Keine Angst um sein Leben, sondern davor, daß er wichtige Geheimnisse verraten würde.

»Sind Sie angesichts Ihres Freundes bereit, sich offen mit mir zu unterhalten?« erkundigte sich Miras-Etrin.

»Sie werden ihn auf jeden Fall verhören«, erwiderte Redhorse. »Weil Sie nicht wissen können, wann ich die Wahrheit sage.«

Der MdI nickte beifällig. »Erraten«, sagte er. »Ich bin dafür, daß wir keine Zeit mehr verschwenden, sondern sofort beginnen. Übrigens wird Ihr anderer Freund in diesem Augenblick für ein Verhör zweiter Stufe vorbereitet.«

»Sagen Sie ihm nichts, Major. Egal was geschieht!« knurrte Lathar erbittert. Auf seiner Stirn hatten sich Schweißtropfen gebildet. Seine Lippen zitterten.

»Sehen Sie die äußeren Zeichen seiner Furcht?« wollte Miras-Etrin wissen. »Das ist nicht ungewöhnlich. Nur dumme Lebewesen empfinden keine Angst, weil ihre Phantasie nicht ausreicht, um sich einen qualvollen Tod auszumalen.«

»Die Tatsache, daß Ihnen die Sache Spaß macht, stellt Sie auf eine Stufe mit primitiven Mördern«, sagte Lathar wütend.

»Sie täuschen sich«, entgegnete Miras-Etrin. »Vergessen Sie nicht, daß wir Krieg gegeneinander führen. Einen erbarmungslosen

Krieg, bei dem es um die Zukunft zweier Milchstraßen geht. Jeder von uns glaubt, daß seine Methode zur Beherrschung unzähliger Sonnensysteme die richtige ist. Die Geschichte lehrt uns, daß jedes Imperium, dessen Führer nicht erbarmungslos kämpften, zum Zerfall verdammt war. Verstehen Sie? Ihr Imperium, so mächtig es Ihnen auch im Augenblick erscheinen mag, trägt bereits die Keimzellen des Zerfalls in sich. Politische Macht darf niemals von den Völkern ausgehen, sondern nur von Einzelwesen.« Miras-Etrin beugte sich über Lathar und wischte ihm den Schweiß von der Stirn. »Sie sollen begreifen, daß ich das, was nun geschieht, nicht gern tue. Es ist eine dringende Notwendigkeit, um unserer Methode der Machtausdehnung zum Sieg zu verhelfen.«

»Sie sind ja wahnsinnig!« schrie Lathar entsetzt.

Miras-Etrin richtete sich mit einem Ruck auf und starrte Redhorse an.

»Glauben Sie auch, daß ich wahnsinnig bin?«

Redhorse dachte einen Augenblick nach. »Nein«, sagte er langsam. »Aber Sie sind ein Monstrum. Sie haben keine Lebensberechtigung mehr, weil Sie nur Lebensformen akzeptieren, die Ihnen gleichgestellt sind.«

»Wenn Sie eine psychologische Betrachtungsweise auf mich anwenden wollen, müssen Sie unter der Oberfläche suchen«, sagte Miras-Etrin. »Aber dazu haben wir keine Zeit.«

Er bückte sich und schaltete einige Geräte ein, die unter dem Gestell befestigt waren. Seine Blicke glitten über eine Anzahl von Anzeigenadeln und Meßskalen. Ein paar Minuten manipulierte er an den Schaltungen. Dann richtete er sich auf. Auf seinen Wink ging einer der Roboter davon und holte einen Sessel. Der MdI nahm neben Lathars Lager Platz.

»Dieses Gerät funktioniert ganz einfach«, sagte er. »Es mißt Ihren Erregungszustand. Sobald Sie auf eine meiner Fragen mit einer Lüge antworten, geraten Sie in einen Zustand innerer Spannung. Selbst wenn Sie sich gut unter Kontrolle haben, wird diese Spannung auftreten. Das Gerät wird sofort reagieren und einen Stromstoß durch Ihren Körper jagen. Wie ich bereits sagte, ist es eine harmlose Methode. Ich werde jedoch auch vor dem Gebrauch von Sonden und Injektionsnadeln nicht zurückschrecken, wenn ich jetzt keinen Erfolg erziele.«

»Hören Sie auf!« rief Redhorse. »Ich sage Ihnen alles, was Sie wissen möchten. Früher oder später würden Sie es sowieso erfahren.«

»Hm!« machte Miras-Etrin. »Sie sagten selbst, daß ich Ihnen nicht glauben kann. Um sicher zu sein, daß ich die Wahrheit erfahre, muß ich diese Methode wählen.«

Ein Blick auf die Roboter zeigte Redhorse, daß er Lathar weder mit Worten noch mit Gewalt helfen konnte. Die Lähmungsstrahler der Manschinen würden in Tätigkeit treten, sobald er die erste verdächtige Bewegung machte.

»Wir fangen jetzt an«, sagte Miras-Etrin.

»Ich werde Ihnen nichts sagen!« versicherte Lathar. »Sie können mich umbringen, aber erfahren werden Sie nichts.«

»Das ist eine kühne Behauptung angesichts der Möglichkeiten, die mir zur Verfügung stehen«, sagte der MdI. »Meine erste Frage, die ich Ihnen stelle, werden Sie mir sicher gern beantworten. Von wo aus sind Sie mit dem kleinen Raumschiff gestartet?«

Egan Lathar verzog sein Gesicht zu einem mühseligen Grinsen. »Von einem größeren Raumschiff aus.«

»Und wie weit ist dieses größere Raumschiff im Augenblick von dieser Station entfernt?«

Egan Lathar gab keine Antwort. Redhorse blickte weg, als der Körper des Rumalers sich aufbäumte. Dreißig Minuten später war Lathar nicht mehr in der Lage, irgendeine Antwort zu gehen. Er war bewußtlos. Miras-Etrin hatte nichts erfahren.

Nachdenklich blickte der MdI auf den Bewußtlosen hinab.

»Er ist sehr tapfer«, sagte er. »Aber sein Verhalten ist sinnlos, Major. Das wissen Sie genauso wie ich.«

Das Gestell rollte hinaus.

»Vielleicht frohlocken Sie innerlich, weil Sie Zeit gewonnen haben«, sagte der MdI. »Ich bin jedoch sicher, daß der Station keine Gefahr droht, solange Sie sich hier aufhalten.«

Redhorse gestand sich ein, daß der MdI recht hatte. Rhodan würde mit seiner Flotte erst dann eingreifen, wenn weitere Nachrichten von Redhorse eintrafen. Allerdings würde er nicht länger als acht Stunden warten, wenn er mit seinem Verband zur IMPERATOR aufgeschlossen hatte. Acht Stunden waren eine lange Zeit, dachte Redhorse. Sie würden für Miras-Etrin ausreichen, um alles Wissenswerte zu erfahren.

»Sie sind nachdenklich«, stellte Faktor IV fest. »Rechnen Sie sich in Gedanken die Chancen aus, die die terranischen Schiffe haben, wenn sie den Bahnhof angreifen?«

»Wer sagte, daß wir den Bahnhof angreifen wollen?«

»Es ist logisch«, erwiderte Miras-Etrin. »Sie sind die Kundschafter. Sie sollen Ihren Vorgesetzten einen Bericht übermitteln. Je nachdem, wie dieser Bericht ausfällt, werden die Kommandanten Ihrer Schiffe handeln.« Der MdI klatschte in die Hände. »Keine Sorge, Sie *werden* einen Bericht abgeben. Allerdings wird er so ausfallen, wie ich es für richtig halte. Ich werde Sie dazu zwingen, einen wunderschönen Bericht zu verfassen.«

»Sie wollen unsere Schiffe in eine Falle locken?« Redhorse schüttelte den Kopf. »Wir haben beobachtet, daß Ihnen sechshundert Wachschiffe zur Verfügung stehen. Perry Rhodan ist bereits informiert. Mit diesen Schiffen können Sie ihn nicht aufhalten.«

»Das weiß ich wohl«, entgegnete Miras-Etrin. »Es ist auch nicht meine Absicht, den entscheidenden Schlag mit den sechshundert lächerlichen Schiffen zu führen. Natürlich werde ich diesen Verband in die Schlacht werfen, aber nur, um von der eigentlichen Waffe abzulenken.«

Der MdI trat an ein Schaltpult und betätigte einige Hebel. Mehrere Bildschirme erhellten sich.

»Ich möchte meine nachfolgenden Worte durch Bilder unterstreichen«, sagte er. »Diese Bilder werden Ihnen zeigen, daß die alten Maahk-Waffen von der Station entfernt wurden. Schwere Gegenpolkanonen modernster Bauart wurden an ihrer Stelle überall angebracht.«

Redhorse wußte, daß die Geschütze, die er jetzt erblickte, modifizierte Gegenpolkanonen waren.

Mit Hilfe dieser Waffen, die der terranischen Transformkanone fast gleichwertig waren, brachten die Tefroder die Maahks bei den Kämpfen im Andromedanebel in starke Bedrängnis. Die ungeheuren Atomentladungen dieser Gegenpolkanonen würden ausreichen, um Rhodans Flotte zu vernichten.

»Soll ich den Maahk rufen, damit er Ihnen bestätigen kann, daß diese Geschützstellungen neu entstanden sind?« fragte Miras-Etrin.

»Ich habe Augen im Kopf«, erwiderte Redhorse. »Ich sehe, welche Waffen in Ihrem Besitz sind.«

»Und ich sehe, daß Sie der Anblick der Gegenpolkanonen sehr beeindruckt hat, wenn Sie sich auch Mühe geben, Ihre Gefühle zu verbergen.« Miras-Etrin schaltete die Bildschirme wieder aus. »Nach dieser Demonstration meiner militärischen Möglichkeiten wollen wir uns nun Ihrem anderen Freund zuwenden.«

Mit zusammengebissenen Zähnen mußte Don Redhorse zusehen, wie zwei Tefroder Arl Tratlo hereinbrachten. Der Dreitöter saß zusammengekrümmt in einem Sessel und war offensichtlich vollkommen gelähmt. Schweigend wartete Miras-Etrin, bis der Sessel vor ihm stand. Die Augen des Dreitöters waren starr geradeaus gerichtet. Trotzdem wußte Redhorse, daß Tratlo bei vollem Bewußtsein war.

Die Lähmung war so tiefgreifend, daß Arl Tratlo glaubte, sein Körper sei vollkommen zu Eis erstarrt. Er wunderte sich, daß er noch denken konnte. Erstaunlicherweise schien sein Denkvermögen sogar seltsam geschärft zu sein. Er nahm alles um sich herum mit übergroßer Deutlichkeit wahr. Jedes Geräusch, dem er normalerweise keine Bedeutung beigemessen hätte, dröhnte in seinen Ohren.

Seine Nerven bebten, als der Sessel mit einem Ruck vor dem MdI anhielt. Tratlo hörte Redhorse atmen, er hörte die Erregung des Majors aus diesem Geräusch heraus, seinen Widerwillen und seinen ohnmächtigen Zorn.

Eigenartig, dachte Tratlo. Es schien, als hätte sich seine Wahrnehmungsfähigkeit vervielfacht. Seine sämtlichen Sinne waren angespannt, sie schienen darauf zu *lauern*, jedes Detail zu registrieren und an das Gehirn weiterzugeben.

Arl Tratlo begriff, daß es eine Art Rauschzustand war, in dem er sich befand.

»Ich werde jetzt eine Sonde anwenden«, sagte Miras-Etrin.

Die Stimme erinnerte Tratlo an Donnergrollen. Sein Gehör lotete ihre Tiefen und Höhen aus, und über den Sinn der Worte hinweg glaubte Tratlo Gefühle und Beweggründe des MdI zu erkennen. Er spürte die Neugier des Meisters der Insel, eine geschäftsmäßige Hast. Tratlo war fast erleichtert, als er diese gefühllose Sachlichkeit erkannte, obwohl er ahnte, daß dieser Mann mit der gleichen Sachlichkeit morden konnte.

Der MdI rollte ein Regal heran. Tratlo hörte das Schleifen der Räder, das kaum spürbare Nachgeben des Bodenbelages und das sanfte Klirren der Instrumente auf dem Regal. Die Geräusche verstummten, als Miras-Etrin das Regal anhielt.

Tratlo nahm einen saugenden Ton wahr, als sich eine Hand des MdI um ein längliches Metallgebilde schloß. Danach registrierte er das Entlanggleiten der zweiten Hand über den Metallzylinder. Tratlo ahnte sogar, wie das Metall überall dort beschlug, wo es von der warmen Handfläche berührt wurde. Dann übertönte das Knirschen von Miras-Etrins Stiefelsohlen alles andere. Der MdI hatte sich wieder umgewandt und blickte Tratlo an.

»Die Wahrnehmungsfähigkeit Ihres Freundes ist jetzt fast bis ins Unerträgliche gesteigert«, sagte Faktor IV mit dozierender Stimme zu Redhorse. »Seine Nerven wurden durch ein Stimulans derart gereizt, daß es fraglich ist, ob er sich jemals wieder von dieser Behandlung erholt.«

Tratlo spürte den Ruck, der durch Redhorses Körper ging, das Anspannen der Muskeln, das Dehnen der Sehnenstränge.

»Wenn ich die Sonde ansetze, wird dieser Mann einen Augenblick an der Schwelle des Wahnsinns stehen«, fuhr Miras-Etrin fort. »Aber keine Angst, wir haben vorgesorgt.«

»Lassen Sie ihn in Ruhe«, verlangte Redhorse tonlos. »Ich versichere Ihnen, daß ich Ihnen wahrheitsgemäß alle Fragen beantworten will. Oder verhören Sie mich an seiner Stelle.«

»Nein, Major«, entgegnete der Meister der Insel. »Sie sind mein letzter Trumpf, wenn alle anderen versagen.«

Die beiden Stimmen waren wie das Rauschen eines Wasserfalls, ein Auf- und Abschwellen von Tönen. Wäre Tratlo dazu in der Lage gewesen, hätte er gelächelt. Was er erlebte, war außerordentlich.

Ein Schatten fiel über sein Gesicht. Miras-Etrin beugte sich über ihn und setzte die Sonde an seinen Kopf. Irgend etwas schien in Tratlos Gehirn zu explodieren, ein Gefühl schrecklicher Hitze drohte ihn zu ersticken, doch dann verging der Schmerz.

»Sie werden staunen«, sagte Miras-Etrin. »Er wird sogar zu *sprechen* beginnen, wenn ich es verlange.«

Plötzlich hatte Tratlo das Gefühl, daß sich das Bewußtsein von seinem Körper löste. Seine Persönlichkeit spaltete sich in zwei Teile. Einer davon war sein von Schmerzen gepeinigter Körper, der andere sein Verstand, der unbeschwert von all diesen Vorgängen blieb.

»Wie heißt das Raumschiff, von dem Sie kommen?« fragte Miras-Etrin.

Erstaunt hörte Arl Tratlo seine eigene Stimme antworten.

»IMPERATOR«, sagte er. »Ein Superschlachtschiff der USO.«

»Wie weit ist dieses Schiff im Augenblick von der Station entfernt?«

»Antworten Sie nicht, Captain!« rief Redhorse mit schneidender Stimme. »Kämpfen Sie dagegen an.«

Miras-Etrin lachte verächtlich. »Ihre Störversuche sind sinnlos. Er muß mir antworten, ob es Ihnen gefällt oder nicht.«

»Die IMPERATOR ist fünfhundert Lichtjahre von Central-Station entfernt«, sagte Tratlo.

»Ist die IMPERATOR das einzige Schiff, das sich in diesem Raumsektor aufhält?«

»Im Augenblick, ja«, erwiderte der Dreitöter bereitwillig.

»Was heißt das? Folgen andere Schiffe nach?«

»Ein Flottenverband unter dem Kommando Perry Rhodans befindet sich in Anflug in dieses Gebiet.«

»Wie viele Schiffe gehören zu diesem Verband?«

»Neunhundertfünfzig. Fünfzig unserer Schiffe bleiben im Gebiet von Gleam zurück, um zusammen mit den Maahks den Stützpunkt zu schützen.«

Miras-Etrin warf Don Redhorse einen triumphierenden Blick zu. »Erkennen Sie jetzt, daß ich alles erfahren werde? Nichts bleibt mir verborgen. Seit der Zerstörung des Sonnentransmitters ahnte ich, daß Sie mit den Maahk gemeinsame Sache machen. Nun habe ich den Beweis! Ich werde dafür sorgen, daß man Rhodans Schiffen einen heißen Empfang bereitet.«

Tratlo hörte die Stimmen um sich herum. Er konnte den Sinn der gesprochenen Worte nicht verstehen, aber seltsamerweise antwortete er sofort auf jede Frage. Tratlo fühlte, wie Furcht in ihm aufstieg. Irgend etwas stimmte nicht. Wahrscheinlich hing das mit dem Metallzylinder zusammen, der auf seinem Kopf befestigt war.

Eigenartig, dachte Arl Tratlo, wirklich eigenartig.

Und er beantwortete alle weiteren Fragen, die Miras-Etrin ihm stellte.

32.

Da die IMPERATOR kaum Energien ausstrahlte, war sie ortungstechnisch fast tot. Erst als der von Perry Rhodan kommandierte Verband auf zwei Lichtjahre herangekommen war, zeichneten sich die Umrisse des USO- Schiffes auf den Orterschirmen der CREST III ab. Rhodan kannte den genauen Standpunkt der IMPERATOR, weil Atlan der Flotte ein Kurierboot entgegengeschickt hatte. Alle Daten und Nachrichten, die Rakal Woolver dem Arkoniden überbracht hatte, waren Rhodan von der Besatzung des Kurierbootes übermittelt worden. Rhodan wußte jetzt, daß auf der Oberfläche von Central-Station 600 tefrodische Kriegsschiffe stationiert waren. Diese Streitmacht bereitete Rhodan wenig Sorgen. Er wußte, daß sein Verband den mit Duplos besetzten Feindschiffen weit überlegen war.

Von der CREST III aus ging ein verschlüsselter Kurzimpuls an die IMPERATOR. Unter Einhaltung aller Vorsichtsmaßnahmen näherte sich der Flottenverband dem USO-Schiff. Als die CREST III noch zwei Millionen Kilometer von Atlans Schiff entfernt war, ließ sich Perry Rhodan mit einem Beiboot zur IMPERATOR übersetzen. Wenig später betrat er die Zentrale des Superschlachtschiffes.

Atlan empfing ihn mit einem zufriedenen Lächeln.

»Bisher verläuft alles nach Plan«, sagte der Arkonide. »Wir warten jetzt nur noch auf den mit Redhorse vereinbarten Funkspruch, in dem er uns mitteilt, daß er und seine Begleiter die Bahnhofsbesatzung ausgeschaltet haben. Dann haben wir es nur noch mit den sechshundert Wachschiffen zu tun.«

Rhodan blickte auf seine Uhr.

»Wann rechnest du mit dem Eintreffen von Redhorses Erfolgsmeldung?«

»Es wird nicht so einfach sein, unbemerkt in die Station einzudringen, Sir«, entgegnete Rakal Woolver an Atlans Stelle. »Es wird noch ein paar Stunden dauern, bis Redhorse sich meldet.«

»Wir geben ihm die vereinbarten acht Stunden Zeit«, entschied

Rhodan. »Wenn er sich dann nicht gemeldet hat, müssen wir annehmen, daß die Besatzung der Space-Jet in Gefangenschaft geraten oder nicht mehr am Leben ist. In acht Stunden greifen wir Central-Station auf jede Fall an.«

Rhodan erhielt noch ausführlichere Unterlagen über die von Rakal Woolver beschafften Daten. Inzwischen hatten die USO-Spezialisten an Bord der IMPERATOR die von Redhorse und seinen Begleitern vorgenommenen Messungen exakt ausgewertet. Nach einem kurzen Besuch in der Bordklinik, wo Tronar Woolver nach dem erlittenen Schock bereits wieder die ersten Gehversuche unternahm, kehrte Perry Rhodan an Bord des Flaggschiffes der Solaren Flotte zurück.

»Wir werden Perry Rhodans Flotte zerstören«, prophezeite Miras-Etrin und lehnte sich zufrieden in seinem Sessel zurück. Die Sektionschefs, die er zusammengerufen hatte, hörten atemlos zu. Sie wußten zwar, daß vier Gegner in den Bahnhof eingedrungen waren, doch daß sich ein terranischer Flottenverband im Anflug auf die Station befand, war ihnen völlig neu.

»Ich habe inzwischen zwei unserer Gefangenen verhört«, fuhr der MdI fort. »Die Männer sind hier eingedrungen, um Gasbomben in die Luftversorgungsanlage einzuschmuggeln. Wäre dieser Plan gelungen, lägen wir jetzt alle besinnungslos am Boden.«

»Haben Sie bereits Verstärkung angefordert, Maghan?« erkundigte sich einer der Sektionschefs.

»Wozu?« fragte Miras-Etrin gelassen. »Ich sagte Ihnen bereits, daß wir lediglich die sechshundert Wachschiffe opfern müssen, um dem Solaren Imperium eine entscheidende Niederlage beizubringen.«

Er rollte mit dem Sessel vor die Schaltanlage des Monitors. Die zehn Tefroder verfolgten aufmerksam jede Bewegung des MdI. Sie wußten, daß Miras-Etrin oft mit einer Handbewegung oder einem Lächeln mehr sagte als mit vielen Worten. Einer der großen Bildschirme erhellte sich, als Faktor IV den entsprechenden Schalter betätigte.

Ein kleiner Raum wurde sichtbar. Auf einer flachen Liege hockte ein dunkelhaariger Mann. Miras-Etrin wartete, bis sich die Sektionschefs das Bild des Gefangenen eingeprägt hatten.

»Das ist Don Redhorse«, sagte er schließlich. »Er ist Major der terranischen Flotte. Er wird, so erstaunlich das klingen mag, die Entscheidung im Kampf gegen die Terraner herbeiführen.«

»Wo befinden sich die drei anderen Gefangenen?« wollte einer der Tefroder wissen.

»Ich halte sie seit dem Verhör von Redhorse fern«, erklärte Miras-Etrin. »Ich will, daß der Major sich Sorgen um seine Freunde macht. Und das tut er offensichtlich, wie Sie sehen. Er weiß natürlich nicht, daß er in diesem Augenblick beobachtet wird. Er ist vollkommen verzweifelt, weil einer seiner Begleiter alles an mich verraten hat, was ich wissen wollte.«

»Haben Sie die Nachricht sofort an Faktor I weitergegeben, Maghan?« fragte Seypaahk, der Sektionschef von Schleuse sieben.

Miras-Etrin stieß sich mit den Füßen vom Boden ab, so daß er mit dem Sessel genau zwischen die Männer rollte.

»Selbstverständlich«, log er. »Faktor I ist mit meinen Maßnahmen einverstanden, weil sie den Erfolg garantieren. Perry Rhodans Tod wird den Zerfall des Solaren Imperiums einleiten. Außerdem befinden sich noch der Arkonide Atlan und mehrere Mutanten an Bord der terranischen Schiffe. Ich muß Ihnen nicht erklären, was der Tod dieser Persönlichkeiten für unsere Gegner bedeutet.«

»Und wie wollen Sie die gegnerische Flotte vernichten?« wurde er gefragt.

Der Meister der Insel deutete auf den Bildschirm, auf dem man Redhorse beobachten konnte.

»Dieser Mann wird uns Rhodans Flotte vor die Gegenpolkanonen locken«, sagte er.

Seypaahk, der temperamentvollste der Sektionschefs, sprang erregt auf.

»Sie wollen die terranische Flotte in diesen Sektor locken?« stieß er ungläubig hervor. »Ich dachte, wir müßten alles versuchen, daß kein einziges Schiff hier auftaucht. Lassen Sie sofort die Wachschiffe starten, damit sie den gegnerischen Verband angreifen, bevor es zu spät ist.«

»Ihre Naivität amüsiert mich«, behauptete Miras-Etrin gelangweilt. »Verstehen Sie denn nicht, wie ich vorzugehen beabsichtige? Unsere Gefangenen hatten den Auftrag, die Besatzung der Station mit Gasbomben auszuschalten. Dann sollten sie die wartenden Schiffe mit einem Funksignal verständigen.«

»Und die sechshundert Schiffe?« Seypaahk befeuchtete nervös

seine Lippen. »Auf die Besatzungen der Wachschiffe hätte das Gas keinen Einfluß gehabt.«

»Völlig richtig«, stimmte Miras-Etrin zu. »Deshalb werden auch die sechshundert Schiffe starten, sobald die terranische Flotte näherrückt. Es wird zu einem kurzen Gefecht kommen, in dessen Verlauf wir alle sechshundert Einheiten verlieren. Der Sieg wird Rhodan in seiner Ansicht bestätigen, daß der Bahnhof nun völlig wehrlos ist. Der Terraner wird glauben, daß er seine Schiffe nur noch auf dem Planetoiden zu landen braucht, um ihn zu besetzen.«

»Genial!« rief einer der Sektionschefs. »Das ist ein genialer Plan.«

»Ersparen Sie mir diese durchsichtigen Lobgesänge«, empfahl der MdI dem errötenden Tefroder. »Der Plan ist einfach, aber er wird Erfolg haben. Niemals wird Rhodan auf den Gedanken kommen, daß wir *sechshundert* Schiffe opfern, um die bevorstehende Schlacht zu gewinnen. Wenn die Gegenpolkanonen zu feuern beginnen, wird er kaum noch Zeit haben, seinen Fehler zu bedauern.«

Mit einer Handbewegung entließ Miras-Etrin die Männer. Voller Schadenfreude beobachtete er ihre Verwirrung. Nun hatten sie etwas worüber sie sich Gedanken machen konnten. Sie fürchteten um ihr Leben und hätten es gern gesehen, wenn Miras-Etrin die sechshundert Schiffe zu einem unsinnigen Ablenkungsmanöver benutzt hätte.

Auf Seypaahk mußte er in nächster Zeit besonders achten. Dieser Mann war mit Farnish befreundet, und er glaubte offenbar, daß er die Entscheidung des MdI ungestraft kritisieren dürfte. Auf Miras-Etrins Stirn bildete sich eine steile Falte. Er wünschte, er hätte es innerhalb dieser Station nur mit unterwürfigen Duplos zu tun.

Miras-Etrin schaltete den Interkom ein. »Bringt den Gefangenen aus dem Kartenraum der dritten Sektion in die Zentrale!« befahl er.

Er schaltete ab und lehnte sich bequem zurück. Er war den Terranern fast dankbar, daß sie die Station zu erobern versuchten. Das brachte Abwechslung in das eintönige Leben, das er in letzter Zeit führte. Er wußte, daß er längst Faktor I über alle Ereignisse hätte informieren müssen. Die Verlockung, den Chef der MdI nach gewonnener Schlacht vom Tode Rhodans zu unterrichten, war jedoch zu groß für Miras-Etrin. Er wollte die Verblüffung des arroganten Faktor I genießen, wenn er beiläufig von der Vernichtung einer terranischen Flotte berichten würde. Faktor I würde die Herausforderung verstehen, er *sollte* sie verstehen. Miras-Etrin war überzeugt davon, daß Faktor II und III ihn unterstützen würden, wenn sie von seinem Sieg erfuhren.

Die Gedanken des MdI wurden unterbrochen, als sich eine der vielen Türen der Zentrale öffnete und drei Roboter den terranischen Major hereinführten. Im Laufe seines langen Lebens hatte Faktor IV gelernt, auch aus der Körperhaltung seiner Gegner gewisse Rückschlüsse zu ziehen. Als Redhorse auf ihn zukam, erkannte Miras-Etrin den ungebrochenen Mut dieses Mannes. Miras-Etrin lächelte unmerklich. Er würde dem Tatendrang des Majors entgegenkommen, wenn auch anders, als dieser es sich vielleicht erhoffte.

»Haben Sie die Pause gut genutzt?« fragte Miras-Etrin freundlich, als Redhorse vor ihm stand. »Hören Sie auf, darüber nachzugrübeln, wie Sie mich überwältigen können. Mein persönlicher Abwehrschirm ist eingeschaltet. Die drei Roboter stehen mit schußbereiten Waffen hinter Ihnen.«

»Wo sind meine Freunde?« fragte Redhorse. »Haben Sie sie umgebracht?«

»Keineswegs«, erwiderte Miras-Etrin erstaunt. »Warum hätte ich das tun sollen?«

»Sie wissen alles«, sagte Redhorse. »Warum haben Sie mich rufen lassen? Wollen Sie Konversation machen?«

Miras-Etrin schwang mit seinem Sessel herum und deutete auf einen flachen Tisch. Genau in der Mitte der Tischplatte stand ein kleines Gerät. Miras-Etrin zog es zu sich heran und wog es nachdenklich in den Händen. Dann blickte er Redhorse an.

»Erkennen Sie das?« fragte er.

»Natürlich. Es gehört schließlich zu unserer Ausrüstung. Es ist ein tragbares Hyperfunkgerät. Seine Reichweite ist allerdings begrenzt.«

»Warum sind Sie plötzlich so gesprächig? Befürchten Sie, ich könnte das Verhör Ihres Freundes wieder aufnehmen?« Miras-Etrin schob das Gerät wieder auf den Tisch. »Seine Reichweite ist begrenzt, sagen Sie? Trotzdem kann man damit fünfhundert Lichtjahre mühelos überbrücken, nicht wahr?«

»Ja«, gab Redhorse widerwillig zu.

Miras-Etrin beobachtete ihn aufmerksam. Ob der Terraner etwas ahnte?

»Ich möchte, daß Sie mit diesem Gerät die kurze Botschaft abstrahlen, die Sie mit Atlan ausgemacht haben«, sagte Miras-Etrin. »Sie werden dem Arkoniden mitteilen, daß die Besatzung der Station kampfunfähig ist. Außerdem werden Sie nachdrücklich auf die Gefahr hinweisen, die von den sechshundert Wachschiffen des Planetoiden ausgeht.«

Redhorse versteifte sich. »Ich werde keine Funkbotschaften an den Flottenverband senden«, sagte er entschieden. »Selbst wenn Sie mich mit Waffengewalt dazu zwingen wollten.«

»Wie schade«, sagte der MdI enttäuscht. »Warum seid Ihr Terraner nur so furchtbar hartnäckig? Natürlich werde ich Sie nicht mit vorgehaltener Waffe zwingen. Ich werde Sie in einen Zustand versetzen, in dem Sie nicht mehr Herr über Ihre Entscheidungen sind. Verstehen Sie, Major? Sie werden die terranische Flotte *freiwillig* ins Verderben locken.«

Miras-Etrin lachte nur verächtlich, als der Terraner sich auf ihn warf und vom Abwehrschirm zurückprallte. Die Roboter packten den Major und rissen ihn auf die Beine.

»Wo bleibt Ihre Beherrschung?« rief Miras-Etrin unwillig. »Ich sagte doch, daß Sie das Gerät bedienen werden. Dachten Sie vielleicht, ich machte nur Spaß?«

Die dunklen Augen des Terraners starrten Miras-Etrin unverwandt an. Der MdI fühlte den ungeheuren Lebenswillen dieses Mannes. Zum erstenmal wurde er in seiner Zuversicht schwankend. Doch die Unsicherheit dauerte nur einen kurzen Augenblick, dann begann Miras-Etrin mit den Vorbereitungen.

Als Egan Lathar zu sich kam, herrschte rings um ihn Dunkelheit. Sein Mund war völlig ausgetrocknet. Auf Rumal, seiner Heimatwelt, hatte er gelernt, tagelang ohne Flüssigkeit auszukommen, aber jetzt hätte er ein kleines Vermögen für einen Becher Wasser bezahlt. Allmählich kehrte seine Erinnerung zurück. Er mußte während des Verhörs das Bewußtsein verloren haben. Unbändiger Zorn erfüllte ihn, als er an die Methode des MdI dachte. Er richtete sich auf und prüfte die Kraft seiner Beine. Er war noch ein bißchen wacklig, konnte aber aufrecht stehen.

Wahrscheinlich hatte man ihn in irgendeinen Raum eingesperrt. Die Tefroder wußten offenbar nicht, wie widerstandsfähig die Kolonialterraner waren. Lathar grinste mühsam. Er beschloß, sich mit den Ausmaßen seines Gefängnisses vertraut zu machen.

Nach zwei Schritten stieß er mit den Füßen gegen etwas Weiches.

Ein Stöhnen drang in Lathars Ohren. Er beugte sich hinab und tastete mit den Händen über den Körper eines Mannes.

»Major!« stieß er hervor. »Sind Sie es, Redhorse?«

»Egan«, murmelte eine kraftlose Stimme. »Ich . . . bin es, Tratlo.«

Lathar stieß einen unterdrückten Fluch aus. Nach der Stimme des Dreitöters zu schließen, mußte man ihm übel mitgespielt haben. Lathar ließ sich neben dem Captain auf den kalten Boden nieder.

»Es dauert nur . . . einen Augenblick«, brachte Tratlo hervor.

Lathar ergriff den Meredier unter den Schultern und schleifte ihn bis zur nächsten Wand. Dort lehnte er ihn mit dem Rücken dagegen. Er hörte, wie Tratlo nach Atem rang.

»Sind Sie verletzt?« fragte Lathar bestürzt.

Als er keine Antwort erhielt, richtete er sich auf. »Ich werde mich hier ein bißchen umsehen, Captain«, sagte er entschlossen.

Tratlos Hand kam aus der Dunkelheit und umklammerte seinen Arm.

»Ich habe alles . . . verraten«, sagte der Dreitöter. »Ich erinnere mich jetzt genau. Miras-Etrin hat alles von mir erfahren, was er wissen wollte.«

Lathar gab sich Mühe, sein Entsetzen zu unterdrücken. Ein Schauer durchlief ihn, als er an die Flotte dachte. Wahrscheinlich war Tratlo auf noch gemeinere Art verhört worden als er.

»Wenn ich . . . eine Waffe hätte, würde ich . . . mich erschießen«, brachte Tratlo stoßweise hervor.

Behutsam löste Lathar die Hand des anderen von seinem Arm. Er entfernte sich von Tratlo und tastete sich bis zur nächsten Wand. Wenige Augenblicke später hatte er herausgefunden, daß sie sich in einem etwa zwanzig Quadratmeter großen Raum befanden.

»Redhorse ist nicht hier«, sagte er. »Wahrscheinlich wird er noch verhört. Ich möchte wissen, wohin sie Grek-1 gebracht haben.«

Der Maahk stellte für die Tefroder zweifellos ein Problem dar. Sie konnten ihm seinen Schutzanzug nicht abnehmen, wenn sie ihn nicht töten wollten. Oder, so überlegte Lathar, sollte es innerhalb des Bahnhofs noch Räumlichkeiten geben, die den Bedürfnissen des Wasserstoffatmers entsprechen?

Lathar fuhr sich mit der Hand über seinen kahlgeschorenen Schädel. Er fühlte die Wunden, die sich überall dort gebildet hatten, wo die Tefroder Elektroden an die Kopfhaut angeschlossen hatten.

»Egan«, murmelte Tratlo. »Suchen Sie nach der Tür.«

»Ich stelle fest, daß es Ihnen schon bessergeht«, sagte Lathar befriedigt. »Die Tür befindet sich in der Ihnen gegenüberliegenden Wand. Sie ist allerdings verschlossen.«

»Unternehmen Sie irgend etwas«, forderte ihn Tratlo auf. »Schlagen Sie Lärm. Wir müssen versuchen, hier herauszukommen.«

»In ihrem Zustand?« fragte Lathar.

Er hörte, wie der Captain ächzend aufstand.

»Ich stelle mich neben die Tür«, sagte Tratlo. »Sobald der erste Tefroder den Kopf hereinstreckt, schlage ich ihn zusammen.«

Lathar stieß einen Pfiff aus. »So einfach ist das«, sagte er ironisch. »Captain, ruhen Sie sich noch einige Minuten aus. Wenn Sie etwas nachgedacht haben, können wir uns noch einmal über Ihren Vorschlag unterhalten.«

Lathar näherte sich der Tür. Sie war beinahe fugenlos in die Wand eingelassen. Der Rumaler preßte sein Gesicht gegen die kalte Metallfläche, aber von draußen drang kein Geräusch herein.

»Ich habe vermutlich schon eine ganze Menge Unsinn geredet, seit ich wieder bei Bewußtsein bin«, vermutete Arl Tratlo.

»Ja«, knurrte Lathar. »Unter anderem wollten Sie sich erschießen.«

»Unsere Chance ist, daß wir beide das Verhör besser überstanden haben, als die Tefroder vielleicht annehmen«, sagte Tratlo nachdenklich. »Wir sind als Kolonialterraner harte Lebensbedingungen und Strapazen gewöhnt. Ich befürchte, daß Redhorse nicht so widerstandsfähig ist.«

»Vielleicht verhören sie ihn nicht«, hoffte Lathar.

»Ich mache mir Sorgen, weil er nicht bei uns ist«, gab Tratlo zu. »Wie können wir etwas unternehmen, wenn wir nicht wissen, welche Pläne der Major hat.«

Lathar lehnte sich gegen die Tür und ließ sich langsam auf den Boden sinken. Er legte die Arme auf die Knie und stützte den Kopf darauf.

»Abgesehen davon, daß Redhorse wahrscheinlich keine Pläne hat, bezweifle ich stark, ob es uns etwas nützen würde, wenn wir sie erführen«, sagte er.

»Ich bin erstaunt, wie gesprächig Sie geworden sind«, sagte Tratlo.

»Seit man mir meinen Skalp geraubt hat, können sich meine Gedanken eben freier entwickeln«, erklärte Lathar.

Er sprang auf, als er metallische Schritte hörte, die sich von draußen näherten. Tratlo bewegte sich unruhig.

»Was ist los, Lathar?« fragte er rauh.

Lathar preßte ein Ohr gegen die Tür. »Ich glaube, wir bekommen Besuch. Wenn mich nicht alles täuscht, sind ein paar Roboter im Anmarsch.«

Gleich darauf wurde die Tür aufgerissen. Einen Augenblick war Egan Lathar vom Lichtschein geblendet, dann sah er einen Tefroder und drei Roboter, die einen schlaffen Körper trugen.

»Major Redhorse?« entfuhr es dem Rumaler. »Was haben Sie mit ihm gemacht?«

Die Roboter luden Redhorse inmitten des Raumes ab.

»Miras-Etrin wird euch bald sehen wollen«, sagte der Tefroder. »Bis dahin muß dieser Kerl wieder auf den Beinen sein.«

Die Roboter und der Tefroder zogen sich zurück. Die Tür schlug zu. Es war wieder dunkel. Lathar zitterte vor Zorn. Er ging in die Mitte des Raumes, wo Redhorse am Boden lag.

»Sie haben ihn verhört«, sagte der Rumaler erbittert.

Tratlo kam heran. Gemeinsam bemühten sich die beiden Männer um den bewußtlosen Terraner. Nach einigen Minuten kam Redhorse langsam zu sich.

»Major!« stieß Tratlo hervor. »Im Augenblick droht uns keine Gefahr. Lathar und ich sind bei Ihnen.«

»Was?« murmelte der Cheyenne verständnislos.

»Er ist noch vollkommen benommen«, sagte Lathar. »Ich frage mich, warum ihn der MdI noch einmal verhört hat, wenn er von Ihnen schon alles erfahren hat, Captain.«

»Es war kein Verhör«, sagte Redhorse. »Er hat mich gezwungen, das verabredete Signal an die IMPERATOR zu senden.«

Lathar verstand augenblicklich, was geschehen war. Gegen seinen Willen hatte Redhorse der wartenden Flotte mitgeteilt, daß die Besatzung von Central-Station ausgeschaltet sei. Miras-Etrin wollte die Schiffe in eine Falle locken. Und das schien ihm auch zu gelingen.

»Wissen Sie, was das bedeutet?« fragte Redhorse. »Die Station ist mit den neuen Gegenpolkanonen ausgerüstet.«

»Wir müssen irgend etwas tun«, sagte Tratlo. »Wenn uns der Tefroder, der den Major hier abgeliefert hat, nicht belogen hat, wird Miras-Etrin uns bald abholen lassen. Wir müssen versuchen, ihn zu überwältigen.«

Redhorse gab keine Antwort. Lathar beugte sich zu ihm hinab und schüttelte ihn.

»Der Major ist schon wieder bewußtlos«, stellte er fest. »Captain, ich bin kein ausgesprochener Pessimist, aber im Augenblick sieht es schlecht für uns aus.«

Er hatte wenig Hoffnung, daß Rhodan die Falle frühzeitig genug durchschauen würde.

Die Nachricht, die Redhorse im Morseverfahren über Hyperfunk übermittelt hatte, war von Perry Rhodan mit großer Erleichterung aufgenommen worden. Der Major hatte mitgeteilt, daß es ihm gelungen war, durch die Gasverseuchung der Frischluftanlage sämtliche Tefroder zu betäuben. Die automatischen Geschützstellungen waren von Tratlo und Lathar durch die Zerstörung der Steuerpositronik unschädlich gemacht worden. Redhorse warnte eindringlich vor den sechshundert Schiffen auf der Oberfläche des Planetoiden, die nach wie vor einsatzfähig waren.

Nach Empfang dieser Nachricht führte Rhodan sofort ein Visiphongespräch mit Atlan.

»Ich habe schon auf deinen Anruf gewartet«, sagte Atlan, als die Verbindung zustande gekommen war. »Wir haben Redhorses Nachricht entschlüsselt. Es sieht aus, als hätte der Major Erfolg gehabt.«

»Mißtrauisch?« fragte Rhodan lächelnd.

»Ein bißchen«, entgegnete der Arkonide. »Redhorse hat sich zwar genau an die Abmachungen gehalten, doch man kann ihn auch dazu gezwungen haben, diese Nachricht durchzugeben.«

»Das ist doch ziemlich unwahrscheinlich«, antwortete Rhodan. »Erstens wissen wir von der Forril-Station, daß die Bewaffnung der Bahnhöfe veraltet ist. Zweitens hat uns Redhorse davor gewarnt, daß die sechshundert Schiffe der Tefroder mit Sicherheit angreifen, wenn wir uns dem Bahnhof nähern.«

»Diese tefrodischen Schiffe überzeugen mich mehr als Redhorses Funkspruch«, gab Atlan zu. »Es scheint alles in Ordnung zu sein. Trotzdem schlage ich vor, daß wir uns der Station nur mit größter Vorsicht nähern, sobald das Wachgeschwader der Tefroder ausgeschaltet ist.«

»Vielleicht sind es nur Robotschiffe, die uns keine Schwierigkeiten machen werden«, sagte Rhodan.

Rhodan nickte entschlossen und gab den Kommandanten aller Schiffe den Befehl, Kampfformation einzunehmen. Die Konverter der einzelnen Schiffe liefen an. Die Zeit, da jeder Energieausstoß sorgfältig vermieden wurde, war jetzt vorbei. In Pulks zu je fünfzig Schiffen stießen die terranischen Einheiten in den Linearraum vor. Wenn die tefrodischen Wachschiffe von Duplos besetzt waren, mußten sie in wenigen Augenblicken in den Raum starten. Auch über eine Entfernung von 500 Lichtjahren hinweg waren 950 Raumschiffe leicht zu orten.

Fünf Lichtjahre von Central-Station entfernt würde der terranische Verband wieder ins Einsteinuniversum eintauchen.

Neunhundertfünfzig Lichtpünktchen schienen gleichzeitig zu explodieren. Sekundenlang ließ der Energieausbruch der anlaufenden Konverter den Eindruck entstehen, als spiele sich draußen im Leerraum ein gigantisches Feuerwerk ab, doch dann erloschen die Bildschirme der Hyperortung schlagartig.

Miras-Etrin hatte Mühe, einen triumphierenden Schrei zu unterdrücken.

Alles verlief genau nach Plan. Der terranische Major hatte die Funknachricht abgestrahlt, auf die Perry Rhodan wartete. Jetzt waren die terranischen Schiffe aufgebrochen. Ihr Ziel war der alte Bahnhof der Maahks. Der MdI war mit sich zufrieden. Was seit Jahren immer wieder mißlungen war, sollte nun Wirklichkeit werden. Das Ende Perry Rhodans stand kurz bevor. Faktor IV bedauerte, daß er die Überraschung nicht miterleben konnte, die sich im Augenblick des Todes auf Rhodans Gesicht abzeichnen würde.

Miras-Etrin schaltete die Funkanlage ein und stellte eine Verbindung zum Landefeld auf der Oberfläche der Station her. Wenig später sprach er mit Geschwaderkommandant Tardom. Tardom war der einzige echte Tefroder an Bord der sechshundert Wachschiffe. Er war ein alter und erfahrener Mann. Trotzdem fühlte Miras-Etrin kein Bedauern, daß er diesen Mann opfern mußte. In Tardoms Gesicht hatten sich tiefe Falten eingegraben. Unter seinen Augen hingen Tränensäcke. Auf dem Bildschirm der Funkanlage sah sein Gesicht verschwommen aus.

»Haben Sie das letzte Manöver der terranischen Flotte miterlebt?« erkundigte sich Miras-Etrin gespannt.

»Die Schiffe haben sich zur Kampfordnung formiert und sind im Linearraum verschwunden«, sagte Tardom. »Ich nehme an, daß sie in der Nähe der Station wieder auftauchen.«

»Sie werden mit Ihren Schiffen starten und einen Schutzring um den Bahnhof bilden«, befahl Miras-Etrin.

Tardoms faltiges Gesicht verzog sich ungläubig. »Maghan«, sagte er, »die Station ist so gut bewaffnet, daß sie sich selbst verteidigen kann. Dagegen habe ich mit meinen Schiffen keine Chance, den terranischen Einheiten zu widerstehen. Wenn Sie gestatten, nenne ich Ihnen ein paar Zahlen, damit Sie eine Vergleichsmöglichkeit über die Feuerstärke beider Verbände haben.«

Miras-Etrin winkte ungeduldig ab. »Was bedeuten schon Zahlen, Kommandant?« fragte er. »Bei einer Raumschlacht gewinnt nicht die größte Feuerkraft, sondern die bessere Strategie. Sie wurden mir als augezeichneter Kommandant empfohlen, Tardom. Aber anstatt zu kämpfen, wollen Sie mir Zahlen präsentieren.«

»Ich will, daß Sie sich über den Ausgang der Schlacht im klaren sind«, erwiderte Tardom. »Wir werden wahrscheinlich vollkommen aufgerieben.«

»Wenn Sie nicht sofort starten, lassen ich Sie erschießen und setze einen anderen Kommandanten ein«, drohte Miras-Etrin. »Sie haben sechshundert Schiffe zur Verfügung. Machen Sie das Beste daraus.«

»Ich bin ein alter Mann«, sagte der Tefroder ruhig. »Glauben Sie, daß Sie mich mit einer solchen Drohung erschrecken können? Wenn ich starte, finde ich ebenfalls den Tod.«

»So schlau, wie Sie vielleicht glauben, sind Sie nicht«, sagte der MdI. »Passen Sie auf, Tardom! Wenn Sie mit Ihren Schiffen aufbrechen, haben Sie Aussicht auf einen schnellen Tod. Wie Sie als Rebell innerhalb dieser Station sterben würden, wissen Sie jedoch nicht.«

Tardom blinzelte verwirrt. Seine dicken Lippen bebten. Miras-Etrin sah, daß er den alten Raumfahrer unsicher gemacht hatte.

»Ich muß auch an die Besatzung denken«, verteidigte sich Tardom.

Faktor IV erkannte, daß der Widerstand des Tefroders bereits gebrochen war. Natürlich hätte er einen anderen Kommandanten ernennen können, doch er wollte, daß die sechshundert Schiffe sich mit allen Mitteln zur Wehr setzten – und das konnten sie nur unter Tardoms geschickter Führung.

»Die Besatzung?« wiederholte Miras-Etrin. »Verschwenden Sie

Ihr Mitgefühl nicht an ein paar tausend Duplos. Wenn Sie den Eindruck gewinnen, daß Sie der terranischen Flotte nicht gewachsen sind, können Sie sich langsam in Richtung zur Station zurückziehen.«

Miras-Etrin wußte, daß ein solcher Rückzug unmöglich war, wenn die gegnerischen Schiffe mit voller Gewalt zuschlugen. Er wollte Tardom jedoch eine Möglichkeit geben, den unsinnigen Befehl anzunehmen, ohne seinen Stolz zu verlieren. Der Kommandant fiel prompt darauf herein.

»Ich wußte nicht, daß Sie an einen Rückzug dachten«, sagte Tardom erleichtert.

Dieser alte Narr ist mir sogar noch dankbar, dachte Miras-Etrin verwundert. Dabei wußte Tardom noch besser als der MdI, daß ein Rückzug über kurze Distanz unmöglich war, wenn die Schlacht einmal begonnen hatte.

»Wir starten in wenigen Augenblicken, Maghan«, sagte der Tefroder. »Ich möchte jedoch vorschlagen, die terranischen Schiffe in größerer Entfernung von der Station in einen Kampf zu verwickeln.«

Tardom rechnete sich offenbar eine Chance für einen schnellen Rückzug aus, wenn er nur weit genug in den Leerraum vorstieß. Miras-Etrin wollte ihm diese Illusion nicht nehmen. »Stellen Sie die Terraner, wo es Ihnen am günstigsten erscheint«, sagte er.

Wieder wurde die Tür aufgerissen. Ein helles Rechteck fiel auf den Boden des kleinen Raumes. Mit mürrischem Gesichtsausdruck beobachtete Lathar, wie drei Roboter zu beiden Seiten des Eingangs Aufstellung nahmen. Ihre Waffenarme waren drohend erhoben. Dann erschien ein bewaffneter Tefroder. Er war klein und dick, was bei den Tefrodern überaus selten vorkam. Mit lauter Stimme gab er einige Befehle. Gleich darauf steuerte ein Spezialroboter einen Antigravtransporter in das Zimmer, wo sich die drei Gefangenen befanden.

Lathar wandte den Kopf. Im Lichtschein, der von draußen hereinfiel, sah er Redhorse und Tratlo an der Wand hocken. Tratlos Gesicht war bleich und eingefallen, aber Redhorse sah beängstigend aus. Seine Augen glühten. Das Haar hing ihm wirr ins Gesicht.

Der Tefroder kam herein und blickte auf den Transporter.

»Können Sie gehen?« fragte er Lathar.

Der Rumaler nickte widerwillig. Der Dicke winkte mit der Waffe.

»Vorwärts!« kommandierte er. »Klettern Sie auf den Transporter.«

Lathar kam dem Befehl nach. Als er sich auf der Oberfläche der Antigravscheibe niedergelassen hatte, ging der Tefroder zu Tratlo und Redhorse. Er stieß den Dreitöter mit dem Lauf seiner Waffe an.

»Wie sieht es aus?« erkundigte er sich. »Können Sie aufstehen?«

»Nein«, sagte Tratlo.

»Dann *kriechen* Sie!« befahl der Tefroder.

Tratlo richtete sich auf und ging schweigend zu dem Transporter hinüber. Er nahm neben Lathar Platz. Lathar sah, wie der Tefroder Redhorse unter den Armen packte und auf die Beine stellte. Der Major wäre gefallen, wenn der dicke Mann ihn nicht gestützt hätte. Ein Roboter half dem Tefroder, Redhorse auf den Transporter zu legen.

»Schafft sie in die Zentrale!« ordnete der untersetzte Raumfahrer an. »Maghan Miras-Etrin wartet bereits auf sie.«

Die drei Roboter umringten die Scheibe. Einer schaltete den Antigravantrieb ein. Einen Meter über dem Boden schwebte die Transportscheibe auf den Gang hinaus. In den Gängen und Räumen, durch die sie kamen, hielten sich überall Duplos und Roboter auf. Lathar sah ein, daß ein Fluchtversuch unter diesem Umständen völlig sinnlos war. Außerdem hätten Tratlo und er Redhorse tragen müssen.

Als sie in die Zentrale einflogen, hatte Redhorse wieder das Bewußtsein verloren. Miras-Etrin erwartete sie vor den Bildschirmen.

»Ich habe Sie rufen lassen, um Ihnen etwas zu zeigen«, sagte er. »Aber wir wollen noch einen Augenblick warten, bis der Maahk ebenfalls hier ist.«

Redhorse wurde von den Robotern von der Antigravscheibe gehoben. Tratlo und Lathar konnten nicht verhindern, daß der bewußtlose Cheyenne unsanft zu Boden gestoßen wurde. Die Scheibe glitt davon. Auf einen Wink des MdI zogen sich auch die Roboter zurück. Miras-Etrin trug wieder seinen persönlichen Abwehrschirm.

Lathar und Tratlo bemühten sich um Redhorse. Als der Major zu sich kam, schien er nicht in der Lage zu sein, seine Umgebung zu erkennen.

»Da kommt der Maahk«, hörte Lathar den MdI sagen. Der Rumaler richtete sich auf und sah, wie Grek-1 von vier bewaffneten Robotern hereingeführt wurde. Der Maahk trug seinen Schutzanzug, aber man hatte ihm seine gesamte Ausrüstung abgenommen.

Die Beschädigung an seinem Helm deutete darauf hin, daß Grek-1 nicht mehr imstande war, seinen Helmsender zu gebrauchen. Die entsprechenden Vorrichtungen, wie die Abstrahlantenne, waren gewaltsam entfernt worden. Der Maahk war dadurch zwar wohl noch in der Lage, Funksendungen zu empfangen, aber nicht mehr zu senden.

»Es wird Sie interessieren, daß Ihr maahkscher Freund nur noch eine Stunde zu leben hat«, sagte Miras-Etrin. »Solange reicht die Atemluft noch, die sich in dem Aggregat seines Schutzanzuges befindet.«

Miras-Etrin nahm einige Schaltungen an den Kontrollen der Bildschirme vor.

»Bitte werfen Sie einen Blick hierher«, sagte er. »Rhodans Flotte ist in eine Schlacht mit unseren Wachschiffen verwickelt. Es wird Sie sicher interessieren, wie das Gefecht verläuft.«

Lathar blickte zu den Bildschirmen hinüber. Er benötigte einige Minuten, bis er das Durcheinander von Leuchtpunkten richtig verstand. Zum erstenmal wünschte er, Perry Rhodan möge eine Niederlage erleiden.

»Wie Sie sehen, steht eine Entscheidung kurz bevor«, sagte der MdI.

Kommandant Tardom wußte, daß er nicht mehr lange zu leben hatte. Ungefähr zwei Drittel seiner Schiffe waren zerstört. Die terranischen Einheiten drangen unaufhaltsam in Richtung des maahkschen Bahnhofs vor. Tardom stand in der Zentrale seines Schiffes und gab mit ruhiger Stimme Befehle. Die sechshundert Wachschiffe waren noch nicht mit den neuesten Gegenpolkanonen ausgerüstet. Die Waffen der Duplo-Tefroder vermochten die Schutzschirme der terranischen Schiffe nicht zu durchschlagen. Die Terraner hatten noch kein Schiff verloren.

Trotzdem war es Tardom einmal gelungen, die Gegner aufzuhalten. Das war vor ungefähr einer Stunde gewesen, und Tardom hatte einen Augenblick geglaubt, er könnte Zeit für einen geordneten Rückzug gewinnen. Seine Hoffnungen wurden jedoch zerstört, als sich zweihundert terranische Schiffe aus der Schlacht lösten und von allen Seiten angriffen.

Tardom hatte strategische Meisterleistungen vollbracht und seine Einheiten immer wieder im letzten Augenblick vor der endgültigen Vernichtung bewahrt.

Jetzt waren die Möglichkeiten des Kommandanten erschöpft. Sie waren von den terranischen Schiffen vollkommen eingekreist. Die Terraner gingen kein Risiko ein. Immer wieder stieß eines ihrer Schiffe in den Pulk tefrodischer Einheiten hinein. Tardom war über Funk mehrfach zur Kapitulation aufgefordert worden, doch er hatte nicht darauf reagiert. Er wußte, daß es sinnlos war, sich dem Gegner zu ergeben. Miras-Etrin würde sofort die Reizwellenempfänger im Kopf der Duplos durch einen Fernimpuls auslösen, wenn er befürchten mußte, daß eine Kapitulation bevorstand. Tardom war der einzige tefrodische Raumfahrer an Bord der Schiffe, der sich ohne Gefahr hätte ergeben können. Doch er dachte an die Verhöre, an die Feindschaft und an die Einsamkeit, die ihn in einem solchen Fall erwarteten.

Er zog das Mikrophon zu sich heran. Noch stand er mit den Schiffen seines Verbandes in Funkverbindung. Er war sicher, daß die Terraner jetzt alle Funkgespräche auffingen und entschlüsselten, doch das hatte mit dem Ausgang dieser Schlacht nichts mehr zu tun.

»Wir versuchen noch einmal einen Durchbruch«, ordnete er an. »Sämtliche Schiffe, die noch in der Lage sind, beschleunigen in Richtung Sektor . . .«, er unterbrach sich und runzelte die Stirn. Nein, dachte er, dieser Abgang war zu einfach. Er würde den Terranern noch ein Manöver vorführen, das sie so schnell nicht vergessen sollten.

Er befahl zwanzig Schiffen, sich den terranischen Einheiten zu nähern und dann alle an Bord befindlichen Waffen zu zünden. In die gewaltige Explosionswolke, die entstehen würde, wollte Tardom mit dem Rest seiner Flotte vorstoßen.

Zwanzig Minuten später durchbrach Tardom mit dreizehn Schiffen die Absperrkette der Terraner. Er lebte noch lange genug, um sich über seinen Triumph, der den Ausgang der Schlacht nicht mehr beeinflussen konnte, zu freuen.

Der Weg für die terranischen Schiffe nach Central-Station war frei.

»Das ist das Ende«, sagte Miras-Etrin zufrieden. »Tardom ist wirklich ein alter Fuchs. Er hätte Rhodan zu schaffen gemacht, wenn seine Schiffe bessere Waffen besessen hätten. Aber so . . .« Miras-Etrin machte eine bedauernde Geste.

»Was haben Sie nun mit uns vor?« erkundigte sich Tratlo. »Wollen Sie uns vorführen, wie Sie unsere Schiffe vernichten, wenn sie nahe genug bei der Station sind?«

»Keineswegs«, antwortete der MdI. »Sie können gehen.«

»Was?« entfuhr es dem Dreitöter. »Sie lassen uns gehen?«

»Natürlich. Warum sollte ich Sie noch länger festhalten. In spätestens einer Stunde ist die Gleamflotte Terras nur noch Legende, ebenso wie der Mann, der sie hierher geführt hat. Sie dürfen sich innerhalb der Station frei bewegen. Wenn Sie möchten, können Sie auch hierbleiben. Da Sie keine Waffen besitzen und körperlich wie seelisch vollkommen erschöpft sind, bedeuten Sie keine Gefahr für uns. Außerdem halten sich überall in den Räumen und Gängen Duplos und Roboter auf.«

Lathar lachte irr. »Wie großartig!« schrie er. »Welche Teufelei steckt diesmal dahinter?«

Miras-Etrin deutete auf die Bildschirme. »Begreifen Sie es nicht? Der Krieg zwischen dem Solaren Imperium und den Meistern der Insel ist vorüber. Sie haben verloren. Ich muß nur noch auf einen Knopf drücken, wenn die terranischen Schiffe nahe genug heran sind.«

Lathar begriff, daß der MdI sie tatsächlich gehen lassen wollte. Und er glaubte auch zu verstehen, warum Miras-Etrin diesen Entschluß gefaßt hatte. Die Freilassung der drei Terraner und des Maahks machte seinen Triumph vollkommen. Er konnte es riskieren, die vier Gefangenen freizulassen, weil sie nicht mehr in der Lage waren, den Sieg der Meister der Insel über Perry Rhodan zu verhindern.

»Kommen Sie, Egan«, drang Tratlos Stimme in Lathars Gedanken. »Wir tragen Redhorse hinaus. Oder wollen Sie zusehen, wie der MdI die Gleam-Flotte vernichtet?«

Lathar fühlte, wie seine Verzweiflung von wildem Zorn verdrängt wurde. Er war plötzlich entschlossen, noch irgend etwas zu tun, bevor Miras-Etrin sie endgültig töten würde. Er bezweifelte nicht, daß ihr Tod beschlossene Sache war, denn der MdI unternahm nichts, um Grek-1 zu helfen, dessen Luftvorrat in einer Stunde erschöpft sein würde.

Grek-1 ging voraus, er blieb schweigsam und gelassen. Lathar und Tratlo nahmen Redhorse in die Mitte und schleppten ihn aus der Zentrale. Miras-Etrin sah ihnen nach, bis sich die Tür hinter ihnen geschlossen hatte. Draußen auf dem Gang richtete sich Redhorse plötzlich auf.

»Ich kann allein gehen«, sagte er mit veränderter Stimme. »Sobald jedoch Tefroder in unsere Nähe kommen, müssen wir ein bißchen verrückt spielen.«

Lathars Augen begannen zu funkeln. »Ich bin froh, daß Sie einigermaßen in Ordnung sind, Major. Wir haben noch eine Stunde Zeit, um irgend etwas zu unternehmen.«

»Aber was?« fragte Arl Tratlo. »Alle Maschinenräume des Bahnhofs sind besetzt, und an unsere Ausrüstung kommen wir nicht heran.«

Grek-1 gab Tratlo einen leichten Stoß und deutete zum anderen Ende des Ganges.

»Ich glaube, er hat irgendeinen Plan«, sagte Tratlo erstaunt.

»Sind Sie sicher?« Lathar schüttelte ungläubig den Kopf. »Wahrscheinlich will er nur, daß wir ihm helfen, nach konzentriertem Wasserstoff zu suchen, mit dem er sein Aggregat auffüllen kann.«

»Der Maahk weiß genau, daß er damit sein Leben nicht retten, sondern nur verlängern würde«, sagte Redhorse. »Er hat andere Absichten.«

Lathar warf einen kurzen Blick in das eingefallene Gesicht des Indianers. Er fragte sich, woher Redhorse die Energie nahm, um noch Entschlüsse fassen zu können. Man mußte den Terraner nur ansehen, um zu erkennen, in welchem Zustand er sich befand.

Am anderen Ende des Ganges tauchten zwei Tefroder auf. Sofort begann Redhorse lallend davonzutaumeln. Tratlo und Lathar klammerten sich aneinander fest. Nur Grek-1 blieb bewegungslos stehen. Die Tefroder blieben einen Augenblick stehen, um die seltsame Gruppe zu beobachten. Dann gingen sie lachend weiter.

»Es funktioniert!« sagte Tratlo befriedigt. »Wir müssen nur die Halbverrückten spielen. Auf diese Weise können wir vielleicht irgendwo eindringen.«

Grek-1 deutete abermals in den Gang. Er wurde offenbar ungeduldig.

»Da wir uns hier sowieso nicht auskennen, können wir dem Maahk folgen«, schlug Lathar vor.

Perry Rhodan blickte auf die Uhr. Die Raumschlacht hatte nicht länger als knapp zwei Stunden gedauert. Rhodan fühlte sich bedrückt, aber die Vernichtung der gegnerischen Flotte hatte sich nicht vermeiden lassen. Von Central-Station aus sollte die Invasion gegen die Galaxis gestartet werden. Im stillen bewunderte Rhodan den gegnerischen Kommandanten, der einen verzweifelten Kampf geliefert hatte. Mit seinen hoffnungslos unterlegenen Schiffen hatte er immer wieder Verwirrung in die terranischen Reihen getragen.

Rhodan hatte kein einziges Schiff verloren. Nur ein Kreuzer, der in die Schnittpunkte mehrere Feuerlinien geraten war, hatte einen schweren Treffer erhalten.

Perry Rhodan beobachtete auf dem Bildschirm, wie sich die Schiffe wieder formierten. In wenigen Augenblicken konnten sie den Flug nach Central-Station fortsetzen. Trotz des schnellen Erfolges fühlte Rhodan keine Erleichterung. Er wurde das Gefühl nicht los, daß er irgend etwas übersehen hatte.

»Anruf von der IMPERATOR, Sir!« rief der Cheffunker.

»Legen Sie es in den Kommandostand!« befahl Rhodan. Er gab Oberst Cart Rudo ein Zeichen, und der Kommandant der CREST III schaltete den Bildschirm ein. Wie Rhodan erwartet hatte, wurde Atlans Gesicht sichtbar.

»Wir haben gewonnen«, sagte der Arkonide. »Wenn die Tefroder nicht in kurzer Zeit Verstärkung von Andromeda erhalten, werden wir den Bahnhof besetzen. Ich bezweifle allerdings, daß unser Gegner so schnell reagieren wird.«

»Die Sache gefällt mir nicht«, gestand Rhodan. »Ich wünschte, man hätte uns mehr Widerstand entgegengesetzt.«

Atlan lächelte spöttisch. »Ich kann dir sagen, was dich bedrückt. Du hättest die Duplos lieber an Bord unserer Schiffe gehabt, als ihre Schiffe unter Beschuß zu nehmen.«

»Es war ein ziemlich einseitiger Kampf«, sagte Rhodan. »Die Tefroder hatten mit ihren schwachen Schutzschirmen und den veralteten Waffen keine Chancen.«

»Ich verstehe dich nicht«, sagte Atlan. »Wir haben es mit einem erbarmungslosen Gegner zu tun, dessen Ziel es ist, die Milchstraße zu unterjochen und die Menschen zu Duplo-Sklaven zu machen.«

»Die Tefroder-Duplos sind solche Sklaven«, sagte Rhodan. »Sie handeln bestimmt nicht alle freiwillig oder aus Begeisterung. Das winzige Gerät in ihrem Kopf zwingt sie dazu. Sobald wir die Bahnhofsstrecke besetzt haben, werden wir uns noch mehr um die Hintermänner dieses schmutzigen Krieges kümmern.«

»Fliegen wir Central-Station an?« unterbrach Atlan Rhodans Überlegungen.

»Natürlich«, erwiderte Rhodan, »vielleicht befindet sich innerhalb des Bahnhofs ein Meister der Insel. Redhorse und seine Begleiter haben sicher noch nicht die Zeit gefunden, alle Räume zu durchsuchen.«

»Hoffentlich hast du unrecht«, sagte Atlan. »Wenn sich ein MdI in der Station aufhält, werden wir Schwierigkeiten bekommen. Ich glaube jedoch nicht, daß deine Vermutung zutrifft. Warum sollte einer der wichtigsten Männer der gegnerischen Organisation sich ausgerechnet hier im Leerraum aufhalten? Einer von nur noch vier MdI? Die Entladung der Transportschiffe kann auch von Duplos überwacht werden.«

Rhodan löste seine Blicke vom Bildschirm des Hyperkoms und wandte sich den Kontrollgeräten der Raumortung zu. Die terranischen Schiffe hatten sich wieder formiert. Die einzelnen Kommandanten wartete nur noch auf den Befehl des Großadministrators.

Rhodan schaltete auf Normalfunkverbindung, so daß er alle Schiffe erreichen konnte.

»Wir gehen in Linearflug über und materialisieren in vierzig Millionen Kilometer Abstand von Central-Station«, ordnete er an. »Der Bahnhof wird eingekreist. Kein Schiff darf landen, bevor wir nicht sicher sein können, daß alle automatischen Geschützstellungen ausgeschaltet wurden. Nach Major Redhorses Aussage besteht zwar keine Gefahr mehr, doch wir wollen kein unnötiges Risiko eingehen.«

Rhodan wartete die Bestätigung nicht ab, sondern wandte sich wieder dem Hyperkom zu.

»In wenigen Augenblicken gebe ich das Zeichen zum Start«, sagte er zu Atlan. »Hast du noch irgendwelche Vorschläge?«

Atlan verneinte. Rhodan spürte, daß auch der Arkonide unsicher war. Vielleicht hing es mit ihren bisherigen Auseinandersetzungen mit den MdI zusammen. Alle Siege der Terraner waren nur durch große Opfer errungen worden. Die Eroberung des wichtigen Maahk-Bahnhofs jedoch schien kein Problem zu sein.

»Wir treffen uns auf dem Central-Bahnhof«, sagte Rhodan abschließend zu seinem arkonidischen Freund. Wir wollen Redhorse gemeinsam gratulieren. Er hat den Verlust der BARCELONA und seines alten Freundes Surfat noch nicht überwunden.«

»Er versteht es ausgezeichnet, seine Gefühle zu verbergen«, sagte Atlan.

»Redhorse ist ein Indianer«, erinnerte Rhodan. »Du mußt es doch wissen, wie solche Menschen reagieren. Ihr Innenleben zeichnet sich nicht auf dem Gesicht ab.«

Rhodan konnte sich vorstellen, wie Atlans Gedanken jetzt um Jahrhunderte zurückeilten. Bestimmt hatte der Arkonide in der Vergangenheit oft um sein Leben kämpfen müssen. Atlan wußte mehr über die menschliche Geschichte als mancher Wissenschaftler. Vielleicht war das der Grund, warum er sich bedingungslos auf die Seite der Terraner gestellt hatte.

»Bis zum Wiedersehen auf Central-Station!« rief Atlan. Der Bildschirm erlosch. Oberst Cart Rudo warf Rhodan einen fragenden Blick zu. Er schien zu spüren, daß dieser zögerte.

»Geben Sie das Zeichen zum Start«, sagte Rhodan zu dem Kommandanten der CREST III. »Die Schiffe sollen beschleunigen.«

Der entscheidende Befehl war ausgesprochen. Jetzt gab es kein Zurück mehr. Vierzig Millionen Kilometer von dem maahkschen Bahnhof entfernt würden die Schiffe aus dem Linearraum hervorbrechen.

Rhodan wünschte, er wäre etwas zuversichtlicher gewesen. Der leichte Sieg über die sechshundert tefrodischen Schiffe hatte ihn unsicher gemacht. Auf den Bildschirmen der Raumortung erloschen schnell hintereinander die Ortungspunkte der 950 Schiffe. Ein paar Sekunden später hatte auch die CREST III jenen Punkt der Beschleunigung erreicht, da sie mühelos das Raum-Zeit-Kontinuum sprengen und in die Halbraumzone eindringen konnte.

Mit wachsender Ungeduld beobachtete Miras-Etrin die terranischen Schiffe. Warum zögerte Perry Rhodan, den Anflug fortzusetzen, jetzt da die Wachflotte aus dem Weg geräumt war? Hatten die Terraner etwa Verdacht geschöpft?

Miras-Etrin wußte, was ihm bevorstand, wenn sein Plan sich nicht erfüllen würde. Entweder starb er dann bei einem Angriff der Terraner, oder Faktor I würde dafür sorgen, daß Faktor IV nie mehr Gelegenheit erhielt, irgendwelche Pläne durchzuführen.

Tardoms Flotte war restlos zerstört, trotzdem bewegten sich die terranischen Schiffe mit quälender Langsamkeit. Es sah zwar so aus, als würden sie ihre ursprünglichen Formationen wieder einnehmen, doch das konnte auch ein Rückzug bedeuten.

Miras-Etrin sprang aus seinem Sessel auf. Als er die Schalter des Monitorbildschirms betätigte, stellte er erstaunt fest, daß seine Hände zitterten. So erregt war er schon lange nicht mehr gewesen. Er benötigte kurze Zeit, bis er die drei Terraner und den Maahk gefunden hatte. Die terranischen Gefangenen hatten offenbar Mühe, sich auf den Beinen zu halten. Der Major, der Redhorse hieß, schien vollkommen den Verstand verloren zu haben. Miras-Etrin sah, daß auch der Maahk ab und zu taumelte. Er schien bereits unter Luftmangel zu leiden. Erleichtert wandte sich der MdI vom Bildschirm ab. Einen Augenblick hatte er geglaubt, er hätte trotz aller Vorsichtsmaßnahmen einen Fehler begangen. Aber von diesen Wracks, die durch die Gänge schwankten, drohte keine Gefahr.

Faktor IV wandte sich wieder den Bildschirmen der Raumortung zu. Die terranischen Schiffe hatten sich jetzt wieder formiert, machten aber noch immer keine Anstalten, den Schauplatz der kurzen Raumschlacht zu verlassen. Miras-Etrin spürte, daß seine Handflächen feucht wurden. Er wußte genau, was für ihn auf dem Spiel stand. Da seine Lebenserwartung durch den Zellaktivator unbegrenzt war, fürchtete er den gewaltsamen Tod ungleich mehr als jeder Normalsterbliche.

Endlich geriet Bewegung in die Reihen der gegnerischen Schiffe. Miras-Etrin erkannte sofort, daß die Einheiten Rhodans beschleunigten. Sie würden in wenigen Augenblicken im Linearraum verschwinden. Miras-Etrin konnte nicht voraussagen, wo sie wieder auftauchen würden, aber er hoffte, daß es in der Nähe des Planetoiden sein würde.

33.

Egan Lathar sah erstaunt, daß Grek-1 in den Hauptgang einbog, der in die äußeren Räume des Planetoiden führte. Der Rumaler war sicher, daß dies der Gang war, durch den man sie ins Zentrum des Bahnhofs gebracht hatte. Allmählich begann Lathar daran zu zweifeln, daß Grek-1 ein bestimmtes Ziel besaß.

»Was hat der Maahk vor, Major?« wandte sich Lathar an Redhorse.

Der Cheyenne und die beiden Kolonialterraner spielten weiterhin die Halbverrückten, wenn sie in die Nähe von Tefrodern kamen. Auf diese Weise kamen sie zwar nicht schnell voran, aber sie blieben unbehelligt. Manche Duplos lachten zwar über sie, aber den meisten schien der Anblick der Gefangenen nicht zu gefallen. Wahrscheinlich dachten die Duplos daran, daß ein Knopfdruck des MdI genügte, um sie in eine ähnliche Lage zu versetzen.

»Ich vermute, daß er zu der Schleuse will, durch die wir den Bahnhof betraten«, sagte Redhorse.

Tratlo lachte rauh. »Die ist mindestens dreißig Kilometer von hier entfernt.«

»Es gibt schließlich Gleitbänder«, meinte Redhorse. »Ich glaube, daß wir unseren Beobachtern kein größeres Vergnügen bereiten könnten, als uns auf ein Gleitband zu wagen und mit hilflosen Bewegungen nach einem Halt zu suchen.«

Bevor Lathar etwas sagen konnte, trat aus einem kleineren Seitengang ein Tefroder und winkte ihnen zu. Gleich darauf zog er sich wieder ins Halbdunkel zurück. Tratlo und Redhorse tauschten einen fragenden Blick.

»Er will offenbar etwas von uns«, stellte Lathar fest.

»Wahrscheinlich will er uns auf die Probe stellen«, vermutete Tratlo und machte einige Stolperschritte. Grek-1 war stehengeblieben, als er merkte, daß ihm die drei Männer nicht mehr folgten. Er winkte ungeduldig.

»Einen Augenblick«, sagte Redhorse und hob eine Hand. »Wir

haben nichts mehr zu verlieren. Hören wir uns an, was der Tefroder von uns will.«

Sie betraten den Seitengang. Grek-1 folgte nur zögernd, er hielt den Versuch seiner Verbündeten für Zeitverschwendung. Der Tefroder löste sich aus einer Nische und kam den vier Gefangenen entgegen. Er war ein großer Mann mit einem eckigen Gesicht und schulterlangen Haaren.

»Ich konnte Sie dort draußen nicht ansprechen, weil die Gefahr besteht, daß Miras-Etrin den Hauptgang beobachtet«, sagte er. »Mein Name ist Seypaahk.«

Redhorse starrte den Tefroder unverwandt an und gab ein paar unverständliche Töne von sich. Er überlegte fieberhaft. Wollte der Tefroder herausfinden, ob sie durch die Verhöre tatsächlich halbverrückt waren oder hatte er ein echtes Anliegen? »Ich weiß nicht, ob Sie so verwirrt sind, wie Sie sich den Anschein geben«, sagte Seypaahk nachdenklich. »Ich habe Sie beobachtet, seit Miras-Etrin Sie aus der Zentrale weggeschickt hat. Es sieht so aus, als hätten Sie ein bestimmtes Ziel. Wenn das der Fall ist, können wir vielleicht einander helfen.«

»Wer sind Sie?« stieß Redhorse hervor. »Ein Rebell oder ein Narr?«

»Ich bin ein Freund von Farnish, dem Sektionschef von Schleuse drei. Der MdI hat Farnish verhaften lassen, weil er daran schuld sein soll, daß Sie durch Schleuse drei in den Bahnhof eingedrungen sind. Farnish muß wahrscheinlich sterben, wenn ihm niemand hilft.«

Redhorse brachte ein Lachen zustande: »Und Sie glauben, daß wir diesem Farnish helfen können?«

»Sie können sich im Gegensatz zu mir überall frei bewegen«, sagte der Tefroder. »Ich sage Ihnen, wo Sie Farnish finden können. Befreien Sie ihn und nehmen Sie ihn mit, wenn es Ihnen gelingt, den Bahnhof zu verlassen.«

»Sie wissen doch, was Miras-Etrin vorhat«, erinnerte Redhorse. »Wir haben keine Chance, unsere Schiffe zu erreichen. Miras-Etrin wird sie vernichten, bevor wir mit Perry Rhodan Kontakt aufnehmen können.«

»Mehr kann ich für Farnish nicht tun«, sagte Seypaahk hastig. Er deutete in die Nische, in der er sich verborgen hatte. »Da steht ein alter Transportwagen, den Sie benutzen können. Sie kommen damit schneller vorwärts. Farnish wird in dem alten Maahkschiff gefangengehalten, das sich in der Nähe von Schleuse drei befindet.«

Redhorse nickte und warf einen Blick zu Grek-1 hinüber. Jetzt glaubte er zu wissen, warum der Maahk in die äußeren Regionen des Planetoiden wollte. Das Ziel von Grek-1 konnte nur das alte Maahkschiff sein.

»Vielleicht können wir uns um Ihren Freund kümmern«, sagte Redhorse.

Seypaahk drückte ihm einen schwarzen Metallstift in die Hände. »Das ist der Startkontakter für den Transportwagen. Beeilen Sie sich.«

Bevor einer der Gefangenen noch etwas sagen konnte, stürmte Seypaahk davon. Tratlo und Lathar zogen den kleinen Wagen aus der Nische. Redhorse hatte bereits einige dieser Fahrzeuge beobachtet, die mit hoher Geschwindigkeit durch die Gänge gerast waren. Mit Hilfe des Transporters konnten sie noch schneller vorankommen als auf den Gleitbändern.

»Wenn wir das Fahrzeug benutzen, wird man uns nicht mehr abnehmen, daß wir verrückt sind«, meinte Lathar.

»Warum nicht?« entgegnete Redhorse. »Wir müssen uns nur Mühe geben, ein paar Faxen zu machen.«

Sie erklärten Grek-1 mit Handzeichen, was sie vorhatten. Der Maahk war offenbar erleichtert darüber, daß sie jetzt schneller vorankommen würden. Er nahm auf dem Transporter Platz, kaum, daß die drei Männer diesen auf den Gang hinausgeschoben hatten.

Tratlo und Lathar hüpften um den Wagen herum, als drei Tefroder auf sie zukamen.

»He!« rief einer der Tefroder. »Macht ihr einen Ausflug?«

Redhorse kicherte irr und winkte mit dem Startkontakter. Der Tefroder, der sie angesprochen hatte, brach in Gelächter aus, als Tratlo und Lathar mühselig auf den Wagen kletterten. Die beiden anderen Tefroder zogen ihren Begleiter mit sich davon.

Redhorse schwang sich auf den Fahrersitz und drückte den Startkontakter in den vorgesehenen Schlitz. Der Batteriemotor sprang an. Mit zunehmender Geschwindigkeit glitt der Wagen davon.

»Es klappt wunderbar!« rief Tratlo.

Obwohl sie an mehreren Robotgruppen und an einigen Duplos

vorbeikamen, wurden sie nicht aufgehalten. Redhorse fragte sich, ob Miras-Etrin sie beobachtete. Er hoffte, daß der MdI sich mit anderen Dingen beschäftigte.

Sobald ein anderes Fahrzeug in ihre Nähe kam, verlangsamte sich die Fahrt ihres Wagens automatisch. Durch diese Impulsregelung waren Unfälle ausgeschlossen. Obwohl Don Redhorse sich alle Räume und Gänge, durch die sie bei ihrer Ankunft gekommen waren, genau eingeprägt hatte, wußte er nicht mit Sicherheit, ob sie Schleuse drei erreichen würden. Er verließ sich vollkommen auf die Anweisungen des Maahks, der die Richtung zu kennen schien, die sie einschlagen mußten.

Redhorse wußte nicht, warum es den Methan in die Nähe des alten Raumschiffes zog. Glaubte Grek-1 etwa, das Funkgerät des Schiffes sei noch intakt?

Welche Rolle spielten Seypaahk und Farnish innerhalb dieses alten Bahnhofs? Beide schienen echte Tefroder zu sein, die keine Reizwellenempfänger trugen. Sie hätten sonst nie gewagt, gegen Miras-Etrins Befehle zu handeln. In Schleuse drei mußte es kurz vor Ankunft der Space-Jet zu einem Zwischenfall gekommen sein. Wahrscheinlich ein Unfall, überlegte Redhorse. Miras-Etrin hatte die Explosion offenbar der Unachtsamkeit des Tefroders Farnish zugeschrieben und ihn verhaftet. Seypaahk, der mit Farnish befreundet war, wollte dem Sektionschef helfen.

Redhorse war sicher, daß bei dieser Sache noch andere Dinge mitspielten.

Der Wagen bog in eine große Halle ein. Redhorse mußte seine Aufmerksamkeit jetzt den unzähligen Robotern widmen, die hier arbeiteten. Die Automaten waren damit beschäftigt, mit den Transportschiffen angekommene Einzelteile zusammenzubauen und zu kontrollieren. Redhorse steuerte den Transporter zwischen den einzelnen Montagegestellen hindurch.

Plötzlich tauchte ein bewaffneter Tefroder vor ihnen auf.

»Anhalten!« schrie er aufgebracht.

Jetzt ist alles aus! durchzuckte es Redhorses Gedanken. Er brachte den Wagen zum Stehen und blickte dem wütenden Raumfahrer dümmlich grinsend entgegen.

»Was für die gesamte Stationsbesatzung ein Vergnügen ist, bedeutet für uns eine Belastung«, sagte der Tefroder. »Verschwindet aus der Montagehalle.«

Redhorse atmete unmerklich auf. Niemand hatte Verdacht geschöpft. Noch immer sah man in ihnen vier Halbverrückte, die planlos in der Gegend herumfuhren.

Der Cheyenne ließ den Motor wieder anspringen und steuerte das Fahrzeug so dicht an dem Tefroder vorbei, daß dieser einen Satz zur Seite machen mußte. Tratlo winkte dem aufgebrachten Mann zu.

»Wir sollten es nicht übertreiben«, sagte Lathar.

Die ganze Zeit über mußte Redhorse an die Gleam-Flotte denken, die jetzt in Richtung auf Central-Station unterwegs war. Das Schicksal, das der MdI den Schiffen zugedacht hatte, schien unabwendbar zu sein. Das Glück hatte die Terraner verlassen.

Im Grunde genommen war auch der verzweifelte Versuch, den Redhorse und seine Begleiter unternahmen, nur ein nutzloses Aufbäumen gegen die drohende Niederlage. Wie sollten sie Perry Rhodan eine Warnung zukommen lassen? Seypaahk hätte ihnen anstelle des Transporters ein Hyperfunkgerät geben sollen.

Redhorse wandte sich auf seinem Sitz um und beobachtete Grek-1. Der Wasserstoffvorrat des Maahks reichte bestenfalls noch für eine halbe Stunde. Trotzdem zeigte Grek-1 keine Panik. Er würde mit der gleichen Gelassenheit sterben, die er in allen Situationen gezeigt hatte.

Der Transporter rollte in einen ausgedehnten Korridor hinaus und erreichte kurz darauf eine andere Halle. Hier hatten die Tefroder ein Lager für Aggregatteile errichtet. An den Eingängen standen Roboter. Das Fahrzeug durfte ungehindert passieren. Redhorse glaubte sich erinnern zu können, daß diese Halle bereits zur äußeren Region des Planetoiden gehörte. Wenn sie Glück hatten, würden sie in wenigen Minuten den Raum erreichen, in dem das alte Maahkschiff untergebracht war.

Obwohl zwischen den aufgestapelten Kisten nur ein schmaler Zwischenraum geblieben war, fuhr Redhorse mit hoher Geschwindigkeit. Er riskierte zwar, daß Miras-Etrin sie beobachtete und ihren Plan durchschaute, doch sie durften die wenigen Minuten, die ihnen noch blieben, nicht ungenutzt verstreichen lassen.

Der Transporter schoß aus der Halle in einen niedrigen Gang hinaus, der nur von vereinzelten Lampen beleuchtet wurde. Von irgendwoher kam das Dröhnen von Maschinen. Hier, in den äußeren Regionen, hielten sich nur wenige Tefroder auf. Die Transportschiffe wurden automatisch entladen, so daß sich in den Schleusen nur Kontrollpersonal befand.

Der Gang mündete in einen ausgedehnten Raum, der Redhorse sofort bekannt vorkam. Der sonst so ruhige Grek-1 richtete sich auf und deutete auf eine Wand. Redhorse sah das alte Maahkschiff dort liegen. Sie hatten den ehemaligen Hangar der Maahks erreicht. Vielleicht tauchten genau in diesem Augenblick die terranischen Einheiten aus dem Linearraum auf und näherten sich den Gegenpolkanonen der Station. Redhorses Hände, die die Steuerung umklammerten, verkrampften sich. Er steuerte direkt auf das alte Maahkschiff zu, ohne sich um die Roboter zu kümmern, die überall arbeiteten. Die Eingänge des Raumers waren von Robotern besetzt, die drohend ihre Waffenarme hoben, als Redhorse den Transporter zum Stehen brachte.

Grek-1 sprang vom Wagen und näherte sich einem Eingang. Zwei Roboter versperrten ihm den Weg.

»Sie lassen uns nicht hinein«, sagte Lathar wütend. »Was nun, Major? «

Redhorse zog den Startkontakter und schob ihn in seine Uniformtasche. Vielleicht konnten sie den Transporter noch einmal brauchen.

»Wir müssen in dieses Schiff«, sagte er zu den Robotern. »Laßt uns passieren.«

Aus dem Innern des Schiffs kam ein unwilliges Brummen. Gleich darauf erschien ein verschlafen aussehender Tefroder. Er starrte die drei Männer und Grek-1 überrascht an. Umständlich zog er seine Waffe aus dem Gürtel. Redhorse sah, daß die Hände des Mannes zitterten.

»Was wollt ihr?« knurrte der Tefroder. »Hier habt ihr nichts verloren. Verschwindet, bevor ich den Robotern befehle, das Feuer auf euch zu eröffnen.«

»Wir wollen zu Farnish«, sagte Redhorse ruhig.

Der Tefroder lachte dröhnend. Er sprang aus dem Schiff heraus und näherte sich Redhorse.

»Ich weiß nicht, warum man euch freigelassen hat«, sagte er. »Ich werde jedoch verhindern, daß ihr hier herumschnüffelt.« Er drehte eine Waffe blitzschnell herum und ließ den Kolben auf Redhorse herabsausen, Redhorse bückte sich, und die Waffe, die seinen Kopf treffen sollte, streifte nur seine Schulter. Gleichzeitig rammte der

Cheyenne dem Tefroder den Kopf in den Magen. Der überraschte Mann gab einen ächzenden Laut von sich und krümmte sich zusammen. Mit einem Schritt war Lathar zur Stelle und riß dem Mann die Waffe aus den Hände. Er setzte die Mündung des Strahlers an die Stirn des Überrumpelten.

»Wenn ihr euch bewegt, muß ich ihn erschießen!« rief er den Robotern zu.

Bevor die Automaten einen Entschluß fassen konnten, hatte Grek-1 die beiden Robotwächter aus dem Eingang gestoßen und war im Schiffsinneren verschwunden. Redhorse schob den Tefroder langsam vor sich her. Lathar blieb neben ihm und hielt die Waffe gegen den Kopf des Mannes gerichtet.

Tratlo schwang sich in den Schiffseingang und zog Redhorse zu sich hoch.

»In wenigen Augenblicken wird hier die Hölle losbrechen«, sagte Lathar. »Die Roboter haben Miras-Etrin bestimmt schon per Funk benachrichtigt.«

Redhorse drehte sich um seine eigene Achse, so daß der Körper des Tefroders den Eingang versperrte.

»Wie heißen Sie?« fragte Redhorse.

»Quillank«, erwiderte der Tefroder. »Ich bin für diese Halle verantwortlich.«

»Wir haben nichts zu verlieren, Quillank«, sagte Redhorse ruhig. »Wenn Sie weiterleben wollen, müssen Sie genau das tun, was ich Ihnen befehle.«

»Die Roboter werden zu schießen beginnen«, sagte Quillank mit weinerlicher Stimme. »Miras-Etrin wird keine Rücksicht auf mich nehmen.«

»Das ist Ihr Pech«, sagte Redhorse. Er nickte Tratlo zu. »Sie helfen Grek-1 bei seiner Suche nach einem Funkgerät«, sagte er. »Lathar, Sie beobachten die Roboter. Geben Sie mir die Waffe des Tefroders.«

Lathar reichte ihm den Strahler. Redhorse preßte den Lauf in Quillanks Rücken.

»Wir werden aufpassen, daß niemand das Schiff betritt«, sagte er.

Er sah, daß der Tefroder vor Angst zu schwitzen begann. Offenbar befürchtete er, daß Miras-Etrin den Robotern befehlen würde, das Feuer zu eröffnen. Redhorse war sich darüber im klaren, daß auch er verloren war, wenn die Roboter angreifen würden. Er konnte nur hoffen, daß es einige Zeit dauerte, bis der MdI ihre Funkmeldung entgegennahm.

Tratlo war im Schiff verschwunden. Lathar lehnte im Eingang und ließ die Roboter nicht aus den Augen. Redhorses Kopf dröhnte. Er fragte sich, wie lange er noch durchhalten konnte.

»Seypaahk hat weder mir noch Ihnen einen Gefallen getan«, sagte in diesem Augenblick eine Stimme hinter ihm. Er fuhr herum und sah einen Tefroder aus dem Halbdunkel des Schiffsinnern kommen.

»Farnish!« stieß Quillank hervor. »Wer hat Sie freigelassen?«

»Ein Terraner«, erwiderte der Sektionschef. »Er hat mich gefragt, wo sich der alte Hypersender des Schiffes befindet.«

Unbewußt ließ Redhorse die Waffe sinken. Er starrte Farnish gespannt an. Der Tefroder schüttelte bedächtig den Kopf.

»Es gibt keinen Hypersender mehr an Bord dieses Schiffes. Wir haben ihn längst ausgebaut, weil wir Platz für unsere eigenen Geräte benötigten.«

Die Hoffnung, die Redhorses geschwächten Körper die ganze Zeit über noch aufrecht gehalten hatte erlosch. Der Cheyenne schleuderte die Waffe davon und gab Quillank einen Stoß.

»Wir haben verloren«, sagte Redhorse zu Lathar. »Wir können die Vernichtung der Gleam-Flotte und Rhodans Tod nicht mehr aufhalten.«

Quillank richtete sich auf und strich über seine Uniform.

»Ich muß Sie wieder verhaften«, sagte er zu Farnish. »Ich frage mich nur, was mit den Terranern geschehen soll.«

»Nichts!« rief die Stimme des MdI. Unmittelbar über dem Eingang war ein Bildschirm aufgeleuchtet. Redhorse sah, wie Miras-Etrin triumphierend auf sie herablächelte.

»Ich habe Sie die ganze Zeit über beobachtet. Es war interessant, Ihre schauspielerischen Künste zu bewundern.« Er brach in Hohngelächter aus. »Hielten Sie mich wirklich für so naiv, daß Sie dachten, ich würde sie in die Nähe eines Funkgerätes lassen? Sie enttäuschen mich, obwohl ich verstehen kann, daß Sie in diesem Zustand nicht mehr logisch denken können.«

»Jetzt verstehe ich, warum Sie mich hierherbringen ließen«, sagte Farnish. »Sie haben alles so geplant. Jetzt können Sie mich als Verräter aburteilen lassen, ohne daß Sie Ihre Handlungsweise jemals vor Faktor Eins verantworten müssen. Wie teuflisch schlau,

Miras-Etrin. Sie haben die Gefangenen dazu benutzt, um mich zu vernichten.«

»Was nützt es Ihnen, wenn Sie jetzt die Zusammenhänge erkennen?« sagte Miras-Etrin. »Soeben ist die terranische Flotte in vierzig Millionen Kilometer Entfernung aus dem Linearraum gekommen. Die Schiffe nähern sich unaufhaltsam der Station.«

Farnish stieß einen Schrei aus. Er stürzte sich auf das Bildgerät und riß die Anschlüsse aus den Wänden. Die Mattscheibe wurde dunkel, aber das Gelächter Miras-Etrin schien aus unzähligen Lautsprechern zu kommen.

»Ich muß Sie alle verhaften«, sagte Quillank tonlos. Aber er machte keine Anstalten, seine Worte in die Tat umzusetzen. Wie gelähmt stand er an seinem Platz und lauschte dem Gelächter des MdI.

Egan Lathar starrte betroffen auf die fest gespenstische Szene. Er begann sich zu wünschen, er hätte das Verhör nicht überlebt. Miras-Etrin hatte sie zum zweitenmal überlistet. Der Untergang der Gleam-Flotte war nur noch eine Frage der Zeit.

Miras-Etrin war aus seinem Sessel aufgesprungen und stand in gebeugter Haltung vor dem Bildschirm. Er kümmerte sich nicht länger um die Vorgänge innerhalb des alten Maahkschiffes. Da es darin kein Hyperfunkgerät mehr gab, war es für die Gefangenen vollkommen wertlos. Diesmal hatte der MdI, den die Terraner oft genug geschlagen hatten, einen unvergleichlichen Erfolg errungen. Hier im Leeraum, vor dem alten Maahk-Bahnhof, würde das Ende des Solaren Imperiums beginnen.

Miras-Etrin beglückwünschte sich zu seinem Einfall, Farnish mit Hilfe der Gefangenen bloßgestellt zu haben. Jetzt konnte er Farnish und Seypaahk als Verräter aburteilen lassen, ohne besondere Erklärungen abgeben zu müssen. Faktor I würde zwar begrüßen, daß es Faktor IV gelungen war, Rhodan und seine Gleam-Flotte zu vernichten, aber er würde auch erkennen, daß der siegreiche MdI eine große Gefahr für seine Position bedeutete. Miras-Etrin hatte vor, seinen Anspruch auf die führende Stelle in der Organisation unüberhörbar vorzubringen.

Miras-Etrin wandte sich den Bildschirmen der Raumortung zu.

Da waren sie! 950 leuchtende Punkte – und jeder Punkt war ein gegnerisches Raumschiff. Noch waren sie zu weit entfernt, fast vierzig Millionen Kilometer. Jetzt bestanden keine Zweifel mehr, daß Rhodan die Station einnehmen wollte. Der Großadministrator des Solaren Imperiums hatte sich durch den Funkspruch des willenlosen Majors täuschen lassen.

Wie klein und verloren selbst diese vielen Schiffe in der Endlosigkeit des Leerraums aussahen, dachte Miras-Etrin. Und ihre Besatzung? Der Haß veränderte das Gesicht von Faktor IV. Bei den Terranern gab es keine Duplos. Das waren alles Männer, die ohne Angst und mit Überzeugung ihre Aufgaben erfüllten.

Unfaßbar! Es war Miras-Etrin ein Rätsel, wie Perry Rhodan seit Jahren Großadministrator sein konnte, obwohl er über ein Volk von Individualisten regierte.

Einer der Leuchtpunkte, die Faktor IV beobachtete, war die CREST III, das Schiff, das den MdI die größte Niederlage beigebracht hatte. Dieses Schiff hatte die Zeitfalle auf Vario vernichtet. Diesem Schiff war es gelungen, fünfzigtausend Jahre zu überspringen und in die Realzeit zurückzukehren.

Vielleicht lag das Geheimnis der terranischen Erfolge darin begründet, daß alle Terraner freiwillig für ihr Volk kämpften, daß jeder terranische Raumfahrer alles tat, um das Solare Imperium zu schützen.

Aber jetzt war es damit aus. Miras-Etrin wünschte, er hätte den terranischen Raumschiffsbesatzungen im letzten Augenblick zurufen können, warum sie diesen Krieg verloren hatten. Eine kleine Gruppe von Menschen, die Organisation der MdI, hatte mehr erreicht als ein ganzes Volk. Und das nur, weil die MdI es verstanden hatten, die Tefroder zu unterjochen.

Die Ortungsgeräte des Meisters zeigten unbestechlich an, wie sich die Entfernung der Flotte zur Station verringerte. Jetzt waren es noch 32 Millionen Kilometer.

Miras-Etrin löste seinen Blick nur ungern von den Bildschirmen. Er mußte ein letztes Mal die Steuerpositronik kontrollieren, die die vielen hundert Gegenpolkanonen zum Feuern bringen würden. Er wollte nicht, daß sich durch einen Fehler das Kriegsglück noch einmal wendete.

Der Funkspruch, den er an Faktor I senden würde, war in Miras-Etrins Gedanken bereits fertig.

1000 TERRANISCHE SCHIFFE VERNICHTET! RHODAN LEBT NICHT MEHR! WÜNSCHE PERSÖNLICHES GESPRÄCH!

Der letzte Satz würde die Herausforderung sein. Bisher hatte Faktor I jeden persönlichen Kontakt mit den anderen MdI vermieden. Doch Miras-Etrin wollte endlich wissen, wer der geheimnisvolle Anführer ihrer Organisation war, die bald über zwei Galaxien herrschen würde. Nicht nur das, er wollte die Macht dieser Person brechen und selbst Faktor I werden. Wahrscheinlich war der Anführer der MdI ein kümmerlicher Zwerg, der sich aufgrund seiner körperlichen Nachteile vor den anderen Mitgliedern der Organisation verborgen hielt.

Miras-Etrin kräuselte die Lippen zu einem verächtlichen Lächeln. Seit Jahren wartete er bereits darauf, daß er eine Chance erhielt, Faktor I direkt anzugreifen.

Als der MdI an die Kontrollen der Raumortung zurückkehrte, war der terranische Verband noch 28 Millionen Kilometer von Central-Station entfernt. Das waren noch 23 Millionen Kilometer zuviel.

Denn erst, wenn die Schiffe sich bis auf 5 Millionen Kilometer genähert hatten, würde Miras-Etrin das Feuer eröffnen. Er wollte sichergehen, daß keines der Raumschiffe entkam.

Herrscher über zwei Galaxien, dachte Miras-Etrin versonnen. Das war ein gewaltiges Ziel. Ein Ziel, für das man alles einsetzen konnte, sogar das Leben.

Aber diesmal, so dachte Miras-Etrin, war der Einsatz gering gewesen. Ein paar tausend Duplos und ein alter tefrodischer Kommandant. Was war das schon?

Wie viele andere vor ihm, war Miras-Etrin dem Machtrausch verfallen. Seine übersteigerten Vorstellungen von persönlicher Macht waren die gefährlichste Geisteskrankheit, die es gab. Ohne sich darüber im klaren zu sein, hatte sich Faktor IV sogar gegen seine eigene Organisation gestellt. Er wollte unvorstellbare Macht für sich allein.

Für Grek-1 war es wie eine Rückkehr auf seinen Heimatplaneten. Er konnte sogar die Wunden vergessen, die die Tefroder dem alten Schiff beigebracht hatten. Bewundernd strich er über die rostfreien

Metallwände, die irgendein Maahktechniker vor fünfzigtausend Jahren zusammengefügt hatte. Zum erstenmal in seinem Leben wurde Grek-1 von Demut erfüllt. Hier in diesem Schiff sein zu dürfen, war für ihn der schönste Augenblick seines Lebens.

Grek-1 ging langsam weiter. Er setzte seine schweren Füße vorsichtig auf, als befürchtete er, der stabile Boden könnte unter seinem Gewicht nachgeben. Bedauerlicherweise war die Schaltzentrale von den Tefrodern vollkommen ausgeplündert worden. Auch in den anderen Räumen hatten die Duplos kaum etwas zurückgelassen. Trotzdem ging Grek-1 weiter. Es war ihm, als habe er ein neues Reich entdeckt, eine wunderbare Welt, die nur ihm gehörte.

Längst hatte er die drei Männer vergessen, die irgendwo an den Eingängen auf ihr Ende warteten.

Der Maahk war dankbar für die Ruhe, die ihn umgab. Kein tefrodischer Roboter hinderte ihn am Weitergehen. Hier, in den ungenutzten Räumen des Schiffes, war es vollkommen still.

Irgendwo in diesem uralten Schiff mußten noch Energien schlummern, überlegte Grek-1. Seine Gedanken waren schläfrig. Er hatte die Luftzufuhr auf die kleinstmögliche Menge eingestellt, so daß er noch viele Räume dieses Schiffes sehen konnte, bevor er starb.

Grek-1 vermochte sich in allen Einzelheiten vorzustellen, wie es in diesem Schiff ausgesehen hatte. Er glaubte zu sehen, wie die Techniker an ihren Kontrollgeräten standen. Er konnte hören, wie der Kommandant mit ruhiger Stimme Befehle gab.

Für Grek-1 war dieses Schiff zu neuem Leben erwacht. Er ging weiter, ohne zu merken, daß seine Bewegungen immer unsicherer wurden. Vor einem Antigravschacht blieb er stehen und starrte eine Weile hinein. Er spielte mit dem Gedanken, sich in die Tiefe zu stürzen. Sein Helm wäre geplatzt, und er wäre Sekunden später tot gewesen. Doch dann löste er seine Blicke und ging weiter.

Nur unbewußt hatte Grek-1 die Stimme des Meisters der Insel wahrgenommen, die aus dem Lautsprecher gekommen war. Die Auseinandersetzung mit Miras-Etrin schien in weiter Ferne zu liegen, *dieser* Krieg gehörte längst der Vergangenheit an.

Grek-1 betrat einen Raum, der früher als Archiv gedient hatte. Die Tefroder hatten alle Unterlagen entfernt, doch an den Wänden befanden sich noch die eingeätzten Zeichnungen, auf denen verschiedene Maahk-Welten symbolisch dargestellt wurden.

Grek-1 ließ sich viel Zeit, um sich alles genau zu betrachten. Auf diese Weise erhielt er Einblick in das Leben seiner Vorfahren. Der Maahk wußte nicht, wer an Bord dieses Schiffes gelebt hatte. Er wußte noch nicht einmal, welchen Auftrag es einmal zu erfüllen hatte. Wahrscheinlich war es ein Verbindungsschiff zwischen den Bahnhöfen gewesen, denn für einen Transportraumer war es zu klein.

Da wurde die Ruhe des Maahks durch das Auftauchen eines seiner Verbündeten gestört. Er erinnerte sich, daß der verzweifelte Mann, der sich ihm näherte, Arl Tratlo hieß und Captain der USO war. Einen Augenblick wunderte er sich darüber, daß sein Gedächtnis so gut funktionierte.

Tratlo gab ihm ununterbrochen Zeichen, er wollte offenbar nicht laut sprechen, weil er befürchtete, die Tefroder würden seine Stimme über Interkom hören. Der Kolonialterraner wollte Grek-1 den Weg versperren. Mühelos schob der Wasserstoffatmer den Mann aus dem Weg.

Warum konnten sich diese Terraner nie mit einer Niederlage abfinden, fragte sich Grek-1. Es war doch vollkommen logisch, daß es keine Rettung für die Gleam-Flotte gab. Warum also regten sie sich über diese Niederlage auf?

Grek-1 verließ das Archiv und setzte seinen Weg fort.

Der nächste Raum, den er betrat, war die Feuerleitzentrale des alten Schiffes. Zu seinem Erstaunen sah Grek-1, daß es hier noch verschiedene Kontrollgeräte gab. Die Tefroder hatten offenbar nichts damit anzufangen gewußt. Der Maahk nahm auf einem der vielen Sitze Platz. Hier hatten vor fünfzigtausend Jahren Maahks gesessen und die Impulsgeschütze betätigt. Grek-1 gab sich ganz der Illusion hin, mit dem Schiff im Weltraum zu sein und an einer Schlacht teilzunehmen.

Auf diesem Platz wollte er auf den Tod warten. Seine Gedanken begannen sich zu verwirren. Es wurde immer schwieriger für ihn, einzelne Gegenstände zu erkennen.

Redhorse und Lathar saßen nebeneinander in einem der Eingänge des alten Maahkschiffes und wartete darauf, daß Quillank einen Entschluß faßte. Der Tefroder wartete auf weitere Anweisungen von Miras-Etrin. Farnish war im Inneren des Schiffes verschwunden, wahrscheinlich hatte er sich freiwillig in sein Gefängnis zurückgezogen.

Der Eingang war von Robotern umstellt, die verhindern sollten, daß die Gefangenen das Schiff noch einmal verlassen konnten.

»Sobald die Flotte vernichtet ist, läßt uns der MdI hinrichten«, sagte Lathar mit dumpfer Stimme. »Wir haben keine Möglichkeit, uns gegen diesen Verbrecher zur Wehr zu setzen.«

Er warf einen Seitenblick auf den Major. Redhorse saß bewegungslos da und starrte ins Leere. Der Cheyenne hatte sich offenbar bereits mit seinem Tod abgefunden. Lathar strich nervös über sein Gesicht. Er war entschlossen, um sein Leben zu kämpfen.

Ein Geräusch ließ ihn herumfahren. Captain Arl Tratlo kam aus dem Inneren des Schiffes. Sofort bedrohte Quillank den Meredier mit der Waffe.

»Setzen Sie sich neben die beiden anderen!« befahl der Tefroder. »Ich warte auf Befehle.«

Tratlo ließ sich neben Lathar nieder.

»Ich habe den Maahk gefunden«, berichtete er. »Grek-1 hat mich überhaupt nicht beachtet.«

Zu Lathars Überraschung wandte Redhorse den Kopf.

»Der Luftmangel verwirrt seine Sinne«, sagte der Major. »Ich habe etwas Ähnliches in der Forril-Station erlebt. Der Maahk, der mich begleitete, bildete sich plötzlich ein, ich sei sein Gegner. Er hätte mich erschossen, wenn der Priester der Forrils nicht eingegriffen hätte.«

Tratlo stützte den Kopf in die beiden Hände. »Ich hatte gehofft, der Maahk würde noch einen Ausweg finden. Doch wenn er tatsächlich verrückt wird, brauchen wir mit seiner Hilfe nicht zu rechnen.«

Quillank näherte sich und versetzte Tratlo einen heftigen Tritt.

»Unterhaltet euch in Tefroda«, sagte er schroff. »Ich will wissen, was Ihr zu reden habt.«

»Wir haben uns gerade darüber unterhalten, was Sie für ein widerwärtiger Barbar sind«, erklärte Lathar.

Quillank begann schallend zu lachen. »Ihr seid doch tatsächlich verrückt!« stieß er atemlos hervor.

»Vielleicht spürt Gucky unsere mentalen Impulse, bevor sich die Schiffe auf Schußweite genähert haben«, sagte Lathar. »Das ist unsere letzte Hoffnung.«

»Sie vergessen den Abwehrschirm gegen parapsychische Kräfte«, sagte Tratlo. »Warum sollte Miras-Etrin ihn ausgerechnet jetzt abschalten?«

Lathar richtete sich auf und starrte Quillank an. »Warum sehen wir uns nicht ein bißchen im Schiff um?« schlug er vor.

Sofort richtete der Tefroder die Mündung des Strahlers auf Lathars Kopf.

»Setzen Sie sich wieder!« rief er wütend. »Niemand darf jetzt das Schiff betreten.«

Lathar betrachtete ihn abschätzend. Unwillkürlich wich Quillank vor den Blicken des hageren Rumalers zurück.

»Machen Sie keinen Unsinn!« sagte er beschwörend. »Ich würde Sie erschießen.«

»So?« erkundigte sich Lathar höhnisch. »Glauben Sie, daß Sie mir mit dieser Drohung angst machen können? Vergessen Sie nicht, was uns erwartet, wenn unsere Flotte von Miras-Etrin vernichtet wurde. Denken Sie wirklich, daß Ihr lächerlicher Strahler mir imponiert? Außerdem würden Sie Schwierigkeiten mit Miras-Etrin bekommen, wenn Sie mich oder einen meiner Freunde töten.«

Quillanks Gesicht rötete sich. Auf seiner Stirn erschienen Schweißtropfen.

»Bleiben Sie stehen!« schrie er nervös. »Bleiben Sie stehen, bevor ich abdrücke.«

Er umfaßte den Kolben des Strahlers jetzt mit beiden Händen, als sei das Gewicht für eine Hand zu schwer. Lathar machte einen weiteren Schritt auf den Tefroder zu. Quillank drückte ab. Lathar wurde von den Beinen gerissen und gegen die Wand geschleudert. Dort sank er langsam zu Boden. Er bewegte sich nicht mehr. Quillank taumelte auf den Kolonialterraner zu.

»Ich wollte ihn nicht erschießen«, stammelte er entsetzt. »Er hat mich bedroht. Ich wollte ihn nicht erschießen.«

Er beugte sich zu Lathar hinab und drehte dessen Kopf zur Seite.

»Er hat ihn getötet«, sagte Tratlo ungläubig. Er erhob sich langsam.

Da legte Redhorse eine Hand auf das Bein des Dreitöters.

»Er wird auch Sie erschießen, Captain.«

Tratlo wollte einen Schritt auf den Tefroder zu machen, doch im gleichen Augenblick schwangen sich drei Roboter zu den beiden Männern herauf und hielten den Meredier fest.

Redhorse zog Tratlo zu sich herunter.

»Ich verstehe nicht, daß Sie so ruhig bleiben können«, stieß Tratlo hervor. »Er hat Lathar erschossen.«

»Lathar wollte es so«, sagte Redhorse. »Er hat sein Ende bewußt herausgefordert. Haben Sie das nicht bemerkt?«

»Ich habe nur gesehen, wie der Tefroder abgedrückt hat«, sagte Tratlo erbittert.

»Verhalten Sie sich ruhig«, empfahl ihm Redhorse. »Wir haben immer noch eine Chance.«

»Was?« entfuhr es Arl Tratlo. »Sie wissen nicht, was Sie sagen, Major. In wenigen Minuten werden die Gegenpolkanonen der Station zu feuern beginnen und die gesamte Gleam-Flotte vernichten. Und Sie sprechen von einer Chance.«

»Ich habe intensiv nachgedacht«, erwiderte Redhorse. »Ich bin überzeugt davon, daß meine Hoffnung berechtigt ist.«

Tratlo rückte unwillkürlich ein Stück von dem Terraner ab. Er nahm an, daß Redhorses Geist sich zu verwirren begann. Tratlo hieb mit geballten Fäusten auf seine Oberschenkel. Seine Hilflosigkeit machte ihn fast wahnsinnig.

Die terranischen Schiffe waren jetzt noch acht Millionen Kilometer von Central-Station entfernt. Es war nur noch eine Frage von Minuten, bis sie in den Feuerbereich der Gegenpolkanonen kommen würden.

Miras-Etrin saß wie erstarrt im Sessel vor den Kontrollbildschirmen. Seine Hände waren ineinander verkampft. Er wußte, daß die Steuerpositronik automatisch die Waffen in Tätigkeit setzen würde, wenn die Schiffe nahe genug heran waren. Der MdI brauchte sich um nichts zu kümmern. Er konnte das Schauspiel in Ruhe beobachten.

Noch sieben Millionen Kilometer. Der MdI biß sich auf die Unterlippe. Er wünschte, er wäre weniger erregt gewesen, doch die Bedeutung dieses Augenblicks war ihm zu sehr bewußt, als daß er die Ruhe hätte bewahren können. Sein langgehegter Wunsch, durch einen großartigen Erfolg die Spitze der Organisation übernehmen zu können, würde sich endlich erfüllen.

Miras-Etrin hätte am liebsten bereits jetzt einen Kurzfunkspruch an Faktor I abgeschickt und von seinem Triumph berichtet. Doch er mußte noch warten.

Seine Blicke lösten sich nicht vom Bildschirm. Unmittelbar unter der Mattscheibe erschienen in Leuchtschrift die Entfernungsangaben. Jetzt waren die Schiffe noch etwas über sechs Millionen Kilometer entfernt. Je geringer der Abstand wurde, desto länger schienen die Terranischen Einheiten für die Überwindung der restlichen Strecke zu benötigen.

Miras-Etrin war in Schweiß gebadet, obwohl die Klimaanlage die Temperatur innerhalb der Zentrale stets gleichmäßig hielt.

Noch eineinhalb Millionen Kilometer. Unwillkürlich richtete sich Miras-Etrin etwas auf. Er hörte sich aufatmen. Das bewies ihm, daß er die ganze Zeit über noch immer an einem Erfolg gezweifelt hatte. Er hatte die Terraner überschätzt. Jetzt konnte niemand mehr seinen Triumph verhindern. Mit unverminderter Geschwindigkeit rasten die terranischen Schiffe auf den alten Maahk-Bahnhof zu.

Miras-Etrin hörte das sanfte Klicken, mit dem sich die Steuerpositronik einschaltete. In wenigen Augenblicken würde über unzählige Relaisstationen der entscheidende Impuls an alle Geschützstellungen gehen. Sekunden später würden 950 atomare Glutbälle die Stellen kennzeichnen, wo das Unternehmen Central-Station der Terraner ein Ende gefunden hatte.

34.

Energie!

Ungläubig beugte sich Grek-1 nach vorn. Seine Benommenheit verflog. Seine Blicke glitten über die Kontrollen, und er zuckte zusammen, als er sah, daß er keiner Halluzination zum Opfer gefallen war. Die Meßskalen der Energiekontrollen zeigten deutlich an, daß die Impulsgeschütze noch einsatzbereit waren.

Grek-1 versuchte sich zu erinnern, wo die Geschütztürme lagen. Er konnte sich nur nach den Bildern richten, die er von den alten Maahkschiffen gesehen hatte.

Der Maahk vermutete, daß zwei Kanonen am Bug, zwei am Heck und sechs zu beiden Seiten der Außenfläche angebracht waren. Die Tefroder hatten jedoch drei Geschütze entfernt, so daß im günstigsten Fall noch sieben Waffen blieben.

Die alten Impulskanonen der Maahks hatten thermische Energien von ungeheurer Gewalt abgestrahlt. Grek-1 erinnerte sich an Berichte, in denen Raumschlachten zwischen Maahkschiffen und lemurischen Einheiten geschildert wurden. Wenn ein Treffer aus einer Impulskanone den Schutzschirm des feindlichen Schiffes durchschlagen konnte, dann war das getroffene Schiff verloren.

Beinahe zögernd umklammerte Grek-1 die Kontrollen. Er wußte, daß es einem Selbstmord gleichkam, wenn er die Energie für die Impulsgeschütze jetzt freigab. Gleichzeitig war es die letzte Chance, den MdI an seinem Vorhaben zu hindern. Grek-1 war sich nicht sicher, ob die einzelnen Verbindungselemente noch reagieren würden. Es war möglich, daß nur ein Teil der Geschütze in Aktion trat.

Noch einmal überblickte der Maahk die Meßskalen, um sich zu vergewissern, daß ihn sein umnebelter Verstand nicht trog. Es war genügend Energie vorhanden. Die Tefroder, die fast das gesamte Schiff ausgeplündert hatten, waren in der Feuerleitzentrale zu nachlässig vorgegangen.

Es konnte aber auch sein, daß sie die Geräte in diesem Raum als nutzlos betrachtet und zurückgelassen hatten. Grek-1 ließ sich im Sitz zurücksinken und überlegte. Die Kanonen am Heck durfte er zunächst nicht benutzen, weil die Gefahr bestand, daß ihre Feuerkraft die Wände des Planetoiden aufriß oder die Röhrenschleuse, die in unmittelbarer Nähe lag, endgültig zerstörte. Es blieben die beiden Geschütze am Bug und jene drei auf der der Hallenwand zugewandten Längsseite des Schiffes. Von diesen drei Waffen wußte Grek-1 nicht mit Sicherheit, ob sie noch existierten. Er hatte nur die Geschütztürme an Heck und Bug gesehen.

An Bord der sich nähernden terranischen Schiffe hielten sich viele Maahks auf, die den Tod finden würden, wenn Miras-Etrin seinen Plan verwirklichen konnte. Das war für Grek-1 Grund genug, sein eigenes Leben zu riskieren, das sowieso nur noch Minuten zählte.

Entschlossen beugte sich Grek-1 nach vorn und drückte die Feuerknöpfe. Er brauchte nicht zu zielen, denn wo die Impulsstrahlen aufschlugen, würden sie eine verheerende Wirkung erzielen.

Redhorse und Tratlo mußten zusehen, wie drei Roboter den toten Lathar davonschleppten. Quillank stand mit mürrischem Gesichtsausdruck im Eingang und beobachtete, wie der Tote abtransportiert wurde, Redhorse spürte, daß Tratlo sich nur mit Mühe zurückhalten konnte. Der Dreitöter hätte sich auf Quillank gestürzt, wenn der Major nicht dabei gewesen wäre.

Redhorse konnte sich vorstellen, in welcher Verfassung der Captain sich befand. Tratlo war überzeugt davon, daß sie nichts mehr zu verlieren hatten. Ein Kolonialterraner, der als sein persönlicher Freund galt, war von einem Tefroder ermordet worden. Hinzu kamen die schweren Schäden, die Tratlo während des Verhörs erlitten hatte.

Redhorse war sich darüber im klaren, daß Tratlo und er lange behandelt werden mußten, wenn sie jemals hier herauskommen sollten.

Der Schock, den sie erlitten hatten, würde nur schwer zu beseitigen sein.

Tratlos Gedanken waren völlig anderer Art. Der Dreitöter bedauerte, daß Redhorse nicht mehr im Vollbesitz seiner geistigen Kräfte war. Zusammen mit dem Major hätte er bestimmt einen Weg gefunden, den nervösen Tefroder zu überrumpeln. Die Roboter hätten nicht einzugreifen gewagt, weil die Gefahr bestand, daß sie Quillank getroffen hätten.

Trotzdem hatte sich Tratlo etwas beruhigt, seit die Roboter Lathar davongetragen hatten. Der Anblick des Toten war für den Meredier unerträglich gewesen. Obwohl Lathar als schweigsamer Mann gegolten hatte, war Tratlo mit ihm befreundet gewesen. Der Rumaler hatte sich stets als zuverlässig erwiesen.

»Es wird Zeit, daß irgend etwas geschieht«, sagte Redhorse. »Ich fange an, daran zu zweifeln, daß Grek-1 uns helfen kann.«

»Ich zweifle schon lange daran!« entfuhr es Tratlo. »Wie soll der Maahk uns helfen, obwohl er mit Atemnot zu kämpfen hat?«

»Er kennt sich in diesem alten Schiff aus«, erwiderte der Cheyenne. »Die Tefroder haben ihn bisher nicht gefangengenommen, weil sie in ihm keine Gefahr sehen oder glauben, daß er längst das Bewußtsein verloren hat.«

»Ich war selbst im Innern dieses Schiffes, Major«, erinnerte Tratlo. »Die Tefroder haben es fast vollständig ausgeplündert. Es gibt keine maahkschen Geräte mehr. Wie sollte uns der Maahk also helfen können.«

»Sie haben nicht *alle* Räume gesehen. Im allgemeinen nehmen sich Eroberer nur das, was sie brauchen können. Ich halte es für unwahrscheinlich, daß die Tefroder die alten Maahkwaffen für ihre Zwecke benutzen können. Die Bug- und Heckgeschütztürme sind noch vorhanden, es wird also auch eine Feuerleitzentrale geben, die einigermaßen funktionsfähig ist.«

»Und was soll Grek-1 damit anfangen?« fragte der Kolonialterraner. »Soll er vielleicht eine Kanone ausbauen und herausschleppen, damit wir sie auf Quillank abfeuern können?«

»Warten wir ab«, sagte Redhorse.

In diesem Augenblick brach in der riesigen Halle die Hölle aus. Aus Bug und Heck des alten Maahkschiffes schlugen Flammenstrahlen und brachen tosend durch die Hallenwände. Das Schiff wurde so erschüttert daß Redhorse den Halt verlor und zwischen die wartenden Roboter stürzte. Quillank konnte sich nicht schnell genug festhalten und schlitterte ins Schiffsinnere davon. Arl Tratlo klammerte sich verzweifelt am Eingang fest.

Die Roboter richteten Redhorse auf. Der Boden der Halle begann zu vibrieren. Innerhalb von Sekunden wurde es fast unerträglich heiß. Aber noch immer entluden sich die Impulskanonen des alten Maahkschiffes. Ihr Dröhnen und Zischen erschien Redhorse wie der Auftakt zur endgültigen Vernichtung von Central-Station.

Für den Bruchteil einer Sekunde wurde Miras-Etrin abgelenkt. Es war ihm, als sei ein fühlbarer Ruck durch den Planetoiden gegangen. Der MdI schüttelte unwillig den Kopf. Es war die Nervosität, sagte er sich.

Die terranischen Schiffe waren noch etwas über fünf Millionen Kilometer entfernt. Jeden Augenblick mußten die Gegenpolkanonen das Feuer auf die gegnerische Flotte eröffnen.

Wieder ging ein Ruck durch die Station. Diesmal war eine Täuschung ausgeschlossen. Verwirrt sprang Miras-Etrin auf und schaltete die Bildschirme des Monitors ein. Fast gleichzeitig begannen die Alarmanlagen zu schrillen.

Eine aufgeregte Stimme kam aus dem Lautsprecher des Interkoms. »Wir werden angegriffen, Maghan!« schrie irgendein Duplo. »Im alten Hangar beginnt das Maahkschiff zu schießen.«

Miras-Etrin glaubte sich verhört zu haben. Wütend schaltete er die Interkomanlage aus. Gleichgültig, was jetzt geschah, er durfte sich von seinem Plan nicht abbringen lassen.

Die terranischen Schiffe waren nur noch wenige Meilen von jenem Punkt entfernt, wo sie vernichtet werden sollten. Miras-Etrins Augen glänzten. Das Ende der terranischen Flotte war nicht mehr aufzuhalten.

Wieder erfolgte eine Erschütterung. Sie war so heftig, daß der MdI zu Boden fiel. Er kroch auf Händen und Knien auf den Bildschirm der Raumortung zu. Er wollte den Augenblick seines Triumphes miterleben. Er umklammerte die Verkleidung der Kontrollen und zog sich daran hoch.

Fünf Millionen Kilometer! durchzuckte es seine Gedanken.

Jetzt!

Doch es geschah nichts. Die terranischen Schiffe setzten ihren Flug fort. Die Gegenpolkanonen schwiegen. Die maßlose Enttäuschung drohte Miras-Etrin den Atem zu rauben. Er rang entsetzt nach Luft, bevor er zur Steuerpositronik hinüberschwankte. Er begriff, daß die empfindliche Positronik auf die Erschütterungen in unerwarteter Weise reagiert hatte.

»Schießt doch!« schrie Miras-Etrin außer sich. »Schießt doch! Schießt!«

Die 950 Leuchtpunkte kamen unaufhaltsam näher. Miras-Etrin riß die Verkleidung der Steuerpositronik ab und schleuderte sie zur Seite. Mit zitternden Händen tastete er die einzelnen Relais ab. Er fand eines, das zu heiß war und zog es heraus. Der Boden unter seinen Füßen begann zu vibrieren. Es war, als würde der gesamte Planetoid von einem schweren Beben durchlaufen.

»Maghan!« schrie ein Tefroder, der in die Zentrale hereinstürmte. »Maghan, wir müssen sofort den Bahnhof verlassen. Das alte Maahkschiff schießt noch immer.«

»Die Roboter sollen es besetzen!« tobte Miras-Etrin. »Warum hat niemand daran gedacht? Die Roboter sollen es besetzen und jeden erschießen, der sich darin aufhält.«

Er riß die Kabelanschlüsse heraus und stürzte wieder zu den Bildschirmen zurück. Eine Gegenpolkanone begann zu feuern, doch ihre Schüsse lagen weitab vom Ziel. Miras-Etrin heulte vor Wut. Jetzt waren die Terraner gewarnt. Der MdI konnte beobachten, wie sich die Formationen der gegnerischen Flotte augenblicklich auflösten. Die Schiffe näherten sich jetzt in breiter Linie.

Miras-Etrin schaltete den Interkom wieder ein.

»An alle Sektionschefs!« schrie er mit sich überschlagender

Stimme. »Die Transportschiffe, die sich jetzt in den Schleusen befinden, müssen sofort in den Raum starten und die terranischen Schiffe angreifen.«

Der Bildschirm des Visiphons wurde hell. Seypaahks Gesicht erschien. Der Tefroder war ernst, aber er schien keine Angst zu haben.

»Die Transportschiffe sind noch schlechter bewaffnet als Tardoms Wachschiffe, Maghan«, sagte er. »Wir warten darauf, daß die Gegenpolkanonen in Aktion treten.«

»Das ist Rebellion!« brüllte Faktor IV. »Dafür lasse ich Sie und alle anderen Sektionschefs erschießen.«

Seypaahk lächelte mitleidig. »Das bezweifle ich, Maghan«, gab er zurück. »Ein Drittel des Bahnhofs steht in Flammen. Ihr eigenes Schiff ist bereits explodiert. Meiner Ansicht nach ist die Station nicht mehr zu retten.«

Die Augen des MdI brannten. Er griff sich mit beiden Händen an den Kopf. Ein nie gekanntes Angstgefühl schnürte ihm die Kehle zu. Er mußte ein paarmal schlucken, bevor er wieder sprechen konnte, aber auch dann klang seine Stimme krächzend.

»Was soll ich tun?« fragte er hilflos.

»Begeben Sie sich auf dem schnellesten Weg nach Schleuse sieben«, schlug Seypaahk vor. »Sie wird wahrscheinlich am längsten intakt bleiben.«

»Schleuse sieben ist *Ihre* Sektion, nicht wahr?«

»Angst, Maghan?« fragte Seypaahk spöttisch.

»Halten Sie das Transportschiff startbereit«, erwiderte Miras-Etrin und gab sich Mühe, seiner Stimme einen festen Klang zu verleihen. »Roboter sollen den gesamten Weg absichern. Schicken Sie mir einen Transportwagen.«

»Sie müssen sofort kommen, Maghan!« drängte Seypaahk.

Miras-Etrin schaltete ab. Er wandte sich wieder den Bildschirmen der Raumortung zu. Die terranischen Schiffe waren bis auf drei Millionen Kilometer herangekommen und hatten jetzt ihre Fahrt verlangsamt. Offenbar wollte Rhodan abwarten, was sich ereignen würde, bevor er mit seinen Einheiten angriff. Die schweren Energieentladungen der Impulsgeschütze waren bestimmt von Rhodans Schiffen geortet worden.

Über Interkom kamen laufend Meldungen angsterfüllter Duplos. Obwohl sich die Nachrichten zum Teil widersprachen, konnte Miras-

Etrin entnehmen, daß in der Nähe des alten Hangars sämtliche Zwischenwände glutflüssig geworden und zusammengebrochen waren. Ein Waffenlager war explodiert und hatte die äußere Hülle des Planetoiden aufgerissen.

Miras-Etrin begriff, daß die Station, von der aus die Invasion eingeleitet werden sollte, nicht mehr zu retten war. Nicht nur das: Auch die Vernichtung der terranischen Flotte war nicht mehr möglich. Der MdI sank vor den Bildschirmen zusammen. Er hatte einen Fehler begangen, als er die drei Terraner und den Maahk freigegeben hatte. Wenn er sie erschossen hätte, wäre es nicht zu dieser Katastrophe gekommen.

Wieder leuchtete der Bildschirm auf. Diesmal war es Quillank, der sich über Bildfunk meldete. Sein Gesicht war von schweren Verbrennungen verunstaltet. Die Todesangst ließ seine Augen hervortreten.

»Wir kommen nicht mehr in das Schiff hinein, Maghan«, sagte er. »Die Eingänge sind zusammengebrochen. Die Roboter können die Trümmer nicht schnell genug wegräumen. Zwei Impulskanonen feuern immer noch. Es muß der Maahk sein, der in die Feuerleitzentrale des Schiffes eingedrungen ist.«

Miras-Etrin fühlte kein Mitleid mit dem schwerverletzten Mann.

»Die Kanonen müssen unter allen Umständen zum Verstummen gebracht werden«, sagte er. »Der gesamte Planetoid ist in Gefahr.«

Quillank verzog sein Gesicht. Obwohl der Bildschirm hell blieb, verschwand der Tefroder. Offenbar war er bewußtlos zusammengebrochen. Da sah Miras-Etrin Flammen auflodern. Hastig schaltete er ab. Er wollte das Bild der Zerstörung nicht beobachten.

Eine gewaltige Exploaion, die nicht weit vom Zentrum des Bahnhofs stattfand, ließ einen Teil der Bildschirme zerbrechen. Scherben rieselten auf Miras-Etrin herab, der sich hastig in Sicherheit brachte.

Jetzt war die Verbindung zu allen anderen Räumen abgebrochen. Miras-Etrin wußte, daß ihn nur noch eine schnelle Flucht nach Schleuse sieben retten konnte. Er taumelte durch die Zentrale. Als er sie verlassen wollte, kamen drei Tefroder hereingestürzt.

»Maghan!« stieß einer der Männer hervor. »Sie müssen sofort die Zentrale verlassen. Das Hauptlager unterhalb dieses Raumes steht in Flammen. Es kann jeden Augenblick explodieren.

»Steht ein Transportwagen bereit?« fragte Miras-Etrin.

Die drei Männer begleiteten ihn hinaus. Auf dem Gang stand ein Fahrzeug mit laufendem Motor. Miras-Etrin kletterte auf den Fahrersitz. Er wartete nicht, bis die anderen aufgestiegen waren, sondern fuhr sofort los. Er kam jedoch nicht weit. Als er in einen Seitengang einbog, explodierte das Hauptlager. Der Wagen kippte um. Miras-Etrin wurde aus dem Sitz geschleudert und prallte hart gegen die Wand. Halb benommen richtete er sich wieder auf. Ein Blick auf die Kontrollen seines Multifunktionsgürtels zeigte ihm, daß alle Energieaggregate ausgefallen waren. Er war nicht mehr in der Lage, seinen Schutzschirm zu aktivieren. Gehetzt blickte er um sich.

Vor ihm war der Gang auf einer Länge von mindestens fünfzig Metern aufgerissen. Rauch und Flammen schlugen aus dem Loch.

Der Weg zur Schleuse sieben war versperrt. Miras-Etrin rannte in Richtung zur Zentrale zurück. Einige Roboter mit Löschgeräten begegneten ihm. Ihre Bemühungen, das Feuer einzudämmen, waren sinnlos. Wieder wurde der Planetoid von einer heftigen Explosion erschüttert. Unmittelbar vor Miras-Etrin brach eine Seitenwand zusammen. Armdicke Metallträger knickten ein, als seien sie aus Holz.

Der Gang hatte sich so schnell mit Rauch gefüllt, daß Miras-Etrin kaum noch etwas sah. Schreiende Gestalten taumelten an ihm vorüber. Es waren Duplos, die verzweifelt nach einem Ausweg suchten.

Endlich erreichte der MdI die Zentrale. Er durchquerte sie, um auf der anderen Seite einen freien Weg zu einer Schleuse zu finden. Aber dort sah es auf den Gängen nicht viel anders aus. Zwei Tefroder erkannten den MdI und steuerten ihren Wagen auf ihn zu.

»Kommen Sie, Maghan!« rief einer der Männer. »Wir versuchen eine Schleuse zu erreichen.«

Sie zogen Faktor IV auf die Ladefläche des Fahrzeuges. Miras-Etrin stöhnte vor Schmerzen. Herabstürzende Trümmerteile hatten ihn verwundet. Er spürte kaum, wie der Wagen beschleunigte. Der Fahrer stieß ununterbrochen Verwünschungen aus. Der Rauch brannte in Miras-Etrins Augen. Eine Serie von Explosionen ließ den MdI jede Hoffnung verlieren, noch eine Schleuse zu erreichen.

Plötzlich gab der Boden unter dem Fahrzeug nach. Zusammen mit den drei Männern brach es durch die Decke und stürzte in den darunterliegenden Raum. Hier stand alles in Flammen. Miras-Etrin, den der Aufprall fast betäubt hatte, kroch davon, ohne sich um die beiden Tefroder zu kümmern.

Die Hitze war fast unerträglich. Miras-Etrin sah einen Roboter, der schon fast ausgeglüht war, aber in blinder Pflichterfüllung noch immer Löschmasse in die Flammen sprühte. Der MdI verlor jeden Orientierungssinn. Die Flammen waren überall.

Faktor IV begann zu husten. Sein Gesicht verfärbte sich. Es gelang ihm, sich bis an die Wand vorzuarbeiten. Dort brach er zusammen. Er hörte das Prasseln der Flammen, die langsam aber sicher in seine Richtung vorrückten. Da ließ seine Panik nach. Er konnte wieder vernünftig denken. Er wurde sich darüber klar, daß er die Station wahrscheinlich nicht lebend verlassen würde. Trotzdem richtete er sich auf und kroch weiter.

Er erreichte den Eingang einer ausgedehnten Halle. Er sah eine Horde Duplos, die sich verzweifelt an der Ladefläche eines Transporters festklammerten. Der Fahrer konnte kaum die Steuerung bedienen.

»Halt!« schri Miras-Etrin. »Nehmt mich mit!«

Sie hörten ihn nicht. Sie waren vor Angst halb wahnsinnig. Miras-Etrin sah das schwere Fahrzeug auf sich zukommen. Er wollte zur Seite ausweichen, doch Rauch und Verwundungen hatten seine Reaktionen langsam werden lassen. Das Fahrzeug rollte über ihn hinweg. Er spürte, wie sein Körper unter dem Gewicht nachgab, dann wurde es schwarz vor seinen Augen. Einen Augenblick noch hörte er das Schreien der Duplos, das Prasseln der Flammen und das Knacken des überbeanspruchten Metalls.

Dann sank sein Kopf auf die Brust.

Miras-Etrin, Faktor IV der Meister der Insel, lebte nicht mehr.

Don Redhorse sah, wie die Körper der vorstürmenden Roboter nacheinander in den Flammen aufglühten und dann zusammenbrachen. Noch immer feuerten zwei Geschütze des alten Maahkschiffes. Nur eine Wand des Hangars stand noch. Die anderen waren zusammengeschmolzen. Redhorse und Tratlo kauerten in einer Nische und beobachteten die Vorgänge innerhalb des Hangars. Die tefrodischen Roboter unternahmen verzweifelte Anstrengungen, ins Innere des alten Schiffes zu gelangen.

In der allgemeinen Verwirrung, die nach dem Einsetzen des Geschützfeuers geherrscht hatte, war den beiden Männern die Flucht gelungen.

»Ich muß Ihnen recht geben«, sagte Tratlo. »Grek-1 hat tatsächlich einen Weg gefunden, um Miras-Etrin aufzuhalten. Allerdings werden wir dafür mit unserem Leben bezahlen müssen.«

Der Meredier wandte den Kopf und blickte Redhorse an. Er lächelte.

»Auf jeden Fall werden wir nicht umsonst sterben«, fuhr er fort. »Die Gleam-Flotte ist gerettet.«

Redhorse nickte, obwohl er nicht sicher war, ob Grek-1 noch rechtzeitig eingegriffen hatte. Er blickte aus der Nische. Der Boden innerhalb des Hangars war bereits so erhitzt, daß der Kunststoffbelag Blasen warf. Redhorse versetzte dem Dreitöter einen leichten Hieb auf die Schulter.

»Hier können wir nicht bleiben«, sagte er ruhig. »Wir würden in wenigen Augenblicken verbrennen.«

»Haben Sie die Explosionen gehört?« fragte Tratlo. »Bald wird es überall im Bahnhof so aussehen wir hier im Hangar. Wenn wir flüchten, verlängern wir unser Leben nur um Minuten.«

»Trotzdem«, beharrte Redhorse auf seiner Entscheidung. »Vielleicht gibt es eine Möglichkeit, die Station mit Hilfe der Mutanten zu verlassen. Sobald der parapsychische Abwehrschirm zusammenbricht, wird Rhodan einen Teleporter zu uns schicken.«

Er zog den widerstrebenden Tratlo aus der Nische heraus. In geduckter Haltung rannten sie davon. Zwei Roboter, die sie gesehen hatten, eröffneten das Feuer auf sie. Redhorse warf sich durch eine Öffnung in den Gang hinaus. Er blickte zurück, um nach Tratlo zu sehen. Der Meredier war von einem Schuß getroffen worden und kam nur mühsam vorwärts. Noch immer feuerten die Roboter. Redhorse streckte seinen Arm durch die Öffnung. Mit einer übermenschlichen Anstrengung konnte er Tratlo packen und in die Sicherheit des Ganges ziehen. Der Kolonialterraner stöhnte vor Schmerzen. Er war in den Rücken getroffen worden.

»Wenn Sie jemals hier herauskommen, müssen Sie . . .« Tratlos Stimme erstarb.

Redhorse schüttelte ihn. »Sprechen Sie!« rief er.

»Es ist nicht so wichtig«, flüsterte Tratlo. Er wurde in Redhorses Armen schlaff, und seine Augen brachen. Ein Blick in den Hangar zeigte dem Major, daß die Roboter näher kamen. Er ließ den toten Captain liegen und rannte davon. Hinter ihm kletterten die Roboter durch die Öffnung. Redhorse bog in einen Seitengang ein. Eine heftige Explosion in unmittelbarer Nähe ließ die Decke einstürzen. Den Verfolgern war jetzt der Weg abgeschnitten.

Am anderen Ende des Ganges brannte es. Ein Zurück gab es nicht mehr. Redhorse erkannte, daß er in einer Falle saß. Er fragte sich, ob Grek-1 noch am Leben war. Wahrscheinlich war innerhalb des alten Maahkschiffes der sicherste Platz.

Die Flammen dehnten sich rasch in Redhorses Richtung aus. Er rannte den Weg zurück, den er gekommen war. Wie er vermutet hatte, gab es kein Durchkommen mehr. Es gelang ihm, einen Metallträger zu umfassen und sich in die Höhe zu ziehen. In dem Raum, wo sich die schwere Explosion ereignet hatte, brannte es ebenfalls. Redhorse ließ sich wieder zurückfallen. Er blickte in Richtung der Flammen. Wenn sich keine erneute Explosion in unmittelbarer Nähe ereignete, konnte er es noch zehn Minuten hier aushalten. Innerhalb dieses Zeitraumes mußte jedoch Hilfe kommen.

Die Explosionen hatten das fünfzigtausend Jahre alte Maahkraumschiff schwer erschüttert, doch Grek-1 saß noch immer in der Feuerleitzentrale und bediente die Kontrollen der Impulsgeschütze. Er hoffte, daß der Feuerüberfall genügt hatte, um den Plan des Maahk zu vereiteln. Die Explosionen mußten innerhalb des gesamten Planetoiden Erschütterungen hervorgerufen haben. Wahrscheinlich war der Bahnhof zum Untergang verurteilt. Grek-1 hatte sich nach einem alten strategischen Grundsatz seines Volkes gerichtet. Ein Maahk vernichtete eher eine Niederlassung seines Volkes, bevor er sie seinem Gegner in die Hände fallen ließ.

Grek-1 stellte fest, daß die Feuerkraft der beiden noch funktionierenden Geschütze nachließ. Die Energie der alten Konverter war endgültig erschöpft.

Der Maahk konnte kaum noch etwas sehen. Sein Wasserstoffaggregat, das mit dem Schutzanzug gekoppelt war, konnte gerade noch die Mindestmenge an Atemluft liefern, die der Maahk zum Leben brauchte.

Grek-1 ließ die Feuerknöpfe zurückschnellen. Er spürte, daß die Bewußtlosigkeit nahe war. Als er im Sessel zusammensank, sah er eine Gestalt in die Feuerleitzentrale kriechen. Es war Quillank. Der Tefroder hatte einen Strahler in den Händen. Gesicht und

Körper des Mannes waren von Brandwunden verunstaltet. Er schrie so laut, daß Grek-1 ihn trotz seines Schutzhelms verstehen konnte.

»Du Teufel!« stieß Quillank hervor.

Grek-1 starrte den Tefroder teilnahmslos an. Ein Schuß aus dem Strahler des Tefroders würde ihm nur die Leiden des Erstickungstodes ersparen.

Quillank hob die Waffe, doch er kam nicht dazu, sie abzudrücken. Hinter dem Tefroder entstand ein Flimmern. Gleichzeitig materialisierte eine Gestalt im Schutzanzug. Es war ein dunkelhäutiger Terraner.

»Ich bin Ras Tschubai!« hörte Grek-1 den Mann in Kraahmak sagen. Die Stimme kam deutlich über den Empfänger des Helmfunks. »Gucky und ich kamen, so schnell wir konnten.«

Der Mann kam auf Grek-1 zu und umfaßte ihn. Der Maahk fühlte, wie seine Sinne endgültig schwanden.

»Wir mußten warten, bis der parapsychische Schutzschirm des Bahnhofs zusammengebrochen war«, hörte er den Terraner noch sagen, dann verlor er endgültig das Bewußtsein.

Das Erwachen war wie ein Wunder. Ungeachtet seiner heftigen Kopfschmerzen richtete sich Don Redhorse auf und stellte erstaunt fest, daß er in einem sauberen Bett lag. Die Einrichtungen des Raumes, in dem er sich befand, erinnerten ihn so stark an das Aussehen einer Bordklinik, daß er zu hoffen begann, an Bord der CREST III zu sein.

»Wie fühlen Sie sich?« schnarrte eine dienstbeflissene Stimme an seiner Seite.

Redhorse wandte den Kopf und sah einen Medo-Roboter neben dem Bett stehen.

»Ich habe Hunger«, erklärte Redhorse. »Außerdem möchte ich gern einen Offizier dieses Schiffes sprechen.«

Wenige Augenblicke später kamen Perry Rhodan und Captain Chard Bradon ins Zimmer.

»Sie haben solange geschlafen, daß Sie nicht gesehen haben, wie Central-Station explodierte«, sagte Rhodan. »Grek-1 hat sie durch das Dauerfeuer mit den Impulsgeschützen des alten Maahkschiffes vernichtet.«

»Gucky hat Sie im letzten Augenblick gerettet«, erklärte Rhodan.

»Auch der Maahk ist außer Lebensgefahr. Er wurde von Tschubai abgeholt.«

Redhorse sah Perry Rhodan fragend an.

»Tratlo ist tot«, sagte Rhodan ernst. »Von Lathar fanden wir keine Spur.«

»Er ist ebenfalls tot«, sagte Redhorse. »Grek und ich sind die beiden einzigen Überlebenden von Central-Station. Auch Miras-Etrin hat mit Sicherheit den Tod gefunden.«

Rhodan nickte. »Ich habe bereits von Grek-1 einen ausführlichen Bericht erhalten. Sobald Sie wieder auf den Beinen sind, erwarte ich sie in der Zentrale.«

Redhorse schlug die Decke zurück und wollte aufstehen. Bradon war mit wenigen Schritten an seiner Seite und drückte ihn aufs Lager zurück.

»Sobald Sie wieder auf den Beinen sind«, erinnerte Bradon. »Nicht jetzt!«

Redhorse ließ sich zurücksinken. Der Medo-Robot wischte ihm mit einem Wattebausch über das Gesicht und gab ihm etwas zu trinken. Rhodan nickte dem Major noch einmal zu und verließ die Klinik.

Noch lange geisterten die grausamen Bilder des Erlebens durch das Bewußtsein des Cheyenne.

Und dabei wußte er, daß die MdI durch die Vernichtung von Central-Station zwar eine bittere Niederlage hatten hinnehmen müssen – aber die Gefahr für die Milchstraße längst noch nicht abgewendet war, solange die beiden anderen Weltraumbahnhöfe in der Hand des Gegners waren.

Dennoch – so oder so mußte nun bald eine Entscheidung fallen. Und Redhorse glaubte zu wissen, daß Perry Rhodan mit seinen Gedanken schon bei der nächsten Station war. Der Kampf um Midway war nur noch eine Frage der Zeit.

ENDE

Terranische Transformkanon

Allgemeines:

Abstrahlleistung: 4000 Gigatonnen. Funktionsweise: Das Geschütz arbeitet ähnlich wie ein Fiktivtransmitter. Die Geschosse gelangen durch den Entmaterialisator zum Geschützverschluß und werden in einen energetischen 5-D-Impuls verwandelt. Der Abstrahlprojektor (Lauf) der Kanone bringt diesen Impuls nach Art des Fiktivtransmitters auf den Weg. Der Zielmaterialisator peilt Impulse des Zieles an und erwirkt eine exakte Treffsicherheit, indem er das Ziel praktisch zur Empfangsstation Transmitterabstrahlung macht.

Technische Daten:

1. Hochleistungsfusionsreaktor in Kompaktbauweise
2. Deuteriumdrucktank
3. Thermisch-elektronischer Energieumwandler
4. Strukturumwandler zur Stromumwanc lung in 5-dimensionale Energieimpuls

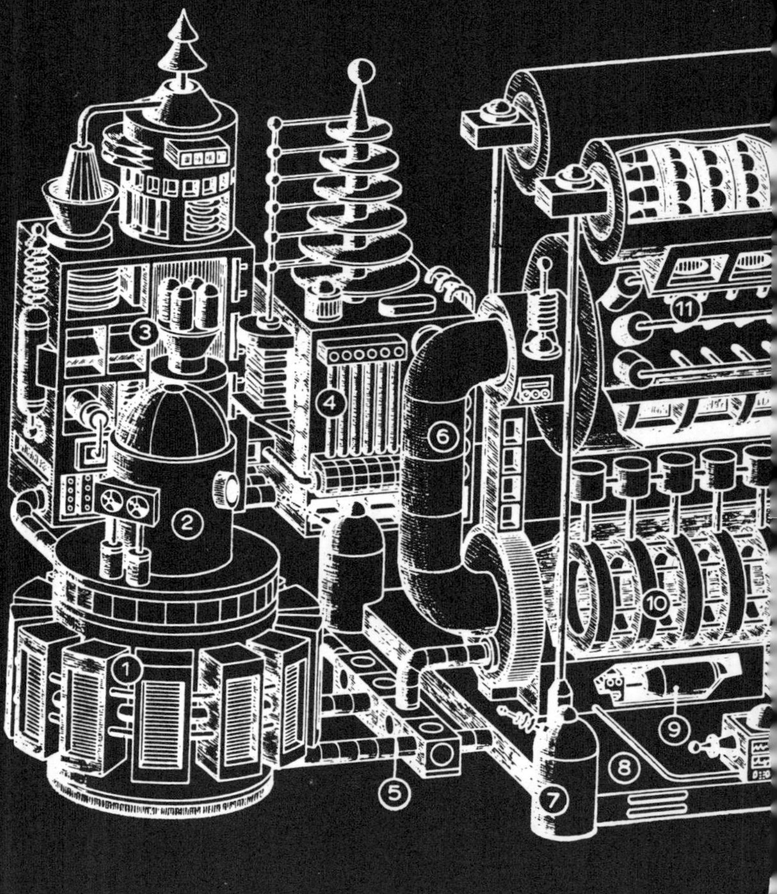